Terry Pratchett

Der fünfte Elefant

Terry Pratchett

Der fünfte Elefant

Roman

Ins Deutsche übertragen von
Andreas Brandhorst

MANHATTAN

Die Originalausgabe erschien unter dem Titel
»The Fifth Elephant«
1999 bei Transworld Publishers, London

Umwelthinweis:
Dieses Buch wurde auf chlorfrei gebleichtem Papier gedruckt. Die Einschrumpffolie (zum Schutz vor Verschmutzung) besteht aus umweltschonender und recyclingfähiger PE-Folie.

Manhattan Bücher erscheinen im Goldmann Verlag,
einem Unternehmen der Verlagsgruppe Bertelsmann GmbH

2. Auflage

Satz: deutsch-türkischer fotosatz, Berlin
Druck: GGP Media, Pößneck
Printed in Germany
ISBN 3-442-54509-9

Ich danke Peter Bleackley
für seine Hilfe bei der Zwergenoper
Blutaxt und Eisenhammer.
In seiner Version war sie vermutlich viel besser
(und enthielt viel mehr Lieder über Gold).

Es *heißt*, die Welt sei flach und werde von vier Elefanten getragen, die auf dem Panzer einer riesigen Schildkröte stehen.

Es *heißt*, die Elefanten hätten aufgrund ihrer Größe Knochen aus Stein und Eisen, und Nerven aus Gold, weil diese über große Entfernungen hinweg besser leiten.*

Es *heißt*, dass der fünfte Elefant vor langer Zeit heulend und trompetend durch die Luft der jungen Welt raste und hart genug landete, um Kontinente zu zerreißen und hohe Berge entstehen zu lassen.

Niemand beobachtete die Landung, woraus sich eine interessante philosophische Frage ergibt: Wenn ein Millionen Tonnen schwerer zorniger Elefant vom Himmel fällt, ohne dass jemand da ist, der ihn hört – verursacht er dann, philosophisch gesehen, irgendwelche Geräusche?

Und wenn ihn niemand sah – schlug er dann *wirklich* auf?

Mit anderen Worten: War es nicht nur eine Geschichte für Kinder, um einige interessante natürliche Ereignisse zu erklären?

Was die Zwerge betrifft, von denen diese Legende stammt, und die tiefer graben als viele andere Leute: Sie meinen, die Geschichte enthalte ein Körnchen Wahrheit.

An einem klaren Tag konnte man von einem geeigneten Ort in den Spitzhornbergen aus weit über die Ebene sehen. Im Hochsommer war es möglich, die Staubwolken der Ochsengespanne zu zählen. Jedes Ochsenpaar bewegte sich mit einer Höchstgeschwindigkeit von zwei Meilen in der Stunde und zog zwei Karren, jeweils mit vier Tonnen Fracht beladen. Die Fracht brauchte lange, um ihren Bestimmungsort zu erreichen, aber wenn

* Nicht Stein und Eisen in der toten Form, so wie heute, sondern *lebender* Stein und *lebendiges* Eisen. In ihrer Mythologie der Mineralien sind Zwerge sehr einfallsreich.

sie dort ankam, gab es viel davon. Den Städten am Runden Meer brachten die Karren Rohstoffe und manchmal auch Leute, die ihr Glück versuchten und sich eine Hand voll Diamanten erhofften.

Den Bergen brachten sie Fertigwaren, seltene Dinge von jenseits des Meeres und Leute, die Weisheit gefunden und ein paar Narben davongetragen hatten.

Für gewöhnlich betrug der Abstand zwischen den Gespannen eine Tagesreise, wodurch sich die Landschaft in eine ausgebreitete Zeitmaschine verwandelte. An einem klaren Tag konnte man den letzten Dienstag sehen.

Heliographen blitzten in der Ferne, als die Staubwolken Mitteilungen austauschten. Diese betrafen die Anwesenheit von Räubern, Ladungen und Lokale, wo man doppeltes Spiegelei, eine dreifache Portion Bratkartoffeln und Steaks bekam, die auf allen Seiten über den Tellerrand ragten.

Viele Leute waren mit den Karren unterwegs. Die Reise kostete nicht viel und war bequemer als ein Fußmarsch. Außerdem erreichte man sein Ziel, früher oder später.

Manche Leute reisten sogar gratis.

Der Kutscher eines Karrens hatte Probleme mit seinen beiden Ochsen. Sie waren unruhig. In den Bergen hätte er das erwartet, denn dort streiften Geschöpfe umher, die Ochsen für eine wandelnde Mahlzeit hielten. Aber hier gab es nichts Gefährlicheres als Kohl.

Hinter ihm, in einer Lücke zwischen den Stapeln aus Bauholz schlief jemand.

Ein ganz normaler Tag in Ankh-Morpork …

Am einen Ende der Messingbrücke, einer der wichtigsten Durchfahrtsstraßen von Ankh-Morpork, balancierte Feldwebel Colon auf einer wackligen Leiter. Mit der einen Hand klammerte er sich an der langen Stange mit dem Kasten darauf fest, mit der anderen hielt er ein selbst gefertigtes Bilderbuch vor die Öffnung im Kasten.

»Und das ist eine *andere* Art von Karren«, sagte er. »Siehst du?«

»Ja«, antwortete eine ganz leise Stimme aus dem Kasten.

»Na schön«, brummte Colon zufrieden. Er ließ das Buch sinken und deutete über die Brücke hinweg.

»Und nun ... Siehst du die beidem Markierungen, die dort drüben aufs Kopfsteinpflaster gemalt sind?«

»Ja.«

»Und sie bedeuten ...?«

»Wenn ein Karren die Strecke dazwischen in weniger als einer Minute zurücklegt, ist er zu schnell«, erklärte die leise Stimme.

»Ausgezeichnet. Woraufhin du ...?«

»Ich male ein Bild.«

»Und was sollte darauf deutlich zu sehen sein?«

»Das Gesicht des Kutschers oder die Nummer des Karrens.«

»Und wenn es Nacht ist ...«

»Benutze ich einen Salamander, damit es hell wird.«

»Gut, Rodney. Und an jedem Tag kommt einer von uns, um deine Bilder zu holen. Hast du alles, was du brauchst?«

»Ja.«

»Was bedeutet das, Feldwebel?«

Colon senkte den Blick und sah in ein sehr großes, braunes, nach oben gewandtes Gesicht. Er lächelte.

»Guten Tag, Enorm«, sagte er und kletterte schwerfällig von der Leiter herunter. »Was du hier siehst, Herr Jolson, ist die moderne Wache für das neue Millenienienum ... num.«

»Ich weiß nicht, Fred«, erwiderte Enorm Jolson. »In dem kleinen Kasten habt ihr bestimmt nicht alle Platz.«

»Ich meine, dies ist ein Werkzeug der neuen Stadtwache, Enorm.«

»Ach so.«

»Wenn hier ein Ochsenkarren zu schnell fährt, dann sieht sich Lord Vetinari am nächsten Morgen ein Bild davon an. Die Ikonographen lügen nicht, Enorm.«

»Da hast du ganz Recht, Fred. Weil sie zu dumm sind.«

»Weißt du, Seine Exzellenz hat genug von Karren, die über die Brücke rasen, und er hat uns aufgefordert, etwas dagegen zu unternehmen. Ha, ich bin jetzt Leiter der Verkehrskontrolle!«

»Ist das gut, Fred?«

»Und ob!«, entgegnete Feldwebel Colon stolz. »Meine Aufgabe besteht darin, die, äh, Arterien der Stadt vor … Verstopfungen zu bewahren, die zu einem Zusammenbruch des Handels führen könnten, was für uns alle den Ruin bedeuten würde. Es ist also eine sehr wichtige Tätigkeit, vielleicht sogar die Wichtigste überhaupt.«

»Und nur du kümmerst dich darum?«

»Nun, hauptsächlich. Korporal Nobbs und die anderen Jungs helfen mir natürlich.«

Enorm Jolson kratzte sich an der Nase. »Ich wollte über ein ähnliches Thema mit dir reden, Fred«, sagte er.

»Kein Problem, Enorm.«

»Vor meinem Restaurant ist etwas Seltsames geschehen, Fred.«

Feldwebel Colon folgte dem großen Mann um die Ecke. Er mochte Enorms Gesellschaft, weil er im Vergleich zu ihm geradezu dünn wirkte. Enorm Jolson war ein Mann, der in einem Atlas erschien und die Umlaufbahnen kleiner Planeten veränderte. In einem riesigen Körper vereinte er Ankh-Morporks besten Koch und hungrigsten Esser. Für ihn bestand das Paradies zum größten Teil aus Kartoffelbrei. An den eigentlichen Vornamen des Mannes erinnerte sich Feldwebel Colon nicht. Seinen Spitznamen verdankte Jolson dem Umstand, dass alle, die ihn zum ersten Mal sahen, staunten: »Der Mann ist ja *enorm*.«

Ein großer Karren stand auf dem Breiten Weg und behinderte den Verkehr. Andere Wagen versuchten, an dem Hindernis vorbeizugelangen.

»Gegen Mittag wurde das Fleisch geliefert, und als der Fuhrmann auf die Straße zurückkehrte …« Jolson deutete auf ein großes, dreieckiges Gebilde an einem Rad des Karrens. Es bestand aus Eichenholz und Stahl und war gelb angestrichen.

Fred klopfte vorsichtig darauf. »Ich erkenne dein Problem ganz deutlich«, sagte er. »Wie lange war der Fuhrmann bei dir?«

»Nun, er hat von mir ein Mittagessen bekommen ...«

»Und deine Mittagessen sind sehr gut, Enorm, das habe ich immer gesagt. Was war deine heutige Spezialität?«

»Steak à la Dichhautsum mit Cremesoße und Leckerbeilage«, sagte Enorm Jolson. »Zum Nachtisch Meringe à la Schwarzer Tod.«

Einige Sekunden war es still, während sich beide die Mahlzeit vorstellten. Fred Colon seufzte leise.

»Mit Kräuterbutter auf der Leckerbeilage?«

»Du willst mich doch nicht beleidigen, indem du andeutest, ich hätte sie weggelassen.«

»Bei so einem Essen kann ein Mann recht lange verweilen«, sagte Fred. »Das Problem ist: Der Patrizier mag keine Karren, die länger als zehn Minuten auf der Straße parken, Enorm. Er hält das für eine Art Verbrechen.«

»Es ist kein Verbrechen, sich zehn Minuten für eine meiner Mahlzeiten zu nehmen, Fred – so etwas ist eine Tragödie. Hier steht: Stadtwache, fünfzehn Dollar für die Entfernung, Fred. Das ist der Verdienst von zwei Tagen, Fred.«

»Es liegt am Papierkram, verstehst du?«, erwiderte Fred Colon. »Ich kann das Ding nicht einfach so verschwinden lassen, so sehr ich das auch bedauere. Der Dorn in meinem Büro steckt voller Kontrollabschnitte. Wenn ich Kommandeur der Wache wäre, sähe die Sache natürlich anders aus. Aber leider sind mir die Hände gebunden ...«

Die beiden Männer standen nicht zu dicht beieinander, die Hände in den Hosentaschen. Sie vermieden es, sich anzusehen. Nach einer Weile begann Colon leise zu pfeifen.

»Ich weiß das eine oder andere«, sagte Enorm vorsichtig. »Die Leute glauben, Kellner hätten keine Ohren.«

»Ich weiß jede Menge, Enorm«, meinte Colon und ließ das Wechselgeld in der Tasche klimpern.

Eine Zeit lang blickten beide Männer zum Himmel empor.

»Vielleicht ist noch etwas Honigeis von gestern da …«

Feldwebel Colon sah an dem Karren herab.

»Na so was, Herr Jolson«, entfuhr es ihm überrascht. »Irgendein Idiot hat eine Klammer an dem Rad befestigt. Nun, *das* haben wir gleich.«

Colon zog zwei weiße, paddelartige Objekte hinter dem Gürtel hervor und wandte sich dem Semaphorturm des Wachhauses zu, der hinter der alten Limonadenfabrik aufragte. Er wartete, bis ihm der Dienst habende Wasserspeier ein Zeichen gab. Dann begann er mit steifen Armen zu winken, wie jemand, der zwei Tischtennisspiele gleichzeitig spielte.

»Es dauert sicher nicht lange, bis die Leute hier eintreffen. Ah, sieh nur …«

Etwas weiter unten an der Straße waren zwei Trolle damit beschäftigt, das Rad eines Heuwagens mit einer Klammer zu blockieren. Nach einer Weile blickte einer von ihnen zum Wachturm, stieß seinen Kollegen an, holte selbst zwei Schläger hervor und winkte damit, wobei er weniger Elan zeigte als zuvor Colon. Die Antwort vom Wachturm veranlasste die beiden Trolle sich umzudrehen. Sie bemerkten Colon und wankten in seine Richtung.

»Ta-da!«, sagte Colon stolz.

»Erstaunlich, diese neue Technik«, meinte Enorm Jolson bewundernd. »Die Entfernung betrug bestimmt … vierzig oder fünfzig Meter, oder?«

»Ja. Früher musste ich eine Pfeife benutzen. Dann wären sie hierher gekommen und hätten gewusst, dass das Pfeifsignal von mir kam.«

»Jetzt brauchen sie nur aufzusehen und dich zu erkennen«, sagte Jolson.

»Na ja«, räumte Colon ein und begriff: Was gerade geschehen war, ließ die Kommunikationsrevolution nicht im besten Licht erscheinen. »Es hätte natürlich ebenso gut funktioniert, wenn die Burschen mehrere Straßen entfernt oder sogar auf der anderen

Seite der Stadt gewesen wären. Und damit nicht genug. Wenn ich den Wasserspeier angewiesen hätte, das Signal über den großen Turm auf dem Haufen weiterzuleiten, wäre die Nachricht innerhalb weniger Minuten in Sto Lat eingetroffen.«

»Und das sind zwanzig Meilen.«

»Mindestens.«

»Bemerkenswert, Fred.«

»Die Zeit vergeht, Enorm«, sagte Fred, als die Trolle sie erreichten.

»Obergefreiter Hornstein, wer hat Sie aufgefordert, am Karren meines Freundes eine Klammer anzubringen?«, fragte er.

»Nun, Feldwebel, heute Morgen du sagen, wir sollen anbringen Klammer an jedem Karren, der ...«

»Aber doch nicht an *diesem*«, betonte Colon. »Nimm sie sofort weg, dann betrachten wir diese Angelegenheit als erledigt, klar?«

Obergefreiter Hornstein schien zu dem Schluss zu gelangen, dass man ihn nicht fürs Nachdenken bezahlte, und das war auch gut so, denn Feldwebel Colon zweifelte ohnehin daran, dass Trolle in dieser Hinsicht etwas taugten. »Wie meinen du, Feldwebel ...«

»Während du die Klammer abnimmst, plaudern Enorm und ich ein wenig, nicht wahr, Enorm?«, fragte Fred Colon.

»Gern, Fred.«

»Allerdings beschränke ich mich bei der Plauderei auf die Rolle des Zuhörers, weil ich den Mund voll habe.«

Schnee rieselte von den Tannenzweigen. Der Mann bahnte sich einen Weg durchs Unterholz und verharrte einige Sekunden, um wieder zu Atem zu kommen. Dann setzte er den Weg fort und lief über die Lichtung.

Auf der anderen Seite des Tals erklang ein Horn.

Ihm blieb also eine Stunde, wenn er ihnen trauen konnte. Vielleicht schaffte er es nicht bis zum Turm, aber es gab noch andere Auswege.

Er hatte Pläne. Er konnte sie überlisten. Den Schnee meiden, so weit es möglich war, in der eigenen Spur zurückkehren, Bäche ausnutzen ... Es *ließ* sich bewerkstelligen. Vor ihm hatten es andere geschafft; er glaubte fest daran.

Einige Meilen entfernt huschten schlanke Leiber durch den Wald. Die Jagd hatte begonnen.

An einem anderen Ort in Ankh-Morpork stand das Gebäude der Narrengilde in Flammen.

Das war ein Problem, denn die Feuerwehr der Gilde bestand größtenteils aus Clowns.

Und *das* war ein Problem, denn wenn man einem Clown einen Eimer Wasser und eine Leiter zeigt, kennt er nur eine Reaktion. Jahrelange Ausbildung steuert die Reflexe. Es ist ein Gebot der roten Nase, dem er sich nicht widersetzen kann.

Sam Mumm, Kommandeur der Stadtwache von Ankh-Morpork, lehnte an einer Mauer und beobachtete das Schauspiel.

»Wir sollten dem Patrizier erneut eine städtische Feuerwehr vorschlagen«, sagte er. Auf der anderen Seite der Straße griff ein Clown nach einer Leiter, drehte sich um und stieß so den Clown *hinter* sich in einen Eimer Wasser. Dann drehte er sich erneut, um festzustellen, was der Aufruhr hinter ihm bedeutete, wodurch er das aufstehende Opfer erneut in den Eimer stieß. Der Vorgang wurde von einem überraschenden Geräusch begleitet – es klang nach einer verborgenen Tröte. Die Zuschauer sahen stumm zu. Clowns befassten sich nicht mit lustigen Dingen.

»Die Gilden sind dagegen«, erwiderte Hauptmann Karotte Eisengießersohn, Mumms Stellvertreter, während jemand dem Clown mit der Leiter einen Eimer Wasser in die Hose goss. »Sie meinen, wir würden damit ihre Rechte verletzen.«

Das Feuer breitete sich in einem Zimmer des ersten Stocks aus.

»Wenn wir es brennen lassen, steht der Stadt ein interessantes Spektakel bevor«, sagte Karotte ruhig.

Mumm musterte ihn kurz. Es war eine für Karotte typische

Bemerkung. Sie klang völlig unschuldig, aber man *konnte* die Sache auch anders verstehen.

»Ja, zweifellos«, erwiderte der Kommandeur. »Aber wir lassen es besser nicht so weit kommen.« Er trat vor und wölbte die Hände trichterförmig vor dem Mund. »Also gut, hier spricht die Wache!«, rief er. »Eine Eimerkette formen!«

»Oh, *muss* das sein«, fragte jemand in der Zuschauermenge.

»Ja, es muss sein«, bestätigte Karotte. »Na los, alle helfen mit. Wenn wir zwei Ketten bilden, haben wir das Feuer im Nu gelöscht! Und wer weiß – vielleicht macht's sogar Spaß!«

Mumm stellte fest, dass die Leute der Aufforderung nachkamen. Karotte behandelte alle so, als seien es freundliche, hilfsbereite Personen, und irgendetwas hielt sie davon ab, ihm zu beweisen, dass er sich irrte.

Sobald die Clowns entwaffnet waren und von zuvorkommenden Leuten fortgeführt wurden, dauerte es zur großen Enttäuschung der Menge tatsächlich nicht lange, bis das Feuer keinen Schaden mehr anrichten konnte.

Karotte kehrte zurück und wischte sich die Stirn ab, als Mumm eine Zigarre anzündete.

»Dem Feuerschlucker muss übel gewesen sein«, sagte er.

»Vielleicht vergibt man uns nie«, erwiderte Mumm, als sie die Streife fortsetzten. »O nein ... Was ist denn jetzt?«

Karotte blickte zum nächsten Nachrichtenturm.

»Krawall in der Ankertaugasse«, sagte er. »Die Mitteilung gilt ›allen Wächtern‹, Herr.«

Sie liefen los, denn die Nachricht betraf »alle Wächter«. Vielleicht waren die eigenen Leute in Schwierigkeiten.

Als sie sich der Ankertaugasse näherten, begegneten sie immer mehr Zwergen, und Mumm wusste, die Zeichen zu deuten. Die Zwerge wirkten besorgt und gingen alle in die gleiche Richtung.

»Es ist vorüber«, sagte Mumm, als sie um eine Ecke traten. »Man sieht es an der plötzlichen Zunahme verdächtig unschuldiger Zuschauer.«

Woraus auch immer der Notfall bestanden hatte – es musste ein ziemlich großer gewesen sein. Trümmer lagen auf der Straße, und auch recht viele Zwerge. Mumm wurde langsamer.

»Das dritte Mal in dieser Woche«, sagte er. »Was ist bloß los?«

»Schwer zu sagen, Herr«, entgegnete Karotte. Mumm warf ihm einen Blick zu. Karotte war unter Zwergen aufgewachsen. Und er log nie, wenn er es vermeiden konnte.

»Das bedeutet etwas anderes als *Ich weiß es nicht,* oder?«

Der Hauptmann wirkte verlegen.

»Ich glaube, es ... äh ... handelt sich um eine politische Angelegenheit«, sagte er.

Mumm bemerkte eine Wurfaxt, die in einer Mauer steckte.

»Ja, das ist nicht zu übersehen«, meinte er.

Etwas kam über die Straße – wahrscheinlich der Grund für das Ende des Krawalls. Obergefreiter Flußspat war der größte Troll, den Mumm je gesehen hatte. Er *ragte empor*. In einer Menge fiel er deshalb nicht auf, weil er die Menge *war*. Die Leute sahen ihn nicht, weil er ihnen den Blick versperrte. Und wie viele zu groß geratene Personen war er von sanftem, schüchternem Wesen. Er neigte dazu, sich von anderen sagen zu lassen, was er tun sollte. Hätte ihn das Schicksal zu einem Bandenmitglied gemacht, wäre er zweifellos der »Gorilla« gewesen. In der Wache diente er als Schutzschild. Andere Wächter spähten hinter ihm hervor.

»Offenbar begann der Aufruhr in Gimlets Feinkostbude«, sagte Mumm, als sich der Rest der Wache näherte. »Lass Gimlet aussagen.«

»Das ist keine gute Idee, Herr«, sagte Karotte mit fester Stimme. »Er hat nichts gesehen.«

»Woher willst du wissen, dass er nichts gesehen hat? Du hast ihn doch noch gar nicht gefragt.«

»Ich bin ganz sicher, Herr. Er hat nichts gesehen und auch nichts gehört.«

»Obwohl wütende Zwerge sein Restaurant verwüstet haben und draußen übereinander hergefallen sind?«

»Ja, Herr.«

»Ah. Verstehe. Niemand ist so taub wie derjenige, der nicht hören will.«

»Etwas in der Art, Herr, ja. Jetzt ist alles vorbei, Herr. Bestimmt wurde niemand ernsthaft verletzt. Es wäre sicher besser, wenn wir die Sache einfach vergessen, Herr.«

»Ist es eine dieser privaten Zwergenangelegenheiten, Hauptmann?«

»Ja, Herr ...«

»Nun, wir sind hier in Ankh-Morpork, Hauptmann, nicht in irgendeinem Bergwerk, und meine Aufgabe besteht darin, für Ordnung zu sorgen. *Dies* hier sieht mir nicht nach Ordnung aus, Hauptmann. Was sollen die Leute von Krawallen in den Straßen halten?«

»Sie würden sagen: Dies ist ein weiterer Tag im Leben einer großen Stadt«, erwiderte Karotte steif.

»Ja, ich nehme an, da hast du Recht. Allerdings ...« Mumm hob einen stöhnenden Zwerg hoch. »Wer hat dich so zugerichtet?«, fragte er. »Und komm mir bloß nicht mit irgendwelchen Ausflüchten. Einen Namen will ich von dir hören!«

»Agi Hammerklau«, brummte der Zwerg und zappelte.

»Na schön.« Mumm ließ ihn los. »Schreib den Namen auf, Karotte.«

»Nein, Herr«, sagte Karotte.

»Wie bitte?«

»Es gibt keinen Agi Hammerklau in der Stadt, Herr.«

»Kennst du jeden Zwerg?«

»Ich kenne viele von ihnen, Herr. Einem gewissen Agi Hammerklau kann man nur in Bergwerken begegnen, Herr. Er ist eine Art boshafter Geist, Herr. Wenn zum Beispiel jemand sagt ›Steck es dorthin, wo Agi seine Kohle aufbewahrt‹, so meint er damit ...«

»Ja, ich verstehe«, sagte Mumm. »Soll das heißen, ein Phantom hat den Krawall begonnen?« Der Zwerg war klugerweise hinter der nächsten Ecke verschwunden.

»Mehr oder weniger, Herr. Bitte entschuldige.« Karotte trat über die Straße und zog zwei weiße Paddel hinter dem Gürtel hervor. »Von hier aus kann man den Turm sehen. Ich schicke besser eine Nachricht.«

»Warum?«

»Weil wir einen Termin beim Patrizier haben und ihm mitteilen sollten, dass wir uns ein wenig verspäten.«

Mumm holte seine Uhr hervor und starrte darauf hinab. Allem Anschein nach war es wieder einer von diesen Tagen ... so wie man sie in letzter Zeit jeden Tag erlebte.

Das ist die Natur des Universums: Eine Person, die einen stets zehn Minuten warten lässt, ist an jenem Tag, an dem man sich verspätet, zehn Minuten früher zugegen – *und vermeidet dann jeden Hinweis darauf.*

»Bitte entschuldige die Verspätung, Herr«, sagte Mumm, als sie das Rechteckige Büro betraten.

»Oh, ihr seid zu spät?«, fragte Lord Vetinari und blickte von diversen Dokumenten auf. »Ich habe es gar nicht bemerkt. Der Grund ist hoffentlich nichts Ernstes?«

»Ein Brand im Gebäude der Narrengilde, Herr«, sagte Karotte.

»Viele Opfer?«

»Nein, Herr?«

»Nun, das freut mich«, entgegnete der Patrizier vorsichtig und legte seinen Stift beiseite.

»Was gibt es zu besprechen ...?« Er zog ein weiteres Dokument heran und las es rasch.

»Ah, wie ich sehe, haben die Verkehrskontrollen den gewünschten Effekt.« Er deutete auf einen großen Stapel Papier. »Die Gilde der Fuhrleute und Kutscher beschwert sich dauernd. Gute Arbeit. Bitte richtet Feldwebel Colon und seinen Mitarbeitern meinen Dank aus.«

»Ja, Herr.«

»An nur einem Tag wurden Klammern an siebzehn Karren, zehn Pferden, achtzehn Ochsen und einer Ente angebracht.«

»Sie parkte an einer verbotenen Stelle.«

»Zweifellos. Das lässt ein sonderbares Muster erkennen.«

»Herr?«

»Viele der Fuhrleute sagten aus, sie hätten nicht in dem Sinne geparkt, sondern nur angehalten, während eine sehr alte und sehr hässliche Alte die Straße sehr langsam überquerte.«

»Das behaupten sie, Herr.«

»Sie wussten, dass es eine Alte war, weil sie dauernd ›Ach, meine armen alten Füße‹ und Ähnliches murmelte.«

»Klingt tatsächlich nach einer alten Frau, Herr«, meinte Mumm mit hölzerner Miene.

»In der Tat. Seltsam ist allerdings die Aussage einiger Zeugen, nach der die alte Frau anschließend ziemlich schnell durch eine Gasse davonging. Unter anderen Umständen würde ich solche Behauptungen einfach ignorieren, aber erstaunlicherweise hat man die Alte nur kurze Zeit später dabei beobachtet, wie sie ein ganzes Stück entfernt wiederum sehr langsam über eine Straße ging. Ein echtes Rätsel, Mumm.«

Der Kommandeur hob kurz die Hand vor die Augen. »Ich bin fest entschlossen, es schnell zu lösen, Herr.«

Der Patrizier nickte und schrieb eine kurze Notiz auf die Liste vor ihm. Dann legte er sie beiseite, und zum Vorschein kam ein wesentlich schmutzigeres und mehrfach zusammengefaltetes Stück Papier. Mit zwei Brieföffnern entfaltete er den Zettel und schob ihn Mumm zu.

»Weißt du etwas davon?«, fragte Lord Vetinari.

Mumm las die großen, runden, mit Buntstift gemalten Buchstaben:

»LiBa Här, Es iSt aine SCHAnnde wiEh grAUsam Man dieh stREUnigenden HunDE in dIesER STatt beHANdelt, Wasse wiLl diE WacHE dageHIgen UnterNEhmen¿ GezaiCHnet dieh LIGa geGeN MiSseHANdlung vON HunDEn.«

»Hab nicht die geringste Ahnung, was das bedeuten soll«, sagte Mumm.

»Von meinen Sekretären weiß ich, dass fast jeden Abend ein solches ... Schreiben unter der Tür durchgeschoben wird«, erklärte der Patrizier. »Den Autor hat bisher niemand gesehen.«

»Soll ich Ermittlungen einleiten?«, fragte Mumm. »Es dürfte nicht schwer sein, jemanden zu finden, der beim Schreiben sabbert und noch mehr Rechtschreibfehler macht als Karotte.«

»Danke, Herr«, sagte Karotte.

»Die Wächter haben niemanden bemerkt«, sagte der Patrizier. »Gibt es irgendeine Gruppe in Ankh-Morpork, denen das Wohlergehen der Hunde besonders am Herzen liegt?«

»Das bezweifle ich, Herr.«

»Dann schenke ich dieser Sache *pro tempore* keine Beachtung.« Vetinari ließ den feuchten, durchweichten Zettel in den Papierkorb fallen.«

»Kommen wir zu dringenderen Angelegenheiten«, sagte er forsch. »Nun ... Was weißt du von Bums?«

Mumm starrte nur.

Karotte hüstelte freundlich. »Meinst du den Fluss oder den Ort, Herr?«

Der Patrizier lächelte. »Ah, Hauptmann, du überraschst mich schon seit einer ganzen Weile nicht mehr. Ich spreche von dem Ort.«

»Es ist eine der größten Ortschaften in Überwald, Herr«, sagte Karotte. »Exportiert wertvolle Metalle, Leder, Holz und natürlich Fett aus den tiefen Fettminen bei Schmalzberg ...«

»Es gibt *wirklich* einen Ort, der Bums heißt?«, fragte Mumm und wunderte sich darüber, wie schnell sie von einem feuchten Brief über Hunde zu diesem Thema gelangt waren.

»Eigentlich lautet der Name Burums, Herr«, sagte Karotte.

»Trotzdem ...«

»Und in Burums klingt das Wort Morpork wie die dort übliche Bezeichnung für ein ganz bestimmtes Teil der Damenunterwäsche«, fuhr Karotte fort. »Es gibt nur eine begrenzte Anzahl von Silben in der Welt, wenn man genauer darüber nachdenkt.«

»Woher *weißt* du das alles, Karotte?«

»Oh, ich schnappe das eine oder andere auf. Hier und dort.«

»Tatsächlich? Und *welches* Teil der ...«

»In einigen Wochen wird dort etwas sehr Wichtiges stattfinden«, sagte Lord Vetinari. »Ich meine etwas, das auch für die zukünftige Prosperität von Ankh-Morpork große Bedeutung hat.«

»Die Krönung des Niederen Königs«, sagte Karotte.

Mumms Blick wanderte zwischen dem Patrizier und Karotte hin und her.

»Gibt es irgendein Rundschreiben, das mich bisher nicht erreicht hat?«, fragte er.

»Seit Monaten reden die Zwerge praktisch über nichts anderes, Herr.«

»Im Ernst?«, erwiderte Mumm. »Meinst du damit die Krawalle? Und die abendlichen Schlägereien in den Zwergenkneipen?«

»Hauptmann Karotte hat Recht, Mumm. Die Repräsentanten vieler Regierungen werden bei diesem Ereignis zugegen sein. Und natürlich auch Gesandte von den verschiedenen Fürstentümern in Überwald, denn der Niedere König herrscht nur über die unterirdischen Bereiche jener Region. Wir legen großen Wert auf sein Wohlwollen. Borograwien und Gennua werden ebenfalls vertreten sein, wahrscheinlich sogar Klatsch.«

»Aber Klatsch ist noch weiter von Überwald entfernt als Ankh-Morpork! Warum sollten sie von dort jemanden schicken?«

Mumm zögerte einige Sekunden und fügte dann hinzu: »Ha. Ein dumme Frage. Wo ist das Geld?«

»Wie bitte, Kommandeur?«

»Das sagte mein alter Feldwebel immer, wenn ihn etwas verwirrte, Herr. Finde heraus, wo das Geld steckt – dann hast du den Fall halb gelöst.«

Vetinari stand auf, ging zum großen Fenster und blickte nach draußen.

»Überwald ist ein großes Land«, sagte er zum Glas. »Dunkel. Geheimnisvoll. Alt …«

»Dort gibt es große, bisher noch unerschlossene Vorkommen an Kohle und Eisenerz«, sagte Karotte. »Und natürlich Fett. Die besten Kerzen, Lampenöle und Seifen stammen aus den Schmalzberg-Lagerstätten.«

»Warum? Wir haben doch unser eigenes Schlachthaus.«

»Ankh-Morpork verbraucht ziemlich viele Kerzen, Herr.«

»Dafür wird hier an Seife gespart«, sagte Mumm.

»Fett und Talg lassen sich auf vielfältige Weise verwenden, Herr. Wir könnten uns nicht selbst damit versorgen.«

»*Ah*«, sagte Mumm.

Der Patrizier seufzte. »Ich hoffe natürlich auf eine Verbesserung unserer Handelsbeziehungen mit den verschiedenen Nationen in Überwald«, sagte er. »Die Situation dort ist ausgesprochen unbeständig. Kennst du die Verhältnisse in Überwald, Kommandeur Mumm?«

Mumms geographisches Wissen war bis zu einem Umkreis von fünf Meilen um Ankh-Morpork mikroskopisch genau. Jenseits davon verdienten seine Kenntnisse die Bezeichnung »mikroskopisch klein«.

Er nickte zaghaft.

»Nun, eigentlich ist Überwald gar kein Land in dem Sinne«, sagte Vetinari. »Es …«

»Es ist ein Gebiet in einem Stadium, bevor es ein richtiges Land ist«, sagte Karotte. »Überwald besteht größtenteils aus befestigten Städten und Lehnsgütern ohne echte Grenzen und mit viel Wald dazwischen. Immer findet irgendwo eine Fehde statt. Gesetze gibt es nur dort, wo lokale Regenten sie durchsetzen, und an Banditen aller Art herrscht kein Mangel.«

»Also herrschen dort ganz andere Verhältnisse als in unserer Stadt«, kommentierte Mumm leise. Der Patrizier bedachte ihn mit einem gelassenen Blick.

»In Überwald haben Zwerge und Trolle ihren alten Zwist noch

nicht überwunden«, fuhr Karotte fort. »Große Bereiche werden von feudalen Vampir- oder Werwolf-Clans kontrolliert. An vielen Stellen ist die gewöhnliche Hintergrundmagie stärker als andernorts. Eine wahrhaft chaotische Region, in der man kaum glauben könnte, dass wir im Jahrhundert des Flughunds sind. Es bleibt zu hoffen, dass sich die Dinge bald bessern und Überwald sich frohgemut der Staatengemeinschaft anschließt.«

Mumm und Vetinari wechselten einen Blick. Manchmal klang Karotte wie ein Staatsbürgerkunde-Aufsatz, geschrieben von einem verträumten Chorknaben.

»Das hast du gut ausgedrückt«, sagte der Patrizier schließlich. »Aber bis zu jenem freudigen Tag bleibt Überwald ein Geheimnis innerhalb eines Rätsels, umhüllt von einem Mysterium.«

»Mal sehen, ob ich das richtig verstanden habe«, sagte Mumm. »Überwald ist wie ein großer Talgpudding, den plötzlich alle bemerkt haben, und die Krönung dient uns nun als Vorwand dafür, mit Messer, Gabel und Löffel loszueilen, um uns möglichst viel auf den Teller zu schaufeln.«

»Dein Verständnis der politischen Realität ist meisterhaft, Mumm. Nur dein Vokabular lässt zu wünschen übrig. Ankh-Morpork muss natürlich einen Repräsentanten schicken. Einen Botschafter, um ganz genau zu sein.«

»Du denkst dabei doch nicht etwa an mich, oder?«, fragte Mumm.

»Oh, ich könnte auf keinen Fall den Kommandeur der Stadtwache entsenden«, erwiderte Lord Vetinari. »In den meisten Ländern von Überwald gibt es die moderne, zivile Truppe zur Friedenssicherung nicht einmal als Konzept.«

Mumm entspannte sich.

»Stattdessen schicke ich den Herzog von Ankh.«

Mumm saß kerzengerade.

»Wir haben es dort zum größten Teil mit Feudalsystemen zu tun«, fuhr Vetinari fort. »Sie messen dem Rang große Bedeutung bei …«

»Ich lasse mir nicht befehlen, nach Überwald zu reisen!«

»Befehlen, Euer Gnaden?« Vetinari wirkte schockiert und besorgt. »Meine Güte, da muss ich Lady Sybil falsch verstanden haben ... Gestern meinte sie, ein Urlaub weit von Ankh-Morpork entfernt wäre ein echter Segen für dich.«

»Du hast mit Sybil *gesprochen*?«

»Beim Empfang für den neuen Präsidenten der Schneidergilde. Du bist früh gegangen, wenn ich mich recht entsinne. Wegen irgendeines Notfalls. Lady Sybil erwähnte zufälligerweise, dass du dauernd bei der Arbeit bist, wie sie es ausdrückte. Eins führte zum anderen. Oh, ich hoffe, ich habe keinen Ehestreit verursacht ...«

»Ich kann die Stadt *gerade jetzt* nicht verlassen!«, brachte Mumm verzweifelt hervor. »Es gibt so viel zu tun!«

»Sybil ist der Ansicht, dass du die Stadt gerade deshalb verlassen solltest«, sagte Vetinari.

»Aber das neue Ausbildungszentrum ...«

»Inzwischen läuft dort alles reibungslos, Herr«, warf Karotte ein.

»Im Brieftaubensystem herrscht heilloses Durcheinander ...«

»Wir haben das Problem mit neuem Futter aus der Welt geschafft, Herr. Außerdem funktionieren die Nachrichtentürme recht gut.«

»Die Flusswache muss eingerichtet werden ...«

»Erst nach der Bergung des Bootes, was ein oder zwei Wochen dauern dürfte ...«

»Die Abflussröhre der Wache in der Kröselstraße ...«

»Die Klempner sind bereits bei der Arbeit, Herr.«

Mumm wusste, dass er verloren hatte. Er hatte in dem Augenblick verloren, als Sybil an der Sache beteiligt wurde, denn sie war eine Belagerungsmaschine, gegen die seine Wehrwälle nichts ausrichten konnten. Aber er wollte nicht kampflos untergehen.

»Du *weißt*, dass ich mit diplomatischem Gerede nicht gut zurechtkomme«, sagte er.

»Ganz im Gegenteil, Mumm«, widersprach Lord Vetinari. »Das diplomatische Korps hier in Ankh-Morpork hast du sehr überrascht. Dort ist man nicht an offene Worte gewöhnt. Was hast du letzten Monat dem istanzianischen Botschafter gesagt?« Der Patrizier schob die Unterlagen auf seinem Schreibtisch hin und her. »Die Beschwerde müsste hier irgendwo liegen ... Ah, da ist sie. Es ging um militärische Vorstöße über den Fluss Slipnir. Du meintest, weitere Aktionen dieser Art hätten direkte Konsequenzen für den Botschafter. Du hast angedroht, ihn mit einem Krankenkarren nach Hause zu schicken.«

»Tut mir sehr Leid, Herr. Aber es war ein langer Tag, und er ging mir wirklich auf die ...«

»Seitdem haben sich die istanzianischen Truppen so weit zurückgezogen, dass sie fast im nächsten Land stehen«, fuhr Lord Vetinari fort und schob das Dokument beiseite. »Ich muss sagen, dass deine Bemerkung nur ganz allgemein in die Richtung meiner eigenen Meinung zielt, aber wenigstens waren deine Worte unmissverständlich. Der Botschafter betonte auch die Tatsache, dass du einen drohenden Blick auf ihn gerichtet hättest.«

»Ich habe ihn ganz normal angesehen.«

»Zweifellos. Nun, in Überwald brauchst du die Leute nur freundlich anzusehen.«

»Ah, aber du möchtest bestimmt nicht, dass ich Dinge sage wie ›Wie wär's, wenn ihr uns euer Fett ganz billig verkauft?‹, oder?« Mumms Verzweiflung wuchs.

»Es ist nicht erforderlich, dass du an irgendwelchen Verhandlungen teilnimmst, Mumm. Darum kümmert sich einer meiner Sekretäre, der eine provisorische Botschaft einrichtet und solche Angelegenheiten mit den zuständigen Personen an den unterschiedlichen Höfen von Überwald diskutiert. Alle Sekretäre sprechen die gleiche Sprache. *Du* versuchst einfach nur, so herzoglich wie möglich zu sein. Und natürlich wird dich ein Gefolge begleiten. Mitarbeiter«, fügte Vetinari hinzu, als er die Verwirrung im Gesicht des Kommandeurs bemerkte. Er seufzte. »Einige Personen werden dich begleiten. Ich schlage Feldwebel Angua, Feldwebel Detritus und Korporal Kleinpo vor.«

»Ah«, sagte Karotte und nickte ermutigend.

»Wie bitte?«, erwiderte Mumm. »Ich glaube, ich habe gerade einen Teil des Gesprächs verpasst.«

»Ein Werwolf, ein Troll und ein Zwerg«, erklärte Karotte. »Ethnische Minderheiten, Herr.«

»Aber in Überwald sind es ethnische *Mehrheiten*«, sagte Lord Vetinari. »Die drei genannten Wächter stammen ursprünglich von dort, soweit ich weiß. Ihre Anwesenheit wird Bände sprechen.«

»Bisher hat sie mir noch nicht einmal eine Postkarte geschickt«, entgegnete Mumm. »Ich würde lieber jemand anderen mitnehmen, zum Beispiel ...«

»Es wird den Bewohnern von Überwald zeigen, dass Ankh-Morpork eine multikulturelle Gesellschaft ist, Herr«, meinte Karotte.

»Oh, ich verstehe«, brummte Mumm. »›Leute wie wir.‹ Leute, mit denen man Geschäfte machen kann.«

Vetinaris Züge verhärteten sich ein wenig. »Manchmal habe ich den Eindruck, dass die Kultur des Zynismus bei der Wache ...«

»Unzulänglich ist?«, beendete Mumm den Satz. Einige Sekunden herrschte Stille. »Na schön«, seufzte er. »Ich gehe jetzt besser, um die Knäufe meiner Krone zu putzen.«

»Wenn mich meine heraldischen Kenntnisse nicht trügen, hat die herzogliche Krone keine Knäufe. Sie ist vielmehr recht ... spitz.« Der Patrizier schob einen kleinen Stapel Papiere über den Schreibtisch. Ganz oben lag eine Einladungskarte mit goldenem Rand. »Gut. Ich lasse sofort eine ... Nachricht übermitteln. Einzelheiten erfährst du später. Bitte richte der Herzogin meine Grüße aus. Und nun möchte ich dich nicht länger aufhalten ...«

»Das sagt er immer«, murmelte Mumm, als er zusammen mit Karotte die Treppe hinuntereilte. »Er weiß, dass es mir nicht gefällt, mit einer Herzogin verheiratet zu sein.«

»Ich dachte, du und Lady Sybil ...«

»Oh, ich habe nichts dagegen einzuwenden, mit Sybil verheiratet zu sein«, sagte Mumm rasch. »Nur das mit der Herzogin stört mich. Wo sind die anderen heute Abend?«

»Korporal Kleinpo kümmert sich um die Tauben. Detritus ist mit Knuddel Winzig auf Streife. Und Angua hat mit einem Sondereinsatz in den Schatten begonnen, Herr. Erinnerst du dich? Mit Nobby?«

»Oh, meine Güte, ja. Nun, wenn sie morgen zurückkehren, sollten sie besser mir Bericht erstatten. Da fällt mir ein ... Nimm Nobby die blöde Perücke weg und versteck sie irgendwo.« Mumm blätterte in den Unterlagen. »Ich habe noch nie etwas vom Niederen König der Zwerge gehört. Ich dachte immer, der ›König‹ der Zwerge sei eine Art Chefingenieur oder so.«

»Oh, der Niedere König stellt etwas Besonderes dar«, sagte Karotte.

»Warum?«

»Nun, es beginnt alles mit der Steinsemmel, Herr.«

»Der was?«

»Was hältst du davon, wenn wir auf dem Weg zur Wache einen kleinen Umweg machen, Herr? Dann wird alles klarer.«

Die junge Frau stand an einer Straßenecke in den Schatten. Ihre Haltung verriet, dass sie im Sprachgebrauch dieses Viertels eine »wartende Dame« war. Besser gesagt: eine Dame, die auf Herrn Richtig beziehungsweise Herrn Der-richtige-Betrag wartete.

Sie schwang ihre Handtasche.

Dies war ein unmissverständliches Signal für jeden, der auch nur die Intelligenz einer Taube hatte. Ein Mitglied der Diebesgilde wäre vorsichtig auf der anderen Straßenseite vorbeigegangen und hätte der Frau höchstens auf freundliche, betont nicht aggressive Weise zugenickt. Selbst die weniger höflichen freischaffenden Diebe, die sich hier herumtrieben, hätten es sich genau überlegt, einen Blick auf die Handtasche zu werfen. Bei der Näherinnengilde waltete die Justiz sehr schnell und irreversibel.

Der dürre Schuldige Schuft hatte allerdings *nicht* die Intelligenz einer Taube. Seit fünf Minuten klebte sein Blick an der Handtasche fest, und der Gedanke daran, was sie wohl enthielt, hypnotisierte ihn geradezu. Er glaubte, das Geld bereits fühlen zu können. Mit eingezogenem Kopf setzte er sich auf den Zehenspitzen in Bewegung, stürmte aus der Gasse, griff nach der Handtasche und kam einige Zoll weit, bevor die Welt hinter ihm explodierte und er im Schlamm landete.

Etwas sabberte direkt neben seinem Ohr. Er hörte ein leises, lang gezogenes Knurren, das die Tonart nicht veränderte und deutlich klarstellte, was mit ihm geschehen würde, wenn er sich von der Stelle rührte.

Er hörte Schritte und sah aus dem Augenwinkel den Saum eines Kleids.

»Ach, der *Schuldige Schuft*«, erklang eine Stimme. »Bist du jetzt zum Handtaschendieb geworden? So tief bist du gesunken? Musst wirklich in Schwierigkeiten stecken. Es ist nur Schuft, Fräulein. Du kannst ihn aufstehen lassen.«

Das Gewicht erhob sich von Schufts Rücken, und er hörte, wie etwas davontapste.

»Ich hab's getan, ich hab's getan!«, rief der kleine Dieb verzweifelt, als ihm Korporal Nobbs auf die Beine half.

»Ja, ich weiß, ich habe dich dabei *gesehen*«, erwiderte Nobby. »Und hast du eine Ahnung, was mit dir passiert wäre, wenn dich die Diebesgilde beobachtet hätte? Dann lägst du tot im Fluss, ohne irgendwelche Privilegien wegen guter Führung.«

»Die Gilde hasst mich, weil ich so gut bin«, behauptete Schuft durch seinen verfilzten Bart. »He, erinnerst du dich an den Überfall bei Enorm Jolson im letzten Monat? Das war ich.«

»Natürlich, Schuft. Du bist es gewesen, völlig klar.«

»Und der ausgeräumte Goldtresor in der letzten Woche ... Auch dafür bin ich verantwortlich. Da stecken keineswegs Kohlenfresse und seine Jungs hinter.«

»Du hast es getan, was, Schuft?«

»Und dann die Sache beim Goldschmied. Alle behaupten, es sei der Knirschende Ron gewesen …«

»Aber das stimmt nicht. In Wirklichkeit hast du das Ding gedreht, stimmt's?«

»Genau«, bestätigte Schuft.

»Und außerdem warst du es, der den Göttern das Feuer gestohlen hat, nicht wahr?«, fragte Nobby und grinste unter seiner Perücke.

»Ja, da hast du völlig Recht.« Schuft nickte und schniefte. »Damals war ich natürlich jünger.« Er musterte Nobby Nobbs kurzsichtig.

»Warum hast du ein Kleid an, Nobby?«

»Das ist streng geheim, Schuft.«

»Oh, na gut.« Verlegen verlagerte der Schuldige Schuft das Gewicht von einem Bein aufs andere. »Du hast nicht zufällig etwas Geld für mich, oder? Seit zwei Tagen habe ich nichts mehr gegessen.«

Kleine Münzen glänzten in der Dunkelheit.

»Verschwinde«, sagte Korporal Nobbs.

»Danke, Nobby. Wenn du irgendwelche ungelösten Fälle hast … Du weißt ja, wo du mich finden kannst.«

Schuft schlurfte durch die Nacht davon.

Feldwebel Angua erschien hinter Nobby und legte ihren Brustharnisch an.

»Armer alter Kerl«, sagte sie.

»Früher war er ein guter Dieb«, meinte Nobby. Er holte ein Notizbuch aus der Handtasche und kritzelte einige Zeilen.

»Es war sehr freundlich von dir, ihm zu helfen«, lobte Angua.

»Ich nehme mir das Geld aus der Portokasse«, sagte Nobby. »Außerdem wissen wir jetzt, wer die Goldbarren verschwinden ließ. Herr Mumm wird sich freuen. Vielleicht bringt mir dies eine neue Feder am Hut ein, sozusagen.«

»Am Häubchen, Nobby.«

»Was?«

»An deinem Häubchen, Nobby. Es ist von einem recht hübschen Blumenband umgeben.«

»Oh … ja …«

»Ich will mich nicht beschweren«, sagte Angua. »Aber als wir mit diesem Einsatz beauftragt wurden, sollte *ich* der Lockvogel sein und mir von *dir* helfen lassen.«

»Ja, aber du bist …« Nobby schnitt eine Grimasse, als er sich auf unvertrautes linguistisches Terrain wagte. »… mor… pho…lo…gisch begabt …«

»Du meinst, ich bin ein Werwolf, Nobby. Ich kenne das Wort.«

»Ja. Und deshalb kannst du wesentlich besser auf der Lauer liegen als ich, und … Es ist nicht richtig, dass Frauen bei der Polizeiarbeit als Lockvogel fungieren müssen …«

Angua zögerte, was oft geschah, wenn sie versuchte, Nobby schwierige Dinge zu erklären. Sie hob die Hände und bewegte sie so, als wollte sie den Teig ihrer Gedanken kneten.

»Es ist nur …«, begann sie. »Ich meine, die Leute könnten … Weißt du, wie die Leute Männer nennen, die Perücken und Kleider tragen?«

»Ja, Fräulein.«

»Wirklich?«

»Ja, Fräulein. Die Leute nennen sie Anwälte.«

»Äh, gut, ja«, erwiderte Angua langsam. »Und sonst noch?«

»Äh … Schauspieler, Fräulein?«

Angua gab auf. »Taft steht dir gut, Nobby«, sagte sie.

»Glaubst du nicht, dass ich darin zu dick wirke?«

Angua schniefte. »O nein …«, kam es leise über ihre Lippen.

»Das Parfüm habe ich wegen der Auatenzität aufgelegt«, sagte Nobby hastig.

»Was? Oh …« Angua schüttelte den Kopf und atmete tief durch. »Ich … rieche … etwas … anderes …«

»Das überrascht mich, weil dieses Zeug ziemlich geruchsintensiv ist. Um ganz ehrlich zu sein: Ich glaube nicht, dass es echter Maiglöckchenduft ist …«

»Ich meine kein Parfüm.«

»… aber mit dem Lavendelwasser in dem Laden hätte man Messing reinigen können …«

»Kannst du allein zur Wache in der Kröselstraße zurückkehren, Nobby?«, fragte Angua. Trotz der sich verdichtenden Panik fügte sie in Gedanken hinzu: *Ich meine, was könnte ihm schon passieren*?

»Ja, Fräulein.«

»Es gibt da etwas, um das ich mich … kümmern muss.«

Angua eilte fort, und der neue Geruch beanspruchte ihre ganze olfaktorische Aufmerksamkeit. Es war tatsächlich eine ganze Menge nötig, um Eau de Nobbs in den Hintergrund zu drängen, und diesem speziellen Geruch gelang das mühelos. O ja …

Nicht hier, dachte sie. Nicht jetzt.

Nicht er.

Der fliehende Mann hangelte sich an einem schneefeuchten Ast entlang und schaffte es schließlich, einen tiefer gelegenen Ast zu erreichen, der zu einem anderen Baum gehörte. Inzwischen war er schon ein ganzes Stück vom Bach entfernt. Wie gut mochte ihr Geruchssinn sein? Ziemlich gut, das wusste er. Aber *so* gut?

Er hatte den Bach an einem überhängenden Ast verlassen. Wenn sie den Ufern folgten – und zweifellos waren sie klug genug, eine solche Entscheidung zu treffen –, konnten sie wohl kaum feststellen, an welcher Stelle er an Land zurückgekehrt war.

Links von ihm erklang dumpfes Heulen.

Er wandte sich nach rechts und hastete durch die Düsternis des Waldes.

Mumm hörte, wie Karotte in der Dunkelheit umhertastete, und dann drehte sich ein Schlüssel im Schloss.

»Ich dachte, das Komitee Gleiche Höhe Für Zwerge verwaltet diesen Ort«, sagte der Kommandeur.

»Es ist sehr schwer, Freiwillige zu finden«, erwiderte Karotte.

Er geleitete Mumm durch die niedrige Tür und zündete eine Kerze an. »Ich komme jeden Tag hierher, um die Dinge im Auge zu behalten, aber ansonsten scheint niemand sehr interessiert daran zu sein.«

»Der Grund dafür ist mir ein Rätsel«, sagte Mumm und sah sich im Zwergenbrotmuseum um.

Das einzig Positive, das sich über die hier ausgestellten Brotprodukte sagen ließ, war vermutlich: Sie waren ebenso genießbar wie an jenem Tag, an dem man sie gebacken hatte.

Eigentlich war es in diesem Zusammenhang besser von »geschmiedet« zu sprechen. Zwergenbrot war nicht nur als Notration gedacht, sondern auch als Waffe und Währung. Zwerge hielten nicht viel von Religion, soweit Mumm wusste, aber ihre Einstellung dem Brot gegenüber konnte man durchaus fromm nennen.

Irgendwo in der Dunkelheit klimperte es, und dann kratzte etwas.

»Ratten«, sagte Karotte. »Die armen Tiere versuchen immer wieder, Zwergenbrot zu fressen. Ah, da sind wir. Die Steinsemmel. Natürlich eine Nachbildung.«

Mumm betrachtete das unförmige Etwas in der staubigen Vitrine. Die Ähnlichkeit mit einer Semmel war nur zu erkennen, wenn man vorher darauf hingewiesen worden war. Andernfalls hätte man das Objekt vermutlich als Klumpen wahrgenommen. Größe und Form entsprachen einem gut eingesessenen Kissen. Hier und dort zeigten sich einige versteinerte Rosinen.

»Nach einem arbeitsreichen Tag stützt meine Frau die Füße auf so etwas«, sagte Mumm.

»Die Steinsemmel ist eintausendfünfhundert Jahre alt«, erwiderte Karotte mit Ehrfurcht in der Stimme.

»Ich dachte, dies sei eine Nachbildung.«

»Nun ja …«, räumte Karotte ein. »Aber es ist die Nachbildung eines sehr wichtigen Gegenstands.«

Mumm schnupperte. Ein beißender Geruch lag in der Luft. »Riecht ziemlich stark nach Katze hier drin.«

»Ich fürchte, sie folgen den Ratten hierher. Eine Ratte, die an Zwergenbrot geknabbert hat, kann nicht mehr sehr schnell laufen.«

Mumm zündete sich eine Zigarre an. Karotte bedachte ihn mit einem Blick, in dem unsichere Missbilligung zum Ausdruck kam. »Wir danken den Besuchern, wenn sie hier nicht rauchen, Herr«, sagte er.

»Wieso?«, fragte Mumm. »Woher wollt ihr wissen, dass sie nicht doch rauchen?« Er lehnte sich an die Vitrine. »Na schön, Hauptmann. Warum schickt man mich *wirklich* nach ... Bums? Ich weiß nicht sehr viel über Diplomatie, aber mir ist klar, dass es dabei nie um nur eine Sache geht. Was hat es mit dem Niederen König auf sich? Warum fallen die Zwerge übereinander her?«

»Nun, Herr, hast du jemals vom *Kruk* gehört?«

»Meinst du das Minengesetz der Zwerge?«, erwiderte Mumm.

»Ausgezeichnet, Herr. Allerdings steckt noch viel mehr dahinter. Das Kruk betrifft ... die Lebensweise der Zwerge. Besitz und Eigentum, Eherecht, Erbschaft, Regeln bei Kontroversen und so weiter. Der Niedere König ... Nun, man könnte ihn als letztes Berufungsgericht bezeichnen. Er wird beraten, hat aber das letzte Wort. Kannst du mir folgen?«

»Bisher ergibt alles einen Sinn.«

»Er wird auf der Steinsemmel gekrönt und sitzt darauf, wenn er seine Urteile fällt, weil das alle Niedere Könige getan haben, seit B'hrian Blutaxt vor tausendfünfhundert Jahren. Es ... verleiht Autorität.«

Mumm nickte verdrießlich. Auch das ergab einen Sinn. Man setzte eine bestimmte Verhaltensweise fort, weil sich die Vorfahren ebenso verhalten hatten, und die Erklärung lautete: »So ist es immer schon gewesen.« Eine Million Tote können sich nicht irren, oder?

»Wird er gewählt oder als König geboren?«, fragte Mumm.

»Ich glaube, man könnte es eine Wahl nennen«, sagte Karotte. »Aber eigentlich läuft es darauf hinaus, dass die alten Zwerge es unter sich ausmachen. Nachdem sie anderen Zwergen zugehört haben. In diesem Zusammenhang spricht man von »sondieren«. Traditionell stammt der Niedere König aus einer der großen Familien. Aber … äh …«

»Ja?«

»In diesem Jahr sieht die Sache ein wenig anders aus. Die Gemüter sind … erhitzt.«

Ah, dachte Mumm.

»Der falsche Zwerg hat gewonnen?«, fragte er.

»Das würden einige Zwerge behaupten«, sagte Karotte. »Aber eigentlich wird der ganze Vorgang in Frage gestellt, und zwar von den Zwergen der größten Zwergenstadt außerhalb von Überwald.«

»Nenn den Namen nicht. Du meinst bestimmt den Ort mittwärts von …«

»Ich meine Ankh-Morpork, Herr.«

»Was? Dies ist keine Zwergenstadt!«

»Inzwischen leben hier fünfzigtausend Zwerge, Herr.«

»Im Ernst?«

»Ja, Herr.«

»Bist du *sicher*?«

»Ja, Herr.«

Natürlich ist er sicher, dachte Mumm. Und wahrscheinlich kennt er sie alle mit Namen.

»Derzeit findet eine große Debatte statt«, fügte Karotte hinzu. »Man diskutiert über die Definition des Begriffs ›Zwerg‹.«

»Nun, *manche* Leute sind der Meinung, dass man Zwerge deshalb Zwerge nennt, weil …«

»Nein, Herr. Die Größe spielt dabei keine Rolle. Nobby Nobbs ist kleiner als viele Zwerge, aber deshalb kämen wir nicht auf den Gedanken, *ihn* Zwerg zu nennen.«

»Es fällt uns sogar schwer, ihn als Menschen zu bezeichnen«, sagte Mumm.

»Und immerhin bin auch ich ein Zwerg.«

»Weißt du, Karotte, ich wollte schon längst mit dir darüber reden ...«

»Zwerge haben mich adoptiert. Ich bin bei Zwergen aufgewachsen. Für Zwerge bin ich ein Zwerg, Herr. Ich kann das *K'zakra*-Ritual durchführen. Ich kenne die Geheimnisse des *H'ragna.* Ich kann meine *G'rakha* richtig *ha'lk* ... Ich bin ein Zwerg.«

»Was bedeuten diese Worte?«

»Das darf ich Nichtzwergen nicht verraten.« Karotte versuchte taktvoll, den Zigarrenrauch zu meiden.

»Unglücklicherweise glauben einige Bergzwerge, Emigranten wären keine richtigen Zwerge mehr. Doch diesmal haben die Ansichten der Zwerge von Ankh-Morpork beim Königsamt den Ausschlag gegeben, was vielen Zwergen daheim nicht gefällt. Überall gibt es böses Blut. Familien fallen auseinander. Es wird häufig an Bärten gezogen.«

»Tatsächlich?« Mumm versuchte, nicht zu lächeln.

»Das ist keineswegs komisch, wenn man ein Zwerg ist.«

»Entschuldigung.«

»Und ich fürchte, der neue Niedere König macht es noch schlimmer, obwohl ich ihm natürlich alles Gute wünsche.«

»Ein harter Bursche?«

»Nun, Herr, ich schätze, man kann von folgender Annahme ausgehen: Ein Zwerg, der in der Zwergengesellschaft weit genug aufsteigt, um auch nur als Kandidat für das Amt des Königs *in Frage* zu kommen, erreicht solch einen Rang bestimmt nicht, indem er das Haihi-Haiho-Lied singt und verletzte Tiere im Wald pflegt. Wie dem auch sei: Nach Zwergenmaßstäben ist König Rhys Rhysson ein moderner Denker, obwohl ich gehört habe, dass er Ankh-Morpork nicht sehr mag.«

»Klingt in der Tat nach einem sehr klaren Denker.«

»Die traditioneller eingestellten Bergzwerge halten nichts von ihm und sind sehr enttäuscht, denn sie glaubten, Albrecht Albrechtson würde der nächste Niedere König werden.«

»Er ist vermutlich *kein* moderner Denker.«

»Er hält es schon für gefährlich unzwergisch, die Stollen zu verlassen und sich *oberhalb* des Bodens aufzuhalten.«

Mumm seufzte. »Ganz offensichtlich gibt es da ein Problem, Karotte. Aber der wichtigste Aspekt dieses Problems besteht darin, dass es nicht mich betrifft. Und auch nicht dich, obwohl du glaubst, ein Zwerg zu sein.« Er klopfte an die Vitrine mit der Steinsemmel.

»Eine Nachbildung, wie?«, fragte er. »Bist du ganz sicher, dass es nicht das echte Exemplar ist?«

»Herr! Es gibt nur eine echte Steinsemmel. Wir nennen sie das ›Ding und die Gesamtheit des Dings‹.«

»Nun, wenn es eine wirklich gute Nachbildung ist … Wer könnte den Unterschied erkennen?«

»Jeder Zwerg, Herr.«

»Na schön.«

Zwei Flüsse trafen sich an einem kleinen Dorf. Dort gab es bestimmt Boote.

Sein Trick hatte ganz offensichtlich funktioniert. Die Hänge hinter ihm glänzten weiß, und nirgends zeigten sich dunkle Schemen. Ganz gleich, wie gut sie waren – sollten sie versuchen, schneller zu schwimmen als ein Boot …

Fester Schnee knirschte unter ihm. Er wankte an einigen einfachen Hütten vorbei, sah den Landesteg und die Boote, löste das frosterstarrte Seil des nächsten Boots, griff nach einem Ruder und schob sich damit in die Strömung.

Auf den Hügeln regte sich noch immer nichts.

Jetzt hatte er Gelegenheit, seine Situation einzuschätzen. Eigentlich waren mehrere Männer nötig, um ein so großes Boot zu manövrieren, aber er brauchte sich nur von den Ufern fern zu halten. Das würde für die kommende Nacht genügen. Am nächsten Morgen wollte er es irgendwo zurücklassen und vielleicht jemanden bitten, eine Nachricht mit Hilfe des Turms zu übermitteln. Wenn er sich dann ein Pferd kaufte und losritt …

Hinter ihm, unter der Plane am Bug, knurrte etwas.

Sie waren wirklich *sehr* schlau.

In einem nicht weit entfernten Schloss blätterte Lady Margolotta stumm in einer Ausgabe von *Twurps Adelsverzeichnis*.

Es war kein besonders gutes Nachschlagewerk für die Länder auf dieser Seite der Spitzhornberge, wo das Standardwerk *Der gothische Almanach* hieß – darin nahm Lady Margolotta vier Seiten ein*. Aber es leistete wertvolle Dienste, wenn man wissen wollte, wer in Ankh-Morpork eine Rolle spielte.

Inzwischen steckten Dutzende von Lesezeichen in dem dicken Buch.

Neben Lady Margolotta stand ein dünnes Glas mit roter Flüssigkeit. Sie trank einen Schluck und verzog das Gesicht. Dann blickte sie ins Kerzenlicht und versuchte, wie Lord Vetinari zu denken.

Ahnte er irgendetwas? Wie viele Nachrichten erreichten ihn? Den Nachrichtenturm gab es erst seit einem Monat, und viele Leute in Bums hielten ihn für etwas Fremdes und Störendes. Aber offenbar herrschte bereits reger Kommunikationsverkehr.

Wen würde Vetinari schicken?

Lady Margolotta erhoffte sich wichtige Hinweise von seiner Wahl. Entsandte er vielleicht jemanden wie Lord Rust oder Lord Selachii? Dann würde sie weitaus weniger von ihm halten. Nach dem, was sie gehört hatte – und Lady Margolotta hörte viel –, konnte das diplomatische Korps von Ankh-Morpork den eigenen Hintern nicht einmal mit einer Karte finden. Natürlich war es recht nützlich für einen Diplomaten, dumm zu wirken, bis er einem schließlich die Socken klaute, aber Lady Margolotta hatte einige Botschafter von Ankh-Morpork kennen gelernt, und ihrer Meinung nach konnte niemand *so* gut schauspielern.

Das Heulen draußen ging ihr allmählich auf die Nerven. Sie läutete nach dem Diener.

* Bei Vampiren wachsen die Namen immer mehr in die Länge. Es hilft ihnen, sich während der langen Jahre die Zeit zu vertreiben.

»Zur Ftelle, gnä' Frau«, sagte Igor und materialisierte aus den Schatten.

»Geh und sag den Kindern der Nacht, sie sollen ihre wundervolle Musik woanders erklingen lassen. Ich habe Kopfschmerzen.«

»Fehr wohl, gnä' Frau.«

Lady Margolotta gähnte. Eine lange Nacht lag hinter ihr, und der Tag brachte hoffentlich ungestörten Schlaf. Anschließend konnte sie bestimmt klarer denken.

Als sie die Kerze auspusten wollte, fiel ihr Blick erneut auf das Buch. Ein Lesezeichen steckte beim M.

Aber ... der Patrizier konnte doch nicht *so viel* wissen.

Sie zögerte und zog dann den Klingelzug über dem Sarg. Igor erschien erneut, auf typische Igor-Art.

»Die tüchtigen jungen Männer beim Nachrichtenturm sind wach, nicht wahr?«

»Ja, gnä' Frau.«

»Lass unserem Agenten eine Mitteilung zukommen. Er soll *alles* über Kommandeur Mumm von der Wache herausfinden.«

»Ift er der Diplomat, gnä' Frau?«

Lady Morgolotta legte sich hin. »Nein, Igor. Er ist der *Grund* für Diplomaten. Bitte schließ den Deckel.«

Sam Mumm konnte sich in Gedanken mit zwei Dingen gleichzeitig befassen. Die meisten Ehemänner sind dazu imstande. Sie lernen, über eigene Dinge nachzudenken, während sie *gleichzeitig* auf das achten, was ihre Ehefrauen sagen. Das Zuhören ist wichtig, denn sie müssen jederzeit mit der Aufforderung rechnen, den letzten Satz zu wiederholen. Eine sehr praktische zusätzliche Fähigkeit besteht darin, nach verräterischen Ausdrücken im Dialog Ausschau zu halten, in der Art von »Es kann bereits morgen geliefert werden«, oder »Deshalb habe ich sie zum Essen eingeladen«, oder »Das gibt es auch in Blau und es kostet überhaupt nicht viel«.

Lady Sybil wusste davon. Sam konnte ein Gespräch mit ihr führen, ohne den sprichwörtlichen Faden zu verlieren, während er an etwas ganz anderes dachte.

»Ich sagte Willikins, dass er Wintersachen einpacken soll«, meinte sie und musterte ihren Mann. »In dieser Jahreszeit ist es dort oben ziemlich kalt.«

»Ja. Das ist eine gute Idee.« Mumms Blick galt weiterhin einer Stelle dicht über dem Kamin.

»Ich schätze, dass wir selbst einen Empfang veranstalten müssen, deshalb sollten wir genügend Spezialitäten aus Ankh-Morpork mitnehmen. Um ein Zeichen zu setzen. Was hältst du davon, wenn wir uns von einem Koch begleiten lassen?«

»Ja, Schatz. Das wäre eine gute Idee. Außerhalb von Ankh-Morpork weiß niemand, wie man ein ordentliches Hachsenbrötchen macht.«

Sybil war beeindruckt. Vollständig im automatischen Modus funktionierende Ohren hatten den Mund veranlasst, einen kleinen, aber durchaus relevanten Diskussionsbeitrag zu leisten.

»Glaubst du, wir sollten den Alligator mitnehmen?«, fragte sie.

»Ja, das könnte ratsam sein.«

Sybil beobachtete Sams Gesicht. Kleine Furchen bildeten sich auf seiner Stirn, als die Ohren das Gehirn anstießen. Er blinzelte.

»Welchen Alligator?«

»Du warst meilenweit entfernt, Sam. In Überwald, nehme ich an.«

»Entschuldige.«

»Gibt es ein Problem?«

»Warum schickt er *mich*, Sybil?«

»Bestimmt teilt Havelock meine Ansicht, dass es verborgene Tiefen in dir gibt, Sam.«

Mumm sank etwas tiefer in den Sessel, und ein Schatten fiel auf sein Gesicht. Sybil war sehr praktisch und einfühlsam, doch in ihrem Wesen gab es einen hartnäckigen Fehler: Sie bestand darauf, ihn für einen Mann mit vielen Talenten zu halten. Er *wusste*, dass es verborgene Tiefen in ihm gab, doch sie enthielten nichts, was er an die Oberfläche bringen wollte. Gewisse Dinge ließ man besser ruhen.

Darüber hinaus wuchs in seinem Innern ein Unbehagen, das ihm keine Ruhe gönnte. Wäre er in der Lage gewesen, die richtigen Worte zu finden, hätte er es vielleicht so beschrieben: Polizisten fuhren nicht in Urlaub. Der Patrizier hatte einmal selbst darauf hingewiesen, dass sich überall dort Verbrechen ereigneten, wo sich Polizisten aufhielten. Woraus folgte: Wenn er nach Bums reiste – oder wie auch immer der verdammte Ort hieß –, würde es dort zu einem Verbrechen kommen. Solche »Überraschungen« hielt die Welt ständig für Angehörige der Polizei bereit.

»Es wäre nett, Serafine wieder zu sehen«, sagte Sybil.

»Ja, in der Tat«, erwiderte Mumm.

In Bums war er natürlich kein Polizist, zumindest nicht offiziell. Je länger er darüber nachdachte, desto weniger gefiel ihm die ganze Sache. Sie gefiel ihm noch weniger als all die anderen Dinge.

Mumm hatte sich nur selten außerhalb von Ankh-Morpork aufgehalten. Bei diesen wenigen Gelegenheiten hatte er entweder andere Städte besucht, wo man einer Dienstmarke aus Ankh-Morpork mit großen Respekt begegnete, oder irgendwelche Verbrecher verfolgt – die älteste und ehrenvollste Aktivität eines jeden Polizisten. Karottes Auskünfte deuteten darauf hin, dass Mumms Dienstmarke in Bums nicht mehr war als Ballaststoff auf irgendeiner Speisekarte.

Erneut bildeten sich dünne Falten auf seiner Stirn. »Serafine?«

»Lady Serafine von Überwald«, sagte Sybil. »Feldwebel Anguas Mutter. Im vergangenen Jahr habe ich dir von ihr erzählt, weißt du noch? Wir haben zusammen das Mädchenpensionat besucht. Natürlich wussten wir alle, dass sie ein Werwolf war, aber damals hätte es niemand auch nur im Traum gewagt, über solche Dinge zu reden. Es *gehörte* sich einfach nicht. Natürlich gab es da den Zwischenfall mit dem Skilehrer, aber ich bin sicher, dass er in eine Gletscherspalte gestürzt ist oder so. Serafine hat den Baron geheiratet, und sie wohnen außerhalb von Burums. Ich nehme jedes Silvesterfest zum Anlass, ihr zu schreiben und von Neuigkeiten zu berichten. Sie stammt aus einer sehr alten Werwolffamilie.«

»Reinrassig«, kommentierte Mumm geistesabwesend.

»Es würde Angua bestimmt nicht gefallen, das zu hören, Sam. Mach dir keine *Sorgen*. Du bekommst bestimmt Gelegenheit, dich zu entspannen. Die Abwechselung wird dir gut tun.«

»Ja, Schatz.«

»Es könnten zweite Flitterwochen für uns sein«, sagte Sybil.

»Ja, stimmt«, entgegnete Mumm und dachte daran, dass sie aus dem einen oder anderen Grund nie erste Flitterwochen gehabt hatten.

»Da wir gerade bei dem, äh, Thema sind ...«, sagte Sybil und zögerte kurz. »Erinnerst du dich daran, dass ich die alte Frau Zufrieden besuchen wollte?«

»Oh, ja, wie geht es ihr?« Mumm starrte erneut zum Kamin. Es waren nicht nur alte Schulfreunde. Manchmal hatte er den Eindruck, dass Sybil zu allen Leuten Kontakt hielt, die sie jemals kennen gelernt hatte. Ihre Adressenliste für die Silvesterkarten beanspruchte so viel Platz, dass sie ein zweites Buch beginnen musste.

»Recht gut, soweit ich weiß. Wie dem auch sei: Sie ist der Meinung ...«

Es klopfte an der Tür.

Sybil seufzte. »Heute Abend hat Willikins frei«, sagte sie. »Du solltest besser gehen und öffnen, Sam. Das entspricht gewiss deinem Wunsch.«

»Ich habe extra darauf hingewiesen, dass ich nicht gestört werden möchte«, sagte Mumm. »Es sei denn, es ist sehr wichtig.«

»Ja, aber du hältst alle Verbrechen für wichtig, Sam.«

Karotte stand vor der Tür. »Es handelt sich um eine ... politische Angelegenheit, Herr.«

»Was kann um Viertel vor zehn abends politisch sein, Hauptmann?«

»Jemand ist ins Zwergenbrotmuseum eingebrochen, Herr«, antwortete Karotte.

Mumm blickte in Karottes ehrliche blaue Augen.

»Mir ging da gerade ein Gedanke durch den Kopf, Hauptmann«, sagte er langsam. »Vermutlich fehlt ein ganz bestimmter Gegenstand.«

»Da hast du Recht, Herr.«

»Die Nachbildung der Steinsemmel.«

»Ja, Herr. Entweder brachen die Unbekannten nach unserem Aufenthalt ins Museum ein, oder …« Karotte befeuchtete sich nervös die Lippen. »Oder sie versteckten sich, während ich dir die Semmel zeigte.«

»Ratten kommen also nicht in Frage.«

»Nein, Herr. Tut mir Leid.«

Mumm streifte seinen Mantel über und nahm den Helm vom Haken.

»Jemand hat die Nachbildung der Steinsemmel gestohlen, und zwar einige Wochen bevor das echte Exemplar bei einer wichtigen Zeremonie verwendet wird«, sagte er. »Das finde ich sehr interessant.«

»Das dachte ich ebenfalls, Herr.«

Mumm seufzte. »Ich *hasse* die politischen Fälle.«

Als sie gegangen waren, blieb Sybil noch eine Zeit lang sitzen und blickte auf ihre Hände hinab. Dann nahm sie eine Lampe, ging in die Bibliothek und griff nach einem dünnen, in weißes Leder gebundenen Buch. Goldene Buchstaben bildeten die beiden Worte »Unsere Hochzeit«.

Es war ein recht seltsames Ereignis gewesen. Ankh-Morporks Highsociety – sie stand so weit oben, meinte Sam, dass sie zum Himmel stank – hatte es sich aus reiner Neugier nicht nehmen lassen, daran teilzunehmen. Sybil galt zu jener Zeit als eine besonders interessante Ledige, die von sich selbst glaubte, dass sie nie heiratete. Und Mumm war nur ein Hauptmann der Wache gewesen, jemand, der ziemlich vielen Leuten auf die Nerven ging.

Sybil betrachtete die Ikonographien der Hochzeit. Sie sah sich selbst, recht eindrucksvoll, wenn auch nicht unbedingt eine strahlende Schönheit. Sam schnitt eine recht finstere Miene und schien sich das Haar hastig glatt gestrichen zu haben. Feldwebel Colon hatte die Brust so weit aufgebläht, dass seine Füße fast den Bodenkontakt verloren. Nobby grinste von einem Ohr bis zum anderen. Vielleicht schnitt er auch eine Grimasse; bei ihm ließ sich das kaum feststellen.

Sybil blätterte vorsichtig. Seidenpapier schützte die einzelnen Blätter.

In vielerlei Hinsicht, so sagte sie sich, konnte sie *wirklich* von Glück sagen. Sie war stolz auf Sam. Er arbeitete hart für das Wohl der Allgemeinheit. Er kümmerte sich um Leute, die als unwichtig galten. Er musste immer mit mehr fertig werden, als gut für ihn war. Sybil kannte keinen *zivilisierteren* Mann. Er gehörte nicht zur Kategorie »Gentleman«, dem Himmel sei Dank, aber er war liebenswürdig und zuvorkommend.

Eigentlich blieb es ihr ein Rätsel, was er *machte*. Oh, sie wusste natürlich, welchen *Beruf* er ausübte, aber ganz offensichtlich verbrachte er nicht viel Zeit hinter seinem Schreibtisch. Wenn er schließlich zu Bett ging, legte er seine Sachen direkt in den Wäschekorb. Erst später, bei Gesprächen mit der Wäscherin, erfuhr sie von den Blutflecken und dem Schlamm. Man munkelte von Verfolgungsjagden über Dächer und Kämpfe, bei denen nicht nur Fäuste zum Einsatz kamen, sondern auch Knie in besonders empfindliche Körperstellen gestoßen wurden. Sams Gegner dabei hatten Namen wie Herribert »Schraubenschneider« Wumms ...

Es gab einen Sam Mumm, den Sybil kannte, der fortging und irgendwann zurückkehrte. Und es gab noch einen anderen Mumm, der kaum ihr gehörte und in der gleichen schrecklichen Welt lebte wie die Männer mit diesen abscheulichen Namen.

Sybil Käsedick war dazu erzogen worden, sparsam, rücksichtsvoll und nach außen hin vornehm zu sein. Sie neigte dazu, gut von anderen Leuten zu denken.

Erneut betrachtete sie die Bilder in der Stille des Hauses. Dann putzte sie sich laut die Nase, um anschließend mit dem Packen zu beginnen und sich anderen vernünftigen Dingen zu widmen.

Korporal Grinsi Kleinpo war eine Sie und somit eine seltene Blume in Ankh-Morpork.

Man konnte keineswegs behaupten, dass sich Zwerge nicht für Sex interessierten. Sie erkannten durchaus die Notwendigkeit neuer Zwerge, denen man sein Eigentum vererben konnte und die die Arbeit in den Bergwerken fortsetzten. Allerdings sahen sie nur privat einen Sinn darin, zwischen den Geschlechtern zu unterscheiden. In der Zwergensprache gab es kein weibliches Pronomen, und auch keine allein für Frauen bestimmte Arbeit, sobald die Kinder feste Nahrung zu sich nahmen.

Dann kam Grinsi Kleinpo nach Ankh-Morpork und sah zum ersten Mal Männer, die *keine* Kettenhemden oder Unterwäsche aus Leder* trugen, sich stattdessen mit interessanten Farben und aufregendem Make-up schmückten, und diese Männer hießen »Frauen«**. Daraufhin keimte eine Frage in ihrem kugeligen Kopf: »Warum nicht auch ich?«

Inzwischen schimpfte man sie in Kellern und Zwergenkneipen überall in der Stadt den ersten Zwerg von Ankh-Morpork, der einen Rock trug. Er bestand aus strapazierfähigem braunen Leder und war so objektiv erotisch wie ein Stück Holz, doch manche ältere Zwerge deuteten darauf hin, dass sich irgendwo darunter seine *Knie* befanden.***

Schlimmer noch: Sie mussten nun erkennen, dass unter ihren Söhnen auch – sie erstickten fast an dem Wort – »Töchter« waren. Grinsi bildete nur die Schaumkrone ganz oben auf der Welle. Ei-

* Beziehungsweise von der Art, wie sie selbst sie trug.
** Und seit kurzer Zeit auch Korporal Nobbs.
*** Sie brachten es nicht fertig, von *ihren* Knien zu sprechen.

nige jüngere Zwerge begannen vorsichtig damit, Lidsc
zutragen, und sie behaupteten sogar, kein Bier zu mö
Strom der Veränderung spülte durch die Gesellschaft de
ge.

Die Zwergengesellschaft verbot es nicht, Steine nach denen werfen, die in einem solchen Strom schwammen, aber Hauptmann Karotte hatte keine Zweifel daran gelassen, dass er ein solches Verhalten als Angriff auf einen Angehörigen der Wache interpretieren musste, was *Konsequenzen* nach sich ziehen würde: Ganz gleich, wie klein die Übeltäter sein mochten – sie konnten *nicht* damit rechnen, dass ihre Füße den Boden berührten.

Natürlich hatte Grinsi Bart und Helm behalten. Es war eine Sache, sich als Frau zu erklären. Etwas ganz anderes war es, auf die Identität als Zwerg zu verzichten.

»Klarer Fall von Einbruch, Herr«, sagte sie, als Mumm hereinkam. »Die Unbekannten haben das Fenster des Hinterzimmers geöffnet und dabei sehr saubere Arbeit geleistet. Als sie das Museum verließen, verzichteten sie darauf, die Tür zu schließen. Die Vitrine mit der Steinsemmel wurde zertrümmert. Es liegt überall Glas um den Sockel. Andere Dinge sind offenbar nicht gestohlen worden. Es gibt viele Fußabdrücke im Staub. Ich habe einige Bilder angefertigt, aber die Spuren bilden ein ziemliches Durcheinander. Eigentlich lässt sich damit kaum etwas anfangen. Das wär's im Großen und Ganzen.«

»Keine fallen gelassenen Zigarettenstummel?«, fragte Mumm. »Und keine Brieftaschen oder Zettel mit notierten Adressen?«

»Nein, leider. Es waren keine besonders hilfsbereiten Diebe.«

»Das kann man wohl sagen«, murmelte Karotte.

»Mir ist da etwas aufgefallen«, ließ sich Mumm vernehmen. »Warum riecht es jetzt noch stärker nach Katzenpisse?«

»Ein ziemlich strenger Geruch, nicht wahr?«, erwiderte Grinsi. »Schwefel scheint ebenfalls mit drin zu sein. Obergefreiter Ping meint, er hätte alles so vorgefunden, als er hier eintraf. Aber es fehlen Katzenspuren.«

Mumm ging in die Hocke und betrachtete die Glassplitter. »Wie wurden wir auf diesen Fall aufmerksam?«, fragte er und berührte einige Bruchstücke.

»Obergefreiter Ping hörte das Klirren, Herr. Er ging zur Rückseite des Museums und entdeckte das offene Fenster. Dann verschwanden die Täter durch die Vordertür.«

»Was ich sehr bedauere, Herr.« Ping trat vor und salutierte. Er war ein achtsam wirkender junger Mann, der ständig den Eindruck erweckte, eine Frage stellen zu wollen.

»Wir alle machen Fehler«, sagte Mumm. »Du hast gehört, wie Glas zerbrach?«

»Ja, Herr. Und jemand fluchte.«

»Tatsächlich? Wonach klang es?«

»Äh ... nach ›verdammter Mist‹, Herr.«

»Und dann bist du zur Rückseite des Museums gegangen, hast das aufgebrochene Fenster gesehen und wie darauf reagiert ...?«

»Ich habe ›Ist da jemand?‹ gerufen, Herr.«

»Ach? Und wenn du darauf ein Nein gehört hättest? Schon gut. Du brauchst, diese Frage nicht zu beantworten. Was geschah dann?«

»Äh ... ich hörte, wie noch mehr Glas zerbrach, und als ich nach vorn zurückkam, stand die Tür offen, und die Einbrecher waren fort. Ich bin zur Wache gelaufen und habe Hauptmann Karotte Bescheid gegeben. Immerhin liegt ihm dieser Ort sehr am Herzen.«

»Danke ... Ping, nicht wahr?«

»Ja, Herr.« Zwar war die entsprechende Frage nicht gestellt worden, aber Ping zögerte nicht, sie trotzdem zu beantworten. »Das Wort stammt aus einem Dialekt und bedeutet ›Rieselwiese‹, Herr.«

»Na schön. Du kannst gehen.«

Der Obergefreite verbarg seine Erleichterung nicht und eilte fort.

Mumm ließ seine Gedanken treiben. Er mochte diese Augenblicke, die kleine Schale aus Zeit, wenn das Verbrechen direkt vor ihm lag und er glaubte, dass die Welt verstanden werden konnte. Zu diesem Zeitpunkt sah man *richtig* hin, um zu erkennen, was da war, und manchmal erwiesen sich die nicht vorhandenen Dinge als besonders interessant.

Ein etwa neunzig Zentimeter hoher Sockel hatte die Steinsemmel getragen und der Glaskasten mit dem Ausstellungsstück war fest damit verschraubt gewesen.

»Die Diebe haben das Glas nicht absichtlich zerbrochen«, sagte Mumm nach einer Weile.

»Wie kommst du darauf, Herr?«

»Hier, sieh nur.« Mumm deutete auf drei nebeneinander liegende gelöste Schrauben. »Sie haben versucht, den Kasten auseinander zu nehmen. Dabei muss etwas schief gegangen sein.«

»Aber was hat dies alles für einen *Sinn*?«, fragte Karotte. »Es ist doch nur eine Nachbildung, Herr! Selbst wenn sich dafür ein Käufer findet – ihr Wert beträgt höchstens einige Dollar.«

»Eine gute Nachbildung könnte man gegen das echte Exemplar austauschen«, sagte Mumm.

»Sicher, ein solcher Versuch wäre zumindest denkbar«, räumte Karotte ein. »Allerdings gibt es dabei ein Problem.«

»Welches?«

»Zwerge sind nicht dumm, Herr. Ein großes Kreuz ist in die Unterseite der Nachbildung geritzt. Außerdem besteht sie nur aus Gips.«

»Oh.«

»Aber es war eine gute Idee, Herr«, sagte Karotte aufmunternd. »Du konntest es nicht besser wissen.«

»Ich frage mich, ob die Diebe darüber informiert sind.«

»Selbst wenn sie nichts wussten – sie konnten wohl kaum hoffen, damit durchzukommen.«

»Die echte Steinsemmel wird streng bewacht«, erklärte Grinsi. »Die meisten Zwerge haben fast nie die Chance, sie zu sehen.«

»Und die Leute würden Verdacht schöpfen, wenn jemand einen großen Stein unter dem Pullover versteckt«, sagte Mumm mehr zu sich selbst. »Es handelt sich also um ein dummes Verbrechen. Andererseits fühlt es sich nicht dumm an. Ich meine, warum sollte sich jemand so viel Mühe machen? Das Schloss der Tür ist ein Witz. Man könnte es einfach aus dem Holz treten. Wenn es meine Absicht wäre, ein solches Ding zu drehen ... ich hätte mir das Ding einfach geschnappt und mich dann aus dem Staub gemacht, noch während das Glas klirrte. Warum hat jemand um diese Zeit in der Nacht solchen Wert darauf gelegt, leise zu sein?«

Grinsi suchte unter einer anderen Vitrine und fand einen Schraubenzieher, an dem ein wenig Blut klebte.

»Seht ihr?«, fragte Mumm. »Etwas ist ins Rutschen geraten, und jemand hat sich in die Hand geschnitten. Was hat das alles für einen *Sinn*, Karotte? Katzenpisse und Schwefel und Schraubenzieher ... Ich hasse es, wenn es zu viele Spuren gibt. Das macht die Lösung des Falls viel schwieriger.«

Er ließ den Schraubenzieher fallen. Der Zufall wollte es, dass er sich mit der Spitze in den Boden bohrte und zitternd stecken blieb.

»Ich gehe heim«, sagte Mumm. »Bestimmt finden wir mehr heraus, wenn die Sache zu stinken beginnt.«

Den folgenden Morgen verbrachte Mumm mit dem Versuch, mehr über zwei fremde Länder herauszufinden. Eins davon stellte sich als Ankh-Morpork heraus.

Überwald war nicht weiter schwer. Die Region war etwa fünf- oder sechsmal größer als die ganze Sto-Ebene und erstreckte sich bis zur Mitte. Dort gab es so viele Wälder, kleine Bergketten und Flüsse, dass es bisher niemandem gelungen war, eine Karte mit allen Einzelheiten zu zeichnen. Überwald war auch nicht erforscht.* Die dort Lebenden hatten Besseres zu tun, und wer von

* Zumindest nicht von richtigen Forschern. Dass sich die Bewohner dort gut auskennen, spielt keine Rolle.

außerhalb kam, um alles zu erkunden, verschwand für immer in den Wäldern. Jahrhundertelang hatte sich niemand für Überwald interessiert. Völkern, die sich hinter zu vielen Bäumen versteckten, konnte man nichts verkaufen.

Die vor einigen Jahren angelegte und bis nach Gennua reichende Kutschenstraße hatte vermutlich alles verändert. Eine Straße brachte Verkehr. Die Bewohner der Berge hatten sich immer von der Ebene angezogen gefühlt, und seit einiger Zeit gesellten sich ihnen die Leute aus Überwald hinzu. Nachrichten erreichten die Heimat: In Ankh-Morpork kann man Geld verdienen; bringt die Kinder mit. Knoblauch brauchen wir nicht, denn die Vampire arbeiten alle bei den richtigen Fleischern. Und wenn einem in Ankh-Morpork jemand auf die Füße tritt, darf man zurücktreten. Akute Lebensgefahr besteht nicht, da einem niemand genug Interesse entgegenbringt.

Mumm konnte die Überwald-Zwerge von denen aus Kupferkopf unterscheiden. Letztere waren kleiner, lauter und fühlten sich unter Menschen wohler. Die Zwerge aus Überwald hingegen übten mehr Zurückhaltung und neigten dazu, hinter irgendwelchen Ecken zu verschwinden. Die meisten von ihnen sprachen kein Morporkianisch – in einigen Gassen, die von der Sirupminenstraße abzweigten, konnte man den Eindruck gewinnen, dass man sich in einem ganz anderen Land aufhielt. Doch diese Zwerge waren genau das, was sich ein Polizist von den Bürgern erhoffte: Sie erzeugten keine Unruhe. Sie gingen einer geregelten Arbeit nach, zahlten ihre Steuern bereitwilliger als Menschen und sorgten außerdem dafür, dass die Ratten in Ankh-Morpork nicht überhand nahmen. Probleme lösten sie unter sich. Wenn solche Leute die Aufmerksamkeit der Polizei erregten, dann meistens in Form eines mit Kreide gezeichneten Umrisses.

Doch hinter den schmutzigen Fassaden der Mietshäuser und Werkstätten der Ankertaugasse und des Fischbeinwegs gab es Vendetten und Fehden in der Zwergengemeinschaft. Oft gingen sie auf zwei angrenzende Bergwerkschächte zurück, fünfhundert

Kilometer und tausend Jahre entfernt. In manchen Kneipen verkehrten nur Zwerge von einem ganz bestimmten Berg. Über manche Straßen ging man nur dann, wenn der eigene Clan eine ganz bestimmte Erzader abbaute. Die Art und Weise, in der man den Helm trug oder den Bart teilte, gab anderen Zwergen wichtige Zeichen, die anderen Leuten verborgen blieben.

»Außerdem gibt es noch Unterschiede dabei, wie man sein *G'ardrhg* richtig *krazak*«, sagte Korporal Kleinpo.

»Ich wage nicht einmal zu fragen«, erwiderte Mumm.

»Ich fürchte, ich könnte es ohnehin nicht erklären«, meinte Grinsi.

»Habe ich einen *Gaadrerghuh*?«, fragte Mumm.

Grinsi schnitt eine Grimasse, als sie die falsche Aussprache hörte. »Ja, Herr. Jeder hat einen. Aber nur ein Zwerg kann seinen richtig *krazak*. Beziehungsweise ihren«, fügte sie hinzu.

Mumm seufzte und blickte auf seine Notizen unter der Überschrift »Überwald«. Er war sich nur halb bewusst, dass er selbst die Geografie so behandelte, als ermittle er in einem Verbrechen. (»Hast du gesehen, wer das Tal aus dem Fels gemeißelt hat? Würdest du den Gletscher wieder erkennen?«)

»Bestimmt unterlaufen mir viele Fehler, Grinsi«, sagte er.

»Sei unbesorgt, Herr. Das ist bei Menschen immer der Fall. Die meisten Zwerge merken es, wenn du versuchst, Fehler zu vermeiden.«

»Und es macht dir bestimmt nichts aus, mich zu begleiten?«

»Früher oder später muss ich es hinter mich bringen, Herr.«

Mumm schüttelte traurig den Kopf. »Ich begreife es nicht, Grinsi. Warum all die Aufregung über eine Zwergin, die versucht, sich wie …«

»… eine Frau zu benehmen, Herr?«

»Ja. Und niemand nimmt Anstoß daran, dass Karotte von sich behauptet, ein Zwerg zu sein, obwohl er ganz klar ein Mensch ist …«

»Nein, Herr. Er hat Recht. Er ist ein Zwerg. Zwerge haben ihn adoptiert. Er hat das *Y'grad* vollzogen und beachtet das *J'kargra*, sofern es in einer Stadt möglich ist. All das definiert seine Identität als Zwerg.«

»Er ist mehr als eins achtzig groß!«

»Dann ist er eben ein sehr großer Zwerg, Herr. Wir finden nichts dabei, dass er auch ein Mensch sein will. Nicht einmal die *Drudak'ak* sähen hier ein Problem.«

»Mir gehen allmählich die Hustenbonbons aus, Grinsi. Wie war das?«

»Nun, Herr, die meisten Zwerge in Ankh-Morpork sind ... Ich nehme an, man könnte sie als liberal bezeichnen. Sie stammen größtenteils aus den Bergen hinter Kupferkopf und kommen mit Menschen gut aus. Manche von ihnen räumen sogar ein, dass sie Töchter haben, Herr. Aber einige der ... altmodischen Überwald-Zwerge sind nicht sehr weit herumgekommen und verhalten sich so, als wäre B'hrian Blutaxt noch am Leben. Deshalb nennen wir sie *Drudak'ak*.«

Mumm versuchte, das Wort auszusprechen, aber um die Zwergensprache zu beherrschen, musste man ein Leben lang üben und brauchte außerdem eine mittelschwere Halsentzündung.

»›Über dem Boden‹ ... ›Sie-Verneinung‹ ...« Er gab es auf.

»Sie kommen nicht oft genug an die frische Luft«, übersetzte Grinsi.

»Oh. Na schön. Und alle dachten, der neue König sei einer von ihnen?«

»Es heißt, Albrecht hätte nicht ein einziges Mal in seinem Leben Sonnenlicht gesehen. Am Tag geht sein Clan nie an die Oberfläche. Alle waren sicher, er würde der neue Niedere König sein.«

Doch dann kam es anders, dachte Mumm. Einige Überwald-Zwerge unterstützten ihn nicht, und daraufhin entwickelten sich die Dinge in eine andere Richtung. Inzwischen gab es viele Zwerge, die in Ankh-Morpork *geboren* waren. Die Kinder trugen ihre Helme mit der hinteren Seite nach vorn und sprachen Zwergisch nur noch zu Hause. Viele von ihnen würden eine Spitzhacke nicht einmal dann erkennen, wenn man sie damit schlug.* Sie wollten ihr Leben nicht von einem alten Zwerg bestimmen lassen, der in einem fernen Berg auf einer uralten Semmel hockte.

Nachdenklich klopfte Mumm mit dem Stift auf sein Notizbuch. Und deshalb prügeln sich die Zwerge in *meinen* Straßen, dachte er.

»In letzter Zeit sieht man die Zwergensänften immer häufiger«, sagte er. »Trolle tragen sie, und sie sind mit Vorhängen aus dickem Leder ausgestattet ...«

»*Drudak'ak*«, meinte Grinsi. »Sehr ... *traditionelle* Zwerge. Wenn sie am Tag über dem Boden unterwegs sein müssen, dann meiden sie das Sonnenlicht.«

»Vor einem Jahr sind sie mir noch nicht aufgefallen.«

Grinsi zuckte mit den Schultern. »Es leben jetzt ziemlich viele Zwerge in der Stadt, Herr. Die *Drudak'ak* haben das Gefühl, unter Zwergen zu sein. Sie brauchen sich nicht mit Menschen abzugeben.«

»Mögen sie uns nicht?«

»Sie lehnen es sogar ab, mit Menschen zu reden. Doch in dieser Hinsicht sind sie auch Zwergen gegenüber recht wählerisch.«

»Das ist doch blödsinnig!«, entfuhr es Mumm. »Woher bekommen sie Lebensmittel? Von Pilzen allein kann man nicht leben. Was tun sie, um Erz zu verkaufen, Bäche aufzustauen und sich Holz für die Stützbalken in den Stollen zu beschaffen?«

»Entweder bezahlen sie andere Zwerge, um diese Arbeiten zu verrichten, oder sie nehmen Menschen in ihre Dienste«, sagte Grinsi. »Sie können es sich leisten. Es sind *sehr* gute Bergleute: Sie besitzen sehr gute Bergwerke.«

»Für mich klingt es nach einem Haufen ...« Mumm unterbrach sich. Ein kluger Mann, so wusste er, respektierte die traditionelle Lebensweise anderer Leute, um Karottes freundliche Worte zu zitieren. Doch Mumm fiel es oft schwer, dieses Prinzip zu achten. Es gab Leute, deren »traditionelle Lebensweise« darin

* Außer, man schlug fest genug zu.

bestand, anderen Leuten die Kehle durchzuschneiden, und Mumm konnte sich nicht dazu durchringen, solchem Verhalten mit Respekt zu begegnen.

»Ich denke nicht besonders diplomatisch, oder?«, fragte er. Grinsi erwiderte seinen Blick und achtete darauf, dass ihre Miene ausdruckslos blieb.

»Oh, ich weiß nicht, Herr«, erwiderte sie. »Du hast den Satz nicht beendet. Und ... nun, viele Zwerge respektieren die *Drudak'ak*. Sie ... fühlen sich besser, wenn sie einen der traditionellen Zwerge sehen, Herr.«

Mumm runzelte verwirrt die Stirn. Dann dämmerte es ihm.

»Oh, ich verstehe. Vermutlich sagen sie dann Dinge wie ›Dem Himmel sei Dank, dass jemand die Traditionen wahrt‹.«

»Ja, Herr. Ich nehme an, in jedem Zwerg von Ankh-Morpork steckt ein winziger *Drudak'ak*, der weiß, dass Zwerge normalerweise in Höhlen und Stollen leben.«

Mumm kritzelte in seinem Notizbuch. Daheim, dachte er. Karotte hatte in aller Unschuld von den Zwergen »daheim« gesprochen. Alle Zwerge – ganz gleich, wo sie sich aufhielten – dachten von den Bergen als »daheim«. Eigentlich komisch, dass die Leute überall Leute waren, wohin man auch ging, auch wenn die betreffenden Leute nicht zu den Leuten gehörten, die den Ausdruck »Leute sind überall Leute« geprägt und sich dabei ganz bestimmte Leute vorgestellt hatten. Und selbst wenn sie nicht die eigenen Vorstellungen von Tugend teilten: Man fand Gefallen daran, andere Leute tugendhaft zu sehen, vorausgesetzt natürlich, es kostete einen nichts.

»*Warum* sind die *Dru*... die traditionellen Zwerge hierher gekommen? In Ankh-Morpork wimmelt es von Menschen. Es dürfte ihnen nicht leicht fallen, den Menschen dauernd aus dem Weg zu gehen.«

»Sie werden ... gebraucht, Herr. Die Gesetze der Zwerge sind sehr kompliziert, und es gibt häufig Kontroversen. Außerdem nehmen sie Trauungen vor und so weiter.«

»Das klingt eher nach Priestern.«

»Zwerge sind nicht religiös, Herr.«

»Natürlich nicht. Nun gut. Danke, Korporal. Irgendwelche Neuigkeiten über den Einbruch im Zwergenbrotmuseum? Sind schwefelverseuchte inkontinente Katzen vorstellig geworden, um die Tat zu gestehen?«

»Nein, Herr. Das Komitee Gleiche Höhe Für Zwerge hat ein Flugblatt herausgegeben, in dem von einem weiteren Beispiel für die zweitklassige Behandlung der Zwerge in dieser Stadt die Rede ist. Aber es handelt sich um das übliche Flugblatt, du weißt schon, das mit den leeren Stellen, um die Einzelheiten einzufügen.«

»Alles bleibt beim Alten, Grinsi. Wir sehen uns morgen. Schick Detritus zu mir.«

Warum ausgerechnet *er*? In Ankh-Morpork wimmelt es geradezu von Diplomaten. Die Oberschicht war praktisch für die Diplomatie geschaffen, und ihre Angehörigen kamen mit solchen Dingen bestens zurecht, weil viele der ausländischen hohen Tiere ehemalige Schulkameraden waren. Sie sprachen sich gegenseitig mit Vornamen an, selbst wenn die Leute Ahmed oder Fong hießen. Sie wussten, welche Gabel man wofür verwendete. Sie gingen auf die Jagd, schossen und angelten. Sie bewegten sich in Kreisen, die sich mit denen ihrer fremden Gastgeber überlappten und ziemlich weit von den eher schmutzigen Kreisen entfernt waren, mit denen es Leute wie Mumm jeden Tag zu tun bekamen. Sie wussten, wann man nickte und zwinkerte. Welche Chance hatte er gegen Halstuch und Wappen?

Vetinari warf ihn Wölfen vor. Und Zwergen. Und Vampiren. Mumm schauderte. Und Vetinari hatte für alle seine Entscheidungen einen triftigen Grund.

»Herein, Detritus.«

Der verblüffte Detritus fragte sich immer wieder, woher Mumm wusste, dass er vor der Tür stand. Mumm hatte ihm nie verraten, dass die eine Wand seines Büros knarrte und sich wölbte, wenn der große Troll durch den Flur schritt.

»Du mich sprechen wollen, Herr?«

»Ja. Setz dich. Es geht um die Überwald-Angelegenheit.«

»Ja, Herr.«

»Was hältst *du* davon, die Heimat wieder zu sehen?«

Detritus' Gesicht blieb leer, wie immer, wenn er geduldig darauf wartete, dass etwas einen Sinn ergab.

»Ich meine Überwald«, fügte Mumm hinzu.

»Keine Ahnung, Herr. Ich nur ein kleiner Stein war, als fortzogen wir. Mein Vater ein besseres Leben in der großen Stadt wollte.«

»Du wirst vielen Zwergen begegnen, Detritus.« Mumm verzichtete darauf, die Vampire und Werwölfe zu erwähnen. Wenn sie einen Troll angriffen, begingen sie damit den letzten großen Fehler in ihrem untoten Leben. Immerhin benutzte Detritus als Handwaffe eine Armbrust, deren Sehne eine Zugkraft von zweitausend Pfund hatte.

»Nicht weiter schlimm sein, Herr. Ich bin sehr modern, was betrifft Zwerge.«

»Aber sie könnten dir mit einer recht altmodischen Einstellung begegnen.«

»Du meinen Zwerge aus der Tiefe?«

»Ja.«

»Ich von ihnen gehört.«

»Soweit ich weiß, finden nahe der Mitte noch immer Kämpfe zwischen Zwergen und Trollen statt. Unter solchen Umständen sind Takt und Diplomatie erforderlich.«

»Dafür ich bin genau der richtige Troll, Herr«, sagte Detritus.

»In der vergangenen Woche hast du einen Mann durch eine Mauer gedrückt, Detritus.«

»Ich dabei sehr taktvoll vorgegangen bin. Und die Mauer nicht sehr dick war.«

Mumm ließ es dabei bewenden. Der fragliche Mann hatte drei Wächter ins Reich der Träume geschickt, mit einer Keule, die Detritus mit einer Hand zermalmte, bevor er eine Mauer suchte, die ihm taktvoll genug erschien.

»Bis morgen. Paraderüstung, denk dran. Und jetzt schick Angua zu mir.«

»Sie nicht da ist, Herr.«

»Mist. Dann sende einige Mitteilungen für sie aus.«

Igor schlurfte durch die Flure des Schlosses und zog dabei auf angemessene Weise einen Fuß hinter sich her.

Er war Igor, Sohn von Igor, Neffe mehrerer Igors, Bruder von Igors und Vetter von so vielen Igors, dass er sich ohne ein dickes Adressbuch nicht an alle erinnern konnte. Igors änderten kein funktionierendes Rezept.*

Und allen Igors gefiel es, für Vampire zu arbeiten. Vampire hielten sich an einen ganz bestimmten Zeitplan, waren höflich zu ihren Bediensteten und – ein wichtiger Punkt – erforderten nicht viel Arbeit beim Bettenmachen und Kochen. Außerdem verfügten sie in den meisten Fällen über kühle, große Keller, wo sich ein Igor seiner wahren Berufung widmen konnte. Dies alles ergab einen guten Ausgleich für jene unliebsamen Zwischenfälle, die damit endeten, dass man die Asche der Vampire zusammenkehren musste.

Er betrat Lady Margolottas Gruft und klopfte höflich an den Sargdeckel, der daraufhin ein wenig zur Seite rutschte.

»Ja?«

»Ef tut mir Leid, dich mitten am Nachmittag zu ftören, Euer Gnaden, aber du *haft* gefagt ...«

»Schon gut. Und ...?«

»Der Patrizier entfendet Mumm, Euer Gnaden.«

Eine zierliche Hand schob sich durch den Spalt zwischen Deckel und Sarg und wurde zu einer Faust.

»Ja!«

»In der Tat, Euer Gnaden.«

»Na so was. Samuel Mumm. Armer Teufel. Wissen die Hündchen Bescheid?«

* Erst recht nicht, wenn es grün war und blubberte.

Igor nickte. »Der Igor def Baronf hat eine Nachricht entgegengenommen.«

»Und die Zwerge?«

»Ef *ift* eine offizielle Ernennung. Alle wiffen Bescheid. Feine Gnaden, der Herzog von Ankh-Morpork, Fir Famuel Mumm, Kommandeur der Ftadtwache von Ankh-Morpork.«

»Dann ist die Kacke echt am Dampfen, Igor.«

»Gut aufgedrückt, Euer Gnaden. Der Geruch dürfte niemandem gefallen.«

»Ich schätze, er lässt *sie* hinter sich zurück, Igor.«

Betrachten wir ein Schloss einmal aus dem Blickwinkel der Möbel.

Dieses spezielle Schloss hat Sessel, aber sie scheinen nicht oft verwendet worden zu sein. Neben dem Kamin steht ein großes Sofa, das ziemlich abgenutzt wirkt. Die anderen Einrichtungsgegenstände sind offenbar nur deshalb vorhanden, damit der Raum nicht zu leer wirkt.

Der lange Eichentisch glänzt und sieht trotz seines Alters erstaunlich unbenutzt aus. Eine Erklärung dafür bieten vielleicht die vielen weißen Tonnäpfe auf dem Boden.

Auf einem von ihnen steht »Vater« geschrieben.

Die Baronin Serafine von Überwald klappte verärgert *Twurps Adelsverzeichnis* zu.

»Der Mann ist … ein Niemand«, sagte sie. »Eine Marionette ohne Bedeutung. Dass man ihn schickt, ist eine *Beleidigung*.«

»Der Name Mumm reicht weit in die Vergangenheit zurück«, sagte Wolfgang von Überwald. Er machte Liegestütze vor dem Kamin, mit nur einer Hand.

»Und wenn schon. Das gilt auch für den Namen Schmidt.«

Mitten in der Luft wechselte Wolfgang von der einen Hand zur anderen. Er war nackt – er gönnte seinen Muskeln gern frische Luft. Sie glänzten. Mit einer anatomischen Karte hätte man jeden Einzelnen identifizieren können. Interessant wirkte auch sein

Haar: Es wuchs nicht nur auf dem Kopf, sondern auch an den Schultern.

»Er *ist* Herzog, Mutter.«

»Ha! In Ankh-Morpork gibt es nicht einmal einen König!«

»… neunzehn, zwanzig … Ich habe Geschichten darüber gehört, Mutter …«

»Ach, *Geschichten*. Sybil schreibt mir jedes Jahr dumme kleine Briefe! Sam dies, Sam das. Sie muss natürlich dankbar dafür sein, dass sie überhaupt einen Mann bekommen hat, aber … er ist doch nichts weiter als jemand, der Diebe fängt. Ich werde es ablehnen, ihn zu empfangen.«

»Das wirst du nicht, Mutter«, brummte Wolfgang. »Das wäre … neunundzwanzig, dreißig … gefährlich. Was erzählst du Lady Sybil von uns?«

»Nichts! Ich beantworte ihre Briefe natürlich nicht. Sie ist eine jämmerliche und törichte Frau.«

»Und sie schreibt dir noch immer jedes Jahr? Sechsunddreißig, siebenunddreißig …«

»Ja. Normalerweise vier Seiten. Das sagt einem alles über sie, was man wissen muss.«

Eine Klappe in der unteren Hälfte einer nahen Tür schwang auf, und ein großer, kräftig gebauter Wolf kam herein. Er blickte nach rechts und links, bevor er sich hingebungsvoll schüttelte.

»Guye!«, sagte die Baronin entrüstet. »Du *weißt* doch, was ich gesagt habe! Es ist nach sechs! Wechsle die Gestalt, wenn du aus dem Garten hereinkommst.«

Der Wolf knurrte leise und verschwand dann hinter einem Wandschirm aus massivem Eichenholz am anderen Ende des Raums. Ein seltsames, weiches Geräusch erklang. Eigentlich war es gar kein Geräusch, eher eine Veränderung in der Textur der Luft.

Der Baron trat hinter dem Wandschirm hervor und zog den Gürtel eines recht mitgenommenen Bademantels zurecht. Die Baronin schniefte.

»Dein Vater trägt zumindest Kleidung«, sagte sie.

»Kleidung ist ungesund, Mutter«, wandte Wolfgang ruhig ein. »Nacktheit bedeutet Reinheit.«

Der Baron setzte sich. Er war ein großer Mann mit gerötetem Gesicht, soweit sein Gesicht unter dem langen Haar, den buschigen Augenbrauen und dem dichten Bart zu erkennen war: Das wilde Wuchern schien miteinander zu wetteifern.

»Nun?«, brummte er.

»Der Diebesfänger Mumm aus Ankh-Morpork wird als *angeblicher* Botschafter zu uns geschickt!«, sagte die Baronin scharf.

»Zwerge?«

»Man wird ihnen natürlich Bescheid geben.«

Einige Sekunden blickte der Baron ins Leere und zeigte dabei den gleichen Gesichtsausdruck wie Detritus, wenn sich in ihm ein neuer Gedanke formte.

»Schlimm?«, brachte er schließlich hervor.

»Ich habe dir tausend Mal davon erzählt, Guye«, sagte die Baronin. »Du verbringst zu viel Zeit in der anderen Gestalt! Du *weißt* doch, wie es nachher um dich steht. Stell dir vor, es kämen offizielle Besucher?«

»Sie beißen!«

»Siehst du! Leg dich irgendwo schlafen und komm erst dann wieder, wenn du fähig bist, ein richtiger Mensch zu sein!«

»Mumm *könnte* alles ruinieren, Vater«, sagte Wolfgang. Er hatte inzwischen mit Handständen begonnen, wobei er ebenfalls nur eine Hand einsetzte.

»Guye! Hör *auf* damit!«

Der Baron stellte den Versuch ein, sich mit dem Bein am Ohr zu kratzen. »Vorsicht?«, fragte er.

Wolfgangs glänzender Leib sank kurz nach unten, als er die Hand wechselte.

»Das Leben in der Stadt lässt Männer schwach werden. Bestimmt gibt uns Mumm Gelegenheit für ein wenig Spaß. Es heißt, er läuft gern.« Er lachte leise. »Wir werden sehen, wie schnell er ist.«

»Seine Frau meint, er hätte ein weiches Herz ... *Guye! Wag es bloß nicht! Geh nach oben, wenn du so etwas tun musst!*«

Der Baron wirkte nur wenig verlegen, rückte seinen Bademantel aber trotzdem zurecht.

»Räuber!«, sagte er.

»Ja, sie könnten in dieser Jahreszeit ein Problem sein«, bestätigte Wolfgang.

»Mindestens ein Dutzend«, meinte die Baronin. »Das sollte eigentlich ...«

Wolf schnaufte und stand noch immer auf einer Hand. »*Nein*, Mutter. Du bist dumm. Seine Kutsche muss uns sicher erreichen. Verstehst du? Wenn sie bei uns eingetroffen ist ... Nun, dann kann eine Menge passieren.«

Die Brauen des Barons neigten sich einander entgegen, als er nachdachte. »Plan! König!«

»Genau.«

Die Baronin seufzte. »Ich traue dem kleinen Zwerg nicht.«

Wolf stieß sich ab und landete auf den Füßen. »Nein. Ob er Vertrauen verdient oder nicht – wir haben nur ihn. Mumm muss uns erreichen, mit seinem weichem Herzen. Er könnte uns sogar nützlich sein. Vielleicht ... sollten wir der Sache ein wenig nachhelfen.«

»Warum?«, schnappte die Baronin. »Soll sich Ankh-Morpork um seine eigenen Kinder kümmern!«

Es klopfte an der Tür, als Mumm frühstückte. Willikins führte einen kleinen, dünnen Mann in zwar ordentlicher, aber abgewetzter schwarzer Kleidung herein. Durch den übermäßig großen Kopf wirkte er wie ein Lutscher. Er trug eine schwarze Melone, auf die gleiche Weise wie ein Soldat seinen Helm, und er ging wie jemand, mit dessen Knien etwas nicht stimmte.

»Es tut mir sehr Leid, Seine Gnaden zu stören ...«

Mumm legte das Messer beiseite. Er hatte gerade eine Orange geschält. Sybil bestand darauf, dass er Obst aß.

»Nicht Seine Gnaden«, erwiderte er. »Einfach nur Mumm. Oder Sir Samuel, wenn du darauf bestehst. Du bist Vetinaris Sekretär, nicht wahr?«

»Inigo Schaumlöffel, Herr. Mhm-mhm. Ich soll mit dir nach Überwald reisen.«

»Ah, du wirst das Flüstern und Zwinkern übernehmen, während ich die Gurkenbrote verteile, stimmt's?«

»Ich werde versuchen, zu Diensten zu sein, Herr, obwohl ich nicht gut zwinkere. Mhm-mhm.«

»Möchtest du was zum Frühstück?«

»Ich habe bereits gegessen, Herr. Mhm-m, hm.«

Mumm musterte den Sekretär von Kopf bis Fuß. Es war nicht nur, dass der Kopf zu groß wirkte. Jemand schien alles darunter zusammengequetscht und nach oben gedrückt zu haben. Außerdem ging ihm allmählich das Haar aus, und er hatte den Rest sorgfältig auf dem rosaroten Schädel verteilt. Sein Alter ließ sich nur schwer schätzen. Er konnte fünfundzwanzig und ein Schwarzseher sein – oder ein jung aussehender Vierziger. Mumm tippte auf die Erste der beiden Möglichkeiten. Irgendetwas an dem Mann wies darauf hin, dass er sein Leben damit verbracht hatte, die Welt über den Rand eines Buches hinweg zu beobachten. Und dann das – war es ein nervöses Lachen? Ein missglücktes Kichern? Eine seltsame Art des Räusperns?

Und wie er ging ... sonderbar.

»Nicht einmal eine Frucht? Diese Orangen kommen frisch aus Klatsch. Ich kann sie sehr empfehlen.«

Mumm warf dem Mann eine zu – sie prallte an seinem Arm ab. Schaumlöffel wich einen Schritt zurück und schien entsetzt zu sein von der Angewohnheit des Adels, mit Obst zu werfen.

»Ist alles in Ordnung, Herr? Mhm-mhm.«

»Entschuldige bitte«, erwiderte Mumm. »Ich bin von den Orangen einfach zu sehr begeistert.«

Er warf die Serviette auf den Tisch, erhob sich und legte Schaumlöffel den Arm um die Schultern.

»Ich führe dich in den Ein Wenig Gelben Salon«, sagte er, geleitete den Sekretär zur Tür und klopfte ihm dabei freundschaftlich auf den Arm. »Dort kannst du warten. Die Kutschen sind bereits beladen. Sybil verfugt die Fliesen im Bad, lernt Altklatschianisch und befasst sich mit den übrigen Dingen, die Frauen im letzten Augenblick erledigen müssen. Du fährst zusammen mit uns in der großen Kutsche.«

Schaumlöffel schreckte zurück. »Oh, kommt nicht in Frage, Herr! Ich schließe mich deinem Gefolge an. Mhm-mhm. Mhm-mhm.«

»Wenn du damit Grinsi und Detritus meinst ... Die leisten uns ebenfalls Gesellschaft«, sagte Mumm und bemerkte, wie sich noch mehr Entsetzen im Gesicht des Sekretärs zeigte. »Für ein anständiges Kartenspiel brauchen wir vier Personen, und die meiste Zeit über soll die Straße unerhört langweilig sein.«

»Und, äh, deine Diener?«

»Willikins, die Köchin und Sybils Zofe reisen in der anderen Kutsche.«

»Oh.«

Mumm lächelte innerlich. Er erinnerte sich an die Redensart aus seiner Kindheit: zu arm, um zu malen, und zu stolz, um zu tünchen ...

»Eine schwere Wahl, nicht wahr?«, fragte er. »Ich schlage dir Folgendes vor: Du nimmst in unserer Kutsche Platz, und gelegentlich behandeln wir dich von oben herab, damit der Aufenthalt bei uns nicht zu angenehm für dich wird. Was hältst du davon?«

»Ich fürchte, du machst dich über mich lustig, Sir Samuel. Mhm-mhm.«

»Nein, aber vielleicht helfe ich dabei. Wenn du mich jetzt entschuldigen würdest ... Ich muss noch schnell zur Wache, um einige Dinge zu klären ...«

Eine Viertelstunde später betrat Mumm den Umkleideraum der Wache. Feldwebel Starkimarm sah auf, salutierte und duckte sich dann, um der fliegenden Orange auszuweichen.

»Herr?«, fragte er verwirrt.

»Nur ein kleiner Test, Starkimarm.«

»Habe ich ihn bestanden?«

»O ja. Behalt die Orange. Sie ist voller Vitamine.«

»Meine Mutter meinte immer, solche Dinge könnten einen umbringen, Herr.«

Karotte wartete geduldig in Mumms Büro. Der Kommandeur schüttelte den Kopf. Er kannte alle knarrenden Stellen im Flur und wusste, dass er kein Geräusch verursachte, aber trotzdem ertappte er Karotte nie dabei, wie er einen Blick auf seine Dokumente warf. Es wäre ihm eine große Freude gewesen, den jungen Mann einmal bei einer Verfehlung zu erwischen, doch der wich nie von dem geraden Weg seiner Prinzipien ab.

Karotte stand auf und salutierte.

»Ja, ja, dafür haben wir jetzt nicht viel Zeit«, sagte Mumm und nahm hinter seinem Schreibtisch Platz. »Hat sich während der Nacht was Neues ergeben?«

»Ein Mord ohne Täter, Herr. Ein Händler namens Willi Keinesorge wurde in einem seiner eigenen Bottiche gefunden, mit durchgeschnittener Kehle. Am Tatort haben wir keine Gildenmitteilung oder etwas in der Art gefunden. Wir gehen von etwas Verdächtigem aus.«

»Ja, die Sache erscheint mir *sehr* verdächtig«, sagte Mumm. »Es sei denn, der Mann hatte den Ruf, beim Rasieren immer sehr unvorsichtig zu sein. Was enthielt der Bottich?«

»Äh, Gummi, Herr.«

»Man bewahrt Gummi in Bottichen auf? Hätte er davon nicht abprallen müssen?«

»Nein, Herr. Der Bottich enthielt flüssiges Gummi. Willi Keinesorge stellte gewisse, äh, Dinge her.«

»Hm, ich glaube, so etwas habe ich einmal gesehen. Man taucht Objekte mit der richtigen Form ins Gummi. Auf diese Weise erhält man Handschuhe, Stiefel und so weiter, habe ich Recht?«

»Äh, ja, und auch *andere* Dinge, Herr.«

Karottes Unbehagen gab Mumm einen Hinweis. Irgendwo in seinem Hinterkopf öffnete das Unterbewusstsein den geistigen Aktenschrank und holte eine Karteikarte hervor.

»Keinesorge, Keinesorge ... Wenn ich mich recht entsinne, steht dieser Name auch auf gewissen Schachteln. Ist er der Mann, dem wir die gleichnamigen Produkte verdanken?«

»Ja, Herr«, bestätigte Karotte und lief rot an.

»Meine Güte, was tauchte er denn in den Bottich?«

»Er wurde hineingeworfen, Herr. Darauf deutet alles hin.«

»Aber er ist praktisch ein Nationalheld!«

»Herr?«

»Hauptmann, ohne Keinesorges Verhütungsmittel für nur einen Cent pro Schachtel wäre die Wohnungsnot in Ankh-Morpork noch viel schlimmer. Wem sollte daran gelegen sein, ausgerechnet ihn aus dem Weg zu räumen?«

»Manche Leute haben bestimmte Ansichten, Herr«, erwiderte Karotte kühl.

Ja, und ob, dachte Mumm. Zwerge halten nicht viel von solchen Dingen.

»Leite die Ermittlungen ein. Sonst noch etwas?«

»Ein Fuhrmann griff den Obergefreiten Winzig an, weil der eine Klammer an seinem Karren anbrachte.«

»Er griff ihn an?«

»Ja, Herr. Er versuchte, auf ihn zu treten.«

Mumm stellte sich Knuddel Winzig vor, einen fünfzehn Zentimeter großen Gnom. Legte man die Maßstäbe von aufgestauter Aggression an, ragte er mindestens eine Meile weit empor.

»Wie geht es ihm?«

»Nun, der Mann kann sprechen, aber es dürfte eine Weile dauern, bis er wieder imstande ist, auf einen Karren zu klettern. Abgesehen von diesen beiden Fällen ist alles reine Routine.«

»Keine neuen Hinweise bezüglich des Einbruchs ins Zwergenbrotmuseum?«

»Nein, eigentlich nicht. In der Zwergengemeinschaft sind viele Vorwürfe und Anklagen laut geworden, aber niemand weiß etwas Konkretes. Wie du selbst gesagt hast, Herr: Vermutlich erfahren wir dann mehr, wenn die Angelegenheit brenzlig wird.«

»Irgendein Wort auf der Straße?«

»Ja, Herr. Es lautet ›Halt‹. Feldwebel Colon hat es an den Anfang des Unteren Breiten Wegs gemalt. Die Fuhrleute sind jetzt viel vorsichtiger. Natürlich muss alle ein oder zwei Stunden der Dung fortgeschaufelt werden.«

»Die Sache mit dem Verkehr macht uns nicht sehr beliebt, Hauptmann.«

»Das stimmt, Herr. Aber unsere Popularität lässt ohnehin zu wünschen übrig. Wenigstens bringt es Geld in die Stadtkasse. Äh ... da wäre noch etwas anderes, Herr.«

»Ja?«

»Hast du Feldwebel Angua gesehen, Herr?«

»Ich? Nein. Ich habe erwartet, sie hier anzutreffen.« Erst jetzt hörte Mumm die Sorge in Karottes Stimme. »Stimmt was nicht?«

»In der vergangenen Nacht ist sie nicht zum Dienst erschienen. Es war kein Vollmond, deshalb finde ich ihr Fehlen ein wenig ... seltsam. Nobby meinte, irgendetwas hätte sie beunruhigt, als sie neulich zusammen im Dienst waren.«

Mumm nickte. Wer zusammen mit Nobby auf Streife ging, neigte schon nach kurzer Zeit dazu, unruhig zu werden und immer wieder auf die Uhr zu sehen.

»Bist du bei ihr zu Hause gewesen?«

»Sie hat nicht in ihrem Bett geschlafen«, sagte Karotte. »Auch nicht im Korb.«

»Nun, da kann ich dir kaum helfen, Karotte. Sie ist deine Freundin.«

»Ich glaube, sie hat sich Sorgen um die Zukunft gemacht, Herr«, sagte Karotte.

»Äh, du ... sie ... die, äh, Werwolf-Sache?«, fragte Mumm verlegen.

»Der Gedanke lässt sie nicht los«, entgegnete Karotte.

»Vielleicht hat Angua irgendeinen ruhigen Ort aufgesucht, um über alles nachzudenken.« Zum Beispiel darüber, wie sie mit einem jungen Mann ausgehen sollte, der großartig sein mochte, aber errötete, wenn jemand eine Schachtel Keinesorge erwähnte.

»Das hoffe ich, Herr«, sagte Karotte. »Manchmal zieht sie sich tatsächlich zurück, um ein wenig Ruhe zu haben. Es ist recht anstrengend, ein Werwolf in einer großen Stadt zu sein. Ich *weiß*, dass wir etwas gehört hätten, wenn sie in Schwierigkeiten geraten wäre ...«

Unmissverständliche Geräusche deuteten an, dass draußen eine Kutsche vorfuhr. Erleichterung durchströmte Mumm. Ein besorger Karotte war so ungewöhnlich, dass er den Schrecken des Unvertrauten hervorrief.

»Nun, wir müssen ohne sie aufbrechen«, sagte er. »Ich möchte über alles auf dem Laufenden gehalten werden, Hauptmann. Eine Nachbildung der Steinsemmel wird ein oder zwei Wochen vor einer großen Zwergenkrönung gestohlen ... Da braut sich was zusammen, wenn mich nicht alles täuscht. Und da wir schon dabei sind ... Ich möchte auch über den aktuellen Stand der Ermittlungen im Fall Keinesorge informiert werden. Ich halte nichts von Rätseln. Mit Hilfe der Türme lassen sich Nachrichten auch bis nach Überwald schicken, oder?«

Karottes Miene erhellte sich. »Das ist wundervoll, nicht wahr? In einigen Monaten können wir vielleicht in weniger als einem Tag Mitteilungen von Ankh-Morpork bis nach Gennua schicken!«

»Ja. Ich frage mich, ob wir uns dann irgendetwas Vernünftiges zu sagen haben.«

Lord Vetinari stand am Fenster und beobachtete den Nachrichtenturm auf der anderen Seite des Flusses. Alle acht ihm zugewandten Klappen blinkten hektisch: schwarz, weiß, weiß, schwarz, weiß …

Informationen flogen durch die Luft. Zwanzig Meilen hinter dem Patrizier blickte jemand auf einem Turm in Sto Lat durch ein Teleskop und rief Zahlen.

Wie schnell die Zukunft kommt, dachte er.

Poetische Beschreibungen verglichen die Zeit mit einem gleichmäßig dahinfließenden Strom, doch mit so einer Vorstellung hatte sich Lord Vetinari nie anfreunden können. Nach seiner Erfahrung bewegte sich die Zeit eher in der Art von Gestein, das langsam hin und her glitt, wodurch sich tief im Boden immer mehr Druck aufstaute – bis es schließlich einen Ruck gab, der das Geschirr im Schrank klappern ließ und ein ganzes Rübenfeld zwei Meter weit verschob.

Schon seit Jahrhunderten wusste man, dass sich mit Lichtzeichen Nachrichten übermitteln ließen, was zweifellos Vorteile mit sich brachte. Außerdem war bekannt, dass sich mit dem Export von Waren Geld verdienen ließ. Und dann begriff jemand, dass man *sehr viel* Geld verdienen konnte, indem man Gennua morgen mit Dingen vertraut machte, die heute in Ankh-Morpork bekannt wurden. Und in der Straße Schlauer Kunsthandwerker war irgendein intelligenter junger Mann besonders schlau gewesen.

Wissen, Information, Macht, Worte … Unsichtbar flogen sie durch die Luft …

Und plötzlich vollführte die Welt einen Steptanz auf Treibsand.

In diesem Fall ging der Preis an den besten Tänzer.

Lord Vetinari wandte sich vom Fenster ab, nahm einige Dokumente vom Schreibtisch, ging zur Wand, berührte eine bestimmte Stelle und trat durch die lautlos aufschwingende Tür.

Dahinter erstreckte sich ein Korridor. Licht fiel durch hohe Fenster bis zu den kleinen Steinplatten herab, aus denen der Boden bestand. Der Patrizier ging mit zielstrebigen Schritten, zögerte dann, sagte: »Nein, heute ist Dienstag«, und setzte den Fuß auf einen Stein, der sich überhaupt nicht von den anderen unterschied.*

Während der Patrizier den Weg durch Gänge und über Treppen fortsetzte, hätte ein hypothetischer Zuhörer gemurmelte Sätze in der Art von »Es ist zunehmender Mond ...«, und »Ja, es ist vor Mittag« vernommen. Einem wirklich aufmerksamen Lauscher wäre auch nicht das leise Surren und Ticken in den Wänden entgangen.

Ein sehr aufmerksamer und außerdem noch paranoider Horcher hätte vermutlich daran gedacht, dass man keinem der Worte trauen durfte, die der Patrizier sprach, während er allein war. Zumindest sollte man ihnen besser nicht vertrauen, wenn das eigene Leben auf dem Spiel stand.

Schließlich erreichte Lord Vetinari eine Tür und schloss sie auf.

Dahinter lag ein großes Dachzimmer, erhellt vom Sonnenlicht, das durch die Fenster in der Decke drang. Es schien eine Mischung aus Werkstatt und Speicher zu sein. Mehrere Vogelskelette hingen neben den Fenstern, und einige Knochen lagen auf den Arbeitstischen, zusammen mit Drahtrollen, metallenen Federn, Farbtuben und mehr Werkzeugen – die meisten von ihnen einzigartig –, als man für gewöhnlich an einem Ort sah. Nur ein schmales Bett ließ vermuten, dass hier jemand wohnte; es stand zwischen einer Bronzestatue und einem Ding, das aussah wie ein Webstuhl mit Flügeln. Die Umgebung deutete darauf hin, dass sich hier jemand für *alles* interessierte.

Lord Vetinaris Interesse galt derzeit einem Apparat, der mitten im Zimmer ganz allein auf einem Tisch stand. Er wirkte wie eine Ansammlung aus Kupferkugeln, die aufeinander balancierten. Dampf zischte leise aus einigen Nieten, und gelegentlich machte die Vorrichtung *Blup* ...

»Euer Exzellenz!«

* Allerdings trat man am Dienstag besser nicht auf die anderen Steine.

Vetinari sah sich um. Eine Hand winkte hinter einer umgedrehten Werkbank.

Etwas veranlasste ihn, nach oben zu blicken. An der Decke sah er eine braune Substanz, die stalaktitenartige Krusten bildete.

Blup

Vetinari wurde erstaunlich schnell, stand praktisch von einem Augenblick zum anderen hinter der Werkbank. Leonard von Quirm lächelte unter seinem selbst gefertigten Schutzhelm.

»Oh, Entschuldigung«, sagte er. »Ich habe nicht mit Besuch gerechnet. Wie dem auch sei: Diesmal funktioniert es bestimmt.«

Blup

»Was ist das?«, fragte Vetinari.

Blup

»Ich bin nicht *ganz* sicher, aber ich *hoffe*, dass es …«

Und dann war es plötzlich zu laut für ein Gespräch.

Leonard von Quirm dachte nicht einmal im Traum daran, dass er ein Gefangener war. Ganz im Gegenteil. Er war Vetinari dankbar dafür, dass er ihm einen so hellen, luftigen Raum für seine Arbeit zur Verfügung stellte. Und damit nicht genug. Der Patrizier ließ ihm regelmäßige Mahlzeiten bringen, seine schmutzige Wäsche waschen und beschützte ihn vor den Leuten, die seine völlig harmlosen, zum Nutzen der Menschheit bestimmten Erfindungen aus irgendeinem Grund für verabscheuungswürdige Zwecke verwenden wollten. Es war bemerkenswert, wie viele von ihnen es gab – sowohl von den Leuten als auch von den Erfindungen. Das Genie einer ganzen Zivilisation schien sich in nur einem Kopf zu konzentrieren, der dadurch einen kontinuierlichen schöpferischen Höhenflug erlebte. Vetinari fragte sich manchmal, welches Schicksal die Menschheit erwartet hätte, wenn Leonard fähig gewesen wäre, sich länger als eine Stunde auf eine Sache zu konzentrieren.

Das Zischen und Fauchen verklang. *Blup*.

Leonard spähte vorsichtig über die Werkbank hinweg und lächelte. »Ah! Allem Anschein nach ist es uns gelungen, Kaffee zu machen«, sagte er.

»Kaffee?«

Leonard ging zum Tisch und zog einen kleinen Hebel an dem Apparat. Hellbrauner Schaum strömte in eine wartende Tasse. Dabei erklang ein Geräusch, wie man es normalerweise von einem verstopften Rohr erwartete.

»*Anderer* Kaffee«, erklärte Leonard. »Sehr *schnellen* Kaffee. Er wird dir bestimmt gefallen. Ich glaube, ich nenne diese Vorrichtung ›Maschine-für-sehr-schnellen-Kaffee‹.«

»Das ist die heutige Erfindung, nicht wahr?«, fragte Vetinari.

»Ja. Eigentlich arbeitete ich an dem maßstabsgerechten Modell eines Apparats, mit dem man den Mond erreichen kann, aber dann habe ich Durst bekommen.«

»Zum Glück.« Vetinari nahm vorsichtig eine experimentelle, mit Pedalen betriebene Schuhputzmaschine von einem nahen Stuhl und setzte sich. »Ich habe dir noch mehr kleine ... Nachrichten mitgebracht.«

Leonard hätte fast in die Hände geklatscht. »Oh, gut! Mit den anderen bin ich gestern Abend fertig geworden.«

Lord Vetinari wischte sich behutsam Kaffeeschaum von der Oberlippe. »Wie bitte? Du bist mit *allen* fertig? Du hast den Code *aller* Nachrichten aus Überwald entziffert?«

»Oh, nach der Fertigstellung des neuen Geräts war das nicht weiter schwierig«, erwiderte Leonard. Er kramte zwischen den Unterlagen auf einer Werkbank und reichte dem Patrizier mehrere eng beschriebene Blätter. »Sobald man erkennt, dass jede Person nur eine begrenzte Anzahl von Geburtsdaten haben kann und dass die Leute dazu neigen, in den gleichen Bahnen zu denken, ist die Entschlüsselung eines Codes kein Problem mehr.«

»Du hast gerade ein neues Gerät erwähnt«, sagte der Patrizier.

»Oh, ja. Das ... Dingsbums. Derzeit befindet es sich noch in einem recht primitiven Entwicklungsstadium, aber es genügt, um einen so einfachen Code zu knacken.«

Leonard zog ein Tuch von einem im Großen und Ganzen rechteckigen Gegenstand. Er schien zum größten Teil aus Holzrädern und langen, dünnen Rundhölzern mit vielen eingeritzten Zahlen und Buchstaben zu bestehen. Manche Räder waren nicht rund, sondern oval oder herzförmig – der Patrizier bemerkte vielfältige Strukturen. Als Leonard eine Kurbel drehte, setzte sich das ganze Ding mit komplexer Geschmeidigkeit in Bewegung. Es wirkte irgendwie beunruhigend, auf einem rein mechanischen Niveau.

»Und wie nennst du das Gerät?«

»Oh, du weißt ja, dass ich mit Namen so meine Probleme habe, Euer Exzellenz. In Gedanken bezeichne ich den Apparat als ›Erfindung zur Neutralisation von Informationen durch die Generierung miasmatischer Alphabete‹, aber ich muss zugeben, dass einem das nicht sehr glatt über die Zunge kommt. Äh …«

»Ja, Leonard.«

»Ist es nicht … äh … *falsch*, die Nachrichten anderer Leute zu lesen?«

Vetinari seufzte. Vor ihm saß ein Mann, der das Leben so hoch ansah, dass er beim Staubwischen darauf achtete, die Spinnen nicht zu stören. Und der gleiche Mann hatte einmal einen Apparat erfunden, der kleine Bleikugeln mit enorm hoher Geschwindigkeit abfeuerte – er hielt so etwas für nützlich, um gefährliche Tiere abzuwehren. Er entwickelte etwas, das ganze Berge zerstören konnte – und sah es für den Einsatz in der Bergbauindustrie vor. Während der *Teepause* entwarf dieser Mann direkt neben der exquisiten Darstellung eines menschlichen Lächelns eine unvorstellbare Massenvernichtungswaffe, komplett mit nummerierter Liste der einzelnen Bestandteile. Und wenn man ihn darauf ansprach, so erwiderte er: Die Existenz einer solchen Waffe verhindert weitere Kriege, *denn niemand wird es wagen, davon Gebrauch zu machen.*

Leonards Miene erhellte sich, als ihm etwas einfiel. »Andererseits: Je mehr wir voneinander wissen, umso besser können wir uns verstehen. Nun, du hast mich gebeten, einen neuen Code für dich zu entwickeln. Es tut mir Leid, Euer Exzellenz, aber offenbar habe ich deine Erfordernisse falsch verstanden. Was war mit dem ersten Code nicht in Ordnung?«

Vetinari seufzte. »Ich fürchte, er ließ sich nicht entschlüsseln, Leonard.«

»Aber ...«

»Es ist schwer zu erklären«, sagte der Patrizier. Die für ihn klaren Wasser der Politik waren für Leonard nur Schlamm. »Der neue Code – ist er nur teuflisch schwer zu knacken?«

»Du hast ausdrücklich einen *dämonischen* verlangt, Herr«, sagte Leonard. Es klang ein wenig besorgt.

»Oh, ja.«

»Offenbar gibt es keinen allgemeinen Standard für Dämonen, Herr, aber ich habe in den mir zugänglichen okkulten Texten recherchiert und glaube, einen Code entwickelt zu haben, der von mehr als sechsundneunzig Prozent aller Dämonen als schwierig eingestuft würde.«

»Gut.«

»Vielleicht grenzt er hier und dort ans Diabolische ...«

»Kein Problem. Ich werde ihn ab sofort verwenden.«

Leonard schien noch etwas auf dem Herzen zu haben. »Es wäre ganz einfach, den Code erzdämonisch schwer zu gestalten ...«

»Mir genügt er in der gegenwärtigen Form, Leonard«, sagte Vetinari.

»Euer Exzellenz ...« Leonard von Quirm jammerte fast. »Ich kann nicht ausschließen, dass ausreichend schlaue Personen es schaffen, deine Nachrichten zu lesen!«

»Gut.«

»Aber Euer Exzellenz ... Dann wissen fremde Leute, was du denkst!«

Vetinari klopfte ihm auf die Schulter. »Nein, Leonard. Die fremden Leute kennen nur den Inhalt der Nachrichten.«

»Das verstehe ich nicht ...«

»Mach dir nichts draus. *Ich* könnte keine Maschine für explodierenden Kaffee konstruieren. Wie sähe die Welt aus, wenn wir alle gleich wären?«

Leonards Stirn umwölkte sich. »Ich bin mir nicht sicher«, sagte er. »Aber wenn du möchtest, dass ich mich mit diesem Problem befasse, könnte ich einen Apparat bauen, der …«

»Es war nur eine Redewendung, Leonard.«

Vetinari schüttelte reumütig den Kopf. Nicht zum ersten Mal gewann er folgenden Eindruck: Leonards Intellekt war in ein bisher unbekanntes mentales Hochland vorgestoßen, doch dort entdeckte er große und sehr spezielle Höhlen der Dummheit. Welchen Sinn hatte es, Nachrichten so zu codieren, dass sie von sehr gewieften Gegnern nicht entschlüsselt werden konnten? Dann erfuhr man gar nicht, was sie dachten, dass man selbst über sie dachte …

»Gestern Morgen traf eine recht ungewöhnliche Nachricht aus Überwald ein, Euer Exzellenz«, sagte Leonard.

»Eine ungewöhnliche Nachricht?«

»Sie war nicht verschlüsselt.«

»*Überhaupt* nicht? Ich dachte, alle verwenden Codes.«

»Oh, die Namen von Absender und Empfänger sind codiert, aber die eigentliche Nachricht nicht. Es wurden Informationen über Kommandeur Mumm angefordert, von dem du oft gesprochen hast.«

Lord Vetinari schwieg.

»Auch die Antwort war nicht codiert. Sie enthielt eine gewisse Menge an … Klatsch.«

»Informationen über Mumm? Gestern *Morgen*? Bevor ich …«

»Euer Exzellenz?«

»Die Nachricht aus Überwald …«, sagte der Patrizier. »Gibt es überhaupt keinen Hinweis auf den Absender?«

Manchmal, wie ein seltener Sonnenstrahl durch dichte Wolken, konnte Leonard sehr aufmerksam sein. »Du glaubst, den Absender zu kennen, Euer Exzellenz?«

»Oh, als junger Mann verbrachte ich etwas Zeit in Überwald«, sagte der Patrizier. »Damals brachen viele junge Leute aus Ankh-Morpork auf, um den so genannten ›Pfad des Großen Spotts‹ zu beschreiten: Sie wollten weit entfernte Länder und Städte besuchen, um mit eigenen Augen zu sehen, wie unterentwickelt alle waren. Darauf schien es hinauszulaufen. O ja. Ich bin in Überwald gewesen.«

Es geschah nicht oft, dass Leonard von Quirm wahrnahm, wie sich andere Personen verhielten, doch diesmal sah er genau hin und bemerkte den in die Ferne reichenden Blick des Patriziers.

»Hast du liebevolle Erinnerungen, Euer Exzellenz?«

»Hmm? Oh, sie war eine sehr ... *ungewöhnliche* Frau, und leider *älter* als ich«, sagte Vetinari. »*Viel* älter, offen gestanden. Nun, es liegt lange zurück. Das Leben lehrt uns seine kleinen Lektionen, und wir setzen unseren Weg fort.« Sein Blick glitt erneut in die Ferne. »Tja ...«

»Und zweifellos ist die Dame inzwischen tot«, sagte Leonard. Mit dieser Art von Konversation kam er nicht besonders gut zurecht.

»Oh, das bezweifle ich sehr«, entgegnete Vetinari. »Ich bin ganz sicher, dass es ihr blendend geht.« Er lächelte. Die Welt wurde ... *interessanter*. »Sag mir, Leonard ... Hast du jemals daran gedacht, dass Kriege irgendwann unter Einsatz von Gehirnen geführt werden?«

Leonard griff nach der Kaffeetasse. »Meine Güte. Das gibt bestimmt ein klebriges und glitschiges Durcheinander.«

Vetinari seufzte erneut. »Vielleicht ist das Durcheinander nicht annähernd so groß wie bei der anderen Sorte von Krieg«, sagte er und probierte den Kaffee. Er schmeckte ziemlich gut.

Die herzogliche Kutsche passierte die letzten Gebäude und rollte dann durch die weite Sto-Ebene. Grinsi und Detritus hatten voller Takt beschlossen, den Morgen auf dem Dach der Kutsche zu verbringen, und so waren Herzog und Herzogin im Innern allein. Inigo Schaumlöffel übte eine von Unbehagen geprägte Art der Klassensolidarität und leistete den Bediensteten in der anderen Kutsche Gesellschaft.

»Angua scheint untergetaucht zu sein«, sagte Mumm und blickte über endlose Kohlfelder hinweg.

»Armes Mädchen«, erwiderte Sybil. »Eigentlich ist die Stadt nicht der richtige Ort für sie.«

»Nun, Karotte ließe sich durch nichts bewegen, sie zu verlassen«, sagte Mumm. »Und ich schätze, genau da liegt das Problem.«

»Es ist ein Teil des Problems«, betonte Sybil.

Mumm nickte. Der andere Teil, über den niemand sprach, betraf Kinder.

Manchmal glaubte Mumm fast, dass alle Karotte als wahren Erben des seit langer Zeit leeren Throns der Stadt erkannten. Allerdings wollte er kein König sein, sondern Polizist, und niemand erhob Einwände dagegen. Doch das Königsamt war wie ein Klavier: Selbst wenn man es unter einem Tuch verbarg, zeichnete sich die Form trotzdem ganz deutlich ab.

Mumm wusste nicht, wie das Ergebnis aussehen würde, wenn ein Mensch und eine Werwölfin Kinder bekamen. Vielleicht mussten sich die betreffenden Personen bei Vollmond zweimal am Tag rasieren und fühlten sich gelegentlich versucht, Karren hinterherzulaufen. Und wenn man bedachte, wie einige Herrscher der Stadt sich aufgeführt hatten, brauchte man einen bekannten Werwolf als Regenten sicher nicht zu fürchten. Das eigentliche Problem waren die Mistkerle, die immerzu wie Menschen aussahen. Doch das war Mumms persönliche Ansicht. Andere Leute vertraten andere Meinungen. Kein Wunder, dass Angua fortgegangen war, um über manches nachzudenken.

Er merkte plötzlich, dass er aus dem Fenster starrte, ohne etwas zu sehen.

Um sich abzulenken, öffnete er das Bündel Papiere, das Inigo Schaumlöffel ihm gegeben hatte, als er in die Kutsche geklettert war. Auf dem Deckblatt stand »Informationsmaterial«. Der

Mann schien ein Experte für Überwald zu sein, und Mumm fragte sich, wie viele andere Sekretäre im Palast schufteten, um ebenfalls zu *Experten* zu werden. Er setzte sich bedrückt und begann zu lesen.

Die erste Seite zierte das Wappen des Furchtbaren Reiches, das einst über den größten Teil des Landes geherrscht hatte. Mumm wusste nur eins darüber: Einer der Machthaber hatte einmal einem Mann den Hut an den Kopf genagelt – nur so zum Spaß. Überwald schien ein großer, kalter und deprimierender Ort zu sein; vielleicht verspürten die Leute dort das dringende Bedürfnis, über *irgendetwas* zu lachen.

Nach Mumms Geschmack war das Wappen zu üppig verschnörkelt. Dominiert wurde es von einer Fledermaus mit zwei Köpfen.

Das erste Dokument hieß »Die fettreiche Schicht der Schmalzberg-Region (Das Land des Fünften Elefanten)«.

Er kannte die Legende natürlich. Einst hatten nicht vier, sondern fünf Elefanten auf dem Rücken von Groß A'Tuin gestanden. Einer von ihnen verlor das Gleichgewicht oder bekam einen Stoß, woraufhin er in einem weiten Bogen durchs All flog, bevor der zornige, eine Milliarde Tonnen schwere Dickhäuter auf die Scheibenwelt stürzte. Der Aufprall war so heftig, dass die ganze Welt bebte und in die heute bekannten Kontinente zerbrach. Das emporgewirbelte und zurückfallende Felsgestein bedeckte den Kadaver und drückte ihn zusammen. Der Rest war nach Jahrtausenden unterirdischen Schmorens Fettgeschichte. Die Legende erwähnte auch, dass Gold, Eisen und die anderen Metalle gleichen Ursprungs waren. Immerhin konnte man von einem so großen Elefanten, der die Welt auf seinem Rücken trug, nicht erwarten, dass gewöhnliche Knochen in seinem Leib steckten.

Mumm las Notizen, die ihm ein wenig glaubwürdiger erschienen und von einer unbekannten Katastrophe erzählten, die Millionen von Mammuts, Bisons und Riesenspitzmäusen umgebracht und ebenso unter Felsgestein begraben hatte wie den legendären Fünften Elefanten. Es gab Hinweise auf alte Trollsagen und Zwergenmythen. Vermutlich hatte auch Eis eine Rolle gespielt. Oder eine Flut. Was die Trolle betraf, die als erstes Leben auf der Welt galten: Vielleicht hatten sie tatsächlich gesehen, wie ein trompetender Elefant über den Himmel raste.

Die verschiedenen Erklärungen änderten nichts am Resultat. Alle – alle bis auf Mumm – wussten, dass das beste Fett aus den Brunnen und Minen von Schmalzberg stammte. Es diente als Rohstoff für die weißesten und hellsten Kerzen, für die cremigste Seife, das heißeste und sauberste Lampenöl. Der gelbe Talg aus den Kesseln von Ankh-Morpork war nicht annähernd so gut.

Mumm begriff nicht, warum das so wichtig sein sollte. Gold ... An der Bedeutung von Gold bestand natürlich kein Zweifel. Menschen starben dafür. Und Eisen ... Ankh-Morpork brauchte Eisen. Ebenso wie Bauholz und Ziegel. Auch Silber war recht nützlich ...

Er blätterte zu einer Seite mit der Überschrift »Natürliche Ressourcen«. Unter »Silber« las er: »Seit der Reichsnacht der Würmer, 1880 AM, wird in Überwald kein Silber mehr abgebaut und ist der Besitz dieses Metalls praktisch illegal.«

Die Erklärung dafür fehlte, und Mumm nahm sich vor, Inigo danach zu fragen. Wo es Werwölfe gab, sollte man Silber eigentlich gut gebrauchen können. Und was sollten Würmer damit zu tun haben?

Wie dem auch sei: Silber war nützlich, aber Fett ... Damit verhielt es sich wie mit Keksen, Tee und Zucker. Es war einfach im Küchenschrank. Solchen Dingen fehlte es an *Stil* und *Romantik*. Irgendein Zeug in Tuben, weiter nichts.

Auf der nächsten Seite klebte ein kleiner Zettel. Mumm las:

»Der Fünfte Elefant erscheint in den Sprachen von Überwald als Metapher. Abhängig vom Kontext kann er bedeuten: ›ein Ding, das nicht existiert‹ (wie der Ausdruck ›klatschianischer Nebel‹ in unserer Umgangssprache), ›ein Ding, das etwas anderes ist, als es zu sein scheint‹ und ›ein Ding, das zwar unsichtbar ist, aber die Ereignisse kontrolliert‹ (wir würden in diesem Zusammenhang von ›grauer Eminenz‹ sprechen).«

Ich nicht, dachte Mumm. Solche Ausdrücke verwende ich nie.

»Obergefreiter Schuh«, sagte Obergefreiter Schuh, als sich die Tür der Fabrik öffnete. »Mordkommission.«

»Du wegen Herrn Keinesorge kommen?«, fragte der Troll, der die Tür geöffnet hatte. Warme Luft wehte auf die Straße; sie roch nach inkontinenten Katzen und Schwefel.

»Ich bin ein Zombie«, sagte Reg Schuh. »Darauf weise ich immer sofort hin, um peinlichen Missverständnissen vorzubeugen. Und du hast Recht: Wir sind tatsächlich wegen des angeblichen Toten hier.«

»Wir?«, wiederholte der Troll, ohne auf Regs graue Haut und die Nähte einzugehen.

»Hier unten, Großer!«

Der Troll senkte den Kopf und sah nach unten. Normalerweise vermieden es die Bewohner von Ankh-Morpork, in diese Richtung zu sehen – sie wollten nicht herausfinden, worin sie standen.

»Oh«, sagte er und wich zurück.

Manche Leute behaupteten, Gnome seien nicht aggressiver als die Angehörigen anderer Völker, was durchaus den Tatsachen entsprach. Allerdings war ihre Aggressivität in einem nur fünfzehn Zentimeter großen Körper komprimiert und recht explosiver Natur. Obergefreiter Winzig gehörte erst seit einigen Monaten zur Wache, aber die Neuigkeit hatte sich schnell herumgesprochen, und er flößte anderen Leuten bereits Respekt ein. Besser gesagt: Er rief jene Art von harntreibender Furcht hervor, die bei entsprechenden Gelegenheiten den Platz von Respekt einnimmt.

»Warum stehst du da und starrst Löcher in die Luft, hä?« Winzig betrat die Fabrik. »Na, wo issa? Der Tote, meine ich.«

»Wir ihn in den Keller gebracht«, antwortete der Troll. »Und jetzt wir haben eine halbe Tonne flüssiges Gummi, mit der nichts sich anfangen lässt. Er sich bestimmt wird sehr ärgern. Äh. Wenn er noch wäre am Leben ...«

»Warum lässt sich mit dem Gummi nichts mehr anfangen?«, fragte Reg.

»Weil es geworden ist ganz dick und klebrig. Ich das Zeug später wegkippen muss, und das nicht leicht sein wird. Heute wir sollten produzieren eine Ladung Geripptes Magisches Entzücken, aber die Frauen alle fielen in Ohnmacht, als ich herauszog Keinesorge. Später sie gingen nach Hause.«

Reg war schockiert. Er gehörte nicht zu Keinesorges Kunden, denn Romanzen spielten im Leben eines Toten kaum eine Rolle. Aber in der Welt der Lebenden musste es doch wenigstens *gewisse* sittliche Maßstäbe geben.

»Hier arbeiten *Frauen*?«, fragte er.

Der Troll wirkte überrascht. »Ja, natürlich. Es gute, regelmäßige Arbeit ist. Und die Frauen gut arbeiten. Immer sie lachen und scherzen beim Eintauchen und Verpacken, vor allem dann, wenn produzieren wir die Für Große Jungs.« Der Troll schniefte. »Um zu sein ganz ehrlich ... Ich nicht verstehe die Scherze.«

»Die Dinger Für Große Jungs sind ihr Geld wert«, ließ sich Knuddel Winzig vernehmen.

Reg Schuh blickte auf seinen kleinen Partner hinab. Es war *völlig ausgeschlossen*, die Frage zu stellen, aber der Gnom schien sie in seinem Gesicht zu lesen.

»Ein bisschen Arbeit mit der Schere, und man hat einen Regenmantel, wie man ihn sich besser nicht wünschen kann«, sagte Winzig und lachte dreckig.

Obergefreiter Schuh seufzte. Er wusste, dass Herr Mumm Wert darauf legte, ethnische Minderheiten* in der Wache zu sehen, aber er bezweifelte, ob das in Hinsicht auf Gnome klug war – obgleich es gewiss keine kleinere ethnische Gruppe gab. Sie hatten einen eingebauten Widerstand gegen Regeln. Dies betraf nicht

* Als Repräsentant der Gemeinschaft der Toten glaubte Reg Schuh natürlich, der ethnischen Mehrheit anzugehören.

nur Gesetze, sondern auch alle ungeschriebenen Regeln, die die meisten Leute beachteten, ohne darüber nachzudenken, wie zum Beispiel »Versuche nicht, diese Giraffe zu essen«, oder »Ramm den Kopf nicht gegen irgendeinen Fußknöchel, nur weil dir die Leute keine Pommes frites geben«. Am besten stellte man sich den Obergefreiten Knuddel als eine kleine, unabhängige Waffe vor.

»Zeig uns den To… äh, ich meine, zeig uns die Person, die angeblich Probleme mit dem Leben hat«, sagte Schuh. Der Troll führte sie in den Keller. Dort hing etwas an einem Balken, bei dessen Anblick jeder, der nicht bereits als Zombie sein Dasein fristete, zu Tode erschrocken wäre.

»Entschuldigt bitte«, sagte der Troll, zog das Etwas herunter und warf es in eine Ecke, wo es sich zu einem Gummihaufen zusammenrollte.

»Potzblitz«, kommentierte Knuddel Winzig.

»Wir das Gummi von ihm abziehen mussten«, erklärte der Troll. »Es schnell trocknen an der Luft.«

»He, das ist der größte Keinesorge, den ich je gesehen habe.« Winzig kicherte. »Einer für den ganzen Körper! Ich schätze, er hätte sich einen solchen Tod gewünscht.«

Reg sah sich die Leiche an. Es machte ihm nichts aus, mit Ermittlungen in Mordfällen beauftragt zu werden, nicht einmal dann, wenn sie besonders hässlich waren. Er hielt das Sterben nur für eine Art Karrierewechsel. Man trug das Leichenhemd, brachte die Trauerfeier hinter sich … und anschließend ging das Leben eben weiter. Natürlich wusste er, dass viele Leute in ihrem Grab blieben, aber er hatte eine Erklärung dafür: Sie waren einfach nicht gut genug vorbereitet.

Keinesorges Hals wies eine klaffende Wunde auf.

»Irgendwelche Verwandte?«, fragte Schuh.

»Er einen Bruder in Überwald hat«, sagte der Troll. »Wir bereits geschickt eine Nachricht. Mit Signalturm. So was kostet zwanzig Dollar! Das ich nenne Wucher!«

»Hast du eine Ahnung, warum jemand Keinesorge umgebracht hat?«

Der Troll kratzte sich am Kopf. »Ich schätze, der Täter ihn töten wollte. Das sein guter Grund.«

»Und weshalb wollte ihn jemand töten?« Reg Schuh konnte sehr geduldig sein. »Hat es irgendwelchen Ärger gegeben?«

»Ich wissen, die Geschäfte laufen nicht mehr so gut.«

»Ach? Ich dachte, ihr würdet hier regelrecht Geld scheffeln.«

»Oh, *ja*, das man glauben könnte, aber nicht alle Dinge, die man nennt Keinesorge, stammen von uns. Es gibt inzwischen viel ...« Der Troll verzog das Gesicht, als er sich zu konzentrieren versuchte. »... Konn-kurr-renz. Viele andere Leute gesprungen sind auf den Gummikarren und sie bessere Fabriken haben und neue Ideen wie zum Beispiel besondere Keinesorge mit Käse-und-Zwiebel-Geschmack und mit Glöckchen dran und so. Von solchen Dingen Herr Keinesorge nie nichts wissen wollte, und dadurch sinken Verkaufszahlen unsere.«

»Das hat ihm bestimmt Sorgen bereitet«, sagte Reg im Sprich-nur-weiter-Tonfall.

»Er sich oft eingeschlossen hat in seinem Büro.«

»Ach? Und warum?«, fragte Reg.

»Er der Boss. Man nicht fragt den Boss. Aber einmal er meinen, bald käme besonderer Auftrag, der uns brächte wieder auf die Beine.«

»Wirklich?« Reg machte sich eine geistige Notiz. »Was für ein Auftrag?«

»Keine Ahnung. Man nicht ...«

»... fragt den Boss«, zitierte Reg Schuh. »Na schön. Vermutlich hat niemand den Mörder gesehen, oder?«

Falten der Anstrengung bildeten sich auf der Stirn des Trolls, als er nachdachte.

»Den Mörder, ja, und vielleicht auch Herrn Keinesorge.«

»Gab es eine dritte Partei?«

»Weiß nicht. Ich kein Interesse haben an Politik.«

»Abgesehen von Herrn Keinesorge und dem Mörder«, fragte Schuh und blieb so geduldig wie ein Grab. »War gestern Abend noch jemand hier?«

»Weiß nicht«, antwortete der Troll.

»Danke, du warst uns eine große Hilfe«, sagte Schuh. »Wir sehen uns noch ein wenig um, wenn du nichts dagegen hast.«

»Meinetwegen.«

Der Troll kehrte zu seinem Bottich zurück.

Reg Schuh hatte nicht damit gerechnet, etwas zu entdecken, deshalb blieb ihm eine Enttäuschung erspart. Aber er war gründlich, was zu den typischen Eigenschaften eines Zombies gehörte. Herr Mumm hatte ihn mehrmals davor gewarnt, sich von Spuren in zu große Aufregung versetzen zu lassen. Spuren, so meinte er, konnten einen auf die falsche Fährte locken, wenn sie zu einer Angewohnheit wurden. Man fand am Tatort eines Verbrechens ein Holzbein, einen seidenen Pantoffel und eine Feder – um daraus eine interessante Geschichte zu spinnen über einen einbeinigen Tänzer und ein Theaterstück, bei dem auch Hühner auf der Bühne erschienen.

Die Tür des Büros stand offen. Es ließ sich kaum feststellen, ob irgendetwas angerührt worden war. Alles war ziemlich durcheinander, doch das schien hier immer der Fall zu sein. Unterlagen stapelten sich auf einem Schreibtisch – Herr Keinesorges Ablagesystem funktionierte offenbar auf der Grundlage von »Leg's einfach irgendwohin«. Auf einer Bank lagen Gummimuster, Sackleinen, große Flaschen mit Chemikalien und Holzformen, denen Reg keine zu große Aufmerksamkeit zu schenken versuchte.

»Hast du gehört, dass Korporal Kleinpo über den Einbruch ins Zwergenbrotmuseum sprach, als wir heute Morgen den Dienst angetreten haben, Knuddel?«, fragte Schuh. Er öffnete ein Glas mit gelbem Pulver und schnupperte daran.

»Nein.«

»Ich schon«, sagte Reg.

Er schraubte den Deckel auf das Glas mit Schwefel und

schnupperte erneut. In der Fabrik roch es nach flüssigem Gummi – ein Geruch, der mit dem inkontinenter Katzen große Ähnlichkeit hat.

»Und manche Dinge bleiben einem im Gedächtnis haften«, fügte er hinzu. »So ist das eben in unserem Job ...«

In dieser Woche nahm Obergefreiter Besuch-die-Ungläubigen-mit-erläuternden-Broschüren die Pflichten des Kommunikationsoffiziers wahr, was im Großen und Ganzen bedeutete, dass er sich um die Tauben kümmerte und den Nachrichtenturm im Auge behielt, natürlich mit Hilfe des Obergefreiten Abfluß. Obergefreiter Abfluß war ein Wasserspeier. Wenn es darum ging, den Blick auf eine Stelle gerichtet zu halten, leistete Wasserspeier hervorragende Arbeit. In der neuen Industrie der Nachrichtenübermittlung waren ihre Dienste sehr gefragt.

Obergefreiter Besuch fand Gefallen an den Tauben. Er sang ihnen Kirchenlieder vor. Sie hörten sich kurze Predigten an und neigten dabei die Köpfe von einer Seite zur anderen. Hatte nicht Bischof Horn zu den Mollusken des Meeres gesprochen? Es gab nicht den geringsten Beweis dafür, dass sie ihm zugehört hatten, während die Tauben zweifellos Interesse zeigten, auch an den Broschüren über die Vorzüge des Omnianismus. Derzeit benutzen sie das Informationsmaterial vor allem zum Nestbau, aber es war zumindest ein Anfang.

Eine Taube kam herein, als er die Sitzstangen säuberte.

»Ah, Zebedinah«, sagte er, griff nach dem Vogel und löste die Nachrichtenkapsel von seinem Bein. »Ausgezeichnet. Diese Mitteilung stammt vom Obergefreiten Schuh. Zur Belohnung sollst du einige leckere Körner bekommen, freundlicherweise geliefert von Josia Getreide und Söhne, Saatguthändler, letztendlich aber ein Zeichen von Oms Güte.«

Flügel schlugen, und eine zweite Taube landete auf einer Stange. Obergefreiter Besuch erkannte Wilhelmina, einen von Feldwebel Anguas Vögeln.

Er nahm die Nachrichtenkapsel. Das dünne Papier darin war sorgfältig zusammengefaltet und trug die Aufschrift: »Für Karotte, persönlich.«

Besuch zögerte kurz, bevor er die Mitteilung von Reg Schuh der pneumatischen Röhre anvertraute. Luft zischte und trug die Nachricht zum Hauptbüro. Die andere erforderte nach Besuchs Meinung eine sorgfältigere Lieferung.

Karotte arbeitete in Mumms Büro, aber er saß nicht am Schreibtisch des Kommandeurs. Stattdessen hatte er an einem Klapptisch in der Ecke Platz genommen. Die schwankenden Stapel aus Dokumenten wirkten nicht mehr ganz so alpin wie am vergangenen Tag. Hier und dort konnte man sogar die Oberfläche des Schreibtischs erkennen.

»Eine persönliche Nachricht für dich, Hauptmann.«

»Danke.«

»Und Obergefreiter Schuh möchte, dass ein Feldwebel zu Keinesorges Fabrik kommt.«

»Hast du die Nachricht zum Büro weitergeleitet?«

»Ja, Herr. Die pneumatische Röhre ist sehr praktisch«, fügte Besuch pflichtbewusst hinzu.

»Kommandeur Mumm hält nicht viel davon, aber bestimmt sparen wir dadurch Zeit«, sagte Karotte und entfaltete den Zettel.

Besuch beobachtete ihn. Karottes Lippen bewegten sich ein wenig, als er las.

»Woher kam die Taube?«, fragte er schließlich und zerknüllte den Zettel.

»Sie ist ziemlich erschöpft, Herr. Scheint einen ziemlich weiten Flug hinter sich zu haben.«

»Ah. Gut. Danke.«

»Schlechte Nachrichten, Herr?«, fragte Besuch vorsichtig.

»Einfach nur Nachrichten, Obergefreiter. Ich möchte dich nicht länger aufhalten.«

»In Ordnung, Herr.«

Als der enttäuschte Besuch gegangen war, trat Karotte ans Fenster und blickte hinaus. Eine typische Straßenszene von Ankh-Morpork lag vor ihm, gestört vom Verkehr.

Nach einigen Minuten kehrte er zum Klapptisch zurück, schrieb eine kurze Mitteilung und stopfte sie in eine Kapsel, die er der Rohrpost übergab.

Kurze Zeit später keuchte Feldwebel Colon durch den Flur. Karotte war immer bestrebt, die Wache zu modernisieren, und in diesem Zusammenhang erschien es ihm viel *moderner* eine Nachricht durch die pneumatische Röhre zu schicken, als wie Mumm die Tür zu öffnen und einen Namen zu rufen.

Karotte empfing Colon mit einem freundlichen Lächeln. »Ah, Fred. Ist alles in Ordnung?«

»Ja, Herr?«, erwiderte Fred Colon unsicher.

»Gut. Ich gehe zum Patrizier, Fred. Als dienstältester Feldwebel leitest du die Wache, bis Kommandeur Mumm zurückkehrt.«

»Ja, Herr. Äh, du meinst sicher, bis *du* zurückkehrst …«

»Ich kehre nicht zurück, Fred. Ich quittiere den Dienst.«

Der Patrizier betrachtete die Dienstmarke auf seinem Schreibtisch.

»… und gut ausgebildete Truppe«, sagte Karotte irgendwo vor ihm. »Vor einigen Jahren bestand die Wache nur aus vier Personen. Heute funktioniert alles wie eine große Maschine.

»Ja, obwohl es hier und dort manchmal ›Boing‹ macht«, erwiderte Lord Vetinari und sah noch immer auf die Dienstmarke. »Bitte überleg es dir noch einmal, Hauptmann.«

»Ich habe es mir mehrmals überlegt, Herr. Und ich bin jetzt kein Hauptmann mehr.«

»Die Wache *braucht* dich, Herr Eisengießersohn.«

»Die Wache ist größer als nur ein Mann, Herr«, sagte Karotte und blickte starr geradeaus.

»Ich bin nicht ganz sicher, ob sie größer ist als Feldwebel Colon.«

»Feldwebel Colon wird oft falsch eingeschätzt, Herr. Sein Charakter hat eine solide Grundlage.«

»Sein Hintern ist ebenfalls ziemlich solide, Hauptm… Herr Eisengießersohn.«

»Ich meine, er gerät bei einem Notfall nicht gleich in helle Aufregung, Herr.«

»Seine einzige Reaktion auf einen Notfall dürfte darin bestehen, sich zu verstecken«, sagte der Patrizier. »Man könnte sogar behaupten, dass Colon selbst ein Notfall ist.«

»Mein Entschluss steht fest, Herr.«

Lord Vetinari seufzte, lehnte sich zurück und blickte einige Sekunden zur Decke empor.

»Dann bleibt mir nichts anderes übrig, als dir für deine Dienste zu danken, *Hauptmann*. Außerdem wünsche ich dir für die Zukunft viel Glück. Hast du genug Geld?«

»Ich habe recht viel gespart, Herr.«

»Trotzdem: Es ist ein weiter Weg bis nach Überwald.«

Stille folgte.

»Herr?«

»Ja?«

»Woher *weißt* du das?«

»Oh, bestimmte Leute haben ihn schon vor langer Zeit gemessen. Forscher und so.«

»Herr!«

Vetinari seufzte. »Ich glaube, der richtige Ausdruck heißt … Deduktion. Wie dem auch sei, *Hauptmann* … Ich gehe davon aus, dass du nur Sonderurlaub nimmst. Soweit ich weiß, bist du immer im Dienst gewesen. Zweifellos hast du dir einige Wochen Ferien verdient.«

Karotte schwieg.

»An deiner Stelle würde ich mit der Suche nach Feldwebel Angua am Latschenden Tor beginnen«, fügte Vetinari hinzu.

Nach einer Weile fragte Karotte: »Geht dieser Rat auf Informationen zurück, die du bekommen hast, Herr?«

Vetinari lächelte dünn. »Nein. Aber in Überwald herrscht derzeit eine schwierige Situation, und Angua stammt aus einer der aristokratischen Familien. Vermutlich wurde sie fortgerufen. Abgesehen davon kann ich dir kaum helfen. Du musst, wie man so schön sagt, deiner Nase folgen.«

»Vielleicht kann ich auf die Hilfe einer leistungsfähigeren Nase zurückgreifen«, sagte Karotte.

»Gut.« Der Patrizier beugte sich vor. »Ich wünsche dir alles Gute bei der Suche. Und ich bin sicher, dass wir uns wieder sehen werden. Es gibt hier viele Leute, die sich auf dich verlassen.«

»Ja, Herr.«

»Guten Tag.«

Als Karotte gegangen war, stand Lord Vetinari auf und ging zur anderen Seite des Zimmers – dort lag eine Karte von Überwald auf einem Tisch. Sie war recht alt, und selbst in jüngster Zeit hatte man ihr kaum Einzelheiten hinzufügen können: Alle Kartographen, die bekannte Wege verließen, verbrachten ihre ganze Zeit mit dem Versuch, zu diesen zurückzukehren. Es gab einige Flüsse, deren Verlauf Mutmaßungen überlassen blieb, hier und dort auch einen Ort oder zumindest den *Namen* eines Ortes. Vermutlich war es deshalb hinzugefügt worden, um dem Kartenzeichner die Peinlichkeit zu ersparen, überall den Hinweis VVMÜ* anzubringen, wie es in der Branche hieß.

Die Tür öffnete sich, und Drumknott, erster Sekretär des Patriziers, kam so leise wie eine Feder, die in einer Kathedrale fiel, herein.

»Eine unerwartete Entwicklung, Euer Exzellenz«, sagte er ruhig.

»Zumindest eine uncharakteristische«, erwiderte Vetinari.

»Soll ich Mumm eine Nachricht schicken, Herr? Er könnte in gut einem Tag zurück sein.«

Vetinari blickte auf die leere Karte hinab. So ähnlich sah die

* Viele Verdammte Meilen Überwald.

Zukunft aus: einige Umrisse und vage Vermutungen, doch alles andere wartete darauf, Gestalt anzunehmen …

»Hmm?«, murmelte er.

»Soll ich Mumm zurückrufen, Herr?«

»Um Himmels willen, nein. Mumm in Überwald – das dürfte amüsanter werden als ein verliebtes Gürteltier auf einer Bowlingbahn. Und wen sonst könnte ich schicken? Nur Mumm kommt für Überwald in Frage.«

»Aber handelt es sich nicht um einen Notfall, Herr?«

»Hmm?«

»Wie sollte man es anders nennen, Herr, wenn ein so viel versprechender junger Mann seine Karriere für die Suche nach einer jungen Frau opfert?«

Der Patrizier strich sich über den Bart und lächelte.

Eine Linie auf der Karte verdeutlichte die Reichweite der Nachrichtentürme. Sie war ganz gerade und repräsentierte den Intellekt in der dichten Dunkelheit vieler verdammter Meilen Überwald.

»*Vielleicht* ist es sogar besser so«, sagte Lord Vetinari. »Überwald kann uns eine Menge lehren. Bitte hol mir die Unterlagen über die Werwolf-Clane. Und noch etwas; zwar habe ich geschworen, so was nie auch nur in Erwägung zu ziehen, aber jetzt bleibt mir keine Wahl: Bereite eine Nachricht für Feldwebel Colon vor. Leider erwartet ihn eine Beförderung.«

Eine schmutzige Mütze lag auf dem Pflaster. Daneben stand mit feuchter Kreide geschrieben: BiTe häLFt disem kleINen HuND.

Ein kleiner Hund saß in der Nähe.

Die Natur hatte ihn nicht dazu bestimmt, ein freundlicher, schwanzwedelnder Hund zu sein, aber er gab sich Mühe. Wenn jemand vorbeikam, richtete er sich auf und jaulte jammervoll.

Etwas landete in der Mütze: eine Dichtungsscheibe.

Der großzügige Mensch setzte seinen Weg fort und war nur einige Meter weit gekommen, als er hörte: »Hoffentlich fallen dir die Beine ab, du Mistkerl.«

Der Mann drehte sich um und stellte fest, dass ihn der Hund ansah.

»Wuff?«, machte das Tier.

Der Mann zuckte verwirrt mit den Schultern und ging weiter.

»Ja, wuff wuff und so«, fügte die sonderbare Stimme hinzu, als er gerade eine Ecke hinter sich bringen wollte.

Eine Hand griff nach unten und packte den Hund am Genick. »Hallo, Gaspode. Ich glaube, ich habe ein kleines Rätsel gelöst.«

»O *nein*«, stöhnte der Hund.

»So verhält sich kein braver Hund, Gaspode«, sagte Karotte und hob den Hund hoch, damit sich ihre Augen auf einer Höhe befanden.

»Na schön, na schön, setz mich wieder auf den Boden, in Ordnung? Es tut weh, wenn du mich so hältst.«

»Ich brauche deine Hilfe, Gaspode.«

»Ausgeschlossen. Ich helfe der Wache nicht. Das ist keineswegs persönlich gemeint, aber ich muss auf meinen Ruf achten.«

»Ich habe nicht gesagt, dass du der Wache helfen sollst, Gaspode. Dies *ist* eine persönliche Angelegenheit. Ich brauche deine Nase.« Karotte setzte den Hund aufs Pflaster und wischte sich die Hand am Hemd ab. »Was leider bedeutet, dass ich auch den Rest von dir brauche. Obwohl ich natürlich weiß, dass unter der juckenden Schale ein Herz aus Gold schlägt.«

»Mit den Worten ›Ich brauche deine Hilfe‹ fängt *nie* etwas Gutes an«, sagte Gaspode.

»Es geht um Angua.«

»Meine Güte.«

»Ich möchte, dass du ihrer Spur folgst.«

»Oh, nur wenige Hunde können einen Werwolf verfolgen. Weil Werwölfe sehr *schlau* sind.«

»Ich dachte mir: Wende dich an den Besten«, sagte Karotte.

»Es gibt keine erlesenere Nase bei Mensch und Tier«, behauptete Gaspode und rümpfte sie. »Wohin ist Angua verschwunden?«

»Nach Überwald, glaube ich.«

Karotte reagierte sehr schnell. Gaspodes Flucht wurde von einer Hand verhindert, die ihn am Schwanz festhielt.

»Das sind Hunderte von Meilen! Und Hundemeilen sind sieben Mal länger! Unmöglich!«

»Ach? Na schön. Wie dumm von mir, so was vorzuschlagen.« Karotte ließ den Schwanz los. »Du hast Recht. Es ist lächerlich.«

Gaspode drehte sich und sah argwöhnisch zu Karotte auf. »Nein, ich habe nicht gesagt, dass es lächerlich ist. Ich habe nur betont, dass die Entfernung Hunderte von Meilen beträgt.«

»Ja, aber dann hast du hinzugefügt, es sei dir unmöglich, einer Spur über eine solche Distanz zu folgen.«

»Als ich ›unmöglich‹ sagte, meinte ich damit, dass du mich unmöglich zu so etwas überreden kannst.«

»Ja, aber bald beginnt der Winter, und du hast selbst darauf hingewiesen, wie schwer es ist, einen Werwolf zu verfolgen. Bei Angua kommt hinzu, dass sie zur Stadtwache gehört. Wenn sie vermutet, dass ich auf deine Hilfe zurückgreife, versucht sie bestimmt, ihre Spur zu verwischen.«

Gaspode jaulte. »Jetzt hör mal, Kumpel ... In dieser Stadt ist es verdammt schwer, sich Respekt zu verschaffen. Wenn ich ein paar Wochen lang nicht an den Laternenpfählen zu riechen bin, habe ich hier überhaupt nichts mehr zu melden.«

»Ja, ja, ich verstehe. Dann lasse ich mir eben von jemand anderem helfen. Der Nervöse Nigel ist doch noch immer in der Stadt, oder?«

»Was, der Spaniel? Er könnte nicht einmal seinen eigenen Hintern riechen, wenn der sich direkt vor ihm befände!«

»Er soll sehr gut sein, mit der Nase.«

»Und er pinkelt immer dann, wenn jemand den Blick auf ihn richtet!«, schnappte Gaspode.

»Angeblich kann er eine tote Ratte auf eine Entfernung von zwei Meilen riechen.«

»Na und? Ich kann riechen, welche *Farbe* sie hat!«

Karotte seufzte. »Nun, mir bleibt nichts anderes übrig. Du kannst mir nicht die notwendige Hilfe leisten, und deshalb …«

»Ich habe nicht gesagt …« Gaspode unterbrach sich. »Ich werde dir helfen, nicht wahr? Irgendwie lasse ich mich dazu breitschlagen. Du bringst mich mit einem Trick dazu oder setzt mich mit irgendetwas unter Druck, wie auch immer …«

»Ja. Wie hast du es geschafft zu schreiben, Gaspode?«

»Ich halte die Kreide im Maul. Ist nicht weiter schwer.«

»Du bist ein sehr cleverer Hund. Das habe ich immer gesagt. Und kein anderer Hund kann sprechen.«

»Nicht so laut, nicht so laut!« Gaspode sah sich erschrocken um. »Äh, in Überwald gibt's Wölfe, nicht wahr?«

»Ja.«

»Ich *hätte* ein Wolf sein können, weißt du. Mit anderen Eltern.« Gaspode schniefte und sah sich erneut nach eventuellen Zuhörern um.

»Steak?«

»Jeden Abend.«

»Einverstanden.«

Feldwebel Colon war ein Bild des Elends, mit miesen Malstiften an einem feuchten Tag auf unebenes Pflaster gemalt. Er saß auf einem Stuhl und blickte gelegentlich zu der Nachricht, die er gerade bekommen hatte. Dabei schien er sich zu wünschen, dass irgendetwas die Worte verschwinden ließ.

»Verdammt und zugenäht, Nobby«, stöhnte er.

»Kopf hoch, Fred«, sagte Nobby, derzeit eine Vision in Organdy.

»Ich kann nicht befördert werden! Ich bin kein Offizier! Ich meine, ich bin ganz gewöhnlich und normal!«

»Das habe ich immer über dich gesagt, Fred. Man kann gar nicht gewöhnlicher und normaler als du sein.«

»Aber da steht's geschrieben, Nobby! Und Seine Exzellenz hat seine Unterschrift darunter gesetzt!«

»Tja, so wie ich die Sache sehe, hast du drei Möglichkeiten«, sagte Nobby.

»Ja?«

»Du kannst zum Patrizier gehen und ihm sagen, dass du ablehnst ...«

Die Panik in Colons Gesicht wich aschfahlem Entsetzen.

»Herzlichen Dank, Nobby«, erwiderte er bitter. »Gib mir Bescheid, wenn du weitere Vorschläge dieser Art hast, weil ich nämlich anschließend die Unterwäsche wechseln muss.«

»Oder du akzeptierst die Beförderung und baust einen solchen Mist, dass dich Seine Exzellenz wieder degradiert ...«

»Du machst das absichtlich, Nobby!«

»Es könnte einen Versuch wert sein, Fred.«

»Ja, aber wenn man absichtlich Mist baut, besteht das Problem darin, alles genau abzuschätzen. Man glaubt vielleicht, nur ein wenig Mist zu bauen, doch dann wird plötzlich ein Riesending daraus. Weißt du, Nobby, unter solchen Umständen fürchte ich, dass mir Seine Exzellenz nicht nur den neuen Rang nehmen könnte. Einzelheiten brauche ich wohl nicht zu nennen.«

»Guter Hinweis, Fred.«

»Ich meine, wenn man Mist baut, so weiß man vorher nicht, wie viel Mist sich letztendlich daraus ergibt, und wenn die Sache zu sehr stinkt, gibt's mehr Ärger, als einem lieb ist.«

»Nun, Fred, die *dritte* Möglichkeit ist die, dass du dich mit der Beförderung abfindest.«

»Das ist keine große Hilfe, Nobby.«

»Es wäre doch nur für einige Wochen, bis Kommandeur Mumm zurückkehrt.«

»Ja, aber angenommen er kommt nicht zurück? Überwald soll ein scheußlicher Ort sein. In ein Geheimnis gehüllt und außerdem rätselhaft. Klingt ziemlich gefährlich, wenn du mich fragst. Und wenn Mumm irgendeinem geheimnisvollen und rätselhaften Unglück zum Opfer fällt ... dann sitze ich hier fest. Ich weiß überhaupt nicht, wie man ein richtiger Offizier ist.«

»*Niemand* weiß, wie man ein richtiger Offizier ist, Fred. Darum sind es ja Offiziere. Wenn sie es *wüssten*, wären sie Feldwebel.«

Colon verzog das Gesicht, als er angestrengt nachdachte. Fast sein ganzes Leben lang hatte er Uniform getragen, schon früh den richtigen Platz gefunden und sich sofort der Meinung angeschlossen, dass Offiziere von Natur aus nicht einmal dazu fähig waren, sich ihre Hose ohne Bedienungsanleitung anzuziehen. Mumm und Karotte bildeten natürlich eine Ausnahme – in Gedanken verlieh Colon ihnen den Rang eines Ehrenfeldwebels.

Nobby beobachtete ihn mit einer Mischung aus Sorge, Freundlichkeit und räuberischer Absicht.

»Was soll ich nur machen, Nobby?«

»Nun, ›Hauptmann‹«, sagte Nobby und hüstelte kurz, »den größten Teil ihrer Zeit verbringen Offiziere damit, irgendwelche Dinge zu unterschreiben …«

Ein nervöser Obergefreiter klopfte an und öffnete die Tür eine halbe Sekunde später.

»Obergefreiter Schuh betont, dass er *wirklich* einen Offizier in Keinesorges Fabrik braucht, Feldwebel.«

»Meinst du den Mann, der die Gummidinger herstellt?«, fragte Colon. »Gut. Ein Offizier. In Ordnung. Wir machen uns gleich auf den Weg.«

»Und es heißt *Hauptmann* Colon«, sagte Nobby rasch.

»Äh … äh … ja, und es heißt *Hauptmann* Colon, herzlichen Dank«, sagte Colon. Seine Entschlossenheit wuchs und ließ ihn hinzufügen: »Vergiss das bitte nicht!«

Der Obergefreite starrte ihn groß an und versuchte dann nicht mehr zu verstehen.

»Außerdem randaliert unten ein Troll und beharrt darauf, mit dem Verantwortlichen zu reden …«

»Kann sich Starkimarm nicht um ihn kümmern?«

»Äh … ist Feldwebel Starkimarm noch immer ein Feldwebel?«, fragte der Obergefreite.

»Ja!«

»Auch im bewusstlosen Zustand?«

»Wie bitte?«

»Er liegt reglos auf dem Boden, Herr – Hauptmann.«

»Was will der Troll?«

»Derzeit steht ihm der Sinn vor allem danach, jemanden umzubringen. Aber ich schätze, eigentlich möchte er, dass jemand die Klammer von seinem Fuß entfernt.«

Gaspode lief auf und ab, die Schnauze ganz dicht über dem Boden. Karotte wartete und hielt die Zügel seines Pferds. Es war ein prächtiges Tier. Bisher hatte er immer nur sehr wenig von seinem Sold ausgegeben.

Schließlich setzte sich der Hund und wirkte deprimiert.

»Erzähl mir von der wundervollen Nase des Patriziers«, sagte er.

»Keine Spur?«

»Du solltest Vetinari hierher holen, wenn er so gut ist«, fuhr Gaspode fort. »Was hat es für einen *Sinn*, ausgerechnet hier zu beginnen? Es ist der schlimmste Ort in der ganzen Stadt! Das Tor führt zum Viehmarkt, nicht wahr? Hier wird's verdammt schwer, etwas *nicht* zu riechen, wenn du verstehst, was ich meine. Der Gestank überlagert alles andere. Wenn ich die Fährte von jemandem finden und ihr folgen wollte, dann wäre dies der letzte Ort, wo ich mit der Suche beginnen würde.«

»Guter Hinweis«, sagte Karotte. »Was ist der stärkste Geruch in Richtung Mitte?«

»Er geht natürlich von den Dungkarren aus. Sie sind gestern losgefahren. Am Freitagmorgen werden immer die Pferde und Ställe gereinigt.«

»Kannst du der Spur folgen?«

Gaspode rollte mit den Augen. »Mit dem Kopf im Eimer.«

»Na schön. Lass uns aufbrechen.«

»Wir verfolgen also dieses Mädchen«, sagte Gaspode, als sie die Hektik des Tors hinter sich zurückließen.

»Ja.«

»Nur du?«

»Ja.«

»Wir müssen nicht damit rechnen, zwanzig oder dreißig anderen Hunden zu begegnen?«

»Nein.«

»Nirgends wartet ein Eimer mit kaltem Wasser auf uns?«

»Nein.«

Obergefreiter Schuh salutierte, allerdings ein wenig gereizt. Er hatte ziemlich lange warten müssen. »Guten Tag, Feldwebel ...«

»Es heißt Hauptmann«, erwiderte Hauptmann Colon. »Siehst du den zusätzlichen Rangknopf auf meiner Schulter, Reg?«

Schuh sah genauer hin. »Hab's für Vogelkot gehalten, Feldwebel.«

»Es heißt Hauptmann«, sagte Colon automatisch. »Derzeit ist es nur Kreide, weil ich noch keine Zeit hatte, einen richtigen Knopf anzunähen. Sei also nicht frech.«

»Was ist denn mit Nobby?«, fragte Reg. Korporal Nobbs drückte sich ein feuchtes Tuch auf sein eines Auge.

»Es gab Probleme mit einem Troll im Parkverbot«, erklärte Hauptmann Colon.

»Hat eine Dame geschlagen und damit deutlich gezeigt, was für eine *Art* von Troll er ist«, brummte Nobby.

»Du bist keine Dame, Nobby. Du trägst nur die verkehrsberuhigende Verkleidung.«

»Er konnte das nicht wissen.«

»Du hattest deinen Helm auf. Und außerdem hättest du ihm keine Klammer verpassen sollen.«

»Er *war* geparkt, Fred.«

»Ein Karren hatte ihn überfahren«, erwiderte Hauptmann Colon. »Und es heißt Hauptmann.«

»Nun, es gibt immer irgendwelche Ausreden«, sagte Nobby verdrießlich.

»Du solltest uns jetzt besser den Korpus zeigen, Reg«, wandte sich Colon an den Zombie.

Der Tote im Keller wurde auf angemessene Weise untersucht.

»... und dann fiel mir ein, dass Grinsi den Geruch von Katzenpisse und Schwefel im Zwergenbrotmuseum erwähnt hat«, sagte Reg.

»Man kommt nicht umhin, ihn sofort zu bemerken«, sagte Colon. »Ein Tag Arbeit in dieser Fabrik, und jede verstopfte Nase wird frei.«

»Und ich dachte, ›Ob jemand versucht, eine Form von der Nachbildung der Steinsemmel herzustellen?‹, Herr«, fügte Reg hinzu.

»He, das wäre echt clever«, meinte Fred Colon. »Dann bekäme das Museum das gestohlene Exemplar zurück, nicht wahr?«

»Äh, nein, Feldwebel – Hauptmann. Aber dann hätte man eine Kopie der Nachbildung.«

»Ist so etwas legal?«

»Keine Ahnung, Herr. Ich bezweifle es. Einen Zwerg könnte man mit so einem Ding nicht einmal fünf Minuten lang täuschen.«

»Wem sollte dann daran gelegen sein, Keinesorge umzubringen?«

»Vielleicht käme ein Vater von dreizehn Kindern als Täter in Frage«, erwiderte Nobby. »Haha.«

»Würdest du bitte damit aufhören, die Ware zu befingern?«, ließ sich Colon vernehmen. »*Und* ich habe gesehen, wie zwei Zwölf-Stück-Schachteln in deiner Handtasche verschwunden sind.«

»Das keine Rolle spielen«, grollte der Troll. »Herr Keinesorge immer meinte, sie gratis sind für die Wache.«

»Das war sehr freundlich von ihm«, sagte Hauptmann Colon.

»Ja, er immer meinte, wir auf keinen Fall wollen noch mehr verdammte Polizisten in der Stadt.«

Eine Taube wählte diesen diplomatischen Augenblick, um in die Fabrik zu fliegen, auf Colons Schulter zu landen und ihn dort zu befördern. Colon hob die Hand, griff nach der Nachrichtenkapsel und entfaltete ihren Inhalt.

»Eine Mitteilung von Besuch«, sagte er. »Es gibt eine Spur, schreibt er.«

»Und wohin führt sie?«

»Zu keinem bestimmten Ort, Nobby. Es ist einfach nur eine Spur.« Colon nahm den Helm ab und wischte sich Schweiß von der Stirn. Er hatte gehofft, dass er genau *dies* vermeiden konnte. Tief in seinem lädierten Herzen ahnte er, dass es Mumm und Karotte gut verstanden, Spuren miteinander in Verbindung zu bringen und über sie nachzudenken. Das war ihr Talent. Er hatte andere: Er konnte gut mit Leuten umgehen, und er verfügte über einen glänzenden Brustharnisch. Außerdem bereitete es ihm überhaupt keine Schwierigkeiten, selbst im Schlaf ein Feldwebel zu sein.

»Na schön, schreib deinen Bericht«, sagte er. »Gute Arbeit. Wir kehren jetzt zur Wache zurück.«

»Mir wächst diese Sache über den Kopf«, meinte Colon, als sie fortgingen. »Und dann der Papierkram. Du weißt ja, was ich von Papierkram halte, Nobby.«

»Du bist nur ein gründlicher Leser, das ist alles, Fred«, erwiderte Nobby. »Ich habe beobachtet, wie du eine ganze Ewigkeit lang eine einzelne Seite gelesen hast. ›Er verarbeitet den Text meisterhaft‹, dachte ich.«

Colons Miene erhellte sich ein wenig. »Ja, darum geht's mir. Um Gründlichkeit beim Lesen.«

»Selbst wenn es nur die Speisekarte im klatschianischen Imbiss ist ... Ich habe gesehen, wie du dir für jede Zeile eine Minute Zeit genommen hast.«

»Ich möchte beim Essen eben keine Überraschungen erleben.« Colon schob die Brust vor. Besser gesagt: Er drückte sie ein wenig nach oben.

»Du brauchst einen Adjutanten«, sagte Nobby und hob sein Kleid, als er über eine Pfütze hinwegtrat.

»Tatsächlich?«

»Na klar«, bestätigte Nobby. »Weil du die Verantwortung trägst und deinen Männern ein Beispiel geben musst.«

»Oh. Ja«, sagte Colon und freundete sich voller Erleichterung mit dieser Vorstellung an. »Man kann schließlich nicht von mir erwarten, dass ich all diese Pflichten erfülle *und* lange Worte lese.«

»Natürlich nicht«, bekräftigte Nobby. »Außerdem fehlt in der Wache jetzt ein Feldwebel.«

»Guter Hinweis, Nobby. Es gibt bestimmt viel zu tun.«

Eine Zeit lang gingen sie schweigend weiter.

»Du könntest jemanden befördern«, sagte Nobby.

»Tatsächlich?«

»Was hat's für einen Sinn, der Boss zu sein, wenn das nicht möglich sein sollte?«

»Stimmt. Außerdem haben wir es mit einer Art Notfall zu tun. Hmm ... irgendwelche Vorschläge, Nobby?«

Nobby seufzte innerlich. Durch Zement fiel der sprichwörtliche Groschen schneller als bei Fred Colon.

»Mir fällt da ein ganz bestimmter Name ein«, sagte er.

»Ah, ja. Reg Schuh, nicht wahr? Schreibt gut. Denkt klar. Bewahrt immer einen kühlen Kopf.« Colon zögerte kurz. »Ist überhaupt recht kalt.«

»Und ein wenig tot«, fügte Nobby hinzu.

»Ja, ich schätze, das könnte man gegen ihn anführen.«

»Außerdem fallen ihm immer wieder Körperteile ab«, meinte Nobby.

»Stimmt«, erwiderte Hauptmann Colon. »Es ist nicht gerade angenehm, jemandem die Hand zu schütteln und dann mehr Finger zu haben als vorher.«

»Vielleicht solltest du nach jemandem Ausschau halten, den man bisher ungerechtfertigterweise übersehen hat«, sagte Nobby; er ging jetzt aufs Ganze. »Nach jemandem, dessen Gesicht gewissen Leuten nicht gefällt. Dessen Erfahrungen bei der Wache im Allgemeinen und bei der Verkehrskontrolle im Besonderen der Stadt von großem Nutzen wären, wenn gewisse Leute nicht immer wieder auf ein oder zwei Verfehlungen hinweisen würden, die ohnehin erfunden sind.«

Das Morgengrauen der Intelligenz brachte ein wenig Licht in die weiten Regionen von Colons Gesicht.

»*Ah*«, sagte er. »Ich *verstehe*. Warum hast du das nicht gleich gesagt, Nobby?«

»Nun, es ist *deine* Entscheidung, Fred … ich meine *Hauptmann*«, erwiderte Nobby ernst.

»Aber angenommen, Herr Mumm ist nicht einverstanden? Er kommt in einigen Wochen zurück.«

»Das dürfte Zeit genug sein«, erwiderte Nobby.

»Und es macht dir nichts aus?«

»Was? Mir? Natürlich nicht. Du kennst mich, Fred. Ich war immer bereit, meine Pflicht zu erfüllen.«

»Nobby?«

»Ja, Fred?«

»Das Kleid …«

»Ja, Fred?«

»Ich dachte, wir … ergreifen keine verkehrsberuhigenden Maßnahmen dieser Art mehr.«

»Das stimmt, Fred. Ich habe das Kleid anbehalten, um sofort einsatzbereit zu sein, falls du es dir anders überlegen solltest.«

Kühler Wind wehte über die Kohlfelder.

Für Gaspode brachte er nicht nur den überwältigenden Geruch von Kohl und den dunkelroten Gestank der Dungkarren, sondern auch Hinweise auf Kiefern, Berge, Schnee, Schweiß und muffigen Zigarrenrauch. Letzterer ging auf die Angewohnheit der Karrenmänner zurück, billige Zigarren zu rauchen – dadurch hielten sie die Fliegen von sich fern.

Gaspode konnte mit der Nase besser sehen als mit den Augen. Die Welt der Gerüche breitete sich vor ihm aus.

»Mir tun die Pfoten weh«, erwiderte Karotte.

Sie kamen an eine Gabelung. Gaspode verharrte und schnüffelte. »He, das ist interessant«, sagte er. »Ein Teil des Dungs ist hier vom Karren gesprungen und hat den Weg über die Felder in diese Richtung fortgesetzt. Du hattest Recht.«

»Riechst du irgendwo Wasser?«, fragte Karotte und ließ den Blick über die Ebene schweifen.

Gaspodes fleckige Schnauze geriet in Bewegung. »Ein Teich«, sagte er. »Nicht sehr groß. Etwa eine Meile entfernt.«

»Bestimmt ist Angua dorthin unterwegs. Sie nimmt es mit der Reinlichkeit sehr genau. Im Gegensatz zu vielen anderen Werwölfen.«

»Halte selbst nicht viel von Wasser«, meinte Gaspode.

»Ach, tatsächlich nicht?«

»He, du brauchst nicht gleich sarkastisch zu werden. Ich habe einmal ein B-A-D genommen und weiß daher, was es damit auf sich hat.«

Einige windschiefe Bäume wuchsen am Teich. Trockenes Gras raschelte in der Brise. Ein einzelnes Wasserhuhn floh ins Schilf, als sich Karotte und Gaspode näherten.

»Ja, dies ist der richtige Ort«, sagte Gaspode. »Dung taucht ins Wasser, und heraus kommt …« Er beschnüffelte den aufgewühlten Schlamm. »Ja, äh, sie kommt heraus. Ähm.«

»Irgendein Problem?«, fragte Karotte.

»Nun, angenommen, es gibt da eine echt üble Sache, die mir bekannt ist und über die du bestimmt nicht Bescheid wissen möchtest … Was würdest du von mir halten, wenn ich dir trotzdem alles erzähle? Ich meine, manchen Leuten ist es lieber, nichts von solchen Dingen zu wissen. Es handelt sich um eine persönliche Angelegenheit.«

»Gaspode!«

»Angua ist nicht allein. Ein anderer Wolf leistet ihr Gesellschaft.«

»Ah.« Karottes sanftes, neutrales Lächeln blieb unverändert.

»Äh, ich meine einen Wolf männlichen Geschlechts«, fügte Gaspode hinzu. »Einen Wolfmann, sozusagen. Äh.«

»Danke, Gaspode.«

»Sozusagen ein außergewöhnlich männlicher Wolfmann. Äh. Ja, daran besteht kein Zweifel.«

»Ich glaube, ich verstehe.«

»Und dies sind nur Worte. Der Geruch macht die Sache viel deutlicher.«

»Herzlichen Dank, Gaspode. Und wohin sind sie unterwegs?«

»In Richtung Berge, Boss«, antwortete Gaspode so freundlich wie möglich. Er kannte nicht alle Details der sexuellen Beziehungen von Menschen, und die Einzelheiten, von denen er wusste, erschienen ihm unglaublich. Alles deutete darauf hin, dass solche Beziehungen bei Menschen weitaus komplizierter waren als bei Hunden.

»Der Geruch ...«

»Meinst du den extrem männlichen Geruch, den ich eben erwähnte?«

»Genau den, ja«, bestätigte Karotte ruhig. »Könntest du ihn auch vom Rücken eines Pferds aus riechen?«

»Ich könnte ihn sogar mit der Schnauze in einem Zwiebelsack wahrnehmen.«

»Gut. Ich glaube nämlich, wir sollten uns jetzt etwas beeilen.«

»Ich dachte mir schon, dass du so etwas denkst.«

Obergefreiter Besuch salutierte, als Nobby und Colon die Wache am Pseudopolisplatz betraten.

»Ich glaube, von dieser Sache solltet ihr sofort erfahren«, sagte er und hob ein Stück Papier hoch. »Das hier habe ich vorhin von Rodney bekommen.«

»Von wem?«

»Von dem Kobold auf der Brücke, Herr. Er malt Bilder von Karren, die zu schnell sind. Niemand hat ihn gefüttert«, fügte Obergefreiter Besuch ein wenig vorwurfsvoll hinzu.

»Oh«, sagte Colon. »Eine Geschwindigkeitsüberschreitung. Und?« Er sah noch einmal hin. »Das ist eine der Sänften, wie sie die tiefen Zwerge verwenden, nicht wahr? Die Trolle müssen verdammt flink gewesen sein.«

»Kurz vorher wurde die Nachbildung der Steinsemmel gestohlen«, sagte Besuch. »Rodney schreibt die Zeit in eine Ecke, siehst du? Die Sache kam mir ein wenig seltsam vor. Vielleicht ein Fluchtfahrzeug?«

»Warum sollte ein Zwerg einen wertlosen Stein stehlen wollen?«, fragte Colon. »Noch dazu einer der dunklen Zwerge. Sie wirken unheimlich in diesen blöden Klamotten, die sie dauernd tragen.«

Zornige Stille klang so laut wie ein herabstürzender Tragbalken in einem Tempel. Es hielten sich drei Zwerge im Zimmer auf.

»Ihr beiden!«, rief Feldwebel Starkimarm. »Ihr solltet auf Streife sein! *Ich* habe in der Kröselstraße zu tun!«

Die drei Zwerge verließen den Raum und brachten es sogar fertig, zornig zu gehen.

»Was soll man davon halten?«, brummte Fred Colon. »Ein wenig empfindlich die Burschen, wie? Herr Mumm sagt dauernd solche Dinge, und niemand stört sich daran.«

»Ja, aber er ist Sam Mumm«, meinte Nobby.

»Ach?«, erwiderte Colon. »Willst du damit andeuten, dass ich *nicht* Sam Mumm bin?«

»Nun, *ja*«, sagte Nobby geduldig. »Du bist Fred Colon.«

»Oh, das *bin* ich, stimmt's?«

»Ja, Hauptmann Colon.«

»Und das sollten sie besser nicht vergessen, verdammt!«, schnappte Colon. »Ich werde so etwas auf keinen Fall zulassen und lehne es ab, irgendeine Form von Insubordination hinzunehmen. Ich war immer der Ansicht, dass Mumm den Zwergen gegenüber zu nachsichtig ist! Sie kriegen den gleichen Sold wie wir und sind nur halb so groß!«

»Ja, ja«, sagte Nobby und versuchte mit beschwichtigenden

Gesten, Colons erhitztes Gemüt abzukühlen. »Aber weißt du, Fred … Trolle sind *doppelt* so groß wie wir und kriegen ebenfalls den gleichen Sold …«

»Aber sie sind auch nur ein Viertel so intelligent und haben deshalb nicht mehr verdient …«

Ein in die Länge gezogenes, bedrohliches Geräusch erklang: Obergefreiter Flußspat schob seinen Stuhl langsam zurück.

Der Boden knarrte, als er an Colon vorbeistapfte, mit einer riesigen Hand den Helm vom Haken nahm und zur Tür marschierte.

»Ich auf Streife gehe«, grollte er.

»Dein Dienst beginnt doch erst in einer Stunde«, sagte Obergefreiter Besuch.

»Ich gehe jetzt«, erwiderte Flußspat. Für einige Sekunden wurde es dunkel im Zimmer, als der Troll die ganze Tür ausfüllte.

»Warum sind denn plötzlich alle so gereizt?«, fragte Colon. Die übrig gebliebenen Obergefreiten mieden seinen Blick.

»Habe ich da jemanden kichern gehört?«, erkundigte sich Colon argwöhnisch.

»Niemand hat gekichert, Feldwebel«, sagte Nobby.

»Ach? Du hältst mich also für einen Feldwebel, Korporal Nobbs?«

»Nein, Fred, ich … lieber Himmel …«

»Ganz offensichtlich sind die Dinge hier ziemlich *lax* geworden«, sagte Hauptmann Colon mit einem boshaften Glitzern in den Augen. »Bestimmt dachtet ihr alle: Ach, es ist ja bloß der dicke alte Fred Colon, von jetzt an können wir uns auf die faule Haut legen.«

»Nein, Fred, niemand hat dich für alt gehalten … meine Güte …«

»Nur für dick, wie?« Fred ließ einen finsteren Blick durchs Zimmer schweifen. Alle Anwesenden zeigten ebenso plötzliches wie untypisches Interesse an ihrer Schreibarbeit.

»Na schön! Von jetzt an wird sich hier *eine Menge* ändern«, sagte Hauptmann Colon. »O ja. Ich kenne alle eure kleinen Tricks … Wer hat das gesagt?«

»Wer soll was gesagt haben, Hauptmann?«, fragte Nobby, der das geflüsterte »Wir haben sie von dir gelernt, Feldwebel« ebenfalls gehört hatte. Aber er hätte lieber glühende Kohlen geschluckt, als es zugegeben.

»Jemand hat etwas gemurmelt, aber nicht leise genug«, sagte Hauptmann Colon.

»Da irrst du dich bestimmt«, erwiderte Nobby.

»Und es gefällt mir auch nicht, angestarrt zu werden!«

»Niemand sieht dich an«, jammerte Nobby.

»Ah, glaubst du vielleicht, ich wüsste nicht Bescheid?«, rief Colon. »Es gibt viele Möglichkeiten, jemanden anzustarren, ohne ihn dabei anzusehen. Der Mann da drüben verspottet mich, indem er mit den Ohren wackelt!«

»Ich glaube, Obergefreiter Ping interessiert sich nur für den Bericht, den er gerade schreibt, Fre… Fel… Hauptmann.«

Der aufgeplusterte Colon beruhigte sich ein wenig. »Na schön. Ich gehe jetzt nach oben in mein Büro, verstanden? Hier wird sich einiges *ändern*. Und jemand soll mir eine Tasse Tee bringen.«

Sie sahen ihm nach, als er die Treppe hinaufging, das Büro betrat und die Tür zuknallte.

»Nun, das …«, begann Obergefreiter Ping. Nobby kannte Colons Wesen weitaus besser und winkte mit einer Hand, während er die andere in einer unmissverständlichen Geste ans Ohr hielt.

Sie hörten ein leises Klicken, als sich die Tür wieder öffnete.

»Ich glaube, es wird wirklich Zeit, dass sich hier gewisse Dinge ändern«, sagte Obergefreiter Ping.

»Wie der Prophet Ossory meinte: Besser ein Ochse auf dem Töpferplatz von Herscheba als eine Sandale in den Weinpressen von Gasch«, sagte Obergefreiter Besuch.

»Ja, davon habe ich gehört«, meinte Nobby. »Nun, ich koche ihm jetzt Tee. Nach einer Tasse Tee fühlt sich jeder besser.«

Einige Minuten später hörten die Obergefreiten Colons laute Stimme selbst durch die geschlossene Tür.

»Was ist mit diesem Becher nicht in Ordnung, Korporal?«

»Nichts, Feldw… Hauptmann. Es ist dein Becher. Du hast immer aus ihm getrunken.«

»Ja, aber es ist der Becher eines *Feldwebels*, Korporal. Woraus trinken Offiziere?«

»Nun, Karotte und Mumm haben ihre eigenen Becher …«

»Nun, es mag ihre *Entscheidung* sein, aus Bechern zu trinken, Korporal, aber in den Vorschriften der Wache heißt es, dass Offizieren eine Tasse samt Untertasse zusteht. So steht es in der Verordnung 301, Abschnitt C. Hast du verstanden?«

»Ich weiß gar nicht, ob wir …«

»Aber du weißt, wo sich die Portokasse befindet, oder? Meistens bist du die einzige Person, die darüber informiert ist. Wegtreten, Korporal.«

Nobby kam blass die Treppe hinunter, in der einen Hand den Behälter des Anstoßes.

Die Tür öffnete sich erneut.

»Und niemand von euch spuckt hinein!«, rief Colon. »Den Trick kenne ich! Und der Tee wird mit einem *Löffel* umgerührt, klar? *Den* Trick kenne ich auch.« Die Tür knallte zu.

Obergefreiter Besuch nahm den Becher aus Nobbys zitternder Hand und klopfte ihm auf die Schulter.

»Der Troll Kreidig bietet recht preisgünstiges Geschirr zweiter Wahl an, soweit ich weiß …«, begann er.

Die Tür öffnete sich. »Und aus richtigem Porzellan soll die Tasse sein!«

Die Tür knallte zu.

»Hat jemand in letzter Zeit die Portokasse gesehen?«, fragte Obergefreiter Ping.

Nobby griff kummervoll in die Tasche, holte einige Ankh-Morpork-Dollar hervor und reichte sie Besuch.

»Geh besser zu dem feinen Laden in der Königsstraße«, sagte

er. »Besorg eine der Tassen, die so dünn sind, dass man hindurchsehen kann. Und auch eine Untertasse. Mit Gold am Rand.« Er sah die anderen Obergefreiten an. »Worauf wartet ihr noch? *Hier drin* könnt ihr wohl kaum irgendwelche Verbrecher fassen!«

»Wir wär's mit dem Dieb der Portokasse, Nobby?«, fragte Ping.

»Werd bloß nicht frech, Ping! Nach draußen mit dir? Und das gilt auch für die anderen!«

Tage zogen dahin. Besser gesagt: Sie klapperten vorbei. Es war eine recht konfortable Kutsche, soweit man bei Kutschen überhaupt von Komfort sprechen konnte, aber die Straße hatte viele Schlaglöcher, weshalb die Kutsche oft hin und her schaukelte wie eine Wiege. Zu Anfang wirkte diese Bewegung recht angenehm, doch nach einem Tag verlor sie an Reiz, so wie die Landschaft.

Mumm blickte bedrückt aus dem Fenster.

Am Horizont war ein weiterer Nachrichtenturm zu sehen. Sie wurden neben der Straße errichtet, obwohl das nicht die direkte Route war. Nur ein Narr würde sie irgendwo in der Wildnis bauen. Manchmal musste man sich daran erinnern, dass es nur wenige hundert Meilen von Ankh-Morpork entfernt nach wie vor Trolle gab, die erst noch lernen mussten, dass Menschen nicht gut schmeckten. Außerdem lagen die meisten Siedlungen unweit der Straße.

Bestimmt verdiente die neue Gilde Geld wie Heu. Trotz der noch immer recht großen Entfernung sah Mumm das Gerüst – Arbeiter waren fieberhaft damit beschäftigt, den Turm mit weiteren Klappen und Flügeln auszustatten. Der nächste Sturm machte sicher Kleinholz daraus, aber bis dahin hatten die Eigentümer vermutlich genug Geld gescheffelt, um fünf neue zu bauen. Oder fünfzig.

Es geschah alles so schnell. Wer hätte das gedacht? Die einzelnen Komponenten existierten seit Jahren. Die Informationsübermittlung mit Hilfe von optischen Signalen war alles anderes als neu. Schon vor hundert Jahren hatte die Wache einige Türme benutzt, um Mitteilungen an Polizisten im Einsatz weiterzuleiten. Und Wasserspeier hatten den ganzen Tag über nichts anderes zu tun, als dazusitzen und Dinge zu beobachten. Außerdem waren sie meistens zu einfallslos, um Fehler zu machen.

Der Unterschied war, dass die Leute über Nachrichten heute anders dachten als damals. Einst wäre so ein Kommunikationssystem benutzt worden, um über Truppenbewegungen und den Tod von Königen zu berichten. Sicher, über solche Dinge wollte man Bescheid wissen, aber nicht jeden Tag. Dafür gab es andere Dinge, die man jeden Tag in Erfahrung bringen wollte: *Welchen Preis kann man heute in Ankh-Morpork für Vieh erzielen*? Wenn er zu niedrig war, konnte es besser sein, die Tiere nach Quirm zu treiben. Tägliche Bedeutung hatten kleine Dinge wie *Hat mein Schiff den Bestimmungsort sicher erreicht?* Deshalb scheute die Gilde keine Mühen, eine Nachrichtenverbindung über die Berge voranzutreiben, bis zum viertausend Meilen entfernten Gennua. Ein Schiff brauchte viele Monate, um Kap Schrecken zu umfahren. Wie viel würde ein Händler zahlen, um innerhalb eines Tages von der Ankunft zu erfahren und Antwort auf die Fragen zu erhalten, wie viel die Fracht wert war, ob sie sich ohne weiteres verkaufen ließ und welche Waren besonders gefragt waren.

O ja, die Gilde scheffelte Geld.

Und wie jeder neue Fimmel in der großen Stadt hatte sich die Sache einem Fieber gleich ausgebreitet. Jeder, der einen Turm bauen, ein paar Wasserspeier zusammenbringen und gebrauchte Windmühlenteile auftreiben konnte, schien in das Geschäft einsteigen zu wollen. Wenn man heutzutage ein Restaurant besuchte, konnte man immer wieder beobachten, wie jemand aufstand, nach draußen ging und zum nächsten Nachrichtenturm sah, um festzustellen, ob eine Mitteilung für ihn eingetroffen war. Andere Leute wählten den Weg der direkten Kommunikation und schickten Freunden auf der anderen Seite eines überfüllten Saals Nachrichten, was bei in der Nähe stehenden Personen zu Quetschungen führte …

Mumm schüttelte den Kopf. *Das* waren Nachrichten ohne Inhalt: Telepathie ohne Gehirn.

Doch die vergangene Woche hatte ein gutes Beispiel für die Vorteile der neuen Technik geboten. Als Weiß-nicht Jack das Silber in Sto Lat klaute und dann fortritt, um in den Schatten von Ankh-Morpork unterzutauchen. Der in Ankh-Morpork ausgebildete Feldwebel Rand von der Wache in Sto Lat hatte sofort eine semaphorische Nachricht geschickt, die Mumm eine gute Stunde bevor Weiß-nicht Jack eintraf, erreichte. Dadurch wurde es möglich, dass ihn Feldwebel Detritus am Stadttor in Empfang nahm. Rechtlich gesehen war die Sache nicht ganz klar, da Jack das Verbrechen nicht in Ankh-Morpork verübt hatte und bei der Nachrichtenübermittlung wohl kaum von einer »Verfolgungsjagd« die Rede sein konnte. Doch freundlicherweise löste Weiß-nicht Jack dieses Problem, indem er versuchte, dem Troll einen Fausthieb zu verpassen. Das Resultat war die Verhaftung wegen versuchter Körperverletzung und eine gebrochene Hand …

Lady Sybil schnarchte leise. Eine Ehe besteht immer aus zwei Personen, die beide schwören würden, dass nur der *andere* schnarcht.

Inigo Schaumlöffel hockte in einer Ecke und las ein Buch. Mumm beobachtete ihn gelegentlich.

»Ich schnappe oben ein wenig frische Luft«, sagte er schließlich und öffnete die Tür. Das Klappern der Räder füllte die kleine, heiße Kabine, und Staub wehte herein.

»Euer Gnaden …«, begann Inigo und erhob sich.

Mumm, der draußen bereits emporkletterte, sah noch einmal ins Innere der Kutsche. »Mit einer solchen Einstellung gewinnst du keine Freunde«, sagte er und trat die Tür zu.

Grinsi und Detritus hatten es sich auf dem Dach gemütlich gemacht. Dort war es weitaus weniger stickig, und sie hatten einen Ausblick, falls man Gemüse für ein interessantes Panorama hielt.

Mumm nahm zwischen zwei Bündeln Platz und beugte sich zu Grinsi vor.

»Du kennst dich doch mit den Nachrichten aus, nicht wahr?«, fragte er.

»Nun, ein bisschen ...«

»Gut.« Mumm reichte ihr einen Zettel. »Bestimmt gibt es einen Nachrichtenturm in der Nähe des Ortes, wo wir heute Abend anhalten. Verschlüssel dies und schick es der Wache. Es müsste innerhalb einer Stunde klar sein, wenn man die richtigen Leute fragt. Sie sollen es bei der Waschechten Topsy versuchen; sie kümmert sich dort um die Wäsche. Oder bei Gilbert Gilbert – er scheint immer genau zu wissen, was vor sich geht.«

Grinsi las die Mitteilung und richtete dann einen erstaunten Blick auf Mumm.

»Bist du *sicher*, Herr?«, fragte sie.

»Vielleicht. Vergiss nicht, die *Beschreibung* zu schicken. Namen bedeuten nicht viel.«

»Darf ich fragen, wieso du glaubst ...«

»So wie er geht. Und er fing die Orange nicht auf«, sagte Mumm. »Mhm. Mhm.«

Obergefreiter Besuch reinigte den alten Taubenschlag, als die Nachricht eintraf.

Inzwischen verbrachte er immer mehr Zeit bei den Tauben. Es war kein sehr beliebter Job, und deshalb versuchte niemand, seinen Platz einzunehmen. Wenigstens hörte man das Geschrei und die knallenden Türen hier nur gedämpft.

Die Sitzstangen *funkelten*.

Obergefreiter Besuch fand Gefallen an seiner derzeitigen Tätigkeit. Er hatte nicht viele Freunde in der Stadt. Er hatte auch nicht viele Freunde in der Wache. Aber wenigstens gab es Leute, mit denen er reden konnte, und außerdem kam er mit dem religiösen Unterricht bei den Tauben gut voran.

Doch jetzt dies ...

Die Nachricht war für Hauptmann Karotte bestimmt. Was vermutlich bedeutete, dass sie an Hauptmann Colon weitergeleitet werden sollte, und zwar *persönlich*, denn Hauptmann Colon glaubte, dass jemand die für ihn bestimmte Rohrpost kontrollierte.

Bisher hatte sich Obergefreiter Besuch recht sicher gefühlt. Omnianer neigten von Natur aus dazu, Befehle nicht in Frage zu stellen. Das galt auch für jene, die überhaupt keinen Sinn ergaben. Besuch respektierte Autorität instinktiv, ganz gleich, wie verrückt sie sein mochte – das verdankte er einer guten Erziehung. Darüber hinaus stand ihm genug Zeit zur Verfügung, seinen Brustharnisch zu putzen. Aus irgendeinem Grund waren glänzende Brustharnische in der Wache sehr wichtig geworden.

Doch um Colons Büro aufzusuchen, brauchte er so viel Mut wie der legendäre Bischof Horn, als er die Stadt der Ooliten betrat, und alle wussten, was *die* mit Fremden anstellten.

Besuch verließ den Taubenschlag, ging zum Hauptgebäude und achtete darauf, zackig zu gehen.

Die Wache war mehr oder weniger leer. Seit einiger Zeit schien es nicht mehr so viele Wächter zu geben wie früher. Normalerweise blieben die Leute bei diesem kühlen Wetter lieber drinnen, doch niemand setzte sich gern Hauptmann Colons Zorn aus.

Besuch ging die Treppe zum Büro hinauf und klopfte an die Tür.

Nach einer Weile klopfte er erneut.

Als alles still blieb, öffnete er die Tür, trat leise zum glänzenden, leeren Schreibtisch und machte Anstalten, die Nachricht unter das kleine Tintenfass zu schieben, damit sie nicht weggeweht werden konnte …

»Aha!«

Obergefreiter Besuchs Hand zuckte, und Tinte spritzte. Ein schwarzer Schauer flog dicht an seinen Augen vorbei und traf mit lautem *Platschen* etwas hinter ihm.

Steif drehte er sich um und sah Hauptmann Colon, dessen Gesicht ohne die Tinte vermutlich kalkweiß gewesen wäre.

»Ich *verstehe*«, sagte Colon. »Angriff auf einen vorgesetzten Offizier, wie?«

»Es war ein Unfall, Hauptmann!«

»Ach, tatsächlich? Und warum hast du dich in mein Büro geschlichen, wenn ich fragen darf?«

»Ich habe nicht gewusst, dass du hier bist, Hauptmann!«, brabbelte Besuch.

»Aha!«

»Wie bitte?«

»Wolltest wohl einen Blick in meine privaten Dokumente werfen.«

»Nein, Hauptmann!« Besuch erholte sich ein wenig. »Warum hast du hinter der Tür gestanden, Hauptmann?«

»Ach? Glaubst du vielleicht, ich dürfte nicht hinter der Tür meines eigenen Büros stehen?«

An dieser Stelle unterlief dem Obergefreiten Besuch der nächste Fehler: Er versuchte zu lächeln.

»Nun, es *ist* ein wenig seltsam, Herr ...«

»Willst du damit sagen, irgendetwas an mir sei *seltsam*?«, fragte Hauptmann Colon. »Entdeckst du gar etwas an mir, das du *komisch* findest.«

Besuch blickte in das tintenverschmierte Gesicht. »Nein, nichts, Herr.«

»Du hast annehmbare Arbeit geleistet, Obergefreiter«, sagte Colon und stand ein wenig zu dicht vor Besuch. »Deshalb will ich nicht zu streng mit dir sein. Niemand soll behaupten können, ich sei unfair. Hiermit degradiere ich dich zum Obergefreiten, verstanden? Dein Sold wird rückwirkend vom Beginn des Monats an entsprechend gekürzt.«

Besuch salutierte – das war vermutlich die einzige Möglichkeit, dies lebend zu überstehen. Ein Lid des Hauptmanns zuckte.

»Nun, ich wäre eventuell bereit, diesen Zwischenfall einfach zu vergessen und dir deinen alten Rang zurückzugeben«, fuhr Colon fort. »Vorausgesetzt, du verrätst mir, wer die Zuckerstücke gestohlen – ich sagte *gestohlen* – hat.«

»Herr?«

»Ich *weiß*, dass es gestern Abend dreiundvierzig waren. Ich habe sie sehr sorgfältig gezählt. Heute Morgen sind es nur noch einundvierzig, Unterobergefreiter. Obwohl sie im Schreibtisch *eingeschlossen* waren. Hast du eine Erklärung dafür?«

Die ehrliche und selbstmörderische Antwort hätte gelautet: Nun, Hauptmann, du verfügst zweifellos über viele bewundernswerte Fähigkeiten, aber ich *habe* gesehen, wie du zweimal deine Finger gezählt hast, und zwar mit unterschiedlichem Ergebnis.

»Äh ... Mäuse?«, erwiderte Besuch.

»Ha! Fort mit dir, Unterobergefreiter! Und denk über das nach, was ich dir gesagt habe!«

Als der deprimierte Besuch das Büro verlassen hatte, nahm Hauptmann Colon am großen, leeren Schreibtisch Platz.

Irgendwo hinter seiner Stirn glühte noch immer ein Funken Intelligenz durch den dichten Nebel aus lähmendem Entsetzen, und dieser Funken teilte ihm mit: Er hatte so sehr den Boden unter den Füßen verloren, dass er nicht mehr auf dem schmalen Grat der Vernunft balancierte, sondern in den bodenlosen Abgrund des Wahnsinns stürzte.

Ja, er hatte einen leeren Schreibtisch. Aber nur deshalb, weil er den Papierkram einfach wegwarf.

Fred Colon war keineswegs Analphabet, aber er brauchte Zeit und einen geistigen Anlauf, um mit Geschriebenem fertig zu werden, das umfangreicher war als eine kurze Liste. Wörter mit mehr als drei Silben stellten ein fast unüberwindliches Hindernis für ihn dar. Colon war auf einer rein *funktionellen* Ebene des Schreibens und Lesens kundig: Er verglich das Schreiben und Lesen mit Stiefeln. Man brauchte sie, aber niemand erwartete von ihnen, dass sie Spaß machten. Wer sich zu sehr dafür begeisterte, erregte Argwohn.

Bei Herrn Mumm hatten die Papiere immer hohe Stapel auf dem Schreibtisch gebildet, aber Colon vermutete, dass Mumm und Karotte einen ganz besonderen Weg gefunden hatten, mit der Dokumentenflut fertig zu werden: Sie verstanden es, das Wichtige vom Unwichtigen zu unterscheiden. Für Colon blieb alles verwirrend und rätselhaft. Es gab Beschwerden, Memos, Einladungen, auszufüllende Formulare, Briefe, deren Verfasser um »einige Minuten deiner Zeit« baten, Berichte und Sätze mit Ausdrücken wie »ungeheuerlich« und »unverzügliche Maßnahmen«. In seinem Bewusstsein türmte sich all dies wie eine gewaltige Welle auf, die jederzeit auf ihn herabschmettern konnte.

Jener Teil von Colon, der verzweifelt an einem Rest von Vernunft festhielt, fragte sich, ob es nicht die wahre Aufgabe von Offizieren war, diesen ganzen Kram von Feldwebeln fern zu halten – damit die Feldwebel weiterhin Feldwebel sein konnten.

Hauptmann Colon holte tief und zittrig Luft.

Andererseits … Wenn die Leute sogar Zuckerstücke stibitzten, durfte man sich nicht wundern, dass alles drunter und drüber ging! Bring die Sache mit den Zuckerstücken in Ordnung – der Rest erledigt sich von ganz allein.

Das ergab einen Sinn!

Er drehte den Kopf und sah zu dem großen, anklagenden Dokumentenhaufen in der Ecke.

Er bemerkte auch den leeren Kamin.

Darum ging es bei der Tätigkeit eines Offiziers. Es kam darauf an, *Entscheidungen* zu treffen!

Unterobergefreiter Besuch ging nach unten in den Hauptraum der Wache zurück. Dort hielten sich jetzt mehrere Personen auf, denn der Schichtwechsel stand unmittelbar bevor.

Alle drängten sich um einen Schreibtisch, auf dem die schmutzige Steinsemmel lag.

»Obergefreiter Schenkelbeißer hat sie in der Zephirstraße gefunden«, sagte Feldwebel Starkimarm. »Sie lag einfach da. Offenbar hat es der Dieb mit der Angst zu tun bekommen.«

»Aber der Fundort ist ziemlich weit vom Museum entfernt«, sagte Reg Schuh. »Warum sollte der Dieb die Steinsemmel quer durch die Stadt schleppen, um sie dann in einem piekfeinen Viertel zurückzulassen, noch dazu an einer Stelle, wo man sie sofort findet?«

»Oh, weh mir, denn ich bin ruiniert«, sagte Unterobergefreiter Besuch. Er fühlte sich in den Hintergrund gedrängt, noch dazu von einem Objekt, das er als heidnisches Symbol bezeichnet hätte, wenn ihm seine Beine nicht mehr wichtig gewesen wären.

»Besser du als wir«, erwiderte Korporal Nobbs, der nicht viel von Mitleid hielt.

»Ich meine, ich bin zum Unterobergefreiten degradiert«, erklärte Besuch.

»Was? Warum?«, fragte Feldwebel Starkimarm.

»Ich ... weiß nicht genau«, antwortete Besuch.

»Jetzt reicht's!«, sagte der Zwerg. »Gestern hat er drei Wächter bei den Tollen Schwestern rausgeschmissen. Ich warte nicht, bis es mir ebenso ergeht. Nein, ich gehe nach Sto Lat. Dort sind ausgebildete Wächter jederzeit willkommen. Ich bin Feldwebel; bestimmt bietet man mir sofort eine Stelle an.«

»Nehmt's doch nicht so tragisch«, warf Nobby ein. »Auch Mumm hat gelegentlich kein Blatt vor den Mund genommen.«

»Ja, aber das war etwas anderes.«

»Warum?«

»Weil die Worte von Herrn *Mumm* kamen«, sagte Starkimarm. »Erinnert ihr euch an den Krawall letztes Jahr in der Leichten Straße? Ich lag am Boden, und ein Bursche hatte es mit einer Keule auf mich abgesehen. Herr Mumm hielt den Kerl am Arm fest und schickte ihn mit einem entschlossenen Fausthieb ins Reich der Träume.«

»Ja«, sagte Obergefreiter Kniehack, ein weiterer Zwerg. »Wenn man mit dem Rücken an der Wand steht, ist Herr Mumm direkt hinter einem.«

»Aber der alte Fred ... Ihr alle kennt den alten Fred, Jungs«, sagte Nobby in schmeichlerischem Tonfall. Er nahm den Kessel vom Herd und goss heißes Wasser in die Teekanne. »Er ist durch und durch Polizist.«

»Allerdings von einer ganz besonderen Art«, entgegnete Kniehack.

»Ich meine, er ist am längsten von uns allen in der Wache«, sagte Nobby.

Einer der Zwerge murmelte etwas auf Zwergisch. Die kleineren Wächter lächelten.

»Was hast du gesagt?«, fragte Nobby.

»Nun«, erwiderte Starkimarm, »grob übersetzt heißt es in etwa: Mein Hintern ist schon seit langer Zeit mein Hintern, aber ich muss nicht auf alles hören, was er sagt.«

»Mir hat er ein Bußgeld von einem halbem Dollar wegen Bettelns beschert«, sagte Kniehack. »Fred Colon! Er geht praktisch mit einer Einkaufstasche auf Streife! Und ich ließ mir nur ein Bier in der Weintraube spendieren *und* fand dabei heraus, dass der Feine Wally seit kurzer Zeit viel Geld hat. Es kann sicher nicht schaden, das zu wissen. Als ich bei der Wache anfing und mit Fred Colon unterwegs war, stopfte er sich immer dann die Serviette unters Kinn, wenn wir uns einem Café näherten. ›Oh, *nein*, Feldwebel Colon, *du* brauchst natürlich nicht zu bezahlen.‹ Die Leute deckten bereits den Tisch, wenn sie ihn um die Ecke kommen sahen.«

»Jeder von uns lässt sich den einen oder anderen Gefallen erweisen«, sagte Starkimarm.

»Hauptmann Karotte nicht«, ließ sich Nobby vernehmen.

»Hauptmann Karotte war … etwas Besonderes.«

»Was soll ich hiermit machen?« Unterobergefreiter Besuch winkte mit dem Nachrichtenzettel. Die spritzende Tinte hatte einige Flecken darauf hinterlassen. »Herr Mumm fordert dringend Informationen an.«

Starkimarm nahm den Zettel und las.

»Nun, das sollte nicht weiter schwer sein«, meinte er. »Der alte Wussie Ruhig in der Kickelburgstraße war dort *jahrelang* Hausmeister und schuldet mir einen Gefallen.«

»Wenn wir Herrn Mumm eine Nachricht schicken, sollten wir

die Steinsemmel und Keinesorge erwähnen«, sagte Reg Schuh. »Ihr wisst ja, dass er auf dem Laufenden gehalten werden möchte. Ich habe inzwischen einen Bericht geschrieben.«

»Was könnte er schon mit solch einer Mitteilung anfangen? Er ist Hunderte von Meilen entfernt.«

»Wenn er die Nachricht erhält, macht *er* sich Sorgen, und dann brauche *ich* mir *keine* mehr zu machen«, erwiderte Reg.

»Korporal Nobbs!«

»Ich bin ganz sicher, dass er an der Tür lauscht«, sagte Starkimarm. »Na, ich gehe jetzt.«

»Bin unterwegs, Hauptmann!«, rief Nobby. Er zog die unterste Schublade seines alten, zerkratzten und fleckigen Schreibtischs auf, holte eine Schachtel mit Schokoladenplätzchen hervor und legte einige von ihnen auf einen Teller.

»Es tut mir sehr Leid, dich dabei zu beobachten«, sagte Starkimarm und zwinkerte den anderen Zwergen zu. »Du hast das Zeug zu einem ordentlichen Polizisten. Es bricht mir das Herz zu sehen, wie du das alles wegwirfst, um eine Kellnerin zu sein.«

»Ha ha ha«, sagte Nobby. »Wartet nur ab – vielleicht erlebt ihr dann eine Überraschung.« Er hob die Stimme. »Bin gleich bei dir, Hauptmann!«

Als Nobbs das Büro betrat, nahm er den scharfen Geruch von verbranntem Papier wahr.

»Nichts schafft mehr Gemütlichkeit als ein hübsches kleines Feuer«, sagte Nobby und stellte den Teller auf den Schreibtisch. »Das war schon immer meine Meinung.«

Aber Hauptmann Colon achtete gar nicht darauf. Er hatte die Zuckerschüssel aus der abschließbaren Schublade des Schreibtischs genommen und die Würfel zu Reihen geordnet.

»Fällt dir an den Zuckerwürfeln irgendetwas auf, Korporal?«, fragte er ruhig.

»Nun, sie sind schon mal sauberer gewesen. Offenbar hast du sie oft in der Hand gehalten ...«

»Es sind siebenunddreißig, Korporal.«

»Das bedauere ich sehr, Hauptmann.«

»Besuch muss einige Würfel geklaut haben, als er hier war. Vermutlich mit irgendeinem ausländischen Trick. Leute wie er sind dazu fähig. Sie können an Seilen emporklettern und ganz oben verschwinden, etwas in der Art.«

»Hatte er ein Seil dabei?«, fragte Nobby.

»Willst du mich auf den Arm nehmen, Korporal?«

Nobby nahm Haltung an. »Nein, Herr! Vielleicht war es ein *unsichtbares* Seil. Wenn solche Burschen ganz oben an einem Seil verschwinden können, dann sind sie auch in der Lage, das Seil verschwinden zu lassen. Ist doch ganz klar.«

»Guter Hinweis, Korporal.«

»Da wir gerade bei guten Hinweisen sind, Herr«, sagte Nobby, entschlossen, die Gelegenheit zu nutzen. »Hast du trotz der vielen anderen Dinge, um die du dich kümmern musst, Zeit gefunden, über die Beförderung des neuen Feldwebels nachzudenken?«

»Das habe ich tatsächlich, Korporal.«

»Gut, Herr.«

»Ich habe dabei alle Dinge berücksichtigt, die du erwähnt hast, und danach kam praktisch nur eine Person in Frage.«

»Ja, Herr!« Nobby schob die Brust vor und salutierte.

»Hoffentlich schadet es nicht der Moral. Das kann bei Beförderungen passieren. Wenn es irgendwelche Probleme dieser Art gibt, möchte ich, dass man mir den Zuckerdieb meldet, klar?«

»Ja, Herr!« Nobbys Füße hoben fast vom Boden ab.

»Und noch etwas, Korporal. Ich verlasse mich darauf, dass du mir sofort Bescheid gibst, wenn Feldwebel Feuerstein irgendwelche Schwierigkeiten hat.«

»Feldwebel *Feuerstein*«, wiederholte Nobby leise.

»Er ist ein Troll, ja, man soll mir nicht nachsagen, ich sei unfair.«

»*Feldwebel* Feuerstein.«

»Das ist alles. In einer Stunde erwartet mich Seine Exzellenz, und vorher möchte ich noch gründlich nachdenken. Das ist meine Aufgabe.«

»*Feldwebel Feuerstein.*«

»Ja. An deiner Stelle würde ich mich gleich bei ihm melden.«

Weiße Hühnerfedern lagen auf dem Boden. Der Bauer stand in der Tür des Hühnerhauses und schüttelte den Kopf. Er drehte sich um, als ein Reiter näher kam.

»Guten Morgen, Herr! Hast du irgendein Problem?«

Der Bauer öffnete den Mund, um eine geistreiche oder wenigstens scharfe Antwort zu geben, doch etwas hielt ihn davon ab. Vielleicht lag es an dem Schwert, das der Reiter auf dem Rücken trug, oder an seinem Lächeln. Aus irgendeinem Grund wirkte es noch beunruhigender als das Schwert.

»Äh, jemand ist über mein Federvieh hergefallen«, sagte er. »Ein Fuchs, nehme ich an.«

»Ich würde eher auf Wölfe tippen«, erwiderte der Reiter.

Der Bauer öffnete den Mund, um »Sei nicht dumm, um diese Jahreszeit gibt es hier unten keine Wölfe« zu sagen, aber das zuversichtliche Lächeln ließ ihn erneut zögern.

»Sie haben viele Hühner erwischt, nicht wahr?«

»Sechs«, meinte der Bauer.

»Und wie sind sie ins Hühnerhaus gelangt?«

»Das ist wirklich eine seltsame Sache ... He, halt den Hund zurück!«

Eine kleine Promenadenmischung war vom Sattel gesprungen und schnüffelte am Hühnerhaus herum.

»Er wird dir keinen Ärger machen«, sagte der Reiter.

»Er ist in einer seltsamen Stimmung – an deiner Stelle würde ich ihm nicht widersprechen«, erklang eine Stimme hinter dem Bauern. Er drehte sich ruckartig um.

Der Hund sah unschuldig zu ihm auf. Alle wussten, dass Hunde nicht sprechen konnten.

»Wuff?«, machte die Promenadenmischung. »Wau? Jaul?«

»Er ist bestens abgerichtet«, erklärte der Reiter.

»Ja, stimmt«, brummte jemand hinter dem Bauern, der sich

immer mehr wünschte, den Reiter in der Ferne verschwinden zu sehen. Das Lächeln ging ihm auf die Nerven, und jetzt litt er auch noch an akustischen Halluzinationen.

»Ich weiß gar nicht, wie die Wölfe ins Hühnerhaus eindringen konnten«, sagte er. »Der Riegel war vorgeschoben ...«

»Außerdem bezahlen Wölfe normalerweise nicht, oder?«, entgegnete der Reiter.

»Meine Güte, woher weißt du das?«

»Dafür gibt es mehrere Anzeichen. So ist mir zum Beispiel aufgefallen, dass du die Hand zur Faust geballt hast, als du mich hörtest. Woraus ich schließe, dass du – mal sehen – drei Dollar im Hühnerhaus gefunden hast. Mit drei Dollar kann man in Ankh-Morpork sechs gute Hühner kaufen.«

Der Mann öffnete wortlos die Hand. Münzen glänzten im Sonnenschein.

»Aber ... ich verkaufe sie für zehn Cent das Stück am Stadttor!«, brachte er hervor. »Sie hätten doch nur *fragen* müssen!«

»Wahrscheinlich wollten sie dich nicht stören«, sagte der Reiter. »Da ich schon einmal hier bin, Herr ... Ich wäre dir sehr dankbar, wenn du mir ein Huhn verkaufen könntest ...«

Hinter dem Bauern *sagte* der Hund: »Wuff, wuff!«

»... *zwei* Hühner. Anschließend werde ich nicht noch mehr von deiner Zeit in Anspruch nehmen.«

»Wuff, wuff, wuff.«

»*Drei* Hühner«, sagte der Reiter und seufzte leise. »Wenn du sie braten könntest, während ich mich um mein Pferd kümmere ... dann bin ich gern bereit, für jedes Huhn einen Dollar zu bezahlen.«

»Wuff, wuff.«

»Zwei Exemplare bitte ohne Knoblauch und andere Gewürze«, sagte der Reiter.

Der Bauer nickte wortlos. Ein Dollar pro Huhn war viel Geld. So eine Gelegenheit ließ man nicht einfach so verstreichen. Und was noch viel wichtiger war: Einem Mann, der auf diese Weise lächelte, gehorchte man besser. Das Lächeln schien sich überhaupt nicht zu verändern und weckte in dem Bauern den Wunsch, möglichst weit entfernt davon zu sein.

Er eilte zum Gehege mit seinem besten Geflügel, streckte die Hand aus, um nach dem dicksten Huhn zu greifen ... und zögerte. Wenn ein Mann verrückt genug war, einen Dollar für ein *gutes* Huhn zu bezahlen, so gab er sich vielleicht auch mit einem *durchschnittlichen* Huhn zufrieden. Er richtete sich auf.

»Nur die Besten, mein Lieber.«

Er wirbelte herum. Niemand stand hinter ihm, von dem struppigen Hund abgesehen. Das Tier war ihm gefolgt und wirbelte eine Staubwolke auf, als es sich kratzte.

»Wuff?«, sagte es.

Der Bauer verscheuchte den Hund mit einem Stein und wählte dann drei der besten Hühner aus.

Karotte lag unter einem Baum, den Kopf auf eine Satteltasche gestützt.

»Hast du gesehen, wo sie versucht hat, ihre Spur im Staub zu verwischen?«, fragte Gaspode.

»Ja«, sagte Karotte und schloss die Augen.

»Bezahlt sie *immer* für ihre Hühner?«

»Ja.«

»Warum?«

Karotte drehte sich auf die Seite. »Weil Tiere nicht bezahlen.«

Gaspode betrachtete Karottes Hinterkopf. Im Großen und Ganzen freute er sich über das ungewöhnliche Talent des Sprechens, doch die sich rötenden Ohren Karottes verrieten ihm, dass jetzt die noch seltenere Fähigkeit des Schweigens angesagt war.

Er ließ sich nieder und nahm die Haltung ein, die er fast unbewusst der Kategorie »Treuer Freund hält Wache« zuordnete. Schon nach kurzer Zeit empfand er Langeweile, kratzte sich geistesabwesend und nahm eine andere Haltung ein, die er »Treuer Freund rollt sich zusammen und presst die Schnauze gegen sein eigenes Hinterteil« nannte.* Innerhalb weniger Sekunden schlief er ein.

Stimmen weckten ihn nicht viel später. Außerdem nahm er aus der Richtung des Bauernhauses den Geruch bratender Hühner wahr.

Gaspode rollte herum und sah, wie der Bauer mit einem anderen Mann sprach, der auf einem Karren saß. Er lauschte eine Zeit lang und richtete sich dann auf, in einem metaphysischen Rätsel gefangen.

Schließlich weckte er Karotte, indem er sein Ohr leckte.

»Fzwl … Was?«

»Zuerst musst du mir versprechen, die gebratenen Hühner zu holen«, sagte Gaspode rasch.

»Was?« Karotte setzte sich auf.

»Du holst die Hühner, und dann machen wir uns auf den Weg. Du musst es mir versprechen.«

»Na schön, na schön, ich verspreche es. Was ist denn *los*?«

»Hast du jemals von einem Ort namens Dummer Tropf gehört?«

»Ich glaube, er ist etwa zehn Meilen von hier entfernt.«

»Der Bauer hat von einem Nachbarn erfahren, dass man dort einen Wolf gefangen hat.«

»Lebt er noch?«

»Ja, ja, aber die Wolfsjäger … Weißt du, in dieser Gegend gibt es Wolfsjäger, wegen der Schafe in den Bergen und so … Nun, sie müssen zuerst ihre Hunde abrichten und *du hast mir versprochen, zuerst die Hühner zu holen*!«

Genau um elf Uhr klopfte es zackig an Lord Vetinaris Tür. Der Patrizier richtete einen verwunderten Blick auf das Holz, schließlich sagte er: »Herein.«

Fred Colon betrat das Zimmer, aber nicht ohne Schwierigkei-

* Kein anderes Geschöpf auf der Welt wäre dazu bereit.

ten. Vetinari beobachtete ihn einige Sekunden, bis sich Mitleid in ihm regte.

»Amtierender Hauptmann, es ist nicht nötig, die ganze Zeit über stramm zu stehen«, sagte er freundlich. »Du darfst dich lange genug entspannen, um den Türknauf richtig zu drehen.«

»Zu Befähl!«

Lord Vetinari hob die Hand zum Ohr. »Bitte setz dich.«

»Zu Befähl!«

»Und sprich bitte etwas leiser.«

»Zu Befähl!«

Lord Vetinari wich in den Schutz seines Schreibtischs zurück. »Ich möchte dir meine Anerkennung für deinen prächtig glänzenden Brustharnisch aussprechen, amtierender Hauptmann ...«

»Ordentlich wienern, Herr! Darauf kommt es an, Herr!« Schweiß strömte über Colons Gesicht.

»Oh, gut. Ich bin sicher, du hast besonders hingebungsvoll gewienert. Mal sehen ...« Lord Vetinari nahm ein Blatt Papier von einem der kleinen Stapel vor ihm.

»Nun, amtierender Hauptmann ...«

»Herr!«

»Ja. Nun, mir liegt hier eine weitere Beschwerde vor, welche die übereifrige Verwendung von Klammern betrifft. Du weißt bestimmt, wovon ich rede.«

»In der Tat. Es verursachte einen sehr großen Verkehrsstau, Herr!«

»Zweifellos. Dafür ist es bekannt. Immerhin handelt es sich um das Opernhaus.«

»Herr!«

»Der Eigentümer meint, die großen gelben Klammern an jeder Ecke beeinträchtigten Charakter und Stil des Gebäudes. Und sie hindern ihn natürlich daran, es einfach wegzufahren.«

»Herr!«

»Ja. Ich glaube, in diesem Fall ist Diskretion angebracht, amtierender Hauptmann.«

»Man muss den anderen ein Beispiel geben, Herr!«

»Ah. Ja.« Der Patrizier hielt ein anderes Blatt Papier so behutsam zwischen Daumen und Zeigefinger, als wäre es ein sehr seltenes und kostbares Geschöpf. »Die ›anderen‹ sind … Mal sehen, ob ich mich daran erinnern kann … Normalerweise vergisst man so etwas nicht leicht. Ah, ja … drei weitere Gebäude, sechs Brunnen, drei Statuen und der Galgen in der Unvergleichlichen Straße. Oh, und mein eigener Palast.«

»Mir ist natürlich klar, dass du ihn aus beruflichen Gründen geparkt hast, Herr!«

Lord Vetinari zögerte. Es fiel ihm schwer, mit Frederick Colon zu reden. Er bekam es täglich mit Leuten zu tun, die Konversation für ein sehr komplexes Spiel hielten. Bei Colon musste er auf ein viel niedrigeres Niveau hinabklettern, um nicht dauernd übers Ziel hinauszuschießen.

»Seit einiger Zeit beobachte ich deine Karriere mit beträchtlicher und weiter wachsender Faszination, und in diesem Zusammenhang stelle ich fest, dass die Wache inzwischen nur noch aus zwanzig Personen zu bestehen scheint.«

»Herr?«

»Vor nicht allzu langer Zeit hatte die Wache noch sechzig Angehörige.«

Colon wischte sich Schweiß vom Gesicht. »Es ging darum, das morsche Holz herauszuschneiden, Herr! Die Wache sollte schlanker und schlagkräftiger werden, Herr!«

»Ich verstehe. Die Anzahl der Disziplinarmaßnahmen, die du gegen deine Männer verhängt hast …« Der Patrizier nahm ein ziemlich dickes Dokument zur Hand. »… erscheint mir ein wenig übertrieben. Hier werden nicht weniger als hundertdreiundsiebzig Fälle von Anstarren-ohne-anzusehen, verspottendem Mit-den-Ohren-wackeln und abfälligem Die-Nase-rümpfen erwähnt.«

»Herr!«

»Abfälliges Die-Nase-rümpfen, amtierender Hauptmann?«

»Herr!«

»Oh. Und ein Vorwurf gegen Obergefreiter Schuh lautet: ›Er ließ den Arm in aufsässiger Weise abfallen.‹ Kommandeur Mumm hat den Mann immer sehr gelobt.«

»Er ist ein hinterlistiger Bursche, Herr! Den Toten kann man nicht trauen!«

»Den meisten Lebenden ebenfalls nicht, wie es scheint.«

»Herr!« Colon beugte sich vor, und sein glänzendes Gesicht verwandelte sich in eine verschwörerische Grimasse. »Unter uns gesagt, Herr ... Kommandeur Mumm war zu nachsichtig. Er ließ den Männern zu viel durchgehen. Nicht einmal Zucker ist vor ihnen sicher, Herr!«

Vetinari kniff die Augen zusammen, doch die Teleskope auf dem Planeten Colon waren viel zu primitiv, um seine Stimmung zu erkennen.

»Ich erinnere mich daran, dass er zwei Wächter erwähnte, die mit ihrem Verhalten und allgemeiner Nutzlosigkeit den übrigen Männern ein schlechtes Beispiel geben«, sagte der Patrizier.

»Genau das meine ich!«, erwiderte Colon triumphierend. »Ein fauler Apfel ruiniert die ganze Tonne!«

»Ich glaube, inzwischen gibt es nur noch einen Korb«, sagte der Patrizier. »Beziehungsweise ein Körbchen.«

»Sei deshalb unbesorgt, Euer Exzellenz! Ich bringe die Dinge in Ordnung und werde sicherstellen, dass sich die Leute am Riemen reißen.«

»Du hast zweifellos das Potenzial, mir weitere Überraschungen zu bescheren«, sagte Vetinari und lehnte sich zurück. »Du bist es bestimmt wert, dass ich dich weiterhin im Auge behalte. Und nun, amtierender Hauptmann: Hast du irgendetwas zu melden?«

»Alles ist ruhig und friedlich, Herr!«

»Dachte ich mir«, sagte Vetinari. »Ich frage mich, ob irgendwelche Ermittlungen bezüglich eines Bürgers dieser Stadt laufen, der ...« Er blickte kurz auf ein anderes Papier. »... Keinesorge heißt.«

Hauptmann Colon hätte fast seine Zunge verschluckt. »Eine unwichtige Angelegenheit, Herr!«, brachte er hervor.

»Keinesorge ist also am Leben?«

»Äh ... er wurde tot aufgefunden, Herr!«

»Ermordet?«

»Herr!«

»Meine Güte. Manche Leute würden das nicht für unwichtig halten, amtierender Hauptmann. Zum Beispiel Keinesorge.«

»Nun, Herr, nicht alle sind mit dem einverstanden, was er tat.«

»Sprechen wir hier von *Willi* Keinesorge? Dem Produzenten von Gummiwaren?«

»Herr!«

»Was sollte es gegen Stiefel und Handschuhe einzuwenden geben, amtierender Hauptmann?«

»Ich meine die, äh, anderen Dinge, Herr!« Colon hüstelte nervös. »Die Keinesorge, Herr.«

»Ah. Die Verhütungsmittel.«

»Viele Leute sind gegen so etwas, Herr.«

»Davon habe ich gehört.«

Colon nahm wieder Haltung an. »Meiner Ansicht nach ist es nicht natürlich, Herr. Ich bin gegen unnatürliche Dinge.«

Vetinari wirkte verwirrt. »Soll das heißen, du isst rohes Fleisch und schläfst in einem Baum?«

»Herr?«

»Oh, schon gut, schon gut. Jemand in Überwald scheint sich für Willi Keinesorge interessiert zu haben. Und jetzt ist er tot. Aber es käme mir natürlich nicht in den Sinn, der Wache ihre Arbeit zu erklären.«

Er musterte Colon aufmerksam, um festzustellen, ob dieser verstand.

»Ich meine, es liegt ganz bei euch zu entscheiden, welchen Ermittlungen ihr in dieser Stadt nachgeht«, fügte er hinzu.

Colon wandelte ohne Karte in unvertrautem Gelände. »Danke, Herr!«, entgegnete er laut.

Vetinari seufzte. »Und nun, amtierender Hauptmann … Bestimmt gibt es viele Dinge, die deine Aufmerksamkeit erfordern.«

»Herr! Ich habe vor …«

»Ich möchte dich nicht länger aufhalten.«

»Oh, keine Sorge, Herr, ich habe viel Zeit …«

»*Auf Wiedersehen*, amtierender Hauptmann Colon.«

Im Vorzimmer blieb Fred Colon eine Zeit lang reglos stehen, bis sein Herz nicht mehr rasend schlug, sondern nur noch ziemlich schnell.

Im Großen und Ganzen war alles ganz gut gelaufen. Sogar erstaunlich gut. Seine Exzellenz hatte ihn praktisch ins Vertrauen gezogen und ihn als jemanden bezeichnet, den es im Auge zu behalten lohnte.

Fred fragte sich, warum er sich all die Jahre so sehr davor gefürchtet hatte, jemals Offizier zu sein. Eigentlich war nichts weiter dabei, wenn man den Stier erst einmal an den Hörnern gepackt hatte. Er bedauerte es nun, dass er nicht schon viel früher die Offizierslaufbahn eingeschlagen hatte. Natürlich wollte er nichts Schlechtes über Mumm sagen, der im gefährlichen Ausland sicher gut zurechtkam, aber … Fred Colon hatte bereits den Rang des Feldwebels bekleidet, als Mumm ein Grünschnabel gewesen war. Natürlicher Respekt hatte ihn die ganze Zeit zurückgehalten. Wenn Sam Mumm wieder in Ankh-Morpork weilte und wenn der Patrizier ein gutes Wort für ihn einlegte … dann durfte Fred Colon zweifellos mit Beförderung rechnen.

Allerdings nur zum vollen Hauptmann, dachte er, als er die Treppe hinunterstolzierte – er bewegte sich dabei mit großer Vorsicht, denn normalerweise ist es nicht möglich, auf einer Treppe zu stolzieren. Sein Rang konnte natürlich nicht höher sein als der von Hauptmann Karotte. So etwas wäre … nicht richtig gewesen.

Diese Einsicht zeigt: Die Macht mag jemanden um den Verstand bringen, aber ein winziger Rest von Selbsterhaltung bleibt immer übrig.

Er hat tatsächlich zuerst die Hühner geholt, dachte Gaspone, als er durch ein Gewirr aus Beinen lief. *Es ist kaum zu fassen.*

Allerdings hatten sie sich keine Zeit für eine Mahlzeit genommen. Gaspode war in die andere Satteltasche gestopft worden und wollte auf diese Weise nicht noch einmal zehn Meilen zurücklegen, noch dazu in unmittelbarer Nähe wundervoll duftender Brathähnchen.

Es schien gerade Markt zu sein, und die Sache mit dem Wolf sollte eine Art krönenden Abschluss bilden. Absperrungen waren in einem Kreis aufgestellt worden. Männer hielten die Halsbänder von Hunden. Es waren große, kräftig gebaute und sehr unfreundlich aussehende Hunde, die eine Mischung aus wilder Aufregung und irrer Dummheit zur Schau stellten.

Gaspode bemerkte einen Pferch bei den Absperrungen, fand durch den Wald aus Beinen einen Weg dorthin und blickte durchs hölzerne Gitter zu dem Haufen aus grauem Fell in einer dunklen Ecke.

»Scheinst in keiner sehr angenehmen Situation zu sein, Kumpel«, sagte er.

Im Gegensatz zu den Legenden – und es gibt viele Legenden über Wölfe, besser gesagt: Legenden darüber, wie Menschen über Wölfe denken – neigt ein gefangener Wolf nicht zur Raserei, sondern eher dazu, verängstigt zu heulen.

Doch dieses Exemplar hatte offenbar den Eindruck gewonnen, dass es nichts mehr zu verlieren gab. Ein schaumbedecktes Maul schnappte nach den Gitterstäben.

»Wo ist der Rest deines Rudels?«, fragte Gaspode.

»Kein Rudel, Winzling!«

»Ah. Ein einsamer Wolf, wie?« Die schlimmste Art, dachte Gaspode.

»Ein Brathähnchen ist so etwas nicht wert«, murmelte er. Etwas lauter knurrte er: »Hast du andere Wölfe in der Nähe gesehen?«

»Ja!«

»Gut. Möchtest du diese Sache lebend überstehen?«

»Ich töte sie alle!«

»Ja, ja, aber es sind *Dutzende*. Sie werden dich regelrecht zerfetzen. Hunde können viel gemeiner sein als Wölfe.«

Der Wolf kniff die Augen zusammen.

»Warum sagst du mir das, Hund?«

»Weil ich dir helfen will, klar? Wenn du tust, was ich dir sage, könntest du in einer halben Stunde frei sein. Andernfalls dienst du morgen irgendwo als Fußabtreter. Die Wahl liegt bei dir. Vielleicht bleibt für einen Fußabtreter nicht einmal genug von dir übrig.«

Der Wolf lauschte dem Bellen der Hunde. An ihrer Absicht konnte nicht der geringste Zweifel bestehen.

»Was hast du vor?«, fragte er.

Einige Minuten später wich die Menge beiseite, als Karotte sein Pferd zu dem Pferch lenkte. Das laute Stimmengewirr verklang. Ein Schwert auf einem Ross gebietet immer Respekt, der Reiter ist dabei oft nur ein unwichtiges Detail.

Doch hier lag der Fall anders. Die Zeit bei der Wache hatte Karottes Muskeln besonders zur Geltung gebracht.

»Guten Tag«, sagte er. »Wer ist das Oberhaupt eurer Gemeinschaft?«

Nach mehreren Statusvergleichen hob schließlich ein Mann vorsichtig die Hand. »Ich bin der stellvertretende Bürgermeister, Euer Gnaden.«

»Was findet hier statt?«

»Wir wollen einen Wolf hetzen, Euer Gnaden.«

»Tatsächlich? Ich habe einen außergewöhnlich starken und tapferen Wolfshund. Erlaubt ihr ihm, seine Fähigkeiten an eurem Wolf zu beweisen?«

Die Leute murmelten, und es lief auf Folgendes hinaus: Warum nicht? Außerdem war da dieses sonderbare Lächeln …

»Nur zu, Euer Gnaden«, sagte der stellvertretende Bürgermeister.

Karotte steckte zwei Finger in den Mund und pfiff. Die Dorfbewohner beobachteten erstaunt, wie Gaspode zwischen ihren Beinen zum Vorschein kam und sich setzte. Gelächter erklang.

Schon nach kurzer Zeit wurde es wieder still, denn das Lächeln verschwand nicht.

»Gibt es irgendein Problem?«, fragte Karotte.

»Er wird ihn in Stücke reißen!«

»Habt ihr etwa Mitleid mit dem Wolf?«

Erneut lachten die Leute. Der stellvertretende Bürgermeister hatte das Gefühl, dass er auf den Arm genommen wurde.

»Es ist dein Hund«, sagte er und zuckte mit den Schultern.

Der kleine Hund bellte.

»Und um alles noch interessanter zu machen, wetten wir um ein Pfund Steak«, sagte Karotte.

Der Hund bellte erneut.

»Um zwei Pfund Steak«, verbesserte sich Karotte.

»Oh, ich schätze, es wird auch so interessant genug«, meinte der stellvertretende Bürgermeister. Das Lächeln ging ihm allmählich auf die Nerven. »Na schön, Jungs. Holt den Wolf!«

Das knurrende Tier wurde in den Absperrungskreis gezerrt.

»Nein, bindet den Wolf nicht an«, sagte Karotte, als ein Mann die Leine um einen Pfahl schlingen wollte.

»Er flieht, wenn wir ihn nicht festbinden.«

»Dazu bekommt er keine Gelegenheit, glaub mir.«

Die Leute sahen das Lächeln, zogen den Maulkorb fort und sprangen in Sicherheit.

»Falls du jetzt mit dem Gedanken spielen solltest, dich nicht an unsere Vereinbarung zu halten ...«, sagte Gaspode zu dem Wolf. »Ich schlage vor, du siehst dir das Gesicht des Burschen auf dem Pferd an.«

Der Wolf blickte auf und bemerkte das Lächeln des Reiters.

Gaspode bellte. Der Wolf jaulte und rollte sich auf den Rücken.

Die Menge wartete. Und dann ...

»Das ist *alles*?«

»Ja, so läuft es normalerweise«, bestätigte Karotte. »Wisst ihr, es ist ein besonderes Bellen. Das Opfer bekommt einen solchen Schreck, dass es tot umfällt.«

»Der kleine Hund hat nicht einmal versucht zuzubeißen!«

»Warum auch?«, erwiderte Karotte.

Er stieg ab, betrat den Kreis, hob den Wolf hoch und legte ihn über den Sattel.

»Er hat geknurrt!«, meinte jemand. »Ich hab's gehört ...«

»Wahrscheinlich nur Luft, die aus den Lungen des Kadavers gepresst wurde«, sagte Karotte. Das Lächeln war noch immer nicht von seinen Lippen verschwunden, und in diesem Moment wies es darauf hin, dass Karotte den letzten Atemhauch *Hunderter* von Geschöpfen gehört hatte.

»Ja, das stimmt«, erklang eine Stimme in der Menge. »Das ist allgemein bekannt. Und wie ist es nun mit dem Steak für den tapferen kleinen Hund?«

Die Leute sahen sich um und versuchten festzustellen, von wem diese Worte stammten. Niemand von ihnen senkte den Blick, denn Hunde sprechen nicht.

»Auf die Steaks können wir verzichten«, sagte Karotte und stieg wieder auf.

»Nein, können w... kannst du nicht«, erwiderte die Stimme. »Abgemacht ist abgemacht. Wer hat hier sein Leben riskiert?«

»Komm, Gaspode«, sagte Karotte.

Erst als sie den Rand des Marktplatzes erreichten, sagte einer der Dorfbewohner: »Meine Güte, was ist eigentlich passiert?« Das brach den Bann. Was Pferd und Hund zum Anlass nahmen, ihren Gang zu beschleunigen.

Mumm hasste und verabscheute die Privilegien des Ranges, aber eins musste er ihnen lassen: Wenigstens konnte man sie hassen und verabscheuen, während man es bequem hatte.

Für gewöhnlich erreichte Willikins den nächsten Gasthof eine Stunde vor Mumm. Mit einer Arroganz, die Mumm nicht zu zeigen wagte, belegte er mehrere Zimmer mit Beschlag und ließ die Küche von Mumms Koch übernehmen.

Mumm beschwerte sich bei Inigo darüber.

»Weißt du, Euer Gnaden, du bist nicht als Individuum hier, sondern als Repräsentant von Ankh-Morpork. Wenn die Leute dich ansehen, so *sehen* sie Ankh-Morpork, mhm, mhm.«

»Tatsächlich? Sollte ich dann damit aufhören, mich zu waschen?«

»Das ist sehr drollig, Herr. Aber weißt du, Herr, du und die Stadt – ihr seid hier miteinander identisch. Wer dich beleidigt, beleidigt auch Ankh-Morpork. Wenn du mit jemandem Freundschaft schließt, so ist er auch ein Freund der Stadt.«

»Im Ernst? Und was passiert, wenn ich auf die Toilette gehe?«

»Das hängt ganz von dir ab, Herr. Mmhm, mmph.«

Beim Frühstück am nächsten Morgen schnitt Mumm die obere Hälfte eines gekochten Eis ab und dachte: Ankh-Morpork schneidet gerade die obere Hälfte eines gekochten Eis ab. Wenn ich kleine Soldaten aus dem Toastbrot schneide, sind wir vermutlich im Krieg.

Korporal Kleinpo kam vorsichtig herein und salutierte.

»Es ist eine Antwort auf deine Anfrage eingetroffen, Herr«, sagte sie und reichte ihm einen Zettel. »Von Feldwebel Starkimarm. Ich habe die Mitteilung für dich entschlüsselt. Äh ... man hat die aus dem Museum gestohlene Steinsemmel gefunden, Herr.«

»Na, das ist interessant«, erwiderte Mumm. »Deswegen habe ich mir schon Sorgen gemacht.«

»Äh, Obergefreiter Schuh *macht* sich deshalb Sorgen«, fuhr Grinsi fort. »Es ist nicht gerade leicht, seinen Ausführungen zu folgen, aber er scheint zu glauben, dass jemand eine Kopie davon angefertigt hat.«

»Was, eine Kopie von einer Kopie? Welchen Zweck sollte das haben?«

»Ich weiß es nicht, Herr. Was deine Vermutung betrifft ... Du hattest Recht damit.«

Mumm sah auf den Zettel. »Ha. Danke, Grinsi. Wir kommen gleich nach unten.«

»Du summst, Sam«, sagte Sybil nach einer Weile. »Was bedeutet, dass bald etwas Schreckliches geschehen wird.«

»Wundervoll, diese neue Technik.« Mumm schmierte Butter auf eine Scheibe Brot. »Sie bietet durchaus Vorteile.«

»Und wenn du auf diese besondere Weise lächelst ... Es bedeutet, dass jemand Dumme Dussel spielt und nicht weiß, dass du gerade eine Sechs gewürfelt hast.«

»Ich weiß nicht, was du meinst, Schatz. Wahrscheinlich tut mir einfach nur die Landluft gut.«

Lady Sybil stellte ihre Teetasse auf den Tisch. »Sam?«

»Ja, Schatz?«

»Dies ist wahrscheinlich kein besonders geeigneter Zeitpunkt, aber du weißt doch, dass ich die alte Frau Zufrieden besucht habe. Nun, sie meinte ...«

Es klopfte erneut an der Tür. Lady Sybil seufzte.

Diesmal kam Inigo herein.

»Wenn du erlaubst, Euer Gnaden ... Wir sollten aufbrechen. Ich würde Löschdurst gern gegen Mittag erreichen und den Pass bei Wilinus vor Einbruch der Nacht hinter mich bringen.«

»Warum müssen wir uns so *beeilen*?«, fragte Sybil.

»Der Pass ist ... ein wenig gefährlich«, antwortete Inigo. »Ein bisschen ... gesetzlos. Mhm, mhm.«

»Nur ein bisschen?«, erwiderte Mumm.

»Nun, wir können sicher aufatmen, wenn der Pass hinter uns liegt«, sagte Inigo. »Es wäre gut, wenn uns die zweite Kutsche in möglichst geringem Abstand folgt und deine Leute wachsam sind, Euer Gnaden.«

»In Lord Vetinaris politischem Büro wird anscheinend auch Taktik unterrichtet«, bemerkte Mumm.

»Nur gesunder Menschenverstand, mhm, mhm, Herr.«

»Warum warten wir nicht bis morgen, bevor wir versuchen, den Pass zu überqueren?«

»Bei allem Respekt, Euer Gnaden, davon rate ich ab. Das Wetter wird schlechter. Und ich bin sicher, dass man uns beobachtet. Wir müssen zeigen, dass im Wappen von Ankh-Morpork die Farbe der Feigheit fehlt.«

»Oh, ich weiß nicht«, erwiderte Mumm. »Das Wappen von Ankh-Morpork ist ziemlich bunt.«

»Ich meine, wir müssen den Beweis dafür erbringen, dass die Farben von Ankh-Morpork nicht weglaufen«, erklärte Inigo.

»Sie laufen nicht weg, sondern *zer*laufen«, sagte Mumm. »Wenigstens bis zum Einsatz der neuen Farbstoffe. Schon gut, schon gut. Ich verstehe, was du meinst. Nun, ich will nicht das Leben der Bediensteten riskieren, wenn wirklich Gefahr droht. Dieser Punkt steht nicht zur Debatte. Sie können hier bleiben und morgen mit der Postkutsche nachkommen. Postkutschen werden nicht mehr überfallen.«

»Ich schlage vor, Lady Sybil bleibt ebenfalls hier, Herr. Mhm.«

»Kommt *nicht* in Frage«, erwiderte Sybil. »Auf *keinen* Fall! Wenn es für Sam nicht zu gefährlich ist, so ist es auch nicht zu gefährlich für mich.«

»An deiner Stelle würde ich ihr nicht widersprechen«, wandte sich Mumm an Inigo. »Nein, ganz bestimmt nicht.«

Der Wolf war nicht besonders glücklich darüber, dass er an einen Baum gebunden wurde, aber Gaspode vertrat den Standpunkt: Trau, schau, wem.

Etwa fünf Meilen von dem Ort entfernt machten sie im Wald Rast. Es würde nur eine kurze Verschnaufpause sein, meinte Karotte. Mehrere Männer auf dem Marktplatz hatten den Eindruck erweckt, dass sie ausgesprochen humorlos waren.

Nach einigem Bellen und Knurren sagte Gaspode: »Du solltest wissen, dass dieser Wolf in der hiesigen Wolfgesellschaft eine Art persona non gratis ist, sozusagen ein einsamer Wolf, haha ...«

»Ja?« Karotte nahm die Brathähnchen aus der Satteltasche. Gaspodes Blick klebte an ihnen fest.

»Aber nachts hört er das Heulen.«

»Ah, Wölfe kommunizieren miteinander?«

»Im Grunde ist das Heulen eines Wolfs wie Hundeurin an einem Baum, der die Botschaft verkündet: Dies ist mein verdammter Baum. Aber es werden auch Nachrichten weitergegeben. Irgendetwas Scheußliches geschieht in Überwald, aber er weiß nicht, was es ist.« Gaspode senkte die Stimme. »Unter uns gesagt: Der Bursche dort drüben stand ziemlich weit hinten, als die Gehirne verteilt wurden. Wenn Wölfe wie Menschen wären, hätten wir es hier mit einem zweiten Stinkenden Alten Ron zu tun.«

»Wie heißt er?«, fragte Karotte nachdenklich.

Gaspode warf ihm einen erstaunten Blick zu. Wer scherte sich darum, wie ein Wolf hieß?

»Wolfsnamen sind recht schwierig«, sagte er. »Sie stellen eine Beschreibung dar. Sie heißen nicht Fiffi oder Bonzo oder so ...«

»Ja, ich weiß. Nun, wie lautet sein Name?«

»Du willst wirklich wissen, wie sein Name lautet?«

»Ja, Gaspode.«

»Um keinen Zweifel daran zu lassen: Es geht dir tatsächlich darum, den Namen des Wolfs in Erfahrung zu bringen?«

»So ist es.«

Gaspode zögerte voller Unbehagen. »Arschloch«, sagte er dann.

»Oh.« Zur großen Verblüffung des Hunds errötete Karotte.

»Nun, es ist eine *Zusammenfassung* der Beschreibung, und die Übersetzung trifft es ziemlich genau«, sagte Gaspode. »Ich hätte es nicht erwähnt, aber du wolltest es ja unbedingt wissen ...«

Er unterbrach sich, jaulte einige Sekunden und versuchte anzudeuten, dass er aufgrund eines akuten Mangels an Brathähnchen die Stimme verlor.

»Äh, es wird viel über Angua geheult«, fuhr er fort, als Karotte nicht zu verstehen schien. »Man hält sie für eine schlechte Nachricht.«

»Warum? Immerhin ist sie als Wolf unterwegs.«

»Wölfe verabscheuen Werwölfe.«

»Was? Das kann unmöglich stimmen! Wenn sie die Gestalt eines Wolfs hat, unterscheidet sie sich nicht von anderen Wölfen!«

»Na und? Wenn sie die Gestalt eines Menschen hat, unterscheidet sie sich nicht von anderen Menschen. Was spielt das für eine Rolle? Menschen mögen keine Werwölfe. Und auch *Wölfe* mögen keine Werwölfe. Die Leute mögen keine Wölfe, die wie Leute denken können, und die Leute mögen keine Leute, die sich wie Wölfe verhalten. Was zeigt, dass die Leute überall gleich sind«, sagte Gaspode. Er prüfte den letzten Satz und fügte hinzu: »Selbst wenn es Wölfe sind.«

»Ich habe die Sache nie aus diesem Blickwinkel betrachtet.«

»Und Angua riecht falsch. Darauf reagieren Wölfe sehr empfindlich.«

»Erzähl mir mehr über das Heulen.«

»Oh, damit verhält es sich wie mit den Semaphoren: Mitteilungen können über Hunderte von Meilen weitergeleitet werden.«

»Wird in dem Heulen Anguas ... Begleiter erwähnt?«

»Nein. Wenn du möchtest, frage ich Arsch...«

»Ein anderer Name wäre mir lieber, wenn du nichts dagegen hast«, sagte Karotte. »Solche Wörter haben keinen guten Klang.«

Gaspode rollte mit den Augen. »Bei uns Vierbeinern regt sich niemand über derartige Ausdrücke auf«, meinte er. »Wir sind sehr geruchsorientiert.« Er seufzte. »Wie wär's mit Stromer? Immerhin treibt er sich eine Menge herum und so. Man könnte ihn auch als freiberuflichen Hühnererdrossler bezeichnen.«

Er drehte sich zu dem Wolf um und sprach auf Hundisch: »Also schön, Stromer, dieser Mann ist wahnsinnig, und glaub mir: Einen wahnsinnigen Menschen erkenne ich auf den ersten Blick. Er hat den Schaum nicht vor dem Mund, sondern dahinter, und er reißt dir das Fell über die Ohren und nagelt's an einen Baum, wenn du nicht ehrlich bist, verstanden?«

»Weiß nichts!«, jaulte der Wolf. »Sie war mit einem großem

Macho-Wolf aus Überwald zusammen! Stammt aus dem Clan-der-so-riecht!«

Gaspode schnüffelte. »Er ist ziemlich weit von zu Hause entfernt.«

»Ein übler Bursche!«

»Sag ihm, dass er ein Brathähnchen bekommt, wenn er uns hilft«, warf Karotte ein.

Gaspode seufzte. Das Leben eines Dolmetschers konnte sehr schwer sein.

»Na schön«, knurrte er. »Ich überrede den Menschen dazu, dich loszubinden. Leicht wird's bestimmt nicht. Und noch etwas: Wenn er dir ein Brathähnchen anbietet ... nimm's nicht, denn es ist vergiftet. Tja, so sind Menschen eben.«

Karotte sah dem fliehenden Wolf nach. »Seltsam«, sagte er. »Man sollte meinen, dass er hungrig ist.«

Gaspode sah von dem Brathähnchen auf. »Tja, so sind Wölfe eben«, brachte er undeutlich hervor.

Als sie in dieser Nacht das Geheul der Wölfe in den fernen Bergen hörten, vernahm Gaspode ein einzelnes Heulen abseits der anderen Wolfsstimmen.

Die Nachrichtentürme folgten ihnen in die Berge, aber Mumm bemerkte Unterschiede in der Konstruktion. Auf der Ebene bestanden sie im Wesentlichen aus einem hölzernen Gerüst, das von einem Schuppen ausging. Zwar ließ sich hier das gleiche Grundmuster erkennen, doch offensichtlich war es vorübergehender Natur. Neben den Türmen arbeiteten Männer an massiven Steinfundamenten: Befestigungen. Mumm zog daraus den Schluss, dass sie sich hier tatsächlich jenseits des Gesetzes aufhielten. Streng genommen war das der Fall, seit sie Ankh-Morpork verlassen hatten, aber Gesetze mussten vor allem durchsetzbar sein, und im Bereich der Ebene bewirkte die Dienstmarke der Stadtwache zumindest Respekt. In den Bergen hielt man sie nur für eine hässliche Brosche.

Löschdurst war kaum mehr als ein für Kutschen bestimmtes Gasthaus mit steinernen Mauern. Die Fensterläden schienen besonders dick und widerstandsfähig zu sein. Über dem Kamin sah Mumm ein außergewöhnlich dickes Backblech – und dann begriff er, was es damit tatsächlich auf sich hatte. Es war eine Sperre, mit der man den Kamin ganz verschließen konnte. Offenbar hatte man hier alle notwendigen Vorbereitungen getroffen, einer gelegentlichen Belagerung standzuhalten, und dabei auch fliegende Feinde berücksichtigt.

Es fiel Schneeregen, als sie nach draußen zu den Kutschen gingen.

»Ein Unwetter zieht heran, mmph, mmhm«, sagte Inigo. »Wir müssen uns sputen.«

»Warum?«, fragte Sybil.

»Weil der Pass für mehrere Tage unpassierbar sein könnte, Euer Gnaden. Wenn wir warten, treffen wir vielleicht nicht rechtzeitig zur Krönung ein. Außerdem könnte es zu, äh, geringer Räuberaktivität kommen.«

»Zu *geringer* Räuberaktivität?«, wiederholte Mumm.

»Ja, Herr.«

»Du meinst, die Räuber wachen auf und beschließen, sich auf die andere Seite zu drehen und wieder einzuschlafen? Oder sie stehlen gerade genug für eine Tasse Kaffee?«

»Sehr spaßig, Herr. Leider stehen sie in dem Ruf, Geiseln zu nehmen ...«

»Ich habe keine Angst vor Räubern«, sagte Sybil.

»Wenn du gestattest ...«, begann Inigo.

»Herr Schaumlöffel«, sagte Lady Sybil und richtete sich zu ihrer ganzen Breite auf, »ich habe dir gerade mitgeteilt, wie wir vorgehen werden. Bitte kümmer dich um alles. Es gibt Bedienstete im Konsulat, nicht wahr?«

»Einen, glaube ich ...«

»Dann kommen wir sicher bestens zurecht. Nicht wahr, Sam?«

»Natürlich, Schatz.«

Es schneite, als sie aufbrachen. Der Schnee fiel in Form von großen, fedrigen Klumpen und mit einem leisen Zischen, das alle anderen Geräusche dämpfte. Nur die Tatsache, dass die Kutschen anhielten, verriet Mumm, dass sie den Pass erreicht hatten.

»Die Kutsche mit deinen ... Männern sollte den Anfang machen«, sagte Inigo, als sie neben den dampfenden Pferden im Schnee standen. »Wir folgen ganz dicht hinter ihr. Ich nehme neben deinem Kutscher Platz, nur für den Fall.«

»Hast du vor, eventuelle Angreifer mit einem kurzen Bericht über die allgemeine politische Situation abzuwehren?«, fragte Mumm. »Nein, *du* bleibst bei Lady Sybil, und *ich* nehme auf dem Kutschbock Platz. Immerhin ist es meine Aufgabe, Zivilisten zu schützen.«

»Euer Gnaden, ich ...«

»Aber dein Vorschlag wird zur Kenntnis genommen«, sagte Mumm. »Hinein in die Kutsche, Herr Schaumlöffel.«

Der Mann öffnete den Mund. Mumm hob eine Braue.

»Also gut, Euer Gnaden. Aber dies ist außerordentlich ...«

»Herzlichen Dank.«

»Aber ich hätte gern meinen Lederkoffer vom Kutschendach.«

»Natürlich. Lenk dich ruhig ab, indem du dich mit irgendwelchen Dokumenten beschäftigst.«

Mumm ging nach vorn zu der anderen Kutsche und sah in die Kabine. »Ein Hinterhalt erwartet uns«, sagte er.

»Das interessant sein«, erwiderte Detritus. Er brummte leise, als er die Winde seiner Armbrust betätigte.

»Oh«, meinte Grinsi.

»Ich *glaube* nicht, dass man uns töten will«, fügte Mumm hinzu.

»Das bedeuten, wir auch nicht versuchen, zu töten die Angreifer?«

»Benutz dein eigenes Urteilsvermögen.«

Detritus blickte über ein dichtes Bündel aus Pfeilen hinweg. Er selbst war auf diese Idee gekommen. Seine Armbrust konnte einen Eisenbolzen durch das Tor einer belagerten Stadt treiben, deshalb grenzte es an Verschwendung, sie gegen einzelne Personen einzusetzen. Der Troll hatte die Waffe so modifiziert, dass ein Bündel aus mehreren Dutzend Pfeilen damit abgefeuert werden konnte. Zusammengehalten wurden sie von einem Bindfaden, der von der plötzlichen Beschleunigung zerreißen sollte. Er riss tatsächlich. Und oft zerbrachen auch die Pfeile mitten in der Luft, weil sie dem enormen Druck nicht standhalten konnten.

Detritus nannte die modifizierte Armbrust »Friedensstifter«, wobei er vermutlich daran gedacht hatte, dass sie ewigen Frieden stiftete. Mumm erinnerte sich an die Erprobung der Waffe am Schießstand. Das anvisierte Ziel war verschwunden. Das galt auch für die anderen Ziele zu beiden Seiten und den Erdwall dahinter. Darüber hinaus erinnerten herabsinkende Federn an zwei Möwen, die sich zur falschen Zeit am falschen Ort aufgehalten hatten. In diesem Fall bedeutete der falsche Ort: direkt über Detritus.

Andere Wächter gingen mit dem Troll jetzt nur noch auf Streife, wenn sie mindestens hundert Meter hinter ihm bleiben konnten. Wie dem auch sei: Das Probeschießen führte zum gewünschten Ergebnis, denn es sprach sich schnell herum, was mit den Zielen geschehen war. Der Hinweis darauf, dass sich Detritus näherte, vertrieb den Mob jetzt wesentlich schneller von der Straße als irgendeine Waffe.

»Ich jede Menge Urteilsvermögen habe«, sagte er.

»Sei vorsichtig mit dem Ding«, riet ihm Mumm. »Du könntest jemanden verletzen.«

Die Kutschen setzten sich wieder in Bewegung und rollten durch das Schneetreiben. Mumm machte es sich beim Gepäck bequem und zündete eine Zigarre an. Als er sicher sein konnte, dass das laute Rasseln und Klappern der Kutschen alle anderen Geräusche übertönte, griff er unter die Plane und holte Inigos billigen, zerkratzten Lederkoffer hervor.

Er zog eine kleine schwarze Stoffrolle aus der Tasche und entrollte sie auf den Knien. Kleine, teilweise recht komplex wirkende Werkzeuge zum Knacken von Schlössern blinkten kurz im Licht der Kutschenlampen.

Ein guter Polizist musste in der Lage sein, wie ein Verbrecher zu denken. Mumm war ein sehr guter Polizist.

Außerdem war er ein sehr guter *lebender* Polizist, und an diesem erfreulichen Zustand sollte sich nichts ändern. Deshalb ergriff er folgende Vorsichtsmaßnahme. Als es im Schloss *klickte*, legte er den Koffer vorsichtig so auf das schwankende Dach, dass sich der Deckel zur anderen Seite hin öffnete. Dann lehnte er sich weit zurück und hob den Deckel mit dem Fuß an.

Eine Klinge zuckte aus dem Koffer und hätte jedem Gelegenheitsdieb unheilbare Verdauungsstörungen beschert. Offenbar erwartete bei dieser Reise jemand Hotels mit sehr geringem Sicherheitsstandard.

Mumm schob die Klinge behutsam in ihre federbetriebene Scheide zurück, sah sich den übrigen Inhalt des Koffers an, lächelte nicht besonders erfreut und nahm einen Gegenstand heraus, von dem der silbrige Glanz sorgfältig geplanten, wundervoll konstruierten und sehr kompakten Unheils ausging.

Er dachte: Manchmal wäre es nett, jemanden falsch einzuschätzen.

Gaspode wusste, dass sie im hohen Vorgebirge unterwegs waren. Orte, wo man Lebensmittel kaufen konnte, wurden immer seltener. Wie behutsam Karotte auch an die Türen einsamer Bauernhäuser klopfte – es lief immer darauf hinaus, dass er mit Leuten redete, die sich unterm Bett verbargen. Die hier lebenden Menschen waren nicht daran gewöhnt, dass sehr muskulöse und mit Schwertern bewaffnete Männer irgendetwas *kaufen* wollten.

Letztendlich sparte man Zeit, indem man einfach eintrat, sich in der Speisekammer bediente und auf dem Küchentisch etwas Geld für die Leute im Keller zurückließ.

Seit der letzten Hütte waren zwei Tage vergangen, und dort

hatten sie so wenig gefunden, dass Karotte zu Gaspodes Empörung nichts mitnahm und einfach nur einige Münzen zurückließ.

Der Wald wurde dichter. Erlen wichen Kiefern. Jede Nacht schneite es. Die Sterne waren frostige Punkte. Und immer dann, wenn die Sonne unterging, begann das Heulen.

»Es ist nie bestätigt worden, dass Wölfe Menschen angreifen, ohne dass sie in irgendeiner Form provoziert werden«, sagte Karotte. Sie drängten sich beide unter seinem Mantel zusammen.

»Und das ist gut, nicht wahr?«, erwiderte Gaspode nach einer Weile.

»Wie meinst du das?«

»Nun, wir Hunde haben natürlich nur ein *kleines* Gehirn, aber *mir* scheint, deine Worte laufen auf Folgendes hinaus: Kein Mensch, der ohne irgendeine Provokation von einem Wolf angegriffen wurde, ist jemals heimgekehrt, um davon zu berichten. Ich meine, die Wölfe brauchen ihre Opfer nur an einem abgelegenen Ort zu töten, wo niemand etwas davon erfährt.«

Noch mehr Schnee fiel auf den Mantel, der immer schwerer wurde und Karotte an viele einsame Nächte im Regen von Ankh-Morpork erinnerte. In der Nähe flackerte und zischte ein Feuer.

»Ich wünschte, das hättest du nicht gesagt, Gaspode.«

Es waren große, ernste Schneeflocken. Der Winter kam sehr schnell die Berge herunter.

»*Du* wünschst, ich hätte das nicht gesagt?«

»Aber ... Nein, ich bin sicher, dass wir nichts zu befürchten haben.«

Eine Schneewehe bedeckte den größten Teil des Mantels.

»Du hättest das Pferd bei der letzten Hütte nicht gegen die Schneeschuhe eintauschen sollen«, sagte Gaspode.

»Das arme Tier war vollkommen erschöpft. Außerdem kann von einem Tausch in dem Sinn keine Rede sein. Die Leute wollten nicht aus dem Schornstein kommen. Sie *meinten* allerdings, wir sollten uns nehmen, was wir brauchen.«

»Sie *sagten*, wir könnten alles nehmen, wenn wir sie nur am Leben ließen.«

»Ja. Ich weiß gar nicht, warum sie diesen Hinweis für nötig hielten. Ich habe gelächelt.«

Der Hund seufzte.

»Tja, jetzt ergeben sich gewisse Schwierigkeiten. Auf dem Pferd hast du mich tragen können, aber hier sind wir im tiefen Schnee, und ich bin ein kleiner Hund. Meine Probleme sind dem Boden ziemlich nahe. Verstehst du, was ich meine?«

»Ich habe zusätzliche Kleidung im Rucksack. Vielleicht könnte ich einen … Mantel für dich anfertigen.«

»Ein Mantel nützt mir nicht viel.«

Neuerliches Heulen erklang, diesmal schien es recht nahe zu sein.

Die Schneeflocken fielen schneller. Das Zischen des Feuers wurde lauter, und schließlich gaben die Flammen auf.

Mit Schnee kam Gaspode nicht besonders gut zurecht. Normalerweise blieben ihm Probleme mit derartigen Niederschlägen erspart. In der Stadt gab es immer einen warmen Platz, wenn man wusste, wonach es Ausschau zu halten galt. Außerdem blieb der Schnee nur ein oder zwei Stunden lang Schnee, bevor er sich in braunen Matsch verwandelte und Teil des allgemeinen Schlamms in den Straßen wurde.

Straßen. Gaspode vermisste sie sehr. In Straßen konnte er klug sein. Im Schnee hingegen kam er sich dumm vor.

»Das Feuer ist aus«, sagte er.

Karotte gab keine Antwort.

»Ich habe gesagt: *Das Feuer ist aus* …«

Gaspode vernahm leises Schnarchen.

»He, du kannst jetzt nicht schlafen!«, jaulte er. »Nicht ausgerechnet *jetzt*. Wir *erfrieren* …«

Die nächste Stimme im Heulen schien nur einige Bäume entfernt zu sein. Gaspode glaubte, dunkle Schemen im endlosen Vorhang aus Schnee zu erkennen.

»Wenn wir Glück haben«, murmelte er und leckte Karottes Gesicht. Für gewöhnlich führte dies dazu, dass die beleckte Person Gaspode mit einem Besen in der Hand über die Straße scheuchte. Hier war die Reaktion nur weiteres Schnarchen.

Gaspodes Gedanken rasten.

Er war ein Hund, und Hunde und Wölfe ... Eigentlich handelte es sich um die gleiche Spezies. Eine verräterische Stimme flüsterte in Gaspode: Vielleicht waren nicht Gaspode und Karotte in Schwierigkeiten, sondern nur Karotte. *Hallo, Brüder! Lass uns gemeinsam im Mondschein toben! Doch zuerst verspeisen wir diesen Affen!*

Andererseits ...

Er litt an so vielen Hundekrankheiten, dass man neue Namen für sie erfinden musste, und er konnte sich einfach nicht vorstellen, dass Wölfe sagten: *He, er ist einer von uns!*

Außerdem hatte er gebettelt, gekämpft, betrogen und gestohlen, aber war nie ein *böser Hund* gewesen.

Man musste ein einigermaßen begabter theologischer Disputant sein, um eine solche Aussage zu akzeptieren, vor allem dann, wenn man an die große Anzahl von Würsten und Steaks dachte, die ein nach Toilettenvorlegern riechender grauer Schemen von Metzgerplatten verschwinden ließ. Aber für Gaspode bestand kein Zweifel daran, dass er immer nur *unartig* gewesen war. Nie hatte er in die Hand gebissen, die ihn fütterte.* Nie hatte er *es* auf dem Teppich gemacht. Nie hatte er sich vor einer Pflicht gedrückt. Er mochte ein Mistkerl sein, aber das entsprach gelegentlich der Natur eines Hundes.

Gaspode jaulte, als sich die dunklen Schemen näherten.

Augen glühten.

Er jaulte erneut und knurrte, als ihn der mit Reißzähnen ausgestattete Tod umgab.

Er beeindruckte niemanden, nicht einmal sich selbst.

* Denn dadurch fiel es der Hand schwer, einen auch am nächsten Tag zu füttern.

Nervös wedelte er mit dem Schwanz. »Bin nur auf der Durchreise!«, behauptete er mit erstickt-fröhlicher Stimme. »Will niemanden stören!«

Er hatte den unangenehmen Eindruck, dass sich den Schemen jenseits der Schneeflocken weitere Schatten hinzugesellten.

»Äh, habt ihr schon Urlaub gemacht?«, quiekte Gaspode.

Auch diese Worte schienen nicht sehr freundlich aufgenommen zu werden.

Nun, das war's also. Jetzt stand der Berühmte Letzte Kampf bevor. Tapferer Hund Verteidigt Sein Herrchen. Was für ein *braver Hund*. Schade, dass niemand überleben würde, um die Geschichte zu erzählen …

Er bellte: »Er gehört mir, mir!« Dann fletschte er die Zähne und sprang dem nächsten Schemen entgegen.

Eine riesige Pfote schlug ihn aus der Luft und presste ihn in den Schnee. Gaspode streckte alle viere von sich.

Er sah auf, blickte an weißen Reißzähnen und einer langen Schnauze vorbei in Augen, die vertraut erschienen.

»Er gehört *mir*«, knurrte der Wolf. Es war Angua.

Die Kutschen rollten im Schritttempo über einen Weg; unter dem Schnee lauerten viele Schlaglöcher – jedes Einzelne war im Dunkeln eine Falle, die ein Rad brechen lassen konnte.

Mumm nickte sich selbst zu, als er einige Meilen weiter vorn am Pass Lichter neben der Straße sah. Zu beiden Seiten bildeten Erdrutsche Geröllhänge, über die sich der Wald ausgedehnt hatte.

Er kletterte hinten an der Kutsche herab und verschwand in den Schatten.

Die erste Kutsche hielt vor einem Baumstamm, der quer über dem Weg lag. Es gab Bewegung – der Kutscher sprang in den Matsch und sprintete über den Pass zurück.

Gestalten kamen hinter den Bäumen hervor. Eine von ihnen blieb an der Tür der ersten Kutsche stehen und streckte die Hand nach dem Griff aus.

Für einen Augenblick hielt die Welt den Atem an. Die Gestalten schienen das zu spüren, denn der Mann sprang bereits zur Seite, als es klickte. Etwas verwandelte die Tür und ihren Rahmen in einen durch die Nacht rasenden Splitterregen.

Nur ein Narr trat zwischen ein Feuer und einen Troll, der eine Armbrust mit einer Zugkraft von zweitausend Pfund trug, fand Mumm. Es war nicht etwa die Hölle losgebrochen – Detritus hatte nur den Abzug durchgezogen. Wenn man in der Nähe stand, machte das kaum einen Unterschied.

Eine andere Gestalt griff nach der Tür der zweiten Kutsche, als Mumm aus der Dunkelheit schoss und die Schulter des Mannes traf. Dabei erklang ein Geräusch, wie man es häufig in einer Metzgerei hören konnte. Einen Sekundenbruchteil später sprang Inigo durchs Fenster, rollte geschickt, wie man es ganz und gar nicht von einem Sekretär erwartete, auf dem Boden ab, kam vor einem Räuber auf die Beine und schlug mit der Handkante nach dem Hals des Mannes.

Mumm sah diesen Trick nicht zum ersten Mal. Normalerweise ließ er die Betroffenen sehr zornig werden. Gelegentlich sank jemand ins Reich der Träume.

Diesmal löste sich der Kopf.

»Keiner rührt sich!«

Sybil wurde aus der Kutsche gestoßen, und hinter ihr trat ein weiterer Mann nach draußen. Er war mit einer Armbrust bewaffnet.

»Euer Gnaden Mumm!«, rief er. Ein Echo sprang zwischen den Hängen zu beiden Seiten der Straße hin und her.

»Ich weiß, dass du hier bist, Euer Gnaden Mumm! Und hier haben wir deine Frau! Und wir sind in der Überzahl! Zeig dich, Euer Gnaden Mumm!«

Schneeflocken zischten über den Feuern.

Etwas flüsterte in der Luft, und ein zweites Pochen erklang, als sich erneut Stahl in einen Muskel bohrte. Eine der maskierten Gestalten fiel in den Matsch und hielt sich das Bein.

Inigo stand langsam auf. Der Mann mit der Armbrust schien ihn nicht zu bemerken.

»Es ist wie Schach Euer Gnaden Mumm! Wir haben den Troll und den Zwerg entwaffnet! Und ich habe die Dame! Wenn du auf mich schießt … kannst du dann sicher sein, dass mir nicht genug Zeit bleibt, von meiner Armbrust Gebrauch zu machen?«

Feuerschein glühte an den krummen Bäumen rechts und links des Weges.

Einige Sekunden verstrichen.

Dann landete Mumms Armbrust deutlich sichtbar auf dem Boden.

»Ausgezeichnet, Euer Gnaden Mumm! Und jetzt tritt ins Licht!«

Inigo sah jemanden mit erhobenen Händen aus der Dunkelheit treten.

»Ist alles in Ordnung mit dir, Sybil?«, fragte Mumm.

»Ich friere ein bisschen, Sam.«

»Du bist nicht verletzt?«

»Nein, Sam.«

»Halt die Hände so, dass ich sie sehen kann, Euer Gnaden Mumm!«

»Versprichst du mir, dass du Sybil gehen lässt?«, fragte Mumm.

Das Licht einer kleinen Flamme flackerte über Mumms Gesicht, als er sich eine Zigarre anzündete – ein heller Fleck in der Finsternis.

»Nun, Euer Gnaden Mumm, warum sollte ich dir das versprechen? Ich bin sicher, dass Ankh-Morpork ein hohes Lösegeld für euch beide zahlen wird!«

»Ah, dachte ich mir«, erwiderte Mumm. Er schüttelte das Streichholz, und die Flamme erlosch. Das Zigarrenende glühte in der Dunkelheit. »Sybil?«

»Ja, Sam?«

»Duck dich.«

Das leise Zischen eines Atemholens füllte eine Sekunde, und

dann warf sich Lady Sybil nach vorn. Gleichzeitig schwang Mumms Hand in einem Bogen herum, und ein seidenes Geräusch erklang. Der Kopf des Räubers neigte sich mit einem Ruck nach hinten.

Inigo sprang, fing die fallende Armbrust des Mannes auf, erhob sich und schoss. Eine weitere Gestalt fiel.

Mumm bemerkte Aufregung an einem anderen Ort, als er Sybil dabei half, in die Kutsche zu klettern. Inigo war verschwunden; ein Schrei im Wald klang nicht nach ihm.

Und dann … zischte nur noch der Schnee im Feuer.

»Ich … glaube, sie sind weg, Herr«, ließ sich Grinsi vernehmen.

»Und wir verschwinden ebenfalls! Detritus?«

»Herr?«

»Alles in Ordnung?«

»Fühle mich sehr taktvoll, Herr.«

»Ihr beide nehmt die Kutsche dort, und ich nehme diese. Wir sollten diesen unfreundlichen Ort so schnell wie möglich verlassen.«

»Wo ist Herr Schaumlöffel?«, fragte Sybil.

Erneut schrie jemand im Wald.

»Vergiss ihn!«

»Aber er …«

»Vergiss ihn!«

Es schneite noch stärker, als sie den Weg über den Pass fortsetzten. Im tiefen Schnee kamen die Kutschen nur langsam voran, und Mumm sah nichts weiter als die dunklen Konturen der Pferde im Weiß. Dann entstand eine Lücke in der Wolkendecke, was Mumm sofort bedauerte, denn er konnte erkennen, dass die Dunkelheit links von ihm nicht etwa aus Felsen bestand, sondern aus der Leere eines Abgrunds.

Ganz oben auf dem Pass glühten die Lichter eines Gasthauses durchs Schneetreiben. Mumm lenkte die Kutsche auf den Hof.

»Detritus?«

»Herr?«

»Ich gebe uns Rückendeckung. Vergewissert euch, dass wir hier sicher sind.«

»Ja, Herr.«

Der Troll sprang zu Boden und lud seinen Friedensstifter mit einem neuen Pfeilbündel. Mumm bemerkte seine Absicht gerade noch rechtzeitig.

»Klopf einfach nur an, Feldwebel.«

»Ja, Herr.«

Der Troll klopfte an und trat ein. Die Geräusche im Innern des Gasthauses verstummten abrupt. Gedämpft durch die Tür hörte Mumm den Hinweis: »Der Herzog von Akh-Morpork eintrifft. Jemand ein Problem damit hat? Ein Wort genügt.« Untermalt wurden diese Worte von dem leisen Summen der gespannten Sehne des Friedensstifters.

Mumm half Sybil aus der Kutsche. »Wie fühlst du dich?«, fragte er.

Sie lächelte schief. »Ich schätze, dieses Kleid ist ruiniert«, sagte sie. Ihr Lächeln wuchs ein wenig in die Breite, als sie seinen Gesichtsausdruck sah.

»Ich wusste, dass du etwas vorhattest, Sam. Du wirst ganz ruhig und kühl, wenn sich etwas Schreckliches anbahnt. Ich habe mich nicht gefürchtet.«

»Wirklich nicht?«, erwiderte Mumm erstaunt. »Ich hätte mir fast in die Hose gemacht.«

»Was ist mit Herrn Schaumlöffel passiert? Er suchte etwas in seinem Koffer und fluchte …«

»Ich bin sicher, Inigo Schaumlöffel ist bei bester Gesundheit«, sagte Mumm grimmig. »Was man von den anderen Leuten in seiner Nähe nicht behaupten kann.«

Im Aufenthaltsraum des Gasthofes war es still. Ein Mann und eine Frau – vermutlich Wirt und Wirtin – standen mit dem Rücken am Tresen. Mehr als zehn andere Personen hatten an den Wänden Aufstellung bezogen und hielten die Hände hoch. Bier tropfte aus einigen umgekippten Krügen.

»Alles normal und friedlich ist«, meldete Detritus und drehte sich um.

Mumm merkte, dass ihn alle anstarrten. Er sah an sich herab. Sein Hemd war zerrissen. Matsch und Blut klebten an der Kleidung. Das Wasser von tauendem Schnee tropfte zu Boden. Und in der rechten Hand hielt er noch immer die Armbrust.

»Ein bisschen Ärger auf der Straße«, sagte er. »Äh, ihr wisst ja, wie das ist.«

Niemand bewegte sich.

»Bei den Göttern, Detritus, nimm das Ding runter.«

»Ja, Herr.«

Der Troll ließ seine riesige Armbrust sinken. Fast zwanzig Personen wagten wieder zu atmen.

Die dürre Wirtin trat vor, nickte Mumm zu, löste behutsam Sybils Hand aus seiner und deutete zur breiten Holztreppe. Sie bedachte Mumm mit einem Blick, der ihn verwirrte.

Erst dann wurde ihm klar, dass Lady Sybil zitterte. Tränen strömten ihr über die Wangen.

»Und, äh, meine Frau ist ein wenig mitgenommen«, sagte er hilflos. »Korporal Kleinpo!«, rief er, um seine Verlegenheit zu verbergen.

Grinsi trat durch die Tür.

»Begleite Lady Sy...«

Er unterbrach sich, als es plötzlich laut wurde. Mehrere Zeigefinger deuteten in eine bestimmte Richtung. Jemand lachte. Grinsi blieb stehen und senkte den Blick.

»Was ist los?«, fragte Mumm leise.

»Äh, es geht um mich, Herr«, sagte Grinsi. »Die Zwergenmode von Ankh-Morpork hat sich hier nicht durchgesetzt.«

»Dein Rock?«, fragte Mumm.

»Ja.«

Mumm musterte die Leute. Sie wirkten eher verblüfft als verärgert. Zwei Zwerge in einer Ecke schienen alles andere als glücklich zu sein.

»Begleite Lady Sybil«, wiederholte er.

»Das ist vielleicht keine besonders gute Idee …«, begann Grinsi.

»Verdammt und zugenäht!«, entfuhr es Mumm, als ihm der Geduldsfaden riss. Von einem Augenblick zum anderen herrschte wieder Stille. Ein wütender, blutbefleckter Irrer mit einer Armbrust hat meistens ein sehr aufmerksames Publikum. Mumm schauderte. Was er jetzt brauchte, war ein Bett. Und was er sich vor dem Bett wünschte, war ein ordentlicher Drink. Aber er durfte sich keinen genehmigen. Das hatte er schon vor langer Zeit gelernt. Für ihn war ein Drink bereits einer zu viel.

»Na schön, erklär's mir«, sagte er.

»Alle Zwerge sind Männer, Herr«, entgegnete Grinsi. »Ich meine … traditionell. Und hier denken die Leute noch immer so.«

»Nun, dann bleib vor der Tür stehen oder … oder schließ die Augen oder was weiß ich?«

Mumm hob Lady Sybils Kinn. »Alles in Ordnung, Schatz?«, fragte er.

»Tut mir Leid, dass ich dich enttäuscht habe, Sam«, hauchte sie. »Aber es war so *schrecklich*.«

Mumm gehörte von Natur aus zu jenen Männern, die nicht imstande sind, ihre Ehefrauen in der Öffentlichkeit zu küssen. Er klopfte Sybil hilflos auf die Schulter. *Sie* glaubte, *ihn* enttäuscht zu haben! Es war unerträglich.

»Du … ich meine, Grinsi wird … und ich … kümmere mich hier um alles und komme bald nach«, sagte er. »Bestimmt gibt es an unserem Schlafzimmer nichts auszusetzen.«

Sybil nickte und blickte noch immer zu Boden.

»Ich … gehe nach draußen, um ein wenig frische Luft zu schnappen.«

Mumm verließ das Gasthaus. Inzwischen schneite es nicht mehr. Der Mond war halb hinter den Wolken verborgen, und die Luft roch nach Frost.

Eine Gestalt sprang vom Dachvorsprung herunter und war ziemlich überrascht, als Mumm herumwirbelte und sie an die Mauer drängte.

»Na, da soll mich doch …«, begann er.

»Sieh nach unten, Euer Gnaden«, sagte Schaumlöffel. »Mhm, mhm.«

Mumm spürte ein ganz leichtes Stechen in der Magengrube, verursacht von einem Messer.

»Sieh noch weiter nach unten«, sagte er.

Inigo kam der Aufforderung nach. Er schluckte. Auch Mumm hatte ein Messer. »Du bist *wirklich* kein Gentleman«, meinte er.

»Eine plötzliche Bewegung genügt, und du bist ebenfalls keiner mehr«, drohte Mumm. »Eine interessante Situation, nicht wahr?«

»Ich versichere dir, dass ich dich nicht töten werde«, sagte Inigo.

»Oh, das *weiß* ich«, erwiderte Mumm. »Die Frage lautet: Wirst du es *versuchen*?«

»Nein. Ich bin zu deinem Schutz hier, mhm, mhm.«

»Vetinari hat dich geschickt, stimmt's?«

»Es ist uns verboten, den Namen unseres Auftraggebers zu nennen …«

»Ja, natürlich. Was das angeht, seid ihr ja so *ehrenwert*.« Mumm spuckte dieses Wort aus.

Beide Männer entspannten sich ein wenig.

»Du hast mich allein zurückgelassen, von Feinden umgeben«, sagte Inigo, doch seine Stimme klang nicht sehr vorwurfsvoll.

»Warum sollte ich mich darum scheren, was mit einer Räuberbande geschieht?«, erwiderte Mumm. »Du bist ein Assassine.«

»Wie hast du es herausgefunden, Mmph?«

»Ein Polizist achtet darauf, wie die Leute gehen. Bei den Klatschianern heißt es, das Bein eines Mannes sei sein zweites Gesicht. Wusstest du das? Und deine Ich-bin-nur-ein-harmloser-Sekretär-Gangart ist zu perfekt, um echt zu sein.«

»Du meinst, allein die Art meiner *Bewegungen …*«

»Nein. Du hast die Orange nicht aufgefangen«, fügte Mumm hinzu.

»Ich bitte dich …«

»Andere Leute fangen sie entweder oder zucken zusammen. *Du* hast sie als ungefährlich erkannt. Und als ich dich am Arm berührte, habe ich Metall unter deiner Kleidung gespürt. Um Gewissheit zu erlangen, schickte ich eine Anfrage mit deiner Beschreibung nach Ankh-Morpork.«

Mumm ließ Inigo los und ging zur Kutsche, kehrte dem Assassinen dabei den ungeschützten Rücken zu. Er holte etwas aus dem Gepäckkasten, kehrte dann zurück und winkte mit einem ganz bestimmten Objekt.

»Ich weiß, dass dies dir gehört«, sagte er. »Ich hab's aus deinem Koffer genommen. Wenn ich jemanden mit so einem Ding in Ankh-Morpork erwische, mache ich ihm das Leben so zur Qual, wie es nur ein Polizist kann. Habe ich mich klar genug ausgedrückt?«

»Wenn du jemanden mit einem solchen Ding in Ankh-Morpork erwischst, Euer Gnaden, mhm, so kann der Betreffende von *Glück* sagen, dass du ihn vor der Assassinengilde entdeckt hast, mmph. Solche Dinge stehen auf unserer Verbotsliste für das Stadtgebiet. Aber hier sind wir ziemlich weit von Ankh-Morpork entfernt. Mmph, mmph.«

Mumm drehte den Apparat hin und her. Er hatte gewisse Ähnlichkeit mit einem Hammer, der über einen besonders langen Stiel vefügte. Man konnte ihn auch für ein sonderbar konstruiertes Teleskop halten. Im Grunde genommen war es eine Feder. Was auch für eine Armbrust galt.

»Es ist verdammt schwer zu laden«, sagte Mumm. »Ich hätte mir fast was ausgerenkt, als ich das Ding an einem Felsen spannte. Man hat nur einen Schuss.«

»Aber es ist ein Schuss, mit dem niemand rechnet, mhm, mhm.«

Mumm nickte. Man konnte dieses Ding sogar in der Hose verbergen, obgleich der Gedanke an so viel geballte Kraft Nerven wie Stahl und vermutlich auch andere Teile aus Stahl erforderte, wenn man genauer darüber nachdachte.

»Dies ist keine Waffe«, sagte er. »Solche Apparate sind dafür bestimmt, Personen zu töten.«

»Äh, das ist bei den meisten Waffen der Fall«, meinte Inigo

»Nein. Die meisten Waffen werden konstruiert, um *nicht* damit töten zu müssen. Ihr Zweck besteht vor allem darin, *gesehen* zu werden. Sie dienen der *Abschreckung*. Bei dieser Vorrichtung liegt der Fall ganz anders. Man versteckt sie und holt sie nur hervor, um jemanden im Dunkeln umzubringen. Und wo ist das andere Ding?«

»Euer Gnaden?«

»Versuch nicht, mir was vorzumachen. Ich meine den versteckten Dolch.«

Inigo zuckte mit den Schultern, und bei dieser Bewegung sauste ein silbern glänzender Gegenstand aus seinem Ärmel: eine sorgfältig gestaltete Klinge, auf der einen Seite gepolstert. Sie glitt dem Assassinen in die Hand, und irgendwo in der Jacke klickte es.

»Bei den Göttern«, hauchte Mumm. »Weißt du, wie oft Leute versucht haben, mich umzubringen?«

»Ja, Euer Gnaden. Neun Mal. Die Gilde hat das Honorar für dich auf 600 000 Ankh-Morpork-Dollar festgesetzt. Als sich das letzte Mal ein Interessent an uns wandte, war kein Gildemitglied bereit, den Auftrag zu übernehmen. Mhm, mhm.«

»Ha!«

»Übrigens, und natürlich ganz inoffiziell ... Wir wären dir sehr dankbar für Informationen über den gegenwärtigen Aufenthaltsort des Ehrenwerten Eustachius Bassinglan-Gohr, mhm, mhm.«

Mumm kratzte sich an der Nase. »Meinst du den Assassinen, der versucht hat, meine Rasiercreme zu vergiften?«

»Ja, Euer Gnaden.«

»Nun, wenn er nicht zufälligerweise ein außergewöhnlich guter Schwimmer ist, befindet er sich noch immer an Bord eines

Schiffes, das nach Ghat unterwegs ist, und zwar auf einer Route, die ums Kap Schrecken führt«, sagte Mumm. »Ich habe dem Kapitän tausend Dollar dafür bezahlt, die Ketten nicht vor Zambingo zu lösen. Eurem Eustachius steht ein netter Spaziergang durch die Dschungel von Klatsch bevor, wo ihm seine Kenntnisse über Gift sicher sehr nützlich sind, wenn auch nicht ganz so nützlich wie das Wissen um entsprechende Gegenmittel.«

»Tausend Dollar!«

»Nun, er hatte zwölfhundert Dollar bei sich. Den Rest habe ich dem Sonnenscheinheim für kranke Drachen gestiftet. Da fällt mir ein: Ich habe eine Quittung dafür bekommen. Ihr Burschen seid doch immer ganz scharf auf Quittungen.«

»Du hast sein Geld gestohlen? Mhm, mhm.«

Mumm atmete tief durch. Als er sprach, klang seine Stimme ganz ruhig. »Ich wollte nicht mein eigenes Geld vergeuden. Und er *hat* versucht, mich umzubringen. Sieh es als Investition, die seiner Gesundheit dient. Wenn er irgendwann nach Ankh-Morpork zurückkehrt und beschließt, mich zu besuchen, wird er von mir natürlich bekommen, was er verdient.«

»Ich bin ... erstaunt, Euer Gnaden. Mhm, mhm. Eustachius Bassinglan-Gohr konnte ausgezeichnet mit dem Schwert umgehen.«

»Tatsächlich? Normalerweise warte ich nicht lange genug, um so etwas herauszufinden.«

Inigo lächelte dünn. »Und vor zwei Monaten fand man Sir Richard Klainlich auf dem Hiergibt'salles-Platz, an einen Springbrunnen gefesselt. Jemand hatte ihn mit rosaroter Farbe übergossen und ihm eine kleine Fahne ...«

»Ein Anfall von Großzügigkeit«, sagte Mumm. »Tut mir Leid, aber ich halte nichts von euren Spielchen.«

»Die Tätigkeit eines Assassinen ist kein Spiel, Euer Gnaden.«

»Ihr macht eins daraus.«

»Es muss Regeln geben, sonst würde Anarchie herrschen. Mhm, mhm. Du hast deine Regeln, wir haben unsere.«

»Und du bist damit beauftragt, mich zu schützen?«

»Ja. Obwohl ich auch über andere Fähigkeiten verfüge.«

»Wie kommst du darauf, dass ich dich brauche?«

»Nun, Euer Gnaden, *hier* gibt es keine Regeln. Mhm, mhm.«

»Ich habe den größten Teil meines Lebens mit Leuten verbracht, die keine Regeln kennen!«

»Ja, natürlich. Aber wenn du *sie* tötest, stehen sie nicht wieder auf.«

»Ich habe nie jemanden getötet!«, erwiderte Mumm.

»Du hast dem Räuber in den Hals geschossen.«

»Eigentlich wollte ich die Schulter treffen.«

»Ja, das Ding zieht nach links«, sagte Inigo. »Du meinst, du hast nie *versucht*, jemanden zu töten. Im Gegensatz zu mir. Und hier sollte man besser nicht zögern. Mmph.«

»Ich habe nicht gezögert!«

Inigo seufzte. »In der Gilde verzichten wir auf große Auftritte, Euer Gnaden.«

»Große Auftritte?«

»Die Sache mit der Zigarre ...«

»Du meinst, als ich die Augen schloss und alle anderen die Flamme in der Dunkelheit sahen?«

»Ah ...« Inigo zögerte. »Aber man hätte dich einfach erschießen können.«

»Nein. Sie hielten mich nicht für eine Gefahr. Und du hast die Stimme des Mannes gehört. Solche Stimmen höre ich oft. Er wollte nicht zu früh schießen und sich dadurch den Spaß verderben. Darf ich annehmen, dass du keinen Kontrakt für mich hast?«

»Das stimmt.«

»Bist du bereit, es zu beschwören?«

»Bei meiner Ehre als Assassine.«

»Ja«, sagte Mumm. »Genau mit dieser Stelle habe ich gewisse Schwierigkeiten. Und da wäre noch etwas. Ich weiß nicht, wie ich es ausdrücken soll, Inigo, aber du verhältst dich nicht wie ein typischer Assassine. Lord oder Sir Soundso ... Die Gilde *ist* eine

Schule für Gentlemen, aber du – und die Götter wissen, dass ich dich nicht beleidigen möchte – bist nicht unbedingt …«

Inigo berührte seine Stirnlocke. »Ich bin ein Stipendiat, Herr«, sagte er.

Meine Güte, *ja*, dachte Mumm. Gewöhnliche Amateurkiller kann man auf jeder Straße finden. Sie sind geistesgestört oder betrunken oder eine arme Frau, die einen schweren Tag hinter sich hat und deren Mann einmal zu oft zugeschlagen hat, und plötzlich schaffen sich zwanzig Jahre Frustration ein Ventil. Einen *Fremden* ohne Bosheit oder Genugtuung zu töten, dabei nur auf die gute Arbeit stolz zu sein … Das ist ein so einzigartiges Talent, dass Streitkräfte Monate aufwenden, um es in ihren jungen Soldaten zu wecken. Die meisten Leute scheuen davor zurück, jemanden zu töten, dem sie nicht vorgestellt wurden.

In der Gilde musste es einen oder zwei Assassinen wie Inigo geben. Hatte irgendein philosophischer Mistkerl nicht einmal darauf hingewiesen, dass eine Regierung Fleischer ebenso brauchte wie Hirten? Mumm deutete auf die kleine Armbrust. »Na schön, nimm sie«, sagte er. »Aber du solltest deine Kollegen auf Folgendes hinweisen: Wenn ich ein solches Ding jemals auf der Straße entdecke, findet es der Eigentümer dort wieder, wo die Sonne nicht scheint.«

»Ah«, sagte Inigo. »So lautet der lustige Name eines Ortes in Lancre, nicht wahr? Ich glaube, er ist nur etwa fünfzig Meilen von hier entfernt. Mhm, mhm.«

»Du kannst sicher sein, dass ich eine Abkürzung kenne.«

Gaspode versuchte noch einmal, in Karottes Ohr zu pusten.

»Wach endlich *auf*«, knurrte er.

Karotte hob die Lider und versuchte sich zu bewegen.

»Bleib einfach still liegen«, sagte Gaspode. »Wenn's dir was nützt: Stell sie dir als eine sehr schwere Daunendecke vor.«

Karotte bewegte sich mühsam. Die auf ihm liegenden Wölfe rutschten ein wenig zur Seite.

»Wärmen erstaunlich gut«, meinte Gaspode und lächelte nervös. »Eine Wolfsdecke. Natürlich müssen wir damit rechnen, dass wir eine Zeit lang streng riechen, aber selbst wenn's juckt – wenigstens sind wir nicht tot.« Mit einem Hinterbein kratzte er sich hingebungsvoll am Ohr. Ein Wolf starrte ihn an und knurrte leise. »Entschuldige. Bald gibt's was zu beißen.«

»Meinst du etwas zu *essen*?«, murmelte Karotte.

Angua erschien in seinem Blickfeld, gekleidet in ein Lederhemd und hohe Gamaschen. Sie sah zu ihm herab, stützte die Hände dabei in die Hüften. Gaspode beobachtete überrascht, dass es Karotte tatsächlich gelang, sich ein wenig in die Höhe zu stemmen, wodurch einige Wölfe ihren Platz verloren.

»*Du* hast uns verfolgt?«, fragte er.

»Nein, diese Wölfe hier«, erwiderte Angua. »Sie hielten dich für einen verdammten Narren. Ich hab's an ihrem Heulen gehört. Und sie hatten Recht! Seit drei Tagen hast du nichts gegessen! Und hier oben kündigt sich der Winter nicht einen Monat im Voraus mit vorsichtigen Hinweisen an. Er kommt über Nacht! Warum bist du nur so *dumm* gewesen?«

Gaspode blickte sich auf der Lichtung um. Angua hatte das Feuer wieder angezündet. Gaspode hätte es nicht einmal dann geglaubt, wenn er es mit eigenen Augen gesehen hätte: Die Wölfe schienen Holz herangeschleppt zu haben. Einer von ihnen war sogar mit einem Reh gekommen, das nach dem Herbst noch nicht abgemagert war. Speichel tropfte Gaspode von der Schnauze, als er herrlichen Bratenduft wahrnahm.

Etwas Menschliches und Kompliziertes geschah zwischen Karotte und Angua. Es klang nach einem Streit, aber es *roch* nicht danach. Wie dem auch sei: Die jüngsten Ereignisse ergaben für Gaspode durchaus einen Sinn. Das Weibchen lief fort, und das Männchen folgte ihr. So war's oft. Für gewöhnlich machten sich etwa zwanzig Männchen verschiedener Größe auf den Weg, aber Gaspode musste zugeben, dass es bei Menschen gewisse Unterschiede gab.

Sicher dauerte es nicht mehr lange, bis Karotte den großen Wolf bemerkte, der allein am Feuer saß. Und dann würden die Fetzen fliegen. Tja, Menschen …

Über seine eigene Abstammung wusste Gaspode nichts Genaues. Er hatte etwas von einem Terrier und vielleicht auch von einem Spaniel. Dazu kamen ziemlich viele Promenadenmischungen und möglicherweise auch irgendein Bein. Doch er hielt mit unerschütterlicher Entschlossenheit an dem Glauben fest, dass in jedem Hund etwas von einem Wolf steckte, und der Wolf in Gaspode verkündete folgende warnende Botschaft: Man sollte es vermeiden, den Wolf am Feuer auch nur direkt anzusehen.

Er wirkte nicht in dem Sinne gemein oder boshaft. Das war auch gar nicht nötig. Er blieb selbst dann in eine Aura kompetenter Macht gehüllt, wenn er ganz still saß. Gasode hatte viele Straßenkämpfe zwar nicht gewonnen, aber überlebt, und deshalb wusste er: Gegen ein solches Geschöpf würde er nicht einmal dann antreten, wenn er auf die Hilfe von zwei Löwen und eines Mannes mit einer Axt zurückgreifen könnte.

Er näherte sich einer Wölfin, die hochnäsig ins Feuer blickte.

»Hallo, Süße«, grüßte er.

»*Was* hast du gesagt?«

Gaspode dachte noch einmal über seine Strategie nach. »Hallo, Teuerste … äh … Wolfsdame«, brachte er hervor.

Die emotionale Temperatur sank noch weiter und stellte klar, dass er auch auf diese Weise keinen Erfolg erzielen würde.

»Äh, Fräulein?«, fragte er hoffnungsvoll.

Die Wölfin drehte den Kopf und richtete ihre Schnauze auf ihn. »Was *bist* du?« Eis glitt von jeder einzelnen Silbe.

»Ich heiße Gaspode«, bellte Gaspode mit irrer Fröhlichkeit. »Ich bin ein Hund. Das ist eine Art Wolf, in gewisser Weise. Und wie heißt du?«

»Verschwinde.«

»Nichts für ungut. Äh, wie ich hörte, wählen Wölfe einen Partner fürs ganze Leben.«

»Und?«

»Ich würde mich gern zur Verfügung stellen ...«

Gaspode erstarrte, als die Schnauze der Wölfin nur wenige Zentimeter vor seiner eigenen zuschnappte.

»In meiner Heimat *fressen* wir Dinge wie dich«, sagte sie.

»Schon gut, schon gut«, brummte Gaspode und wich zurück. »Da versucht man, freundlich zu sein, und das ist das Ergebnis ...«

Näher am Feuer wurden die Menschen kompliziert. Gaspode schlich zurück und legte sich hin.

»Warum hast du mir nichts gesagt?«, fragte Karotte.

»Es hätte zu viel Zeit in Anspruch genommen. Du möchtest immer alles *verstehen*. Und außerdem geht dich dies hier nichts an. Es ist eine *Familien*angelegenheit.«

Karotte deutete zu dem großen Wolf. »Ist er ein Verwandter?«

»Nein. Er ist ... ein Freund.«

Gaspode wackelte mit den Ohren und dachte: Jetzt geht's gleich rund.

»Ein ziemlich großer Wolf«, sagte Karotte so langsam, als legte er neue Informationen zu den Akten.

»Ja, er ist ziemlich groß«, bestätigte Angua.

»Ein weiterer Werwolf?«

»Nein.«

»Nur ein Wolf?«

»Ja«, erwiderte Angua sarkastisch. »*Nur* ein Wolf.«

»Und sein Name lautet ...«

»Er hätte nichts dagegen, Gavin genannt zu werden.«

»Gavin?«

»Er hat einmal jemanden gefressen, der so hieß.«

»Was, den ganzen Mann?«

»Natürlich nicht. Nur genug von ihm, dass er keine Wolfsfallen mehr aufstellen konnte.« Angua lächelte. »Gavin ist recht ... ungewöhnlich.«

Karotte sah zu dem Wolf, lächelte, nahm ein Stück Holz und

warf es. Der Wolf schnappte wie ein Hund danach und hielt es in der Schnauze.

»Wir werden bestimmt Freunde«, sagte Karotte.

Angua seufzte. »Wart's ab.«

Niemand schenkte Gaspode Beachtung, als er beobachtete, wie Gavin das Stück Holz langsam durchbiss, ohne dabei den Blick von Karotte abzuwenden.

»Karotte?«, fragte Angua betont freundlich. »Mach so etwas nie wieder. Gavin gehört nicht einmal zum selben Clan wie diese Wölfe, und er hat das Rudel übernommen, ohne dass jemand jaulte. Er ist *kein* Hund, sondern jemand, der tötet. Sieh mich nicht so an. Er stürzt sich nicht auf Kinder, die durch den Wald wandern, und er frisst auch keine Großmütter. Ich meine, wenn er glaubt, dass ein Mensch sterben sollte, so ist der Betreffende bereits tot. Er wird in *jedem* Fall kämpfen. In dieser Beziehung könnte er kaum unkomplizierter sein.«

»Ist er ein *alter* Freund?«, fragte Karotte.

»Ja.«

»Ein ... Freund.«

»Ja.« Angua rollte mit den Augen und fuhr in sarkastischem Singsang fort: »Eines Tages war ich im Wald unterwegs und fiel in eine Grube, die unterm Schnee verborgen war, und einige Wölfe fanden mich und hätten mich vermutlich getötet, wenn Gavin nicht erschienen wäre und sie mit einem strengen Blick vertrieben hätte. Frag mich nicht nach dem Grund. Manchmal verhalten sich Menschen einfach auf eine bestimmte Weise, und das Gleiche gilt auch für Wölfe. Ende der Geschichte.«

»Gaspode meinte, Wölfe und Werwölfe kommen nicht miteinander zurecht«, sagte Karotte geduldig.

»Das stimmt. Wenn Gavin nicht hier wäre, hätten sie mich bereits in Stücke gerissen. Ich kann wie ein Wolf aussehen, aber ich bin keiner. Ich bin ein Werwolf! Und ich bin auch kein Mensch. Ich bin ein Werwolf! Verstanden? Kennst du einige der Bemerkungen, die Menschen deshalb von sich geben? Nun, Wölfe halten sich nicht mit Bemerkungen auf, sondern schnappen nach deiner Kehle. Sie verfügen über einen sehr guten Geruchssinn. Ihre Schnauzen lassen sich nicht täuschen. Ich kann als Mensch durchgehen, aber nicht als Wolf.«

»So habe ich es noch nie gesehen. Man sollte eigentlich glauben, dass Wölfe und Werwölfe ...«

»So ist es eben«, seufzte Angua.

»Du hast vorhin von einer Familienangelegenheit gesprochen«, sagte Karotte und schien sich durch eine geistige Checkliste zu arbeiten.

»Ich meine, es ist eine persönliche Sache. Gavin kam den ganzen weiten Weg *bis nach Ankh-Morpork*, um mich zu warnen. Tagsüber schlief er auf den Bauholzkarren, um auch während der Ruhepausen in Bewegung zu bleiben. Hast du eine Ahnung, wie viel Mut dafür nötig ist? Mit der Wache hat dies nichts zu tun. Auch nicht mit dir.«

Karotte sah sich um. Es schneite wieder; über dem Feuer wurde Regen daraus.

»Jetzt bin ich hier.«

»Bitte kehr zurück. Ich bringe diese Sache allein in Ordnung.«

»Und anschließend kommst du wieder nach Ankh-Morpork?«

»Ich ...« Angua zögerte.

»Ich glaube, ich sollte besser bleiben«, sagte Karotte.

»Die Stadt braucht dich«, erwiderte Angua. »Du weißt, wie sehr sich Mumm auf dich verlässt ...«

»Ich habe den Dienst quittiert.«

Einige Sekunden glaubte Gaspode, das Geräusch jeder einzelnen Schneeflocke zu hören, die zu Boden fiel.

»Im Ernst?«

»Ja.«

»Und was hat das Alte Steingesicht dazu gesagt?«

»Äh, nichts. Er war bereits nach Überwald unterwegs.«

»*Mumm* kommt nach Überwald?«

»Ja. Für die Krönung.«

»Er ist in diese Angelegenheit verwickelt?«, fragte Angua.

»In was soll er verwickelt sein?«

»Oh, meine Familie ist … dumm gewesen. Ich bin mir nicht sicher, ob ich alles weiß, aber die Wölfe sind besorgt. Wenn Werwölfe Krach schlagen, sind es immer die *wahren* Wölfe, die darunter zu leiden haben. Die Menschen bringen alles um, das einen Pelz hat.« Einen Moment lang blickte Angua stumm ins Feuer und fragte dann mit erzwungener Fröhlichkeit: »Wer leitet die Wache jetzt?«

»Keine Ahnung. Ich schätze, Fred Colon trägt die Verantwortung.«

»Ha, ja. In seinen Albträumen.« Angua zögerte. »Du hast wirklich den Dienst quittiert?«

»Ja.«

»Oh.«

Gaspode lauschte einigen weiteren Schneeflocken.

»Nun, auf dich allein gestellt kommst du nicht weit«, sagte Angua und stand auf. »Ruh dich eine weitere Stunde lang aus. Anschließend setzen wir den Weg durch den tiefen Wald fort. Dort liegt noch nicht viel Schnee. Wir müssen eine ziemlich große Strecke zurücklegen. Ich hoffe, du kannst mit uns Schritt halten.«

Beim Frühstück am nächsten Morgen stellte Mumm fest: Die anderen Gäste hielten sich so sehr von ihm fern, dass sie praktisch an den Wänden klebten.

»Die Männer, die gestern Abend aufbrachen, sind gegen Mitternacht zurückgekehrt, Herr«, sagte Grinsi leise.

»Haben sie jemanden erwischt?«

»Äh … gewissermaßen, Herr. Sie haben sieben Leichen gefunden.«

»Sieben?«

»Sie glauben, einige andere Räuber könnten über einen schmalen Pfad zwischen den Felsen geflohen sein.«

»Aber … sieben? Detritus hat einen erwischt, und ich … ebenfalls, und zwei wurden verwundet, und Inigo hat ebenfalls einen erledigt …« Mumms Stimme verklang.

Er blickte zu Inigo Schaumlöffel, der auf der gegenüberliegenden Seite des Zimmers an einem Tisch saß, zusammen mit den anderen Leuten. Die Plätze in der Nähe von Mumm und Lady Sybil blieben leer – Sybil führte das auf Achtung und Respekt zurück. Der kleine Mann aß Suppe in einer kleinen, selbstgenügsamen Welt zwischen winkenden Armen und zustoßenden Ellenbogen. Er hatte sich sogar eine Serviette umgebunden.

»Sie waren … *sehr* tot, Herr«, flüsterte Grinsi.

»Nun, das hat … interessant geschmeckt«, sagte Lady Sybil und wischte sich würdevoll den Mund ab. »Nie zuvor hatte ich eine Suppe mit Würstchen zum Frühstück. Wie nennt man so etwas, Grinsi?«

»Fetsup, Euer Gnaden«, antwortete Grinsi. »Das bedeutet ›fette Suppe‹. Wir sind jetzt nicht mehr weit von den Fettschichten des Schmalzbergs entfernt, und … Nun, so eine Suppe ist nahrhaft und hält die Kälte fern.«

»Faszinierend.« Lady Sybil sah ihren Mann an, dessen Blick noch immer Inigo galt.

Die Tür schwang auf. Detritus duckte sich herein und klopfte Schnee von seinen Fingerknöcheln.

»Es nicht schlecht«, sagte er. »Die Leute meinen, es gute Idee sei früh aufzubrechen.«

»Das glaube ich gern«, entgegnete Mumm und dachte: Sie möchten nicht, dass jemand wie *ich* noch länger hier bleibt. Wahrscheinlich fragen sie sich, wer als Nächster stirbt.

Mehrere Gesichter, an die er sich vom vergangenen Abend vage erinnerte, fehlten jetzt. Einige Reisende waren offenbar noch eher aufgebrochen, was bedeutete, dass ihnen die Nachricht vorauseilte. Blut- und schlammverschmiert, mit einer Armbrust in der Hand, war er ins Gasthaus gestapft, und als die Männer später nachsahen, fanden sie *sieben* Leichen. Wenn diese Geschichte zehn Meilen zurückgelegt hatte, trug er sicher auch noch eine

Axt, und die Anzahl der Toten wuchs vermutlich auf dreißig Männer und einen Hund.

Mumms diplomatische Karriere kam zweifellos gut voran.

Als sie in die Kutsche stiegen, bemerkte er einen kleinen Pfeil im Türpfosten. Er bestand aus Metall, sah ganz nach Geschwindigkeit aus und erweckte den Eindruck, dass man sich die Finger verbrennen konnte, wenn man ihn berührte.

Mumm ging zum rückwärtigen Teil der Kutsche. Dort steckte ein weitaus größerer Pfeil im Holz.

»Sie versuchten, dich an der Steigung einzuholen«, sagte Inigo hinter ihm.

»Du hast sie getötet.«

»Einige sind entkommen.«

»Das überrascht mich.«

»Ich habe nur zwei Hände, Euer Gnaden.«

Mumm sah zum Schild des Gasthauses. Das schlicht gemalte Bild zeigte einen großen roten Kopf mit Stoßzähnen und einem Rüssel.

»Dies ist der Gasthof ›Zum Fünften Elefanten‹«, sagte Inigo. »Du hast das Gesetz hinter dir gelassen, als wir Lancre passierten, Euer Gnaden. Hier gibt es nur noch das Recht des Stärkeren. Man behält, was man vor anderen schützen kann. Man bekommt, was man im Kampf erringt. Schwache überleben nicht.«

»Auch Ankh-Morpork ist ziemlich gesetzlos, Herr Schaumlöffel.«

»Ankh-Morpork hat jede Menge Gesetze. Aber viele Leute schenken ihnen keine Beachtung. Und das, Euer Gnaden, ist eine ganz andere Schüssel mit Fett, mmhm, mmph.«

Sie setzten den Weg als Konvoi fort. Detritus nahm auf dem Dach der ersten Kutsche Platz, der eine Tür und ein großer Teil der einen Seite fehlte. Um sie herum erstreckte sich das monotone Weiß einer schneebedeckten Landschaft.

Nach einer Weile kamen sie an einem Nachrichtenturm vorbei. Brandspuren an einer Seite des steinernen Sockels verrieten, dass jemand keine Neuigkeit für gute Neuigkeiten hielt, aber die Klappen des Turmes klackten und glitzerten immerzu.

»Die ganze Welt sieht zu«, sagte Mumm.

»Sie war immer gleichgültig«, erwiderte Schaumlöffel. »Bis heute. Jetzt will sie den Deckel vom Land reißen und nehmen, was darunter liegt.«

Ah, dachte Mumm. Unser Killer hat doch mehr als nur ein Gefühl.

»Ankh-Morpork hat immer versucht gut mit anderen Nationen auszukommen«, meinte Sybil. »Zumindest in letzter Zeit.«

»Ich glaube, wir haben es nicht in dem Sinne *versucht*, Schatz«, sagte Mumm. »Wir fanden nur heraus, dass ... Warum halten wir an?«

Er öffnete das Fenster. »Was ist los, Feldwebel?«

»Wir auf die Zwerge warten, Herr«, antwortete der Troll von oben.

Einige hundert Zwerge marschierten im Viererglied über die weiße Landschaft. Sie wirkten sehr entschlossen.

»Detritus?«

»Ja, Herr?«

»Du solltest versuchen, weniger wie ein Troll auszusehen.«

»Ich mir alle Mühe geben, Herr.«

Als die Zwergenkolonne auf einer Höhe mit dem Kutschenkonvoi war, rief jemand einen Befehl, und die kleinen, grimmigen Gestalten blieben stehen. Ein Zwerg näherte sich der ersten Kutsche.

»*Ta'grdzk*?«, donnerte er.

»Möchtest du, dass ich mich darum kümmere, Euer Gnaden?«, fragte Inigo.

»Ich bin der verdammte Botschafter«, sagte Mumm und stieg aus.

»*Guten Morgen, Zwerg*, (Hinweis auf schurkisch/abscheulich), *ich bin Steiger Mumm vom Aussehen*.«

Lady Sybil hörte Inigo leise stöhnen.

»*Krz? Gr'dazak yad*?«

»Augenblick, Augenblick, das kriegen wir schon hin ... *Ich bin sicher, du bist ein Zwerg ohne feste Prinzipien. Lass uns unsere Geschäfte schütteln, Zwerg* (Hinweis auf schurkisch/abscheulich).«

»Ja, ich schätze, damit wäre die Sache erledigt«, sagte Inigo. »Mmph, mmhm.«

Der Zwerg lief an den wenigen Stellen in seinem Gesicht, die nicht von dichtem Haar bedeckt waren, rot an. Der Rest des Trupps blickte mit neu erwachtem Interesse zur Kutsche.

Der Anführer holte tief Luft. »*D'kraha*?«

Grinsi verließ die andere Kutsche. Ihr Rock flatterte im Wind.

Die Zwerge des Trupps drehten synchron ihre Köpfe und starrten sie an. Der Anführer riss die Augen auf.

»*B'dan? K'raa! D'kraga ha'ak*!«

Mumm sah den Ausdruck in Grinsis kleinem, rundem Gesicht.

Über ihm klackte es, als Detritus den geladenen Friedensstifter auf den Rand des Kutschendachs stützte.

»Ich das Wort kennen, das er ihr gesagt hat«, verkündete er der Welt. »Es ist kein gutes Wort. Ich nicht noch einmal hören möchte so ein Wort.«

»Nun, das ist ja alles ganz schön, mmph, mmhm«, sagte Inigo und stieg aus. »Wenn ihr euch nun entspannen würdet ... dann haben wir vielleicht die Chance, diese Sache lebend zu überstehen, mmph.«

Mumm hob die Hand und schob das Ende von Detritus' Armbrust behutsam in eine weniger bedrohliche Richtung.

Inigo sprach ziemlich schnell, und für Mumms Ohren klang sein Wortschwall nach perfektem Zwergisch – obwohl er glaubte, ein gelegentliches »Mmph« zu hören. Der Sekretär und Assassine öffnete seinen Lederkoffer und holte zwei Dokumente mit großen Wachssiegeln hervor, die mit beträchtlichem Argwohn überprüft wurden. Der Zwerg deutete auf Grinsi und Detritus. Inigo winkte ab – eine allgemein verständliche Geste, die verdeutlichte, dass etwas oder jemand keine Rolle spielte. Weitere Papiere wurden kontrolliert.

Der Zwerg winkte Inigo fort, und dabei teilte seine Körpersprache mit: Ich *könnte* etwas Schlimmes mit dir anstellen, aber derzeit ist es mir einfach zu lästig. Mumm verabschiedete er mit einem Blick, der keinen Zweifel daran ließ, dass er sich ungeachtet aller physischen Tatsachen für den Größeren hielt. Anschließend stapfte er zu seiner Truppe zurück.

Ein Befehl erklang. Die Zwerge setzten sich wieder in Bewegung, verließen die Straße und marschierten in Richtung Wald.

»Nun, das scheint geklärt zu sein«, sagte Inigo, als er zur Kutsche zurückkehrte. »Fräulein Kleinpo erwies sich als nicht unerhebliches Problem, doch ein Zwerg respektiert sehr komplizierte Dokumente. Etwas geht vor, aber er lehnte es ab, mir Auskunft darüber zu geben. Er wollte die Kutsche durchsuchen.«

»Von wegen! Aus welchem Grund?«

»Wer weiß? Ich habe ihn davon überzeugt, dass wir diplomatische Immunität genießen.«

»Was hast du ihm über mich gesagt?«

»Ich habe ihm zu verstehen gegeben, dass du ein Idiot bist, Euer Gnaden.«

»Ach, tatsächlich?« Mumm hörte, wie Lady Sybil nicht zu lachen versuchte.

»Die Umstände erforderten es, glaub mir. Es war keine gute Idee, umgangssprachliches Zwergisch zu verwenden, Euer Gnaden. Doch als ich betonte, dass du Aristokrat bist ...«

»Ich bin *kein* ... Ich meine, in *Wirklichkeit* ...«

»Ja, Euer Gnaden. Wenn du mir einen Hinweis gestattest: Bei der Diplomatie geht es oft darum, dümmer zu erscheinen, als man eigentlich ist. Was das angeht, hast du einen guten Anfang gemacht, Euer Gnaden. Und jetzt sollten wir besser die Fahrt fortsetzen, mmhm.«

»Es freut mich festzustellen, dass du jetzt weniger ehrerbietig bist, Inigo«, sagte Mumm, als die Kutschen wieder durch den Schnee rollten.

»Inzwischen kenne ich dich besser, Euer Gnaden.«

Gaspode verband konfuse Erinnerungen mit dem Rest der Nacht. Das Rudel war ziemlich schnell, und die meisten Wölfe liefen vor Karotte – um den Schnee für ihn flach zu treten.

Für Gaspode war er nicht flach genug. Schließlich packte ihn ein Wolf am Genick und trug ihn, während er sich mit gedämpfter Stimme über den üblen Geruch beklagte.

Nach einer Weile hörte es auf zu schneien, und der Mond zeigte sich zwischen den Wolken.

Überall um sie herum, nah und fern, erklang das Geheul. Gelegentlich verharrte das Rudel auf einer Lichtung oder auf der weißen Kuppe eines Hügels, um ebenfalls zu heulen.

Gaspode hinkte zu Angua, während das Geheul andauerte. »Was bedeutet das?«, fragte er.

»Es geht um Politik«, erklärte Angua. »Verhandlungen werden geführt. Wir durchqueren fremde Territorien.«

Gaspode sah zu Gavin. Der blieb stumm, saß ein Stück abseits und teilte seine würdevolle Aufmerksamkeit zwischen Karotte und dem Rudel.

»*Er* muss um Erlaubnis bitten?«, fragte Gaspode.

»Er will sichergehen, dass man mich passieren lässt.«

»Oh. Und das bereitet ihm Probleme?«

»Keine, durch die er sich nicht durchbeißen könnte.«

»Oh. Äh, ist in dem Geheul auch von mir die Rede?«

»Du wirst als ›kleiner, schrecklich riechender Hund‹ bezeichnet.«

»Ah, na schön.«

Einige Minuten später brachen sie wieder auf. Im matten Mondschein liefen sie über einen weiten, schneeverkrusteten Hang in Richtung Wald. Gaspode bemerkte Schatten, die ihnen über das Weiß entgegeneilten. Für kurze Zeit flankierten ihn zwei Rudel, das alte und das neue, und dann wich ihre ursprüngliche Eskorte zurück.

Jetzt haben wir eine neue Ehrenwache, dachte er und lief im Zentrum einer Mauer aus schemenhaften grauen Beinen. Wölfe, denen wir bisher noch nicht begegnet sind. Hoffentlich hat man dem Geheul »schmeckt grässlich« hinzugefügt.

Dann fiel Karotte in den Schnee. Einige Sekunden verstrichen, bevor er sich wieder rührte. Die Wölfe liefen unsicher hin und her, blickten gelegentlich zu Gavin. Gaspode schloss zu Karotte auf, der noch immer im Schnee lag.

»Ist alles in Ordnung mit dir?«

»Das Laufen ... ist sehr ... anstrengend.«

»Ich möchte dich nicht, du weißt schon, beunruhigen oder so«, jaulte Gaspode. »Aber wir sind hier nicht unbedingt unter Freunden, wenn du verstehst, was ich meine. Gavin kann wohl kaum damit rechnen, irgendwo den Preis für das beste Schwanzwedeln zu gewinnen.«

»Wann hat er zum letzten Mal geschlafen?«, fragte Angua und bahnte sich einen Weg durch das Rudel.

»Keine Ahnung«, erwiderte Gaspode. »Während der letzten Tage waren wir praktisch immer unterwegs.«

»Kein Schlaf, kein Essen, keine angemessene Kleidung«, fauchte Angua. »Dummkopf!«

Einige Wölfe in der Nähe von Gavin knurrten und jaulten. Gaspode hockte sich neben Karottes Kopf und beobachtete, wie Angua ... stritt.

Die reine Wolfssprache beherrschte er nicht, außerdem spielten Gebärden und Körpersprache dabei eine größere Rolle als bei Hunden. Aber man musste keine Intelligenzbestie sein, um zu erkennen, dass die Dinge nicht besonders gut liefen. Ganz deutlich spürte Gaspode, wie die Anspannung immer weiter stieg. Wenn jetzt irgendetwas schief ging, hatte ein kleiner Hund vermutlich keine größere Überlebenschance als ein Kessel aus Schokolade auf einem sehr heißen Herd.

Das Jaulen und Knurren wurde lauter. Ein Wolf – Gaspode gab ihm in Gedanken den Namen »Schwierig« – war nicht zufrieden. Einige andere Wölfe teilten seinen Standpunkt, und einer von ihnen fletschte Angua gegenüber die Zähne.

Dann stand Gavin auf. Er schüttelte Schnee aus dem Fell, sah sich lässig um und trat Schwierig entgegen.

Gaspode fühlte, wie sich alle Haare an seinem Leib aufrichteten.

Die anderen Wölfe wichen zurück. Gavin schenkte ihnen keine Beachtung. Als ihn nur noch ein Meter von Schwierig trennte, neigte er den Kopf zur Seite und fragte: »Hrurrrm?«

Es klang fast freundlich. Doch tief in Gaspodes Innern erklang ein dumpfes Echo, das übersetzt lautete: Es gibt jetzt zwei Möglichkeiten. Die eine ist leicht, sogar sehr leicht.

Die andere möchtest du sicher nicht kennen lernen.

Einige Sekunden hielt Schwierig Gavins Blick stand, dann senkte er den Kopf.

Gavin knurrte etwas. Sechs Wölfe, angeführt von Angua, liefen zum Wald.

Zwanzig Minuten später kehrten sie zurück. Angua war wieder Mensch – oder hatte zumindest menschliche *Gestalt*, korrigierte sich Gaspode –, und die Wölfe zogen einen großen Hundeschlitten.

»Wir haben ihn von einem Mann im Dorf hinter dem nächsten Hügel geliehen«, sagte Angua, als der Schlitten neben Karotte anhielt.

»Nett von ihm«, erwiderte Gaspode und beschloss, nicht nach Einzelheiten zu fragen. »Es erstaunt mich, angespannte Wölfe zu sehen.«

»Nun, dies *war* der leichte Weg«, sagte Angua.

Seltsam, dachte Gaspode, als er neben dem schlummernden Karotte im Schlitten lag. Er hatte so großes Interesse gezeigt, als Stromer über das Heulen sprach und erwähnte, damit ließen sich Nachrichten bis in die Berge übermitteln. Man könnte glatt Verdacht schöpfen und sich fragen, ob er *wusste*, dass Angua ihm helfen würde, wenn er in ernste Schwierigkeiten geriet. Hatte er sich wirklich ganz darauf verlassen?

Gaspode blickte unter der Decke hervor. Schnee geriet ihm in die Augen. Neben dem Schlitten, nur einen knappen Meter entfernt, lief Gavin und schien im silbrigen Mondschein zu glühen.

Hier bin ich, dachte Gaspode. Eingeklemmt zwischen Menschen auf der einen und Wölfen auf der anderen Seite. Es ist ein Hundeleben.

So lasse ich mir das Leben gefallen, dachte der amtierende Hauptmann Colon. Es gab kaum mehr Papierkram zu erledigen, und mit viel Mühe war es ihm gelungen, den ganzen Rückstand aufzuarbeiten. Außerdem ging es nicht mehr annähernd so laut zu wie früher.

Als Mumm die Stadtwache geleitet hatte – Fred Colon dachte diesen Namen jetzt, ohne ihm ein »Herr« oder »Kommandeur« voranzustellen –, waren im Wachhaus immer so viele Stimmen erklungen, dass man kaum sein eigenes Wort verstand. Wie konnte man angesichts eines so ineffizienten Systems hoffen, irgendetwas zu erledigen?

Erneut zählte er die Zuckerwürfel. Neunundzwanzig. Zwei hatte er für seinen Tee gebraucht, was bedeutete, dass alles in Ordnung war. Die Strenge zahlte sich aus.

Colon ging zur Tür und öffnete sie einen Spalt breit, so dass er nach unten ins Büro sehen konnte. Es war erstaunlich, wie gut man die Burschen auf diese Weise überraschen konnte.

Stille und Ordnung herrschten. Es lagen keine Gegenstände auf den Schreibtischen – nichts erinnerte an das frühere Chaos.

Colon kehrte zu seinem eigenen Schreibtisch zurück und zählte die Zuckerwürfel. Siebenundzwanzig.

Ah-ha! Jemand versuchte, ihn um den Verstand zu bringen. Nun, den Spieß konnte er auch umdrehen.

Erneut zählte er die Zuckerwürfel. Es waren sechsundzwanzig – und jemand klopfte an die Tür.

Sie schwang nach innen auf, und Colon wirbelte um die eigene Achse. Boshafter Triumph glitzerte in seinen Augen.

»Ah-ha! Einfach so hereinplatzen, wie? Oh …«

Das »Oh« fügte Colon hinzu, als er sah, wer angeklopft hatte: Der Golem Obergefreiter Dorfl. Er war größer als die Tür und stark genug, um einen Troll in Stücke zu reißen. Von dieser Möglichkeit hatte er nie Gebrauch gemacht, weil er an bestimmten moralischen Grundsätzen festhielt. Wie dem auch sei: Selbst Colon schreckte davor zurück, mit jemandem zu streiten, der zwei rot glühende Löcher dort hatte, wo man die Augen vermutete. Gewöhnliche Golems taten Menschen nichts zu Leide, weil magische Worte in ihrem Kopf sie daran hinderten. Bei Dorfl fehlten diese Worte, doch er verzichtete trotzdem darauf, irgendjemandem ein Leid zuzufügen – er hielt so etwas einfach nicht für richtig. Diese Tatsache ließ genug Platz für den beunruhigenden Gedanken, dass er seine Meinung vielleicht änderte, wenn man ihn mit ausreichendem Nachdruck provozierte.

Neben dem Golem stand Obergefreiter Schuh und salutierte zackig.

»Wir sind gekommen, um die Soldzettel zu holen, Herr«, sagte er.

»Die was?«

»Die Soldzettel, Herr. Für den monatlichen Sold. Wir bringen sie zum Palast und kehren mit dem Sold zurück, Herr.«

»Davon weiß ich überhaupt nichts!«

»Ich habe sie gestern auf deinen Schreibtisch gelegt, Herr. Von Lord Vetinari unterschrieben, Herr.«

Colon konnte das kurze Flackern in seinen Augen nicht verbergen. Inzwischen hatte sich im Kamin ziemlich viel Asche angesammelt.

Schuh folgte dem Blick des amtierenden Hauptmanns.

»Ich habe nichts dergleichen gesehen«, sagte Colon. Die Farbe wich aus seinem Gesicht wie aus einem abgelutschten Eis am Stiel.

»Ich habe dir die Zettel ganz bestimmt auf den Schreibtisch gelegt«, fuhr Obergefreiter Schuh fort. »So etwas vergesse ich nicht, Herr. Ich erinnere mich deutlich daran, dass ich zum Obergefreiten Besuch sagte: ›Waschtopf, ich gehe jetzt und lege die …‹«

»Hör mal, ich bin ein sehr beschäftiger Mann, wie du siehst!«, schnappte Colon. »Lass die Sache von einem Feldwebel in Ordnung bringen!«

»Es gibt nur noch einen Feldwebel, Herr, und der heißt Feuerstein«, erwiderte Obergefreiter Schuh. »Er verbringt die ganze Zeit damit, umherzustapfen und die Leute zu fragen, was er tun soll. Wie dem auch sei, *Herr*: Es ist die Pflicht des vorgesetzten Offiziers, die Soldzettel zu unterschreiben und ...«

Colon stand auf, stützte die Fingerknöchel auf den Schreibtisch und beugte sich vor. »Ach, es ist meine *Pflicht*, wie? Ich *muss* irgendwelche Zettel unterschreiben? Was für eine Frechheit. Die meisten von euch können froh sein, dass ihnen jemand einen Job gibt! Zombies, Irre, Rasenschmuck und Felsen – solch ein Haufen seid ihr! Mir reicht's jetzt endgültig mit euch!«

Schuh wich ein wenig zurück, um nicht vom Speichelregen getroffen zu werden. »Ich fürchte, dann muss ich mich in dieser Sache an die Wächtergilde wenden, Herr.«

»Die Wächtergilde? Ha! Und seit wann gibt es eine Wächtergilde?«

»Keine Ahnung. Wie spät ist es jetzt?«, fragte Korporal Nobbs und schlenderte herein. »Es müssen mindestens zwei Stunden vergangen sein. Morgen, Hauptmann.«

»Was machst du hier, Nobby?«

»Für dich heißt es Herr Nobby, Hauptmann. Und ich bin Präsident der Wächtergilde, wenn du's genau wissen willst.«

»So eine verdammte Gilde gibt es überhaupt nicht!«

»Damit ist alles in Ordnung, Hauptmann. Beim Palast registriert und so. Und die Wächter hatten es erstaunlich eilig, Mitglied zu werden.« Er hob sein schmutziges Notizbuch hervor. »Ich möchte einige Dinge mit dir klären, wenn du ein wenig Zeit hast. Nun, ich spreche von *einigen* Dingen, aber ...«

»Das brauche ich mir nicht bieten zu lassen!«, donnerte Colon. Sein Gesicht glühte scharlachrot. »Das ist Hochverrat! Ihr seid alle gefeuert! Ihr ...«

»Wir streiken«, sagte Nobby ruhig.

»Ihr könnt nicht streiken, während ich euch entlasse!«

»Unsere Streikzentrale befindet sich im Hinterzimmer des *Eimers* in der Schimmerstraße«, sagte Nobby.

»He, das ist meine Kneipe! Ich verbiete euch, in meiner Stammkneipe zu streiken!«

»Du findest uns dort, wenn du mit Verhandlungen beginnen willst. Kommt, Brüder. Wir sind jetzt ganz offiziell im Ausstand.«

Sie marschierten hinaus.

»Kommt bloß nicht zurück!«, rief Colon ihnen nach.

Bums entsprach nicht Mumms Erwartungen. Eigentlich wusste er gar nicht, *was* er erwartet hatte, aber dies war es gewiss nicht.

Der Ort lag in einem schmalen Tal mit einem Fluss, der sich weißschäumend hindurchwand. Die Wehrwälle konnte man nicht mit denen von Ankh-Morpork vergleichen, die zuerst zu einem Hindernis für das Wachstum der Stadt wurden und dann zu einer Quelle für Baumaterial. Diese Wehrwälle hatten eine Innen- und eine Außenseite. Schlösser erhoben sich auf den Bergen. In dieser Gegend konnte man praktisch auf jedem Berg ein Schloss vorfinden. Und Tore bildeten Barrieren auf den Straßen.

Detritus klopfte an die Seite der Kutsche. Mumm sah aus dem Fenster.

»Da Leute sind auf der Straße«, sagte der Troll. »Sie spitze Dinger haben.«

Mumm blickte nach vorn und bemerkte sechs mit Hellebarden bewaffnete Wächter.

»Was wollen *die* denn?«, fragte er.

»Vermutlich möchten sie ebenfalls unsere Papiere überprüfen und die Kutsche durchsuchen«, sagte Inigo.

»Das mit den Papieren ist eine Sache«, brummte Mumm und stieg aus. »Aber niemand schnüffelt in unseren Sachen herum. Ich weiß, worum es den Burschen wirklich geht. Sie suchen nichts, sie wollen uns nur zeigen, wer hier der Boss ist. Du kommst mit und übersetzt für mich.« Er fügte hinzu: »Keine Sorge, ich werde mir alle Mühe geben, diplomatisch zu sein.«

Zwei Männer versperrten ihnen den Weg. Sie trugen Helme und hatten Waffen, aber ihre Uniformen entsprachen nicht dem, was Mumm für normal hielt. Seiner Ansicht nach sollten Wächter nicht in Rot, Blau und Gelb gekleidet sein. Solche Leute sah man schon von weitem. Mumm zog eine Uniform vor, in der man sich verstecken konnte.

Er holte seine Dienstmarke aus der Tasche, zeigte sie und trat den Männern mit einem freundlichen Lächeln entgegen.

»Wiederhole einfach nur, was ich sage, Herr Schaumlöffel.« Mumm hob die Stimme. »Hallo, Wächterkollegen, ich bin, wie ihr seht, Kommandeur M...«

Eine Klinge schwang herum. Sie hätte Mumm getroffen, wenn er nicht stehen geblieben wäre.

Inigo trat vor, den Lederkoffer bereits geöffnet. In der einen Hand hielt er mehrere beeindruckend aussehende Dokumente, die er mit mehreren sorgfältig formulierten Sätzen vorzeigte. Einer der Wächter nahm ein Dokument entgegen und starrte darauf hinab.

»Es ist eine bewusste Beleidigung«, sagte Inigo. Es gelang ihm, aus dem Mundwinkel zu sprechen, ohne dabei sein Lächeln zu verlieren. »Jemand möchte feststellen, wie du reagierst, mmph, mmhm.«

»Die Wächter?«

»Nein. Man beobachtet uns.«

Das Papier wurde zurückgereicht. Es folgte eine angespannte Konversation.

»Der Hauptmann der Wache erwähnte besondere Umstände und will die Kutsche durchsuchen«, sagte Inigo.

»Nein«, erwiderte Mumm und musterte das bleiche Gesicht des Hauptmanns. »Ich weiß, wann jemand Dumme Dussel spielt. Zu solchen Mitteln habe ich selbst mal gegriffen.«

Er deutete auf die Tür der Kutsche. »Siehst du das?«, fuhr er fort. »Sag ihm, das ist das Wappen von *Ankh-Morpork*. Die Kutsche kommt aus Ankh-Morpork und *gehört* Ankh-Morpork. Wenn diese Burschen sie anrühren, läuft das auf eine kriegerische Handlung Ankh-Morpork gegenüber hinaus. Teil ihm das mit.«

Mumm sah, wie sich der Hauptmann nervös die Lippen befeuchtete, als Inigo übersetzte. Ihm lag nichts an einer Auseinandersetzung dieser Art. Wahrscheinlich wünschte er sich nur einen ruhigen Tag am Tor. Doch jemand hatte ihm Befehle erteilt.

»Er meint, es täte ihm sehr Leid«, sagte Inigo. »Aber er muss sich an seine Anweisungen halten. Er bringt Verständnis dafür zum Ausdruck, dass sich Euer Gnaden vielleicht an höchster Stelle beschweren möchte, mmph, mmhm.«

Ein Wächter öffnete die Tür der Kutsche. Mumm stieß sie wieder zu.

»Sag ihm, dass der Krieg hier und heute beginnen wird«, brummte er. »Und anschließend arbeitet er sich nach oben vor.«

»Euer Gnaden!«

Die Wächter sahen zu Detritus. Es war recht schwer, den Friedensstifter lässig in der Hand zu halten, und der Troll machte nicht einmal einen entsprechenden Versuch.

Mumm wahrte Blickkontakt mit dem Hauptmann der Wache. Falls der Mann auch nur einen Funken Verstand hatte, so musste er erkennen: Wenn Detritus das Ding abfeuerte, würde er sie alle töten und die Kutsche mit hoher Geschwindigkeit in die Richtung zurückschicken, aus der sie gekommen war.

Hoffentlich ist er vernünftig genug zu wissen, wann man besser klein beigibt, dachte Mumm.

Die anderen Wächter flüsterten miteinander, und er glaubte, das Wort »Wilinus« zu hören.

Der Hauptmann trat zurück und salutierte. »Er entschuldigt sich für alle Unannehmlichkeiten, die er uns bereitet hat«, sagte Inigo. »Und er hofft, dass dir der Aufenthalt in seiner wunderschönen Stadt gefällt. Insbesondere empfiehlt er dir einen Besuch des Schokoladenmuseums am Prinz-Wodorni-Platz, wo seine Schwester arbeitet.«

Mumm salutierte ebenfalls. »Sag ihm, dass ich ihn für einen Offizier mit großer Zukunft halte«, sagte er. »Womit ich auch eine Zukunft meine, in der das verdammte Tor sehr bald geöffnet wird.«

Der Hauptmann nickte seinen Leuten zu, als Inigo erst die Hälfte übersetzt hatte. *Aha …*

»Und frag ihn nach seinem Namen«, fügte er hinzu. Der Mann war intelligent genug, erst nach vollständiger Übersetzung zu antworten.

»Hauptmann Tantony«, sagte Inigo.

»Ich werde ihn mir einprägen«, versprach Mumm. »Oh, und sag ihm, dass eine Fliege auf seiner Nase sitzt.«

Eins musste man Tantony lassen: Er verdrehte kaum die Augen. Mumm lächelte.

Was die Stadt betraf … Es war einfach nur ein Ort. Die Dächer waren steiler als in Ankh-Morpork, und man hatte einem Irren mit einer Laubsäge erlaubt, sich an der hölzernen Architektur auszutoben. Außerdem gab es hier mehr Farbe als daheim, was allerdings nicht viel bedeutete. So mancher Reicher war reich geworden, indem er in metaphorischer Hinsicht darauf verzichtete, sein Haus zu streichen.

Die Kutschen rollten über Kopfsteine. Es waren natürlich nicht die richtigen Kopfsteine – das merkte Mumm sofort.

Nach einer Weile hielten sie erneut, und wieder sah Mumm aus dem Fenster. Diesmal blockierten zwei verwahrlost wirkende Wächter die Straße.

»Ah, die beiden *erkenne* ich«, sagte Mumm grimmig. »Ich schätze, wir haben es mit Colonesk und Nobbski zu tun.«

Er stieg aus und trat den beiden Wächtern entgegen. »Nun?«

Der Dickere zögerte und streckte dann die Hand aus. »Piss«, sagte er.

»Inigo?«, fragte Mumm, ohne den Kopf zu drehen.

»Ah«, meinte Inigo nach einem Wortwechsel mit dem Mann. »Das Problem scheint jetzt Feldwebel Detritus zu betreffen. In diesem Teil der Stadt dürfen sich während der Stunden des Tageslichts nur Trolle aufhalten, die einen von ihrem … Eigentümer unterzeichneten Pass haben. Äh … die einzigen Trolle in Bums sind Kriegsgefangene. Sie müssen sich irgendwie identifizieren können.«

»Detritus ist ein Bürger von Ankh-Morpork und mein Feldwebel«, sagte Mumm.

»Und er *ist* auch ein Troll. Vielleicht solltest du um der Diplomatie willen eine kurze Notiz schreiben …«

»Brauche *ich* Pisse?«

»Einen Pass … nein, Euer Gnaden.«

»Dann braucht er ebenfalls keinen.«

»Trotzdem, Euer Gnaden …«

»In diesem Fall gibt es kein Trotzdem.«

»Aber es wäre ratsam …«

»Es gibt auch nichts Ratsameres.«

Einige weitere Wächter und Zivilisten näherten sich. Mumm fühlte die Blicke von Beobachtern.

»Er könnte mit Gewalt weggebracht werden«, warnte Inigo.

»Nun, *das* Experiment möchte ich auf keinen Fall versäumen«, erwiderte Mumm.

Detritus grollte. »Ich nichts dagegen habe umzukehren …«

»Sei still, Feldwebel. Du bist ein freier Troll. Das ist ein Befehl.«

Mumm sah kurz zu dem wachsenden, stummen Publikum. Und er bemerkte die Furcht in den Augen der Männer mit den Hellebarden. Ihnen widerstrebte diese Sache ebenso wie zuvor dem Hauptmann.

»Inigo«, begann er, »sag den Wächtern, dass der Botschafter von Ankh-Morpork ihren Eifer lobt, ihnen zu ihrem guten Kleidungsgeschmack gratuliert und dafür sorgen wird, dass ihre Anweisungen unverzüglich befolgt werden. Damit sollte die Sache geregelt sein.«

»Gewiss, Euer Gnaden.«

»Und jetz dreh die Kutsche, Detritus. Kommst du, Inigo?«

Inigos Gesichtsausdruck veränderte sich schnell.

»Vor etwa zehn Meilen sind wir an einem Gasthof vorbeigekommen«, fuhr Mumm vor. »Bis zum Einbruch der Dunkelheit sollten wir ihn erreichen können.«

»Aber das *darfst* du nicht, Euer Gnaden!«

Mumm drehte sich ganz langsam um. »Würdest du das bitte wiederholen, Herr Schaumlöffel?«

»Ich meine ...«

»Wir *verlassen* die Stadt, Herr Schaumlöffel. Es liegt natürlich ganz bei dir, ob du uns begleitest oder nicht.«

Mumm nahm wieder in der Kutsche Platz. Die ihm gegenüber sitzende Sybil ballte eine Faust. »Bravo!«

»Es tut mir Leid, Schatz«, sagte Mumm, als die Kutsche drehte. »Der Gasthof wirkte nicht besonders einladend.«

»Geschah ihnen ganz recht, den kleinen Rüpeln«, meinte Sybil. »Du hast es ihnen gezeigt.«

Mumm blickte nach draußen und bemerkte am Rand der Menge eine schwarze Kutsche mit dunklen Fenstern. In ihrem düsteren Innern zeichneten sich die Konturen einer Gestalt ab. Die verunsicherten Wächter sahen dorthin und schienen neue Anweisungen zu erwarten. Eine Hand winkte träge.

Mumm zählte stumm. Nach elf Sekunden erschien ein rennender Inigo neben der Kutsche und sprang aufs Trittbrett.

»Euer Gnaden, die Wächter handelten offenbar auf eigene Faust und werden bestraft ...«

»Nein, das stimmt nicht«, widersprach Mumm. »Ich habe ihnen in die Augen gesehen. Jemand hat ihnen einen *Befehl* gegeben.«

»Dennoch wäre es in diplomatischer Hinsicht eine gute Idee, die Erklärung zu akzep...«

»Damit die armen Burschen an ihren Daumen aufgehängt werden?«, fragte Mumm. »Nein. Kehr zurück und teil demjenigen, der die Befehle erteilt, Folgendes mit: Meine Leute können sich frei in dieser Stadt bewegen, und dabei spielt es nicht die geringste Rolle, wer sie sind und welche Gestalt sie haben.«

»Ich glaube nicht, dass du das *verlangen* kannst, Herr ...«

»Die Wächter trugen Waffen von Burlich-und-Starkimarm, Herr Schaumlöffel. In Ankh-Morpork hergestellt. Das gilt auch für die Soldaten am Tor. Handel, Herr Schaumlöffel. Darum geht es doch bei der Diplomatie, oder? Geh jetzt zurück und sprich mit der Person in der schwarzen Kutsche. Anschließend solltest du dir ein schnelles Pferd leihen, denn bis dahin haben wir sicher schon eine gute Strecke zurückgelegt.«

»Vielleicht könntest du warten ...«

»Käme mir nicht in den Sinn.«

Die Kutsche befand sich bereits außerhalb der Stadttore, als Schaumlöffel erneut zu ihr aufschloss.

»Deine Forderungen werden erfüllt, Herr«, schnaufte er, und für eine Sekunde zeigte sich in seinem Gesicht so etwas wie Bewunderung.

»Gut. Sag Detritus, er soll die Kutsche erneut drehen.«

»Du lächelst, Sam«, sagte Sybil, als sich Mumm zurücklehnte.

»Ich habe gerade gedacht, dass ich mich an das diplomatische Leben gewöhnen könnte«, erwiderte Mumm.

»Es gibt da noch eine andere Sache«, sagte Inigo und stieg ein. »Sie betrifft ein ... historisches Artefakt, das den Zwergen gehört. Nach einem Gerücht ...«

»Wann wurde die Steinsemmel gestohlen?«

Inigos Mund blieb offen. Nach einigen Sekunden schloss er ihn und kniff die Augen zusammen.

»Woher in aller *Welt* weißt du davon, Euer Gnaden? Mmph?«

»Ich habe mir in den Daumen gekniffen«, antwortete Mumm mit ausdrucksloser Miene. »Ich habe sehr seltsame Daumen.«

»Tatsächlich?«

»Oh, ja.«

Hunde hatten ein viel leichteres Sexleben als Menschen, fand Gaspode. Darüber konnte er sich freuen, wenn es ihm jemals gelang, eins zu bekommen.

Hier würden sich derartige Hoffnungen bestimmt nicht erfüllen, so viel stand fest. Die Wölfinnen schnappten nach ihm, wenn er ihnen zu nahe kam, und das waren nicht nur Warnungen. Er musste sehr vorsichtig sein.

Einer der seltsamsten Aspekte des menschlichen Sex bestand darin, dass er auch dann eine große Rolle spielte, wenn die Leute voll angezogen waren und sich an einem Feuer gegenübersaßen. Der Sex kam in dem zum Ausdruck, was die betreffenden Personen sagten und worüber sie schwiegen, wie sie sich ansahen und wann sie den Blick abwandten.

Im Verlauf der Nacht hatten die Rudel gewechselt. Die Berge waren jetzt höher, der Schnee frischer. Die meisten Wölfe wahrten einen gewissen Abstand zu dem Feuer, das Karotte angezündet hatte. Sie hielten sich fern genug, um zu betonen, dass sie sehr stolze und wilde Geschöpfe waren, die so etwas nicht nötig hatten. Gleichzeitig blieben sie den Flammen nahe genug, um ihre Wärme zu spüren.

Gavin saß abseits der anderen. Sein aufmerksamer Blick wanderte zwischen Angua und Karotte hin und her.

»Gavins Verwandte *hassen* meine Familie«, sagte Angua. »Ich habe bereits betont, dass die Wölfe immer leiden, wenn Werwölfe zu mächtig werden. Werwölfe können Jägern leichter entkommen. Deshalb sind Wölfen Vampire lieber. Vampire lassen sie in Ruhe. Manchmal machen Werwölfe auf Wölfe *Jagd.*«

»Das wundert mich«, erwiderte Karotte.

Angua zuckte mit den Schultern. »Warum? Sie jagen auch Menschen. Wir sind keine netten Leute, Karotte. Ganz im Gegenteil: Wir sind schrecklich. Doch mein Bruder Wolfgang ist etwas *Besonderes*. Vater hat Angst vor ihm, und Mutter ebenfalls, obwohl sie es nicht zugibt. Aber sie glaubt, er gibt dem Clan zusätzliche Macht, und deshalb ist sie nachsichtig mit ihm. Er hat meinen anderen Bruder vertrieben und meine Schwester umgebracht.«

»Wie ...?«

»Er *behauptet*, es sei ein Unfall gewesen. Arme kleine Elsa. Sie war ein Yennork, so wie auch Andrei. So nennt man einen Werwolf, der seine Gestalt nicht wechseln kann. Bestimmt habe ich das schon einmal erwähnt. Meine Familie bringt gelegentlich Yennorks hervor. Nur Wolfgang und ich sind Werwölfe im klassischen Sinne. Elsa wirkte die ganze Zeit über wie ein Mensch, selbst bei Vollmond, und Andrei blieb immer ein Wolf.«

»Du meinst, du hattest eine menschliche Schwester und einen Wolfsbruder?«

»*Nein*, Karotte. Beide waren *Werwölfe.* Aber der ... nun, der kleine Schalter in ihnen funktionierte nicht. Verstehst du? Sie blieben in einer Gestalt gefangen. Früher hat der Clan einen Yennork sofort getötet, und Wolfgang hält an den Traditionen fest, wenn sie grässliche Dinge betreffen. Er meint, ihm ginge es um die Reinheit des Blutes. Weißt du, Yennorks leben als vermeintliche Menschen oder Wölfe, aber es steckt nach wie vor ein Werwolf in ihnen, und irgendwann heiraten sie und haben Kinder, oder Junge, und ... Nun, auf solche Geschöpfe gehen die Ungeheuer aus Märchen zurück. Menschen, in denen ein Wolf auf der Lauer liegt. Und Wölfe mit einem für Menschen typischen Hang zu Gewalt und Grausamkeit.« Angua seufzte und blickte kurz zu Gavin. »Aber Elsa war harmlos. Danach wartete Andrei nicht darauf, dass es ihm ebenso erging. Er arbeitet jetzt als Schäferhund drüben in Borograwien. Es geht ihm gut, soweit ich weiß. Gewinnt Meisterschaften und so«, fügte sie verdrießlich hinzu.

Einige Sekunden stocherte sie ziellos im Feuer. »Wolfgang muss aufgehalten werden. Er heckt irgendetwas aus, zusammen mit einigen Zwergen. Sie treffen sich heimlich im Wald, meint Gavin.«

»Für einen Wolf scheint er sehr gut informiert zu sein«, kommentierte Karotte.

Angua knurrte fast. »Er ist alles andere als dumm«, sagte sie.

»Mehr als achthundert Worte versteht er. Viele Menschen beschränken sich auf weitaus weniger! *Und* er hat einen Geruchssinn, der fast so gut ist wie meiner! Die Wölfe sehen alles. Die Werwölfe sind jetzt dauernd unterwegs und jagen Menschen. Wir sprechen von einem ›Spiel‹. Die Wölfe bekommen die Schuld. Alles deutet darauf hin, dass die Vereinbarung gebrochen wird. Und es haben Treffen stattgefunden, im Wald, wo sie sich unbeobachtet glaubten. Es heißt, gewisse Zwerge hätten einen scheußlichen Plan entwickelt. Sie haben Wolfgang um Hilfe gebeten! Genauso gut könnte man einen Geier auffordern, einem die Zähne zu reinigen.«

»Was kannst du unternehmen?«, fragte Karotte. »Wenn nicht einmal deine Eltern fähig sind, ihn zu kontrollieren ...«

»Früher kämpften wir oft gegeneinander. Er nannte es ›Balgerei‹. Dabei habe ich häufig gewonnen. Wolfgang verabscheut die Vorstellung, dass es eine Person gibt, die ihn schlagen kann. Deshalb freut es ihn bestimmt nicht, dass ich zurückkehre. Er hat etwas vor. Dieser Teil von Überwald hat immer gut funktioniert, weil niemand zu viel Macht angehäuft hat. Aber wenn sich die Zwerge untereinander streiten, versucht Wolfgang bestimmt, mit seinen dummen Uniformen und seiner dummen Fahne davon zu profitieren.«

»Mir liegt nichts daran, euch kämpfen zu sehen.«

»Dann sieh woanders hin! Ich habe dich nicht darum gebeten, mir zu folgen! Glaubst du etwa, ich wäre stolz darauf? Ich habe einen Bruder, der als Schäferhund arbeitet!«

»Er gewinnt Meisterschaften«, sagte Karotte ernst.

Gaspode beobachtete Anguas Gesichtsausdruck. Eine solche Miene bekam man bei Hunden nie zu sehen.

»Du meinst das wirklich ernst«, sagte sie schließlich. »Ja, du meinst es wirklich so. Und bei einer Begegnung mit ihm würdest du keinen Anstoß daran nehmen. Für dich ist jeder eine Person. Sieben Nächte pro Monat schlafe ich in einem Hundekorb, aber das stört dich überhaupt nicht, oder?«

»Nein. Du weißt, dass es mich nicht stört.«

»Aber das sollte es! Frag mich nicht nach dem Grund. Ich weiß nur, dass du deshalb beunruhigt sein solltest. Du bist so ... unvorstellbar *nett*! Und früher oder später kann einem selbst Nettigkeit zu viel werden.«

»Ich v*ersuche* nicht, nett zu sein.«

»Ich weiß, ich weiß. Ich wünschte nur, du ... Oh, ich weiß nicht. Vielleicht solltest du dich gelegentlich ein wenig beklagen. Nun, nicht direkt *beklagen*. Nur seufzen oder so.«

»Warum?«

»Weil ... weil ich mich dadurch besser fühlen würde! Oh, es ist so schwer zu erklären. Vermutlich hat es etwas mit der Werwolfsnatur zu tun.«

»Es tut mir Leid ...«

»Und sag nicht dauernd, dass es dir Leid tut!«

Gaspode rollte sich so dicht am Feuer zusammen, dass er dampfte. Hunde hatten es viel besser, dachte er.

Das Gebäude der Botschaft Ankh-Morporks lag in einer ruhigen Nebenstraße. Sie passierten einen Torbogen und erreichten einen Hof mit Ställen. Mumm fühlte sich an einen großen, für Kutschen bestimmten Gasthof erinnert.

»Derzeit ist es nur ein Konsulat«, sagte Inigo und blätterte in seinen Unterlagen. »In Empfang nehmen sollte uns hier ein gewisser ... Wando Müde. Lebt schon seit einigen Jahren hier, mhm.«

Hinter den Kutschen schwangen zwei Torflügel zu. Bestimmte Geräusche verrieten, dass schwere Riegel vorgeschoben wurden. Mumm starrte zu der Gestalt, die nun in Richtung Kutschentür humpelte.

»Sieht ganz danach aus«, sagte er.

»Oh, ich glaube, *das* ist nicht ...«

»Guten Abend, Herr und Herrin«, sagte die Gestalt. »Willkommen in Ankh-Morpork. Ich bin Igor.«

»Igor wer?«, fragte Inigo.

»Einfach nur Igor«, sagte Igor ruhig und klappte die Treppe auseinander. »Ef heift einfach nur Igor. Ich bin hier fofufagen daf Mädchen für allef.«

»Tatsächlich?«, erwiderte Mumm fasziniert.

»Hattest du vielleicht einen schrecklichen Unfall?«, fragte Lady Sybil.

»Heute Morgen habe ich mir Tee auff Hemd geschüttet«, sagte Igor. »Sehr freundlich von dir, daf zu bemerken.«

»Wo ist Herr Müde?«, fragte Inigo.

»Ich fürchte, von Herrn Müde fehlt jede Fpur. Ich hatte gehofft, von euch fu erfahren, waf mit ihm geschehen ift.«

»Von uns?«, erwiderte Inigo. »Mmhm, mmph! Wir dachten, ihn hier anzutreffen!«

»Vor fwei Wochen brach er in aller Eile auf«, sagte Igor. »Er hatte nicht die Güte, mir anfuvertrauen, wohin er wollte. Tretet ein; ich kümmere mich um daf Gepäck.«

Mumm sah nach oben. Es schneite leicht, doch es gab noch genug Tageslicht, um den Maschendraht zu erkennen, der den ganzen Hof überspannte. Zusammen mit dem verriegelten Tor und den Mauern des Gebäudes ergab dies eine Art Käfig.

»Ein kleinef Überbleibfel auf der alten Feit«, sagte Igor fröhlich. »Macht euch defhalb keine Forgen.«

»Ein Bild von einem Mann«, sagte Sybil vorsichtig, als sie das Gebäude betraten.

»Von mehreren, wie es scheint.«

»Sam!«

»Entschuldige. Ich bin sicher, er hat das Herz an der richtigen Stelle.«

»Gut.«

»Auch wenn es vielleicht nicht sein eigenes ist.«

»Ich bitte dich, Sam!«

»Schon gut, schon gut. Aber du musst zugeben, dass er ein wenig … seltsam aussieht.«

»Niemand von uns kann etwas an der eigenen Beschaffenheit ändern, Sam.«

»Er scheint es ziemlich hingebungsvoll versucht zu haben. Meine Güte ...«

»Lieber Himmel«, sagte Lady Sybil.

Mumm war nicht gegen die Jagd, wenn auch nur deshalb, weil Ankh-Morpork kaum besseres Wild zu bieten hatte als die großen Ratten am Fluss, bei denen selbst der leidenschaftlichste Jäger nach Luft geschnappt und »Ist das zu fassen?«, gehaucht hätte.

Der frühere Bewohner dieses Hauses schien nicht nur von der Jagd begeistert gewesen zu sein, sondern auch vom Schießen und Angeln. Die Anzahl der Trophäen an den Wänden deutete darauf hin, dass er diesen drei Aktivitäten gleichzeitig nachgegangen war.

Hunderte von Glasaugen starrten zu Mumm herab, und das Feuer im großen Kamin ließ sie gespenstisch lebendig erscheinen.

»So war's auch im Arbeitszimmer meines Großvaters«, sagte Lady Sybil. »Der Kopf des Hirschs jagte mir große Angst ein.«

»Hier ist praktisch jede Spezies vertreten. O nein ...«

»Bei den Göttern«, flüsterte Lady Sybil.

Mumm sah sich erschrocken um. Detritus kam gerade mit einigen Koffern herein.

»Stell dich davor!«, forderte Mumm seine Frau leise auf.

»Ich bin nicht so groß, Sam! Und auch nicht so breit!«

Der Troll sah sie an, blickte dann zu den Trophäen und lächelte. Es ist kälter hier, dachte Mumm. Deshalb begreift er schneller.* Selbst Nobby vermeidet es im Winter, mit ihm zu pokern. Verdammt!

»Stimmt was nicht?«, fragte Detritus.

Mumm seufzte. Welchen Sinn hatte es, so etwas verbergen zu wollen? Früher oder später kam Detritus doch dahinter.

»Ich bedauere dies sehr«, sagte er und trat beiseite.

* Detritus' auf Silizium basierendes Gehirn reagierte wie das der meisten Trolle sehr empfindlich auf Temperaturveränderungen. Wenn es kalt wurde, konnte er gefährlich intellektuell sein.

Detritus betrachtete die grässliche Trophäe und nickte.

»Ja, früher das recht häufig geschah«, meinte er ruhig und stellte die Koffer ab. »Natürlich das nicht sind die echten Diamantzähne. Man sie fortnahm und durch welche aus Glas ersetzte.«

»Es macht dir überhaupt nichts aus?«, fragte Lady Sybil. »Es ist ein Trollkopf! Jemand war so dreist, einen Trollkopf zu präparieren und an die Wand zu hängen!«

»Es nicht meiner sein«, sagte Detritus.

»Aber es ist *schrecklich*!«

Detritus überlegte kurz und öffnete dann seinen fleckigen Holzkasten – er enthielt alle Dinge, die er für wichtig genug gehalten hatte, um sie mitzunehmen.

»Wir sind hier im alten Land«, sagte er. »Wenn ihr euch dadurch besser fühlt …«

Er holte einen kleineren Kasten hervor und kramte zwischen Objekten, die nach Steinen und Stofffetzen aussahen. Schließlich fand er einen gelblich braunen, runden Gegenstand, der wie eine flache Tasse aussah.

»Hätte es längst wegwerfen sollen«, meinte der Troll. »Aber nur dies mich erinnert an meine Oma. Sie darin aufbewahrte Dinge.«

»Es ist Teil eines menschlichen Schädels, nicht wahr?«, fragte Mumm.

»Ja.«

»Wessen?«

»Hat jemand gefragt den Troll *hier* nach seinem Namen?«, erwiderte Detritus, und dabei klang seine Stimme ein wenig schärfer. Dann legte er die Schale vorsichtig beiseite. »Damals alles anders war. Heute ihr nicht mehr abschlagt uns den Kopf, und wir verzichten darauf, herzustellen Trommeln aus eurer Haut. Heute alles in Butter ist, und so ich es besser finde.«

Er griff nach den Kästen und folgte Lady Sybil zur Treppe. Mumm sah noch einmal zu der Trophäe. Die Zähne *waren* länger, viel länger als bei einem echten Troll. Ein Jäger musste sehr tapfer sein und viel Glück haben, um gegen ein solches Geschöpf zu kämpfen und zu überleben. Viel einfacher würde es sein, einen alten Troll zu töten und anschließend die abgenutzten Zahnstummel durch funkelnde Reißzähne zu ersetzen.

Bei den Göttern, wozu wir fähig sind, dachte Mumm.

»Igor?«, fragte er, als das Mädchen für alles zwei weitere Koffer vorbeischleppte.

»Ja, Euer Ekfellenf?«

»Ich bin eine Exzellenz?«, wandte sich Mumm an Inigo.

»Ja, Euer Gnaden.«

»Und außerdem auch noch Euer Gnaden?«

»Ja, Euer Gnaden. Du bist seine Gnaden und seine Exzellenz, der Herzog von Ankh, Kommandeur Sir Samuel Mumm, Euer Gnaden.«

»Augenblick, warte mal. Ich weiß, dass ›Seine Gnaden‹ das ›Sir‹ aufhebt. Es ist wie mit einem Ass beim Pokern.«

»Im Grunde genommen hast du Recht, Euer Gnaden, aber hier legt man großen Wert auf Titel, und deshalb sollte man alle Trümpfe ausspielen.«

»Während meiner Schulzeit bin ich einmal Tafelwart gewesen, und zwar mehrere Monate lang. Lässt sich damit etwas anfangen? Lehrerin Windig meinte, niemand könnte die Tafel so gut putzen wie ich.«

»Ein nützlicher Hinweis«, entgegnete Inigo mit ausdrucksloser Miene. »Darauf könnten wir im Notfall zurückgreifen.«

»Unf Igorf war immer ›Herr‹ am liebften«, sagte Igor. »Wie kann ich zu Dienften sein?«

Mumm deutete auf die Trophäen an der Wand.

»Ich möchte, dass sie so schnell wie möglich abgenommen werden. Das kann ich doch verlangen, Herr Schaumlöffel, oder?«

»Du bist der Botschafter, Herr. Mmph, mmhm.«

»Nun, die Dinger verschwinden von der Wand. Und zwar alle.«

Igor bedachte die nach Kampfer riechende Trophäenmenge mit einem besorgten Blick. »Auch der Schwertfisch?«

»Auch der Schwertfisch«, sagte Mumm fest.

»Und der Schneeleopard?«

»Beide, ja.«

»Und der Troll?«

»*Vor allem* der Troll. Kümmere dich darum.«

Igor erweckte jetzt den Eindruck, als wäre die an seine Ohren grenzende Welt eingestürzt. Allerdings schien das sein normales Aussehen zu sein.

»Waf foll ich mit ihnen machen, Herr?«

»Das liegt bei dir. Wirf sie von mir aus in den Fluss. Frag Detritus nach dem Troll ... Vielleicht sollte er beerdigt werden oder so. Was gibt es zum Abendessen?«

»Wir haben frischen Walago*, Noggi**, Fclot***, Würftchen und Schweinefleisch«, antwortete Igor, den die Sache mit den Trophäen aus der Fassung gebracht hatte. »Ich gehe morgen einkaufen, wenn mir die Lady Anweifungen gibt.«

»Ist mit Schweinefleisch Schinken gemeint?«, fragte Mumm.

»Fo ungefähr«, erwiderte Igor.

»Und was ist in den Würstchen?«

»Äh ... Fleisch?«, fragte Igor und schien bereit, die Flucht zu ergreifen.

»Gut. Wir probieren sie.«

Mumm ging nach oben, folgte dem Geräusch der Stimmen und betrat ein Schlafzimmer, in dem Sybil Kleidung auf ein Bett legte, das so groß war wie ein kleines Land. Grinsi half ihr.

Die Wände waren vertäfelt, und am Holz des Bettes hatte sich der Irre mit der Laubsäuge ausgetobt. Nur der Boden bestand nicht aus Holz, sondern aus Stein. Kälte ging davon aus.

»Hier sieht's ein bisschen wie im Innern einer Kuckucksuhr aus, nicht wahr?«, meinte Sybil. »Grinsi hat sich dazu bereit erklärt, meine Zofe zu sein.«

* Eine Art Feingebäck aus Gardinen.

** Buchweizenknödel mit was drin.

*** Aus Pastinaken gebackenes Brot. Es soll wesentlich schmackhafter sein als langweiliges Weizenbrot.

Grinsi salutierte.

»Warum nicht?«, fragte Mumm. Nach einem solchen Tag erschien ihm eine Kammerzofe mit einem langen Bart vollkommen normal.

»Die Böden in diesem Gebäude sind ein wenig kalt. Morgen nehme ich Maß für Teppiche«, sagte Sybil fest. »Ich weiß, dass wir nicht lange hier bleiben, aber wir sollten unseren Nachfolgern etwas Ordentliches hinterlassen.«

»Ja, Schatz. Das ist sicher eine gute Idee.«

»Dort geht's zum Bad«, fuhr Sybil fort und deutete in die entsprechende Richtung. »Offenbar gibt es heiße Quellen in der Nähe, und das Wasser wird hierher geleitet. Nach einem heißen Bad fühlst du dich bestimmt besser.«

Zehn Minuten später schloss sich Mumm der Meinung seiner Frau an. Das Wasser hatte eine seltsame Farbe und einen Geruch, wie man ihn unter anderem von faulen Eiern erwartete, aber es war heiß, und Mumm spürte, wie die Anspannung aus seinen Muskeln wich.

Das nicht sehr angenehme Aroma von halb verdauten Bohnen umgab ihn, als er sich zurücklehnte und ins Wasser sinken ließ. Am anderen Ende der großen Wange schwamm der Bimsstein, mit dem er sich die Füße abgekratzt hatte. Er beobachtete ihn, ohne ihn bewusst wahrzunehmen, während er die Gedanken dieses Tages ordnete.

Die Dinge begannen *tatsächlich* zu stinken, so wie das Badewasser. Die Steinsemmel war gestohlen. Na so ein Zufall …

Es war ein Schuss ins Blaue gewesen, aber in letzter Zeit erwies er sich als erstaunlich treffsicher. Jemand hatte die Nachbildung der Steinsemmel geklaut, und *dann* verschwand auch das Original. Und in Ankh-Morpork war jemand ermordet worden, der Gussformen benutzte, um Dinge aus Gummi herzustellen. Man brauchte nicht die Intelligenz von Detritus in einer Schneewehe, um eine Verbindung zu erkennen.

Eine Erinnerung nagte an Mumm. Jemand hatte etwas gesagt,

das ihm zu jenem Zeitpunkt seltsam erschienen war, doch dann hatten ihn andere Ereignisse davon abgelenkt. Es ging um ... ein Willkommen in Bums. Allerdings ...

Nun, jetzt befand er sich hier. Daran konnte kein Zweifel bestehen.

Eine absolute Bestätigung dieser Tatsache erhielt er eine halbe Stunde später beim Abendessen.

Mumm schnitt in ein Würstchen und riss die Augen auf. »Was ist *das* denn?«, fragte er. »Ich meine, all dieser rosarote Kram ... Was hat es damit auf sich?«

»Äh, es ist Fleisch, Euer Gnaden«, sagte Inigo, der auf der anderen Seite des Tisches saß.

»Nun, wo ist die Textur? Wo sind die weißen Teile und die gelben und die grünen, von denen man hofft, dass es Kräuter sind?«

»Ein hiesiger Kenner, Euer Gnaden, würde das, was in Ankh-Morpork als Würstchen gilt, nicht für richtige Würstchen halten, mmph, mmhm.«

»Ach? Und wovon würde er sprechen?«

»Vielleicht von Brot, Euer Gnaden. Oder von Holz in Wurstform. Hier kann ein Metzger gehängt werden, wenn seine Würstchen nicht ganz aus Fleisch bestehen. Außerdem muss das Fleisch von einem domestizierten Tier stammen, dessen Name bekannt ist. Und er sollte nicht ›Miezi‹ oder ›Fiffi‹ lauten, möchte ich hinzufügen, mmm, mmhm. Wenn Euer Gnaden den unverfälschten Geschmack der Spezialitäten von Ankh-Morpork bevorzugt, so sollte Igor eigentlich fähig sein, Mahlzeiten aus altem Brot und Sägemehl zuzubereiten.«

»Danke für deinen patriotischen Kommentar«, sagte Mumm. »Nun, ich schätze, hiermit ist alles ... in Ordnung. Die Würstchen waren nur eine große Überraschung. Nein!«

Er hielt die Hand über den Krug, um zu verhindern, dass Igor ihn mit Bier füllte.

»Ftimmt etwaf nicht, Herr.«

»Nur Wasser, bitte«, sagte Mumm. »Kein Bier.«

»Der Herr trinkt kein … Bier?«

»Nein. Und wie wär's mit einem Krug ohne Gesicht?« Er sah sich den Humpen genauer an. »Wozu dient der Deckel?«

»In dieser Beziehung bin ich mir nicht ganz sicher«, sagte Inigo, als Igor fortschlurfte. »Aufgrund meiner Beobachtungen vermute ich, dass der Deckel ein Verschütten des Biers verhindern soll, wenn man den Humpen beim Singen hin und her schwingt, mmm, mhm.«

»Ach, das alte Problem beim Zechen«, erwiderte Mumm. »Wirklich schlau.«

Sybil klopfte ihm aufs Knie. »Du bist nicht mehr in Ankh-Morpork, mein Lieber.«

»Da wir jetzt allein sind, Euer Gnaden …«, sagte Inigo und beugte sich vor. »Ich mache mir große Sorgen um Herrn Müde. Der Konsul, erinnerst du dich? Er scheint sich in Luft aufgelöst zu haben, mmm, mhm. Und einige seiner persönlichen Sachen sind ebenfalls verschwunden.«

»Urlaub?«

»Nicht in der gegenwärtigen Situation, Herr! Und …«

Holz pochte auf Holz, als Igor wieder hereinkam und demonstrativ eine Trittleiter trug. Inigo lehnte sich zurück.

Mumm stellte fest, dass er gähnte. »Wir sollten morgen darüber reden«, sagte er, als die Leiter in Richtung der grässlichen Trophäen gezogen wurde. »Ein langer und recht ereignisreicher Tag liegt hinter uns.«

»Wie du wünschst, Euer Gnaden.«

Die Matratze des Bettes war so weich, dass sich Mumm ganz vorsichtig hineinsinken ließ – er befürchtete, dass sie sich vielleicht über ihm schloss. Was das Kopfkissen betraf … Nun, jeder wusste, dass ein Kissen nichts weiter war als ein mit Federn gefüllter Beutel. In diesem Fall schien es bestrebt zu sein, zu einer Daunendecke zu werden.

»Falte es einfach zusammen, Sam«, erklang Sybils Stimme aus den Tiefen ihrer Matratze. »Gute Nacht.«

»Gute Nacht.«

»Sam …?«

Sam Mumm schnarchte leise. Sybil seufzte und drehte sich auf die Seite.

Mumm erwachte mehrmals, als es unten pochte.

»Die Schneeleoparden«, murmelte er und schlief wieder ein.

Es krachte lauter.

»Elentier«, flüsterte Lady Sybil.

»Elch?«, fragte Mumm.

»Eindeutig das Elentier.«

Irgendwann später ertönte ein gedämpfter Schrei, gefolgt von einem Pochen und einem anderen Geräusch: Es klang nach einem großen Holzlineal, das jemand an einen Schreibtisch hielt, nach hinten bog und dann zurückklatschen ließ.

»Der Schwertfisch«, sagten Sam und Sybil wie aus einem Mund, um anschließend wieder einzuschlafen.

»Du sollst deine Papiere den Herrschern von Bums vorlegen«, sagte Inigo am nächsten Morgen.

Mumm blickte aus dem Fenster. Zwei Wächter in bunten Uniformen standen vor der Botschaft Wache.

»Was *machen* sie da?«, fragte er.

»Sie halten Wache«, antwortete Inigo.

»Und *was* bewachen sie vor *wem*?«

»Ich schätze, es ist ganz allgemeines Wachehalten, mmph. Das gibt wichtigen Gebäuden gewissermaßen den letzten Schliff.«

»Welche Papiere hast du eben gemeint?«

»Die offiziellen Briefe von Lord Vetinari, die deine Berufung zum Botschafter bestätigen. Mmph, mmm … Die hiesigen Machtstrukturen sind recht komplex, doch derzeit sieht die Reihenfolge so aus: der zukünftige Niedere König, Lady Margolotta und der Baron von Überwald. Jeder von ihnen wird sich so verhalten, als würdest du nicht auch bei den beiden anderen vorstellig. Man spricht in diesem Zusammenhang von der ›Vereinbarung‹. Es ist ein ziemlich kompliziertes System, aber bisher hat es den Frieden bewahrt.«

»Wenn ich dich richtig verstanden habe«, sagte Mumm und beobachtete noch immer die beiden Wächter, »so herrschten früher die Werwölfe und Vampire über Überwald, und alle anderen waren Nahrung.«

»Das ist eine vereinfachte Darstellung, die aber im Großen und Ganzen stimmt, mhm«, bestätigte Inigo und klopfte Staub von Mumms Schulter.

»Doch dann veränderte sich etwas, und die Macht der Zwerge nahm zu, denn Überwald ist vom einen Ende bis zum anderen voller Zwerge, und sie bleiben untereinander in Kontakt ...«

»Ihr System übersteht politischen Aufruhr, ja.«

»Und dann ... Wie hieß es noch? Die Reichsnacht der Käfer?«

»Die Reichsnacht der Würmer, mmm. Mit diesen Worten ist ein Treffen an einem wichtigen Ort weiter flussaufwärts gemeint – er ist berühmt für seine aus Flachs gebackenen Kuchen. Bei der Gelegenheit wurde eine ... Vereinbarung getroffen. Niemand durfte mehr Krieg gegen die anderen führen; alle sollten in Frieden leben können. Der Anbau von Knoblauch wurde ebenso verboten wie die Förderung von Silber. Die Werwölfe und Vampire versprachen, dass solche Dinge nicht mehr notwendig sein würden. Mmm, mmm.«

»So etwas erfordert viel Vertrauen«, kommentierte Mumm.

»Aber es scheint geklappt zu haben, mhm.«

»Was hielten die Menschen davon?«

»Nun, Menschen sind kaum mehr als Hintergrundrauschen in der Geschichte von Überwald gewesen, Euer Gnaden.«

»Für die Untoten muss es recht langweilig sein.«

»Oh, die Intelligenten von ihnen wissen, dass sie nicht zur guten alten Zeit zurückkehren können.«

»Ah, ja, darauf läuft es letztendlich hinaus. Der Trick ist immer, die Intelligenten zu finden.« Mumm setzte seinen Helm auf. »Und die Zwerge?«

»Der zukünftige Niedere König gilt als sehr clever, Euer Gnaden. Mhm.«

»Welche Einstellung hat er gegenüber Ankh-Morpork?«

»Er könnte sich die Stadt nehmen oder sie in Ruhe lassen. Ich glaube, er mag uns nicht besonders.«

»Ich dachte, Albrecht wäre derjenige, der uns nicht mag.«

»Nein, Euer Gnaden. Albrecht ist derjenige, der Ankh-Morpork am liebsten niederbrennen würde. Rhys wünscht sich nur, dass wir nicht existieren.«

»Und ich dachte, er gehört zu den guten Jungs!«

»Euer Gnaden, auf dem Weg hierher habe ich von dir einige negative Bemerkungen über Ankh-Morpork gehört, mhm, mhm.«

»Ja, aber ich *lebe* dort! Ich *darf* Schlechtes über die Stadt sagen! Bei mir ist das *patriotisch*!«

»In den verschiedenen Regionen der Scheibenwelt scheint es unterschiedliche Definitionen für ›gute Jungs‹ zu geben, und nicht alle von ihnen sind gleichbedeutend mit ›Ich mag Ankh-Morpork‹, Euer Gnaden. Nun, die beiden anderen Personen dürften kein großes Problem darstellen. Es mag Lady Margolotta gewesen sein, die für die Sache mit den Wächtern gestern Abend verantwortlich war. Auf jeden Fall hat sie mich aufgefordert, dich zurückzuholen. Sie hat dich zu einem Drink eingeladen.«

»Oh.«

»Sie ist ein Vampir, mmm, mmm.«

»*Was*?«

Inigo seufzte. »Ich dachte, du hättest das verstanden, Euer Gnaden. Vampire sind schlicht und einfach Teil von Überwald. Sie gehören hierher. Ich fürchte, damit wirst du dich abfinden müssen. Soweit ich weiß, bekommen sie ihr Blut inzwischen aufgrund von ... Vereinbarungen. Bestimmte Leute lassen sich von ... Titeln beeindrucken, Euer Gnaden.«

»Meine Güte.«

»In der Tat. Nun, dir droht keine Gefahr. Denk an deine diplomatische Immunität, mmm, mhm.«

»Beim Wilinus-Pass hat sie mir nicht viel genützt.«

»Oh, das waren gewöhnliche Räuber.«

»Ach? Ist der Konsul Müde wieder aufgetaucht? Hast du die hiesige Wache auf sein Verschwinden hingewiesen?«

»Es gibt hier keine Wache in dem Sinne. Du hast sie gesehen. Es sind ... Torwächter und Soldaten, die die Anweisungen der lokalen Machthaber ausführen, mhm, mmm. Ihre Aufgabe besteht nicht darin, dem Gesetz Genüge zu verschaffen. Wie dem auch sei: Ermittlungen sind eingeleitet.«

»Kommt Sybil mit?«, fragte Mumm und dachte: Auch wir waren einmal solche Wächter, vor nicht allzu langer Zeit ...

»Für gewöhnlich wird der Botschafter nur von seiner Leibgarde begleitet, wenn er sich vorstellt.«

»Dann bleibt Detritus hier, um für ihre Sicherheit zu sorgen. Heute Morgen meinte sie, dass dieses Haus unbedingt Teppiche braucht, und niemand kann sie aufhalten, wenn sie Maß nehmen will. Ich nehme Grinsi und einen der Wächter vor dem Gebäude mit. Ich vermute, du gehörst ebenfalls zu meiner Gruppe.«

»Meine Anwesenheit ist nicht erforderlich. Mmm. Der neue Kutscher kennt den Weg, und Morporkianisch ist immerhin die Diplomatensprache. Ich nutze die Gelegenheit für ... Nachforschungen.«

»Delikater Natur?«

»Ja, Euer Gnaden.«

»Wenn der Konsul getötet wurde ... Käme das nicht einer Kriegserklärung gleich?«

»Ja und nein, Euer Gnaden.«

»Wie bitte? Müde war ... *ist* unser Mann!«

Inigo wirkte verlegen. »Es kommt darauf an, wo er sich aufhielt und ... in welche Aktivitäten er verwickelt war ...«

Mumm musterte ihn verwirrt. Dann fiel der Groschen und ließ sein Gehirn wieder funktionieren. »Spionage?«

»Informationsgewinnung. Alle sind damit beschäftigt, mmm, mhm.«

»Ja, aber wenn man einen Diplomaten dabei ertappt, dass er zu weit geht, schickt man ihn mit einem Beschwerdebrief heim.«

»Am Runden Meer vielleicht, Euer Gnaden, aber hier reagiert man anders auf solche Dinge.«

»Mit spitzeren Dingen als mit Beschwerdebriefen?«

»Genau. Mmm.«

Einer der Wächter war Hauptmann Tantony. Das ergab gewisse Schwierigkeiten, doch das Argument, dass er Mumm besser bewachen konnte, wenn er ihm Gesellschaft leistete, ließ sich nicht von der Hand weisen. Tantony erwies sich als geradezu qualvoll logischer Mann.

Er bedachte Mumm immer wieder mit neugierigen Blicken, als die Kutsche durch die Stadt rollte. Neben ihm saß Grinsi mit baumelnden Beinen. Mumm bemerkte – obwohl er solchen Dingen normalerweise keine bewusste Aufmerksamkeit schenkte –, dass die Form ihres Brustharnischs auf subtile Weise verändert worden war, vermutlich vom gleichen Waffenschmied, dessen Dienste auch Angua in Anspruch nahm. Die Modifizierung sollte darauf hinweisen, dass die Brust unter diesem besonderen Harnisch anders beschaffen war als zum Beispiel die von Korporal Nobbs. Wobei allerdings gesagt werden muss, dass vermutlich niemand eine Brust hatte, die auch nur entfernte Ähnlichkeit mit der von Korporal Nobbs aufwies.

Darüber hinaus trug Grinsi ihre mit hohen Absätzen ausgestatteten eisernen Stiefel.

»Du musst nicht unbedingt mitkommen«, sagte Mumm.

»Oh, schon gut.«

»Ich meine, ich könnte mich von Detritus begleiten lassen. Obwohl die Anwesenheit eines Trolls in einer Zwergenmine sicher noch mehr Unruhe stiftet als ein … ein …«

»Mädchen«, sagte Grinsi.

»Äh, ja.« Mumm spürte, wie die Kutsche langsamer wurde und anhielt, obwohl sie die Stadt noch nicht verlassen hatten. Er sah aus dem Fenster.

Vor ihnen, auf einem kleinen Platz, stand eine Art Fort mit erstaunlich großen Toren. Sie schwangen auf, während Mumm starrte.

Jenseits davon erstreckte sich ein Hang. Das Fort bestand nur aus vier Wänden, und in seinem Innern führte ein Tunnel in die Tiefe.

»Die Zwerge leben *unter* der Stadt?«, fragte er, als das Tageslicht spärlichem Fackelschein wich. Ihr Flackern zeigte, dass die Kutsche an einer ziemlich langen Kolonne aus stehenden Wagen und Karren vorbeirollte. Mumms Blick fiel auf Pferde und Gruppen diskutierender Fuhrmänner.

»Unter einem recht großen Teil von Überwald«, sagte Grinsi. »Dies ist nur der nächste Zugang, Herr. Vermutlich müssen wir gleich anhalten, weil die Pferde … Ah.«

Die Kutsche hielt erneut, und der Kutscher klopfte gegen die Seite, um darauf hinzuweisen, dass sie die Endstation erreicht hatten. Die Karrenkolonne bewegte sich durch einen anderen Tunnel weiter in die Tiefe, doch die Kutsche hatte in einer kleinen Höhle mit einer großen Tür angehalten. Zwei Zwerge warteten dort. Sie trugen Äxte auf dem Rücken, doch unter Zwergen galt dies als »fein angezogen« und nicht als »schwer bewaffnet«. Ihre Einstellung hingegen entsprach der von Leuten, die Türen und Tore bewachten – das machte die internationale Körpersprache deutlich.

»Kommandeur Sam Mumm, Stadtwache von … Botschafter von Ankh-Morpork«, sagte Mumm und reichte einem von ihnen seine Papiere. Zwergen gegenüber war es wenigstens nicht schwer, großspurig aufzutreten.

Überrascht stellte er fest, dass das Dokument sorgfältig gelesen wurde. Der andere Zwerg sah dem ersten über die Schulter und zeigte auf interessante Unterabschnitte. Beide überprüften mit großer Sorgfalt das offizielle Siegel.

Ein Wächter deutete auf Grinsi. »*Kra'k*?«

»Meine Eskorte«, sagte Mumm. »Im Abschnitt ›Zusätzliche Mitarbeiter‹ auf Seite zwei steht ein entsprechender Hinweis.

»Wir müssen durchschuchen die Kutsche«, sagte der Wächter.

»Nein«, erwiderte Mumm. »Wir genießen diplomatische Immunität. Erklär's ihnen, Grinsi.«

Die beiden Wächter hörten aufmerksam zu, als Grinsi auf Zwergisch zu ihnen sprach. Der andere Zwerg – in seinem Gesicht deutete etwas darauf hin, dass hinter seiner Stirn eine mentale Klingel schrillte – zog am Arm seines Kollegen und nahm ihn beiseite.

Zwei Stimmen flüsterten. Mumm konnte zunächst nur ein Wort verstehen: Es lautete »Wilinus«. Kurze Zeit später hörte er ›*hr'grag*‹, das zwergische Wort für »dreißig«.

»Lieber Himmel«, brummte er. »Und ein Hund?«

»Gut geraten, Herr«, sagte Grinsi.

Das Dokument wurde hastig zurückgegeben. Mumm las die Körpersprache, obwohl die jetzt noch kleiner geschrieben war als sonst: Hier gab es ein brenzliges Problem; sollte es jemand lösen, der sich nicht so leicht die Finger verbrennen konnte.

Einer von ihnen zog einen Klingelzug, und schließlich glitt die Tür beiseite. Dahinter kam ein kleiner Raum zum Vorschein.

»Wir müssen eintreten, Herr«, sagte Grinsi.

»Aber da drin ist keine andere Tür!«

»Damit ist alles in Ordnung, Herr.«

Mumm betrat den Raum. Die Zwerge schlossen die Tür wieder, daraufhin waren sie allein. Das wenige Licht stammte von einer einzelnen Kerze.

»Eine Art Wartezimmer?«, vermutete Mumm.

Irgendwo in der Ferne machte es *Klonk*. Der Boden erzitterte kurz, und dann spürte Mumm auf unangenehme Weise Bewegung.

»Der Raum *bewegt* sich?«, brachte er hervor.

»Ja, Herr. Wahrscheinlich gleitet er Dutzende von Metern in die Tiefe. Ich glaube, das wird alles von Gegengewichten erledigt.«

Stumm standen sie da, während die Wände um sie herum knirschten und ächzten. Dann rasselte es, und nach einem kurzen Gefühl der Schwere kam der Raum zur Ruhe.

»Wohin wir auch unterwegs sind: Haltet die Augen offen«, sagte Mumm. »Irgendetwas geht hier nicht mit rechten Dingen zu, das spüre ich ganz deutlich.«

Die Tür öffnete sich wieder. Mumms Blick offenbarte sich ein unterirdischer Nachthimmel. Sterne leuchteten um ihn herum und auch weiter unten ...

»Ich glaube, wir sind zu weit in die Tiefe vorgestoßen«, sagte er. Dann verarbeitete sein Gehirn die von den Augen übermittelten Informationen. Das bewegliche Zimmer hatte sie zur einen Seite einer riesigen Höhle gebracht. Er sah den Schein zahlloser Kerzen, die auf dem Boden der Kaverne einen Lichterteppich bildeten und auch in zahlreichen Galerien brannten. Als Mumm eine Vorstellung von den Ausmaßen gewonnen hatte, wurde ihm klar, dass sich viele der Kerzen bewegten.

Die Luft war erfüllt von dem Geräusch tausender Stimmen, die gleich mehrere Echos warfen. Manchmal war ein einzelner Ruf oder ein Lachen erkennbar, doch abgesehen davon fühlte sich Mumm wie in einem endlosen akustischen Meer, das ans Ufer seiner Trommelfelle brandete.

»Ich dachte immer, dein Volk lebt in kleinen Höhlen«, sagte er.

»Und *ich* dachte, Menschen wohnen in kleinen Dörfern, Herr«, erwiderte Grinsi. Sie nahm eine Kerze aus dem großen Gestell neben der Tür und zündete sie an. »Und dann sah ich Ankh-Morpork.«

Die Bewegungen der Lichter ergaben ein erkennbares Muster. Eine große Anzahl von ihnen strebte einer unsichtbaren Wand entgegen, wo sich in der Dunkelheit die Konturen einer Tunnelöffnung abzeichneten. Davor bildeten Lichter eine Reihe.

Mumm stellte sich Leute vor, die etwas erreichen wollten, das eine Reihe anderer Leute ... bewachte.

»Die Zwerge dort unten sind nicht sehr glücklich«, sagte Mumm. »Sie scheinen eine aufgebrachte Menge zu bilden. Das sieht man daran, wie sie sich bewegen.«

»Kommandeur Mumm?«

Er drehte sich um und bemerkte mehrere Zwerge in der Düsternis. Jeder von ihnen hatte eine Kerze an seinem Helm befestigt, und vor ihnen stand ein weiterer Zwerg.

Mumm hatte solche Zwerge in Ankh-Morpork gesehen, aber immer nur kurz – sie schienen ständig bestrebt zu sein, sich im Dunkeln zu verbergen. Dies war ein *Tiefen*zwerg.

Sein Mantel bestand aus sich schuppenartig überlappenden Lederteilen. Den Kopf zierte nicht der kleine runde Eisenhelm, von dem Mumm immer geglaubt hatte, dass Zwerge mit ihm zur Welt kamen, sondern ein spitz zulaufender Helm, der ebenfalls mit Lederklappen ausgestattet war. Die ganz vorn war nach oben gewölbt und festgebunden, damit der Zwerg die Welt sehen konnte, zumindest den unterirdischen Teil von ihr. Sein Erscheinungsbild entsprach dem eines wandelnden Kegels.

»Äh, ja, das bin ich«, sagte Mumm.

»Willkommen in Schmalzberg, Euer Exzellenz. Ich bin des Königs *Jar'ahk'haga*, was in deiner Sprache so viel bedeutet wie ...«

Mumms Lippen hatten sich schnell bewegt, als er zu übersetzen versuchte.

»Ideenschmecker?«, fragte er.

»Ha! So könnte man es auch ausdrücken, ja. Ich heiße Dee. Wenn du mir bitte folgen würdest ... Es dauert nicht lange.«

Die Gestalten schritten fort. Ein Zwerg gab Mumm mit einem sanften Stoß zu verstehen, dass er ihnen folgen sollte.

Die Geräusche von tief unten wurden lauter. Jemand schrie etwas.

»Gibt es ein Problem?«, fragte Mumm und schloss zu dem schnell gehenden Dee auf.

»Wir haben keine Probleme.«

Ah, er hat bereits gelogen, dachte Mumm. Wir sind diplomatisch.

Er folgte Dee durch mehrere Höhlen beziehungsweise Tunnel – der Unterschied ließ sich kaum feststellen, denn in der Dunkelheit konnte sich Mumm nur auf sein Gefühl verlassen. Gelegentlich kamen sie am beleuchteten Eingang einer weiteren Höhle oder eines weiteren Tunnels vorbei, wo immer Wächter mit Kerzen auf den Helmen standen.

Mumms gut funktionierendes Polizistenradar piepte unaufhörlich. Irgendetwas ging hier vor. Er spürte die Anspannung, nahm den Geruch stiller Panik wahr – wie Qualm hing er in der Luft. Ab und zu eilten andere Zwerge vorbei, geistesabwesend und mit irgendeiner Aufgabe betraut. Ja, etwas bahnte sich an. Die Leute wussten nicht, was sie als Nächstes tun sollten, und deshalb versuchten sie, alles gleichzeitig zu erledigen. Und mitten in diesem Durcheinander mussten Personen, die große Verantwortung trugen, ihre Arbeit unterbrechen, weil ihnen irgendein Idiot aus einer fernen Stadt Papiere überreichen wollte.

Schließlich öffnete sich eine Tür in der Dunkelheit. Sie führte in eine ungefähr rechteckige Höhle mit Bücherregalen an den Wänden und überfüllten Schreibtischen. Es sah ganz nach einem Büro aus.

»Nimm Platz, Kommandeur.«

Ein Streichholz flammte auf. Eine Kerze wurde angezündet und verlor sich fast in der Dunkelheit.

»Wir möchten, dass unsere Gäste das Gefühl haben, willkommen zu sein«, sagte Dee und nahm hinter einem Schreibisch Platz. Er legte den spitz zulaufenden Lederhut beiseite und setzte zu Mumms Verblüffung eine Brille aus dickem Rauchglas auf.

»Du hast Papiere?«, fragte er. Mumm reichte sie ihm.

Der Zwerg las eine Zeit lang. »Hier steht ›Euer Gnaden‹«, sagte er.

»Ja, das bin ich.«

»Und es wird auch ein ›Sir‹ erwähnt.«

»Das bin ich ebenfalls.«

»Und eine ›Exzellenz‹.«

»Wieder ich.« Mumm kniff die Augen zusammen. »Ich bin auch einmal Tafelwart gewesen.«

Hinter der Tür am Ende des Raums erklangen zornige Stimmen.

»Was ist die Aufgabe eines Tafelwarts?«, fragte Dee und hob dabei die Stimme.

»Was? Äh, ich habe die Tafel nach dem Unterricht abgewischt.«

Der Zwerg nickte. Die Stimmen wurden lauter und noch zorniger. Zwergisch war eine gute Sprache, wenn es darum ging, Ärger zum Ausdruck zu bringen.

»Das Gelehrte von der Tafel tilgen, nachdem es gelernt worden war!« Dee musste rufen, um sich verständlich zu machen.

»Äh, ja!«

»Eine Aufgabe, wie sie nur von Personen wahrgenommen werden kann, die besonderes Vertrauen genießen!«

»Könnte sein, ja!«

Dee faltete den Brief zusammen, gab ihn zurück und blickte kurz zu Grinsi.

»Nun, damit scheint alles in Ordnung zu sein«, sagte er. »Möchtest du etwas trinken, bevor du zurückkehrst?«

»Wie bitte? Ich dachte, ich muss mich eurem König vorstellen.« Die Flüche auf der anderen Seite der Tür drohten, sich durch das ganze Holz zu brennen.

»Oh, das ist nicht nötig«, sagte Dee. »Derzeit sollte er sich nicht mit …«

»… trivialen Angelegenheiten abgeben müssen?«, vervollständigte Mumm den Satz. »Ich dachte, diese Angelegenheiten sollten so geregelt werden. Ich dachte, ihr Zwerge regelt die Dinge immer, wie sie geregelt werden sollten.«

»Zur Zeit wäre das nicht … besonders ratsam«, sagte Dee und hob erneut die Stimme, um den Lärm zu übertönen. »Das verstehst du sicher.«

»Gehen wir einmal davon aus, dass ich sehr dumm bin«, erwiderte Mumm.

»Ich versichere dir, Euer Exzellenz: Was ich sehe, sieht auch der König. Und was ich höre, hört er ebenfalls.«

»Im Moment ist das gewiss der Fall.«

Dee trommelte mit den Fingern auf den Schreibtisch. »Euer Exzellenz, ich war nur lange genug in deiner … Stadt, um einen allgemeinen Eindruck von eurer Kultur zu gewinnen. Derzeit habe ich das Gefühl, dass du dich über mich lustig machst.«

»Darf ich ganz offen sein?«

»Nach dem, was ich über dich hörte, Euer Tafelwart, nimmst du nie ein Blatt vor den Mund.«

»Habt ihr die Steinsemmel inzwischen gefunden?«

Dees Gesichtsausdruck teilte Mumm mit, dass er ins Schwarze getroffen hatte und die nächsten Worte des Zwergs mit Sicherheit eine Lüge sein würden.

»Was für eine seltsame Frage, die überhaupt nichts mit der Wirklichkeit zu tun hat! Niemand hat die Steinsemmel gestohlen! Das ist eindeutig! Wir möchten nicht, dass jemand eine solche Lüge wiederholt!«

»Du hast mir gesagt, ich …«, begann Mumm. Nach den Geräuschen zu urteilen, fand auf der anderen Seite der Tür inzwischen ein Kampf statt.

»Bei der Krönung werden alle die Steinsemmel sehen können! Dies ist keine Angelegenheit, die Ankh-Morpork oder sonst jemanden etwas angeht! Ich protestiere gegen eine Einmischung in unsere privaten Dinge!«

»Ich habe doch nur …«

»Wir müssen die Steinsemmel auch keinen neugierigen Unruhestiftern zeigen! Es ist ein heiliges Objekt, das streng bewacht wird!«

Mumm schwieg. Dee war noch besser als der Schuldige Schuft.

»Jeder, der die Semmelhöhle verlässt, wird kontrolliert! Die Steinsemmel kann nicht gestohlen werden! Sie ist absolut sicher!« Dee schrie fast.

»Ah, ich verstehe«, sagte Mumm ruhig.

»Gut!«

»Ihr habt sie also *noch nicht* wieder gefunden.«

Dee öffnete den Mund, klappte ihn zu und sackte in sich zusammen. »Euer Gnaden, ich glaube, du solltest besser …«

Die Tür am anderen Ende des Raums glitt beiseite. Ein anderer Zwerg mit kegelförmigem Erscheinungsbild stapfte ins Vorzimmer, blieb stehen, starrte wütend, ging zurück, rief noch einige Worte und beschloss dann, den Raum zu verlassen. Vor Mumm verharrte er, um eine Kollision zu vermeiden.

Der Zwerg neigte den Kopf nach hinten und blickte empor. Ein Gesicht in dem Sinne war nicht zu sehen, nur die Andeutung zornig blitzender Augen zwischen den Lederklappen.

»Arnak-Morporak?«

»Ja.«

Die folgenden Worte verstand Mumm nicht, aber der Tonfall verlieh ihnen eine unmissverständliche Bedeutung. Die Diplomatie verlangte, weiterhin zu lächeln.

»Oh, danke«, erwiderte er. »Und wenn du gestattest …«

Der Zwerg brummte – er hatte Grinsi bemerkt!

»*Ha'ak*!«, rief er.

Mumm hörte, wie jemand nach Luft schnappte. Weitere Zwerge drängten sich an der Tür zusammen. Er sah auf Grinsi hinab. Sie hatte die Augen geschlossen und bebte am ganzen Leib.

»Wer ist dieser Zwerg?«, wandte er sich an Dee.

»Er heißt Albrecht Albrechtson«, antwortete der Ideenschmecker.

»Der Zweitplazierte?«

»Ja«, bestätigte Dee heiser.

»Sag dem Burschen, wenn er dieses Wort noch einmal in meiner Gegenwart oder gegenüber meinen Mitarbeitern benutzt, wird das ein Nachspiel haben, wie wir Diplomaten sagen. Wickel das in Diplomatie und gib's an ihn weiter.«

Bestimmte Geräusche deuteten an, dass einige der zuhörenden Zwerge Morporkianisch verstanden. Zwei von ihnen kamen zielstrebig näher.

Dee brabbelte hysterisch auf Zwergisch, als die anderen Zwerge den stierenden Albrecht erreichten und ihn wegführten. Zuvor flüsterte einer von ihnen dem Ideenschmecker etwas ins Ohr.

»Der, äh, König ist nun bereit, dich zu empfangen«, murmelte er.

Mumm sah zur Tür – noch mehr Zwerge eilten hindurch. Einige von ihnen trugen das, was Mumm für »normale« Zwergenkleidung hielt, andere waren in das schwarze Leder der Tiefen-Clans gehüllt. Alle starrten ihn an, als sie an ihm vorbeigingen.

Und dann erstreckte sich nur noch leerer Boden bis zur Tür.

»Kommst du mit?«, fragte Mumm.

»Nur wenn er mich dazu auffordert«, entgegnete Dee. »Ich wünsche dir viel Glück, Euer Tafelwart.«

Hinter der Tür erwartete Mumm ein Zimmer mit Bücherregalen, die in der Dunkelheit verschwanden. Einige brennende Kerzen veränderten nur die Dichte der Finsternis. Einige leuchteten ziemlich weit entfernt, und Mumm fragte sich, wie groß dieser Raum sein mochte …

»Hier drin gibt es Aufzeichnungen über alle Heiraten, Geburten, Todesfälle, die Umzüge eines Zwergs von einer Mine zur anderen, die Könige aller Bergwerke, die Fortschritte jedes einzelnen Zwergs durch *K'zakra*, Schürfrechte, die Geschichte berühmter Äxte – und andere interessante Dinge«, erklang eine Stimme hinter Mumm. »Was vielleicht noch wichtiger ist: In diesem Raum sind alle Entscheidungen niedergeschrieben, die im Verlauf der letzten tausendfünfhundert Jahre nach dem Zwergenrecht getroffen wurden.«

Mumm drehte sich um. Hinter ihm stand ein Zwerg, der selbst nach Zwergenmaßstäben klein war. Er schien eine Antwort zu erwarten.

»Äh, alle Entscheidungen?«

»O ja.«

»Äh, waren es gute Entscheidungen?«, fragte Mumm.

»Wichtig ist, dass sie getroffen wurden«, sagte der König. »Danke, junger … Zwerg. Du kannst dich aufrichten.«

Grinsi hatte sich verneigt.

»Entschuldigung, sollte ich mich ebenfalls verbeugen?«, erkundigte sich Mumm. »Du ... bist doch noch nicht König, oder?«

»Nein, noch nicht.«

»Ich, äh, es tut mir Leid, aber ich habe mir jemanden vorgestellt, der ...«

»Ja?«

»Nun, der ... königlicher wirkt.«

Der Niedere König seufzte.

»Ich meine ... ich meine, du siehst wie ein ganz gewöhnlicher Zwerg aus«, fügte Mumm verlegen hinzu.

Diesmal lächelte der König. Er war etwas kleiner als ein durchschnittlicher Zwerg und trug die übliche Uniform aus Leder und Kettenhemd. Er sah alt aus, aber Zwerge begannen schon mit etwa fünf Jahren, alt auszusehen, und dieses Erscheinungsbild behielten sie während der nächsten dreihundert Jahre bei. Die musikalische Kadenz seiner Stimme verband Mumm mit Llamedos. Hätte ihn dieser Zwerg in Gimlets Feinkostbude um den Ketchup gebeten, wäre Mumm kaum bereit gewesen, ihm einen zweiten Blick zu schenken.

»Diese Sache mit der Diplomatie«, sagte der König. »Glaubst du, dass es dir gelingt, dich daran zu gewöhnen?«

»Es fällt mir nicht leicht, muss ich zugeben ... äh ... Euer Majestät.«

»Soweit ich weiß, bist du bisher Wächter in Ankh-Morpork gewesen.«

»Äh, ja.«

»Und offenbar hattest du einen berühmten Vorfahren, der zum Königsmörder wurde.«

Das musste ja kommen, dachte Mumm. »Ja, Steingesicht Mumm«, sagte er so ruhig wie möglich. »Ich habe die Vorwürfe gegen ihn immer für ein wenig unfair gehalten. Immerhin war es nur ein König. Ich meine, er machte kein *Hobby* daraus.«

»Aber du hältst nicht viel von Königen«, sagte der Zwerg.

»Ich begegne nur selten welchen«, erwiderte Mumm und hoffte, dass dies eine diplomatische Antwort war. Der König schien sich damit zufrieden zu geben.

»Ich habe Ankh-Morpork einmal besucht, als ich ein junger Zwerg war«, sagte er und ging zu einem langen Tisch, auf dem sich Schriftrollen stapelten.

»Äh, tatsächlich?«

»Rasenschmuck – so hat man mich dort genannt. Und außerdem – wie hieß das Wort noch? – Pimpf. Einige Kinder warfen Steine nach mir.«

»Tut mir Leid.«

»Du willst mich vielleicht darauf hinweisen, dass so etwas heute nicht mehr geschieht.«

»Es geschieht nicht mehr so oft. Aber es gibt immer Idioten, die nicht mit der Zeit gehen.«

Der König bedachte Mumm mit einem durchdringenden Blick. »Ach? Die Zeit … Jetzt ist es immer die Ankh-Morpork-Zeit, nicht wahr?«

»Wie bitte?«

»Wenn die Leute sagen: ›Wir müssen mit der Zeit gehen‹, so meinen sie in Wirklichkeit: ›Ihr müsst euch uns anpassen.‹ Es *gibt* Stimmen, die behaupten, Ankh-Morpork sei eine Art Vampir. Die Stadt beißt, und durch ihren Biss wird man so wie sie. Und sie saugt. Unsere besten Kräfte gehen nach Ankh-Morpork, um dort in erbärmlichen Verhältnissen zu leben. Wir trocknen hier langsam aus.«

Mumm wusste nicht, was er darauf erwidern sollte. Eins stand fest: Die kleine, jetzt am Tisch sitzende Gestalt war wesentlich intelligenter als er, wenn auch vor allem deshalb, weil seine eigene Intelligenz momentan nicht heller strahlte als eine Ein-Cent-Kerze. Ihm fiel auch auf, dass der König schon seit einer ganzen Weile nicht mehr geschlafen hatte.

Mumm beschloss, ehrlich zu sein.

»Darauf kann ich keine Antwort geben, Herr«, sagte er und

griff zu einer Variante seiner So-spreche-ich-mit-Vetinari-Methode. »Aber ...«

»Ja?«

»Ich würde mich fragen ... Ich meine, wenn ich König wäre ... dann würde ich mich fragen, warum die Zwerge lieber in erbärmlichen Verhältnissen in Ankh-Morpork leben, als daheim zu bleiben ... Herr.«

»Ah. Sagst du mir jetzt, wie ich denken soll?«

»Nein, Herr. Ich sage dir nur, wie ich denke. Überall in Ankh-Morpork gibt es Zwergenkneipen, und dort hängen Bergbauinstrumente an den Wänden, und jeden Abend trinken dort Zwerge Bier und singen traurige Lieder darüber, wie gern sie in den Bergen Gold schürfen würden. Aber wenn man ihnen dann sagt ›In Ordnung, das Stadttor steht weit offen, geht nur und schickt gelegentlich eine Postkarte‹, so heißt es: ›Oh, ja, am liebsten würde ich sofort aufbrechen, aber wir haben gerade die neue Werkstatt eingerichtet. Vielleicht ziehen wir im *nächsten* Jahr nach Überwald.‹«

»Sie kehren in die Berge zurück, um zu sterben«, sagte der König.

»Sie *leben* in Ankh-Morpork.«

»Welchen Grund gibt es dafür, deiner Meinung nach?«

»Ich weiß es nicht. Vielleicht hat ihnen niemand erklärt, wie man hier lebt.«

»Und jetzt wollt ihr unser Gold und Eisen«, sagte der König. »können wir denn *nichts* behalten?«

»Auch darauf weiß ich leider keine Antwort, Herr. Ich bin nicht für diesen Job ausgebildet.«

Der König brummte etwas, und ein ganzes Stück lauter sagte er: »Ich kann dir keine Begünstigungen anbieten, Euer Exzellenz. Dies sind schwierige Zeiten.«

»Meine eigentliche Aufgabe besteht darin, Dinge herauszufinden«, sagte Mumm. »Wenn ich irgendwie helfen kann ...«

Der König gab die Papiere zurück. »Deine Beglaubigungsschreiben, Euer Exzellenz. Ihr Inhalt ist zur Kenntnis genommen!«

Und damit ist mir der Mund gestopft, dachte Mumm.

»Ich möchte dir noch eine Frage stellen«, fuhr der König fort.

»Ja, Herr?«

»Waren es *wirklich* dreißig Männer und ein Hund?«

»Nein. Es waren nur sieben Männer. Einen von ihnen habe ich getötet, weil mir keine Wahl blieb.«

»Wie starben die anderen?«

»Äh, sie fielen den Umständen zum Opfer, Herr.«

»Na schön. Dein Geheimnis ist bei mir gut aufgehoben. Guten Morgen, Fräulein Kleinpo.«

Grinsi wirkte verblüfft.

Der König bedachte sie mit einem kurzen Lächeln. »Ah, die Rechte des Individuums, eine berühmte Erfindung aus Ankh-Morpork – so heißt es jedenfalls. Danke, Dee, Seine Exzellenz möchte jetzt gehen. Du kannst die Delegation von Kupferkopf hereinschicken.«

Mumm verließ den Raum und sah eine weitere Gruppe von Zwergen, die im Vorzimmer warteten. Einer oder zwei von ihnen nickten ihm zu, als sie durch die Tür traten.

Dee wandte sich noch einmal an Mumm. »Ich hoffe, du hast Seine Majestät nicht ermüdet.«

»Das scheint jemand anders vor mir erledigt zu haben.«

»Dies sind schlaflose Zeiten«, sagte der Ideenschmecker.

»Wurde die Steinsemmel inzwischen gefunden?«, fragte Mumm unschuldig.

»Euer Exzellenz, wenn du auf dieser Einstellung beharrst, müssen wir uns bei Lord Vetinari über dich beschweren.«

»Er nimmt Beschwerdebriefe immer gern entgegen. Geht es hier nach draußen?«

Mumm gab keinen weiteren Ton von sich, bis er und seine Eskorte wieder in der Kutsche saßen und vor ihnen Tageslicht durch das große Tor fiel.

Aus den Augenwinkeln sah er, dass Grinsi zitterte.

»Nach der Wärme da unten muss man sich erst wieder an die kalte Luft gewöhnen, nicht wahr?«, fragte er.

Grinsi lächelte erleichtert. »Ja, das stimmt«, erwiderte sie.

»Scheint ein ganz anständiger Bursche zu sein«, fuhr Mumm fort. »Was hat er gebrummt, als ich meinte, ich sei nicht für diesen Job ausgebildet?«

»Er murmelte: ›Wer ist das schon?‹, Herr.«

»So klang es. Der heftige Streit zuvor ... Man sitzt nicht einfach auf dem Thron und sagt: ›Macht dies, macht das.‹«

»Zwerge sind sehr streitsüchtig, Herr. Was einige natürlich bestreiten würden. Keiner der großen Zwergenclans ist mit dieser Sache zufrieden. Du weißt ja, wie das ist ... Die Kupferkopfler halten nichts von Albrecht, und die Schmalzbergler unterstützen niemanden, der Glodson heißt. Bei den Zwergen von Ankh-Morpork sind beide Fraktionen vertreten. Rhys kommt aus einem kleinen Clan, der unweit von Llamedos Kohle abbaut und nicht wichtig genug ist, um Partei zu ergreifen ...«

»Du meinst, er wird nicht etwa deshalb zum König, weil ihn alle mögen, sondern weil ihn niemand stark genug ablehnt?«

»Das stimmt, Herr.«

Mumm blickte auf die zerknitterten Briefe, die ihm der König in die Hand gedrückt hatte. Im Tageslicht bemerkte er zwei Worte, die in eine Ecke gekritzelt waren.

UM MITTERNACHT?

Er summte leise vor sich hin, riss das Stück Papier ab und zerknüllte es.

»Und nun zu dem verdammten Vampir«, sagte er.

»Sei unbesorgt, Herr«, ließ sich Grinsi vernehmen. »Was könnte sie schlimmstenfalls mit dir anstellen? Dir den Kopf abbeißen?«

»Herzlichen Dank für diesen Hinweis, Korporal. Äh, die Kleidung einiger Zwerge ... Über Tage soll sie Schutz vor dem scheußlichen Tageslicht bieten, aber warum wird sie auch dort unten getragen?«

»Es ist Tradition, Herr. Solche Kleidung trugen die ... Man nennt sie Klopfmänner, Herr.«

»Was sind das für Leute?«

»Weißt du über Grubengas beziehungsweise schlagende Wetter Bescheid? Manchmal kommt ein solches Gas in den Bergwerken vor. Es explodiert.«

Mumm sah die Bilder vor seinem inneren Auge, als Grinsi alles erklärte ...

Die Bergleute räumten den Bereich frei, wenn sie Glück hatten. Und dann ging der Klopfmann los. Seine Kleidung bestand aus vielen Schichten Kettenhemd und Leder, und er nahm einen Sack mit, der Weidenkugeln mit ölgetränkten Lappen enthielt, und außerdem noch eine lange Stange und eine Schleuder.

Tief unten im Bergwerk, ganz allein, hörte er das Klopfen. Agi Hammerklau und all die anderen, die in finsterer Tiefe Geräusche machten. Licht gab es nicht, denn Licht hätte plötzlichen, donnernden Tod bedeutet. Der Klopfmann tastete sich seinen Weg durch absolute Dunkelheit.

Eine ganz bestimmte Grillenart lebte in den Minen. Solche Insekten zirpten, wenn sie Grubengas wahrnahmen. Der Klopfmann führte eine solche Grille bei sich, in einem Kasten am Hut

Wenn sie zirpte, trat ein entweder sehr optimistischer oder sehr lebensmüder Klopfmann zurück, entzündete die Fackel am Ende der Stange und stieß sie nach vorn. Ein vorsichtigerer Klopfmann trat noch weiter zurück und benutzte seine Schleuder, um einen Ball aus brennenden Lappen in die Finsternis zu schicken. In beiden Fällen vertraute er darauf, dass ihn die dicke Lederkleidung vor den schlimmsten Auswirkungen der Explosion schützte.

Zu Anfang gab es keine familiäre Tradition für diesen gefährlichen Beruf. Wer war bereit, einen Klopfmann zu heiraten? Sie konnten jederzeit sterben. Aber manchmal wollte ein junger Mann ein Klopfmann werden. Seine Eltern waren sehr stolz, winkten zum Abschied – und sprachen dann von ihm, als wäre er tot. Das machte es einfacher.

Doch gelegentlich kehrten Klopfmänner zurück. Und wer überlebt hatte, überlebte auch weiterhin, denn Überleben ist eine Sache der Angewohnheit. Ab und zu erzählten Klopfmänner von den Geräuschen, die sie tief unten im Dunkeln hörten: das Pochen toter Zwerge, die versuchten, in die Welt der Lebenden zurückzukehren; das ferne Lachen von Agi Hammerklau; der Herzschlag der Schildkröte, die die Welt trug.

Aus Klopfmännern wurden Könige.

Mumm hörte mit offenem Mund zu und fragte sich, warum die Zwerge behaupteten, keine Religion und keine Priester zu haben. Es war Religion, ein Zwerg zu *sein*. Für das Wohl des Clans zog jemand in die Finsternis, hörte Dinge, veränderte sich und kehrte zurück, um von seinen Erlebnissen zu erzählen …

Und dann, vor fünfzig Jahren, fand ein Zwerg in Ankh-Morpork heraus: Wenn man die Flamme der Laterne mit einem Geflecht aus dünnen Drähten umgab, so brannte sie blau im Grubengas, ohne dass es zu einer Explosion kam. Es war eine enorm wichtige Entdeckung für die Zwerge, und wie so häufig bei wichtigen Entdeckungen führte sie fast sofort zum Krieg.

»Seitdem gibt es zwei Arten von Zwergen«, sagte Grinsi kummervoll. »Die Kupferkopfler benutzen die Laternen mit dem Drahtgeflecht. Die Schmalzbergler hingegen halten an der alten Tradition fest. Natürlich sind wir alle *Zwerge*«, betonte Grinsi, »aber die Beziehungen sind recht … gespannt.«

»Kann ich mir denken.«

»Alle Zwerge erkennen die Notwendigkeit eines Niederen Königs, aber …«

»Aber nicht alle sehen ein, warum Klopfmänner weiterhin so großen Einfluss haben sollten?«

»Es ist sehr traurig«, sagte Grinsi. »Habe ich erzählt, dass mein Bruder Scharchi aufbrach, um ein Klopfmann zu werden?«

»Nein, ich glaube nicht.«

»Er kam durch eine Explosion ums Leben, irgendwo unter Borograwien. Aber er fand großen Gefallen an seinem Beruf.« Nach einigen Sekunden fügte Grinsi gewissenhaft hinzu: »Bis zu der Explosion. Ich glaube, die gefiel ihm nicht sehr.«

Die Kutsche rollte jetzt auf der einen Seite der Stadt an einem Berghang empor. Mumm blickte auf den kleinen runden Helm neben ihm hinab. Manchmal glaubte man, bestimmte Leute gut zu kennen – und erlebte dann eine Überraschung.

Die Räder klapperten über eine hölzerne Zugbrücke.

Dieses Schloss schien von einem kleinen Trupp nicht besonders tüchtiger Soldaten erobert werden zu können. Befestigungen hatte sein Erbauer nicht für nötig gehalten. Stattdessen war er von Märchen und verzierten Kuchen beeinflusst worden. Das Schloss schien in erster Linie dazu bestimmt zu sein, angeschaut zu werden. Für Verteidigungszwecke war es wahrscheinlich besser, sich eine Decke über den Kopf zu ziehen.

Die Kutsche hielt auf dem Hof, und Mumm bemerkte erstaunt eine vertraute Gestalt, die ihnen entgegenschlurfte.

»Igor?«

»Ja, Herr?«

»Bei den Göttern, was machst du denn hier?«

»Äh, ich öffne diefe Tür, Herr«, antwortete Igor.

»Aber warum bist du nicht …«

Mumm unterbrach sich, als er begriff: Es war jemand anders. Bei *diesem* Igor hatten beide Augen die gleiche Farbe, und einige Narben waren an anderen Stellen.

»Entschuldige«, brummte er. »Ich habe dich für Igor gehalten.«

»Oh, du meinft meinen *Kufin* Igor«, sagte Igor. »Er arbeitet unten in der Botschaft. Wie geht ef ihm?«

»Oh, es scheint alles in Ordnung mit ihm zu sein«, erwiderte Mumm. »Äh, mehr oder weniger. Ja.«

»Hat er dir gefagt, wie ef Igor geht?«, fragte Igor und humpelte so schnell, dass Mumm fast laufen musste, um mit ihm Schritt zu halten. »Wir haben schon lange nichtf mehr von ihm gehört, nicht einmal Igor, der ihm fehr nahe fteht.«

»Wie bitte? Heißen in deiner Familie alle Igor?«

»O ja, Herr. Fo vermeiden wir Verwirrung.«

»Tatsächlich?«

»Ja, Herr. In Überwald käme ef niemandem in den Finn, einen anderen Diener alf einen Igor einfuftellen. Da find wir, Herr. Die Herrin erwartet dich.«

Sie hatten ein Tor durchschritten, und Igor öffnete eine Tür mit mehr Ziernägeln, als es respektvoll sein konnte. Dahinter erstreckte sich ein Flur.

»Möchtest du wirklich mitkommen?«, wandte sich Mumm an Grinsi. »Immerhin treten wir gleich einem Vampir gegenüber.«

»Vampire machen mir keine Sorgen, Herr.«

»Leider kann ich das von mir nicht behaupten«, sagte Mumm. Er musterte den schweigenden Tantony, der ziemlich nervös wirkte.

»Teil unserem Freund hier mit, dass er nicht gebraucht wird und in der Kutsche auf uns warten soll, der Glückspilz«, sagte er. »Die letzten Worte brauchst du nicht zu übersetzen.«

Igor öffnete eine weitere Tür, und Tantony *lief* fast hinaus. »Feine Gnaden und Feine Ekfellenf ...«

»Ah, Sir Samuel«, sagte Lady Margolotta. »Komm herein. Ich weiß, dass es dir nicht gefällt, Euer Gnaden genannt zu werden. Ist ziemlich lästig, nicht wahr? Aber mit solchen Dingen muss man sich leider abfinden.«

Mit so etwas hatte Mumm nicht gerechnet. Vampire sollten eigentlich keine Perlenketten und rosarote Pullover tragen. In Mumms entsprechenden Vorstellungen fehlten auch praktische flache Schuhe und ein Wohnzimmer, in dem alle dafür in Frage kommenden Möbelteile mit Chintz bezogen waren.

Lady Margolotta sah wie eine Mutter aus, deren Sohn oder Tochter eine ebenso gute wie teure Erziehung genossen hatte und ein Pony namens Wirbelwind sein Eigen nennen durfte. Sie bewegte sich wie eine Person, die sich an ihren Körper gewöhnt hatte, und auf ihr Erscheinungsbild passte ein Ausdruck, den Mumm einmal irgendwo gehört hatte: »eine Frau in einem gewissen Alter«. Er wusste nicht recht, welches Alter damit gemeint war.

Doch es gab subtile beunruhigende Anzeichen. Auf den rosaroten Pullover waren Fledermäuse gestickt, und die Anordnung der Möbel weckte ebenfalls Ahnungen von einer *Fledermaus*. Der kleine Hund, der eine Schleife um den Hals trug und auf einem Kissen lag, sah eher wie eine Ratte aus. In dieser Beziehung war Mumm nicht ganz sicher, denn solche Hunde hatten tatsächlich etwas Rattenartiges. Der Effekt ließ sich mit Musik vergleichen, deren Noten jemand gelesen hatte, ohne sie jemals zu hören.

Mumm merkte, dass Lady Margolotta höflich wartete. Er verneigte sich steif.

»Ach, mit solchen Dingen brauchen wir uns nicht aufzuhalten«, sagte Lady Margolotta. »Bitte setz dich.« Sie ging zu einer Vitrine und öffnete sie. »Möchtest du einen Schluck Stierblut?«

»Meinst du das Getränk mit Wodka? Ich …«

»Nein«, sagte Lady Margolotta ruhig. »Dies ist die andere Art. Das haben wir gemeinsam, nicht wahr? Wir trinken keinen … Alkohol. Du bist einmal Alkoholiker gewesen, oder, Sir Samuel?«

»Nein«, widersprach Mumm verdutzt. »Ich war ein Trunkenbold. Um Alkoholiker zu sein, braucht man mehr Geld.«

»Oh, wohl gesprochen. Ich habe Limonade, wenn du möchtest. Und Fräulein Kleinpo? Bier gibt es hier nicht – das freut dich sicher.«

Grinsi blickte verblüfft zu Mumm auf. »Äh, vielleicht einen Sherry?«, fragte sie.

»Gewiss. Du kannst gehen, Igor. Ist er nicht ein Schatz?«, fügte Lady Margolotta hinzu, als Igor den Raum verließ.

»Man könnte zumindest meinen, er wäre gerade ausgebuddelt worden«, sagte Mumm. Diese Begegnung verlief ganz anders als erwartet.

»Oh, alle Igors sehen so aus. Seit fast zweihundert Jahren ist er in unserer Familie. Besser gesagt: der größte Teil von ihm.«

»Wirklich?«

»Er ist bei jungen Frauen sehr beliebt. Das gilt für alle Igors. Es ist vermutlich besser, nicht über die möglichen Gründe zu spekulieren.« Lady Margolotta bedachte Mumm mit einem strahlenden Lächeln. »Auf dein Wohl, Sir Samuel.«

»Du scheinst eine ganze Menge über mich zu wissen«, erwiderte Mumm unsicher.

»Größtenteils gute Dinge«, sagte die Vampirin. »Obgleich du dazu neigst, den Papierkram zu vernachlässigen, zu schnell in Verzweiflung zu geraten und zu sentimental zu sein. Du bedauerst deinen eigenen Mangel an Bildung und misstraust der Gelehrsamkeit anderer Leute. Du bist immens stolz auf deine Stadt und fragst dich manchmal, ob du ein Klassenverräter bist. Meine ... Freunde in Ankh-Morpork konnten nichts Schlimmes an dir entdecken, und glaub mir: In dieser Hinsicht leisten sie sehr gründliche Arbeit. Und du verabscheust Vampire.«

»Ich ...«

»Was durchaus verständlich ist. Wir sind schreckliche Leute, im Großen und Ganzen.«

»Aber *du* ...«

»Ich versuche, alles von der positiven Seite zu sehen«, sagte Lady Margolotta. »Wie dem auch sei ... Was hältst du vom künftigen König?«

»Er ist sehr ... ruhig«, entgegnete Mumm der Diplomat.

»Du meinst gerissen. Bestimmt hat er mehr über dich herausgefunden als du über ihn. Möchtest du einen Keks? Ich esse sie natürlich nicht selbst, aber ich kenne jemanden in der Stadt, dessen Schokoladenplätzchen einfach wundervoll sind. Igor?«

»Ja, Herrin?«, erwiderte Igor. Mumm hätte fast seine Limonade durch den Raum gespritzt.

»Er hat den Raum verlassen!«, brachte er hervor. »Ich hab's mit eigenen Augen gesehen! Und ich habe gehört, wie sich die Tür hinter ihm schloss!«

»Igor hat so seine Eigenheiten. Bitte gib Sir Samuel eine Serviette, Igor.«

»Du hast den König als gerissen bezeichnet«, sagte Mumm und wischte sich Limonade von der Hose.

Igor stellte einen Teller mit Keksen ab und schlurfte hinaus.

»Habe ich das? Nein, ich glaube nicht. Solch ein Ausdruck wäre nicht sehr diplomatisch«, sagte Lady Margolotta glatt. »Wir alle unterstützen den neuen König, der die Zustimmung der meisten Zwerge genießt. Obgleich sie glaubten, einen Traditionalisten zu bekommen und sich nun mit einer unbekannten Größe konfrontiert sehen.«

»Hast du die letzten Worte gesagt oder nicht?«, fragte Mumm, der mit Diplomatie und einer feuchten Hose rang.

»Natürlich nicht. Weißt du, dass jemand die Steinsemmel der Zwerge gestohlen hat?«

»Sie behaupten, das sei nicht der Fall.«

»Glaubst du ihnen?«

»Nein.«

»Ohne die Steinsemmel kann keine Krönung stattfinden.«

»Müssen wir warten, bis eine andere gebacken wird?«, fragte Mumm.

»Nein, es wird keine Niederen Könige mehr geben«, sagte Lady Margolotta. »Sie sind nicht mehr legitimiert. Die Steinsemmel symbolisiert eine Kontinuität, die bis zu B'hrian Blutaxt zurückreicht. Es heißt, er saß darauf, als sie noch weich war. Er soll sogar seinen Abdruck darin hinterlassen haben.«

»Du meinst, das Königsamt wurde von ... Hinterteil zu Hinterteil weitergegeben?«

»Die Menschen glauben an Kronen, nicht wahr?«

»Ja, aber wenigstens zieren sie das andere Ende!«

»Dann nimm Throne.« Lady Margolotta seufzte. »Die Leute messen den seltsamsten Dingen Bedeutung bei. Kronen. Relikte, Knoblauch. Die Machtfrage führt bestimmt zu einem Bürgerkrieg, den Albrecht gewinnen wird, und anschließend beendet er die Handelsbeziehungen mit Ankh-Morpork. Wusstest du das? Er hält die Stadt für etwas Böses.«

»Mir ist klar, dass es dort jede Menge Unheil gibt«, sagte Mumm. »Ich *lebe* da.«

»Ich habe gehört, dass er alle Zwerge in Ankh-Morpork zu *D'hrarak* erklären will«, fuhr die Vampirin fort. Mumm hörte, wie Grinsi nach Luft schnappte. »Übersetzt heißt das ›keine Zwerge‹.«

»Und wenn schon«, meinte Mumm. »Ich glaube kaum, dass sich unsere Jungs davon aus der Fassung bringen lassen.«

»Äh«, sagte Grinsi.

»Ja. Die junge Dame wirkt besorgt, und du solltest auf sie hören, Sir Samuel.«

»Entschuldige bitte«, sagte Mumm. »Aber welche Rolle spielst du in dieser ganzen Angelegenheit?«

»Trinkst du wirklich nicht, Sir Samuel?«

»Nein.«

»Nicht einmal ein Gläschen?«

»Nein«, wiederholte Mumm etwas schärfer. »Das müsstest du eigentlich wissen, wenn du so gut über mich informiert bist ...«

»Und doch bewahrst du in der untersten Schublade deines Schreibtischs eine halbe Flasche als eine Art permanenten Test auf«, sagte Lady Margolotta. »Das, Sir Samuel, klingt nach einem Mann, der sein Hemd falsch herum trägt.«

»Ich möchte wissen, wer dir das alles erzählt hat!«

Lady Margolotta seufzte erneut. Mumm gewann den Eindruck, dass er bei einem weiteren Test versagt hatte. »Ich bin reich, Sir Samuel. Das trifft auf die meisten Vampire zu. Wusstest du das nicht? Ich bin sicher, dass Lord Vetinari Informationen für wertvoll hält. Oft können sie sogar noch wertvoller sein als Geld. Nun, was Geld betrifft ... Es braucht nicht zu sprechen, nur zuzuhören.«

Die Vampirin schwieg, beobachtete Mumm und schien plötzlich beschlossen zu haben, nur noch zu lauschen. Ihr Blick bereitete Mumm Unbehagen.

»Wie geht es Lord Vetinari?«, fragte Lady Margolotta.

»Dem Patrizier? Oh … gut.«

»Inzwischen müsste er recht alt sein.«

»Ich war mir nie sicher, wie alt er eigentlich ist«, sagte Mumm. »Er dürfte in meinem Alter sein, schätze ich.«

Lady Margolotta stand abrupt auf. »Die Begegnung mit dir war *sehr* interessant, Sir Samuel. Ich hoffe, es geht Lady Sybil gut?«

»Äh, ja.«

»Gut. Freut mich sehr. Wir sehen uns bestimmt wieder. Igor wird dich nach draußen führen. Grüß den Baron von mir, wenn du ihn besuchst. Tätschel ihm von mir den Kopf.«

»Was sollte der ganze verdammte Unfug, Grinsi?«, fragte Mumm, als die Kutsche wieder losrollte.

»Welchen Unfug meinst du, Herr?«

»Praktisch das ganze Gespräch. Was sollte es die Zwerge in Ankh-Morpork kümmern, wenn jemand sagt, sie seien keine Zwerge? Sie *wissen* doch, dass sie Zwerge sind.«

»Sie unterlägen dann nicht mehr dem Zwergenrecht, Herr.«

»Ich wusste gar nicht, dass es für sie gilt.«

»Dabei geht es darum, wie … man sein Leben führt, Herr. Heiraten, Bestattungen, solche Dinge. Ehen wären nicht mehr rechtlich abgesichert. Alte Zwerge könnten nicht mehr daheim beerdigt werden. Und das wäre schrecklich. Alle Zwerge träumen davon, im Alter heimzukehren und sich ein kleines Bergwerk zuzulegen.«

»Alle Zwerge? Auch diejenigen, die in Ankh-Morpork *geboren* sind?«

»Heimat kann viel bedeuten, Herr«, sagte Grinsi. »Und es gäbe noch andere Probleme. Verträge wären nicht mehr rechtskräftig. Zwerge legen großen Wert auf gute, feste Regeln.«

»Wir haben Gesetze in Ankh-Morpork. Mehr oder weniger.«

»Unter sich ziehen Zwerge ihre eigenen vor, Herr.«

»Ich wette, den Zwergen von Kupferkopf würde so etwas ganz und gar nicht gefallen.«

»Das stimmt, Herr. Es käme zu einem Bruch. Und zu einem neuen Krieg.« Grinsi seufzte.

»Und warum beharrte Lady Margolotta auf der Sache mit dem Drink?«

»Ich weiß es nicht, Herr.«

»Ich mag keine Vampire. Hab sie nie gemocht und werde sie nie mögen.«

»Ja, Herr.«

»Hast du die Ratte gesehen?«

»Ja, Herr.«

»Ich glaube, Lady Margolotta hat sich über mich lustig gemacht.«

Die Kutsche rollte erneut durch die Straßen von Bums.

»Ein großer Krieg?«

»Wahrscheinlich schlimmer als der vor fünfzig Jahren«, sagte Grinsi.

»Ich wusste gar nicht, dass es vor fünfzig Jahren einen Zwergenkrieg gab«, erwiderte Mumm.

»Die meisten Menschen wissen nichts davon«, sagte Grinsi. »Er fand größtenteils unterirdisch statt. Stollen wurden unterhöhlt, Invasionstunnel gegraben und so weiter. Einige Häuser sind vielleicht in mysteriöse Löcher gestürzt, und manche Leute bekamen keine Kohle, aber damit hatte es sich auch schon.«

»Du meinst, Zwerge trachteten danach, die Bergwerke anderer Zwerge einstürzen zu lassen?«

»Ja.«

»Ich dachte, ihr seid sehr gesetzestreu.«

»Oh, ja, Herr. Wir sind sehr gesetzestreu, aber nicht sehr gnädig.«

Bei den Göttern, dachte Mumm, als die Kutsche über die Brücke in der Stadtmitte fuhr. Man hat mich nicht zu einer Krönung geschickt, sondern zu einem Krieg, der bald beginnt.

Er sah auf. Tantony beobachtete ihn aufmerksam, wandte jedoch rasch den Blick ab.

Lady Margolotta sah der Kutsche bis zum Stadttor nach. Sie wahrte einen gewissen Abstand zum Fenster. Der Himmel war bedeckt, aber manche Angewohnheiten hielten sich lange, vor allem dann, wenn sie dem Überleben dienten.

»Welch ein *zorniger* Mann, Igor.«

»Ja, Herrin.«

»Man sieht, wie sich der Ärger hinter dem Wall aus Geduld aufstaut. Ich frage mich, wie weit man ihn treiben kann.«

»Ich habe den Leichenwagen geholt, Herrin.«

»Oh, ist es schon so spät? Nun, dann sollten wir uns besser auf den Weg machen. Weißt du, alle sind so niedergeschlagen, wenn ich bei einem Treffen nicht zugegen bin.«

Das Schloss auf der anderen Seite des Tals wirkte mehr wie eine Festung, als Lady Margolottas Zuckerbäcker-Domizil, doch das Tor stand weit offen und schien nicht oft geschlossen zu werden.

Die Haupttür war groß und sehr massiv. Nur ein Detail verriet, dass sie nicht aus dem Standardkatalog für Schlösser stammte: In ihr gab es eine kleinere, schmalere, nicht einmal einen Meter hohe Tür.

»Was soll das denn?«, fragte Mumm. »Selbst ein Zwerg würde dort mit dem Kopf anstoßen.«

»Es kommt darauf an, welche Gestalt man hat, wenn man diesen Zugang passieren möchte«, erwiderte Grinsi finster.

Die große Tür öffnete sich in dem Augenblick, als Mumm den Klopfer berührte, der einem Wolfskopf nachempfunden war. Aber diesmal war er vorbereitet.

»Guten Morgen, Igor«, sagte er.

»Guten Tag, Euer Ekfellenf«, sagte Igor und verbeugte sich.

»Igor und Igor lassen dich grüßen, Igor.«

»Danke, Ekfellenf. Da wir gerade dabei find … Darf ich dir ein Paket für Igor mitgeben?«

»Meinst du den Igor in der Botschaft?«

»Ja, Herr, feinen Namen habe ich genannt«, erwiderte Igor geduldig. »Er hat mich gefragt, ob ich ihm mit einer Hand aufhelfen könnte.«

»In Ordnung, kein Problem.«

»Gut. Fie ift gut eingepackt, und daf Eif wird fie frisch halten. Bitte hier entlang. Der Herr fieht fich gerade um.«

Igor schlurfte in einen breiten Saal, in dem ein riesiger Kamin fast eine ganze Wand beanspruchte. Er verbeugte sich erneut und ging.

»Bedeuten seine Worte wirklich das, was ich befürchte?«, fragte Mumm. »Ich meine die Sache mit der Hand und dem Eis.«

»Es kann wohl kaum das sein, wonach es geklungen hat, Herr«, antwortete Grinsi.

»Das hoffe ich. Meine Güte, sieh dir nur das verdammte Ding an!«

Eine große, rote Fahne hing von den Dachsparren herab. In der Mitte prangte ein schwarzer Wolfskopf mit einem Maul voller stilisierter Blitze.

»Ihre neue Flagge, glaube ich«, sagte Grinsi.

»Ich dachte, ihr Wappen zeigt eine doppelköpfige Fledermaus.«

»Vielleicht glaubten sie, die Zeit sei reif für eine Veränderung, Herr …«

»Ah, Euer Exzellenz! Hat Sybil dich nicht begleitet?«

Eine Frau hatte den Saal betreten. Sie sah wie eine ältere Version von Angua aus. Sie trug ein langes und weites grünes Gewand, sehr altmodisch nach den Maßstäben von Ankh-Morpork, obwohl manche Stile nie aus der Mode gerieten, die richtige Figur vorausgesetzt. Sie bürstete ihr Haar, als sie sich näherte.

»Äh, sie bleibt heute in der Botschaft. Wir hatten eine recht schwierige Reise. Du bist die Baronin Serafine von Überwald?«

»Und du bist Sam Mumm. Sybil hat mir viel über dich geschrieben. Der Baron kommt gleich. Wir waren auf der Jagd und haben dabei die Zeit vergessen.«

»Ich schätze, es ist viel Arbeit, sich um die Pferde kümmern zu müssen.«

Ein oder zwei Sekunden lächelte Serafine unsicher. »Ha. Ja«, sagte sie. »Igor kann dir einen Drink bringen, wenn du möchtest.«

»Nein, danke.«

Die Baronin nahm in einem der großen Polstersessel Platz. »Hast du den neuen König kennen gelernt, Euer Exzellenz?«

»Heute Morgen.«

»Ich glaube, er hat Probleme.«

»Wie kommst du darauf?«, fragte Mumm.

Serafine wirkte überrascht. »Ich dachte, das wüssten alle.«

»Nun, ich bin erst seit kurzer Zeit hier«, sagte Mumm. »Deshalb gehöre ich wahrscheinlich nicht zu ›alle‹.«

Zufrieden nahm er Serafines Verwirrung zur Kenntnis.

»Wir ... haben gehört, es gäbe ein Problem«, sagte sie.

»Nun, ein neuer König, die Krönung muss organisiert werden ... So etwas läuft nie ohne Schwierigkeiten ab«, sagte Mumm. »*Das* ist also Diplomatie«, dachte er. Man lügt, allerdings besseren Leuten gegenüber.

»Ja, natürlich.«

»Angua geht es gut«, sagte Mumm.

»Möchtest du bestimmt keinen Drink?«, fragte Serafine hastig und stand auf. »Ah, da kommt mein Mann ...«

Der Baron kam wie eine Sturmbö herein, die mehrere Hunde erfasst hatte. Sie liefen voraus und sprangen dann um ihn herum.

»Hallo! Hallo!«, donnerte er.

Mumm sah sich einem enormen Mann gegenüber. Er war nicht dick, auch nicht groß wie ein Riese, aber alles an ihm schien um zehn Prozent über den üblichen Maßstab hinauszugehen. Er hatte kein Gesicht mit Bart, eher einen Bart mit den Überresten eines Gesichts, das sich in der schmalen Lücke zwischen Schnurrbart und Augenbrauen zeigte. Er näherte sich in einer Wolke aus springenden Körpern, Haaren und dem Geruch alter Teppiche.

Mumm hatte sich innerlich auf einen ziemlich festen Händedruck vorbereitet, doch als die Pranke zudrückte, musste er sich trotzdem noch sehr beherrschen, um keine schmerzerfüllte Grimasse zu schneiden.

»He, freut mich sehr, dass du gekommen bist! Hab viel von dir gehört!«

Aber nicht genug, dachte Mumm und fragte sich, ob er die Hand jemals wieder gebrauchen konnte. Sie blieb fest umklammert. Inzwischen waren die Hunde auf ihn aufmerksam geworden und beschnüffelten ihn.

»Hab den größten Respekt vor Ankh-Morpork«, sagte der Baron.

»Äh … gut«, erwiderte Mumm. Das Blut kam nicht weiter als bis zum Handgelenk.

»Nimm Platz!«, bellte der Baron. Das schien typisch für seine Ausdrucksweise zu sein: Er sprach in knappen, kurzen Sätzen, die alle mit einem Ausrufezeichen endeten.

Mumm wurde zu einem Stuhl geführt. Anschließend warf sich der Baron auf den großen Teppich und verschwand unter den aufgeregten Hunden.

Serafine gab ein Geräusch von sich, irgendwo angesiedelt zwischen einem Knurren und dem »Ts, ts« einer missbilligenden Ehefrau. Gehorsam schob der Baron die Hunde beiseite und sprang zu einem Sessel.

»Du musst uns so akzeptieren, wie wir sind«, sagte Serafine und lächelte allein mit dem Mund. »Dies war schon immer ein sehr ungezwungener Haushalt.«

»Ich finde es hier sehr gemütlich«, erwiderte Mumm unsicher und blickte sich in dem riesigen Raum um. Trophäen hingen an den Wänden, aber wenigstens waren keine Trollköpfe darunter. Waffen fehlten ebenfalls. Es gab keine Speere oder rostige Schwerter, nicht einmal einen zerbrochenen Bogen, was praktisch gegen das Gesetz für die angemessene Einrichtung eines Schlosses verstieß. Wieder sah er zur Wand, zur Schnitzerei über dem Kamin, senkte dann den Blick …

Einer der Hunde – und Mumm gebrauchte das Wort *Hund* nur

deshalb, weil sie sich im Innern eines Gebäudes aufhielten, einem Ort, an dem man normalerweise keinem *Wolf* begegnete – beobachtete ihn. Nie zuvor hatte er einen so abschätzenden Blick bei einem Tier bemerkt. Das Geschöpf versuchte ganz offensichtlich, einen Eindruck von ihm zu gewinnen.

Helles blondes Haar bildete eine Art Mähne und wirkte irgendwie vertraut. Mumm glaubte, Ähnlichkeiten mit Angua zu erkennen, aber dieses Wesen war kräftiger gebaut. Und es gab noch einen anderen Unterschied, gleichzeitig klein und schrecklich bedeutungsvoll: Wie Angua vermittelte dieses Geschöpf den Eindruck von angehaltener Bewegung. Aber während Angua so aussah, als sei sie jederzeit zur Flucht bereit, erwartete man in diesem Fall einen Sprung nach vorn.

»Gefällt dir die Botschaft? Weißt du, sie gehörte uns, bevor wir sie verkauft haben, und zwar an Lord V...Ve...«

»Vetinari«, sagte Mumm und wandte widerstrebend den Blick von dem Wolf ab.

»Eure Gesandten haben natürlich viele Veränderungen vorgenommen«, fuhr die Baronin fort.

»Wir haben ihnen noch einige weitere hinzugefügt«, sagte Mumm und dachte dabei an die glänzenden Stellen auf der Vertäfelung, wo bis vor kurzer Zeit Jagdtrophäen gehangen hatten. »Sehr beeindruckend fand ich das Bad ... Entschuldigung?«

Der Baron hatte fast gejault. Serafine musterte ihren Ehemann streng.

»Was für ein Glück, dass es dort Thermalquellen gibt«, sagte Mumm. Und auch *dies* war Diplomatie, dachte er, wenn man seinen Mund plappern ließ und dabei die Augen der Leute beobachtete. Es war die Art von Diplomatie, die auch Polizisten kannten. »Sybil interessiert sich für die Heilquellen von Bad Heißes Bad ...«

Hinter ihm knurrte der Baron, und Ärger huschte über Serafines Gesicht.

»Habe ich etwas Falsches gesagt?«, fragte Mumm unschuldig.

»Mein Mann fühlt sich derzeit nicht sehr wohl«, sagte Serafine in dem speziellen Tonfall von Ehefrauen, den Mumm gut kannte und der zum Ausdruck brachte: »Er glaubt, dass es ihm gerade ganz gut geht, aber warte ab, bis ich mit ihm allein bin.«

»Ich glaube, ich sollte euch nun mein Beglaubigungsschreiben übergeben«, sagte Mumm und holte den Brief hervor.

Serafine beugte sich rasch vor und griff danach. »Ich lese es«, meinte sie und lächelte zuckersüß. »Natürlich ist es nur eine Formalität. Alle haben von Kommandeur Mumm gehört. Nichts für ungut, aber als wir erfuhren, dass der Patrizier ...«

»Lord Vetinari«, sagte Mumm und betonte dabei die erste Silbe. Prompt knurrte es hinter ihm.

»Ja, genau ... Nun, wir waren ein wenig erstaunt, als er dich ankündigte. Wir hatten mit einem ... erfahrenen Diplomaten gerechnet.«

»Oh, ich kann die kleinen Appetithäppchen ebenso gut herumreichen wie jeder andere«, sagte Mumm. »Und wenn ihr einen Haufen kleiner goldener Schokoladenkugeln möchtet, bin ich genau der richtige Mann.«

Erneut verrieten Serafines Züge Verwunderung. »Ich bitte um Verzeihung, Euer Exzellenz. Morporkianisch ist nicht meine Muttersprache, und vielleicht haben wir uns missverstanden. Stimmt es, dass du eigentlich Polizist bist?«

»Eigentlich ja«, bestätigte Mumm.

»Wir waren immer gegen eine Polizei in Bums«, sagte die Baronin. »Wir glauben, sie würde die Freiheit des Individuums zu sehr einschränken.«

»Nun, dieses Argument höre ich nicht zum ersten Mal«, sagte Mumm. »Es kommt natürlich ganz darauf an, ob es dabei um einen selbst geht oder um das Individuum, das mit dem Familiensilber im Sack aus dem Fenster des Badezimmers klettert.« Er bemerkte die Grimasse, die das vorletzte Wort bewirkte.

»Zum Glück war Sicherheit für uns nie ein Problem«, sagte Serafine.

»Das überrascht mich nicht«, entgegnete Mumm. »Ich meine, wenn man an all die Mauern und Tore und so denkt …«

»Ich hoffe, du bringst Sybil heute Abend zum Empfang mit. Aber ich sehe, dass wir dich aufhalten, und du hast bestimmt viel zu tun. Igor wird dich hinausführen.«

»Ja, Herrin«, erklang Igors Stimme in unmittelbarer Nähe.

Mumm spürte, wie sich der Strom des Zorns hinter den Deichen seines Geistes staute. »Ich werde Feldwebel Angua mitteilen, dass du nach ihr gefragt hast«, sagte er und stand auf.

»In der Tat«, erwiderte Serafine.

»Aber jetzt freue ich mich wirklich auf ein entspanntes *Bad*«, sagte Mumm und beobachtete voller Genugtuung, wie Baron und Baronin zusammenzuckten. »Ich wünsche euch einen guten Tag.«

Grinsi ging neben ihm durch den Flur.

»Sag kein Wort, bis wir draußen sind«, flüsterte Mumm.

»Herr?«

»Ich *möchte* nämlich nach draußen gelangen«, fügte Mumm hinzu.

Mehrere Hunde folgten ihnen. Sie knurrten nicht, fletschten auch nicht die Zähne, aber sie offenbarten mehr Zielstrebigkeit, als Mumm von normalen Leistenschnüfflern erwartete.

»Ich habe daf Paket in die Kutsche gelegt, Euer Ekfellenf«, sagte Igor, öffnete die Kutschentür und verneigte sich.

»Ich werde dafür sorgen, dass Igor es so schnell wie möglich bekommt«, versprach Mumm.

»O nein, nicht Igor, fondern Igor.«

»Oh, ja.«

Mumm sah aus dem Fenster, als die Pferde lostrabten. Der Wolf mit der goldenen Mähne war zur Treppe gekommen und sah ihnen nach.

Die Kutsche rollte aus dem Schloss, Mumm lehnte sich zurück und schloss die Augen. Grinsi war klug genug, weiterhin zu schweigen.

»Keine Waffen an den Wänden, hast du das bemerkt?«, fragte Mumm nach einer Weile. Seine Augen blieben geschlossen, und er schien ein inneres Bild zu betrachten. »In den meisten Schlössern hängen die Dinger praktisch überall.«

»Nun, in diesem Fall ist es ein Schloss von *Werwölfen*, Herr.«

»Spricht Angua jemals über ihre Eltern?«

»Nein, Herr.«

»Sie wollten nicht über ihre Tochter reden, das steht fest.« Mumm hob die Lider. »Zwerge«, fuhr er fort. »Mit Zwergen bin ich immer gut ausgekommen. Und Werwölfe ... Nun, mit Werwölfen hatte ich nie Probleme. Warum also ist die einzige Person, die heute Morgen nicht versucht hat, mir eins auszuwischen, ein verdammter Blut saugender Vampir?«

»Ich weiß es nicht, Herr.«

»Der Kamin war ziemlich groß.«

»Werwölfe schlafen nachts gern vor einem Feuer«, sagte Grinsi.

»Auf einem Stuhl fühlte sich der Baron sicher nicht wohl, das konnte man deutlich sehen. Und wie lautete das Motto, das ins Holz über dem Kamin geschnitzt war? ›*Homini* ...‹«

»›*Homo Homini Lupus*‹, Herr«, sagte Grinsi. »Das bedeutet: Jeder Mensch ist dem anderen Menschen ein Wolf.«

»Ha! Warum habe ich dich nicht befördert, Grinsi?«

»Weil es mich in Verlegenheit bringt, andere Leute anzuschreien, Herr. Ist dir die seltsame Sache mit den Trophäen an der Wand aufgefallen?«

Mumm schloss erneut die Augen. »Hirsch, Bären, eine Art Berglöwe ... Was meinst du, Korporal?«

»Hast du darunter etwas bemerkt?«

»Mal sehen ... Ich glaube, darunter war alles leer.«

»Ja, Herr. Abgesehen von drei Haken. Bei genauem Hinsehen konnte man sie erkennen.«

Mumm zögerte. »Meinst du drei Haken, die ebenfalls für Trophäen vorgesehen sein könnten?«, fragte er vorsichtig.

»Ja, Herr, solche Haken meine ich. Vielleicht wurden die Trophäen kurz vor unserer Ankunft abgenommen. Oder sie müssen erst noch aufgehängt werden.«

»Trollköpfe?«

»Wer weiß, Herr.«

Die Kutsche erreichte die Stadt.

»Grinsi, besitzt du noch das silberne Kettenhemd, das du früher hattest?«

»Äh, nein, Herr. Ich habe aufgehört, es zu tragen, weil es mir Angua gegenüber nicht richtig erschien, Herr. Warum fragst du?«

»Oh, es war nur so ein Gedanke. Bei den Göttern, ist das Igors Paket unter dem Sitz?«

»Ich glaube schon, Herr. Nun, Herr, ich weiß über die Igors Bescheid. Wenn das Paket wirklich eine Hand enthält, so kann ihr früherer Eigentümer nichts mehr damit anfangen, glaub mir.«

»Soll das heißen, er schneidet Toten irgendwelche Teile ab?«

»Das ist besser, als Lebenden etwas abzuschneiden, Herr.«

»Du weißt, was ich meine!«

»Herr, wenn einem ein Igor geholfen hat, so gilt es als lobenswert, im Testament zu erwähnen, dass er alle … Körperteile verwenden darf, die vielleicht jemand anders braucht. Igors bitten nie um Geld. Die Leute tragen einfach kleine Karten bei sich. Die Igors genießen in Überwald großen Respekt. Sie können gut mit Skalpell und Nadel umgehen. Es ist eine Art Berufung.«

»Aber überall an ihnen sieht man Narben und Nähte!«

»Sie tun anderen Leuten nichts an, was sie nicht zuvor an sich selbst ausprobiert haben.«

Mumm beschloss, den ganzen Schrecken dieser Angelegenheit zu erforschen. Es lenkte ihn von den fehlenden Trophäen ab. »Gibt es irgendwelche … Igorinas? Oder Igoretten?«

»Nun, jeder Igor gilt als gute Partie für eine junge Dame …«

»Tatsächlich?«

»Und ihre Töchter sind meistens sehr attraktiv.«

»Augen auf der gleichen Höhe und solche Dinge?«

»O ja.«

Als sich die Tür schließlich nach längerem ungeduldigen Klopfen öffnete, wurden nicht etwa die asymmetrischen Züge Igors sichtbar, sondern das Ende von Detritus' Armbrust, das einen etwas schlimmeren Anblick bot.

»Wir sind's, Feldwebel«, sagte Mumm.

Die Armbrust wurde beiseite genommen, und die Tür schwang weiter auf.

»Ich bedauere, Herr, aber du gesagt hast, ich soll wachsam sein«, ließ sich Detritus vernehmen.

»Deshalb brauchst du nicht ...«

»Igor verletzt wurde, Herr.«

Igor saß in der großen Küche und trug einen Verband um den Kopf. Lady Sybil bemutterte ihn.

»Vor zwei Stunden sah ich nach ihm, und da lag er«, sagte sie und beugte sich etwas näher zu Sam Mumm herum. »Er erinnert sich nicht an sehr viel.«

»Weißt du noch, womit du beschäftigt gewesen bist, alter Knabe?«, fragte Mumm und setzte sich.

Igor bedachte ihn mit einem benommenen Blick. »Nun, Herr, ich ging nach draufen, um den Proviant auf der anderen Kutsche zu holen, und ich bekam etwaf zu faffen, und dann ging daf Licht auf, Herr. Vermutlich bin ich aufgerutscht.«

»Könnte dich jemand niedergeschlagen haben?«

Igor zuckte mit den Achseln, wodurch beide Schultern eine oder zwei Sekunden auf eine Höhe kamen.

»In und auf der Kutsche gibt es nichts, das sich zu stehlen lohnt!«, wandte Lady Sybil ein.

»Es sei denn, jemand war ganz versessen auf ein Hachsenbrötchen«, sagte Mumm. »Fehlt etwas?«

»Ich alles überprüft habe, anhand der Liste, die mir gab Lady Sybil«, meinte Detritus. »Nichts fehlt, Herr.«

»Ich sehe mir die Sache einmal selbst an«, sagte Mumm.

Sie gingen nach draußen, und Mumm trat zur Kutsche, betrachtete den Schnee in der Nähe. Hier und dort war das Kopfsteinpflaster zu erkennen. Nach einigen Sekunden blickte er zum Gitter empor.

»Na schön, Detritus«, sagte er. »Was hältst du davon?«

»Es nur so ein Gefühl ist, Herr«, grollte der Troll. »Ich natürlich ein Berg aus Dummheit bin ...«

»Derzeit höchstens ein kleiner Hügel, Feldwebel.«

»Nun, ich nicht glaube, dass dies ist ein Zufall, der durch Zufall passiert.«

»Igor *könnte* aus der Kutsche gefallen sein, als er den Proviant holen wollte«, sagte Mumm.

»Und ich die Fee Klinkerglocke bin, Herr.«

Mumm war beeindruckt. Detritus offenbarte die Ergebnisse von Niedrigtemperaturdenken.

»Die Tür zur Straße offen ist«, sagte der Troll. »Ich glaube, Igor jemanden störte, der Dinge klauen wollte.«

»Aber du hast doch gesagt, dass nichts fehlt.«

»Vielleicht der Dieb es mit der Angst zu tun bekam, Herr.«

»Als er Igor sah? Könnte sein ...«

Mumm betrachtete die Tüten und Kartons. Dann sah er genauer hin. Dinge waren hin und her gestoßen worden. Auf diese Weise packte man nichts aus – es sei denn, man suchte nach einem bestimmten Gegenstand und hatte es dabei sehr eilig. Warum sollte sich jemand solche Mühe geben, um Lebensmittel zu stehlen?

»Nichts fehlt ...« Mumm rieb sich das Kinn. »Wer hat die Kutsche *beladen*, Detritus?«

»Weiß nicht, Herr. Ich glaube, Lady Sybil einfach bestellte viele Dinge.«

»Und außerdem hatten wir es recht eilig aufzubrechen ...« Mumm unterbrach sich. Sie ließen es besser dabei. Zwar hatte er eine bestimmte Idee, aber es fehlten Beweise. Man konnte sagen: Es fehlte keiner der Gegenstände, die sich in der Kutsche befinden sollten, was bedeutete, dass etwas gestohlen worden war, dass sich *nicht* in der Kutsche hätte befinden sollen. Nein. Momentan war es nur etwas, das man im Gedächtnis behalten musste.

Sie betraten den Flur, und Mumms Blick fiel auf einen Kartenstapel neben der Tür.

»Viele Besucher gewesen sind hier«, sagte Detritus.

Mumm griff nach einigen Karten. Mehrere von ihnen hatten einen vergoldeten Rand.

»All die Diplomaten wollen, dass du trinkst etwas mit ihnen und vielleicht auch isst einen Happen Appetit«, sagte der Troll.

»Du meinst vermutlich Appetithäppchen«, murmelte Mumm und ging die Karten durch. »Hmm, Klatsch … Muntab … Gennua … Lancre … *Lancre*? Das ist ein Königreich, über das man hinwegspucken kann! Und es hat hier eine Botschaft?«

»Nein, Herr, eigentlich es nur hat einen Briefkasten.«

»Passen wir alle hinein?«

»Für die Krönung Lancre hat gemietet ein Haus.«

Mumm legte die Einladungskarten auf den Tisch zurück.

»Ich glaube, mit solchen Dingen werde ich nicht fertig«, sagte er. »Man kann nur eine bestimmte Menge Orangensaft trinken und sich keine unbegrenzte Anzahl schlechter Witze anhören. Wo steht der nächste Nachrichtenturm, Detritus?«

»Etwa fünfzehn Meilen mittwärts, Herr.«

»Ich möchte feststellen, was daheim vor sich geht. Ich glaube, heute Nachmittag gestatten sich Lady Sybil und meine Wenigkeit einen kleinen Ausritt. Das wird sie auf andere Gedanken bringen.«

Und dann dachte er: Anschließend warte ich bis Mitternacht.

Es war erst Mittag.

Mumm nahm Igor als Kutscher und Fremdenführer mit, außerdem den Wächter Tantony und den anderen Mann, der für ihn immer Colonesk sein würde. Schaumlöffel war noch nicht von seiner geheimen Mission zurückgekehrt, und Mumm wollte die Botschaft auf keinen Fall unbewacht zurücklassen.

Ein anderes Wort für »Diplomat«, so dachte Mumm, lautete »Spion«. Der einzige Unterschied bestand darin, dass die Regierung des Gastlandes wusste, wer man war. Es kam vermutlich darauf an, sie irgendwie zu überlisten.

Die Sonne schien warm, es wehte ein kalter Wind, und die Bergluft war so klar, dass man den Eindruck gewann, nur die Hand ausstrecken zu müssen, um die nächsten Gipfel zu berühren. Außerhalb der Stadt schmiegten sich schneebedeckte Weinberge und Bauernhäuser an Hänge, die man in Ankh-Morpork als Wände bezeichnet hätte. Doch nach einer Weile drängte sich der Kiefernwald immer näher an die Straße. Hier und dort, in einer Kurve, konnte man weit unten den Fluss sehen.

Auf dem Kutschbock stöhnte Igor vor sich hin.

»Er hat mir gesagt, dass sich Igors schnell erholen«, meinte Lady Sybil.

»Vermutlich bleibt ihnen gar keine Wahl.«

»Herr Schaumlöffel bezeichnete sie als sehr geschickte Chirurgen, Sam.«

»Allerdings lässt ihr Talent im Fachbereich der kosmetischen Chirurgie zu wünschen übrig.«

Die Kutsche wurde langsamer.

»Kommst du oft hierher, Igor?«, fragte Mumm.

»Herr Müde lief fich ein Mal pro Woche zum Turm fahren, um die neueften Nachrichten abfuholen, Herr.«

»Es wäre doch alles viel einfacher, wenn es in Bums einen Nachrichtenturm gäbe.«

»Der Ftadtrat ift ftrikt dagegen, Herrn.«

»Und du?«

»Ich vertrete eine fehr moderne Einftellung, Herr.«

Der Turm ragte ganz in der Nähe empor. Die ersten sechs Meter bestanden aus Stein und hatten schmale, vergitterte Fenster. Eine große Plattform diente als Basis für den eigentlichen Turm. Eine solche Anordnung war durchaus vernünftig. Einem Feind würde es sehr schwer fallen, ins Innere des steinernen Sockels zu gelangen oder den Turm in Brand zu setzen. Es gab genug Platz für Vorräte, um einer Belagerung standzuhalten. Außerdem mussten Angreifer damit rechnen, dass die Männer im Turm schon dreißig Sekunden nach dem Angriff einen Hilferuf übermittelten. Der Turmgesellschaft mangelte es weder an finanziellen Mitteln noch an Entschlossenheit. Wenn ein Turm ausfiel, so traf schon bald jemand ein, der Fragen stellte und auf Antworten bestand. Hier gab es kein Gesetz. Die von der Gesellschaft gesandten Fragesteller übermittelten eine klare Botschaft an die Welt: Nachrichtentürme durften auf keinen Fall angerührt werden.

Das sollte inzwischen allgemein bekannt sein. Umso erstaunlicher war es, dass sich die Signalarme des Turms nicht bewegten.

Mumm spürte, wie sich ihm die Nackenhaare aufrichteten. »Bleib in der Kutsche, Sybil«, sagte er.

»Stimmt was nicht?«

»Ich weiß es nicht genau«, erwiderte Mumm, obwohl er es genau wusste. Er stieg aus und nickte Igor zu.

»Ich sehe mich im Turm um«, sgate er. »Wenn es irgendwelche ... Probleme gibt, bringst du Lady Sybil zur Botschaft zurück, klar?«

Mumm beugte sich durch die Tür und mied Sybils Blick, als er einen der Sitze anhob und das darunter versteckte Schwert hervorzog.

»Sam!«, sagte Lady Sybil vorwurfsvoll.

»Entschuldige, Schatz. Ich hielt es für besser, in solchen Situationen nicht mit leeren Händen dazustehen.«

Neben der Tür des Turms hing ein Klingelzug. Mumm zog daran und hörte weiter oben ein Klappern.

Als sonst nichts geschah, versuchte er, die Tür zu öffnen. Sie schwang auf.

»Hallo?«

Alles blieb still.

»Hier spricht die Wa...« Mumm beendete den Satz nicht. Die

Wache spielte hier keine Rolle. Niemand scherte sich um die Dienstmarke. Er war nichts weiter als ein neugieriger Eindringling.

»Ist jemand da?«

In dem Raum stapelten sich Säcke, Kisten und Fässer. Eine Holztreppe führte zur nächsten Etage. Mumm ging die Stufen empor und erreichte einen Raum, der eine Mischung aus Schlafzimmer und Speisesaal darstellte. Nur zwei schmale Betten standen dort, die Decken zurückgeschlagen.

Ein Stuhl war umgekippt. Der Tisch war gedeckt; Messer und Gabel lagen ordentlich neben einem Teller. Auf dem Herd hatte etwas so lange gekocht, bis im Topf nur noch eine trockene Masse übrig geblieben war. Mumm öffnete die Klappe des Feuerraums, und ein Zischen erklang, gefolgt von einem dumpfen Pochen – die hereinströmende Luft ließ das fast erloschene Feuer wieder aufleben.

Oben klirrte Metall.

Mumm blickte zur Leiter, die oben an einer Falltür endete. Wer dort hindurchzuklettern versuchte, präsentierte seinen Kopf genau in der richtigen Höhe für eine Klinge oder einen Stiefel …

»Eine seltsame Sache, nicht wahr, Euer Gnaden?«, ertönte eine Stimme. »Du solltest besser nach oben kommen. Mmm, mmhm.«

»*Inigo?*«

»Es droht keine Gefahr. Nur ich bin hier. Mmm.«

»Und das bedeutet Sicherheit?«

Mumm kletterte die Leiter hoch. Inigo saß an einem Tisch und blätterte in Papieren.

»Wo sind die Nachrichtenübermittler?«

»Das, Euer Gnaden, ist eins der Geheimnisse, mmm, mmm«, erwiderte Inigo.

»Und die anderen wären?«

Inigo deutete zur Treppe, die noch weiter nach oben führte. »Sieh's dir selbst an.«

Jemand hatte die Kontrollen der Signalarme zertrümmert. Latten und Drähte baumelten traurig aus einem komplexen Gerüst.

»Die Reparatur dürfte einige Stunden dauern, wenn sich geschickte Leute an die Arbeit machen«, sagte Inigo, als Mumm zurückkehrte.

»Was ist hier passiert?«

»Ich schätze, die hier stationierten Männer wurden durch irgendetwas gezwungen, den Turm zu verlassen, mmph, mmhm. Und zwar in aller Eile.«

»Aber es ist ein befestigter Nachrichtenturm!«

»Und? Irgendwann müssen ihn die Männer verlassen, um Feuerzeug zu holen. Oh, die Turmgesellschaft hat Vorschriften, und sie bringt drei junge Männer für Wochen in einem fernen Turm unter und erwartet, dass alles wie am Schnürchen klappt. Siehst du die Falltür, durch die man zu den Kontrollen gelangt? Sie sollte ständig geschlossen sein. Nun, du, Euer Gnaden, und auch ich ... wir sind ...«

»Mistkerle?«, fragte Mumm.

»Nun, ja ... mmm ... Wir hätten ein System entwickelt, das die Bedienung der Signalarme bei geöffneter Falltür verhindert, nicht wahr?«

»Etwas in der Art, ja.«

»Und wir hätten in den Vorschriften darauf hingewiesen, dass dem nächsten Turm ganz automatisch eine Nachricht übermittelt wird, sobald ein Fremder hereinkommt.«

»Das wäre ein guter Anfang.«

»Ich schätze, die hier stationierten Jungs hießen jeden harmlos aussehenden Fremden willkommen, der mit frischem Apfelkuchen zu ihnen kam.« Inigo seufzte. »Sie arbeiten in einem Turnus von jeweils zwei Monaten. Und hier sieht man nichts weiter als Bäume, mmm.«

»Kein Blut und kaum Anzeichen eines Kampfes«, sagte Mumm. »Hast du draußen nachgesehen?«

»Es müsste ein Pferd im Stall sein, aber es ist weg. Der Boden besteht hier zum größten Teil aus Felsgestein. Es gibt Wolfsspuren, aber die kann man praktisch überall finden. Und der Wind hat den Schnee verweht. Die Männer sind … fort, Euer Gnaden.«

»Bist du *sicher*, dass sie jemanden durch die Tür hereingelassen haben?«, fragte Mumm. »Wer imstande ist, auf der Plattform zu landen, könnte innerhalb weniger Sekunden durch eins der Fenster in den Turm gelangen.«

»Ein Vampir, mmm?«

»Das ist eine Möglichkeit.«

»Nirgends ist Blut zu sehen …«

»Es wäre eine Schande, gutes Blut zu vergeuden«, sagte Mumm. »Denk nur an die armen, hungernden Kinder in Muntab. Was ist *das*?«

Er zog eine Kiste unter einem Bett hervor. Sie enthielt mehrere Rohre, jedes etwa dreißig Zentimeter lang und an einem Ende offen.

»Dachs & Normal, Ankh-Morpork«, las er. »Mörserfeuer (Rot). Zündschnur verwenden. Nicht in den Mund nehmen. Das ist ein Feuerwerkskörper, Herr Schaumlöffel. Ich habe sie auf Schiffen gesehen.«

»Davon habe ich irgendwo gelesen …« Inigo blätterte in einem Buch. »Die Nachrichtenübermittler können ein Notsignal geben, wenn es ein großes Problem gibt. Ja, hier steht's. Der Turm, der Ankh-Morpork am nächsten ist, wird einige Männer losschicken, und eine größere Gruppe kommt von einem Depot in der Ebene. Die Gesellschaft nimmt einen ausgefallenen Nachrichtenturm sehr ernst.«

»Natürlich, weil sie dadurch Geld verliert«, sagte Mumm und blickte in den Mörser. »Wir müssen diesen Turm wieder funktionsfähig machen, Inigo. Es gefällt mir ganz und gar nicht, hier festzusitzen, ohne Nachrichten empfangen oder senden zu können.«

»Die Straßen sind noch nicht zu schlecht. Die Leute könnten morgen Abend hier sein. Ich glaube, das solltest du besser lassen, Herr!«

Mumm hatte den Mörser aus dem Rohr gezogen und bedachte Inigo mit einem fragenden Blick.

»Die Dinger gehen erst los, wenn man die Ladung am hinteren Teil zündet«, sagte er. »Sie sind ungefährlich. Und man kann nicht ordentlich mit ihnen zielen. Außerdem bestehen sie ohnehin nur aus Pappe. Komm, wir bringen das Ding aufs Dach.«

»Damit sollten wir warten, bis es dunkel wird, Euer Gnaden, mmm. Dann sehen zwei oder drei Türme auf jeder Seite das Signal, nicht nur der nächste.«

»Aber wenn die nächsten Türme Ausschau halten ...«

»Wir wissen nicht, ob es dort jemanden gibt, der Ausschau halten kann, Herr. Vielleicht hat sich das, was hier geschehen ist, auch woanders zugetragen. Mm?«

»Lieber Himmel! Du denkst doch nicht etwa ...«

»Nein, Herr, ich denke nicht, ich bin nur ein Sekretär. Ich berate andere Personen, mmm, mmph. Dann denken *sie*. Mein Rat ist: Ein oder zwei Stunden schaden sicher nicht, Herr. Ich rate dir, *sofort* mit Lady Sybil nach Bums zu fahren, Herr. Wenn es dunkel ist, gebe ich ein Leuchtsignal und kehre dann zurück.«

»Augenblick mal, ich *bin* Kommandeur der ...«

»Nicht hier, Euer Gnaden. Erinnerst du dich? Hier bist du nur ein Zivilist im Weg, mmhm, mmm. Mir droht keine Gefahr ...«

»Das dachten sicher auch die hier stationierten Nachrichtenübermittler.«

»Sie waren nicht ich, mmhm, mmhm. Um Lady Sybils willen, Euer Gnaden: Ich *rate* dir, diesen Ort *jetzt* zu verlassen.«

Mumm zögerte und verabscheute die Tatsache, dass Inigo nicht nur Recht hatte, sondern trotz seiner angeblichen Gedankenlosigkeit das Denken für ihn erledigte. Meine Güte, fuhr es ihm durch den Sinn. Ich wollte eigentlich nur eine kleine Ausflugsfahrt mit meiner Frau unternehmen.

»Na schön. Nur noch eine Sache. Warum bist *du* hier?«

»Als man Müde zum letzten Mal lebend gesehen hat, war er mit einer Nachricht hierher unterwegs.«

»Ah. Gehe ich recht in der Annahme, dass Herr Müde nicht unbedingt zu den Diplomaten gehörte, die sich darauf beschränkten, Gurkenbrote herumzureichen?«

Inigo lächelte dünn. »Das stimmt, Herr. Er gehörte zur … anderen Sorte. Mmm.«

»Zu deiner.«

»Mmm. *Geh* jetzt, Euer Gnaden. Bald wird es dunkel. Mmm, mmm.«

Korporal Nobbs, Präsident und Gründer der Wächtergilde, beobachtete seine Truppe.

»Nas schön, noch einmal«, sagte er. »Was wollen wir?«

Die Streikversammlung dauerte schon eine Weile. Sie fand in einer Taverne statt. Die Wächter waren bereits ein wenig vergesslich geworden.

Obergefreiter Ping hob die Hand. »Äh … einen ordentlichen Beschwerdeweg, ein Beschwerdekomitee, ein ganz neues Beförderungsverfahren … äh …«

»… besseres Geschirr in der Kantine«, fügte jemand hinzu.

»… Schutz vor unberechtigten Vorwürfen in Sachen Zuckerdiebstahl …«, sagte jemand anders.

»… nicht mehr als sieben Tage hintereinander Nachtschicht …«

»… mehr Stiefelgeld …«

»… mindestens drei Nachmittage im Jahr frei, um bei der Beerdigung von Großmüttern zugegen zu sein …«

»… nicht mehr für das eigene Taubenfutter bezahlen müssen …«

»… noch ein Bier.« Diese letzte Forderung stieß auf allgemeine Zustimmung.

Obergefreiter Schuh stand auf. In seiner Freizeit organisierte er noch immer die Kampagne für die Rechte der Toten, daher kannte er sich mit solchen Dingen aus.

»Nein, nein, nein, nein, *nein*«, sagte er. »Es muss viel einfacher sein und mehr *Schwung* haben. Und einen Rhythmus. Zum Beispiel: ›Was wollen wir? *Dumm*di, *dumm*di. Wann wollen wir es? Sofort!‹ Versteht ihr? Wir müssen eine einfache Forderung stellen. Versuchen wir's noch einmal. Was wollen wir?«

Die Wächter wechselten verlegene Blicke. Keiner von ihnen wollte der Erste sein.

»Noch ein Bier?«, fragte jemand.

»Ja!«, erklang weiter hinten eine Stimme. »Und wann wollen wir es? SOFORT!«

»Nun, das scheint geklappt zu haben«, sagte Nobby, als sich die Wächter an der Theke zusammendrängten. »Was brauchen wir sonst noch, Reg?«

»Schilder für die Streikposten«, antwortete Obergefreiter Schuh.

»Wir müssen Streikposten aufstellen?«

»Ja.«

»In dem Fall benötigen wir auch eine große Metalltonne, in der wir irgendwelchen Kram verbrennen.«

»Warum?«, fragte Reg.

»Es gehört einfach *dazu*, an einer Tonne zu stehen und sich die Hände zu wärmen«, erklärte Nobby. »Dadurch wissen die Leute, dass wir Streikposten sind und keine Penner.«

»Aber wir *sind* Penner, Nobby. Ich meine, die Leute halten uns dafür.«

»Na schön, aber dann können wir es wenigstens warm haben.«

Die Sonne stand einen Finger breit über dem Rand, als Mumms Kutsche vom Nachrichtenturm fortrollte. Igor trieb die Pferde an. Mumm blickte aus dem Fenster, sah nur etwa einen Meter entfernt den Straßenrand und in einer Tiefe von fast hundert Metern den Fluss.

»Warum so schnell?«, rief er.

»Wir müffen bei Fonnenuntergang zu Haufe fein!«, erwiderte Igor. »Fo verlangt ef die *Tradition*!«

Die große rote Sonne glitt durch ein Wolkengitter.

»Ach, lass ihn, Schatz, wenn es dem armen Kerl Freude bereitet«, sagte Lady Sybil und schloss das Fenster. »Und nun, Sam … Was ist im Turm geschehen?«

»Ich möchte dich nicht beunruhigen, Sybil.«

»Mit diesem Hinweis hast du gerade noch mehr Sorge in mir geweckt, und deshalb solltest du mir alles sagen.«

Mumm gab nach und schilderte ihr, was er wusste. Viel war es nicht.

»Jemand hat die Nachrichtenübermittler getötet?«

»Es lässt sich nicht ausschließen.«

»Die gleichen Leute, die uns in der Schlucht angegriffen haben?«

»Das glaube ich nicht.«

»Dies ist nicht gerade ein Urlaub, Sam.«

»Mich nervt vor allem, dass ich nichts *unternehmen* kann«, sagte Mumm. »In Ankh-Morpork könnte ich Spuren nachgehen, bestimmte Leute befragen. Dort hätte ich eine Art Karte. Doch hier … Ich habe das Gefühl, dass jeder etwas vor mir verbirgt. Der neue König hält mich für einen Narren, und die Werwölfe behandeln mich wie etwas, das die Katze hereingetragen hat. Die einzige Person, die sich mir gegenüber einigermaßen korrekt verhalten hat, war ein Vampir!«

»Keine Katze«, meinte Sybil.

»Wie bitte?«, fragte Mumm verwirrt.

»Werwölfe hassen Katzen«, sagte Sybil. »Daran erinnere ich mich ganz deutlich. Nein, sie sind keine Katzenliebhaber.«

»Ha. Dafür mögen sie Hunde umso lieber. Außerdem verabscheuen sie Worte wie *Bad* oder *Veterinär*. Wenn ich dem Baron einen Stock zugeworfen hätte, wäre er vermutlich aufgesprungen, um danach zu schnappen …«

»Ich glaube, ich sollte dir von den Teppichen erzählen«, sagte Sybil, als die Kutsche um eine Ecke schwankte.

»Was, ist er nicht stubenrein?«

»Ich meine die Teppiche in der Botschaft. Du weißt doch, dass ich Maß nehmen wollte. Nun, im ersten Stock stimmt mit den Maßen was nicht …«

»Ich möchte nicht ungeduldig erscheinen, Schatz, aber hältst du dies für den geeigneten Zeitpunkt, um über Teppiche zu sprechen?«

»Sam?«

»Ja, Schatz?«

»Hör auf, wie ein Ehemann zu denken. Und fang an, wie ein … Polizist zuzuhören.«

Mumm betrat die Botschaft und rief Detritus und Grinsi zu sich. »Ihr zwei begleitet uns heute Abend zum Ball«, sagte er. »Da geht's piekfein zu. Hast du etwas anzuziehen, Feldwebel, abgesehen von deiner Uniform?«

»Nein, Herr.«

»Na schön. Wende dich an Igor. Kann bestens mit einer Nadel umgehen, der Bursche. Was ist mit dir, Grinsi?«

»Ich, äh, habe ein Kleid«, sagte Grinsi und blickte schüchtern zu Boden.

»Tatsächlich?«

»Ja, Herr.«

»Oh. Nun. Gut. Außerdem seid ihr beide ab sofort offizielle Mitarbeiter der Botschaft. Grinsi, du bist … du bist Militärattaché.«

»Oh«, sagte Detritus enttäuscht.

»Und du bist ab sofort Kulturattaché, Detritus.«

Die Miene des Trolls erhellte sich beträchtlich. »Das du nicht bedauern wirst, Herr!«

»Da bin ich sicher«, sagte Mumm. »Bitte komm jetzt mit mir.«

»Es geht um eine kulturelle Angelegenheit, Herr?«

»Im weitesten Sinne. Vielleicht.«

Mumm führte den Troll und Sybil die Treppe hinauf und ins Büro, wo er vor einer Wand stehen blieb.

»Diese?«, fragte er.

»Ja«, bestätigte seine Frau. »Man bemerkt nichts, solange man die Räume nicht ausmisst. Hier ist die Wand außergewöhnlich dick ...«

Mumm tastete über die Vertäfelung und suchte nach einer Stelle, die »Klick« machte. Schließlich trat er zurück.

»Gib mir deine Armbrust, Feldwebel.«

»Hier du sie hast, Herr.«

Mumm taumelte unter dem Gewicht, schaffte es jedoch, auf die Wand zu zielen.

»Hältst du das für klug, Sam?«, fragte Sybil.

Mumm trat noch etwas weiter zurück, um besser anlegen zu können, und eine Diele bewegte sich unter seinem Absatz. Vor ihm schwang eine Holztafel aus der Wand.

»Du sie erschreckt hast, Herr«, sagte Detritus loyal.

Mumm gab ihm die Armbrust vorsichtig zurück und versuchte den Eindruck zu erwecken, als wäre das alles geplant gewesen.

Er hatte einen Geheimgang erwartet, doch stattdessen sah er ein kleines Arbeitszimmer. In Regalen standen Gläser mit Aufschriften wie »Neue Talgader, Bereich 21« und »Fett vom Typ A, im Großen Loch«. Daneben lagen Gesteinsproben mit Pappschildchen, deren Aufschrift zum Beispiel »Ebene 3, Schacht 9, Doppelhack-Mine« lautete.

Mehrere Schubladen enthielten Schminke und eine Auswahl an Schnurrbärten.

Mumm griff sprachlos nach einem Notizbuch und öffnete es. Auf den ersten Seiten erkannte er eine mit Bleistift gezeichnete Karte von Bums; rote Linien führten hindurch.

»Meine Güte, seht euch das an«, hauchte er und blätterte. »Karten. Zeichnungen. Über mehrere Seiten werden Fettvorkommen bewertet. Hier steht: ›Die neuen Talgvorkommen erschienen zunächst sehr viel versprechend, weisen jedoch hohe Anteile an VKT auf und werden bald erschöpft sein.‹ Und *hier* steht: ›Im Chaos nach dem Verschwinden der Steinsemmel ist ganz offensichtlich ein Werwolfputsch geplant ... K. meldet, dass viele jüngere Werwölfe W. unterstützen, der die Spielregeln verändert hat ...‹ Dies alles ist ... *Spionage*. Ich habe mich immer gefragt, warum Vetinari so gut Bescheid weiß.«

»Glaubst du vielleicht, er hat sein Wissen aus Träumen, Schatz?«

»Aber hier wimmelt's von Details! Hinweise auf Personen, jede Menge Zahlen über Schürfmengen, politische Gerüchte ... Ich wusste gar nicht, dass wir solche Mittel einsetzen!«

»Du greifst ständig auf die Hilfe von Spionen zurück, mein Lieber«, sagte Sybil.

»Nein, nie!«

»Und was ist mit Leuten wie dem Stinkenden Alten Ron, Nirgends José und dem Gebeugten Michael?«

»Von *Spionage* kann da überhaupt keine Rede sein! Das ist nur Informationsgewinnung. Wir könnten unserer Aufgabe nicht gerecht werden, wenn wir nicht wüssten, was auf der Straße passiert!«

»Nun, vielleicht denkt Havelock in Begriffen einer ... größeren Straße.«

»Hier gibt es noch viel mehr von diesem Mist. Sieh nur. Skizzen, weitere Erzproben ... Meine Güte, was ist das denn?«

Mumm meinte ein längliches Objekt, etwa so groß wie ein Päckchen Zigaretten. Ein Ende war mit einem runden Glas versehen, und zwei Hebel ragten aus der Seite.

Mumm zog einen der Hebel. Eine winzige Luke öffnete sich, und der kleinste Kopf, den er jemals sprechen gehört hatte, fragte: »Ja?«

»Ich das kenne!«, sagte Detritus. »Das ist ein Nanokobold! Kosten über hundert Dollar pro Stück! Sind wirklich *klein*!«

»Seit vierzehn Tagen hat mich niemand gefüttert, verdammt!«, quiekte der Kobold.

»Ein Ikonograph, der klein genug ist, um in eine *Tasche* zu passen«, sagte Mumm. »Ein Instrument für die Spionage, ebenso schlimm wie Inigos Ein-Schuss-Armbrust. Und seht nur ...«

Eine Treppe führte in die Tiefe. Mumm trat vorsichtig über die Stufen und öffnete unten eine kleine Tür.

Feuchte Hitze schlug ihm entgegen.

»Bitte reich mir eine Kerze, Schatz«, sagte er. In ihrem Licht sah er einen langen, nassen Tunnel. Verkrustete Rohre reichten über die gegenüberliegende Wand, und Dampf entwich an allen Verbindungsstellen.

»Eine Möglichkeit, zu kommen und zu gehen, ohne von jemandem bemerkt zu werden«, sagte Mumm. »Wie schmutzig die Welt ist, in der wir leben …«

Eine dichte Wolkendecke hatte sich gebildet, und der Wind trieb dichte Schneeflocken um den Turm, als Inigo den roten Mörser auf der Plattform unter den großen Signalarmen positionierte.

Er zündete einige Streichhölzer an, aber der Wind blies sie aus, bevor er schützend die Hand um die kleine Flamme wölben konnte.

»Verdammt. Mhm, mmm.«

Er glitt die Leiter hinunter und kehrte ins warme Innere des Turms zurück. Ich sollte die Nacht besser hier verbringen, dachte er, während er in Schubladen kramte. Die Nacht hielt kaum Schrecken für ihn bereit, aber das derzeitige Unwetter brachte viel Schnee, und dadurch konnten die Straßen schon bald gefährlich werden.

Schließlich hatte er eine Idee, öffnete die Klappe des Ofens und holte mit der Zange einen schwelenden Scheit hervor.

Flammen züngelten, als das Holz oben auf dem Turm vom Wind erfasst wurde. Inigo hielt den brennenden Scheit an die Lunte des Mörsers.

Das Ding ging mit einem »Phut« los, das sich im Heulen des Winds verlor. Die eigentliche Leuchtrakete raste empor, blieb jedoch im Schneetreiben verborgen. Nach einigen Sekunden explodierte sie in einer Höhe von dreißig oder vierzig Metern, und ein kurzlebiger roter Schein fiel auf den Wald.

Inigo war gerade in den Raum zurückgekehrt, als unten jemand an die Tür klopfte.

Er zögerte. Auf dieser Etage gab es ein Fenster und eine Luke. Die Konstrukteure des Turms hatten es für eine gute Idee gehalten, nach unten sehen und feststellen zu können, wer anklopfte.

Inigo sah niemanden.

Als er wieder ins Zimmer kletterte, klopfte es erneut.

Er hatte die Tür hinter Mumm nicht verriegelt, doch jetzt war es zu spät, das zu bedauern. Wie dem auch sei: Inigo Schaumlöffel hatte eine Ausbildung hinter sich, neben der die Schule des Überlebens wie ein Sandkasten anmutete.

Er zündete eine Kerze an und schlich die Leiter hinunter. Schatten tanzten zwischen den Proviantstapeln.

Inigo setzte die Kerze auf einer Kiste ab, holte die Ein-Schuss-Armbrust hervor und spannte sie nicht ohne Mühe an der Wand. Dann bewegte er den Arm und spürte, wie der kleine Dolch in die richtige Position rutschte.

Er schlug die Hacken auf bestimmte Weise gegeneinander und fühlte, wie vorne Klingen aus den Stiefeln klappten.

Dann setzte er sich und wartete.

Hinter ihm blies jemand die Kerze aus.

Als er sich umdrehte, der Armbrustbolzen in der Dunkelheit verschwand und der Dolch nur durch leere Luft schnitt, dachte Inigo daran, dass man von *beiden* Seiten an eine Tür klopfen konnte.

Sie waren *wirklich* sehr schlau …

»Mhm, m…«

Grinsi drehte eine Pirouette. Sie versuchte es jedenfalls. Solche Bewegungen fielen Zwergen nicht leicht.

»Du siehst sehr … hübsch aus«, sagte Lady Sybil. »Das Kleid reicht sogar bis zum Boden. Bestimmt hat niemand Anlass, sich zu beschweren.«

Es sei denn, jemand hat auch nur ein wenig Ahnung von Mode,

dachte sie. Das Problem bestand darin, dass die … Lady Sybil bezeichnete sie in Gedanken als *neue* Zwergenfrauen … sich noch nicht auf einen bestimmten Look geeinigt hatten.

Lady Sybil trug für gewöhnlich hellblaue Ballgewänder, eine Farbe, die von vielen Frauen gewählt wurde, die ein bestimmtes Alter und einen gewissen Umfang erreicht hatten – sie vereinte das Maximum an ruhigem Stil mit einem Minimum an Auffälligkeit. Doch Zwergenmädchen hatten offenbar von Pailletten erfahren und schienen sich bei der Überwindung einer jahrtausendelangen unterirdischen Tradition nicht mit Twinsets und Perlenketten aufhalten zu wollen.

»Und Rot ist *gut*«, sagte Lady Sybil ganz offen. »Ja, Rot ist eine sehr hübsche Farbe. Es ist ein hübsches rotes Kleid. Und dann die Federn. Äh. Und die Handtasche für deine Axt … äh«

»Glitzert sie nicht genug?«, fragte Grinsi.

»Nein! Nein … Wenn ich meine Axt zu einem diplomatischen Empfang mitnehmen wollte, so würde ich ebenfalls dafür sorgen, dass sie glitzert. Äh. Es ist natürlich eine ziemlich *große* Axt«, fügte sie unsicher hinzu.

»Meinst du, eine kleinere wäre besser? Für den Abend?«

»Ja, ich denke schon.«

»Vielleicht mit einigen Rubinen im Griff?«

»Ja«, sagte Lady Sybil verzagt. »Warum nicht?«

»Was ist mit mir, Euer Ladyschaft?«, fragte Detritus.

Igor hatte sich der Lage gewachsen gezeigt und bei einigen alten Anzügen jene wegbereitenden chirurgischen Techniken eingesetzt, die er auch bei unglücklichen Holzfällern und anderen Leuten anwandte, die einer Bandsäge zu nahe gekommen waren. Er hatte nur neunzig Minuten gebraucht, um etwas zu konstruieren, das Detritus umhüllte. Es war eindeutig ein Abendanzug – bei Tageslicht kam man damit nicht durch. Der Troll sah aus wie eine Mauer mit Fliege.

»Wie fühlt es sich an?«, fragte Lady Sybil und ging auf Nummer sicher.

»Es ein wenig eng ist an … Wie dieses Teil heißt?«

»Ich habe nicht die geringste Ahnung«, sagte Lady Sybil.

»Dadurch ich humpeln muss ein wenig«, sagte Detritus. »Aber ich mich fühle sehr diplomatisch.«

»Die Armbrust solltest du hier lassen«, sagte Lady Sybil.

»*Sie* ihre Axt mitnehmen darf«, erwiderte Detritus vorwurfsvoll.

»Zwergenäxte sind als kulturelle Waffen akzeptiert«, erklärte Lady Sybil. »Die hiesige Etikette kenne ich zwar nicht, aber ich denke, dass man dir eine Keule zugesteht.« Es wird bestimmt niemand versuchen, sie ihm wegzunehmen, fügte sie in Gedanken hinzu.

»Die Armbrust nicht kulturell genug ist?«

»Ich fürchte nein.«

»Ich Glitzerstaub auf sie streuen könnte.«

»Aber vermutlich nicht genug … Oh, Sam …«

»Ja, Schatz?«, fragte Mumm und kam die Treppe herunter.

»Du trägst die Paradeuniform der Wache! Was ist mit deiner herzoglichen Gala?«

»Kann sie nirgends finden«, entgegnete Mumm unschuldig. »Wahrscheinlich ist die betreffende Tasche auf dem Pass von der Kutsche gefallen. Nun, ich habe einen Helm mit Federn, und Igor hat den Brustharnisch so lange geputzt, bis er sein Spiegelbild sehen konnte, aus welchem Grund auch immer.« Er zitterte innerlich, als er Sybils Gesichtsausdruck sah. »Herzog ist ein militärischer Begriff, Schatz. Es käme einem Soldaten nie in den Sinn, mit einer Strumpfhose in den Krieg zu ziehen.«

»Ich finde das *sehr* verdächtig, Sam.«

»Detritus kann meine Aussagen bestätigen«, sagte Mumm.

»Das stimmt, Herr«, grollte der Troll. »Du extra darauf hingewiesen hast, das zu sagen …«

»Wir sollten jetzt besser aufbr… Lieber Himmel, ist das Grinsi?«

»Ja, Herr«, ließ sich Grinsi nervös vernehmen.

Nun, dachte Mumm, sie stammt aus einer Familie, deren Angehörige in seltsamer Kleidung losziehen, um sich weit von der Sonne entfernt Explosionen auszusetzen.

»Sehr hübsch«, sagte er.

Lampen brannten überall in dem Tunnel, der zu einem Ort führte, den Mumm insgeheim als »Keller von Bums« bezeichnete – er wagte es nicht, die Worte in der anderen Reihenfolge aneinander zu fügen. Die Zwergenwächter ließen sie sofort passieren, als sie das Wappen von Ankh-Morpork sahen. Ihre Kollegen am großen Aufzug waren sich nicht so sicher, aber Mumm hatte durch die Beobachtung Lady Sybils viel gelernt. Bei ihr steckte keine Absicht dahinter. Sie war vielmehr in einer Klasse geboren, die sich immer auf diese Weise verhielt: Sie schritt so durch die Welt, als bestünde nicht einmal die *Möglichkeit*, dass jemand sie anhalten und Fragen stellen würde. Und die meiste Zeit über blieben Zwischenfälle dieser Art tatsächlich aus.

Es befanden sich noch andere Personen im Aufzug, als dieser in die Tiefe rasselte. Die meisten waren Diplomaten, die Mumm nicht kannte, aber es waren auch einige Zwerge darunter. In einem von Seilen abgetrennten Bereich spielten sie unangenehm klingende Musik, die sich während der endlosen Fahrt nach unten durch Mumms Kopf zu fressen schien.

Als sich die Tür schließlich öffnete, hörte er, wie Sybil nach Luft schnappte.

»Du hast doch gesagt, hier unten sähe es aus wie in einer Nacht mit vielen Sternen, Sam!«

»Äh, offenbar hat man hier den Docht hoch gedreht ...«

Tausende von Kerzen brannten in Halterungen an den Wänden der riesigen Höhle, doch es waren die Kronleuchter, die sofort in den Mittelpunkt der Aufmerksamkeit rückten. Es gab viele davon, und jeder einzelne hatte eine Höhe von mindestens vier Stockwerken. Mumm war immer darauf aus, die Drähte hinter dem Rauch und den Spiegeln zu erkennen, deshalb bemerkte er die Zwerge in den Gerüsten und Körben mit neuen Kerzen, die durch Öffnungen in der Decke herabgelassen wurden. Wenn der Fünfte Elefant mehr war als nur ein Mythos, so wurde an diesem Abend eine ganze Zehe verbrannt.

»Euer Gnaden!« Dee näherte sich durch die Menge.

»Ideenschmecker« begrüßte Mumm den Zwerg. »Ich möchte dir die Herzogin von Ankh vorstellen … Lady Sybil.«

»Oh … äh … ja … natürlich … freut mich sehr, deine Bekanntschaft zu machen«, murmelte Dee, überrascht von der Charmeoffensive. »Aber, äh …«

Sybil hatte den Hinweis verstanden. Mumm verabscheute das Wort »Herzogin« und benutzte es nur, wenn er jemandem eine Lektion erteilen wollte. Sie wandte sich an Dee und überschwemmte ihn geradezu mit Herzoglichkeit.

»Herr Dee, Sam hat mir *so* viel von dir erzählt!«, trillerte sie. »Du bist die rechte Hand des *Königs*, nicht wahr? Ein *wichtiger* Posten für einen *wichtigen* Mann …«

»… Zwerg …«, flüsterte Mumm.

»… für einen wichtigen *Zwerg*! Bitte, du *musst* mir erzählen, wie ihr hier so *entzückend* viel Licht schaffen konntet!«

»Äh, mit vielen Kerzen«, brummte Dee und starrte zu Mumm empor.

»Ich glaube, Dee möchte einige politische Angelegenheiten mit mir besprechen, Schatz«, sagte Mumm glatt und legte dem Zwerg die Hand auf die Schulter. »Lass dich mit den anderen nach unten führen, ich komme gleich nach.« Er wusste, dass keine Macht in der Welt Sybil daran hindern konnte, zum Empfang zu rauschen. Sie wusste, worauf es beim richtigen *Rauschen* ankam. Hinter ihr blieben die Dinge für einige Zeit berauscht.

»Du hast einen Troll mitgebracht!«, zischte Dee. »Einen *Troll*!«

»Und er ist ein Bürger von Ankh-Morpork, das solltest du nicht vergessen«, sagte Mumm. »Und er genießt diplomatische Immunität, trotz seiner gegenwärtigen Aufmachung.«

»Aber …«

»In diesem Punkt gibt es kein ›Aber‹«, sagte Mumm.

»Zwischen den Trollen und uns herrscht *Krieg*!«

»Darum geht es doch bei der Diplomatie, oder?«, erkundigte sich Mumm. »Man versucht, einen Krieg zu *beenden*. Außerdem dauert der Krieg schon seit fünfhundert Jahren, was bedeutet, dass sich keine Seite große Mühe gibt.«

»Wir werden uns an höchster Stelle beschweren!«

Mumm seufzte. »Schon wieder?«

»Manche Leute sagen, Ankh-Morpork reibt dem König mit voller Absicht lasterhafte Bösartigkeit unter die Nase!«

»Dem König?«, wiederholte Mumm freundlich. »Er ist noch nicht König. Erst muss er gekrönt werden, und diese Zeremonie erfordert ein ... gewisses Objekt ...«

»Ja, aber es ist alles nur eine Formalität.«

Mumm schob sich ein wenig näher. »Es dürfte mehr sein als nur eine Formalität«, erwiderte er leise. »Es ist das Ding und die Gesamtheit des Dings. Ohne die Magie gibt es keinen König, nur jemanden wie dich, der unerklärlicherweise Befehle erteilt.«

»Jemand namens Mumm lehrt mich die Bedeutung der Königswürde?«, fragte Dee.

»Und ohne das Ding ist praktisch alles möglich«, fuhr Mumm fort. »Es wird zu einem Krieg kommen, zu unterirdischen Explosionen.«

Ein leises Geräusch erklang, als er die Taschenuhr hervorholte und aufklappte. »Na so was, es ist Mitternacht«, verkündete er.

»Folge mir«, sagte Dee.

»Hast du vor, mich zu einem bestimmten Ort zu bringen, um mir etwas zu zeigen?«, fragte Mumm.

»Nein, Euer Exzellenz. Ich habe vor, dir etwas zu zeigen, das nicht da ist.«

»Ah. Dann möchte ich Korporal Kleinpo mitnehmen.«

»*Was*? Ausgeschlossen! Es wäre eine Entweihung ...«

»Nein, das wäre es nicht«, sagte Mumm. »Und zwar aus einem ganz einfachen Grund. Sie kommt nicht mit uns, weil wir uns gar nicht auf den Weg machen. Du hast bestimmt nicht vor, den Repräsentanten einer möglicherweise feindlichen Macht ins Vertrauen zu ziehen und ihm zu verraten, dass in deinem Kartenhaus ganz unten eine Karte fehlt, habe ich Recht? Und dieses Gespräch findet überhaupt nicht statt. Während der nächsten Stunde oder so knabbern wir hier an irgendwelchen Leckerbissen. Ich habe dies nicht einmal gesagt, und du hast nichts von mir gehört. Aber Korporal Kleinpo ist mein bester Tatort-Spezialist, und deshalb möchte ich, dass sie uns begleitet.«

»Du hast die Situation gut beschrieben und deinen Standpunkt wie üblich mit großer Klarheit zum Ausdruck gebracht. Na schön, hol sie.«

Mumm fand Grinsi bei Detritus. Sie standen Rücken an Rücken, beziehungsweise Rücken an Knien. Ein Kreis aus Neugierigen umgab sie. Wenn Detritus die Hand hob, um an seinem Drink zu nippen, sprangen die Zwerge in der Nähe erschrocken zurück.

»Wohin gehen wir, Herr?«, fragte Grinsi.

»Nach nirgends.«

»Ah. Dorthin.«

»Aber die Dinge bessern sich«, fügte Mumm hinzu. »Dee hat ein neues Pronomen entdeckt, obwohl es ihm nur sehr schwer über die Lippen kommt.«

»Sam!« Lady Sybil bahnte sich einen Weg durch die Menge. »*Blutaxt und Eisenhammer* wird aufgeführt! Ist das nicht wundervoll?«

»Äh …«

»Es ist eine Oper, Herr«, flüsterte Grinsi. »Sie gehört zum Koboldeanischen Zyklus. Es ist *Geschichte*. Jeder Zwerg kennt sie. Es geht darum, wie wir Gesetze und Könige erhalten haben und natürlich die Steinsemmel, Herr.«

»Im Mädchenpensionat habe ich die Rolle von Eisenhammer gespielt«, sagte Lady Sybil. »Natürlich nicht in der vollen Fünf-Wochen-Version. Ich finde es großartig, dass dieses Stück hier aufgeführt wird. Es ist eine der größten Liebesgeschichten aller Zeiten.«

»Eine Liebesgeschichte?«, fragte er. »Es geht dabei um … Liebe?«

»Ja. Natürlich.«

»Blutaxt und Eisenhammer waren … äh … sie waren beide …«, stotterte Mumm.

»Sie waren beide *Zwerge*, Herr«, sagte Grinsi.

»Ah. Natürlich.« Mumm gab auf. Alle Zwerge waren Zwerge. Wenn man versuchte, ihre Welt von der menschlichen Perspektive aus zu verstehen, erschien einem alles verkehrt. »Ich wünsche dir, äh, viel Spaß, Schatz. Ich muss … Der König möchte, dass ich … Ich werde eine Zeit lang woanders sein. Politik.«

Er eilte fort, und Grinsi folgte ihm.

Dee führte sie durch dunkle Tunnel. Die Oper begann als ein Flüstern in der Ferne, wie das Rauschen des Meeres in einer Muschelschale.

Schließlich blieben sie am Rand eines Kanals stehen, dessen Wasser in der Finsternis gluckerte. Ein kleines Boot war dort festgebunden und wurde von einem Zwerg bewacht. Dee bedeutete ihnen, an Bord zu gehen.

»Es ist wichtig, dass du verstehst, was du siehst, Euer Gnaden«, sagte Dee.

»Praktisch nichts«, erwiderte Mumm. »Und *ich* dachte, dass ich nachts gut sehen könnte.«

Es klirrte in der Dunkelheit, und dann wurde eine Lampe angezündet. Mit einem langen Stab steuerte der Zwerg das Boot unter einem Bogen hindurch auf einen kleinen See. Abgesehen vom Tunnelzugang, ragten die Felswände steil empor.

»Sind wir hier am Grund eines Schachtes?«, fragte Mumm.

»Das ist eine ziemlich gute Beschreibung.« Dee griff unter seinen Sitz, holte ein gewölbtes Horn hervor und blies hinein. Ein einzelner Ton hallte von den Wänden wider.

Nach einigen Sekunden ertönte weit oben ein anderer Ton.

Dann vernahm Mumm ein Rasseln, das von alten Ketten zu stammen schien.

»Dies ist kein besonders großer Lift, verglichen mit einigen anderen in den Bergen«, sagte Dee, als eine Eisenplatte den Zugang verschloss. »Einer dort ist eine halbe Meile hoch und kann mehrere Kähne heben.«

Wasser brodelte neben dem Boot. Mumm sah, wie die Wände sanken.

»Dies ist der *einzige* Weg zur Steinsemmel«, sagte Dee hinter ihm.

Das Boot tanzte nun auf dem schäumenden Wasser, und die Wände verwandelten sich in Schemen.

»Wasser wird in Reservoirs im Bereich des Gipfels geleitet. Anschließend muss man nur Schleusen öffnen oder schließen, verstehst du?«

»*Ja*«, murmelte Mumm. Er erlebte Schwindel und Seekrankheit in einem grünen Paket.

Die Wände wurden langsamer, und das Boot zitterte nicht mehr. Das Wasser hob sie sanft über den Rand des Schachtes in einen kleinen Kanal mit einer Anlegestelle.

»Gibt es dort unten Wächter?«, brachte Mumm hervor und trat auf herrlich festen Stein.

»Normalerweise vier«, antwortete Dee. »Heute Nacht gibt es auf meine Initiative hin gewisse ... Abweichungen. Ich muss darauf hinweisen, dass ich diese Sache *strikt ablehne*.«

Mumm blickte sich in der neuen Höhle um. Zwei Zwerge standen auf einem kleinen Felsvorsprung über etwas, das nach einem ruhigen kleinenTeich aussah. Sie schienen die Maschinerie zu bedienen.

»Können wir den Weg fortsetzen?«, fragte Dee.

Ein Gang zweigte von der Höhle ab und wurde rasch schmaler. Mumm musste nicht nur den Kopf einziehen, sondern sich tief bücken. An einer Stelle klapperten Metallplatten unter seinen Stiefeln, und er spürte, wie sie sich unter ihm bewegten. Anschließend konnte er fast wieder aufrecht stehen. Sie passierten einen weiteren Bogen, und dann …

Entweder hatten die Zwerge beim Graben eine Geode gefunden oder diese kleine Höhle sehr sorgfältig mit Quarzkristallen ausgestattet, bis sich überall das Licht der beiden Kerzen widerspiegelte, die auf Säulen in der Mitte des sandigen Bodens standen. Nach der Dunkelheit in den Tunneln fühlte sich selbst Mumm geblendet.

»Sieh nur, wo sich die Steinsemmel befinden sollte«, sagte Dee.

Auf einem runden, flachen und etwa zehn Zentimeter hohen Stein zwischen den Kerzen lag ganz offensichtlich nichts.

Dahinter plätscherte Wasser in einem natürlichen Becken. Es bildete zwei Bäche, die um den flachen Stein herumflossen und in einem anderen Kanal verschwanden.

»Na schön«, sagte Mumm. »Erzähl mir alles.«

»Das Verschwinden der Semmel wurde vor drei Tagen gemeldet«, erwiderte Dee. »Sie lag nicht mehr auf dem Stein, als Dösig Langfinger neue Kerzen brachte.«

»Seine Aufgabe besteht worin?«

»Er ist Hauptmann der Kerzen.«

»Ah.«

»Ein sehr verantwortungsvoller Posten.«

»Ich habe die Kronleuchter gesehen. Und wie oft brachte er neue Kerzen?«

»Er kam jeden Tag hierher.«

»Kam?«

»Er wurde seines Postens enthoben.«

»Weil er der Hauptverdächtige ist?«, fragte Mumm.

»Weil er nicht mehr lebt.«

»Und wie kam er ums Leben?«, fragte Mumm langsam.

»Er … beging Selbstmord. Da sind wir sicher, weil wir die Tür seiner Höhle aufbrechen mussten. Sechzig Jahre lang war er Hauptmann der Kerzen. Vermutlich konnte er den Gedanken nicht ertragen, dass man ihn verdächtigen würde.«

»Für mich kommt er tatsächlich als Verdächtiger in Frage.«

»Er hat die Steinsemmel nicht gestohlen. Das wissen wir.«

»Aber die weite Kleidung, die ihr tragt ... Darunter könnte man praktisch alles verstecken. Wurde Dösig durchsucht?«

»Natürlich nicht!«, entgegnete Dee. »Aber ... ich zeige es dir.« Er ging über den metallenen Boden des schmalen Korridors. »Siehst du mich, Euer Exzellenz?«

»Ja, natürlich.«

Der Boden klapperte, als Dee zurückkehrte. »So, und diesmal trage ich etwas ... Darf ich dich um deinen Helm bitten? Für eine kleine Demonstration?«

Mumm kam der Aufforderung nach. Der Ideenschmecker wanderte erneut durch den Korridor. Als er die halbe Strecke zurückgelegt hatte, donnerte ein Gong, und zwei Metallgitter fielen von der Decke herab. Wenige Sekunden später erschienen auf der gegenüberliegenden Seite zwei Wächter und spähten misstrauisch durch das dortige Gitter.

Dee richtete einige Worte an sie. Die Gesichter verschwanden. Kurz darauf glitten die Gitter langsam nach oben.

»Es ist ein ziemlich alter und sehr komplexer Mechanismus, aber wir sorgen dafür, dass er immer funktioniert«, sagte Dee und gab Mumm den Helm zurück. »Wenn man beim Hinausgehen mehr wiegt als auf dem Weg hinein, so erkundigen sich die Wächter nach dem Grund dafür. Ein narrensicheres System mit einer Toleranz von wenigen Unzen. Und die Privatsphäre bleibt davon unberührt. Es ließe sich nur überlisten, wenn man fliegt. Können Diebe fliegen, Euer Exzellenz?«

»Kommt darauf an, um welche Art Dieb es sich handelt«, erwiderte Mumm geistesabwesend. »Wer sucht sonst noch diesen Ort auf?«

»Einmal in sechs Tagen wird der Raum von mir selbst und zwei Wächtern inspiziert. Die letzte Kontrolle liegt fünf Tage zurück.«

»Und andere Personen kommen nicht hierher?«, fragte Mumm. Er bemerkte, dass Grinsi eine Hand voll von dem weißen Sand genommen hatte, der den Boden der Semmelhöhle bildete. Sie ließ ihn durch die Finger rinnen.

»Nicht sehr oft. Wenn der neue König gekrönt wird, holt man die Steinsemmel natürlich und zeigt sie bei der Zeremonie.«

»Gibt es den weißen Sand nur hier?«

»Ja. Ist das wichtig?«

Mumm sah, wie Grinsi nickte. »Ich bin nicht … sicher«, antwortete er. »Sag mir … Welchen immanenten Wert hat die Steinsemmel?«

»Ihr Wert ist nicht immanent, sondern unschätzbar!«

»Ich weiß, dass ihr als Symbol große Bedeutung zukommt, aber welchen Wert hat sie *an sich*?«

»Sie ist unbezahlbar!«

»Ich versuche herauszufinden, was einem Dieb daran gelegen sein könnte, sie zu stehlen«, sagte Mumm so geduldig wie möglich.

Grinsi hob den flachen runden Stein und warf einen Blick darunter. Mumm schürzte die Lippen.

»Was macht … *sie* da?«, fragte Dee. Das Pronomen triefte vor Abscheu.

»Korporal Kleinpo hält nach Spuren Ausschau«, erklärte Mumm. »Solche Spuren sind Hinweise, die uns helfen können. Sie zu erkennen, erfordert besonderes Geschick.«

»Kann dieser Brief die Suche vielleicht beschleunigen?«, fragte Dee. »Dinge stehen darin geschrieben. Wir sprechen in diesem Zusammenhang von Hinweisen, die uns helfen können. Sie zu lesen, erfordert besonderes Geschick.«

Mumm nahm ein Blatt Papier entgegen. Es war braun, fühlte sich recht steif an und war mit Runen bedeckt.

»Ich, äh, kann das nicht entziffern«, sagte er.

»Man braucht besonderes Geschick dafür«, wiederholte Dee.

»Ich kann den Brief lesen, Herr«, sagte Grinsi. »Wenn du gestattest …«

Mumm überließ ihr das Papier.

»Es scheint ein Erpresserbrief zu sein, Herr. Von ... Agi Hammerklaus Söhnen. Angeblich haben sie die Steinsemmel und wollen sie ... zerstören, Herr.«

»Von Lösegeld ist nicht die Rede?«, fragte Mumm.

»Rhys soll auf jeden Anspruch verzichten, Niederer König zu werden«, sagte Dee. »Andere Bedingungen gibt es nicht. Der Brief lag plötzlich auf meinem Schreibtisch. Aber in letzter Zeit legt mir praktisch *jeder* irgendetwas auf den Schreibtisch.«

»Wer sind Agi Hammerlaus Söhne?«, wandte sich Mumm an Dee. »Und warum erfahre ich erst jetzt davon?«

»Wir wissen nicht, wer sich hinter dieser Bezeichnung verbirgt. Vermutlich ist der Name erfunden. Wir glauben, es stecken irgendwelche Agitatoren dahinter. *Und* ich habe eigentlich erwartet, dass *du* mir Fragen stellst.«

»Aber dies ist kein Verbrechen in dem Sinne«, entgegnete Mumm. »Es ist Politik. Warum geht der König nicht auf die Forderung ein, um später, wenn die Steinsemmel wieder da ist, einfach Ätschbätsch zu sagen? Wenn er unter Zwang handelte ...«

»Wir nehmen unsere Zeremonien sehr ernst, Euer Exzellenz. Wenn Rhys auf den Thron verzichtet, kann er es sich am nächsten Tag nicht anders überlegen. Wenn er andererseits die Zerstörung der Steinsemmel zulässt, so bleibt die Königswürde ohne Legitimität, und dann ...«

»... gibt es Probleme«, warf Mumm ein. Die sich bis nach Ankh-Morpork hin ausdehnen werden, fügte er in Gedanken hinzu. Im Moment sind es nur Krawalle.

»Wer wird König, wenn Rhys abdankt?«

»Albrecht Albrechtson, wie jeder weiß.«

»Und damit gehen ebenfalls Probleme einher«, sagte Mumm. »Nach dem, was ich hörte, könnte es zu einem Bürgerkrieg kommen.

»Der König ist trotzdem bereit, auf sein Amt zu verzichten«, meinte Dee. »Irgendein König ist immer noch besser als Chaos. Zwerge mögen kein Chaos.«

»Das Chaos droht so oder so«, sagte Mumm.

»Es hat schon früher Rebellionen gegen Könige gegeben. Das Volk der Zwerge überlebt. Die Krone überdauert. Die Traditionen bleiben, ebenso wie die Steinsemmel. Es gibt eine … Vernunft, zu der man zurückkehren kann.«

Lieber Himmel, dachte Mumm. Tausende von Zwergen sterben, aber das ist in Ordnung, solange ein bestimmter Stein existiert. »Ich bin nicht als Polizist hier. Wie kann ich helfen?«

»Dies ist nicht passiert!«, heulte Dee. Seine Nerven hielten der Belastung kaum mehr stand. »Aber alle wissen, dass sich Fremde aus Ankh-Morpork nicht nur um ihre eigenen Angelegenheiten kümmern!«

»Ah, du meinst … da du vermeiden möchtest, dass diese Sache bekannt wird … Es wäre keineswegs ratsam für dich, zu aufgeregt zu wirken, aber niemand könnte irgendwelche Vorwürfe gegen dich erheben, wenn ein paar dumme Polypen herumschnüffeln.«

Dee gestikulierte vage. »Dies alles war nicht meine Idee!«

»Eure Sicherheitsmaßnahmen würden nicht einmal dem Sparschwein eines Kinds gerecht. Mir fallen zwei oder drei Möglichkeiten ein, die Steinsemmel von diesem Ort verschwinden zu lassen. Was ist mit dem Geheimgang, der zu diesem Raum führt?«

»Ich weiß nichts von einem Geheimgang!«

»Oh, *gut*. Dann können wir *diese* Möglichkeit ausschließen. Geh jetzt und warte am Boot. Korporal Kleinpo und ich müssen über gewisse Dinge reden.«

Dee stapfte widerstrebend los. Mumm wartete, bis der Zwerg im Glühen der Kerzen jenseits der Brückenwaage zu sehen war.

»Was für ein Durcheinander«, sagte er. »Die Rätsel von verriegelten Zimmern werden noch schlimmer, wenn die Zimmer gar nicht verriegelt sind.«

»Du glaubst, dass Dösig vielleicht Beutel mit Sand unter seiner Kleidung getragen hat, Herr?«, fragte Grinsi.

Nein, fuhr es Mumm durch den Sinn. Das dachte ich nicht. Aber jetzt weiß ich, wie ein Zwerg dieses Problem lösen würde.

»Es wäre möglich«, räumte er ein. »Solchen Sand gibt es bestimmt nicht nur hier. Man fügt einfach jeden Tag ein wenig hinzu. Gerade genug, um nicht den Gewichtsalarm auszulösen. Schließlich hat man ... Wie viel wiegt die Steinsemmel?«

»Etwa sechzehn Pfund, Herr.«

»Na schön. Man verteilt den Sand auf dem Boden, schiebt sich die Semmel unter den Mantel ... Ja, es könnte klappen.«

»Es wäre riskant, Herr.«

»Aber niemand glaubt, dass wirklich jemand *versucht*, die Steinsemmel zu stehlen. Vier Wächter, die jeweils zwölf Stunden lang in dem kleinen Wachhaus sitzen ... Sie sind bestimmt nicht *die ganze Zeit über* wachsam! Vier Personen ergeben eine gute Pokerrunde.«

»Vermutlich verlassen sie sich darauf, dass sie wissen, wann ein Boot kommt, Herr.«

»Ja. Ein großer Fehler. Und weißt du was? Ich *wette*, dass ihre Wachsamkeit besonders dann zu wünschen übrig lässt, wenn ein Boot gerade nach unten transportiert wurde. Grinsi, wenn ein Mensch in der Lage wäre, diesen Ort zu ereichen, so könnte er in die Semmelhöhle gelangen. Er müsste flink und ein guter Schwimmer sein, aber er könnte es schaffen.«

»Die Wächter am Tor wirkten sehr aufmerksam, Herr.«

»Oh, *ja*. Nach einem Diebstahl sind Wächter immer sehr wachsam. Die personifizierte Aufmerksamkeit und besonders auf Zack – für den Fall, dass sich jemand fragt, ob sie zur falschen Zeit geschlafen haben. Ich bin *Polizist*, Grinsi. Ich weiß, wie langweilig es sein kann, irgendwo Wache zu schieben. Erst recht, wenn man weiß, dass niemand das stehlen wird, was man bewacht.« Er scharrte mit dem Stiefel im Sand.

»Heute Morgen haben sie sich jeden Karren, der kam oder fortrollte, ganz genau angesehen. Und zwar deshalb, weil jemand die Steinsemmel gestohlen *hat*. Das ist genau die richtige Gelegenheit, um sehr förmlich und tüchtig zu wirken und sinnlose Aktivität zu entfalten. Oder willst du etwa behaupten, dass die Wächter letzte Woche jedes Fass öffneten und jede Ladung Heu untersuchten? Und das sogar bei den ankommenden Karren? Siehst du Dee? Blickt er in meine Richtung?«

Grinsi spähte an Mumm vorbei.

»Nein, Herr.«

»Gut.«

Mumm ging zum Tunnel, presste den Rücken gegen die Wand, holte tief Luft und stemmte dann die Füße an die gegenüberliegende Wand. Vorsichtig bewegte er Schulterblätter und Füße, schob sich zentimeterweise über die Platten der Brückenwaage hinweg und schnitt eine Grimasse, als seine Knie protestierten. Schließlich kehrte er auf den Boden zurück und ging zu Dee, der noch immer mit den Wächtern sprach.

»Wie …«

»Schon gut«, sagte Mumm. »Begnügen wir uns mit der Feststellung, dass ich größer bin als ein Zwerg, in Ordnung?«

»Hast du den Fall gelöst?«

»Nein. Aber ich habe eine Idee.«

»Wirklich?«, fragte Dee. »Tatsächlich? Und wie lautet sie?«

»Ich arbeite noch daran«, erwiderte Mumm. »Aber du kannst von Glück sagen, dass du vom König aufgefordert worden bist, dich an mich zu wenden. Eins *habe* ich nämlich herausgefunden: Kein Zwerg wird dir die richtige Antwort geben.«

Die Oper war fast zu Ende, als Mumm neben Sybil Platz nahm. »Habe ich irgendetwas verpasst?«, fragte er.

»Die Aufführung ist sehr gut. Wo *bist* du gewesen?«

»Du würdest es mir nicht glauben.«

Er blickte zur Bühne, ohne sie bewusst wahrzunehmen. Zwei Zwerge täuschten dort mit großer Akribie einen Kampf vor.

Also gut. Wenn es sich um eine politische Sache handelte, so ging es dabei um … Politik. In der Politik konnte er nicht viel unternehmen, woraus folgte: Er stellte sich die ganze Sache besser als ein Verbrechen vor …

Was war die *einfache* Lösung? Vielleicht sollte er hier die erste Regel der Polizeiarbeit anwenden: das Opfer verdächtigen. Allerdings wusste Mumm nicht genau, wer in diesem Fall das Opfer war. Also: den Zeugen verdächtigen. So lautete eine *weitere* gute Regel. Der inzwischen tote Dösig *hätte* die Steinsemmel stehlen und ihr Verschwinden erst einige Tage später »entdecken« können. Er wäre zu praktisch allem fähig gewesen. Die Art und Weise, wie die Semmel bewacht wurde, war ein Witz. Da hätten selbst Nobby und Colon bessere Arbeit geleistet. Sogar *viel* bessere, fügte Mumm in Gedanken hinzu, denn sie waren hinterhältig und deshalb Polizisten geworden. Die Wächter der Steinsemmel waren *ehrenwerte* Zwerge, und gerade *solchen* Leuten durfte man nichts anvertrauen. Für eine so wichtige Aufgabe brauchte man Personen mit der richtigen Mischung aus Schläue und Gemeinheit.

Andererseits ergab die Sache mit Dösig keinen Sinn. Der Verdacht *musste* sofort auf ihn fallen. Mit den Gesetzen der Zwerge kannte sich Mumm nicht sehr gut aus, aber er vermutete, dass ein Hauptverdächtiger kaum mit einer rosigen Zukunft rechnen durfte, vor allem dann, wenn sich keine andere Lösung des Falls anbot.

Vielleicht war er nach sechzig Jahren des Kerzenwechselns übergeschnappt. Nein, auch das klang nicht richtig. Wer einen solchen Job zehn Jahre lang ertrug, würde den Gleisen der Routine wahrscheinlich bis in alle Ewigkeit folgen. Außerdem weilte Dösig jetzt in der großen Goldmine im Himmel oder tief im Boden, oder wo auch immer Zwerge das Paradies vermuteten. Er konnte keine Fragen mehr beantworten.

Ich *bin* in der Lage, diesen Fall zu lösen, dachte Mumm. Alles Notwendige war vorhanden. Es kam nur darauf an, die richtigen Fragen zu stellen und in den richtigen Bahnen zu denken.

Sein Mumm-Instinkt versuchte, ihm noch etwas anderes mitzuteilen.

Dies war *ein* Verbrechen – wenn man den Umstand, dass jemand ein Objekt als Geisel hielt, kriminell nennen konnte. Aber es handelte sich nicht in dem Sinne um *das* Verbrechen.

Es gab hier noch ein anderes Verbrechen. Mumm wusste es mit der gleichen Gewissheit, mit der ein Fischer am gekräuselten Wasser den Schwarm erkannte.

Auf der Bühne ging der Kampf weiter. Er kam nur langsam voran, weil er nach jeweils einigen vorsichtigen Axthieben für ein Lied unterbrochen wurde, bei dem vermutlich Gold im Mittelpunkt stand.

»Äh, worum geht es eigentlich?«, fragte er.

»Die Oper ist fast vorbei«, flüsterte Sybil. »Eigentlich wurde nur ein Teil aufgeführt, in dem die Steinsemmel gebacken wird, aber wenigstens haben sie die Geiselarie hinzugefügt. Mit der Hilfe von Skalt entkommt Eisenhammer aus dem Gefängnis, stiehlt die von Agi versteckte Wahrheit und verbirgt sie in der Semmel. Anschließend überredet er die Wächter am Lager von Blutaxt dazu, ihn passieren zu lassen. Die Zwerge glauben, die Wahrheit sei einst ein *Gegenstand* gewesen, eine Art seltenes Metall, und der letzte Teil davon steckt in der Semmel. Die Wächter können sich nicht widersetzen, weil die Wahrheit so mächtig ist. In dem Lied geht es darum, dass sich die Liebe – wie auch die Wahrheit – immer offenbart, so wie der Rest Wahrheit in der Semmel das ganze Objekt wahr werden lässt. Es ist eins der besten Musikstücke auf der ganzen Welt, und Gold wird darin kaum erwähnt.«

Mumm blinzelte. Er verlor schon den Überblick bei Liedern, die komplexer waren als solche mit Titeln wie »Wohin ist die ganze Vanille verschwunden (Aspik ist einfach kein Ersatz)?«

»Blutaxt und Eisenhammer«, murmelte er und merkte, dass ihm die in der Nähe sitzenden Zwerge verärgerte Blicke zuwarfen. »Welcher von ihnen …«

»Grinsi hat es dir doch gesagt. Es sind beides Zwerge«, erwiderte Sybil scharf.

»Ah«, brummte Mumm verdrießlich.

Was das anging, spürte er immer eine gewisse Unsicherheit. Es gab Männer, und es gab Frauen – so viel stand fest. Sam Mumm war ein sehr unkomplizierter Mann in dem, was manche Dichter als »Arena der Liebe«* bezeichneten. Er wusste, dass es in den Schatten von Ankh-Morpork Leute gab, die ausgesprochen phantasievoll an diese Sache herangingen. Mumm begegnete dem Phänomen mit der gleichen Einstellung, die er einem fernen Land entgegenbrachte: Er war nie dort gewesen und von solchen Dingen nicht betroffen. Es erstaunte ihn, was sich manche Leute einfallen ließen, wenn sie Zeit hatten.

Er konnte sich kaum eine Welt ohne Karte vorstellen. Die Zwerge ignorierten den Sex nicht etwa; sie schienen ihn nur nicht für *wichtig* zu halten. Wenn Menschen auf die gleiche Weise denken würden, wäre Mumms Arbeit wesentlich einfacher.

Offenbar folgte nun eine Sterbebettszene. Mumm kannte nur ein paar Brocken Straßenzwergisch aus Ankh-Morpork, deshalb fiel es ihm schwer, den dargestellten Ereignissen zu folgen. Jemand starb, und jemand anders bedauerte das sehr. Beide Hauptsänger hatten Bärte, in denen man ein ganzes Huhn verstecken konnte. Ihre Schauspielerei beschränkte sich darauf, gelegentlich dem anderen Sänger zuzuwinken.

Überall um sich herum vernahm Mumm leises Schluchzen, und mehrere Nasen wurden recht laut geputzt. Selbst Sybils Unterlippe zitterte.

Mumm hätte am liebsten gesagt: Es ist doch nur ein Lied. Mit der Wirklichkeit hat es nichts zu tun. Verbrechen und Straßen und die Verfolgung von Schurken … Das ist die Realität. In Ankh-Morpork kommt ihr nicht weit, wenn ihr einem bewaffneten Wächter mit einem Brötchen zuwinkt …

Die Oper bekam jene Art von Applaus, die verriet, dass die

* Er hatte eine gewisse Ähnlichkeit zwischen dem Sex und der Kochkunst bemerkt. Beides faszinierte Leute. Manchmal kauften sie Bücher mit komplizierten Rezepten und interessanten Bildern, wenn sie wirklich großen Appetit verspürten, malten sie sich gewaltige Banketts aus. Doch am Ende des Tages gaben sie sich mit Bratkartoffeln und Spiegeleiern zufrieden, wenn sie gut zubereitet waren und vielleicht mit einer Tomatenscheibe serviert wurden.

Anwesenden nicht verstanden hatten, worum es ging, sich aber dazu verpflichtet fühlten, alles verstanden zu haben.

Nach der Aufführung bahnte sich Mumm einen Weg durch das Gedränge. Dee sprach mit einem in Schwarz gekleideten und kräftig gebauten jungen Mann, der irgendwie vertraut wirkte. Mumm schien auf ihn einen ähnlichen Eindruck zu machen, denn er nickte ihm ein wenig arrogant zu.

»Ah, Euer Gnaden Mumm«, sagte er. »Hat dir die Oper gefallen?«

»Besonders der Teil, der das Gold betraf«, erwiderte Mumm. »Und du bist ...«

Der Mann schlug die Hacken zusammen. »Wolf von Überwald!«

Irgendetwas machte »Klick« hinter Mumms Stirn, und seine Augen nahmen Details wahr: die Schneidezähne ein wenig zu lang, das blonde Haar am Hals recht dicht ...

»Anguas Bruder?«, fragte er.

»Ja, Euer Gnaden.«

»Wolf der Wolf, wie?«

»Danke, Euer Gnaden«, sagte Wolf würdevoll. »Das ist sehr komisch. Ja, wirklich! Schon seit langer Zeit habe ich diesen Witz nicht mehr gehört! Ankh-Morporks Sinn für Humor!«

»Aber du trägst Silber an deiner ... Uniform. Diese ... Abzeichen. Wolfsköpfe, die nach Blitzen schnappen ...«

Wolf zuckte mit den Schultern. »Ah, so etwas fällt einem Polizisten natürlich sofort auf. Nun, es ist kein Silber, sondern Nickel.«

»Das Regiment kenne ich nicht.«

»Wir sind mehr eine ... Bewegung«, sagte Wolf.

Auch die Haltung ähnelte der Anguas: eine selbstsichere Kämpfe-oder-Flucht-Pose; der ganze Körper wirkte wie eine gespannte Feder, deren Kraft sich jederzeit entladen konnte, und zwar ohne die Option »Flucht«. Wenn Angua schlechte Laune hatte, neigten Menschen in ihrer Nähe unbewusst dazu, den Kragen hochzuschlagen. Aber die Augen waren anders. Sie sahen nicht wie die Anguas aus, ließen sich nicht einmal mit den Augen eines Wolfs vergleichen.

Kein Tier hatte solche Augen. Aber Mumm hatte sie gelegentlich in Ankh-Morporks weniger gesunden Kneipen gesehen: Wenn man Glück hatte, kam man dort durch die Tür nach draußen, bevor der letzte Schluck einen blind werden ließ.

Colon nannte solche Leute »Flaschenbrut«, und Nobby sprach von »verdammten Irren«. Wie auch immer die Bezeichnung lauten mochte: Mumm erkannte einen Mistkerl, der keine Skrupel hatte, mit dem Kopf durch die Wand ging und nicht davor zurückschreckte, anderen Leuten die Augen auszukratzen. Bei einem Kampf blieb einem nichts anderes übrig, als ihn umzubringen, andernfalls würde er alles versuchen, um einen zu töten. Die meisten Randalierer in Kneipen gingen nicht so weit, denn inzwischen hatte sich herumgesprochen, dass der Mörder eines Polizisten und seine Komplizen mit ziemlich unangenehmen Konsequenzen rechnen mussten. Aber ein echter *Mistkerl* scherte sich nicht darum, weil sich sein Gehirn an einem anderen Ort aufhielt, während er kämpfte.

Wolf lächelte. »Gibt es ein Problem, Euer Gnaden?«

»Was? Nein. Ich habe nur … nachgedacht. Sind wir uns schon einmal begegnet?«

»Heute Morgen hast du meinen Vater besucht.«

»Ah, ja.«

»Wir wechseln nicht immer die Gestalt, wenn Besucher kommen«, sagte Wolf. In seinen Augen flackerte nun ein orangenes Licht. Bisher hatte Mumm »glühende Augen« für eine Redewendung gehalten.

»Wenn du mich bitte entschuldigen würdest – ich muss mit dem Ideenschmecker sprechen«, sagte Mumm. »Über Politik.«

Dee folgte ihm in eine stille Ecke. »Ja?«

»Hat Dösig die Semmelhöhle jeden Tag zur gleichen Zeit aufgesucht?«

»Ich glaube schon. Es hing von seinen anderen Pflichten ab.«

»Also hat er sie *nicht* immer zur gleichen Zeit aufgesucht. Na schön. Wann findet der Wachwechsel statt?«

»Um drei Uhr.«

»Erreichte Dösig die Höhle vorher oder nachher?«

»Das hing von seinen anderen …«

»Meine Güte. Schreiben die Wächter alles auf?«

Dee starrte Mumm groß an. »Soll das heißen, er könnte die Höhle *zwei*mal an einem Tag aufgesucht haben?«

»Ausgezeichnet. Nun, ich meine, das könnte der Fall gewesen sein. Ein Zwerg kommt allein mit einem Boot und bringt zwei Kerzen. Würden die Wächter großes Interesse an ihm zeigen? Und wenn ein *anderer* Zwerg eine Stunde später käme, nach dem Wachwechsel … Wäre das ein großes Risiko? Selbst wenn der andere Zwerg auffiele … Er brauchte nur etwas über … was weiß ich, schlechte Kerzen oder feuchte Dochte oder so zu murmeln.«

Dee blickte in die Ferne. »Es wäre trotzdem ziemlich gefährlich«, entgegnete er schließlich.

»Aber wenn der Dieb weiß, wann die Wache wechselt und wo sich der wahre Dösig aufhält … In dem Fall bleibt nur ein geringes Restrisiko. Und als Lohn winkt die Steinsemmel.«

Dee schauderte und nickte. »Morgen früh werden die Wächter befragt«, entschied er.

»Von mir.«

»Warum?«

»Weil ich weiß, mit welchen Fragen man Antworten bekommt. Wir richten hier ein Büro ein. Wir stellen fest, wer wann wo gewesen ist. Und wir reden mit den Wächtern. Auch mit denen am Tor. Wir stellen fest, wer gekommen und wer gegangen ist.«

»Du vermutest etwas, nicht wahr?«

»Nun, sagen wir, es formen sich gewisse Vorstellungen.«

»Ich … kümmere mich um alles.«

Mumm richtete sich auf und kehrte zu Lady Sybil zurück, die wie eine Insel in einem Meer aus Zwergen aufragte. Sie sprach mit einigen von ihnen, die Mumm zuvor auf der Bühne gesehen hatte.

»Wo bist du gewesen, Sam?«, fragte Sybil.

»Politik hat mich aufgehalten«, erwiderte Mumm. »Und der Umstand, dass ich meinem Instinkt vertraue. Kannst du sehen, wer uns beobachtet?«

»Ach, *das* Spiel?« Sybil lächelte zufrieden und fuhr in unverdächtigem Plauderton fort: »Praktisch alle. Aber wenn ich Preise verteilen müsste, würde ich die traurige Dame in der kleinen Gruppe links von dir in die engere Wahl ziehen. Sie hat Vampirzähne, Sam. Und sie trägt Perlen. Das eine passt nicht unbedingt zum anderen.«

»Siehst du Wolfgang?«

»Äh, nein. Da du es jetzt erwähnst ... Eigentlich seltsam. Eben war er noch da. Hast du die Leute in Unruhe versetzt?«

»Vielleicht habe ich dazu beigetragen, dass sich die Leute gegenseitig in Unruhe versetzen«, sagte Mumm.

»Das freut mich für dich. Darauf verstehst du dich gut.«

Mumm drehte sich halb um, wie jemand, der sich einen Eindruck von der Umgebung verschaffen möchte. Zwischen den menschlichen Gästen wanderten Zwerge hin und her, bildeten einzelne Gruppen. Fünf oder sechs versammelten sich und sprachen aufgeregt miteinander. Dann ging einer fort und schloss sich einer anderen Gruppe an, während jemand anders seinen Platz in der ersten einnahm. Manchmal löste sich eine ganze Gruppe auf, und ihre Angehörigen stoben wie die Trümmer nach einer Explosion auseinander: Jeder von ihnen strebte in eine andere Richtung, um sich einer neuen Gruppe hinzuzugesellen.

Mumm gewann den Eindruck, dass sich eine Struktur hinter diesen Bewegungen verbarg, ein langsamer, zielstrebiger Tanz der Information. *Schachtversammlungen,* dachte er. *Kleine Gruppen, denn für mehr reicht der Platz nicht aus. Und man spricht nicht zu laut. Und wenn die Gruppe entscheidet, wird jedes Gruppenmitglied zu einem Botschafter dieser Entscheidung. Die Nachricht breitet sich kreisförmig aus. Eine ganze Gesellschaft, die auf formellem Klatsch basiert.*

Mit der gleichen Methode, so überlegte Mumm, konnte man die Frage diskutieren, ob zwei und zwei wirklich vier ergab. Nach langen Debatten und gründlichen Erwägungen mochte die Gruppe zu dem Schluss gelangen, dass zwei und zwei vier und ein bisschen ergab, außerdem vielleicht auch noch ein Ei.*

Manchmal blieb ein Zwerg stehen und starrte, bevor er den Weg fortsetzte.

»Man erwartet uns zum Essen«, sagte Sybil und nickte in Richtung einer hell erleuchteten Höhle. Die meisten Anwesenden strebten dorthin.

»Lieber Himmel. Bier schlabbern? Gebratene Ratten? Wo ist Detritus?«

»Dort drüben. Er spricht mit dem Kulturattaché von Gennua. Ich meine den Mann mit den glasigen Augen.«

Sie näherten sich und hörten, wie Detritus ziemlich wortreich erklärte:

»... und dann da ist ein großer Raum mit vielen Sitzen drin, und die Wände rot sind, und dicke goldene Babys eine Säule hinaufklettern, aber mach dir keine Sorgen, es nicht sind *richtige* Babys, sie nur bestehen aus Gips oder so ...« Es entstand eine kurze Pause, als Detritus nachdachte. »Und ich auch nicht glaube, dass es ist richtiges Gold, denn irgendein Mistkerl es längst geklaut hätte ... Und vor der Bühne es eine große Grube gibt, und da drin die Musiker sitzen. Und das alles wäre für diesen Raum. Im *nächsten* Zimmer viele Marmorsäulen stehen, und rote Teppiche auf dem Boden liegen ...«

* Mumm hatte einmal mit Karotte über die ephebianische Idee der »Demokratie« gesprochen. Die Vorstellung, dass jeder[1] eine Stimme hatte, faszinierte ihn sehr, bis er sich folgender Erkenntnis stellen musste: Zwar hatte er, Mumm, eine Stimme, aber die Vorschriften konnten nicht verhindern, dass Nobby Nobbs ebenfalls eine bekam. Mumm erkannte den Nachteil der Demokratie sofort.

[1] Abgesehen von Frauen, Kindern, Sklaven, Idioten und Leuten, die einfach nicht die richtigen Leute waren.

»Detritus?«, fragte Lady Sybil. »Du hast diesen Herrn doch nicht etwa mit Beschlag belegt, oder?«

»Nein, ich ihm erzähle alles über unsere Kultur in Ankh-Morpork«, erwiderte Detritus hochtrabend. »Ich jeden Zentimeter vom Opernhaus kenne.«

»Ja«, bestätigte der Kulturattaché von Gennua benommen. »Ich muss sagen, dass ich es gar nicht abwarten kann, die Kunstgalerie zu besuchen und …« Er schauderte. »… ›zu sehen das Bild der Frau, ich glaube, der Künstler nicht wusste, wie man malt ein richtiges Lächeln, aber der Rahmen sicher den einen oder anderen Blick wert ist.‹ Klingt nach einer überaus wichtigen Erfahrung.«

»Wisst ihr, ich nicht glaube, dass er versteht viel von Kultur«, sagte Detritus, als der Mann fortging.

»Glaubst du, jemand vermisst uns, wenn wir uns verdrücken?«, fragte Mumm und sah sich um. »Ein langer Tag liegt hinter uns, und ich möchte in aller Ruhe über bestimmte Dinge nachdenken …«

»Sam, du bist der *Botschafter*, und Ankh-Morpork ist eine Weltmacht«, erwiderte Sybil. »Wir können nicht einfach verschwinden! Die Leute würden darüber *reden*!«

Mumm stöhnte. Inigo hatte also Recht: Wenn Mumm niest, putzt sich Ankh-Morpork die Nase.

»Euer Exzellenz?«

Er blickte auf zwei Zwerge hinab.

»Der Niedere König wird dich jetzt empfangen«, sagte einer von ihnen.

»Äh …«

»Wir müssen offiziell vorgestellt werden«, flüsterte Lady Sybil.

»Was, auch Detritus?«

»Ja!«

»Aber er ist ein Troll!« Zu Anfang schien es eine gute und sehr lustige Idee gewesen zu sein.

Mumm spürte ein gewisses Bewegungsmuster in der Menge in der großen Höhle, eine Art Strömung, die zum rückwärtigen Teil der Kaverne führte und von der man sich erfassen lassen musste, ob man wollte oder nicht.

Der Niedere König saß auf einem kleinen Thron unter einem der Kronleuchter. Das metallene Dach über ihm war bereits mit Wachsstalaktiten verkrustet.

Um ihn herum standen vier recht große Zwerge, die misstrauisch wachten und mit ihren dunklen Brillen recht bedrohlich wirkten. Jeder von ihnen hielt eine Axt. Die ganze Zeit über starrten sie andere Leute an.

Der König sprach mit dem gennuanischen Botschafter. Mumm sah kurz zu Grinsi und Detritus. Plötzlich erschien es ihm nicht mehr als gute Idee, dass er ausgerechnet sie mitgenommen hatte. In seiner offiziellen Kleidung wirkte der König viel … distanzierter, wie jemand, der nur sehr schwer zufrieden zu stellen war.

Immer mit der Ruhe, dachte Mumm. Grinsi und Detritus *sind* Bürger von Ankh-Morpork. Sie machen nichts falsch. Und dann berichtigte er sich: In *Ankh-Morpork* machen sie nichts falsch.

Die Schlange der Wartenden geriet wieder in Bewegung. Sie hatten den König fast erreicht. Die Aufmerksamkeit der Wächter galt nun Detritus, und sie hielten ihre Äxte weniger entspannt als vorher. Detritus gab vor, es nicht zu bemerken.

»Dieser Ort noch viel kultureller ist als das Opernhaus«, sagte er und sah sich respektvoll um. »Die Kronleuchter bestimmt eine Tonne wiegen.«

Er hob die Hand, rieb sich den Kopf, betrachtete dann seine Finger.

Mumm blickte nach oben. Etwas Warmes, wie ein Regentropfen aus Butter, traf ihn an der Wange. Als er ihn fortwischte, bewegten sich Schatten …

Die Dinge geschahen mit sirupartiger Langsamkeit. Mumm sah es aus der Perspektive eines wenige Meter entfernt stehenden Beobachters. Der andere Mumm vor ihm gab Grinsi und Sybil einen Stoß, rief etwas, sprang dem König entgegen und hob den Zwerg vom Thron, als eine Axt seinen Rückenpanzer traf.

Und dann rollte er herum, mit einem zornigen Zwerg in den Armen, und der Kronleuchter war auf halbem Weg nach unten, und die Flammen der Kerzen wuchsen in die Länge, und dort stand Detritus und hob die Hände mit einem berechnenden Gesichtsausdruck …

Es folgte ein Moment der Unbewegtheit und Stille, als der Troll den herabfallenden Berg aus Licht auffing. Dann kehrte die normale Physik zurück, in einer explodierenden Wolke aus Zwergen, Trümmern, geschmolzenem Wachs und lodernden Kerzen.

Mumm erwachte in Dunkelheit. Er blinzelte und berührte seine Augen, um sich zu vergewissern, dass sie tatsächlich offen waren.

Dann richtete er sich auf und stieß mit dem Kopf gegen Stein. Und *dann* gab es plötzlich Licht, gemeines gelbes und purpurnes Licht, das sein Leben ganz plötzlich füllte. Er legte sich wieder hin und wartete, bis der grelle, schmerzhafte Glanz verschwand.

Er begann mit einer persönlichen Bestandsaufnahme. Mantel, Helm, Schwert und Rüstung fehlten. Er trug nur noch Hemd und Kniehose. Zwar war es an diesem Ort nicht eiskalt, aber er zeichnete sich durch eine feuchte Kälte aus, die ihm bereits in die Knochen kroch.

Na schön …

Er wusste nicht, wie lange es dauerte, bis er ein Gefühl für die Zelle bekam. Er bewegte sich Zentimeter für Zentimeter und tastete dabei mit den Armen umher, wie jemand, der einen Nahkampf gegen die Dunkelheit führte.

In völliger Finsternis wurden die Sinne unzuverlässig. Vorsichtig folgte er dem Verlauf der Wand, dann dem einer anderen, entdeckte schließlich eine dritte, die seinen Fingern den Umriss einer kleinen Tür mit Klinke zeigte.

Schließlich kehrte er zur ersten Wand mit der Steinplatte zurück, auf der er zu sich gekommen war.

Die ganze Zeit über musste er den Kopf bis zur Brust senken. Mumm war kein sehr großer Mann. Wäre er größer gewesen, hätte er sich ummittelbar nach dem Erwachen den Schädel aufgeschlagen.

Ihm standen keine Maßbänder oder ähnliche Dinge zur Verfügung, deshalb half er sich mit seinem Polizistenschritt. Wenn er auf bestimmte Weise schlenderte, wusste er ganz genau, wie lange es dauerte, die Messingbrücke zu überqueren. Anschließend musste er ein wenig rechnen, was ihm angesichts des immer noch schmerzenden Kopfes nicht leicht fiel, und gelangte dann zu dem Ergebnis: Er befand sich in einem etwa neun Quadratmeter großen Raum.

Er entschied sich dagegen, »Hilfe! Hilfe!« zu rufen. Immerhin war dies eine Zelle. Jemand hatte ihn mit *Absicht* hier untergebracht. Es gab daher allen Grund zu der Annahme, dass die betreffende Person nicht an seiner Meinung interessiert war.

Einmal mehr tastete er sich einen Weg zur Steinplatte und legte sich hin. Dabei vernahm er ein leises Rasseln.

Mumm klopfte auf seine Hosentaschen und fand eine Schachtel, die noch drei Streichhölzer enthielt.

Er erinnerte sich an den Kronleuchter. Er *glaubte*, sich daran zu erinnern, wie Detritus das Ding aufgefangen hatte. Überall waren Schreie erklungen und Leute umhergelaufen, und der König in Mumms Armen hatte geflucht, wie nur ein Zwerg fluchen konnte. Und dann hatte ihn ein Schlag getroffen.

Ein Schmerz im Rücken erinnerte ihn an den Axthieb, und so etwas wie Nationalstolz regte sich in ihm. Der Rückenpanzer aus Ankh-Morpork hatte dem Hieb standgehalten! Zugegeben, wahrscheinlich war er in Ankh-Morpork von Zwergen aus Überwald mit aus Überwald-Eisen gewonnenem Stahl hergestellt worden, aber es war trotzdem ein Rückenpanzer aus Ankh-Morpork.

Auf der Steinplatte lag ein Kissen, in Überwald hergestellt. Als Mumm den Kopf drehte, hörte er ein leises Klacken. Solche Geräusche brachte er normalerweise nicht mit Federn in Verbindung.

In der Dunkelheit griff er nach dem beutelartigen Objekt und schaffte es, den dicken Stoff mit den Zähnen aufzureißen.

Wenn das, was er daraus hervorzog, einmal Teil eines Vogels gewesen war, so wollte er ihm lieber nicht begegnen. Es *fühlte* sich ganz wie Inigos Ein-Schuss-Armbrust an. Vorsichtig tastete Mumm nach dem einen Ende des Apparats und stellte fest, dass er geladen war.

Nur ein Schuss, erinnerte er sich. Aber ein Schuss, mit dem niemand rechnete ... Die Waffe war bestimmt nicht von der Zahnfee im Kissen versteckt worden – es sei denn, sie hatte es in letzter Zeit mit einigen sehr schwierigen Kindern zu tun gehabt.

Mumm schob die Armbrust in den Beutel zurück, als er Licht bemerkte. Schwaches Glühen machte ein vergittertes Fenster in der Tür erkennbar, und dahinter zeichneten sich schattenhafte Gestalten ab.

»Bist du wach, Euer Gnaden! Dies ist sehr bedauerlich.«

»Dee?«

»Ja.«

»Bist du gekommen, um mir mitzuteilen, dass ein grässlicher Irrtum vorliegt?«

»Leider nein. Ich bin natürlich von deiner Unschuld überzeugt.«

»Wirklich?«, knurrte Mumm. »Ich auch. Ich bin sogar *so* von meiner Unschuld überzeugt, dass ich nicht einmal weiß, in welcher Hinsicht ich keine Schuld auf mich geladen habe! Lass mich frei, oder ...«

»... oder du bleibst da drin, fürchte ich«, sagte Dee. »Es ist eine ziemlich stabile Tür. Du bist hier nicht in Ankh-Morpork, Euer Gnaden. Ich werde Lord Vetinari so bald wie möglich von deiner misslichen Lage unterrichten, aber soweit ich weiß, ist der Nachrichtenturm schwer beschädigt ...«

»Meine *missliche Lage* besteht darin, dass du mich eingesperrt hast! Warum? Ich habe euren König gerettet.«

»Es gab einen ... Konflikt.«

»Jemand ließ den Kronleuchter herabfallen!«

»Ja, das stimmt. Offenbar einer deiner Mitarbeiter.«

»Das ist ausgeschlossen, wie du sehr wohl weißt! Detritus und Kleinpo begleiteten mich, als …«

»Herr Schaumlöffel gehörte ebenfalls zu deinen Mitarbeitern, nicht wahr?«

»Er … Ja, aber … Ich … Er würde nicht …«

»Ich glaube, in Ankh-Morpork gibt es so etwas wie eine Assassinengilde«, sagte Dee ruhig. »Du kannst mich gern berichtigen.«

»Er war im Turm.«

»Im *beschädigten* Nachrichtenturm?«

»Er wurde beschädigt, bevor Schaumlöffel …« Mumm unterbrach sich. »Wieso sollte er den Turm außer Betrieb setzen wollen?«

»Ich habe nicht gesagt, dass er ihn außer Betrieb gesetzt hat«, erwiderte Dee noch immer ganz ruhig. »Außerdem, Euer Gnaden, *heißt* es, dass du ein Zeichen gegeben hast, kurz bevor der Kronleuchter fiel …«

»Was?«

»Du hast die Hand zur Wange gehoben oder etwas in der Art. Und unmittelbar darauf kam es zu dem Zwischenfall.«

»Das verdammte Ding schwankte! Hör mal, lass mich mit Schaumlöffel reden!«

»Hast du übernatürliche Kräfte, Euer Gnaden?«

Mumm zögerte. »Er ist tot?«

»Wir glauben, dass er sich im Mechanismus der Winde verfangen hat, als er den Kronleuchter aus seiner Verankerung löste. In seiner Nähe fanden wir drei tote Zwerge.«

»Er würde nicht …« Mumm unterbrach sich erneut. Natürlich würde er nicht. Aber er gehörte zu einer bestimmten Gilde in Ankh-Morpork, und das weißt du ganz genau.

Offenbar sah Dee seinen Gesichtsausdruck. »In der Tat. Es laufen gründliche Ermittlungen. Wer unschuldig ist, hat nichts zu befürchten.«

Der Hinweis, dass sie nichts zu befürchten haben, erfüllt die Herzen aller Unschuldigen mit garantiertem Schrecken.

»Was habt ihr mit Sybil angestellt?«

»Angestellt, Euer Gnaden? Nichts. Wir sind keine Barbaren. Über deine Frau haben wir nur das Beste gehört. Natürlich ist sie ziemlich außer sich.«

Mumm stöhnte. »Und Detritus und Kleinpo?«

»Nun, sie standen unter deinem Befehl, Euer Gnaden. Einer ist ein Troll, und der andere ist ... auf gefährliche Weise anders. Genau aus diesem Grund stehen sie in deiner Botschaft unter Hausarrest. Wir respektieren die Traditionen der Diplomatie und wollen uns nicht nachsagen lassen, aus reiner Bosheit gehandelt zu haben.« Dee seufzte. »Und dann gibt es da natürlich noch die *andere* Angelegenheit ...«

»Willst du mir auch den Diebstahl der Steinsemmel zur Last legen?«

»Du hast den König berührt.«

Mumm starrte verblüfft. »Wie bitte? Ein tausend Kilo schwerer Kerzenhalter fiel auf ihn herab!«

»Darauf wurde bereits hingewiesen ...«

»Und ihr habt mich eingesperrt, weil ich ihn vor dem Mordanschlag bewahrte, den ich selbst geplant habe?«

»Hast du ihn geplant?«

»Nein! Das verdammte Ding kam herunter – was hätte ich denn sonst machen sollen? Vielleicht am Teppich ziehen?«

»Ja, ja, ich verstehe. Aber in dieser Hinsicht gibt es klare Präzedenzfälle. Als im Jahre 1345 der damalige König in einen See fiel, rührten ihn seine Mitarbeiter nicht an, und später wurde entschieden, dass sie richtig gehandelt hatten. Es ist verboten, den König zu berühren. Ich habe der Konklave erklärt, dass es in Ankh-Morpork andere Regeln gibt, aber wir sind hier nicht in Ankh-Morpork.«

»Daran brauchst du mich nicht zu erinnern!«

»Du bleibst unser ... Gast, solange die Ermittlungen andauern. Man wird dir zu essen und zu trinken bringen.«

»Und Licht?«

»Natürlich. Entschuldige bitte. Wenn du von der Tür zurückweichen würdest … Die Wächter in meiner Begleitung sind bewaffnet und sehr … unkomplizierte Leute.«

Das Gitter im Fenster schwang auf, und eine Hand stellte einen glühenden Käfig auf den nahen Sims.

»Was ist das? Ein krankes Glühwürmchen?«

»Eine Art Käfer, ja. Er wird gleich heller werden. Wir sind an die Dunkelheit gewöhnt.«

»Hör mal, Dee«, sagte Mumm, als das Gitter wieder zuschwang, »du weißt doch, dass dies alles lächerlich ist! Ich habe keine Ahnung, was die Sache mit Herrn Schaumlöffel zu bedeuten hat, aber ich werde es herausfinden! Und die gestohlene Semmel. Ich bin ziemlich sicher, dass ich kurz vor einer Lösung des Falles stehe. Wenn du mich zur Botschaft zurückkehren lässt … Wohin könnte ich schon gehen?«

»Das möchten wir nicht herausfinden. Vielleicht kommst du zu dem Schluss, dass das Leben in Ankh-Morpork angenehmer ist.«

»Ach? Und wie könnte ich dorthin zurückkehren?«

»Vielleicht mit der Hilfe eines Freundes, von dem du gar nichts wusstest.«

Mumm dachte an die gemeine kleine Waffe im Kissen.

»Man wird dich nicht schlecht behandeln, so wie es unserer Tradition entspricht«, sagte Dee. »Du hörst von mir, sobald ich Neuigkeiten habe.«

»He …«

Doch Dee verschwand in einem dämmerigen Licht, das fast überhaupt nicht vorhanden war.

In Mumms Zelle gab sich der Glühkäfer alle Mühe, aber es gelang ihm nur, die Dunkelheit in eine Ansammlung aus grünlichen Schatten zu verwandeln. Man konnte herumgehen, ohne gegen die Wände zu stoßen, aber das war auch alles.

Ein Schuss, mit dem niemand rechnete.

Damit schaffte er es vermutlich, die Zelle zu verlassen. Und dann befand er sich in einem Korridor. Tief im Boden. In einer Welt der Zwerge.

Andererseits war es erstaunlich, wie sehr sich die Indizien gegen einen richten konnten, wenn Absicht dahinter steckte.

Aber Mumm war Botschafter! Wo blieb die diplomatische Immunität? Doch dieses Argument nützte einem kaum etwas, wenn man es mit unkomplizierten Leuten zu tun hatte, die über Waffen verfügten. Vielleicht kamen sie auf den Gedanken, ein kleines Experiment durchzuführen und herauszufinden, ob die diplomatische Immunität wirklich immun machte.

Ein Schuss, den niemand erwartete ...

Etwas später rasselten Schlüssel, und die Tür wurde geöffnet. Mumm bemerkte die schemenhaften Gestalten von zwei Zwergen. Einer hielt eine Axt; der andere trug ein Tablett.

Der Zwerg mit der Axt bedeutete Mumm zurückzutreten.

Eine Axt war keine gute Idee, fand Mumm. Zwerge bevorzugten diese Waffe, aber in einem kleinen Raum ließ sich damit nur wenig anfangen.

Er hob die Hände und tastete unauffällig nach seinem Nacken, als der andere Zwerg langsam an die Steinplatte trat.

Diese Zwerge wirkten nervös. Vielleicht bekamen sie nur selten Menschen zu Gesicht. An diesen sollten sie sich erinnern.

»Möchtet ihr einen kleinen Trick sehen?«, fragte Mumm.

»*Grz'dak*?«

»Beobachtet *dies*«, sagte Mumm, brachte die Hände nach vorn und schloss die Augen, kurz bevor das Streichholz aufflammte.

Er hörte, wie die Axt zu Boden fiel, als ihr Besitzer versuchte, sich die Augen abzuschirmen. Das war ein unerwarteter Bonus, aber er hielt sich nicht damit auf, dem Gott der Verzweifelten zu danken. Mumm sprang vor, trat mit aller Kraft zu und vernahm ein schnaufendes »Uff«. Dann warf er sich in die Dunkelheit, die den anderen Zwerg enthielt, fand dort einen Kopf, drehte ihn und schlug ihn gegen die Wand.

Der erste Zwerg versuchte, wieder auf die Beine zu kommen.

Mumm tastete in der Finsternis nach ihm, packte ihn an der Jacke und krächzte: »Jemand hat mir eine Waffe zugesteckt. Du solltest getötet werden. Denk daran. *Ich hätte dich töten können.*«

Er rammte dem Zwerg die Faust in den Bauch. Er hatte nicht genug Zeit, nach den Regeln des Marquis von Fantailler* vorzugehen.

Dann drehte er sich um, nahm den kleinen Käfig mit dem Lichtkäfer und eilte zur Tür.

Dahinter erstreckte sich ein Gang, der nach links und rechts führte. Mumm zögerte lange genug, um Zugluft zu spüren, und wandte sich dann in die entsprechende Richtung.

Nach einigen Dutzend Metern fand er einen weiteren Käfig mit einem Glühkäfer. Er beleuchtete – wenn man diesen Ausdruck bei einem Licht verwenden durfte, das die Dunkelheit nur weniger schwarz werden ließ – eine große runde Öffnung, in der sich träge ein Ventilator drehte.

Die Flügel waren so langsam, dass sich Mumm problemlos zwischen ihnen hindurchschieben und die gesamte Schwärze dahinter erreichen konnte.

Jemand will mich tot, dachte er, als er sich an der nächsten unsichtbaren Wand entlangtastete, das Gesicht der Zugluft zugewandt. Ein Schuss, mit dem niemand rechnet … Aber *jemand* rechnet damit …

Wenn man einen Gefangenen aus dem Knast holen wollte, so gab man ihm einen Schlüssel oder eine Feile, aber keine Waffe. Ein

* In seiner Jugend wurde der Marquis von Fantailler in viele Kämpfe verwickelt, meistens deswegen, weil man ihn als Marquis von Fantailler erkannte. Er verfasste einige Regeln für das, was er als »ehrenwerte Kunst des Faustkampfs« bezeichnete; dabei ging es vor allem um die Stellen, an denen ihn seine Gegner nicht treffen durften. Viele Leute ließen sich davon beeindrucken und traten ihren Widersachern tapfer mit hoch erhobenem Haupt, stolz geschwellter Brust und geballten Fäusten entgegen. Oft erlebten sie unangenehme Überraschungen, da ihre Kontrahenten die Regeln des Marquis nicht kannten, aber sehr wohl wussten, wie man jemanden mit einem Stuhl niederschlug. Die letzten Worte erstaunlich vieler Leute lauteten: »Zur Hölle mit dem verdammten Marquis von Fantailler …«

Schlüssel öffnete ihm vielleicht die Tür zur Freiheit, doch eine Waffe bedeutete, dass man ihn tötete.

Mumm verharrte mit einem Fuß über Leere. Das Licht des Glühkäfers zeigte ihm ein Loch im Boden. Ein besonderes Saugen verriet Tiefe.

Er hielt den Käfig zwischen den Zähnen, trat einige Schritte zurück und schätzte die Entfernung völlig falsch ein. Jenseits des Loches gab es einen Aufprall, der jede einzelne Rippe erschütterte und beide Arme fest auf den Boden presste.

Zwischen Mumms Zähnen zischte ein wenig Ankh-Morpork-Humor.

Nach einer Weile kam er wieder zu Atem, stand auf und holte die kleine Armbrust hervor. Er zog den Auslöser und hörte, wie sich der Bolzen in den Boden bohrte. Dann warf er die Waffe in das Loch – sie fiel recht lange, begleitet von gelegentlichem Klappern – und setzte den Weg fort, das Gesicht weiterhin der kalten Luft zugewandt.

Dies war kein Tunnel mehr, sondern der Boden eines Schachtes. Im grünen Glühen bemerkte Mumm etwas, das sich in der Mitte angesammelt hatte.

Er berührte Schnee, und als er nach oben sah, schmolz eine Flocke auf seinem Gesicht. Ein Lächeln umspielte seine Lippen. Im Licht des Käfers zeichneten sich die Konturen einer Wendeltreppe ab, die an den Felswänden nach oben führte.

Das Wort »Treppe« erwies sich als recht großzügige Beschreibung. Beim Anlegen des Schachtes hatten die Zwerge Löcher ins Gestein geschlagen und dicke Balken hineingetrieben. Versuchsweise belastete Mumm einen oder zwei mit seinem Gewicht – sie schienen stabil genug zu sein. Wenn er vorsichtig war, sollte es ihm eigentlich gelingen, nach oben zu klettern …

Er hatte bereits eine recht große Strecke zurückgelegt, als ein Balken brach. Aus einem Reflex heraus streckte er die Hände aus und schaffte es, die nächste Strebe zu ergreifen. Das Holz war glitschig, bot kaum Halt. Der Käfig mit dem Lichtkäfer fiel in die Tiefe. Während Mumm hin und her schwang, sah er, wie das Glühen immer mehr verblasste. Es schrumpfte zu einem Punkt und verschwand dann ganz.

Unmittelbar darauf begriff er, dass er sich nicht hochziehen konnte. Seine Finger waren taub, und der Rest seines *Lebens* dauerte nur noch so lange, wie sie an dem feuchten Holz nicht den Halt verloren.

Vielleicht eine Minute.

Vermutlich gab es viele Dinge, die sich in einer Minute erledigen ließen, aber die Auswahl wurde sehr viel kleiner, wenn man die eigenen Hände nicht benutzen konnte, weil man über einem tiefen Abgrund hing.

Mumm fiel.

Einen Augenblick später prallte er auf den nächsten Balken, der sich daraufhin von der Wand verabschiedete.

Mensch und Holz fielen. Mit einem die Rippen krümmenden Pochen knallte Mumm auf die nächste Stufe, während die anderen in ihrer Nähe nachgaben. Er lag auf dem zitternden Balken und hörte, wie geborstene Bestandteile der »Treppe« in die dunkle Tiefe fielen.

»…!« Mumm wollte fluchen, doch der Aufprall hatte ihm die Luft aus den Lungen gepresst. Wie eine gefaltete Hose hing er auf der Strebe.

Es war ziemlich lange her, seit er zum letzten Mal geschlafen hatte. Dem Erwachen auf der Steinplatte in der Zelle war kein erholsamer, die Kräfte erneuernder Schlaf vorangegangen, sondern Bewusstlosigkeit aufgrund eines wuchtigen Schlags. Nach gewöhnlichem Schlaf fühlte sich der eigene Mund nicht so an, als hätte jemand Kleister hineingeschüttet.

Erst am Morgen dieses Tages war der neue Botschafter von Ankh-Morpork aufgebrochen, um seine Beglaubigungsschreiben zu präsentieren. Erst am Abend dieses Tages hatte Ankh-Morporks Polizeichef damit begonnen, einen einfachen kleinen Diebstahl aufzuklären. Und jetzt hing er Dutzende von Metern über dem Boden eines kalten, dunklen Schachts. Einige Zoll dickes, altes und brüchiges Holz trennte ihn von einer kurzen Reise ins Jenseits.

Er konnte nur hoffen, dass er in den entscheidenden Sekunden nicht sein ganzes Leben sah. Es gab darin einige Abschnitte, an die er sich lieber nicht erinnern wollte.

»Ah ... Sir Samuel. Wie schade. Und dabei hat alles so gut für dich begonnen.«

Er öffnete die Augen. Mattes, purpurnes Licht von oben fiel auf Lady Margolotta. Sie saß in der Leere.

»Kann ich dich irgendwie aufmuntern?«, fragte sie.

Mumm schüttelte benommen den Kopf.

»Wenn du dich dadurch besser fühlst: Ich mache dies wirklich nicht gern«, sagte die Vampirin. »Es entsprach so sehr den ... *Erwartungen*. Meine Güte. Der morsche Balken sieht nicht sehr ...«

Holz knirschte, knackte und brach. Mumm landete auf der nächsten Strebe, alle viere von sich gestreckt, doch unmittelbar darauf brach sie ebenfalls, wie auch die anderen Stufen daneben. Die ausgestreckten Hände bekamen einmal mehr einen Balken zu fassen, und wieder baumelte Mumm.

Lady Margolotta schwebte würdevoll herab.

Unten donnerten die geborstenen Streben.

»Nun, rein theoretisch könntest du auf diese Weise lebend bis zum Grund des Schachtes gelangen«, sagte die Vampirin. »Allerdings fürchte ich, dass die hinuntergefallenen Balken viele andere Stufen zerstört haben.«

Mumm verlagerte sein Gewicht. Seine Finger rutschten nicht ab. Vielleicht schaffte er es diesmal, sich in die Höhe zu ziehen ...

»Ich wusste, dass du dahinter steckst«, brummte er und versuchte mit reiner Willenskraft, ein wenig Leben in die Schultermuskeln zurückzuzwingen.

»Nein, das stimmt nicht. Aber du wusstest, dass die Steinsemmel nicht gestohlen wurde.«

Mumm starrte zu der seelenruhig schwebenden Gestalt. »Die Zwerge würden nicht glauben, dass ...« Der Balken ruckte kurz – eine Bewegung, die unglücklichen Passagieren mitteilte, dass gleich eine Landung bevorstand.

Lady Margolotta schwebte etwas näher. »Ich weiß, dass du Vampire verabscheust«, sagte sie. »Das ist durchaus normal für deinen Persönlichkeitstyp. Es geht dabei um den ... Penetrationsaspekt. Aber wenn ich in der gegenwärtigen Situation an deiner Stelle wäre, so würde ich mich fragen: Verabscheue ich Vampire wirklich so sehr?«

Sie streckte die Hand aus.

»Nur ein Biss, und alle meine Probleme sind gelöst, wie?«, knurrte Mumm.

»Ein Biss wäre ein Biss zu viel, Sam Mumm.«

Das Holz knackte. Lady Margolotta griff nach Mumms Handgelenk.

Wäre er imstande gewesen, darüber nachzudenken, so hätte Mumm damit gerechnet, jetzt an einem Vampir zu baumeln. Stattdessen schwebte er.

»Du solltest jetzt besser nicht loslassen«, sagte Margolotta, als sie sanft durch den Schacht aufstiegen.

»*Ein Biss wäre einer zu viel*?«, wiederholte Mumm. Der Spruch klang vertraut. »Du bist ... abstinent?«

»Inzwischen seit fast vier Jahren.«

»Überhaupt kein Blut?«

»O doch. Von Tieren. Für sie ist es nicht ganz so schlimm wie geschlachtet zu werden, oder was meinst du? Natürlich werden sie dadurch ziemlich sanftmütig, aber eine Kuh hat ohnehin kaum Aussicht, jemals den Preis für den besten Denker des Jahres zu gewinnen. Ich bin nicht mehr nass, Herr Mumm.«

»Trocken«, brachte Mumm hervor. »Es heißt: Ich bin trocken. Und es ersetzt wirklich menschliches Blut?«

»So wie Limonade Alkohol ersetzt. Glaub mir. Außerdem kann ein intelligenter Kopf etwas ... anderes finden.« Die Wände des

Schachtes blieben unter ihnen zurück, und eiskalte Luft umgab sie, stach sofort durch Mumms Hemd. Sie schwebten ein wenig zur Seite, und dann wurde Mumm in knietiefem Schnee abgesetzt.

»Eine der besseren Eigenschaften der Zwerge besteht darin, dass sie nur selten etwas Neues versuchen und das Alte nie aufgeben«, sagte die Vampirin und verharrte über dem Schnee. »Du warst nicht schwer zu finden.«

»Wo bin ich hier?« Mumm sah sich um. Überall ragten Felsen und Bäume auf, von Schnee umhüllt.

»In den Bergen, ein ganzes Stück von der Stadt entfernt, in entgegengesetzter Richtung, Herr Mumm. Auf Wiedersehen.«

»Du willst mich einfach so zurücklassen?«

»Wie bitte? *Du* hast dich zur Flucht entschlossen. Ich bin überhaupt nicht hier. Ein Vampir, der sich in die Angelegenheiten der Zwerge einmischt? Undenkbar! Nun, sagen wir ... Es gefällt mir, wenn die Chancen gleich verteilt sind.«

»Es ist *kalt*! Und ich habe nicht einmal einen Mantel! Was *willst* du?«

»Du bist frei, Herr Mumm. Strebt nicht jeder nach Freiheit? Sollte nicht ein angenehm warmer Schein von ihr ausgehen?«

Lady Margolotta verschwand im Schnee.

Mumm zitterte. Erst jetzt begriff er, wie warm es unter Tage gewesen war. Außerdem musste er sich eingestehen, dass er das Zeitgefühl verloren hatte. Schwaches Licht zeigte sich. War es kurz nach Sonnenuntergang oder kurz vor dem Morgengrauen?

Eisiger Wind wehte, und Schneeflocken sammelten sich auf seiner feuchten Kleidung.

Freiheit konnte tödlich sein.

Eine Unterkunft. Das war wichtiger als alles andere. Ein Toter konnte mit exakten Informationen über Zeit und Ort nichts anfangen. Tote wussten immer, wo sie sich befanden und dass es zu spät war.

Er entfernte sich vom Schacht und wankte in den Wald, wo der Schnee weniger hoch war. Schwaches Licht ging davon aus, noch schwächer als das eines kranken Glühkäfers – die fallenden Schneeflocken schienen das Licht aus der Luft zu absorbieren.

Mit Wäldern konnte Mumm nicht viel anfangen. Bisher waren es für ihn nur Dinge gewesen, die man gelegentlich am Horizont sah. Wäre er jemals bereit gewesen, über sie nachzudenken, hätte er sie sich als eine Ansammlung von Bäumen vorgestellt, die wie Pfähle aufragten, unten braun, oben buschig und grün.

Hier gab es Unebenheiten aller Art und dunkle Zweige, die sich unter dem Gewicht des Schnees nach unten neigten und knackten. Gelegentlich fielen Schneeklumpen herab und erzeugten einen weiteren Schauer aus kalten Kristallen, wenn der von seiner Last befreite Zweig nach oben schnellte.

Nach einer Weile glaubte Mumm, eine Art Weg zu erkennen, oder zumindest eine etwas breitere, von Schnee bedeckte Fläche. Er folgte dem Verlauf des hypothetischen Pfades, wenn auch nur deshalb, weil sich keine Alternativen anboten. Der warme Schein der Freiheit hielt nicht lange vor.

Mumm hatte Stadtaugen. Er wusste, wie Polizisten sie entwickelten. Wenn ein Neuling in der Stadtwache nur einen kurzen Blick auf die Straße warf, dann lernte er, und wenn er nicht schnell lernte, so sammelte er schon bald große Erfahrung im Sterben. Wer eine Zeit lang in den Straßen von Ankh-Morpork unterwegs gewesen war, nahm aufmerksam alle Details zur Kenntnis, bemerkte Schatten, sah Vordergrund und Hintergrund und jene Leute, die versuchten, weder im einen noch im anderen sichtbar zu sein. Angua nahm die Straßen auf diese Weise wahr. Sie arbeitete daran.

Alte Hasen unter den Wächtern – sogar Nobby, wenn er einen guten Tag hatte – brauchten eine Straße nur einmal kurz zu sehen, um alles zu erkennen.

Vielleicht gab es auch … Landaugen. Oder Waldaugen. Mumm sah Bäume, kleine Hügel, Schnee und sonst kaum etwas.

Der Wind wurde stärker und begann zwischen den Bäumen zu heulen. Die Schneeflocken *stachen* nun.

Bäume. Zweige. Schnee.

Mumm trat nach einem Haufen neben dem Weg. Schnee rieselte von dunklen Kiefernnadeln. Er sank auf Hände und Knie, kroch nach vorn.

Ah …

Es war noch immer kalt, und ein wenig Schnee lag auf den heruntergefallenen Nadeln, aber die unteren Zweige formten eine Art Zeltdach. Mumm gratulierte sich zu seinem Glück. Hier drin wehte kein Wind, und entgegen aller Vernunft schien der Schnee darüber alles *wärmer* zu machen. Es roch sogar warm … ein Geruch von … Tieren …

Drei Wölfe lagen träge um den Baumstamm und beobachteten Mumm interessiert.

Zuvor hatte die Kälte versucht, ihn erstarren zu lassen. Das Entsetzen war erfolgreicher.

Wölfe!

Und das war es auch schon. Es ergab ebenso viel Sinn zu sagen: Schnee! Oder: Wind! Sowohl vom einen als auch vom anderen ging derzeit tödliche Gefahr aus.

Irgendwo hatte er gehört, dass Wölfe nicht angriffen, wenn man sie anstarrte.

Das Problem war: Er würde bald einschlafen. Er spürte, wie sich die Müdigkeit immer mehr in ihm ausdehnte. Er konnte nicht mehr richtig denken, und jeder Muskel schmerzte.

Draußen ächzte der Wind. Und Seine Gnaden der Herzog von Ankh schlief ein.

Er erwachte mit einem Schnaufen und, zu seiner großen Überraschung, mit allen Armen und Beinen. Ein kalter Tropfen, durch seine Körperwärme vom Schneedach über ihm geschmolzen, rann ihm über den Hals. Seine Muskeln schmerzten nicht mehr. Die meisten von ihnen konnte er überhaupt nicht mehr *fühlen*.

Und die Wölfe waren fort. Auf der gegenüberliegenden Seite des improvisierten Baus hatten Pfoten den Schnee zertreten. Licht strömte herein, so grell, dass Mumm stöhnte.

Das Tageslicht kam von einem Himmel, der blauer war, als ihn Mumm jemals zuvor gesehen hatte, so blau, dass er im Zenit purpur zu werden schien. Er trat nach draußen in eine Welt, deren weißer Mantel knirschte und glänzte.

Der Sonnenschein fühlte sich warm an, die Luft war kalt, und der Atem kondensierte.

Eigentlich sollten Leute in der Nähe sein. Mumm wusste nicht genau über ländliche Dinge Bescheid, aber sollte es im Wald nicht Köhler, Holzfäller und … er versuchte, sich zu erinnern … kleine Mädchen geben, die ihrer Großmutter irgendetwas brachten? Die Geschichten, die Mumm als Kind gehört hatte, berichteten von Wäldern, in denen reger Betrieb herrschte und wo gelegentlich Schreie erklangen. Doch hier war alles still.

Mumm schlug eine Richtung ein, die nach unten führte – das erschien ihm angemessen. Nahrung gewann jetzt immer mehr an Bedeutung. Er hatte noch zwei Streichhölzer und konnte ein Feuer anzünden, wenn er eine zweite Nacht in den Bergen verbringen musste, doch die Appetithäppchen beim Empfang lagen schon eine ganze Weile zurück.

Hier stapft Ankh-Morpork über und durch den Schnee …

Nach einer halben Stunde erreichte er ein kleines Tal, wo ein Bach zwischen zwei eisverkrusteten Ufern plätscherte. Dampf stieg auf.

Das Wasser war warm.

Mumm folgte dem Verlauf des Baches. An beiden Ufern verliefen Spuren von Tieren. Hier und dort sammelte sich das Wasser in tiefen Mulden und roch nach faulen Eiern. Gefrierender Dampf hatte die blattlosen Büsche in der Nähe mit Eis überzogen.

Nahrung konnte warten. Mumm streifte die Kleidung ab und stieg in einen der tieferen Tümpel. Das Wasser war so heiß, dass er unwillkürlich aufschrie, aber dann streckte er sich darin aus.

Gab es so etwas nicht oben in Nichtsfjord? Er hatte Geschichten gehört. Die Leute dort nahmen heiße Dampfbäder, und anschließend liefen sie durch den Schnee und schlugen sich gegenseitig mit Scheiten aus Birkenholz. Oder etwas in der Art. Auch wenn es noch so dämlich war – irgendein Ausländer war irgendwo damit befasst.

Bei den Göttern, es fühlte sich *herrlich* an. Heißes Wasser bedeutete Zivilisation. Mumm spürte, wie die Wärme die Steifheit in seinen Muskeln schmelzen ließ.

Nach einigen Minuten platschte er zum Ufer, kramte in seiner Kleidung und entdeckte schließlich ein zerdrücktes Zigarrenpäckchen. Nach den Ereignissen der vergangenen vierundzwanzig Stunden enthielt es einige Dinge, die wie fossile Zweige aussahen.

Er hatte zwei Streichhölzer.

Ach, und wenn schon. Jeder konnte mit einem Streichholz ein Feuer anzünden.

Mumm streckte sich wieder im Wasser aus. Eine gute Entscheidung. Er spürte, wie er wieder zu sich selbst fand. Die Wärme gab ihm neue Kraft und vertrieb den Dunst der Benommenheit …

»Ah, Euer Gnaden …«

Wolf von Überwald saß am gegenüberliegenden Ufer. Er war splitternackt, und Dampf stieg von ihm auf, als hätte er gerade Sport getrieben. Seine Muskeln glänzten wie geölt – ein Eindruck, der vermutlich nicht täuschte.

»Laufen im Schnee ist großartig, nicht wahr?«, sagte Wolf freundlich. »Du scheinst wirklich bemüht zu sein, dir die Traditionen von Überwald anzueignen, Euer Gnaden. Lady Sybil lebt, ist bei bester Gesundheit und kann zur Stadt zurückkehren, sobald die Pässe wieder frei sind. Es erleichtert dich sicher, das zu hören.«

Andere Gestalten näherten sich durch den Wald, Männer und Frauen. Sie alle waren nackt und ebenso unbefangen wie Wolf.

Mumm begriff, dass seine Stunde geschlagen hatte. Er sah es in Wolfs Augen. »Ein heißes Bad vor dem Frühstück tut wirklich gut«, sagte er.

»Ah, ja. Auch wir haben noch nicht gefrühstückt«, erwiderte Wolf. Er stand auf, streckte sich – und sprang mit einem Satz über den Tümpel hinweg. Auf der anderen Seite griff er nach Mumms Hose und durchsuchte sie.

»Ich habe Inigos verdammtes Ding weggeworfen«, sagte Mumm. »Ich glaube nicht, dass es ein Freund im Kissen versteckt hat.«

»Es ist alles Teil des großen Spiels, Euer Gnaden«, meinte Wolf. »Mach dir nichts draus! Die Stärksten überleben, und so sollte es auch sein!«

»Dee hat dies geplant, nicht wahr?«

Wolf lachte. »Der liebe kleine Dee? Oh, er hatte einen Plan. Es war ein guter kleiner Plan, wenn auch ein wenig verrückt. Zum Glück brauchen wir ihn nicht mehr!«

»Du möchtest, dass die Zwerge in den Krieg ziehen?«

»Stärke ist *gut*«, sagte Wolf und faltete Mumms Kleidung sorgfältig zusammen. »Aber wie einige andere gute Dinge bleibt sie nur dann gut, wenn sie nicht zu vielen Personen zur Verfügung steht.« Er warf die Kleidungsstücke so weit wie möglich fort.

»Was willst du jetzt von mir hören, Euer Gnaden?«, fuhr Wolf fort. »Vielleicht etwas in der Art von ›Du wirst sterben, und deshalb kann ich dir ruhig alles erklären?‹«

»Nun, das wäre nicht schlecht«, sagte Mumm.

»Du *wirst* sterben.« Wolf lächelte. »Warum hältst *du* nicht einen kleinen Vortrag?«

Dadurch gewinne ich Zeit, dachte Mumm. Vielleicht trafen die Holzfäller und Köhler bald ein. Wenn sie ihre Äxte nicht mitbrachten, würden sie mit ihm zusammen in *große* Schwierigkeiten geraten.

»Ich bin ... ziemlich sicher, warum die Nachbildung der Steinsemmel in Ankh-Morpork gestohlen wurde«, begann Mumm. »Und ich glaube fast, dass eine Kopie davon angefertigt wurde. Vermutich gelangte sie mit einer unserer Kutschen hierher – das Gepäck von Diplomaten wird nicht durchsucht.«

»Bravo.«

»Unglücklicherweise kam Igor zur Kutsche, als einer deiner Jungs die Kopie holen wollte.«

»Oh, es ist schwer, einen Igor zu verletzen!«

»Es ist dir völlig gleich, stimmt's?«, fragte Mumm. »Einige Zwerge wollen Albrecht auf dem Thro… auf der Semmel, um an den Gewissheiten der guten alten Zeit festzuhalten, und *du* möchtest, dass die Zwerge gegeneinander kämpfen. Und der alte Albrecht bekommt nicht einmal die richtige Steinsemmel zurück!«

»Nun, sagen wir, dass Albrechts Anhänger und ich derzeit gemeinsame Interessen haben«, entgegnete Wolf.

Aus den Augenwinkeln sah Mumm, wie die anderen Werwölfe sich am Ufer des Tümpels verteilten.

»Und dann hast du dafür gesorgt, dass mir alles in die Schuhe geschoben wurde«, sagte er. »Eine recht dilettantische Angelegenheit. Aber auch beeindruckend, denn Dee blieb nicht viel Zeit, als er dachte, dass eine Lösung des Falls kurz bevorstand. Es hätte auch geklappt. Die Leute sind keine guten Augenzeugen. Das *weiß* ich. Sie glauben, was sie sehen wollen und was andere Leute angeblich gesehen haben. Und dann die Sache mit der kleinen Ein-Schuss-Armbrust. Er muss wirklich gehofft haben, dass ich jemanden umbringen würde, um zu entkommen …«

»Wird es nicht Zeit für dich, den … Tümpel zu verlassen?«, fragte Wolfgang.

»Du meinst, ich soll das *Bad* beenden?«, erwiderte Mumm, und ja: Wolf zuckte leicht zusammen. Oh, du gehst aufrecht und sprichst, mein Junge, und du bist stark wie ein Ochse. Aber in einer Mischung aus Mensch und Wolf gibt es auch Elemente eines Hundes.

»Wir haben hier einen uralten Brauch«, sagte Wolf und wandte den Blick ab. »Wir legen großen Wert darauf. Jeder kann uns herausfordern. Es ist eine kleine … Jagd. Das große Spiel! Ein Wettkampf, wenn du so willst. Wer schneller ist als wir, bekommt vierhundert Kronen. Das ist ziemlich viel Geld! Ein Mann kann sich damit selbständig machen. Aber wenn der Betreffende *nicht* schneller ist als wir … Nun, die dürfte klar sein, dass sich die Frage des Geldes dann kaum mehr stellt!«

»Hat euch irgendwann einmal jemand geschlagen?«, fragte Mumm. Wo bleibt ihr denn, Holzfäller? Die Leute brauchen Holz!

»Manchmal geschieht das tatsächlich. Wenn jemand trainiert und das Land gut kennt! In Bums gibt es einige erfolgreiche Männer, die ihren Start im Leben unserem kleinen Brauch verdanken. In deinem Fall … Wir geben dir einen Vorsprung von, nun, einer Stunde. Damit du wenigstens eine geringe Chance hast.« Wolf streckte den Arm aus. »Fünf Meilen in diese Richtung, und du erreichst Bums. Die Regeln schreiben vor, dass du erst dort ein Gebäude betreten darfst.«

»Und wenn ich nicht laufe?«

»Dann wird diese Angelegenheit nur wenig Zeit in Anspruch nehmen! Wir mögen Ankh-Morpork nicht. Wir wollen nicht, dass du hier bist!«

»Wie seltsam«, sagte Mumm.

Wolf runzelte die Stirn. »Wie meinst du das?«

»Oh, es ist nur … Überall in Ankh-Morpork gibt es Leute aus Überwald. Zwerge, Trolle, Menschen. Alle arbeiten fleißig und schreiben Briefe nach Hause, in denen es heißt: Hier ist es großartig; niemand kommt auf den Gedanken, einen bei lebendigem Leibe zu fressen.«

Wolf kräuselte die Lippen und entblößte einen Schneidezahn. Mumm hatte diesen Ausdruck auch in Anguas Gesicht gesehen. Er bedeutete, dass sie schlechte Laune hatte. Und bei Werwölfen konnte die schlechte Laune ziemlich lang andauern.

Er gab seinem Glück einen Stoß – es war ganz offensichtlich zu schwach, um sich aus eigener Kraft zu bewegen. »Angua geht es gut …«

»Mumm! Herr Zivilisiert! Ankh-Morpork! Du wirst *laufen*!«

Mumm hoffte, dass ihn die Beine trugen, als er ganz langsam

aus dem Tümpel auf den Schnee am Ufer kletterte. Die Werwölfe lachten.

»Du gehst *angezogen* ins Wasser?«

Mumm blickte auf seine tropfnassen Beine. »Hast du noch nie eine Unterhose gesehen?«

Erneut kräuselten sich Wolfs Lippen. Triumphierend sah er zu den anderen. »Seht nur – das ist Zivilisaton!«, sagte er.

Mumm paffte Leben in seine Zigarre zurück und sah möglichst hochmütig über die kalte weiße Landschaft.

»Vierhundert Kronen, hast du gesagt?«, fragte er.

»Ja!«

Mumm richtete erneut einen arroganten Blick auf den Wald. »Wie viel ist das in der Währung von Ankh-Morpork? Etwa anderthalb Dollar?«

»Das spielt überhaupt keine Rolle!«, donnerte Wolf.

»Nun, ich möchte nicht das ganze Geld hier ausgeben müssen …«

»*Lauf!*«

»Unter diesen Umständen erübrigt sich wohl die Frage, ob du das Geld dabeihast.«

Mumm wanderte fort von den Werwölfen, dankbar dafür, dass sie sein Gesicht nicht sehen konnten. Die Haut an seinem Rücken kribbelte und hätte sich am liebsten gelöst, um nach vorn zu kriechen.

Er ging weiter ganz ruhig, während die nasse Unterhose in der kalten Luft zu knistern begann – bis er sicher sein konnte, dass er außer Sichtweite des Rudels war.

So, mal sehen … Sie sind stärker. Sie kennen dieses Land. Und wenn sie so gut sind wie Angua, können sie einem Furz selbst durch das Frühstück eines Stinktiers folgen. Außerdem schmerzen deine Beine.

Und die Pluspunkte? Nun, du hast Wolf sehr verärgert.

Mumm lief los.

Von vielen Pluspunkten konnte hier wohl kaum die Rede sein.

Mumm lief schneller.
In der Ferne heulten Wölfe.

Es heißt: Wenn man als Streikposten steht, wird es nicht besser.

Korporal Nobbs – besser gesagt: Gildenpräsident C. W. St. J. Nobbs – dachte darüber nach. Früher Schnee zischte in der Luft über der metallenen Tonne, die vor dem Wachhaus stand und nach anerkannter Streiktradition rot glühte.

Ein großes Problem war, dass es in philosophischer Hinsicht irgendwie verkehrt erschien, vor einem Gebäude, das ohnehin niemand betreten wollte, Streikposten aufzustellen. Es ist unmöglich, Leute aus etwas herauszuhalten, in das sie gar nicht hineinwollen.

Der Sprechchor funktionierte nicht. Eine Alte hatte Nobbs einen Cent gegeben.

»Colon, Colon, Colon! Raus! Raus! Raus!«, rief Reg Schuh fröhlich und winkte mit seinem Transparent.

»Das klingt nicht richtig, Reg«, sagte Nobby. »Es hört sich fast nach einer Operation an.«

Er sah zu den anderen Transparenten. Dorfl hielt ein besonders großes, das in kleiner Schrift ausführlich alle Beschwerden schilderte, auf Vorschriften der Wache verwies und diverse philosophische Texte zitierte. Obergefreiter Schuhs Sandwich-Plakat verkündete: »Was nützet es dem Königreich, wenn man herauslässt die Luft aus dem Ochsen? *Rätsel II, Vers 3.*«

Aus irgendeinem Grund gelang es diesen stichhaltigen Argumenten nicht, die Stadt in die Knie zu zwingen.

Nobbs drehte sich um, als eine Kutsche heranrollte. Das Wappen an ihrer Seite bestand zum größten Teil aus einem schwarzen Schild. Darüber blickte Lord Vetinari aus dem Fenster.

»Ah, niemand anders als Korporal Nobbs«, sagte der Patrizier.

An dieser Stelle hätte Nobby ziemlich viel dafür gegeben, doch jemand anders zu sein als Korporal Nobbs.

Er wusste nicht genau, ob er als Streikender salutieren sollte.

Er salutierte trotzdem, einfach deshalb, weil es sicher nicht schaden konnte.

»Wie ich hörte, verweigerst du die Arbeit«, fuhr Lord Vetinari fort. »In deinem Fall muss das ziemlich schwer sein.«

Nobby war nicht sicher, was er von diesem Satz halten sollte. Wie dem auch sei: Der Patrizier wirkte recht freundlich.

»Kann nicht tatenlos zusehen, wenn es um die Sicherheit der Stadt geht, Herr«, sagte er. Verletzte Loyalität quoll aus jeder unverstopften Pore.

Lord Vetinari zögerte lange genug, um Nobby Gelegenheit zu geben, die Geräusche einer Stadt zu hören, die sich ständig am Rand einer Katastrophe bewegte.

»Nun, es käme mir natürlich nie in den Sinn, mich einzumischen«, sagte er schließlich. »Dies ist eine Gildenangelegenheit. Seine Gnaden versteht das bestimmt, wenn er zurückkehrt.« Er klopfte an die Seite der Kutsche. »Weiterfahren.«

Und die Kutsche rollte davon.

Ein Gedanke, der sich schon seit einer ganzen Weile in Nobbs regte, wählte genau diesen Moment, um ihm einen metaphorischen Ellenbogen in die mentalen Rippen zu bohren.

Herr Mumm wird durchdrehen. *Bestimmt rastet er völlig aus.*

Lord Vetinari lehnte sich in seinem Sitz zurück und lächelte.

»Äh, hast du das *ernst* gemeint, Herr?«, fragte der Sekretär Drumknott.

»Natürlich. Gegen drei Uhr soll die Küche Kakao und Brötchen zum Wachhaus schicken. Natürlich anonym. An diesem Tag hat es keine Verbrechen gegeben, Drumknott. Das ist sehr ungewöhnlich. Selbst die Diebesgilde hält sich zurück.«

»Ja, Herr. Der Grund dafür ist mir ein Rätsel. Wenn die Katze aus dem Haus ist …«

»Ja, Drumknott, aber Mäuse machen sich keine Sorgen um die Zukunft. Ganz im Gegensatz zu Menschen. Und sie wissen, dass Mumm in einer Woche oder so zurückkehren wird, Drumknott. Und Mumm wird nicht glücklich sein. Nein, ganz bestimmt nicht. Und wenn ein Kommandeur der Wache unglücklich ist, neigt er dazu, sein Unglück mit einer großen Schaufel überall zu verteilen.«

Er lächelte erneut. »In einer solchen Zeit halten es vernünftige Leute für besser, ehrlich zu sein, Drumknott. Ich hoffe nur, dass Colon dumm genug ist, es dabei zu belassen.«

Es schneite stärker.

»Wie schön der Schnee ist, Schwestern ...«

Drei Frauen saßen am Fenster ihres einsamen Hauses und sahen in das Weiß des Überwald-Winters hinaus.

»Und wie kalt der Wind ist«, sagte die zweite Schwester.

Die dritte und jüngste Schwester seufzte. »Warum reden wir immer übers Wetter?«

»Worüber sollten wir denn sonst reden?«

»Nun, entweder es ist eiskalt oder brütend heiß. Ich meine, das wär's auch schon.«

»So sind die Dinge bei Mutter Überwald«, sagte die älteste Schwester langsam und streng. »Der Wind und der Schnee und die brütende Hitze im Sommer ...«

»Weißt du, wenn wir den Kirschgarten abschaffen, könnten wir eine Rollschuhbahn anlegen ...«

»Nein.«

»Oder einen Wintergarten. Es wäre möglich, Ananas anzubauen.«

»Nein.«

»Wenn wir dieses Haus verkaufen, könnten wir uns von dem Erlös eine Wohnung in Bums zulegen ...«

»Dies ist unser Zuhause, Irina«, sagte die älteste Schwester. »Ein Heim verlorener Illusionen und enttäuschter Hoffnungen ...«

»Dann könnten wir tanzen gehen und so.«

»Ich weiß noch, als wir in Bums gewohnt haben«, meinte die zweite Schwester verträumt. »Damals war das Leben besser.«

»Damals war *alles* besser«, sagte die älteste Schwester.

Die jüngste Schwester seufzte, sah aus dem Fenster – und schnappte nach Luft. »Dort läuft ein Mann durch den Kirschgarten!«

»Ein *Mann*? Was könnte er wollen?«

Die jüngste Schwester sah genauer hin. »Es scheint, er möchte eine … Hose.«

»Ah«, sagte die zweite Schwester verträumt. »Die Hosen waren damals besser.«

Das Rudel verharrte in einem kalten blauen Tal, als das Heulen die Luft erfüllte. Angua eilte zum Schlitten, zog mit der Schnauze ihren Kleiderbeutel aus dem Gepäck, warf Karotte einen kurzen Blick zu und verschwand hinter den Schneewehen. Einige Augenblicke später kehrte sie zurück und knöpfte sich die Bluse zu.

»Wolfgang hat irgendeinen armen Teufel dazu gebracht, sich auf das Spiel einzulassen«, sagte sie. »Ich werde der Sache einen Riegel vorschieben. Es war schon schlimm genug, dass Vater diese Tradition fortgesetzt hat, aber wenigstens hielt er sich dabei an die Gebote der Fairness. Wolfgang mogelt. Er verliert *nie*.«

»Handelt es sich um das Spiel, von dem du mir erzählt hast?«

»Ja. Wie ich schon sagte: Vater respektierte die Regeln. Wenn ein Läufer schnell und flink genug war, so bekam er vierhundert Kronen, und Vater lud ihn zum Essen ins Schloss ein.«

»Und wenn er *verlor*, fraß dein Vater ihn im Wald.«

»Danke, dass du mich daran erinnerst.«

»Ich habe versucht, nicht nett zu sein.«

»Vielleicht verfügst du in dieser Hinsicht über ein bisher unentdecktes natürliches Talent«, sagte Angua. »Niemand *musste* laufen – darauf wollte ich hinaus. Rechtfertigungen liegen mir fern. Immerhin bin ich Polizistin in Ankh-Morpork gewesen. Das Motto der Stadt lautet: Du solltest nicht getötet werden.«

»Nun, eigentlich lautet es …«!

»Ich *weiß*, Karotte. Und *unser* Familienmotto lautet: *Homo*

Homini Lupus. ›Jeder Mensch ist dem anderen Menschen ein Wolf.‹ Wie *dumm.* Soll das etwa heißen, dass Menschen scheu, zurückhaltend und loyal sind und nur töten, um sich Nahrung zu beschaffen? Natürlich nicht! Es soll heißen, dass sich Menschen anderen Menschen gegenüber wie Menschen verhalten, und je schlimmer sie sind, desto mehr gefällt ihnen die Vorstellung, ein Wolf zu sein! Menschen hassen Werwölfe, weil sie den Wolf in uns sehen, aber Wölfe hassen uns, weil sie den Menschen in uns erkennen – und ich kann es ihnen nicht verdenken!«

Mumm wandte sich von dem Bauernhaus ab und sprintete zur nahen Scheune. Bestimmt gab es dort etwas. Selbst zwei Säcke würden genügen. Die kratzenden Eigenschaften von steif gefrorener Unterwäsche können sehr unterschätzt werden.

Seit einer halben Stunde lief er, eigentlich seit fünfundzwanzig Minuten. Die anderen fünf Minuten hatte er damit verbracht, zu humpeln, zu schnaufen, sich die Hand auf die Brust zu pressen und zu fragen, welche Symptome auf einen Herzanfall hindeuteten.

Das Innere der Scheune sah … scheunenartig aus. Mumm erblickte Heustapel, verstaubte landwirtschaftliche Instrumente … und zwei abgenutzte Säcke an einem Haken. Dankbar griff er nach einem.

Hinter ihm öffnete sich die Tür mit einem leisen Knarren. Er wirbelte herum, drückte den Sack an sich und sah drei sehr ernst gekleidete Frauen, die ihn misstrauisch beobachteten. Eine von ihnen hielt ein Küchenmesser in der zitternden Hand.

»Bist du gekommen, um uns zu vergewaltigen?«, fragte sie.

»Verehrteste! Werwölfe verfolgen mich!«

Die drei sahen sich an. Mumm hatte plötzlich den Eindruck, dass der Sack viel zu klein war.

»Äh, dauert das den ganzen Tag?«, fragte eine der Frauen.

Mumm drückte den Sack noch fester an sich. »Meine Damen! Ich bitte euch! Ich brauche dringend eine Hose!«

»Das sehen wir.«

»Und eine Waffe. Und Stiefel, wenn ihr welche habt! Bitte!«

Die Frauen steckten die Köpfe zusammen.

»Wir haben die traurige und nutzlose Hose von Onkel Wanja«, sagte eine skeptisch.

»Er trug sie nur selten«, meinte eine andere.

»Und ich habe eine Axt in meinem Wäscheschrank«, sagte die Jüngste. Sie richtete einen schuldbewussten Blick auf die beiden anderen Frauen. »Nur für den Fall, wisst ihr. Ich hatte natürlich nicht vor, damit jemanden *niederzuschlagen*.«

»Ich wäre euch sehr dankbar«, sagte Mumm. Er betrachtete die gute, aber alte Kleidung, die verblasste Vornehmheit, und spielte dann seinen einzigen Trumpf aus. »Ich bin Seine Gnaden der Herzog von Ankh, obwohl das derzeitig nicht unbedingt auf den ersten Blick erkennbar ist …«

Die drei Frauen seufzten gleichzeitig.

»Ankh-Morpork!«

»Dort gibt es ein wundervolles Opernhaus und prächtige Galerien.«

»Und herrliche Straßen!«

»Ein wahres Paradies der Kultur, der Eleganz und ungebundenen Männer von Format!«

»Äh, ich meine *Ankh-Morpork*«, betonte Mumm. »Mit einem A und einem M.«

»Wir haben immer davon geträumt, die Stadt zu besuchen.«

»Unmittelbar nach meiner Heimkehr lasse ich euch drei Kutschenfahrkarten schicken«, versprach Mumm. Er glaubte bereits zu hören, wie der Schnee unter schnellen Pfoten knirschte. »Aber, teure Damen, wenn ihr mir jene Dinge holen könntet …«

Sie eilten fort. Nur die Jüngste zögerte ein wenig länger an der Tür.

»Gibt es lange kalte Winter in Ankh-Morpork?«, fragte sie.

»Nur Dreck und Schneematasch, normalerweise.«

»Und habt ihr irgendwelche Kirschgärten?«

»Nein, ich glaube nicht, bedaure sehr.«

Sie hob die Faust. »Jaaa!«

Einige Minuten später war Mumm allein in der Scheune. Er trug eine alte schwarze Hose, mit einem Seil um die Taille geschnürt, und in der rechten Hand hielt er eine überraschend scharfe Axt.

Ihm blieben vielleicht noch fünf Minuten. Wölfe verloren bestimmt keine Zeit damit, über Herzanfälle und dergleichen nachzudenken.

Mumm sah keinen Sinn darin, einfach wegzulaufen. Seine Gegner waren viel schneller. Er musste in der Nähe der Zivilisation und ihrer Gütesiegel wie zum Beispiel Hosen bleiben.

Vielleicht war die *Zeit* auf Mumms Seite. Angua sprach nur selten über ihre Heimat, aber sie *hatte* einmal auf Folgendes hingewiesen: In jeder Gestalt verlor ein Werwolf langsam die Fähigkeiten der *anderen* Gestalt. Nach einigen Stunden auf zwei Beinen war Anguas Geruchssinn nicht mehr phänomenal, nur noch gut. Und wer zu lange ein Wolf blieb … war wie trunken, soweit Mumm wusste. Ein kleiner Teil des eigenen Selbst versuchte nach wie vor, Anweisungen zu geben, doch der Rest verhielt sich dumm. Der menschliche Teil verlor an Kontrolle.

Erneut sah er sich in der Scheune um. Eine Leiter führte zum Heuboden empor. Er kletterte hinauf und blickte durch ein glasloses Fenster über die schneebedeckte Weide. In der Ferne bemerkte er einen Fluss und etwas, das wie ein Bootshaus aussah.

Nun, wie dachte ein Werwolf?

Die Werwölfe wurden langsamer, als sie das Gebäude erreichten. Der Anführer nickte einem Mitglied des Rudels zu, das daraufhin zum Bootshaus lief. Die anderen folgten Wolf in die Scheune. Der letzte verwandelte sich kurz in einen Menschen, um die Tür zu verriegeln.

In der Mitte der Scheune blieb Wolf stehen. Heu lag auf dem Boden verstreut.

Er kratzte vorsichtig mit einer Pfote, und einige Büschel rutschten von einem straff gespannten Seil.

Wolf holte tief Luft. Die anderen Werwölfe spürten, was nun geschah, und wandten den Blick ab. Es folgte ein Moment wirrer Gestaltlosigkeit, und dann erhob sich Wolf auf zwei Füßen, blinzelte dabei im Morgengrauen der Menschlichkeit.

Das ist interessant, dachte Mumm auf dem Heuboden. Für ein oder zwei Sekunden nach dem Gestaltwechsel wissen sie nicht recht, was um sie herum geschieht …

»Oh, Euer Gnaden«, sagte Wolf und sah sich um. »Eine *Falle*? Wie … zivilisiert.«

Er sah Mumm oben am Fenster.

»Was wolltest du damit erreichen, Euer Gnaden?«

Mumm bückte sich und griff nach der Öllampe. »Sie sollte als Ablenkung dienen.«

Er warf die Lampe ins trockene Heu und ließ die brennende Zigarre folgen. Dann nahm er die Axt und kletterte aus dem Fenster, als sich das verschüttete Öl mit einem *Wumm* entzündete.

Mumm landete im tiefen Schnee und lief zum Bootshaus.

Eine andere Spur, die nicht von einem Menschen stammte, führte dorthin. Er stieß die Tür auf, schlug mit der Axt nach der Dunkelheit dahinter und wurde mit einem kurzen Jaulen belohnt.

Das Boot in dem verfallenen Schuppen war zu einem Viertel mit dunklem Wasser gefüllt, aber er wagte es noch nicht, mit dem Schöpfen zu beginnen. Er griff nach den staubigen Riemen, ruderte mit beträchtlicher Anstrengung und nicht sehr schnell auf den Fluss hinaus.

Kurze Zeit später stöhnte er. Wolf lief lässig über den Schnee, gefolgt von den anderen. Es schien niemand zu fehlen.

Wolf wölbte die Hände trichterförmig vor dem Mund. »Sehr zivilisiert, Eure Gnaden! Aber weißt du, wenn du eine Scheune anzündest, in der sich Wölfe befinden, so geraten sie in Panik, Euer Gnaden! Und wenn es Werwölfe sind, öffnet einer von ihnen die Tür! Werwölfe kann man nicht *töten*, Herr Mumm!«

»Sag das dem im Bootshaus!«, rief Mumm, als die Strömung das Boot erfasste.

Wolf blickte kurz in die Schatten, und dann formten seine Hände erneut einen Trichter. »Er *wird* sich erholen, Herr Mumm!«

Mumm fluchte leise, als er entgegen seiner Hoffnungen beobachtete, wie zwei Wölfe flussaufwärts ins Wasser sprangen und zum anderen Ufer schwammen. Aber so *verhielten* sich Hunde. Draußen warfen sie sich voller Vergnügen ins Wasser, doch daheim fürchteten sie ein Bad.

Wolfgang lief am Ufer entlang, und die beiden schwimmenden Wölfe erreichten die andere Seite des Flusses. Die Verfolger befanden sich jetzt rechts und links von Mumm.

Doch die Strömung ließ das Boot schneller werden. Mumm begann, mit beiden Händen Wasser zu schöpfen.

»Du bist langsamer als der Fluss, Wolf!«, rief er.

»Und wenn schon, Herr Mumm! Darauf kommt es nicht an. Die interessanteste Frage lautet: Was stellt der Wasserfall mit dir an? Bis später, Herr Zivilisiert!«

Mumm sah sich um. In der Ferne schien eine Art perspektivischer Streich den Fluss abgeschnitten zu haben. Als er sich konzentrierte, hörte das innere Ohr des Schreckens dumpfes Donnern.

Rasch griff er wieder nach den Rudern und versuchte, das Boot flussaufwärts zu bewegen. Er kam tatsächlich gegen die Strömung voran, aber er konnte nicht schneller rudern, als die Wölfe liefen. Und sich zwei Werwölfen zum Kampf zu stellen, die am Ufer warteten, und wohl kaum überrascht werden konnten … Das kam gewiss nicht in Frage.

Wenn er jetzt sofort den Wasserfall hinter sich brachte, erreichte er dessen Ende vielleicht vor Wolf und den anderen.

Der Satz klang nicht gut, nicht einmal in Gedanken.

Er ließ die Ruder los und zog das Vertäuungsseil zu sich heran. Wenn ich zwei Schlaufen knüpfe, dachte er, könnte ich mir die Axt am Rücken festbinden …

Er stellte sich vor, was mit einem Mann geschah, der in den Hexenkessel eines Wasserfalls geriet und dabei einen scharfen Metallgegenstand am Leib trug …

Guten Morgen.

Mumm blinzelte. Eine große, in einen dunklen Umhang gehüllte Gestalt saß plötzlich im Boot.

»Bist du der Tod?«

Es liegt an der Sense, nicht wahr? Den Leuten fällt immer die Sense auf.

»Sterbe ich?«

Vielleicht.

»*Vielleicht*? Du erscheinst, wenn jemand *vielleicht* stirbt?«

Ja. Das ist jetzt ganz neu. Wegen des Unsicherheitsprinzips.

»Was ist das denn?«

Ich bin nicht sicher.

»Ein sehr nützlicher Hinweis.«

Ich glaube, es bedeutet, dass jemand vielleicht oder vielleicht auch nicht stirbt. Natürlich bringt es meinen Terminkalender völlig durcheinander, aber ich versuche, modern zu sein.

Das dumpfe Donnern klang jetzt weniger dumpf. Mumm streckte sich im Boot aus und schloss die Hände um die Kanten.

Ich spreche mit dem Tod, dachte er. Um mich abzulenken.

»Habe ich dich nicht letzten Monat gesehen, als ich Größer-als-der-kleine-Dave Dave über die Pfirsichblütenstraße verfolgte und dabei vom Sims fiel?«

Das stimmt.

»Aber ich landete auf dem Karren. Ich kam nicht ums Leben.«

Du hättest sterben können.

»Aber ich dachte, für jeden von uns gibt es eine Sanduhr, die Auskunft über den genauen Zeitpunkt des Todes gibt.«

Das Donnern gewann nun eine fast physische Qualität. Mumm schloss die Hände noch fester um die beiden Kanten.

O JA, bestätigte der Tod. DU HAST VÖLLIG RECHT.

»Dann müsstest du doch wissen, ob ich jetzt sterbe oder nicht.«

OH, DU WIRST STERBEN. DARAN KANN ÜBERHAUPT KEIN ZWEIFEL BESTEHEN.

»Aber eben hast du gesagt ...«

JA, ES IST EIN BISSCHEN SCHWER ZU VERSTEHEN. OFFENBAR GIBT ES DA ETWAS, DAS MAN HOSE DER ZEIT NENNT, WAS MIR SEHR SELTSAM ERSCHEINT, DENN DIE ZEIT BRAUCHT DOCH EIGENTLICH GAR KEINE ...

Das Boot kippte.

Mumm spürte, wie Wasser mit einem ohrenbetäubenden Lärm auf ihn einschlug, und es folgte ein markerschütterndes Dröhnen, als das Boot unten auf den Teich prallte. Er kehrte zu dem zurück, was unter den gegebenen Umständen als Oberfläche galt, wurde von der Strömung erfasst und gegen einen Felsen geschleudert. Eine halbe Sekunde später rollte er herum und fühlte sich von weiß schäumendem Wasser mitgerissen.

Er schlug wild mit den Armen um sich, bekam einen anderen Felsen zu fassen und zog sich in einen Bereich relativer Ruhe. Als er dort versuchte, wieder zu Atem zu kommen, sah er einen grauen Schemen von Stein zu Stein springen. Und dann bekam Mumm eine weitere Dosis Entsetzen ab, als der Wolf knurrend neben ihm landete.

Verzweifelt klammerte er sich fest, als das Geschöpf danach trachtete, ihn zu beißen. Eine Pfote rutschte auf dem glitschigen Stein aus, und die plötzlichen Schwierigkeiten bewirkten eine automatische Reaktion: Der Werwolf schickte sich an, die Gestalt zu wechseln ...

Der Wolf schien zu schrumpfen, während an der gleichen Stelle ein Mensch größer zu werden versuchte. In einem kurzen schrecklichen Augenblick durchdrangen sich die beiden Gestalten.

Dann folgten ein oder zwei Sekunden jener Verwirrung, die Mumm schon einmal bemerkt hatte.

Die Zeit genügte für ihn, den Kopf des Mannes mit der ganzen Kraft, die er aufbringen konnte, gegen den Stein zu schmettern. Mumm glaubte, ein Knacken zu hören.

Dann glitt er in die Strömung zurück und ließ sich von ihr forttragen, beschränkte seine Bemühungen darauf, an der Oberfläche zu bleiben. Er bemerkte Blut im Wasser. Nie zuvor hatte er jemanden mit bloßen Händen getötet. Um ganz ehrlich zu sein: Nie zuvor hatte er *absichtlich* jemanden umgebracht. Gelegentlich *war* jemand gestorben, denn wenn Leute übers Dach rollen und versuchen, sich gegenseitig zu erdrosseln, entscheidet allein der Zufall, wer beim Aufprall auf den Boden oben liegt. Doch das war etwas *anderes* – mit dieser festen Überzeugung ging er jeden Abend zu Bett.

Ihm klapperten die Zähne, und das grelle Licht der Sonne schmerzte in seinen Augen. Trotzdem fühlte er sich ... gut.

Am liebsten hätte er auf seine eigene Brust getrommelt und geschrien.

Sie hatten versucht, ihn zu *töten*!

Sorg dafür, dass sie Wölfe bleiben, sagte eine innere Stimme. Je mehr Zeit sie auf vier Beinen verbringen, desto dümmer werden sie. Und eine andere Stimme, rot und rau und viel tiefer in seinem Innern, sagte: Bring sie alle um!

Der Zorn brodelte und brannte heißer, kämpfte gegen die Kälte an.

Mumms Füße berührten den Boden.

Der Fluss wurde hier so breit, dass er eine Art See formte. Ein breiter Eiskeil ging vom Ufer aus, hier und dort von Schnee bedeckt. Nach Schwefel riechende Nebelschwaden zogen darüber hinweg.

Klippen ragten auf der anderen Seite des Flusses empor. Ein einzelner Werwolf, zuvor Begleiter des Geschöpfes, das nun in der Strömung trieb, beobachtete Mumm vom nächsten Ufer aus. Wolken schoben sich vor die Sonne, und es schneite wieder. Große, faserige Flocken fielen.

Mumm watete zum Eis und versuchte, sich dort aus dem Wasser zu ziehen. Doch die gefrorene Masse knackte bedrohlich, dünne Risse bildeten sich und formten ein Zickzackmuster.

Der Wolf kam näher und bewegte sich mit großer Vorsicht. Mumm unternahm einen neuerlichen Versuch, woraufhin sich eine Eisplatte löste und sich so plötzlich zur Seite neigte, dass er ins Wasser zurückrutschte und darin verschwand. Der Wolf wartete einige Sekunden, wagte sich dann einige weitere Zentimeter übers Eis vor und knurrte, als feine Risse Sterne unter seinen Pfoten formten.

Ein Schatten glitt unter dem Eis dahin. Von einem Augenblick zum anderen spritzte Wasser, als Mumm die dünne Eisschicht unter dem Werwolf durchbrach, ihn packte und sich zurückfallen ließ.

Eine Kralle kratzte über Mumms Seite, aber er ließ sich davon nicht beirren, drückte mit Armen und Beinen so fest wie möglich zu, als sie unter dem Eis dahintrieben. Er wusste, dass die Sache auf einen verzweifelten Test der Lungenkapazität hinauslief, aber *er* hatte wenigstens Zeit genug gehabt, tief Atem zu holen. Er hielt den Wolf fest, während das Wasser in seinen Ohren dröhnte und das Geschöpf trat und kratzte. Und dann, als er entweder loslassen oder ertrinken musste, stieß er seinen Gegner von sich und tauchte auf.

Nichts schlug nach ihm. Er brach sich einen Weg durch das Eis zum Ufer, sank dort auf Hände und Knie und übergab sich.

Überall um ihn herum heulte es in den Bergen.

Mumm sah auf. Blut rann ihm über die Arme. Die Luft stank nach verfaulten Eiern. Und dort, auf einem etwa eine Meile entfernten Hügel, stand der Nachrichtenturm ... mit Steinwänden und einer Tür, die sich verriegeln ließ ...

Taumelnd setzte er sich in Bewegung. Der Schnee unter ihm wich bereits Grasbüscheln und Moos. Die Luft war wärmer, aber es war die klamme Hitze von Fieber. Mumm sah sich um und begriff, wo er sich befand.

Vor ihm erstreckte sich eine Landschaft aus nacktem Boden und Felsen. Hier und dort bewegte sich etwas und machte »Blup«.

Wohin er auch blickte: Überall gab es große Geysire. Ringe aus erstarrtem gelben Fett umgaben zischende kleine Tümpel – es war so alt und ranzig, dass nicht einmal Sam Mumm sein Brot hineingetunkt hätte, es sei denn, er wäre sehr hungrig gewesen. Er bemerkte sogar schwimmende schwarze Brocken, die sich bei genauerem Hinsehen als Insekten herausstellten, die bei der Konfrontation mit heißem Fett nicht schnell genug gelernt hatten.

Mumm erinnerte sich an einen Hinweis Igors. Wenn Zwerge an den oberen Schichten arbeiten, wo das Fett vor Jahrtausenden zu einer Art Talg geronnen war, so fanden sie manchmal seltsame Tiere, die vollkommen erhalten und perfekt durchgebraten waren.

Welch ein Festschmaus, dachte Mumm und lachte aus reiner Erschöpfung.

Mwahahaa.

Es schneite stärker, und das Zischen der Fetttümpel wurde lauter.

Mumm sank auf die Knie. Sein ganzer Körper schmerzte, nicht nur deshalb, weil sein Gehirn Schecks ausstellte, die der Leib nicht einlösen konnte. Er war längst über dieses Stadium hinaus. Derzeit borgten sich die Füße Geld, das den Beinen fehlte, und die Rückenmuskeln suchten unter den Sofakissen nach einigen vergessenen Münzen.

Hinter ihm zeigte sich nichts. Die anderen Werwölfe mussten doch inzwischen den Fluss überquert haben.

Dann sah er einen, der wie aus dem Nichts erschien. Ein anderer trat hinter einer Schneewehe hervor.

Sie saßen einfach da und beobachteten ihn.

»Kommt schon!«, rief Mumm. »Worauf wartet ihr?«

Um ihn herum zischten und blubberten die Fetttümpel. Es war warm hier. Wenn sich die Werwölfe nicht von der Stelle rührten, so konnte er ebenfalls verharren und ein wenig ausruhen.

Er richtete den Blick auf einen Baum am Rand der Geysire.

Das Ding wirkte mehr tot als lebendig, und einige Fettfladen hingen an den unteren Ästen. Andererseits schien er einem Kletterer keine zu großen Probleme zu bereiten. Mumm konzentrierte sich darauf, schätzte die Entfernung ab und überlegte, wie schnell er laufen konnte.

Die Werwölfe drehten die Köpfe und sahen ebenfalls zu dem Baum.

Ein weiterer Wolf erreichte die Lichtung an einer anderen Stelle. Jetzt beobachteten ihn drei.

Mumm begriff, dass sie erst dann laufen würden, wenn er ebenfalls lief. Andernfalls machte es keinen *Spaß*.

Er zuckte mit den Schultern, wandte sich vom Baum ab ... drehte sich dann mit einem Ruck um und lief los. Auf halbem Weg fürchtete er, dass sein Herz durch den Hals nach oben kriechen würde, aber er lief weiter, sprang unbeholfen, bekam einen Ast zu fassen, rutschte ab, stand keuchend wieder auf, griff erneut nach dem Ast und schaffte es schließlich, sich in die Höhe zu ziehen. Jeden Augenblick rechnete er damit, dass sich spitze Zähne durch seine Haut bohrten.

Er saß auf schmierigem Holz. Die Werwölfe hatten sich nicht von der Stelle gerührt und beobachteten ihn interessiert.

»Verdammte *Mistkerle*«, knurrte Mumm.

Die Wölfe gaben ihre abwartende Haltung auf und näherten sich dem Baum vorsichtig, ohne Eile. Mumm kletterte noch etwas weiter nach oben.

»Ankh-Morpork! Herr Zivilisiert! Wo sind deine Waffen, Ankh-Morpork?«

Es war Wolfgangs Stimme. Mumms Blick glitt über die Schneewehen, zwischen denen die Schatten bereits dichter wurden, als sich der Nachmittag dem Ende entgegenneigte.

»Ich habe zwei von euch erwischt!«, rief er.

»Ja, und bestimmt leiden sie eine Zeit lang an Kopfschmerzen! Wir sind *Werwölfe*, Ankh-Morpork! Man kann uns kaum aufhalten!«

»Du hast gesagt ...«

»Euer Herr Müde konnte wesentlich schneller laufen als du, Ankh-Morpork!«

»Schnell genug?«

»Nein! Und der Mann mit dem kleinen schwarzen Hut konnte besser *kämpfen* als du!«

»Gut genug?«

»Nein!«, rief Wolfgang fröhlich.

Mumm knurrte. Selbst Assassinen verdienten keinen solchen Tod. »Bald geht die Sonne unter!«

»Ja! Ich habe gelogen, was das angeht!«

»Na schön. Weck mich morgen früh. Ich könnte ein wenig Schlaf gebrauchen!«

»Du wirst erfrieren, zivilisierter Mensch!«

»Gut!« Mumm sah zu den anderen Bäumen. Selbst wenn er auf einen anderen springen konnte: Es waren ausnahmslos Nadelbäume, in denen er ziemlich schmerzhaft landen würde, und die kaum Halt boten.

»Ah, das ist sicher der berühmte Ankh-Morpork-Humor.«

»Nein, es war nur Ironie«, erwiderte Mumm und hielt noch immer nach einem luftigen Fluchtweg Ausschau. »Zu dem berühmten Ankh-Morpork-Humor kommen wir, wenn ich anfange, über Brüste und furzen zu reden, du aufgeblasener Armleuchter!«

Welche Möglichkeiten standen ihm zur Verfügung? Er konnte im Baum bleiben und sterben oder laufen und sterben. Der Tod in einem Stück erschien ihm besser.

FÜR EINEN MANN IN DEINEM ALTER BEHAUPTEST DU DICH ERSTAUNLICH GUT.

Tod saß auf einem höheren Ast im Baum.

»Folgst du mir, oder was?«

SIND DIR DIE WORTE »DER TOD WAR SEIN STÄNDIGER BEGLEITER« VERTRAUT?

»Aber normalerweise *sehe* ich dich nicht!«

Vielleicht hat dein Bewusstsein eine höhere Aufmerksamkeitsstufe erreicht, verursacht von Mangel an Nahrung, Schlaf und Blut.

»Wirst du mir helfen?«

Äh … ja

»Wann?«

Äh, wenn der Schmerz unerträglich wird. Tod zögerte kurz und fügte dann hinzu: Ich nehme an, du hast dir eine andere Antwort erhofft.

Die Sonne, groß und rot, stand jetzt dicht über dem Horizont.

Ein Wettlauf mit der Sonne … Das war ein weiteres Spiel in Überwald. Sicher daheim zu sein, bevor die Sonne unterging …

Eine halbe Meile oder etwas mehr, durch tiefen Schnee und einen Hang hinauf.

Leichte Erschütterungen kündigten an, dass jemand am Baum emporkletterte. Mumm sah nach unten. Im kalten blauen Glühen zog sich ein nackter Mann lautlos von Ast zu Ast.

Mumm fühlte sich von neuerlichem Zorn erfasst. Das war unfair!

Unten erklang ein leises Stöhnen, als der Kletterer ausrutschte und dann wieder Halt fand.

Wie fühlst du dich unter den gegenbenen Umständen?

»Sei *still*! Selbst *wenn* du nur eine Halluzination bist!«

Es musste doch *irgendetwas* an den Werwölfen geben, das er zu seinem Vorteil nutzen konnte. Wenn er nur wüsste, was …

Keine Waffen. Das hatte er im Schloss bemerkt. In normalen Schlössern wimmelte es geradezu davon: Speere, Streitäxte, absurd wirkende Rüstungen, große alte Schwerter …

Selbst bei Vampiren hingen Rapiere an den Wänden und zwar deswegen, weil Vampire manchmal eine Waffe benutzen mussten.

Bei Werwölfen lag der Fall anders. Auch Angua zögerte, bevor sie nach einem Schwert griff. Für einen Werwolf war eine Waffe immer die *zweite* Wahl.

Mumm presste die Beine gegeneinander und schwang um den

Ast, als der Werwolf nach oben kam. Er traf ihn am Ohr, und als der Bursche den Kopf hob, fing er sich einen weiteren Hieb gegen die Nase ein.

Der Mann holte zu einem Schlag aus, der vielleicht das Ende gewesen wäre – wenn er sich nicht gleichzeitig noch ein wenig höher gezogen hätte, wodurch er in Reichweite von Mumms *Ellenbogen* geriet.

Dieser verdiente es, kursiv hervorgehoben zu werden. Bei vielen Straßenkämpfen hatte er triumphiert. Schon früh in seiner beruflichen Laufbahn hatte Mumm gelernt, dass die Friedhöfe voller Leute waren, die die Schriften des Marquis von Fantailler gelesen hatten. Bei einem Kampf ging es vor allem darum, so schnell wie möglich zu verhindern, dass der Gegner einen schlug. Niemand strebte danach, *Punkte* zu erzielen. Mumm hatte unter Umständen gekämpft, bei denen die freie Nutzung der Hände an Luxus grenzte, doch es war erstaunlich, was man mit einem gut gezielten Ellenbogenstoß erreichen konnte – erst recht dann, wenn er zudem auf die Hilfe eines Knies zurückgreifen konnte.

Er rammte den Ellenbogen in die Kehle des Werwolfs und wurde mit einem schrecklichen Geräusch belohnt. Mumm wartete nicht ab, packte eine Hand voll Haar, zog, ließ los, schlug mit dem Handballen zu und traf das Gesicht in dem verzweifelten Versuch, seinem Gegner keine Zeit zum Nachdenken zu geben. Angesichts der Muskeln des Mannes wollte er auf keinen Fall in die Defensive geraten.

Der Werwolf reagierte.

Es gab einen plötzlichen Moment morphologischer Ungenauigkeit. Eine Nase verwandelte sich in eine Schnauze, während Mumms Faust unterwegs war, doch als der Wolf nach ihm schnappen wollte, geschahen zwei Dinge.

Erstens: Der Wolf befand sich hoch im Baum; keine sehr günstige Position für ein Geschöpf, das die Natur dazu bestimmt hatte, auf dem Boden zu leben. Zweitens: Die Gravitation machte sich bemerkbar.

»Dort unten mag irgendein Spiel stattfinden«, schnaufte Mumm, als Pfoten am schmierigen Holz vergeblich nach Halt suchten. »Aber hier bestimme *ich* die Regeln.«

Er griff nach oben, hielt sich dort am Ast fest und trat zu.

Der Wolf jaulte, als er abrutschte und gegen den nächsten Ast prallte.

Etwa auf halbem Weg nach unten versuchte er, sich erneut zu verwandeln, und vereinte so in einer fallenden Gestalt alle Eigenschaften eines Geschöpfs, das nicht für den Aufenthalt in Bäumen geeignet ist, mit denen eines Wesens, das nicht gut auf dem Boden landen kann.

»Hab dich erwischt!«, rief Mumm.

Geheul erscholl durch den Wald um ihn herum.

Plötzlich brach der Ast, an dem er sich fest hielt. Eine Sekunde hing er an der schwarzen Hose von Onkel Wanja, die sich irgendwo verfangen hatte, und dann riss der alte Stoff. Mumm fiel.

Er erreichte den Boden schneller, weil der fallende Werwolf auf dem Weg nach unten ziemlich viele Zweige entfernt hatte. Aber er landete weicher, denn der Werwolf richtete sich gerade auf.

Mumms Hand bekam einen zerbrochenen Ast zu fassen.

Eine *Waffe*.

Seine Gedanken hörten mehr oder weniger auf, als sich die Hand um den Ast schloss. Was auch immer das Denken in den Pfaden des Gehirns ersetzte, kam von woanders und war viele tausend Jahre alt.

Der Werwolf stand auf und wandte sich ihm zu. Der Ast traf ihn an der Seite des Kopfes.

Dampf stieg von Sir Samuel Mumm auf, als er sich nach vorn warf und dabei wie ein Tier knurrte. Erneut schlug er zu und brüllte dabei. Er versuchte überhaupt nicht, irgendwelche Worte zu formulieren, beschränkte sich darauf, jene Geräusche von sich zu geben, die vor den Worten existiert hatten. Wenn ihnen überhaupt eine Bedeutung zukam, dann drückten sie Bedauern darüber aus, dass sie nicht genug Pein verursachen konnten …

Der Wolf jaulte einmal mehr, fiel, rollte sich herum ... und wechselte die Gestalt.

Der Mensch streckte ihm flehentlich eine blutende Hand entgegen. »B-bitte ...«

Mumm zögerte mit erhobener Keule.

Die rote Wut verflüchtigte sich. Er stand auf einem kalten Hügel, vor dem Hintergrund eines frostigen Sonnenuntergangs, und sie hatten ihn allein gelassen, und vielleicht schaffte er es bis zum Turm ...

In einer fließenden Bewegung sprang der Werwolf und wurde dabei wieder vom Menschen zum Wolf. Mumm fiel mit dem Rücken in den Schnee, spürte heißen Atem und das Blut, aber keinen Schmerz ...

Keine Klauen kratzten, und keine Zähne bissen.

Und das Gewicht wurde weniger. Hände zogen den Körper von Mumm herunter.

»Das war ziemlich knapp«, ertönte eine fröhliche Stimme. »Man sollte ihnen gegenüber nie nachsichtig sein.« Ein Speer hatte den Werwolf durchbohrt.

»*Karotte*?«

»Wir zünden ein Feuer an. Das ist ganz einfach, wenn man das Holz zuerst in die Fettquellen taucht.«

»*Karotte*?«

»Bestimmt hast du schon seit einer ganzen Weile nichts mehr gegessen. So nahe der Stadt gibt es nur wenig Wild, aber ich glaube, wir haben noch etwas ...«

»*Karotte*?«

»Äh, ja, Herr?«

»*Was machst du hier, bei allen Göttern*?«

»Es ist ein bisschen kompliziert, Herr. Wenn ich dir aufhelfen darf ...«

Mumm stieß die Hand beiseite, die ihn auf die Beine zu ziehen versuchte.

»Ich bin bisher allein zurechtgekommen und kann ohne Hilfe

aufstehen, herzlichen Dank«, sagte er und zwang die Beine, sein Gewicht zu tragen.

»Offenbar hast du deine Hose verloren, Herr.«

»Ja, das ist der berühmte Ankh-Morpork-Humor«, brummte Mumm.

»Allerdings ... Angua kehrt gleich zurück, und ... und ...«

»Feldwebel Anguas Verwandte, Hauptmann, haben die Angewohnheit, splitterfasernackt durch den Wald zu laufen!«

»Ja, Herr, aber ... Ich meine ... du weißt schon ... es ist nicht gerade ...«

»Ich gebe dir fünf Minuten, um einen Klamottenladen zu finden. Andernfalls ... Hör mal, wohin sind die verdammten Werwölfe verschwunden? Ich habe damit gerechnet, in einen Haufen aus knurrenden Mäulerin zu fallen, und jetzt bist du hier, besten Dank dafür, und die Werwölfe sind plötzlich nicht mehr da.«

»Gavins Gefährten haben sie verjagt, Herr. Bestimmt hast du das Heulen gehört.«

»Gavins Gefährten? Oh, freut mich! Wirklich ausgezeichnet! Bin froh, das zu hören! Gut gemacht, Gavin! *Und wer, verdammt und zugenäht, ist Gavin*?«

Auf einem fernen Hügel heulte jemand.

»Das ist Gavin«, sagte Karotte.

»Ein Wolf? Gavin ist ein Wolf? *Wölfe* haben mich vor Werwölfen gerettet?«

»Schon gut, Herr. Eigentlich ist es nicht viel anders, als von Menschen vor Werwölfen gerettet zu werden.«

»Wenn ich jetzt darüber nachdenke ... Ich hätte besser liegen bleiben sollen«, sagte Mumm schwach.

»Gehen wir zum Schlitten, Herr. Ich wollte eben darauf hinweisen, dass wir deine Kleidung *gefunden* haben. Dadurch konnte Angua deiner Spur folgen.«

Zehn Minuten später saß Mumm in eine Decke gehüllt vor dem Feuer, und die Welt schien ein wenig mehr Sinn zu ergeben. Er aß ein Stück Rehfleisch, das ausgezeichnet schmeckte – Mumm war viel zu hungrig, um sich daran zu stören, dass der Metzger ganz offensichtlich seine Zähne verwendet hatte.

»Die Wölfe beobachteten die Werwölfe?«, fragte er.

»In gewisser Weise, Herr. Gavin behält die Dinge für Angua im Auge. Sie sind … alte Freunde.«

Ein Moment der Stille wurde ein wenig zu lang.

»Er scheint ein sehr intelligenter Wolf zu sein«, sagte Mumm, als ihm keine diplomatischeren Bemerkungen einfielen.

»Mehr als das. Angua glaubt, dass ein Werwolf unter seinen Vorfahren sein könnte.«

»Ist so etwas möglich?«

»Sie meint ja. Habe ich erwähnt, dass er den ganzen weiten Weg bis nach Ankh-Morpork kam? In die Stadt? Kannst du dir vorstellen, wie das für ihn gewesen sein muss?«

Mumm drehte sich um, als er ein leises Geräusch vernahm.

Ein großer Wolf stand am Rand des Feuerscheins und bedachte ihn mit einem aufmerksamen Blick. Es war nicht der Blick eines Tieres, das ihn als Nahrung, Gefahr oder Ding einordnete. Hinter diesem Blick drehten sich mentale Zahnräder. Neben dem Wolf hockte eine sehr stolz wirkende Promenadenmischung und kratzte sich hingebungsvoll.

»Ist das Gaspode?«, fragte Mumm. »Der Hund, der sich oft beim Wachhaus herumtreibt?«

»Ja, er … hat mir auf dem Weg hierher geholfen«, sagte Karotte.

»Ich frage besser nicht nach Einzelheiten«, murmelte Mumm. »Vermutlich öffnet sich gleich eine Tür im nächsten Baum, und Fred und Nobby kommen heraus.

»Hoffentlich nicht, Herr.«

Gavin legte sich ein wenig vom Feuer entfernt hin und beobachtete Karotte.

»Hauptmann?«, fragte Mumm.

»Ja, Herr?«

»Dir dürfte aufgefallen sein, dass ich bisher nicht gefragt habe, warum nicht nur Angua hier ist, sondern auch du.«

»Ja, Herr.«

»Nun?«, hakte Mumm nach. Inzwischen glaubte er, Gavins Gesichtsausdruck zu erkennen, auch wenn das Gesicht in seinem Fall eine ungewöhnliche Form hatte. So sah ein Gentleman aus, der in einer Bank saß und das Kommen und Gehen beobachtete, um zu erkennen, wie alles funktionierte.

»Ich habe deine Diplomatie bewundert, Herr.«

»Hmm? Was?«, fragte Mumm und starrte noch immer zu dem Wolf.

»Ich weiß es sehr zu schätzen, dass du es vermieden hast, bestimmte Fragen zu stellen, Herr.«

Angua trat ans Licht des Feuers. Sie sah sich um und nahm dann *genau* auf halbem Weg zwischen Karotte und Gavin Platz.

»Sie sind jetzt viele Meilen entfernt. Oh, hallo, Herr Mumm.« Wieder wurde es still.

»Hat jemand vor, mir etwas zu erklären?«, fragte Mumm.

»Meine Familie versucht, die Krönung zu sabotieren«, sagte Angua. »Sie arbeitet mit einigen Zwergen zusammen, die nicht wollen, dass ... die wollen, dass Überwald isoliert bleibt.«

»Das habe ich bereits herausgefunden. Wenn man durch einen kalten Wald um sein Leben läuft, gelangt man zu erstaunlichen Erkenntnissen.

»Ich muss dir leider mitteilen, dass mein Bruder die Nachrichtenübermittler des Turms getötet hat, Herr. Er hat dort überall seinen Geruch hinterlassen.«

Gavin knurrte leise.

»Und auch noch einen anderen Mann, den Gavin nicht kennt. Er verbrachte viel Zeit damit, sich im Wald zu verstecken und unser Schloss zu beobachten.«

»Das dürfte ein gewisser Müde gewesen sein. Einer unserer ... Agenten«, sagte Mumm.

»Seine Leistungen waren nicht schlecht. Er schaffte es mit einem Boot einige Meilen flussabwärts. Unglücklicherweise hatte sich an Bord ein Werwolf versteckt.«

»Mir kam ein Wasserfall in die Quere«, sagte Mumm.

»Bitte um Erlaubnis, ganz offen sprechen zu dürfen, Herr«, sagte Angua.

»Sprichst du nicht immer offen?«

»Die Werwölfe hätten dich jederzeit erledigen können, Herr. Im Ernst. Sie wollten dich in unmittelbare Nähe des Turms gelangen lassen, um dann anzugreifen. Wolfgang hält so etwas vermutlich für hübsch symbolisch.«

»Ich habe drei von ihnen erwischt!«

»Ja, Herr. Aber gegen alle drei gleichzeitig hättest du keine Chance gehabt. Wolfgang hat sich einen Spaß erlaubt. Auf diese Weise hat er das Spiel immer gespielt. Er ist gut darin vorauszudenken. Er liebt den Hinterhalt. Es gefällt ihm, irgendeinen armen Kerl fast das Ziel erreichen zu lassen – um dann über ihn herzufallen.« Angua seufzte. »Weißt du, Herr, ich möchte Schwierigkeiten vermeiden ...«

»Er hat Menschen getötet!«

»Ja, Herr. Aber meine Mutter ist eine unwissende Närrin, und mein Vater hat nur noch einen Rest Verstand im Kopf. Er verbringt so viel Zeit als Wolf, dass er kaum mehr weiß, wie sich ein Mensch benimmt. Sie leben nicht in der realen Welt. Sie glauben wirklich, dass in Überwald alles so bleiben kann, wie es bisher war. Nun, hier oben gibt es eigentlich nicht viel, aber es gehört uns. Wolfgang ist ein mörderischer Idiot, der glaubt, die Werwölfe seien zum Herrschen geboren. Das Problem besteht darin, dass er bisher nicht gegen die Regeln verstoßen hat.«

»Lieber Himmel!«

»Bestimmt könnte er viele Zeugen beibringen, die bestätigen, dass er allen einen angemessenen Vorsprung gewährte, so wie die Regeln verlangen.«

»Und seine Einmischung in die Angelegenheiten der Zwerge? Er hat die Steinsemmel gestohlen oder ausgetauscht ... was weiß ich. Ich kenne noch nicht alle Einzelheiten, aber ein armer Zwerg musste deshalb bereits sein Leben lassen! Grinsi und Detritus stehen unter Arrest! Inigo ist tot! Man hat Sybil irgendwo eingesperrt! Und du meinst, es wäre so weit alles in Ordnung?«

»Hier sind die Dinge anders, Herr«, erwiderte Karotte. »Erst vor zehn Jahren wurden Gottesurteile durch Gerichtsverfahren abgelöst, und nur deshalb, weil man herausfand, dass Anwälte viel scheußlicher sein können.«

»Ich muss nach Bums zurück. Wenn sie Sybil etwas zu Leide getan haben, sind mir die hiesigen Regeln piepegal!«

»Herr Mumm!«, protestierte Karotte. »Du bist völlig erschöpft!«

»Ich bin noch längst nicht erschöpft genug. Wir brechen sofort auf. Lass den Schlitten von einigen Wölfen ziehen …«

»Sie nehmen keine *Anweisungen* entgegen, Herr«, sagte Karotte. »Wir können uns höchstens mit einer entsprechenden Bitte an Gavin wenden.«

»Äh, wärst du so freundlich, ihm die Situation zu erklären?«

Ich stehe hier mitten in einem kalten Wald, dachte Mumm kurze Zeit später, und beobachte, wie eine recht attraktive junge Frau ein knurrendes Gespräch mit einem Wolf führt. So etwas geschieht nicht sehr oft. Zumindest nicht in Ankh-Morpork. Hier passiert es vermutlich jeden Tag.

Schließlich ließen sich sechs Wölfe anspannen, und Mumm wurde zur Straße getragen.

»Halt!«

»Herr?«, fragte Karotte.

»Ich brauche eine Waffe! In dem Turm muss es irgendetwas geben, das ich verwenden kann!«

»Nimm mein Schwert, Herr! Außerdem stehen die … Jagdspeere zur Verfügung.«

»Du weißt sicher, was du mit den Jagdspeeren anstellen kannst!«

Mumm trat die Tür im Sockel des Turms auf. Der Wind hatte Schnee hereingeweht, die Spuren von Wölfen und Menschen teilweise verwischt.

Er fühlte sich wie betrunken. Teile seines Gehirns schalteten sich ein und aus. Seine Augen fühlten sich an, als wären sie mit Frottee voll gestopft, und die Beine schienen ihm nur widerwillig zu gehorchen.

Der Nachrichtenturm musste doch *irgendetwas* Nützliches enthalten.

Selbst die Säcke und Fässer waren verschwunden. Es gab viele Bauern in den Bergen, und der Winter kam, und wer auch immer hier stationiert gewesen war, brauchte keinen Proviant mehr. Selbst Mumm hätte in diesem Zusammenhang nicht von *Diebstahl* gesprochen.

Er kletterte in den ersten Stock. Die sparsamen, vorsorglichen Waldbewohner waren auch hier gewesen. Aber sie hatten weder die Blutflecken vom Boden entfernt, noch Inigos kleinen runden Hut mitgenommen, der erstaunlicherweise in der Holzwand feststeckte.

Mumm zog ihn heraus und bemerkte eine rasiermesserscharfe Klinge am dünnen Filzrand.

Der Hut eines Assassinen, dachte er. Und dann: Nein, *nicht* der eines Assassinen. Er erinnerte sich an die Straßenkämpfe, die er als Kind gesehen hatte, ausgetragen von Männern, die viel tranken und selbst einen Kampf mit bloßen Fäusten für vornehm hielten. Einige von ihnen nähten Klingen in ihre Hutkrempe, um nicht völlig hilflos zu sein, wenn es heiß herging. Dies war der Hut eines Mannes, der versuchte, sich unter schwierigen Umständen einen Vorteil zu verschaffen.

Hier hatte es nicht funktioniert.

Mumm ließ den Hut fallen, und sein Blick glitt zu der Kiste mit den Mörsern. Sie war wie alles andere geplündert worden, aber die Rohre lagen auf dem Boden verstreut. Allein die Götter wussten, wofür die menschlichen Schakale sie gehalten hatten.

Er legte sie in die Kiste zurück. Inigo hatte sie richtig beurteilt. Eine so ungenaue Waffe, dass man mit ihr nicht einmal einen Schuppen vom *Innern* des Schuppens aus treffen konnte, taugte als Waffe überhaupt nichts. Doch es lagen auch andere Dinge herum. Manche Gegenstände erinnerten an jene Männer, die hier ein einfaches, entbehrungsreiches Leben geführt hatten. Bilder an der Wand. Ein Tagebuch, eine Pfeife, Rasierzeug. Schachteln waren auf dem Boden ausgeschüttet worden …

»Wir sollten den Weg fortsetzen, Herr«, erklang Karottes Stimme an der Leiter.

Die Nachrichtenübermittler lebten nicht mehr. Sie hatten laufen müssen, durch Kälte und Dunkelheit, verfolgt von Ungeheuern. Und anschließend waren irgendwelche Bauern, die nicht einmal *versucht* hatten, ihnen zu helfen, hierher gekommen und hatten ihre Sachen genommen.

Verdammt! Mumm knurrte, verstaute alles in einer Kiste und zog sie zur Leiter.

»Wir bringen das hier zur Botschaft«, sagte er. »Ich möchte den Plünderern nichts übrig lassen. Denk nicht einmal daran, mir zu widersprechen.«

»Käme mir nie in den Sinn, Herr. Nicht einmal im Traum.«

Mumm zögerte. »Karotte? Der Wolf und Angua …« Er zögerte. Lieber Himmel, wie brachte man einen solchen Satz zu Ende?«

»Sie sind alte Freunde, Herr.«

»Sind sie das?«

Karottes Gesicht enthielt nur die für ihn typische völlig offene Ehrlichkeit.

»Oh … wir … dann ist ja alles in Ordnung«, sagte Mumm.

Eine Minute später waren sie wieder unterwegs. Angua lief als Wolf weit vor dem Schlitten, zusammen mit Gavin. Gaspode hatte sich unter den Decken zusammengerollt.

Und wieder findet ein Wettlauf mit der Sonne statt, dachte Mumm. Der Himmel weiß, warum. Ich befinde mich in der Gesellschaft eines Werwolfs und eines Wolfs, der noch schlimmer aussieht, und ich sitze auf einem Schlitten, der von Wölfen gezogen wird und den ich nicht steuern kann. Versuch mal, *das* im Handbuch nachzuschlagen.

Er döste und beobachtete aus halb geöffneten Augen, wie die Sonne zwischen den Bäumen flackerte.

Wie konnte man die Steinsemmel aus ihrer Höhle stehlen?

Er hatte mehrere Möglichkeiten erwähnt und damit keineswegs übertrieben, aber alle waren riskant. Jede einzelne von ihnen hing zu sehr von Glück und unaufmerksamen Wächtern ab. Aber dies fühlte sich nicht nach einem Verbrechen an, bei dem Glück eine Rolle spielte. Alles hatte klappen *müssen.*

Die Semmel war nicht wichtig. Es kam nur darauf an, dass sich unter den Zwergen Chaos ausbreitete: kein König, gewaltsame Auseinandersetzungen, Kämpfe im Dunkeln. Und dann blieb es dunkel in Überwald. Und es schien wichtig zu sein, dass der König die Schuld bekam. Immerhin war er es, der die Steinsemmel verloren hatte.

Worin auch immer der Plan bestand: Er musste schnell durchgeführt werden. Die Nachrichtentürme erwiesen sich dabei sicher als nützlich. Wolfgang hatte von den cleveren Leuten in Ankh-Morpork gesprochen und damit *Menschen* gemeint, nicht Zwerge.

Willi Keinesorge, der in seinem Bottich schwamm …

Man tauchte eine Holzhand hinein und bekam einen Handschuh. Hand in Handschuh …

Es kommt nicht darauf an, wo man das Ding unterbringt, sondern wo es sich nach Meinung der Leute befindet. Nur das zählt. Darin liegt die besondere Magie.

Mumm erinnerte sich an seinen ersten Gedanken, als er beobachtet hatte, wie Grinsi in der Semmelhöhle auf den Boden starrte und der kleine Polizist hinter seiner Stirn zu schreien begann.

»Wie bitte, Herr?«, fragte Karotte.

»Hmm?« Mumm zwang die Lider nach oben.

»Du hast gerade etwas gerufen, Herr.«

»Was denn?«

»›Das verdammte Ding wurde überhaupt nicht gestohlen!‹, Herr!«

»Mistkerle! Ich *wusste,* dass ich kurz vor der Lösung des Falls stand! Es passt alles zusammen, wenn man nicht wie ein Zwerg denkt! Wir vergewissern uns, dass Sybil in Sicherheit ist, und dann, Hauptmann ...«

»Treten wir jemandem in den Hintern, Herr?«

»Und zwar kräftig!«

»Da wäre nur eine Sache, Herr ...«

»Ja?«

»Du bist ein Verbrecher auf der Flucht.«

Einige Sekunden hörte man nur das Geräusch von Pfoten im Schnee.

»Nun«, erwiderte Mumm schließlich, »ich weiß, dass wir hier nicht in Ankh-Morpork sind. Man hat mich immer wieder daran erinnert. Aber wo wir uns auch aufhalten, und wohin wir auch gehen, Hauptmann: Polizisten bleiben immer Polizisten.«

Ein einzelnes Licht glühte am Fenster. Hauptmann Colon saß im Kerzenschein und starrte ins Nichts.

Die Vorschriften verlangten, dass sich immer mindestens ein Wächter im Wachhaus aufhielt, und deshalb blieb Colon in seinem Büro.

Unten knarrten die Bodendielen in eine neue Position. Über Monate hinweg waren rund um die Uhr Leute über sie hinweggegangen, denn im Hauptraum hatten sich nie weniger als sechs Personen aufgehalten. Permanent von verschiedenen Hinterteilen erwärmte Stühle ächzten leise, als sie abkühlten.

Ein einzelner Gedanke summte immer wieder durch Fred Colons Kopf.

Herr Mumm wird noch mehr außer sich geraten als der Quästor. Bestimmt wird's noch schlimmer als mit dem Bibliothekar, wenn er das T-Wort hört.

Seine Hand streckte sich dem Schreibtisch entgegen und bewegte sich automatisch zurück, während Colon weiter ins Leere starrte.

Ein leises Knirschen deutete auf einen Zuckerwürfel hin, der verspeist wurde.

Es schneite wieder. Der Wächter, den Mumm Colonesk genannt hatte, lehnte in seiner kleinen Wachkabine am mittwärtigen Tor von Bums an der Wand. Er hatte die Kunst perfektioniert, stehend und mit offenen Augen zu schlafen. Das gehörte zu den ersten Dingen, die man in einer endlosen Nacht lernte.

In unmittelbarer Nähe seines Ohrs erklang die Stimme einer Frau. »Es gibt zwei Möglichkeiten, diese Sache hinter uns zu bringen.«

Die Haltung des Wächters veränderte sich nicht. Er blickte weiter starr geradeaus.

»Du hast nichts gesehen. Das ist die Wahrheit. Du brauchst nur zu nicken.«

Der Wächter nickte.

»Gut. Du hast mich nicht gehört. Du brauchst nur zu nicken.«

Er nickte.

»Und du weißt nicht, wann ich wieder weg bin. Du brauchst nur zu nicken.«

Er nickte.

»Du willst keine Schwierigkeiten. Du brauchst nur zu nicken.«

Er nickte.

»Du verdienst nicht genug für diese Arbeit. Du brauchst nur zu nicken.«

Diesmal nickte der Wächter mit mehr Nachdruck.

»Du wirst viel öfter für die Nachtschicht eingeteilt, als es eigentlich richtig ist.«

Colonesks Kinnlade klappte nach unten. Wer auch immer hinter ihm stand, konnte ganz offensichtlich seine Gedanken lesen.

»Ausgezeichnet. Bleib einfach hier stehen und pass auf, dass niemand das Tor stiehlt.«

Colonesk hielt den Blick starr geradeaus gerichtet. Er hörte, wie das Tor geöffnet und wieder geschlossen wurde.

Ihm fiel ein, dass die Frau keine Einzelheiten bezüglich der zweiten Möglichkeit genannt hatte, und dafür war er sehr dankbar.

»Was war die zweite Möglichkeit?«, fragte Mumm, als sie durch den Schnee eilten.

»Wir hätten nach einem anderen Weg in die Stadt suchen müssen«, sagte Angua.

Nur wenige Personen waren in den Straßen unterwegs, die der Schnee nun mit neuem Weiß bedeckte, abgesehen von den Stellen, wo Dampf aus Gittern aufstieg. In Überwald schien der Sonnenuntergang eine eigene Ausgangssperre zu verhängen. In diesem Fall ergab sich ein Vorteil daraus, denn die ganze Zeit über knurrte Gavin leise.

Karotte kehrte von der nächsten Ecke zurück.

»Zwerge bewachen die Botschaft«, sagte er. »Sie scheinen nicht zu Verhandlungen bereit zu sein, Herr.«

Mumm senkte den Blick. Sie standen auf einem Gitter.

Hauptmann Tantony von der Stadtwache in Bums begegnete seinen derzeitigen Aufgaben mit erheblicher Skepsis. Am vergangenen Abend hatte er die Oper gesehen und später gewisse Dinge beobachtet, die nach Anweisung des Bürgermeisters gar nicht passiert waren. Es kam natürlich darauf an, den Befehlen zu gehorchen. Es drohte keine Gefahr, wenn man den Befehlen gehorchte. Das wussten alle Angehörigen der Wache. Doch diese fühlten sich nicht nach sicheren Befehlen an.

Er hatte gehört, dass man in Ankh-Morpork anders vorging. Von Lord Mumm hieß es, dass er jeden verhaften würde.

Tantony hatte einen Schreibtisch im Flur der Botschaft aufgestellt, um den Haupteingang im Auge zu behalten, und seine Männer mit großer Sorgfalt im Innern des Gebäudes verteilt. Den Zwergenwächtern draußen traute er nicht. Angeblich hatten sie den Befehl, Mumm sofort zu töten, und das ergab keinen Sinn. Es musste doch *irgendeine* Art von Gerichtsverfahren geben.

Im Obergeschoss erklang ein leises Geräusch. Tantony stand langsam auf und griff nach seiner Armbrust. »Korporal Schwetzl?«

Wieder ertönte ein Geräusch. Tantony ging zum unteren Ende der Treppe.

Oben erschien Mumm. Blut klebte an seinem Hemd und bildete Krusten auf einer Seite seines Gesichts. Zum großen Entsetzen des Hauptmanns schickte er sich an, die Treppe herunterzukommen.

»Ich *schieße* auf dich!«

»Das ist dein Befehl, nicht wahr?«, fragte Mumm.

»Ja! Bleib stehen!«

»Aber wenn ich *ohnehin* erschossen werde, hat es doch gar keinen Sinn, jetzt stehen zu bleiben, oder?«, erwiderte Mumm. »Außerdem glaube ich nicht, dass du auf mich schießen wirst, Hauptmann. Weil du intelligent bist.« Mumm stützte sich am Geländer ab. »Hättest du nicht schon die anderen Wächter alarmieren müssen?«

»Du sollst *stehen bleiben*!«

»Du weißt, wer ich bin. Wenn du wirklich beabsichtigst, mit dem verdammten Ding auf mich zu schießen, so hast du jetzt Gelegenheit dazu. Aber es wäre deiner weiteren beruflichen Laufbahn *sehr* förderlich, wenn du zuerst den Klingelzug dort drüben ziehen würdest. Was könnte schlimmstenfalls passieren? Deine Armbrust bleibt auf mich gerichtet. Es gibt da etwas, das du erfahren solltest.«

Tantony bedachte ihn mit einem misstrauischen Blick, trat jedoch einige Schritte zur Seite und zog den Klingelzug.

Igor kam hinter einer Säule hervor. »Ja, Herr?«

»Bitte sag diesem jungen Mann, wo er sich befindet.«

»Er ift in Ankh-Morpork, Herr«, verkündete Igor ruhig.

»Siehst du?«, meinte Mumm. »Und starr Igor nicht so an. Ich hab's zunächst überhört, als er mich hier begrüßte, aber es stimmt. Dies ist eine *Botschaft*, mein Lieber«, fuhr er fort und setzte sich wieder in Bewegung. »Was bedeutet: Dieses Gebäude gehört offiziell zum Territorium meiner Heimat. Willkommen in Ankh-Morpork. Tausende von Überwald-Bürgern leben in unserer Stadt. Du möchtest doch keinen *Krieg* beginnen, oder?«

»Aber ... aber ... sie sagten ... meine Befehle ... Du bist ein Verbrecher!«

»Ich bin höchstens *angeklagt*, Hauptmann. In Ankh-Morpork bringen wir niemanden um, nur weil er *angeklagt* ist. Zumindest nicht absichtlich. Und erst recht nicht, weil jemand entsprechende Anweisungen erteilt.«

Mumm nahm die Armbrust aus Tantonys widerstandslosen Händen und jagte den Bolzen in die Decke.

»Und jetzt schick deine Männer fort«, sagte er.

»Ich bin in Ankh-Morpork?«, brachte der Hauptmann hervor.

Mumm war zwar nicht gerade in bester Verfassung, aber er wusste die Zeichen zu deuten.

»Ja, das stimmt«, sagte er und legte Tantony den Arm um die Schultern. »Und in unserer Stadtwache gibt es immer einen Platz für einen fähigen jungen Mann ...«

Tantony versteifte sich. Er stieß Mumms Arm beiseite. »Du beleidigst mich, Milord. Dies ist mein Land!«

»Ah.« Mumm merkte, dass Karotte und Angua vom Treppenabsatz aus zusahen.

»Ich werde nicht zulassen, dass jemand Schande darüber bringt«, fuhr der Hauptmann fort. »Dies ist nicht richtig. Ich habe *beobachtet*, was gestern Abend geschah. Du hast den König in Sicherheit gebracht, und anschließend hat der Troll den Kronleuchter aufgefangen! Und dann behauptete man, du hättest den König umbringen wollen und bei der Flucht mehrere Zwerge getötet ...«

»Bist du der Kommandeur der hiesigen Wache?«

»Nein. Der Bürgermeister ist das Oberhaupt.«

»Und wer gibt *ihm* Befehle?«

»Praktisch alle«, sagte Tantony bitter. Mumm nickte. Es klang nur zu vertraut ...

»Willst du mich daran hindern, meine Leute von hier fortzubringen?«

»Wie sollte das möglich sein? Die Zwerge haben das Gebäude umstellt!«

»Wir benutzen … diplomatische Kanäle. Zeig mir einfach, wo all die anderen sind, und dann machen wir uns auf den Weg. Ich kann dich niederschlagen und fesseln, wenn du möchtest …«

»Das ist nicht erforderlich. Die Zwergin und der Troll sind im Keller. Und Ihre Lordschaft … dürfte sich dort befinden, wohin die Baronin sie gebracht hat.«

So etwas wie heißes Eis glitt über Mumms Rücken. »Wohin die Baronin sie gebracht hat?«, wiederholte er.

»Äh, ja.« Tantony wich zurück, als er Mumms Gesichtsausdruck sah. »Du kennst die Baronin, Herr! Sie meinte, sie seien alte Freunde und sie könnte alles in Ordnung bringen! Und dann …« Mumms Miene ließ Tantonys Stimme sich erst in ein Murmeln verwandeln, und wenige Sekunden später verstummen.

Als Mumm sprach, hatten seine Worte einen monotonen Klang, der ebenso bedrohlich wirkte wie ein Speer.

»Du stehst da mit deinem glänzenden Brustharnisch und deinem dummen Helm und einem Schwert ohne eine einzige Kerbe und einer dämlichen Hose und weist *mich* darauf hin, dass *Werwölfe* meine *Frau* fortgebracht haben?«

Tantony trat noch einen Schritt zurück. »Es war die Baronin …«

»Und Baronen widerspricht man natürlich nicht. Verstehe. Du widersprichst niemandem. Weißt du was? Es *beschämt* mich, dass sich jemand wie du Wächter nennen darf. Und jetzt gib mir die Schlüssel.«

Tantonys Wangen glühten.

»Du hast irgendwelchen Befehlen gehorcht«, sagte Mumm. »Denk … nicht … einmal … daran … dich … dieser … Anweisung … zu … widersetzen.«

Karotte erreichte das Ende der Treppe und legte Mumm die Hand auf die Schulter.

»Beruhige dich, Herr Mumm.«

Tantony musterte die beiden und traf dann eine für sein Leben sehr wichtige Entscheidung.

»Ich hoffe, du … du findest deine Frau, Milord.« Er holte ein Schlüsselbund hervor und reichte es Mumm. »Ich hoffe es wirklich.«

Mumm rang noch immer nach Atem und gab die Schlüssel Karotte. »Lass die Gefangenen frei.«

»Willst du zum Schloss der Werwölfe?«, brachte Tantony hervor.

»Ja.«

»Dort hast du nicht die geringste Chance, Milord. Die Werwölfe machen, was ihnen gefällt.«

»Dann muss sie jemand aufhalten.«

»Das ist unmöglich. Die älteren Werwölfe halten sich an die Regeln, aber Wolfgang hat vor nichts Respekt!«

»Ein Grund mehr, ihn aufzuhalten. Ah, Detritus.« Der Troll salutierte. »Du hast deine Armbrust, wie ich sehe. Hat man dich gut behandelt?«

»Sie mich nannten dummen Troll«, erwiderte Detritus finster. »Einer von ihnen mich trat an empfindliche Stelle.«

»War es dieser Mann?«

»Nein.«

»Aber er ist ihr Hauptmann«, sagte Mumm und trat von Tantony weg. »Feldwebel, ich befehle dir: Erschieß ihn.«

Der Troll schwang die gewaltige Armbrust herum und visierte das Ziel an. Tantony erbleichte.

»Na los«, sagte Mumm. »Ich habe dir einen Befehl erteilt, Feldwebel.«

Detritus ließ die Armbrust sinken. »Ich nicht so dumm bin, Herr.«

»Das war ein *Befehl*!«

»Dann du mit dem Befehl machen kannst, was Findling der Sturz machte mit seinem Beutel Kies, Herr! Mit Respekt!«

Mumm trat vor und klopfte dem zitternden Tantony auf die Schulter.

»Nur eine kleine Demonstration«, sagte er.

»Aber wenn du findest den Mann, der trat mich an empfindliche Stelle …«, grollte Detritus. »Ich mich freuen würde, ihm zu verpassen einen Satz warme Ohren. Ich weiß, wer es war. Er humpelt.«

Lady Sybil trank den Wein mit großer Vorsicht. Er schmeckte nicht sehr angenehm. Im Moment empfand sie ziemlich viele Dinge als nicht sonderlich angenehm.

Sie war keine gute Köchin. Niemand hatte sie die Kochkunst gelehrt. An ihrer Schule hatte man immer angenommen, dass andere Leute das Kochen erledigten, und zwar für fünfzig Personen, die mindestens vier verschiedene Gabeln benutzten. Die Spezialitäten, die Sybil beherrschte, fanden auf sehr kleinen Tellern Platz und sahen vor allem interessant aus.

Aber sie kochte für Sam, denn die Ehefrau in ihr hielt das für angebracht. Außerdem war er als Esser ihren kulinarischen Fähigkeiten bestens angepasst. Er *mochte* verbrannte Würstchen und Spiegeleier, die *Boing* machten, wenn man die Gabel hineinstach. Kaviar hätte er vermutlich nur gebraten verspeist. Ein solcher Mann ließ sich leicht ernähren, solange man genug Schmalz im Haus hatte.

Doch *diese* Speisen schmeckten so, als seien sie von jemandem zubereitet worden, der noch nie zuvor gekocht hatte. Bei der Besichtigungstour hatte Sybil einen kurzen Blick in die Küche werfen können, und ihrer Meinung nach erwartete man einen solchen Raum in einem *kleinen* Haus. Die Speisekammern für das Wildbret hingegen boten geradezu verblüffend viel Platz. Nie zuvor hatte Sybil so viele tote Tiere gesehen.

Sie zweifelte kaum daran, dass Rehfleisch nicht gekocht serviert werden sollte, zusammen mit knusprigen Kartoffeln. Wenn es sich überhaupt um Kartoffeln handelte. Selbst Sam, der die schwarzen Brocken mochte, die manchmal im Kartoffelbrei auftauchten, hätte sich zu einem Kommentar hinreißen lassen. Doch Sybil wusste, wie man sich benahm. Wenn man nichts Freundliches über das Essen sagen konnte, suchte man sich einen anderen Anlass für freundliche Bemerkungen.

»Dies sind … *sehr* interessante Teller«, sagte sie pflichtbewusst. »Äh, bist du *sicher*, dass es keine weiteren Neuigkeiten gibt?« Sie versuchte, den Blick nicht auf den Baron zu richten. Er schenkte Sybil und seiner Frau keine Beachtung, stocherte auf seinem Teller herum, als könnte er sich nicht mehr daran erinnern, wie man mit Messer und Gabel umging.

»Wolfgang und seine Freunde suchen noch immer«, sagte Serafine. »Aber es herrschte schreckliches Wetter für einen Mann auf der Flucht.«

»Er ist *nicht* auf der Flucht«, schnappte Sybil. »Er hat *kein* Verbrechen begangen!«

»Oh, natürlich nicht«, erwiderte die Baronin in beschwichtigendem Tonfall. »Es gibt nur Indizienbeweise. Völlig klar. Nun, ich schlage vor, dass du mit deinem, äh, Gefolge nach Ankh-Morpork zurückkehrst, sobald die Pässe frei sind und bevor es hier richtig Winter wird. Wir kennen dieses Land, meine Liebe. Wenn dein Mann noch lebt, finden wir bestimmt eine Möglichkeit, ihm zu helfen.«

»Ich lasse auf keinen Fall zu, dass man Schande über ihn bringt! Du hast *gesehen*, wie er den König gerettet hat!«

»Oh, das hat er bestimmt. Ich habe zu diesem Zeitpunkt mit meinem Mann gesprochen, aber es käme mir *überhaupt* nicht in den Sinn, an deinen Worten zu zweifeln. Stimmt es, dass er die Männer am Wilinus-Pass getötet hat?«

»Was? Es waren Räuber!«

Am anderen Ende des Tisches griff der Baron nach einem Fleischbrocken und versuchte, ihn mit den Zähnen zu zerreißen.

»Oh, natürlich. Ja. Natürlich.«

Sybil zwickte sich in den Nasenrücken. Der größte Teil von ihr hätte Sam nicht einmal dann des Mordes – eines echten *Mordes nicht* – für schuldig gehalten, wenn drei Götter mit Botschaften am Himmel gegen ihn ausgesagt hätten. Doch das eine oder andere kam ihr zu Ohren, auf Umwegen. Sam regte sich über gewisse Dinge auf, und manchmal entlud sich sein Zorn ganz plötzlich. Zum Beispiel die Sache mit dem kleinen Mädchen und den Männern bei den Dolly-Schwestern. Als Sam die Unterkunft der Männer durchsuchte, stellte er fest, dass sie dem Mädchen einen Schuh gestohlen hatten, und später meinte Detritus, wenn er nicht gewesen wäre, hätte nur Sam den Raum lebend verlassen.

Sybil schüttelte den Kopf. »Ich würde jetzt gern ein Bad nehmen«, sagte sie. Es klapperte am anderen Ende des Tisches.

»Du solltest besser im Ankleideraum essen, Schatz«, sagte die Baronin, ohne ihren Mann anzusehen. Sie bedachte Lady Sybil mit einem kurzen, spröden Lächeln. »Wir haben kein ... kein ... nichts Derartiges im Schloss.« Ihr fiel etwas ein. »Wir benutzen die heißen Quellen. Das ist viel hygienischer.«

»Draußen im Wald?«

»Oh, es ist nicht weit. Und ein Lauf im Schnee tut dem Körper gut.«

»Ich glaube, ich lege mich jetzt ein wenig hin«, sagte Lady Sybil fest. »Herzlichen Dank.«

Sie ging zu dem muffig riechenden Schlafzimmer und war auf damenhafte Weise wütend.

Es gelang ihr einfach nicht, Serafine zu mögen, und das war entsetzlich, denn Lady Sybil mochte sogar Nobby Nobbs, und dazu brauchte man eine sehr gute Erziehung. Doch die Baronin kratzte wie eine grobe Feile an ihren Nerven. Sie erinnerte sich daran, dass sie Serafine schon in der Schule nicht gemocht hatte.

Zu dem unerwünschten Gepäck, das man der jungen Sybil aufgebürdet hatte, um ihr den Weg durchs Leben zu erschweren, gehörte die Verpflichtung, zu anderen freundlich zu sein und nette Dinge zu sagen. Deshalb hielten die anderen Leute sie oft für dumm.

Sie verabscheute die Art und Weise, in der Serafine über die Zwerge gesprochen hatte. Von »Untermenschen« war die Rede gewesen. Die meisten von ihnen lebten tatsächlich *unter Menschen*, also in ihrer Mitte oder in unterirdischen Höhlen. Wie dem auch sei: Sybil mochte Zwerge. Und Serafine sprach so von Trollen, als wären sie *Dinge*. Sybil war nicht vielen Trollen begegnet, aber offenbar verbrachten sie ihr Leben damit, ihre Kinder großzuziehen und zu arbeiten, so wie alle anderen.

Und es kam noch schlimmer. Serafine ging davon aus, dass Sybil ihre Ansichten allein deshalb teilte, weil sie eine Lady war. Sybil Käsedick kannte sich in diesen Dingen nicht besonders gut aus, denn moralische Philosophie hatte kaum eine Rolle gespielt bei einem Lehrplan, der Blumenarrangements den Vorrang einräumte. Aber irgendetwas teilte ihr mit, dass bei beliebigen Debatten der *richtige* Standpunkt auf der gegenüberliegenden Seite von Serafine war.

Sie hatte ihr all die vielen Briefe geschrieben, weil es sich so gehörte. Man schrieb alten Freunden Briefe, selbst wenn von Freundschaft kaum die Rede sein konnte.

Sybil setzte sich aufs Bett und starrte an die Wand, bis das Geschrei begann, und *als* es begann, wusste sie, dass Sam lebte – nur Sam ließ die Leute so zornig werden.

Sie hörte, wie der Schlüssel im Schloss klickte.

Daraufhin rebellierte Sybil.

Sie war dick und nett. Die Schule hatte ihr nicht sonderlich gefallen. Wenn man allein die Gesellschaft von Mädchen genießt, ist es nicht besonders vorteilhaft, dick und nett zu sein, denn die anderen neigen dazu, das mit »dumm« oder gar mit »dämlich« gleichzusetzen.

Lady Sybil blickte aus dem Fenster. Das Schlafzimmer lag im zweiten Stock.

Gitterstäbe steckten vor dem Fenster, aber sie sollten vor allem verhindern, dass etwas von draußen hereinkam. Von drinnen ließen sie sich leicht aus ihrer Einfassung lösen. *Und* es lagen zwar muffige, aber recht dicke Laken und Decken auf dem Bett. Einer durchschnittlichen Person hätte dies vielleicht nicht viel bedeutet, aber das Leben in einer strengen Schule für wohlerzogene Damen kann sehr lehrreich sein, wenn es um die Tricks des Ausbrechens geht.

Fünf Minuten nach dem Klicken des Schlüssels steckte nur noch eine Stange im Fenster. Sie zitterte und knirschte im Gestein, was deutlich darauf hinwies, dass ein schweres Gewicht an den zusammengebundenen Laken hing.

Fackeln brannten an den Schlossmauern. Die schauderhafte rote und schwarze Fahne wehte im Wind. Mumm blickte über den Rand der Brücke. Der Fluss strömte ziemlich weit unten und schäumte schon ein ganzes Stück vor dem Wasserfall. Hier gab es nur zwei Richtungen: nach vorn oder zurück.

Er inspizierte seine Truppen. Leider dauerte das nicht sehr lange. Selbst ein Polizist konnte bis fünf zählen. Außerdem waren noch Gavin und seine Wölfe im Wald. Und nicht zu vergessen Gaspode, der Korporal Nobbs der Hundewelt, der sich ungebeten der Gruppe angeschlossen hatte.

Was ließ sich sonst noch zu Mumms Gunsten anführen? Nun, der Feind benutzte keine Waffen. Doch dieser Vorteil verflüchtigte sich rasch, wenn man bedachte, dass ihm scharfe Krallen und spitze Zähne zur Verfügung standen.

Mumm seufzte und wandte sich an Angua. »Es ist deine Familie«, sagte er. »Ich könnte es gut verstehen, wenn du dich zurückhältst.«

»Wir werden sehen, Herr.«

»Wie sollen wir ins Innere des Schlosses gelangen, Herr?«, fragte Karotte.

»Wie würdest *du* dabei vorgehen?«

»Zunächst einmal anklopfen, Herr.«

»Tatsächlich? Feldwebel Detritus, tritt bitte vor.«

»Herr!«

»Zerstöre die verdammte Tür!«

»Ja, Herr!«

Mumms Blick kehrte zu Karotte zurück, als der Troll nachdenklich zur Tür sah und einige zusätzliche Male die Winde der Armbrust drehte. Die Federn ächzten, als sie Widerstand leistete. Ihr Kampf blieb vergeblich.

»Dies ist nicht Ankh-Morpork«, sagte Mumm.

Detritus legte mit der Armbrust an und trat einen Schritt nach vorn.

Es *pochte* dumpf. Mumm sah nicht, wie das Pfeilbündel die Waffe verließ. Vermutlich bestand es nur noch aus Splittern, als es dreißig Zentimeter zurückgelegt hatte. Auf halbem Weg zur Tür fing die sich ausdehnende Splitterwolke von der Luftreibung Feuer.

Was die Tür traf, war ein Feuerball, der ebenso wütend und unaufhaltsam war wie der Fünfte Elefant und mit einem beträchtlichen Bruchteil der lokalen Lichtgeschwindigkeit flog.

»Bei den Göttern, Detritus«, brummte Mumm, als das Donnern verklang. »Das ist keine Armbrust, sondern ein nationaler Notstand.«

Einige verkohlte Türteile fielen auf das Kopfsteinpflaster.

»Die Wölfe begleiten uns nicht ins Schloss, Herr Mumm«, sagte Angua. »Gavin folgt mir, aber die anderen kommen nicht mit, nicht einmal für ihn.«

»Warum nicht?«

»Weil es Wölfe sind, Herr. In Häusern fühlen sie sich nicht wohl.«

Einige Sekunden war nur ein leises Quietschen zu hören, verursacht von Detritus, der seine Armbrust wieder spannte.

»Und wenn schon«, sagte Mumm, zog sein Schwert und trat vor.

Lady Sybil löste ihr Kleid von der Unterwäsche und schlich vorsichtig über den kleinen Hof. Sie befand sich irgendwo im rückwärtigen Bereich des Schlosses, soweit sie das feststellen konnte.

Als sie ein Geräusch hörte, drückte sie sich so flach wie möglich an die Mauer und schloss die Hand fester um einen Gitterstab, der zuvor im Fenster des Schlafzimmers gesteckt hatte.

Ein großer Wolf kam um die Ecke und hielt einen Knochen im Maul. Er schien nicht erwartet zu haben, Sybil zu begegnen, und mit der Stange hatte er gewiss nicht gerechnet.

»Oh, tut mir schrecklich Leid«, sagte Sybil automatisch, als der Wolf bewusstlos aufs Kopfsteinpflaster sank.

Auf der anderen Seite des Schlosses explodierte etwas. Das klang nach Sam.

»Glaubst du, man hat uns gehört, Herr?«, fragte Karotte.

»Vermutlich konnte man uns selbst in *Ankh-Morpork* hören, Hauptmann. Nun, wo sind die Werwölfe?«

Angua ging los. »Hier entlang«, sagte sie.

Sie führte ihre Begleiter eine Treppe aus niedrigen Stufen hinauf und öffnete oben eine Tür.

Auch im Flur brannten Fackeln.

»Sie geben uns die Möglichkeit, irgendwohin zu laufen«, sagte Angua. »Gewisse Werwölfe mögen es, wenn Leute weglaufen.«

Am gegenüberliegenden Ende des Flurs wurden die beiden Flügel einer kleineren Tür aufgedrückt. Eine Klinke fehlte, wie Mumm feststellte. Pfoten können keine Klinken drehen.

Wolfgang trat vor. Zwei Dutzend Werwölfe begleiteten ihn, schwärmten hinter ihm aus, setzten sich – besser gesagt, sie *flegelten* sich hin – und bedachten die Besucher mit interessierten Blicken.

»Ah, Herr Zivilisiert!«, sagte Wolfgang fröhlich. »Du hast das Spiel gewonnen! Möchtest du es noch einmal versuchen? Wenn Menschen eine zweite Runde wollen, geben wir ihnen ein Handicap mit auf den Weg. Wir beißen ihnen ein Bein ab! Guter Witz, nicht wahr?

»Ich glaube, der Ankh-Morpork-Humor ist mir lieber«, erwiderte Mumm. »Wo ist meine Frau, du Mistkerl?« Er hörte noch immer, wie Detritus die Winde drehte. Das war das Problem mit seiner riesigen Armbrust: Man konnte sie nur nach geologischen Maßstäben als Schnellfeuerwaffe bezeichnen.

»Und Delfine! *Sieh* nur, was der Hund hereingeschleppt hat!«, sagte Wolfgang und schenkte Mumm keine Beachtung. Erneut trat er vor. Mumm hörte, wie Angua zu knurren begann – ein Geräusch, das bei vielen Angehörigen der kriminellen Population von Ankh-Morpork sofortigen Gehorsam bewirkte, wenn sie es in einer dunklen Gasse vernahmen. Ein etwas tieferes Knurren kam von Gavin.

Wolfgang blieb stehen.

»Dir fehlt für diese Sache der nötige Grips, Wolfie«, sagte Angua. »Mit den Verschwörungen, die du geplant hast, kämst du nicht einmal aus einer nassen Papiertüte heraus. Wo ist Mutter?« Ihr Blick glitt zu den hechelnden Werwölfen. »Hallo, Onkel Ulf ... Tante Hilda ... Magwen ... Nancy ... Urania ... Das ganze Rudel ist versammelt. Abgesehen von Vater, der sich vermutlich in irgendetwas wälzt. Was für eine Familie ...«

»Ich möchte, dass diese abscheulichen Leute *unverzüglich* von hier verschwinden«, sagte die Baronin und trat in den Flur. »Wie kannst du es wagen, einen Troll ins Schloss zu bringen!«

»Alles klar, meine Waffe jetzt wieder einsatzbereit ist«, sagte Detritus munter und stützte die summende Armbrust auf seiner Schulter ab. »Worauf ich schießen soll, Herr Mumm?«

»Um Himmels willen, nicht hier drin! Wir sind in einem Gebäude!«

»Nur so lange, bis ich betätigt habe den Auslöser, Herr.«

»Wie *zivilisiert*«, sagte die Baronin. »Wie typisch für Ankh-Morpork. Du glaubst, nur drohen zu müssen, und schon fügen sich die Angehörigen unwichtiger Völker.«

»Hast du kürzlich das Schlosstor gesehen?«, entgegnete Mumm.

»Wir sind *Werwölfe*!«, schnappte die Baronin. Es war tatsächlich ein Schnappen – die Worte klangen so scharf und abgehackt wie gebellt. »Vor so dummen Spielzeugen haben wir keine Angst.«

»Aber sie halten euch eine Zeit lang auf. Und jetzt hol Lady Sybil!«

»Lady Sybil ruht sich aus. Du bist nicht in der richtigen Position, um Forderungen zu stellen, Herr Mumm. Wir sind keine Verbrecher.«

Mumms Kinnlade klappte nach unten, als die Baronin fortfuhr: »Das Spiel verstößt nicht gegen die Regeln. Seit Tausenden von Jahren wird es gespielt. Und was, glaubst du, haben wir uns abgesehen davon zuschulden kommen lassen? Hältst du uns für die Diebe des Steins, der den Zwergen so wichtig ist? Wir ...«

»Du *weißt*, dass er nicht gestohlen wurde«, sagte Mumm. »Und du weißt ...«

»Du *weißt* nichts! Du verdächtigst alles und jeden.«

»Dein Sohn meinte ...«

»Mein Sohn hat jeden Muskel in seinem Körper zur Perfektion entwickelt, nur nicht diejenigen, die man zum Denken braucht«, sagte die Baronin. »Im zivilisierten Ankh-Morpork kannst du vielleicht in die Häuser anderer Leute platzen und irgendwen beschuldigen, aber hier in der zurückgebliebenen Provinz brauchst du mehr als nur leere Behauptungen.«

»Ich rieche Furcht«, sagte Angua. »Und sie geht von dir aus, Mutter.«

»Sam?«

Sie sahen auf. Lady Sybil stand oben auf einer steinernen Treppe, die zu einem der unteren Stockwerke führte. Sie wirkte verwirrt und zornig und hielt eine krumme Stange in der Hand.

»Sybil!«

»*Sie* meinte, du wärst auf der Flucht, und alle würden versuchen, dir zu helfen, aber das stimmt nicht, oder?«

Es war schrecklich, sich so etwas einzugestehen, aber wenn man die Wand an den Schulterblättern fühlte, kam jede Waffe gelegen, und derzeit war Sybil geladen und schussbereit.

Sie wusste mit Leuten umzugehen. Praktisch von dem Augenblick an, als sie sprechen gelernt hatte, verstand sie es auch zuzuhören. Und wenn Sybil anderen Personen zuhörte, fühlten sich die Betreffenden besser. Es hatte vermutlich etwas damit zu tun, dass sie ein … großes Mädchen war. Sie versuchte, kleiner zu werden, und dadurch gewannen alle anderen in ihrer Nähe den Eindruck, größer zu sein. Sie kam mit Leuten fast ebenso gut zurecht wie Karotte. Kein Wunder, dass die Zwerge sie mochten.

Mehrere Seiten in Twurps *Adelsstände* befassten sich mit ihrer weit in die Vergangenheit zurückreichenden Ahnenreihe, und die Zwerge respektierten jemanden, der den vollen Namen seines Ururgroßvaters kannte. Und Sybil konnte nicht lügen – sie lief rot an, wenn sie es versuchte. Sybil war wie ein Fels. Neben ihr wirkte Detritus wie ein Schwamm.

»Wir hatten einen herrlichen Lauf im Wald, Schatz«, sagte er. »Und jetzt komm bitte hierher, denn wir sollten zum König gehen. Ich habe den Fall gelöst und werde ihm alles erklären.«

»Die Zwerge bringen dich um«, prophezeite die Baronin.

»Ich schätze, ich bin schneller als ein Zwerg«, sagte Mumm. »Und nun … Wir brechen auf. Angua?«

Angua hatte sich nicht gerührt. Sie starrte noch immer ihre Mutter an und knurrte leise.

Mumm erkannte die Anzeichen. An jedem Samstagabend konnte man sie in den Kneipen von Ankh-Morpork beobachten. Nackenhaare richteten sich auf, und Fäuste wurden geballt, und dann genügte es, wenn jemand eine Flasche zerbrach. Oder blinzelte.

»Wir *verlassen das Schloss*, Angua«, sagte Mumm. Die anderen Werwölfe standen auf und streckten sich.

Karotte griff nach Anguas Arm. Sie drehte sich um und fauchte. Es dauerte nur den Bruchteil einer Sekunde, und eigentlich hatte sie den Kopf gar nicht bewegt – dann war es vorbei, und sie brachte sich wieder unter Kontrolle.

»Dass isst alsso der junge Mann?«, fragte die Baronin. Ihre

Aussprache wurde undeutlicher. »Desshalb verrätst du deine Familie?«

Mumm glaubte zu sehen, wie ihre Ohren wuchsen, und die Muskeln in ihrem Gesicht bewegten sich auf seltsame Weise.

»Und wass hat dich Ankh-Morpork ssonsst noch gelehrrt?«

Angua schauderte. »Selbstbeherrschung«, erwiderte sie leise. »Gehen wir, Herr Mumm.«

Die Werwölfe kamen näher, als sie Richtung Treppe zurückwichen.

»Kehr ihnen nicht den Rücken zu«, sagte Angua ruhig. »Und lauf nicht.«

»Das brauchst du mir nicht extra zu sagen«, antwortete Mumm. Er beobachtete Wolfgang, der über den Boden schlich, den Blick starr auf die Besucher gerichtet.

Sie müssen sich zusammendrängen, um uns durch die Tür zu folgen, dachte er und sah zu Detritus. Die riesige Armbrust schwang hin und her, als der Troll versuchte, alle Wölfe im Schussfeld zu behalten.

»Schieß«, sagte Angua.

»Aber es ist deine Familie!«, entfuhr es Sybil.

»Sie heilen schnell, glaub mir!«

»Detritus, schieß nur, wenn dir nichts anderes übrig bleibt«, sagte Mumm, als sie zur Zugbrücke schritten.

»Er muss *jetzt* von seiner Waffe Gebrauch machen«, beharrte Angua. »Früher oder später springt Wolfgang, und die anderen …«

»Es gibt da etwas, das du wissen solltest, Herr«, sagte Grinsi. »Du solltest wirklich darüber Bescheid wissen, Herr. Es ist *wichtig*.«

Mumm blickte über die Zugbrücke. Viele Gestalten zeichneten sich dort im Dunkeln ab. Fackelschein glänzte auf Rüstungen und Waffen, die den Weg versperrten.

»Na, wenigstens kann es jetzt nicht mehr schlimmer werden«, kommentierte er.

»Oh, es wäre noch schlimmer, wenn es hier Schlangen gäbe«, sagte Lady Sybil.

Karotte drehte den Kopf, als er Mumms kurzes, schnaubendes Lachen hörte.

»Herr?«

»Oh, schon gut, Hauptmann. Behalt die Mistkerle im Auge. Um die Soldaten kümmern wir uns später.«

»Du nur ein Wort zu sagen brauchst, Herr«, grollte Detritus.

»Jetzt ssitzt ihrr in der Falle«, knurrte die Baronin. »Wächterr! Errfüllt eurre Pflicht!«

Jemand kam mit einer Fackel über die Zugbrücke. Hauptmann Tantony erreichte Mumm und richtete einen finsteren Blick auf ihn.

»Tritt zur Seite, Herr«, sagte er. »Tritt zur Seite, oder ich verhafte dich, bei den Göttern – ob du nun Botschafter bist oder nicht.«

Sie musterten sich gegenseitig. Dann sah Mumm zur Seite.

»Lass ihn passieren«, sagte er. »Der Hauptmann hat beschlossen, seine Pflicht zu erfüllen.«

Tantony nickte, setzte den Weg über die Brücke fort, blieb dicht vor der Baronin stehen und salutierte.

»Bring diese Leute fort!«, stieß sie hervor.

»Lady Serafine von Überwald?«, fragte Tantony hölzern.

»Du *weißt*, wer ich bin, Mann!«

»Ich möchte mit dir über gewisse Anklagen sprechen, die in meiner Gegenwart erhoben wurden.«

Mumm schloss die Augen. Du armer Idiot, dachte er. Himmel, ich wollte nicht, dass du wirklich …

»Du möchtest *was*?«, fragte die Baronin.

»Es wurde behauptet, dass ein oder mehrere Mitglieder deiner Familie in eine Verschwörung verwickelt sind, die …«

»Wie *kannsst* du ess wagen!«, heulte Serafine.

Wolfgang sprang, und die Zukunft wurde zu einer Serie aus flackernden Bildern.

Mitten in der Luft verwandelte er sich in einen Wolf.

Mumm streckte die Hand nach Detritus' Armbrust aus und stemmte sie nach oben, als der Troll abdrückte.

Karotte lief los, bevor Wolfgang auf Hauptmann Tantonys Brust landete.

Das Geräusch von der riesigen Armbrust hallte durchs Schloss und überlagerte das Surren der tausend winzigen, über den Himmel jagenden Fragmente.

Karotte sprang, stieß mit der Schulter gegen Wolfgang und riss ihn von Tantony herunter.

Und dann explodierte die Szene regelrecht, wie bei einem Klicker, den jemand zu schnell drehte.

Karotte stand auf und ...

Vermutlich liegt es daran, dass wir im Ausland sind, dachte Mumm. Er versuchte, die Dinge *richtig* zu machen.

Er ging vor dem Werwolf in Kampfstellung und hob beide Fäuste, wie in Abbildung 1 von *Die ehrenwerte Kunst des Faustkampfs*. Eine solche Pose wirkte recht beeindruckend – bis einem der Gegner die Nase mit einem Bierkrug brach.

Karotte schlug mit der Wucht eines Vorschlaghammers und versetzte Wolfgang zwei Hiebe, als dieser aufstand.

Der Werwolf schien in erster Linie erstaunt zu sein und kaum Schmerzen zu empfinden. Er wechselte die Gestalt, griff mit beiden Händen nach einer Faust und drückte zu. Entsetzt beobachtete Mumm, wie er Karotte ohne erkennbare Mühe zwang zurückzutreten.

»Bleib hübsch brav, Angua«, sagte Wolf und lächelte zufrieden. »Andernfalls breche ich ihm den Arm. Oder vielleicht breche ich ihn trotzdem! Ja!«

Mumm hörte sogar das Knacken. Karotte erblasste. Jemand, der einen gebrochenen Arm hält, hat jede Kontrolle, die er braucht. Noch ein Idiot, fuhr es Mumm durch den Sinn. Wenn der Gegner am Boden liegt, lässt man ihn nicht aufstehen! Verdammter Marquis von Fantailler! Einen Kampf nach bestimmten

Regeln zu führen, mochte theoretisch eine gute Idee sein, aber letztendlich kam es nur darauf an, wer als Erster auf dem Boden lag und sich nicht mehr rührte.

»Ah, und er hat noch andere Knochen!«, sagte Wolfgang und schob Karotte vor sich her. Er warf Angua einen kurzen Blick zu. »Zurück mit dir, zurück. Oder ich bereite ihm noch mehr Pein. Ach, soll er leiden!«

Karotte trat ihm in den Bauch.

Wolfgang kippte nach hinten, stieß sich ab und vollführte einen Salto rückwärts. Er landete auf den Beinen, sprang sofort wieder vor und versetzte dem verblüfften Karotte zwei wuchtige Schläge gegen die Brust.

Es hörte sich an, als träfen Schaufeln auf nassen Beton.

Wolfgang packte den fallenden Mann, hob ihn mit einer Hand über den Kopf und schleuderte ihn vor Angua auf die Zugbrücke. »Ein zivilisierter Mann!«, rief er. »Da hast du ihn, Schwester!«

Mumm hörte ein Geräusch neben sich. Gavin beobachtete das Geschehen aufmerksam, und sein dumpfes Knurren klang drängend. Ein kleiner Teil von Mumm, der granitharte Kern aus Zynismus tief in seinem Innern, dachte: Damit wäre für dich alles in Ordnung, nicht wahr?«

Dampf stieg von Wolfgang auf. Sein Leib glänzte im Fackelschein. Das blonde Haar an seinen Schultern wirkte wie ein verrutschter Heiligenschein.

Angua kniete mit ausdrucksloser Miene neben Karotte. Mumm hatte einen wütenden Schrei erwartet.

Stattdessen hörte er ein Schluchzen.

Gavin jaulte. Mumm starrte auf den Wolf hinab. Der sah zu Angua, die Karotte hochzuziehen versuchte, dann zu Wolfgang und wieder zu Angua.

»Sonst noch jemand?«, fragte Wolfgang und tänzelte auf der Brücke. »Wir wär's mit dir, Herr Zivilisiert?«

»Sam!«, zischte Sybil. »Du kannst nicht ...«

Mumm zog sein Schwert, obwohl es jetzt keinen Unterschied

mehr machte. Wolfgang spielte nicht. Er schlug nicht zu, um anschließend wegzulaufen. Solche Arme konnten eine Faust ganz durch Mumms Brustkasten schieben.

Ein Schemen sauste in Schulterhöhe an ihm vorbei. Gavin prallte an Wolfgangs Kehle und warf ihn von den Beinen. Sie rollten über die Zugbrücke. Wolfgang verwandelte sich in einen Wolf und biss ebenfalls zu. Wenige Sekunden später lösten sie sich voneinander, schlichen umeinander herum und begannen dann mit der zweiten Runde.

Wie im Traum vernahm Mumm eine leise Stimme: »Zu Hause würde er keine fünf Sekunden durchhalten, wenn er so kämpft. Der dumme Kerl bekommt eine *Abreibung*, wenn er so weitermacht! Verdammter Marquis-von-Fantailler-Kram!«

Gaspode saß kerzengerade, und sein Schwanzstummel vibrierte.

»Dämlicher Kerl! *So* zieht man sich aus der Affäre, wenn's ernst wird!«

Während die beiden Wölfe hin und her rollten – Wolfgangs Zähne bohrten sich in Gavins Bauch –, traf Gaspode ein, kläffte und schnappte nach der empfindlichsten Stelle des Werwolfs.

Ein Jaulen erklang, und Gaspodes Knurren wurde dumpfer. Wolfgang kam senkrecht in die Höhe, und Gavin sprang ebenfalls. Zwei große Wölfe und eine kleine Promenadenmischung stießen an die Brüstung, deren bröckliges Gestein nachgab. Für einen Augenblick formten sie einen knurrenden Ball, dann fielen sie dem tief unten schäumenden Fluss entgegen.

Seit Tantony die Brücke überquert hatte, war nicht mehr als eine Minute vergangen.

Die Baronin starrte in die Schlucht. Mumm behielt sie im Auge, als er sich an Detritus wandte.

»Sind Werwölfe für dich wirklich keine Gefahr, Feldwebel?«

»Nein, Herr. Außerdem ich jetzt wieder gespannt habe die Armbrust.«

»Geh ins Schloss und hol den dortigen Igor«, sagte Mumm.

»Wenn jemand versucht, dich aufzuhalten, erschieß ihn. Und erschieß auch die Leute in seiner Nähe.«

»Kein Problem, Herr.«

»Wir sind hier nicht bei Herrn Vernünftig zu Hause, Feldwebel.«

»Ich ihn nicht anklopfen höre, Herr.«

»Dann los mit dir. Feldwebel Angua?«

Sie sah nicht auf.

»Feldwebel Angua!«

Jetzt hob sie den Kopf.

»Wie kannst du so ... *ruhig* sein?«, fragte sie scharf. »Er ist *verletzt*!«

»Ich weiß. Geh und sprich mit den Wächtern am anderen Ende der Brücke. Sie wirken verunsichert. Ich möchte nicht, dass es zu irgendwelchen Zwischenfällen kommt. Wir brauchen sie noch. Grinsi, deck Karotte und den anderen Mann mit etwas zu. Sie sollen es warm haben.«

Wenn es doch nur etwas gäbe, das *mich* wärmen könnte, dachte er. Die Gedanken kamen langsam, wie Tropfen aus gefrierendem Wasser. Er hatte das Gefühl, dass sich Eis knisternd von ihm lösen und er Spuren aus Raureif zurücklassen würde, wenn er sich jetzt bewegte. Verharschter Schnee schien seinen Kopf zu füllen.

»Und nun, Verehrteste ...«, sagte er zur Baronin. »Gib mir die Steinsemmel.«

»Er kommt zurück!«, fauchte Serafine. »Der Sturz in die Tiefe machte ihm *überhaupt* nichts aus! Früher oder später findet er dich.«

»Zum letzten Mal ... Gib mir die Steinsemmel der Zwerge. Die Wölfe warten dort draußen. Und die Zwerge warten unten in ihrer Stadt. Gib mir die Semmel – dann überleben wir vielleicht. Dies ist Diplomatie. Zwing mich nicht, etwas anderes zu versuchen.«

»Ich brauche nur ein Wort zu sagen ...«

Angua knurrte.

Sybil schritt zur Baronin und packte sie an den Schultern. »Du hast nicht einen Brief von mir beantwortet! All die Jahre über habe ich dir geschrieben!«

Die Baronin starrte sie verblüfft an und teilte damit die Reaktion von Leuten, die mit Sybils scharfen, aus dem Zusammenhang gerissenen Bemerkungen konfrontiert wurden.

»Wenn dir bekannt ist, dass wir die Steinsemmel haben, so solltest du auch wissen, dass es nicht das Original ist«, sagte Serafine zu Mumm. »Sie nützt den Zwergen überhaupt nichts!«

»Ja, du hast sie in Ankh-Morpork herstellen lassen! In Ankh-Morpork! Vielleicht sogar mit Stempel auf der Unterseite. Aber jemand hat den Mann umgebracht, der die Nachbildung produziert hat. Das ist Mord. Und Mord ist gegen das Gesetz.« Mumm nickte der Baronin zu. »So etwas haben wir in Ankh-Morpork.«

Gaspode zog sich aus dem Wasser und blieb zitternd auf Kies stehen. Er fühlte sich wie durch die Mangel gedreht. Irgendetwas klingelte auf sehr unangenehme Weise in seinen Ohren. Blut tropfte von einem Bein.

Er entsann sich nur vage an die letzten Minuten, aber ein großer Teil dieser Erinnerungen wurde von ziemlich viel Wasser beansprucht, das wie mit Hämmern zuschlug.

Er schüttelte sich. Die Nässe in seinem Fell gefror bereits.

Aus reiner Angewohnheit ging er zum nächsten Baum und hob dort ein Bein, obwohl ihm das Schmerzen bereitete.

ENTSCHULDIGUNG.

Hektische, nachdenkliche Stille folgte.

»Das war nicht besonders nett von dir«, sagte Gaspode.

TUT MIR LEID. VIELLEICHT IST DIES NICHT DER RICHTIGE AUGENBLICK.

»Zumindest nicht für mich. Ich hätte mich verletzen können.«

UNTER SOLCHEN UMSTÄNDEN FÄLLT ES SCHWER, GEEIGNETE WORTE ZU FINDEN.

»Ich meine, normalerweise sprechen Bäume nicht.« Gaspode seufzte. »Was passiert jetzt?«

Wie bitte?

»Ich bin tot, stimmt's?«

Nein. Niemand überrascht das mehr als mich, um ganz ehrlich zu sein, aber offenbar ist deine Zeit noch nicht gekommen.

Tod holte eine Sanduhr hervor und hob sie kurz ins kalte Licht der Sterne. Dann ging er fort und schritt am Ufer entlang.

»Äh, du könntest mich nicht zufällig mitnehmen, oder?«, fragte Gaspode und versuchte, ihm zu folgen.

Nein.

»Weißt du, wenn ein kleiner Hund durch tiefen Schnee läuft, so ist das nicht gut für seine Dingsbums, wenn du verstehst, was ich meine …«

Tod blieb an einem formlosen Haufen stehen, der dicht am Ufer im wenige Zentimeter tiefen Wasser lag.

»Oh«, sagte Gaspode.

Tod bückte sich. Etwas blitzte blau, und dann verschwand er.

Gaspode schauderte. Er watete durchs Wasser und stieß Gavins nasses Fell mit der Schnauze an.

»Es sollte nicht auf diese Weise enden«, jaulte er. »Wenn du ein Mensch wärst, würde man dich in ein großes Boot legen und es brennend über den Fluss treiben lassen, damit es alle sehen. Du solltest nicht einfach hier im kalten Wasser liegen.«

Die Umstände verlangten nach etwas. Ein tief in ihm verankerter Instinkt teilte Gaspode dies mit. Er kehrte ans Ufer zurück und kletterte dort auf den Stamm einer umgestürzten Weide.

Er räusperte sich. Und dann heulte er.

Es begann zögernd und nicht sehr eindrucksvoll, aber das Geräusch wurde lauter, gewann mehr Kraft … Und als Gaspode eine kurze Pause einlegte, um Luft zu holen, ging das Heulen weiter, sprang von Kehle zu Kehle durch den Wald.

Es umgab ihn, als er vom Weidenstamm herunterrutschte und

versuchte, höheres Gelände zu erreichen. Es hob ihn über den tiefen Schnee. Es wand sich um die Bäume, ein Zopf aus vielen Stimmen, der ein eigenes Leben zu entwickeln schien. Gaspode dachte: Vielleicht erreicht das Geheul sogar Ankh-Morpork.

Und vielleicht kommt es noch viel weiter.

Die Baronin beeindruckte Mumm. Sie leistete noch immer Widerstand, obwohl es keinen Ausweg mehr für sie gab.

»Ich weiß nichts von irgendwelchen Todesfällen ...«

Ein Heulen kam aus dem Wald. Wie viele Wölfe gab es dort? Man sah sie nie, aber wenn sie plötzlich heulten, hatte man das Gefühl, dass hinter jedem Baum einer stand. Diesmal schien das Geheul kein Ende nehmen zu wollen. Es klang wie ein Ruf, den jemand in einen See aus Luft geworfen hatte – Wellen breiteten sich über die Berge aus.

Angua neigte den Kopf nach hinten und schrie. Dann atmete sie zischend, näherte sich der Baronin und krümmte die Finger.

»Gib ihm ... den verdammten Stein«, fauchte sie. »Will jemand ... von euch ... gegen mich ... kämpfen? *Jetzt*? Gib ihm den Stein!«

»Wie kann ich zu Dienften fein?«

Igor humpelte durch die Reste des Tors, gefolgt von Detritus. Er bemerkte die beiden Gestalten, die auf der Zugbrücke lagen, und hastete sofort zu ihnen, wobei er sich bewegte, wie eine ziemlich große Spinne.

»Hol den Stein«, knurrte Angua. »Und dann ... gehen ... wir. Ich *rieche* ihn. Soll ich ihn *holen*?«

Serafine starrte sie an, drehte sich dann abrupt um und eilte ins Schloss. Die anderen Werwölfe wichen vor Angua zurück, als wäre ihr Blick eine Peitsche.

»Wenn du diesen Männern nicht helfen kannst«, sagte Mumm zum knienden Igor, »ist es um deine Zukunft schlecht bestellt.«

Igor nickte. »Diefer hier ...« Er deutete auf Tantony. »Nur Fleischwunden. Kann ihn schnell zufammennähen, kein Problem. *Diefer* hier …« Er berührte Karotte. »Der Arm ift gebrochen, und zwar auf fiemlich scheufliche Weife.« Er sah auf. »Hat Wolfgang mit ihm gefpielt?«

»Kannst du ihn heilen?«, fragte Mumm scharf.

»Oh, heute ift fein Glückftag«, erwiderte Igor. »Ich kann ihn fogar verbeffern. Ich habe gerade heute Nieren bekommen, ein aufgefeichnetef Paar, gehörten dem jungen Herrn Krapanfki, rührte praktisch nie etwaf Hochprofentigef an, hatte wirklich Pech mit der Lawine …«

»*Braucht* er neue Nieren?«, fragte Angua.

»Nein, aber man follte jede Gelegenheit nutfen, fich zu verbeffern, daf ift meine Meinung.«

Igor lächelte und bot damit einen sonderbaren Anblick. Die Narben krochen wie Raupen in seinem Gesicht umher.

»Kümmere dich nur um den Arm«, sagte Mumm mit fester Stimme.

Die Baronin erschien wieder, begleitet von mehreren Werwölfen. Sie wichen ebenfalls zurück, als Angua sich ihnen zuwandte.

»Hier, nimm«, sagte Serafine. »Nimm das verdammte Ding. Es ist eine Fälschung. Es wurde kein Verbrechen begangen.«

»Ich bin Polizist«, sagte Mumm. »Ich finde immer ein Verbrechen.«

Unter seinem Gewicht glitt der Schlitten den Weg hinunter Richtung Bums. Die Wächter der Stadt liefen daneben her und schoben gelegentlich. Ohne ihren Hauptmann waren sie verunsichert und nicht bereit, Befehle von Mumm entgegenzunehmen. Aber sie akzeptierten Anguas Anweisungen, denn Angua gehörte zu den Leuten, denen sie normalerweise gehorchten.

Die beiden Verletzten lagen auf Decken.

»Angua?«, fragte Mumm.

»Ja, Herr?«

»Wölfe begleiten uns. Ich sehe, wie sie zwischen den Bäumen laufen.«

»Ich weiß.«

»Sind sie auf unserer Seite?«

»Sagen wir, sie sind auf keiner Seite. Sie mögen mich nicht sehr, aber sie wissen, dass ... Gavin mich mochte, und nur darauf kommt es jetzt an. Einige von ihnen halten nach meinem Bruder Ausschau.«

»Könnte er den Sturz überlebt haben? Es ging ziemlich tief runter.«

»Nun, es gab weder Feuer noch Silber, nur schäumendes Wasser, meilenweit. Vermutlich hat es sehr wehgetan, aber wir heilen bemerkenswert schnell, Herr.«

»Äh, es tut mir Leid, dass ...«

»Nein, Herr Mumm, es tut dir nicht Leid. Und es sollte dir auch gar nicht Leid tun. Karotte verstand einfach nicht, wer Wolfgang ist. Jemanden wie ihn kann man nicht in einem fairen Kampf besiegen. Ich weiß, dass er zur Familie gehört, aber ... persönlich ist nicht gleichbedeutend mit wichtig. Das sagte Karotte immer.«

»Er *sagt* es immer«, erklang Sybils scharfe Stimme.

»Ja.«

Karotte öffnete die Augen. »Was ... ist auf der Brücke passiert?«, fragte er.

»Wolfgang hat dich geschlagen.« Angua wischte ihm die Stirn ab.

»Womit?« Karotte versuchte sich aufzusetzen, schnitt eine Grimasse und sank zurück.

»Was habe ich dir über den Marquis von Fantailler erzählt?«, fragte Mumm.

»Entschuldigung, Herr.«

Etwas Helles stieg aus dem fernen Wald auf. Es verschwand, und dann dehnte sich grüner Glanz aus. Wenige Sekunden später ertönte das dumpfe Pochen des Signalmörsers.

»Die Nachrichtenübermittler haben den Turm erreicht«, sagte Mumm.

»Kann dieses verdammte Ding nicht schneller fahren?«, fragte Angua.

»Ich meine, jetzt können wir uns mit Ankh-Morpork in Verbindung setzen«, sagte Mumm. Erstaunlicherweise verbesserte das seine Stimmung beträchtlich. Es war wie eine Art menschliches Heulen. Er zappelte nicht mehr im Nichts, sondern am Ende einer sehr langen Leine, und das war ein großer Unterschied. Der Versammlungsraum lag über einem Laden in Bums, und da er allen gehörte, erweckte er den Eindruck, niemandem zu gehören. Staub lag in den Ecken, und die zu einem Kreis angeordneten Stühle waren nicht wegen ihrer Bequemlichkeit ausgewählt worden, sondern vor allem deshalb, weil sie sich gut stapeln ließen.

Lady Margolotta bedachte die versammelten Vampire mit einem freundlichen Lächeln. Sie mochte diese Treffen.

Die anderen bildeten eine bunt zusammengewürfelte Gruppe, und Lady Margolotta fragte sich, was ihre Motive sein mochten. Vielleicht teilten sie alle eine Überzeugung: Zwar wurde man mit einer bestimmten Identität geboren, aber man blieb nicht in ihr gefangen und konnte zu jemand anderem werden ...

Der Trick bestand darin, klein anzufangen. Saugen, aber nicht aufspießen. Kleine Schritte. Und dann stellte man fest, dass man vor allem Macht wollte, und es gab sanftere Methoden, sie zu erringen. Und dann begriff man, dass Macht im Grunde genommen banal war. Jeder Halunke auf der Straße konnte mächtig sein. In Wirklichkeit ging es um *Kontrolle*. Lord Vetinari wusste das. Wenn schwere Gewichte an der Waage hingen, musste man die Stelle erkennen, wo der Daumen zudrücken sollte.

Und die Kontrolle begann mit der eigenen Person.

Lady Margolotta stand auf. Sie musterte ein wenig besorgte, aber freundliche Gesichter.

»Mein Name lautet in der kurzen Form Lady Margolotta Amaya Katerina Assumpta Crassina von Überwald, und ich bin ein Vampir ...«

»Hallo, Lady Margolotta Amaya Katerina Assumpta Crassina von Überwald!«, intonierten die anderen.

»Inzwischen sind es fast vier Jahre«, sagte Lady Margolotta, »und noch immer nehme ich mir jeweils die nächste Nacht vor. Ein Hals wäre auf jeden Fall ein Hals zu viel. Aber … es gibt einen Ausgleich …«

Am Tor von Bums standen keine Wachen, aber Zwerge warteten vor der Botschaft, als der Schlitten hielt. Die angespannten Wölfe wurden nervös und jaulten Angua zu.

»Ich muss sie laufen lassen«, sagte sie und stieg aus. »Sie sind nur bis hierher gekommen, weil sie Angst vor mir haben …«

Das überraschte Mumm nicht. Im Moment hätte Angua überall Furcht hervorgerufen.

Trotzdem eilten einige Zwerge zum Schlitten.

Bestimmt brauchten sie einige Sekunden, um sich einen Überblick zu verschaffen, vermutete Mumm. Sie sahen Stadtwächter, einen Igor und einen Werwolf. Das musste sie verwirren und Argwohn in ihnen wecken. Dadurch hatte Mumm einen Ansatzpunkt. Er gab es nur ungern zu, aber ein arroganter Mistkerl hatte immer einen Vorteil.

Er richtete einen scharfen Blick auf den Anführer der Zwerge. »Wie heißt du?«, fragte er.

»Du bist ver…«

»Weißt du, dass die Steinsemmel gestohlen wurde?«

»Du … was?«

Mumm griff nach unten und hob einen Sack vom Schlitten.

»Bringt die Fackeln näher!«, rief er, und sie gehorchten ihm, weil er die Anweisung in einem Tonfall erteilte, der keinen *Zweifel* daran ließ, dass sie der Anweisung nachkommen würden. Ich habe etwa zwanzig Sekunden, dachte Mumm. Dann lässt der Zauber nach.

»Seht euch das an«, sagte er und zog einen Gegenstand aus dem Sack.

Einige Zwerge sanken auf die Knie. Ein Murmeln breitete sich aus. Noch ein Heulen, noch ein Gerücht … In seinem Zustand sah er vor dem blutunterlaufenen inneren Auge, wie sich die Signalarme der Türme bewegten und Gennua *exakt* die Nachricht übermittelten, die von Ankh-Morpork geschickt worden war.

»Ich möchte das hier dem König bringen«, sagte er und beendete damit die andachtsvolle Stille.

»*Wir* bringen sie dem König«, sagte der Anführer der Zwerge und trat vor.

Mumm wich zur Seite.

»Guten Abend, Jungs«, sagte Detritus und richtete sich auf dem Schlitten auf.

Die Federn der riesigen Armbrust waren einem enormen Druck ausgesetzt und verursachten ein Geräusch wie ein metallenes Tier, das extreme Schmerzen litt. Etwas mehr als einen halben Meter trennte den Zwerg von mehreren Dutzend Pfeilspitzen.

»*Andererseits* könnten wir auch unser Gespräch fortsetzen«, sagte Mumm. »Du scheinst mir ein Zwerg zu sein, der gern spricht.«

Der Zwerg nickte.

»Zunächst einmal: Gibt es irgendeinen Grund, warum die beiden Verletzten auf dem Schlitten nicht in die Botschaft gebracht werden könnten, bevor sie sterben?«

Die Armbrust zuckte in Detritus' Händen.

Der Zwerg schüttelte den Kopf.

»Sie dürfen in der Botschaft behandelt werden?«, vergewisserte sich Mumm.

Der Zwerg nickte erneut und starrte weiter in ein Pfeilbündel, das größer war als sein Kopf.

»Potzblitz. Es ist wirklich erstaunlich, was man mit einem einfachen Gespräch erreichen kann. Und *jetzt* schlage ich vor, dass du mich verhaftest.«

»Du *möchtest* dich von mir verhaften lassen?«

»Ja. Und auch Lady Sybil. Wir liefern uns deiner persönlichen Gerichtsbarkeit aus.«

»Ja, das stimmt«, bestätigte Sybil. »Ich verlange, verhaftet zu werden.« Sie richtete sich zu ihrer vollen Größe auf, in eine Aura rechtschaffener Empörung gehüllt. Die Zwerge wichen vor etwas zurück, das sie für einen bisher noch nicht explodierten Busen halten mussten.

»Und da die Verhaftung des Botschafters zweifellos zu gewissen … Problemen mit Ankh-Morpork führt, rate ich dir dringend, uns sofort zum König zu bringen«, fügte Mumm hinzu.

Der Zufall wollte es, dass genau in diesem Augenblick ein weiteres Signal über dem fernen Nachrichtenturm leuchtete. Für einige Sekunden glänzte grünes Licht auf den Schnee herab.

»Was bedeutet das?«, fragte der Zwerg.

»Es bedeutet, dass Ankh-Morpork schon Bescheid weiß«, behauptete Mumm und hoffte inständig, dass es der Wahrheit entsprach. »Du möchtest bestimmt nicht der Zwerg sein, der den Krieg begonnen hat, oder?«

Der Zwerg sprach mit dem Zwerg an seiner Seite. Ein dritter Zwerg gesellte sich den ersten beiden hinzu. Den folgenden raschen Wortwechsel verstand Mumm nicht, doch hinter ihm flüsterte Grinsi: »Er fühlt sich überfordert. Er möchte auf keinen Fall, dass die Steinsemmel zu Schaden kommt.«

»Gut.«

Die Zwerge wandten sich wieder Mumm zu. »Was ist mit dem Troll?«

»Oh, Detritus bleibt in der Botschaft«, sagte Mumm.

Das schien zumindest ein Problem zu lösen, aber die Debatte blieb weiter recht ernst.

»Was passiert jetzt?«, hauchte Mumm.

»Es gibt keinen Präzedenzfall«, raunte Grinsi. »Du giltst als Mörder, aber du kehrst zurück, um mit dem König zu reden, und du hast die Steinsemmel …«

»Es gibt keinen Präzedenzfall?«, fragte Sybil. »Und ob es einen gibt, verdammt, und entschuldigt mein Klatschianisch ...« Sie holte tief Luft und begann zu singen.

»Oh«, brachte Grinsi verblüfft hervor.

»Was?«, fragte Mumm.

Die Zwerge starrten Lady Sybil an, als sie durch die akustischen Gänge schaltete, bis ihre Stimme schließlich volle Opernkapazität erreichte. Für einen Amateursopran zeichnete sie sich durch einen bemerkenswerten Umfang aus. Für den professionellen Einsatz auf der Bühne mochte sie ein wenig zu zittrig sein, aber sie hatte genau die richtige Koloratur, um den Zwergen zu imponieren.

Schnee rutschte von Dächern. Eiszapfen zitterten. Meine Güte, dachte Mumm. Wenn sie ein mit Metallspitzen besetztes Korsett und einen Helm mit Flügeln trüge, könnte sie tote Krieger von einem Schlachtfeld holen, um sie ins Paradies zu geleiten ...

»Das ist Eisenhammers Geiselarie«, sagte Grinsi. »Jeder Zwerg kennt sie! Äh, sie lässt sich nur schwer übersetzen, aber ... ›Ich bin gekommen, um meine Liebe auszulösen, ich bringe ein sehr wertvolles Geschenk, jetzt hat nur noch der König Macht über mich, es ist gegen alle Gesetze der Welt, sich mir in den Weg zu stellen, denn die Wahrheit hat einen größeren Wert als Gold ...‹ Äh, die letzte Zeile wurde immer wieder in Frage gestellt, Herr, aber sie gilt als akzeptabel, wenn die Wahrheit angemessen groß ist ...«

Mumm beobachtete die Zwerge. Sie waren fasziniert. Einige von ihnen bewegten die Lippen und formten lautlos die Worte der Arie.

»Klappt es?«, flüsterte er.

»Man kann sich kaum einen wichtigeren Präzedenzfall vorstellen, Herr. Ich meine, dies ist das Lied der Lieder! Der letzte Appell! Es ist fast Teil des Zwergenrechts! Sie *können* nicht ablehnen. Sie würden praktisch ... aufhören, Zwerge zu sein, Herr!«

Mumm sah, wie einer der Zwerge ein aus dünnen Ketten bestehendes Taschentuch hervorholte und sich mit leisem Klirren die Nase putzte. Einige andere brachen in Tränen aus.

Als der letzte Ton verhallte, folgte Stille. Und dann knallten Äxte auf Schilde.

»Es ist alles in Ordnung!«, sagte Grinsi erleichtert. »Sie applaudieren!«

Sybil schnaufte vor Anstrengung und sah ihren Mann an. Ihr Gesicht glühte im Fackelschein. »Glaubst du, das war richtig?«, fragte sie.

»Nach den Geräuschen zu urteilen, bist du jetzt ein Ehrenzwerg«, erwiderte Mumm. Er bot ihr den Arm. »Gehen wir?«

Die Neuigkeiten eilten ihnen voraus. Zwerge strömten durch den Zugang zur unterirdischen Stadt, als der Herzog und die Herzogin eintrafen.

Auch hinter ihnen liefen nun Zwerge. Überall herrschte große Aufregung. Ständig streckten sich Hände aus, um die Steinsemmel zu berühren.

Zwerge drängten sich zusammen mit ihnen in den Lift. Unten wich das Donnern zahlloser Stimmen jäher Stille, als Mumm vortrat und die Semmel über den Kopf hob. Eine Sekunde später erzitterten die Felswände, als unbeschreiblicher Jubel erklang.

Und sie sehen das Ding nicht einmal, dachte Mumm. Für die meisten von ihnen ist es nur ein kleiner weißer Fleck. Und das wussten die Verschwörer. Man musste nicht unbedingt etwas stehlen, um es als Druckmittel zu benutzen.

»Sie müssen sofort verhaftet werden!« Dee eilte herbei, gefolgt von weiteren Wächtern.

»Noch einmal?«, fragte Mumm. Er hielt die Semmel noch immer hoch erhoben.

»Du hast versucht, den König zu töten! Und du bist aus der Zelle geflohen!«

»Was das angeht, sollten wir vielleicht zusätzliches Beweismaterial sammeln«, sagte Mumm so ruhig wie möglich. »Du kannst die Leute nicht auf Dauer im Dunkeln lassen, Dee.«

»Du wirst auf keinen Fall mit dem König sprechen!«

»Dann lasse ich die Semmel fallen!«

»Und wenn schon! Es spielt keine …«

Mumm hörte, wie die Zwerge hinter ihm nach Luft schnappten.

»Es spielt keine Rolle?«, wiederholte er. »Aber dies ist die *Steinsemmel*!«

Einer der Zwerge, die sie von der Botschaft hierher begleitet hatten, rief etwas, und mehrere andere stimmten mit ein.

»Die Präzedenzien sind auf deiner Seite«, übersetzte Grinsi. »Sie sagen, sie könnten dich genauso gut *nach* deinem Gespräch mit dem König töten.«

»Nun, es ist nicht unbedingt das, was ich mir erhofft habe, aber es sollte genügen.« Mumm richtete den Blick wieder auf Dee. »Du *hast* gesagt, dass ich die Semmel finden soll. Und jetzt bringe ich sie ihrem rechtmäßigen Eigentümer zurück, was mir durchaus angemessen erscheint.«

»Du … der König … Du kannst die Semmel mir geben«, sagte Dee und zog sich bis zur Höhe von Mumms Brust hoch.

»Kommt nicht in Frage!«, schnappte Lady Sybil. »Als Eisenhammer Blutaxt die Semmel zurückbrachte – hätte er sie Slogram gegeben?«

Köpfe wurden geschüttelt.

»Natürlich nicht«, sagte Dee. »Slogram war ein Verrä …«

Er unterbrach sich.

»Ich glaube«, sagte Mumm, »wir gehen jetzt besser zum König.«

»Das kannst du nicht verlangen!«

Mumm deutete auf die vielen Zwerge hinter ihnen. »Du würdest dich *wundern*, wie schwer es sein kann, ihnen das zu erklären«, entgegnete er.

Der König ließ eine halbe Stunde auf sich warten. Er musste geweckt werden und sich ankleiden. Könige beeilten sich nicht.

In der Zwischenzeit saßen Mumm und Sybil im Vorzimmer

auf zu kleinen Stühlen, umgeben von Zwergen, die nicht genau wussten, ob sie eine Gefangeneneskorte oder eine Ehrengarde waren. Andere Zwerge sahen zur Tür herein. Mumm hörte das Summen aufgeregter Konversation.

Man hielt sich nicht damit auf, ihn anzustarren. Die Blicke galten stets der Semmel. Die meisten von ihnen sahen sie jetzt sicher zum ersten Mal.

Ihr armen kleinen Kerle, dachte Mumm. An dies hier glaubt ihr alle, und bevor der heutige Tag zu Ende geht, werdet ihr erfahren, dass es sich nur um eine schlechte Fälschung handelt. Ihr werdet es *sehen*. Und damit wäre eure kleine Welt erledigt. Ich kläre ein Verbrechen auf und begehe gleichzeitig ein noch viel größeres.

Ich kann von Glück sagen, wenn ich diese Sache lebend überstehe.

Eine Tür wurde geöffnet. Zwei *schwere* Zwerge – so nannte Mumm sie in Gedanken – traten ein und bedachten alle Anwesenden mit jenem offiziellen Profiblick, der folgende Botschaft vermittelte: Ihr könnt ganz beruhigt sein, denn wir haben beschlossen, euch nicht sofort zu töten.

Der König kam herein und rieb sich die Hände.

»Ah, Euer Exzellenz«, sagte er. Er sprach die Worte wie eine Feststellung aus, nicht wie eine Begrüßung. »Wie ich sehe, hast du etwas, das uns gehört.«

Dee löste sich von der Menge an der Tür.

»Ich muss einen schweren Vorwurf erheben, Herr!«, sagte er.

»Tatsächlich? Bring die Leute ins Zimmer der Gesetze. Natürlich bewacht.«

Er schritt fort. Mumm sah Sybil an und zuckte mit den Schultern. Sie folgten dem König und ließen den Lärm der Haupthöhle hinter sich zurück.

Erneut befand sich Mumm in dem Raum mit den vielen Regalen und zu wenigen Kerzen. Der König setzte sich.

»Ist die Semmel schwer, Euer Exzellenz?«

»Ja!«

»Das ist das Gewicht der Geschichte, weißt du? Bitte leg sie mit *großer* Vorsicht auf den Tisch. Und … Dee?«

»Das … Ding«, sagte Dee und deutete mit dem Zeigefinger auf die Semmel. »Das *Ding* ist … eine Fälschung, eine Nachbildung. In *Ankh-Morpork* hergestellt! Und Teil einer Verschwörung, an der Mumm beteiligt ist, wie sicher bewiesen werden kann! Es ist *nicht* die echte Semmel!«

Der König hielt eine Kerze näher an die Steinsemmel heran und betrachtete sie kritisch aus mehreren Richtungen.

»Ich habe die Semmel schon viele Male gesehen«, sagte er schließlich. »Meiner Ansicht nach ist dies das Ding und die Gesamtheit des Dings.«

»Euer Majestät, ich verlange … Ich meine, ich ersuche dich, eine genaue Überprüfung zu verlangen, Majestät!«

»Tatsächlich?«, erwiderte der König ruhig. »Nun, ich bin kein Experte. Aber wir haben Glück, dass Albrecht Albrechtson zur Krönung gekommen ist. Ich denke, allen Zwergen dürfte bekannt sein, dass er am besten über die Steinsemmel und ihre Geschichte Bescheid weiß. Benachrichtige ihn. Ich bin ziemlich sicher, dass er ganz in der Nähe weilt. Vermutlich haben sich inzwischen alle hinter der Tür dort versammelt.«

»Ich hole ihn, Majestät.« Der triumphierende Ausdruck in Dees Gesicht, als er an Mumm vorbeieilte, wirkte fast obszön.

»Ich glaube, wir brauchen ein anderes Lied, um diesen Ort zu verlassen, Schatz«, murmelte Mumm.

»Ich fürchte, ich kann nur das eine singen, Sam. Bei den anderen ging es hauptsächlich um Gold.«

Dee kehrte mit Albrecht und einigen anderen alten, sehr würdevollen Zwergen zurück.

»Ah, Albrecht«, sagte der König. »Siehst du den Gegenstand auf dem Tisch? Es wurde behauptet, es sei nicht das Ding und die Gesamtheit des Dings. Wir würden gern deine Meinung hören.« Der König nickte Mumm zu. »Mein Freund versteht Morporkianisch, Euer Exzellenz. Allerdings zieht er es vor, die Luft nicht zu verschmutzen, indem er deine Sprache benutzt. Er hat seine eigenen Grundsätze, verstehst du?«

Albrecht warf Mumm einen finsteren Blick zu und ging zum Tisch.

Er sah sich die Steinsemmel von allen Seiten an. Er rückte die Kerzen zurecht und beugte sich vor, um die Kruste zu inspizieren.

Mit einem Messer klopfte er an die Semmel und lauschte mit grimmiger Sorgfalt dem Geräusch. Er drehte die Semmel um und schnupperte daran.

Er trat zurück, machte ein ziemlich böses Gesicht und sagte schließlich: »*H'gradz*?«

Die Zwerge murmelten untereinander und nickten dann, einer nach dem anderen.

Zu Mumms Entsetzen schnitt Albrecht ein kleines Stück von der Semmel ab und steckte es sich in den Mund.

Gips, dachte Mumm. Gips aus Ankh-Morpork. Und Dee wird sich irgendwie herausreden …

Albrecht spuckte das Stück auf die Hand und blickte einige Zeit zur Decke hoch, während er kaute.

Dann wechselten er und der König einen langen, nachdenklichen Blick.

»*P'akga*«, sagte Albrecht, »*a p'akaga-ad* …«

Erneut murmelten viele Stimmen, und Mumm hörte, wie Grinsi übersetzte: »Es ist das Ding und die Gesamtheit des Dings …«

»Ja, ja«, brummte Mumm. Und er dachte: Bei den Göttern, wir sind gut. Ankh-Morpork, ich bin stolz auf dich. Wenn wir eine Fälschung anfertigen, ist sie besser als das Original.

Es sei denn … es sei denn … ich habe irgendetwas übersehen.

»Danke, meine Herren«, sagte der König und winkte. Die Zwerge verließen den Raum widerstrebend, und viele von ihnen sahen zu Mumm zurück.

»Dee? Bitte hol meine Axt«, sagte der König. »Du selbst. Ich möchte nicht, dass jemand anders meine Axt anrührt. Euer Exzellenz, du bleibst hier, zusammen mit deiner Frau. Aber dein ... Zwerg muss gehen. Die Wächter warten an der Tür. Dee?«

Der Ideenschmecker hatte sich nicht von der Stelle gerührt.

»*Dee*?«

»Wa... Ja, Majestät?«

»Du wirst tun, was ich dir gesagt habe!«

»Majestät, ein Vorfahr dieses Mannes hat einst einen König getötet!«

»Ich schätze, seine Familie hat es sich inzwischen abgewöhnt! Und jetzt führe meinen Befehl aus!«

Der Zwerg eilte fort. Bevor er die Höhle verließ, drehte er noch einmal den Kopf und starrte Mumm an.

Der König lehnte sich zurück. »Setz dich, Euer Exzellenz. Und du ebenfalls, Lady Sybil.« Den Ellenbogen auf der Armlehne, stützte er das Kinn auf die gewölbte Hand. »Und nun, Herr Mumm, sag mir die Wahrheit. Erzähl mir alles. Gib mir die Wahrheit, die mehr wert ist als eine kleine Menge Gold.«

»Ich bin nicht mehr sicher, ob ich die Wahrheit kenne«, erwiderte Mumm.

»Ah, ein guter Anfang«, kommentierte der König. »Dann sag mir, was du denkst.«

»Majestät, ich schwöre, das Ding ist eine Fälschung.«

»Ach, tatsächlich?«

»Die *richtige* Steinsemmel wurde nicht gestohlen, sondern zerstört. Ich nehme an, jemand zerbrach und zermahlte sie, um sie anschließend mit dem Sand in der Höhle zu vermischen. Weißt du, Majestät, wenn die Leute merken, dass etwas fehlt, und wenn man ihnen dann ein ähnlich aussehendes Objekt zeigt, so sagen sie: He, das muss es sein, ja, das *muss* es sein, denn es befindet sich nicht dort, wo wir es vermuten. So sind die Leute. Etwas verschwindet, und ein ähnlicher Gegenstand erscheint woanders, und dann glauben sie, das verschwundene Ding sei irgendwo vom einen Ort zum anderen gelangt ...« Mumm zwickte sich in die Nase. »Entschuldige. Ich habe in letzter Zeit nicht viel geschlafen ...«

»Für einen Schlafwandler sind deine Ausführungen gar nicht schlecht.«

»Ich glaube, der ... Dieb arbeitet mit den Werwölfen zusammen. Sie stecken hinter ›Agi Hammerklaus Söhnen‹. Man wollte dich zwingen, auf den Thron zu verzichten. Nun, das *weißt* du ja. Überwald sollte isoliert bleiben. Ohne deinen Verzicht auf die Königswürde wäre es zu einem Krieg gekommen, und dein Nachgeben hätte bedeutet, dass Albrecht die gefälschte Semmel bekommt.«

»Was glaubst du sonst noch zu wissen?«

»Nun, die falsche Semmel stammt aus Ankh-Morpork. Wir sind gut, wenn es um solche Dinge geht. Ich *glaube*, jemand hat den Mann umgebracht, der das Ding hergestellt hat, aber mehr kann ich erst herausfinden, wenn ich wieder zurück bin. Und ich *werde* mehr herausfinden.«

»Die Fälscher in deiner Heimatstadt müssen sehr gute Arbeit leisten, denn immerhin gelang es ihnen sogar, Albrecht zu täuschen. Wie erklärst du dir das?«

»Möchtest du die Wahrheit hören, Majestät?«

»Unbedingt.«

»Vielleicht ist auch Albrecht in die Sache verwickelt. Finde heraus, wo das Geld steckt, pflegte mein alter Feldwebel zu sagen.«

»Ha. Stammt der Spruch ›Wo es Polizisten gibt, existiert auch das Verbrechen‹, ebenfalls von ihm?«

»Nein, äh, das sind *meine* Worte, aber ...«

»Lass *uns* Gewissheit erlangen. Dee dürfte inzwischen genug Zeit gehabt haben, um nachzudenken. Ah ...«

Die Tür öffnete sich, und der Ideenschmecker kam mit einer Zwergenaxt herein. Die Axt war für den Einsatz in Bergwerken bestimmt: Die Spitze an der einen Seite diente dazu, Gestein zu untersuchen, und mit der Klinge auf der anderen Seite konnte man verhindern, dass einem jemand das gefundene Gold stahl.

»Ruf die Wächter herein, Dee«, sagte der König. »Und den Zwerg Seiner Exzellenz. Bei dieser Angelegenheit soll es Zeugen geben.«

Meine Güte, dachte Mumm und beobachtete Dee, als die anderen hereinkamen. Es muss eine Art Handbuch geben. Jeder Polizist weiß, wie man bei so etwas vorgehen sollte. Man gab den Leuten zu verstehen, dass sie irgendetwas verbrochen hatten, aber man teilte ihnen keine Einzelheiten mit, und natürlich ließ man nicht durchblicken, *wie viel* man wusste. Man verunsicherte die Verdächtigen, sprach immer ganz ruhig …

»Leg die Hände auf die Semmel, Dee.«

Dee drehte sich ruckartig um. »Majestät?«

»Leg die Hände auf die Semmel. Komm meiner Aufforderung nach, jetzt sofort.«

Man lässt die Drohung deutlich sichtbar werden, fuhr Mumm in Gedanken fort. Aber man fasst sie nicht in Worte und überlässt es der Phantasie der Verdächtigen, sie zu quälen – sie ist das beste Folterinstrument überhaupt. Und auf diese Weise macht man weiter, bis sie schließlich gestehen, weil sich ihre Stiefel mit Schweiß gefüllt haben.

Und es bleibt nicht einmal eine Narbe zurück.

»Erzähl mir, auf welche Weise Langfinger starb, der Hauptmann der Kerzen«, sagte der König, als Dees Hände die Steinsemmel berührten. Im Gesicht des Zwergs zeichnete sich vage Besorgnis ab.

Die Worte platzten aus ihm heraus. »Oh, es war alles so, wie ich gesagt habe …«

»Wenn du die Hände nicht weiterhin auf die Semmel presst, muss ich sie dort befestigen lassen, Dee. Nun, sag es mir *noch einmal.*«

»Ich … er … hat sich das Leben genommen, Majestät. Wegen der Schande.«

Der König griff nach seiner Axt und hielt sie so, dass die lange Spitze nach außen zeigte.

»Wiederhole das bitte.«

Mumm hörte, wie Dee immer schneller atmete.

»Er hat sich das Leben genommen, Majestät!«

Der König sah Mumm an und lächelte. »Es gibt da einen alten Aberglauben, Euer Exzellenz. Da die Semmel ein Körnchen Wahrheit enthält, wird sie rot glühen, wenn jemand lügt, der sie berührt. Natürlich glaubt in der heutigen Zeit niemand mehr daran.« Er wandte sich wieder an Dee.

»Sag es noch einmal«, flüsterte er.

Die Axt bewegte sich ein wenig, und das Licht der Kerzen blitzte über ihre Klinge.

»Er hat sich das Leben genommen! Wirklich!«

»Oh, ja. Darauf hast du bereits hingewiesen. Danke«, sagte der König. »Und weißt du noch, Dee, als Slogram Eisenhammer eine falsche Nachricht schickte und behauptete, Blutaxt sei im Kampf gestorben, was Eisenhammer veranlasste, aus Kummer Selbstmord zu begehen … Wer trug die Schuld?«

»Slogram, Herr«, entgegnete Dee sofort. Mumm vermutete, dass die Antwort direkt aus den Erinnerungen an die Schulzeit stammte.

»Ja.«

Der König ließ dieses eine Wort mehrere Sekunden in der Luft hängen und fuhr dann fort: »Und wer gab den Befehl, den Handwerker in Ankh-Morpork zu töten?«

»Majestät?«, fragte Dee.

»Wer gab den Befehl, den Handwerker in Ankh-Morpork zu töten?« Der Tonfall des Königs veränderte sich nicht. Er sprach noch immer mit einer recht angenehm klingenden Singsangstimme, als sei er bereit, die letzte Frage bis in alle Ewigkeit zu wiederholen.

»Ich weiß nichts von …«

»Wächter, presst seine Hände fest auf die Semmel.«

Die beiden Wächter traten vor. Jeder von ihnen griff nach einem Arm.

»Noch einmal, Dee. Wer gab den Befehl?«

Dee wand sich hin und her, als litte er Schmerzen. Vergeblich versuchte er, die Hände von der Steinsemmel zu lösen.

Aber es ist eine *Fälschung*, dachte Mumm. Er selbst hat das echte Exemplar zerstört und *weiß* daher, dass es sich nur um eine Nachbildung handelt. Es ist nur ein Haufen Gips, innen wahrscheinlich noch feucht. Mumm versuchte, klar zu denken. Die echte Steinsemmel hatte in der Höhle gelegen, oder? Und wenn nicht … Wo hatte sie dann gesteckt? Die *Werwölfe* glaubten, die echte Semmel erbeutet zu haben, und Mumm hatte das Ding nicht aus den Augen gelassen, seit es in seinem Besitz war. Er versuchte, seine Gedanken durch den Nebel der Benommenheit zu steuern.

Einmal hatte er sich gefragt, ob die Semmel im Zwergenbrotmuseum von Ankh-Morpork das echte Exemplar gewesen war. Das garantierte ihre Sicherheit. Niemand würde etwas stehlen, das man für eine Nachbildung hielt. Alles erschien ihm wie die Sache mit dem Fünften Elefanten. Nichts war das, was es zu sein schien; die Dinge blieben vage und verschwommen.

Welche Steinsemmel *war* das Original?

»Wer gab den Befehl, Dee?«, fragte der König.

»Ich nicht! Ich habe betont, es müsste alles Notwendige unternommen werden, um das Geheimnis zu wahren.«

»Wem gegenüber hast du das betont?«

»Ich kann dir die Namen nennen!«

»Später wirst du das, Junge, das garantiere ich dir«, sagte der König. »Und die Werwölfe?«

»Die Baronin hat es vorgeschlagen! Das ist die Wahrheit!«

»Überwald den Werwölfen. Ah, ja … Freude durch Stärke. Ich nehme an, man hat dir alle möglichen Dinge versprochen. Du kannst jetzt die Hände von der Semmel nehmen – ich möchte dir keine weiteren Schmerzen bereiten. Aber warum? Meine Vorgänger lobten dich. Du hast großen Einfluss … Und dann hast du dich von den Werwölfen benutzen lassen. Warum?«

»Warum sollte man sie damit durchkommen lassen?«, schnappte Dee. Die Anspannung wurde zu viel für ihn – seine Stimme überschlug sich.

Der König sah zu Mumm. »Oh, ich glaube, die Werwölfe werden bedauern, dass sie …«, begann er.

»Nicht *sie*! Ich meine … die in Ankh-Morpork! Sie schminken sich und tragen Kleider und … abscheuliche Dinge!« Dee richtete den Zeigefinger auf Grinsi. »*Ha'ak*! Wie könnt ihr euch das nur *ansehen*! Ihr lasst zu, dass *sie* …« Mumm hatte nur selten ein Wort gehört, das mit so viel Gift und Gehässigkeit ausgesprochen wurde. »… sich *hier* zur Schau stellt! Und es geschieht überall, weil es an Entschlossenheit mangelt, weil niemand widerspricht, weil wir den alten Traditionen nicht genug Bedeutung beimessen. Überall gibt es Berichte. Sie zerstören alles Zwergische mit … ihren weichen Kleidern und Schminke und anderen Scheußlichkeiten. Wie kannst du König sein und so etwas zulassen? Es findet überall statt, und du unternimmst nichts dagegen. Warum sollte man *ihnen* das erlauben?« Dee schluchzte jetzt. »*Ich* kann es nicht!«

Mumm beobachtete verblüfft, wie sich Grinsis Augen mit Tränen füllten.

»Ich verstehe«, sagte der König. »Nun, ich schätze, das ist eine Erklärung.« Er nickte den Wächtern zu. »Bringt … *sie* fort. Gewisse Dinge müssen ein oder zwei Tage warten.«

Grinsi salutierte plötzlich. »Bitte um Erlaubnis, sie zu begleiten, Majestät!«

»Meine Güte, warum denn, junger … junger Zwerg?«

»Vielleicht möchte sie mit jemandem reden. Ich würde an ihrer Stelle diesen Wunsch verspüren.«

»Tatsächlich? Wie ich sehe, erhebt dein Vorgesetzter keine Einwände. Also geh nur.«

Der König lehnte sich zurück, als die Wächter das Zimmer mit der Gefangenen und ihrem psychologischen Beistand verlassen hatten.

»*Nun*, Euer Exzellenz?«

»Dies *ist* die echte Steinsemmel?«

»Du bist nicht sicher?«

»Dee war es!«

»Dee ... befindet sich derzeit in einer schwierigen geistigen Verfassung.« Der König sah zur Decke hoch. »Euer Exzellenz, ich sage dir dies, weil ich nicht möchte, dass du den Rest der Zeit bei uns damit verbringst, dumme Fragen zu stellen. Ja, dies ist die echte Semmel.«

»Aber wie kann ...«

»Warte! Das gilt auch für die Semmel, die in der Höhle vom verblendeten Dee zerbrochen und zerrieben worden ist«, fuhr der König fort. »Und auch die ... lass mich überlegen ... fünf anderen Semmeln davor waren echt. Von eintausendfünfhundert Jahren unbeeinflusst? Wie romantisch wir Zwerge noch sind! Selbst das beste Zwergenbrot zerbröckelt nach einigen Jahrhunderten.«

»Fälschungen?«, brachte Mumm hervor. »Es waren alles Fälschungen?«

Plötzlich hielt der König wieder seine Axt in der Hand. »Dies hier, Milord, ist meine Familienaxt. Sie gehört uns seit fast neunhundert Jahren. Natürlich musste manchmal ihre Klinge ersetzt werden. Und gelegentlich brauchte sie einen neuen Stiel, neue Muster im Metall, weitere Ausschmückungen ... Trotzdem ist dies unsere neunhundert Jahre alte Familienaxt. Und *weil* sie sich im Lauf der Zeit nach und nach verändert hat, ist sie noch immer eine recht gute Axt. Sogar eine *ziemlich* gute. Du willst sie doch nicht als Fälschung bezeichnen, oder?« Er lehnte sich wieder zurück.

Mumm erinnerte sich an Albrechts Gesichtsausdruck. »Er wusste es.«

»Oh, natürlich. Einige der ... älteren Zwerge kennen die Wahrheit. Das Wissen wird in den Familien weitergegeben. Die erste

Semmel zerbröckelte nach dreihundert Jahren, als der damalige König sie berührte. Einer meiner Vorfahren war Wächter und beobachtete alles. Seine berufliche Laufbahn erfuhr eine jähe Beschleunigung – ich glaube, man könnte es so ausdrücken. Anschließend waren wir besser vorbereitet. In fünfzig Jahren oder so hätten wir uns ohnehin eine Neue zulegen müssen. Es *freut* mich, dass dieses Exemplar aus der großen Zwergenstadt Ankh-Morpork stammt, und ich wäre ganz und gar nicht überrascht, wenn sich ihre Qualität als hervorragend erweist. Sieh nur, selbst mit den Korinthen stimmt alles.«

»Aber Albrecht hätte alles verraten können!«

»Zu welchem Zweck? Er ist nicht König, aber früher oder später wird jemandem aus seiner Familie die Königswürde zufallen, und dann schließt sich der Kreis wieder.« Der König beugte sich vor.

»Ich glaube, du bist bei deinen Überlegungen von falschen Voraussetzungen ausgegangen. Albrecht steht Ankh-Morpork ablehnend gegenüber und hält an … altmodischen Ideen fest. Deshalb hast du ihn für einen schlechten Zwerg gehalten. Aber ich kenne ihn seit zweihundert Jahren. Er ist ehrlich und ehrenhaft, sogar noch mehr als ich. Vor fünfhundert Jahren wäre er ein ausgezeichneter König gewesen. Heute sieht die Sache ein wenig anders aus. Vielleicht – ha – braucht die Axt meiner Vorfahren einen neuen Stiel. Wie dem auch sei: Jetzt bin ich König, und das akzeptiert er vorbehaltlos, denn andernfalls wäre er kein richtiger Zwerg, verstehst du? Natürlich wird er jede Gelegenheit nutzen, gegen mich zu opponieren, aber das Amt des Niederen Königs war nie leicht. Um eine *deiner* Metaphern zu benutzen: Wir sitzen alle in einem Boot. Natürlich versuchen wir dann und wann, jemanden ins Wasser zu stoßen, aber nur ein Irrer wie Dee würde ein Loch in den Boden bohren.«

»Korporal Kleinpo befürchtete einen Krieg …«, sagte Mumm schwach.

»Nun, es gibt immer Hitzköpfe. Aber während wir darüber

streiten, wer das Boot steuern darf, zweifelt doch niemand daran, dass die Reise wichtig ist. Wie ich sehe, bist du sehr müde ... Lass dich von deiner werten Gemahlin nach Hause bringen. Und gewissermaßen als Schlaftrunk ... Was möchte Ankh-Morpork, Euer Exzellenz?«

»Ankh-Morpork möchte die Namen der Mörder«, murmelte Mumm.

»Nein, das möchte Kommandeur Mumm. Was wünscht sich *Ankh-Morpork*? Gold? Oft geht es um Gold. Oder vielleicht Eisen? Ihr braucht viel Eisen.«

Mumm blinzelte. Sein Gehirn hatte schließlich aufgegeben. Es war nichts mehr übrig. Er wusste nicht einmal, ob er aufstehen konnte.

Er erinnerte sich an ein Wort.

»Fett«, sagte er leise.

»Aha. Der Fünfte Elefant. Bist du sicher? Wir haben gutes Eisen. Durch Eisen wird man stark. Fett macht einen nur glitschig.«

»Fett«, wiederholte Mumm und spürte, wie ihm Dunkelheit entgegenwogte. »Jede Menge Fett.«

»Na schön. Der Preis beträgt zehn Ankh-Morpork-Cent pro Fass, aber da ich dich jetzt besser kenne, Euer Exzellenz, gewähre ich dir einen Rabatt ...«

»Fünf Cent pro Fass für Güteklasse eins, extra rein, drei Cent für Güteklasse zwei, zehn Cent für schweren Talg, kostenfrei geliefert nach Ankh-Morpork«, sagte Sybil. »Und alles aus dem Krummbereich des Schmalzbergs und nach der Eisenkrustenorm gemessen. Ich habe einige Zweifel an der langfristigen Qualität der Großen Stoßzahn-Schächte.«

Mumm versuchte, den Blick auf seine Frau zu fokussieren. Er sah sie wie aus weiter Ferne. »Wie bitte?«

»Äh, während meines Aufenthalts in der Botschaft habe ich ein wenig gelesen, Sam. In den Notizbüchern. Entschuldige.«

»Willst du uns in den Ruin treiben, Verehrteste?«, fragte der König und hob die Hände.

»Die Lieferung betreffend könnte es noch etwas Verhandlungsspielraum geben«, sagte Sybil.

»Klatsch würde mindestens neun Cent für Güteklasse eins bezahlen«, erwiderte der König.

»Aber der klatschianische Botschafter sitzt nicht hier«, gab Sybil zu bedenken.

Der König lächelte. »Und er ist auch nicht mit dir verheiratet, so ein Pech für ihn. Sechs, fünf und fünfzehn.«

»Sechs und fünf nach zwanzigtausend, dreieinhalb pauschal für Güteklasse zwei. Dreizehn für den Talg.«

»Das ist akzeptabel. Einigen wir uns auf vierzehn für weißen Talg – dann bin ich mit sieben für die neuen Fettvorkommen einverstanden. Daraus lassen sich ausgezeichnete Kerzen herstellen.«

»Ich fürchte, ich kann nicht über sechs hinausgehen. Das volle Ausmaß jener Vorkommen ist noch nicht festgestellt, und ich halte es für vernünftig, in den unteren Schichten hohe Anteile an VKT zu vermuten. Außerdem glaube ich, dass ihr hinsichtlich der Größe der Lagerstätten von zu optimistischen Schätzungen ausgeht.«

»Was ist VKT?«, fragte Mumm.

»Die Abkürzung für ›verbrannte knusprige Teile‹«, sagte Sybil. »In den meisten Fällen handelt es sich um unglaublich große durchgebratene Tiere.«

»Du erstaunst mich, Lady Sybil«, sagte der König. »Ich wusste nicht, dass du dich mit dem Fettabbau auskennst.«

»Es kann sehr aufschlussreich sein, jeden Morgen für Sam das Frühstück zuzubereiten, Euer Majestät.«

»Nun, einem einfachen König wie mir steht es nicht zu, dir zu widersprechen. Also sechs. Und der Preis wird für zwei Jahre garantiert …« Der König sah, wie Sybil den Mund öffnete. »Na schön, für drei Jahre. Ich bin kein unvernünftiger König.«

»Lieferung frei Ankh-Morpork.«

»Wenn du darauf bestehst …«

»Dann ist alles klar.«

»Morgen früh werden euch die notwendigen Dokumente zugestellt. Und jetzt müssen wir getrennte Wege gehen«, sagte der König. »Seine Exzellenz hat zweifellos einen sehr anstrengenden Tag hinter sich. Ankh-Morpork wird in Fett schwimmen. Ich frage mich wirklich, wofür ihr solche Mengen verwenden wollt.«

»Für Licht«, sagte Mumm. Die Dunkelheit erreichte ihn, und er sank nach vorn, den ihn willkommen heißenden Armen des Schlafs entgegen.

Sam Mumm erwachte und nahm den Geruch von heißem Fett wahr.

Etwas Weiches umgab ihn, hielt ihn praktisch gefangen.

Ein oder zwei Sekunden vermutete er Schnee, doch normalerweise war Schnee nicht so warm. Dann identifizierte er die wolkenartige Weichheit der Matratze des Botschafterbettes.

Seine Aufmerksamkeit kehrte zum Fettgeruch zurück. Es gab gewisse … Nuancen. Eine olfaktorische Komponente wies darauf hin, dass etwas verbrannt war. Mumms Spektrum des kulinarischen Genusses reichte von »gut durchgebraten« bis zu »verkohlt«, deshalb erschien ihm dieser Geruch vielversprechend.

Er schob sich ein wenig zur Seite und bereute es sofort. Jeder Muskel in seinem Körper kreischte protestierend. Er blieb still liegen und wartete darauf, dass das Brennen im Rücken nachließ.

Erinnerungsbilder zeigten ihm die Ereignisse des vergangenen Tages. Dann und wann schnitt er eine Grimasse. Hatte er *wirklich* einfach so das Eis durchbrochen? Und der Mann, der sich einem Werwolf zum Kampf gestellt hatte, obwohl sein Gegner stark genug war, ein Schwert zu einem großen Ring zu verbiegen … Hieß er wirklich Sam Mumm? Und hatte Sybil gute Preise für Fett beim König ausgehandelt? Und …

Wenigstens lag er in einem warmen Bett, und der Geruch verriet, dass ihn ein Frühstück erwartete.

Noch eine Erinnerung regte sich in ihm. Mumm stöhnte und

zwang die Beine aus dem Bett. Nein, Wolfgang konnte den Sturz unmöglich überlebt haben.

Nackt wankte er ins Bad und drehte dort die großen Hähne auf. Heißes, stinkendes Wasser strömte in die Wanne.

Kurze Zeit später lag er wieder. Eigentlich war das Wasser zu heiß, aber er entsann sich deutlich an den kalten Schnee – vielleicht konnte Wasser von jetzt an nie mehr zu heiß sein.

Einige der Schmerzen wichen aus ihm.

Jemand klopfte an die Tür. »Ich bin's, Sam.«

»Sybil?«

Sie kam mit zwei großen Handtüchern und frischer Kleidung herein.

»Freut mich, dass du aufgestanden bist. Igor brät Würstchen, was ihm nicht sehr gefällt – seiner Ansicht nach sollten sie gekocht werden. Außerdem bereitet er einige Spezialitäten mit unaussprechlichen Namen zu – damit die Lebensmittel nicht verderben. Ich glaube nicht, dass ich bis zum Schluss der Krönungsfeierlichkeiten hier bleiben möchte.«

»Ich verstehe, was du meinst. Wie geht es Karotte?«

»Nun, er wies darauf hin, dass er keine Würstchen möchte.«

»Was? Er ist ... auf den Beinen?«

»Zumindest sitzt er. Igor hat gute Arbeit geleistet. Angua sprach von einem ziemlich schlimmen Bruch, aber er trägt eine Art Apparat, der ... Nun, Karottes Arm liegt nicht einmal in einer Schlinge!«

»Es scheint recht nützlich zu sein, einen solchen Mann in der Nähe zu haben«, sagte Mumm und zog seine zivilisierte Hose an.

»Angua meinte, Igor hätte einen Eiskeller, und dort bewahrt er Gläser auf, die ... Nun, ich möchte nur sagen, dass er dir Leber und Zwiebeln zum Frühstück anbieten wollte, aber ich habe abgelehnt.«

»Ich mag Leber mit Zwiebeln«, erwiderte Mumm. Er dachte darüber nach. »Zumindest bis jetzt.«

»Ich glaube, es ist der Wunsch des Königs, dass wir Überwald möglichst bald verlassen. Natürlich ist er zu höflich, um das deutlich zu sagen. Heute Morgen kamen recht viele respektvolle Zwerge mit Dokumenten.«

Mumm nickte grimmig. Es ergab durchaus einen Sinn. Wäre er der König gewesen, hätte er sich ebenfalls gewünscht, dass Mumm verschwand. Herzlichen Dank, hier ist ein hübsches Handelsabkommen, tut mir sehr Leid, dass du schon gehen musst, ich freue mich schon auf deinen nächsten Besuch, aber lass dir ruhig Zeit ...

Das Frühstück bestand genau aus den Dingen, die sich Mumm erträumt hatte. Anschließend besuchte er den Invaliden.

Karotte war blass und grau unter den Augen, aber er lächelte. Er saß im Bett und trank Fetsup.

»Hallo, Herr Mumm! Wir haben gewonnen, nicht wahr?«

»Hat es dir Angua nicht gesagt?«

»Von Lady Sybil weiß ich, dass sie mit den anderen Wölfen loszog, während ich schlief.«

Mumm schilderte die Ereignisse des vergangenen Abends, so gut er konnte.

»Gavin war ein sehr ehrenwertes Geschöpf«, sagte Karotte schließlich. »Ich bedauere seinen Tod sehr. Bestimmt wären wir gute Freunde geworden.«

Du meinst jedes Wort ernst, dachte Mumm. Ich zweifle nicht eine Sekunde daran. Aber es hat sich alles zu deinem Vorteil entwickelt. Das ist immer so. Wenn die Dinge anders verlaufen wären, wenn Wolfgang sofort von Gavin angegriffen und verletzt worden wäre ... Dann hättest du nicht gezögert, ihm zu Hilfe zu kommen. Und dann wärst du zusammen mit dem Mistkerl in die Tiefe gestürzt. Aber es blieb bei dieser *Möglichkeit*. Wenn du ein Würfel wärst, Karotte, würde man mit dir immer eine Sechs würfeln.

Würfel rollten nicht von allein. Wenn es nicht allem widersprochen hätte, was Mumm in Bezug auf die Welt für wahr halten wollte, wäre er vielleicht bereit gewesen, an ein Schicksal zu glauben, das die Leute kontrollierte. Mochten die Götter den Leuten beistehen, die in der Nähe weilten, wenn sich ein großes Schicksal auf der Welt auswirkte und bestimmte Personen wie Knetmasse behandelte …

Laut sagte Mumm: »Der arme alte Gaspode ist ebenfalls in die Tiefe gestürzt.«

»Wie kam es dazu?«

»Nun, man könnte sagen, dass er zum betreffenden Zeitpunkt Wolfgangs volle Aufmerksamkeit hatte. Ein echter Straßenkämpfer.«

»Armer kleiner Kerl. Er war ein guter Hund, tief in seinem Herzen.«

Von jemand anderem hätten diese Worte banal und abgedroschen geklungen, aber Karottes Lippen verliehen ihnen neue Bedeutung.

»Was ist mit Tantony?«, fragte Mumm.

»Er ist heute Morgen aufgebrochen«, meinte Lady Sybil.

»Meine Güte! Wolfgang hat auf seiner Brust Tick-tack-toe gespielt!«

»Igor kann gut mit der Nadel umgehen, Herr.«

Etwas später trat ein nachdenklicher Mumm auf den Kutschenhof. Ein Igor verlud bereits das Gepäck.

»Äh, welcher bist du?«, fragte Mumm.

»Ich bin Igor, Herr.«

»Äh. Ja. Und, äh, bist du glücklich hier, Igor? Eins steht fest. In der Wache könnten wir einen … Mann mit deinen Talenten gebrauchen.«

Igor blickte vom Dach der Kutsche herunter. »In Ankh-Morpork, Herr? Meine Güte. *Jeder* möchte nach Ankh-Morpork. Dein Angebot ift fehr verlockend, aber ich weif, wo meine Pflicht liegt. Ich muff diefen Ort für die nächfte Ekfellenf vorbereiten.«

»Oh, natürlich …«

»Aber mein Neffe Igor fucht eine Ftellung, Herr. In Ankh-

Morpork kommt er beftimmt gut zurecht. Für Überwald ift er viel zu modern.«

»Ein guter Junge?«

»Er hat daf Herz an der richtigen Ftelle, zumindeft *da* bin ich ficher.«

»Äh, gut. Nun, gib ihm Bescheid. Wir brechen so bald wie möglich auf.«

»Er wird fehr aufgeregt fein, Herr! Wie ich hörte, liegen in Ankh-Morpork die Leichen einfach fo auf der Ftrafe, und jeder kann fie nehmen!«

»*So* schlimm ist es nun auch wieder nicht, Igor.«

»Nein? Nun, man kann nicht allef haben. Ich fage ef ihm fofort.« Igor eilte im Humpelsprint davon.

Ich frage mich, warum sie alle so gehen, dachte Mumm. Vielleicht ist bei ihnen ein Bein kürzer als das andere. Entweder das, oder sie lassen es bei der Auswahl ihrer Stiefel an der notwendigen Sorgfalt mangeln.

Er nahm auf den Stufen vor dem Haus Platz und holte eine Zigarre hervor. Das war's also. Verdammte Politik. Es lief immer auf verdammte Politik oder verdammte Diplomatie hinaus. Feine Kleidung machte den verdammten Unterschied. Wenn man die Straßen verließ, rannen einem die Kriminellen praktisch durch die Finger. Der König, Lady Margolotta und Vetinari … Sie betrachteten immer das *große Bild*. Mumm wusste, dass er ein Mann des kleinen Bildes war und sicher immer bleiben würde. Dee wurde gebraucht, deshalb musste sie vermutlich nur einige Tage lang Brot brechen oder womit auch immer man hier Unartigkeiten bestrafte. Immerhin hatte sie nur eine Fälschung zerstört.

Nicht wahr?

Aber *in Gedanken* hatte sie ein viel größeres Verbrechen begangen. In Mumms persönlicher Galerie aus kleinen Bildern sollte das etwas bedeuten.

Und die Baronin war so schuldig wie die Schuld selbst. Personen waren *gestorben*. Was Wolfgang betraf … Nun, manche Leute waren von Natur aus dazu bestimmt, schuldig zu sein. Punktum! Was auch immer sie anstellten – es wurde ein Verbrechen daraus, einfach deshalb, weil die entsprechenden Aktivitäten von ihnen ausgingen.

Mumm blies Rauch von sich.

Eigentlich sollte man solchen Leuten nicht erlauben, sich mit dem eigenen Tod aus der Affäre zu ziehen.

Aber … Er *war* doch gestorben, oder?«

Von Sybil wusste er, dass die Wölfe beide Ufer kontrolliert hatten, und zwar ziemlich weit flussabwärts. Nirgends eine Spur von Wolfgang. Noch weiter am unteren Verlauf des Flusses gab es Stromschnellen und einen zweiten Wasserfall. Was ihn nicht umbringen konnte, mochte zumindest den Wunsch in ihm wecken, nicht mehr am Leben zu sein.

Vorausgesetzt natürlich, er hatte sich flussabwärts treiben lassen. Flussaufwärts … auch dort gab es nur sehr schnell fließendes, weiß schäumendes Wasser, bis hin zur Stadt.

Nein, unmöglich. Niemand konnte einen Wasserfall hinaufschwimmen, oder?

Eine sonderbare Kühle breitete sich in Mumms Nacken aus. Aber jede nur einigermaßen vernünftige Person würde das Land verlassen. Wölfe suchten nach ihm. Tantony hatte ihn wohl kaum ins Herz geschlossen, und wenn Mumm den König richtig einschätzte, schmiedeten auch die Zwerge Rachepläne.

Es gab nur ein Problem: Wenn man das Bild einer vernünftigen Person nahm und es auf das von Wolfgang legte, so erkannte man überhaupt keine Übereinstimmung.

Es gab da eine alte Redensart: So wie ein Hund zum eigenen Erbrochenem zurückkehrte, so wurde der Narr von seiner Torheit angezogen. Wenn das stimmte, konnte Wolfgang nicht mehr weit sein.

Mumm stand auf und drehte sich langsam um. Niemand lauerte hinter ihm. Geräusche drangen vom Tor zur Straße: Gelächter, das Geschirr von Pferden, das dumpfe Pochen von Schaufeln, die in der Nacht gefallenen Schnee beiseite räumten.

Er kehrte in die Botschaft zurück und achtete darauf, dass er immer mit dem Rücken zur Wand stand. Vorsichtig schlich er zur Treppe und blickte dabei durch jede offene Tür. Er lief durch den Flur, sprang, rollte sich auf dem Boden ab und verharrte an der gegenüberliegenden Wand.

»Stimmt was nicht, Herr?«, fragte Grinso. Sie beobachtete ihn vom oberen Ende der Treppe aus.

»Äh, ist dir irgendetwas Seltsames aufgefallen?«, fragte Mumm und klopfte sich verlegen Staub von der Kleidung. »Und mir ist klar, dass wir uns hier in einem Haus mit einem Igor aufhalten.«

»Könntest du mir einen Hinweis geben, Herr?«

»Wolfgang, verdammt!«

»Aber er ist tot, Herr. Das ist er doch, oder?«

»Nicht tot genug!«

»Äh, hast du Anweisungen für mich?«

»Wo ist Detritus?«

»Er putzt seinen Helm, Herr!«, sagte Grinsi und schien der Panik nahe zu sein.

»Bei den Göttern, warum vergeudet er seine Zeit mit so etwas?«

»Äh, weil wir in zehn Minuten aufbrechen müssen, um bei der Krönungszeremonie zugegen zu sein.«

»Oh, ja …«

»Lady Sybil hat mich aufgefordert, dich zu suchen, und zwar mit *sehr* fester Stimme.«

Genau in diesem Augenblick hallte Sybils Stimme durch den Flur. »Sam Mumm! Komm sofort hierher!«

»Diesen Tonfall meine ich«, sagte Grinsi.

Mumm betrat das Schlafzimmer. Sybil trug ein anderes blaues Kleid und ein Diadem. Ihre Miene war entschlossen.

»Ist es wieder eine vornehme Angelegenheit?«, fragte Mumm. »Ich dachte, ein sauberes Hemd würde genügen …«

»Deine Galauniform hängt im Ankleidezimmer«, sagte Sybil.

»Der gestrige Tag war ziemlich lang und anstrengend …«

»Dies *ist* eine Krönung, Samuel Mumm, keine zwanglose Party! Geh und zieh dich rasch an. Setz auch – und das möchte ich nicht zwei Mal sagen müssen – den Helm mit den Federn auf.«

»Aber nicht die rote Strumpfhose«, erwiderte Mumm entgegen aller Hoffnung. »Bitte!«

»Die rote Strumpfhose ist ein absolutes Muss, Sam.«

»Sie kneift an den Knien«, entgegnete Mumm, aber es war das Murren des Besiegten.

»Ich sage Igor, er soll dir helfen.«

»Die Dinge müssen ziemlich schlecht stehen, wenn ich meine Strumpfhose nicht mehr allein anziehen kann, herzlichen Dank.«

Mumm wechselte die Kleidung und lauschte dabei nach … irgendetwas. Vielleicht nach einem Knarren am falschen Ort.

Wenigstens war es eine Wächteruniform, auch wenn die Schuhe mit Schnallen versehen waren. Ein Schwert gehörte dazu. Bei der Kluft des Herzogs fehlte dieses, was Mumm von Anfang an für ziemlich dumm gehalten hatte. Man wurde zum Herzog, weil man gut kämpfte, und dann stand man plötzlich mit leeren Händen da.

Glas klirrte im Schlafzimmer, und Lady Sybil hob erstaunt die Brauen, als ihr Mann mit erhobenem Schwert hereinstürmte.

»Ich habe den Stöpsel des Duftfläschchens fallen gelassen, Sam! Was ist denn los mit dir? Selbst Angua meint, er sei viele Meilen entfernt und nicht in der Verfassung, irgendwelche Probleme zu verursachen! Warum bist du so nervös?«

Mumm ließ das Schwert sinken und versuchte, sich zu entspannen.

»Weil unser Wolfgang ein verdammter Irrer ist. Ich kenne Leute wie ihn. Eine normale Person kriecht fort, wenn sie Prügel bezogen hat. Oder sie ist vernünftig genug, nicht erneut aufzumucken. Aber manchmal bekommt man es mit jemandem zu tun, der einfach nicht aufhören will. Fünfzig Kilo leichte Schwächlinge, die versuchen, Detritus mit dem Kopf von den Beinen zu stoßen. Oder hirnrissige Fliegengewichte, die eine Flasche an der Theke zerbrechen und dann fünf Wächter angreifen. Verstehst du, was ich meine? Idioten, die einfach nicht begreifen, wann man besser aufhört zu kämpfen. Man kann sie nur zur Ruhe bringen, indem man sie entweder bewusstlos schlägt oder ganz und gar unschädlich macht.«

»Ja, ich glaube, ich kenne den Typ«, sagte Lady Sybil mit einer Ironie, die Sam Mumm erst einige Tage später bemerkte. Sie strich ihm einige Flusen vom Mantel.

»Er wird zurückkehren«, murmelte Mumm. »Ich spüre es, ganz deutlich.«

»Sam?«

»Ja?«

»Könnte ich bitte für einige Minuten deine Aufmerksamkeit haben? Wolfgang ist Anguas Problem, nicht deins. Ich brauche Gelegenheit, eine Zeit lang in aller Ruhe mit dir zu reden, ohne dass du irgendwelchen Werwölfen hinterherrennst.« Sie sagte es so, als sei es ein kleiner Charakterfehler, wie die Angewohnheit, die Stiefel dort stehen zu lassen, wo andere Leute über sie stolpern konnten.

»Äh, sie liefen hinter *mir* her«, gab er zurück.

»Aber es gibt immer Leute, die tot aufgefunden werden oder versuchen, dich zu töten …«

»Ich *bitte* sie nicht darum, Schatz.«

»Sam, ich bekomme ein Kind.«

Sams Kopf steckte voller Werwölfe, und seine Ehemann-Automatik wurde aktiv, um mit »Ja, Schatz«, »Such die Farbe aus, die dir gefällt« oder »Ich beauftrage jemanden, sich darum zu kümmern« zu antworten. Glücklicherweise verfügte sein Gehirn über einen eigenen Selbsterhaltungstrieb und wollte nicht im Innern eines Schädels stecken, der von einer Nachttischlampe eingeschlagen wurde. Es schrieb Sybils Worte mit grellem Weiß auf die Innenseite seiner Augen und versteckte sich dann irgendwo.

Deshalb war seine Antwort ein schwaches: »Was? Wie?«

»Auf normale Weise, hoffe ich.«

Mumm setzte sich aufs Bett. »Doch nicht jetzt sofort?«

»Das bezweifle ich sehr. Frau Zufrieden meinte, es sei alles klar, und sie ist seit fünfzig Jahren Hebamme.«

»Oh.« Einige Hirnfunktionen krochen zurück. »Gut. Das ist … gut.«

»Du brauchst wahrscheinlich eine Weile, um es zu verarbeiten.«

»Ja.« Noch ein Neuron leuchtete auf. »Äh, es kommt doch alles in Ordnung, nicht wahr?«

»Wie meinst du das?«

»Äh, du bist, du bist nicht … du …«

»Sam, meine Familie hat lange Erfahrung darin, Kindern eine gute Erziehung zu geben. Natürlich kommt alles in Ordnung.«

»Oh. Gut.«

Mumm saß da und starrte. Sein Kopf fühlte sich an wie ein großes Meer, das sich gerade vor einem Propheten geteilt hatte. Wo es eigentlich aktiv sein sollte, erstreckte sich nur Sand, auf dem hier und dort ein Fisch zappelte. Doch zu beiden Seiten türmten sich gewaltige Wogen auf, und gleich würden sie herabdonnern, um noch hundert Meilen entfernte Städte zu überfluten.

Wieder klirrte Glas, diesmal im Erdgeschoss.

»Vermutlich hat Igor etwas fallen gelassen«, sagte Sybil, als sie den Gesichtsausdruck ihres Mannes bemerkte. »Mehr ist es nicht. Nur ein umgestoßenes Glas.«

Etwas knurrte, und ein erstickter Schrei erklang, der jäher Stille wich.

Mumm sprang auf. »Schließ die Tür hinter mir ab und schieb das Bett vor!« Er verharrte kurz im Flur. »Ohne dich dabei zu überanstrengen!«, fügte er hinzu und lief zur Treppe.

Wolfgang kam ihm entgegen.

Diesmal bot er ein anderes Erscheinungsbild. Wolfsohren steckten an einem immer noch menschlichen Kopf, und sein Haar bildete eine Mähne. Hier und dort zeigten sich Fellbüschel an seiner Haut, die meisten von ihnen blutverklebt.

Der Rest von ihm ... schien Schwierigkeiten zu haben, sich für eine Gestalt zu entscheiden. Eine Hand versuchte, zu einer Pfote zu werden.

Mumm griff nach seinem Schwert – und erinnerte sich daran, dass es auf dem Bett lag. Er suchte in den Taschen, denn er wusste, dass er ein ganz bestimmtes Objekt bei sich trug. Ganz deutlich erinnerte er sich daran, es von der Kommode genommen zu haben ...

Seine Finger schlossen sich um die Dienstmarke und zeigten sie vor.

»Stehen bleiben! Im Namen des Gesetzes!«

Wolfgang sah ihn an, und ein Auge glühte gelb. Das andere war eine blutige Masse.

»Hallo, Herr Zivilisiert«, knurrte er. »Du hast mich erwartet, nicht wahr?«

Er duckte sich in den Flur, der zu Karottes Zimmer führte. Mumm versuchte, zu ihm aufzuschließen, beobachtete, wie sich Krallen um die Tür schlossen und sie einfach aus dem Rahmen rissen.

Karotte streckte die Hand nach seinem Schwert aus ...

Und dann flog Wolfgang unter dem Gewicht von Angua zurück. Sie landeten im Flur, eine dahinrollende Kugel aus Fell, Krallen und Zähnen.

Bei einem Kampf Werwolf gegen Werwolf bietet jede Gestalt Vorteile. Jeder ist bestrebt, in eine Position zu gelangen, in der Hände besser sind als Krallen. Und Körperformen haben ein eigenes Leben, was ohne angemessene Kontrolle recht gefährlich sein kann. Es ist der Instinkt einer Katze, auf etwas zu springen, das sich bewegt, doch dieses Verhalten ist nicht richtig, wenn das bewegliche Objekt eine brennende Lunte hat. Der Geist muss gegen den eigenen Körper kämpfen, um nicht die Kontrolle zu verlieren, und gegen den anderen, um zu überleben.

Ein Schatten ließ Mumm herumwirbeln. Detritus trug eine glänzende Rüstung und legte den Friedensstifter über das Geländer hinweg an.

»Feldwebel! Nein! Du würdest auch Angua treffen!«

»Kein Problem, Herr«, sagte Detritus. »Weil sie nicht sterben. Wir später brauchen nur finden Wolfgangs Teile, um ihm dann eins zu geben über die Rübe, wenn er zusammengesetzt sich und heilt ...«

»Wenn du mit dem Ding hier drin schießt, sind Wolfgangs Teile mit *unseren* Teilen vermischt, und dann wird das Sortieren verdammt schwierig. Nimm die Armbrust *weg*!«

Wolfgang konnte seine Gestalt nicht sehr gut kontrollieren, wie Mumm beobachtete. Er schaffte es nicht, entweder ganz Wolf oder ganz Mensch zu sein, und Angua nutzte das zu ihrem Vorteil. Sie duckte sich, wich aus, biss zu ...

Aber selbst wenn es gelang, ihn zu überwältigen – er ließ sich nicht unschädlich machen.

»Herr Mumm!« Grinsi winkte in dem Flur, der zur Küche führte. »Du solltest sofort hierher kommen!«

Sie wirkte sehr blass. Mumm stieß Detritus an. »Wenn sie voneinander ablassen ... Pack ihn und versuch, ihn festzuhalten!«

Igor lag in der Küche, umgeben von Glassplittern. Wolfgang musste auf ihm gelandet sein, um anschließend seinen Zorn an dem Wehrlosen auszulassen. Der zusammengeflickte Mann blutete stark und lag wie eine Puppe, die jemand gegen die Wand geschleudert hatte. »Herr«, stöhnte er.

»Kannst du ihm irgendwie helfen, Grinsi?«

»Ich weiß nicht einmal, wo ich *anfangen* soll!«

»Du muft dir etwaf merken, Herr«, ächzte Igor.

»Äh, ja ... was denn?«

»Du muft mich in den Eifkeller bringen und Igor Bescheid geben, in Ordnung?«

»Welchem Igor?«, fragte Mumm verzweifelt.

»Irgendeinem!« Igor klammerte sich an Mumms Ärmel fest.

»Mein Herz taugt nichtf mehr, aber die Leber ift in einem guten Fuftand, fag ihm daf! Waf mein Gehirn betrifft ... Ein starker Blitz genügt, um allef in Ordnung zu bringen. Igor kann meine rechte Hand haben – er hat einen Kunden, der darauf wartet. Mein Dickdarm kann noch jahrelang gute Dienfte leiften. Mit dem linken Auge ift nicht mehr viel lof, aber vermutlich gibt ef jemanden, der noch etwaf damit anzufangen weif. Daf rechte Knie ift faft neu. Der alte Prodfiki weiter unten an der Ftrafe würde mein Hüftgelenk zu schätzen wiffen. Haft du allef verftanden?«

»Ja, ja, ich glaube schon.«

»Gut. Und denk daran. Irgendwann schlieft fich der Kreif.«

Igor sank zurück.

»Er ist tot, Herr«, sagte Grinsi.

Aber bald dürfte er wieder auf den Beinen sein, wenn auch nicht auf den eigenen, dachte Mumm. Er sprach diese Worte nicht aus, um auf Grinsis Gefühle Rücksicht zu nehmen. Sie konnte recht sentimental sein. »Kannst du ihn in den Eiskeller bringen?«, fragte er stattdessen. »Nach den Geräuschen zu urteilen, zeichnet sich ein Sieg Anguas ab ...«

Er kehrte in den Flur zurück, in dem ein ziemliches Durcheinander herrschte. Angua gelang gerade eine Kopfzange, und sie rammte Wolfgangs Schädel gegen eine Holzsäule. Er taumelte, seine Schwester drehte sich und brachte ihn mit einem Tritt in die Beine zu Fall.

Den Trick habe ich ihr beigebracht, dachte Mumm, als Wolfgang auf den Boden prallte. So sieht der Kampfstil von *Ankh-Morpork* aus – jedes Mittel ist recht.

Doch wie ein Gummiball kam Wolfgang wieder nach oben, sprang einen Salto über Angua hinweg und erreichte so die Eingangstür. Ein Hieb stieß sie auf, und er sprang hinaus.

Und ... das war es. Ein Zimmer voller Trümmer, hereinwehende Schneeflocken und eine auf dem Boden schluchzende Angua.

Mumm zog sie behutsam hoch. Sie blutete aus mehreren Wunden. Anstand hinderte ihn an einer genaueren Diagnose, denn er war es nicht gewohnt, nackte junge Damen mit großer Aufmerksamkeit aus der Nähe zu betrachten.

»Es ist alles in Ordnung«, sagte Mumm, weil er glaubte, irgendetwas sagen zu müssen. »Er hat die Flucht ergriffen!«

»Es ist *nicht* alles in Ordnung! Er wird eine Zeit lang ausruhen, irgendwo, und dann kehrt er zurück! Ich *kenne* ihn! Es spielt keine Rolle, wohin wir gehen! Du hast ihn *gesehen*! Er wird unseren Spuren folgen und versuchen, Karotte zu töten!«

»Warum?«

»Weil mir Karotte etwas bedeutet!«

Sybil kam die Treppe herunter und hielt Mumms Armbrust.

»Oh, du armes Ding«, sagte sie. »Komm zu mir, bestimmt finden wir etwas zum Anziehen für dich. Kannst du nicht irgendetwas tun, Sam?«

Mumm starrte sie an. Sybils Gesicht brachte die felsenfeste Überzeugung zum Ausdruck, dass er etwas tun *konnte*.

Das Frühstück lag eine Stunde zurück. Vor zehn Minuten hatte er diese dämliche Uniform angezogen, in einem Zimmer, das zu einer ganz bestimmten Realität gehörte. Zu einer Realität mit einer realen Zukunft. Und jetzt kehrte plötzlich die Finsternis zurück, durchsetzt mit rotem Zorn.

Und wenn er ihr nachgab, würde er verlieren. Das Tier in ihm heulte, doch Wolfgang war ein besseres Tier. Mumm begriff, dass er einfach nicht die notwendige Gemeinheit aufbringen konnte. Früher oder später würde sich sein Gehirn zu Wort melden und ihn umbringen.

Vielleicht solltest du damit *beginnen*, mich zu benutzen, teilte ihm das Gehirn mit.

»Ja ...«, sagte er langsam. »Ja, ich glaube, ich kann tatsächlich etwas tun ...«

Feuer und Silber, dachte Mumm. Und Silber fehlt in Überwald.

»Ich mitkommen soll?«, fragte Detritus, der gewisse Signale zu deuten verstand.

»Nein, ich glaube ... ich glaube, ich breche jetzt auf, um jemanden zu verhaften. Ich möchte keinen Krieg beginnen. Außerdem solltest du für den Fall hier bleiben, dass Wolfgang zurückkehrt. Aber du könntest mir dein Taschenmesser leihen.«

In einer der aufgebrochenen Kisten fand Mumm ein Laken und riss einen langen Streifen ab. Dann nahm er die Armbrust von seiner Frau entgegen.

»Er hat jetzt ein Verbrechen in Ankh-Morpork begangen«, sagte er. »Und dadurch gehört er *mir*.«

»Sam, wir sind nicht in …«

»Weißt du, man hat mich so oft darauf hingewiesen, wir seien hier nicht in Ankh-Morpork, dass ich daran geglaubt habe. Aber diese Botschaft *ist* Ankh-Mopork. Und ich …« Er hob die Armbrust. »Ich bin jetzt das Gesetz.«

»Sam?«

»Ja, Schatz?«

»Ich kenne diesen Blick. Achte darauf, dass du keine Unschuldigen verletzt.«

»Keine Sorge, Schatz. Ich werde *zivilisiert* sein.«

Draußen standen mehrere Zwerge bei einem Artgenossen, der in einer Lache aus Blut im Schnee lag.

»Welche Richtung?«, fragte Mumm. Die Worte mochten sie nicht verstehen, aber sie verstanden die Frage. Mehrere von ihnen deuteten über die Straße.

Mumm ging weiter, hielt die Waffe in der Armbeuge und zündete sich eine Zigarre an.

Dies verstand er. Mit Politik kam er nicht gut zurecht. Dabei schienen sich Gut und Böse nur dadurch zu unterscheiden, aus welchem Blickwinkel man eine bestimmte Sache betrachtete. So etwas sagten zumindest die Leute, die auf jener Seite standen, die Mumm als »böse« ansah.

In der Politik war alles viel zu kompliziert, und wenn es kompliziert wurde, versuchte jemand einen zum Narren zu halten. Doch auf der Straße, bei einer Verfolgungsjagd, war alles klar. Am

Ende der Jagd würde jemand auf den Beinen bleiben, und man musste nur dafür Sorge tragen, dass man selbst dieser Jemand war.

An der nächsten Straßenecke lag ein umgestürzter Karren, und der Fahrer kniete neben einem Pferd mit aufgerissenem Leib.

»Welche Richtung?«

Der Mann streckte die Hand aus.

Die nächste Straße erwies sich als breiter, und es gab mehr Verkehr. Elegante Kutschen rollten langsam durch die Menge. Natürlich, die Krönung …

Aber das gehörte zur Welt des Herzogs von Ankh, und dort hielt er sich derzeit nicht auf. Er beschränkte sich darauf, Sam Mumm zu sein, und der hielt nicht viel von Krönungen.

Weiter vorn erklangen Schreie, und das Bewegungsmuster der Leute veränderte sich – sie drängten ihm plötzlich entgegen. Mumm kam sich wie ein Lachs vor, der flussaufwärts schwamm.

Die Straße mündete auf einen großen Platz. Die Leute rannten nun, woraus Mumm den Schluss zog, dass er noch immer in der richtigen Richtung unterwegs war. Für ihn stand fest, dass er Wolfgang dort finden würde, wo sich niemand sonst aufhalten wollte.

Mumm bemerkte hastige Bewegungen auf der Seite und sah eine Gruppe rennender Stadtwächter. Sie blieben stehen, und einer von ihnen kehrte zurück – Tantony.

Er musterte Mumm von Kopf bis Fuß. »Muss ich dir für vergangene Nacht danken?«, fragte er. Frische Narben zeigten sich in seinem Gesicht, aber sie heilten bereits. Wir *brauchen* einen Igor, dachte Mumm.

»Ja«, bestätigte er. »Für die guten Dinge ebenso wie für die schlechten.«

»Und jetzt weißt du, was geschieht, wenn man die Konfrontation mit einem Werwolf sucht.«

Mumm öffnete den Mund, um zu erwidern: »Trägst du da eine Uniform, Hauptmann, oder eine Art Kostüm?« Aber er schluckte die Worte runter und erwiderte stattdessen: »Nein. Ich weiß jetzt, was passiert, wenn man dumm genug ist, einem Werwolf ohne Helfer und Feuerkraft gegenüberzutreten. Ich fürchte, diese Lektion müssen wir alle lernen. Integrität ist keine besonders gute Rüstung.«

Tantonys Wangen röteten sich. »Was machst du hier?«, fragte er.

»Unser haariger Freund hat gerade jemanden in der Botschaft ermordet, die ...«

»Ja, ja, sie gehört zum Territorium von Ankh-Morpork. Aber jetzt bist du in der Stadt! Und ich leite hier die Wache!«

»Ich verfolge einen flüchtigen Verbrecher, Hauptmann. Ah, du weißt, was das bedeutet, wie ich sehe.«

»Ich ... ich ... so etwas gilt hier nicht!«

»Wirklich nicht? Jeder Polizist weiß über eine Verfolgungsjagd Bescheid. Wenn man einem Kriminellen dicht auf den Fersen ist, darf man ihn über die Grenzen der eigenen Zuständigkeit hinaus verfolgen. Wenn er *gefasst* ist, mag es ein kleines juristisches Hin und Her geben, aber ich schlage vor, das verschieben wir auf später.«

»Ich beabsichtige, ihn selbst für die heute verübten Verbrechen zu verhaften!«

»Du bist zu jung, um zu sterben. Außerdem habe ich ihn zuerst gesehen. Ich sag dir was ... Wenn er mich umgebracht hat, kannst du versuchen, ihn zu verhaften, einverstanden?« Mumm sah Tantony in die Augen. »Und jetzt geh mir aus dem Weg.«

»Ich könnte dich unter Arrest stellen lassen.«

»Mag sein. Aber bisher habe ich dich für einen intelligenten Mann gehalten.«

Tantony nickte und bewies, dass Mumm Recht hatte. »Na schön. Wie können wir dir helfen?«

»Indem ihr mir nicht in die Quere kommt. Und meine Überreste wegkratzt, wenn ich keinen Erfolg habe.«

Mumm spürte Tantonys Blick im Nacken, als er den Weg fortsetzte.

In der Mitte des Platzes stand eine Statue des Fünften Elefanten. Ein Künstler hatte versucht, in Bronze und Stein jenen Moment darzustellen, an dem das allegorische Tier vom Himmel herabgedonnert war und Überwald seinen unglaublichen Rohstoffreichtum beschert hatte. In unmittelbarer Nähe standen die idealisierten und sehr kräftig anmutenden Gestalten von Zwergen und Menschen. Sie nahmen eine würdevolle Haltung ein, hielten Hämmer und Schwerter in den Händen. Wahrscheinlich repräsentierten sie Wahrheit, Industrie, Gerechtigkeit und Muttersdaheim-gebratenen-fettigen-Pfannkuchen, vermutete Mumm. Wie dem auch sei: In einem Land, in dem niemand Graffiti an Statuen hinterließ, fühlte er sich sehr fremd.

Ein Mann lag auf dem Kopfsteinpflaster, und neben ihm kniete eine Frau. Tränenüberströmt sah sie zu Mumm auf und sagte etwas auf überwaldisch. Er konnte nur nicken.

Wolfgang sprang von der Statue herunter, die schlechter Bildhauerkunst gewidmet zu sein schien, landete wenige Meter vor Mumm und lächelte.

»Herr Zivilisiert! Wie wär's mit einem neuen Spiel?«

»Siehst du diese Dienstmarke hier?«, fragte Mumm.

»Sie ist ziemlich klein!«

»Aber du siehst sie?«

»Ja, ich sehe deine kleine Dienstmarke!« Wolfgang schob sich zur Seite, ließ dabei beide Arme hängen.

»Und ich bin bewaffnet. Hast du gehört, was ich gesagt habe? Ich bin bewaffnet!«

»Mit der lächerlichen Armbrust?«

»Ich habe dich darauf hingewiesen, dass ich bewaffnet bin, und du hast es gehört, nicht wahr?« Mumm sprach laut und folgte den Bewegungen des Werwolfs, immer ihm zugewandt. Er paffte an seiner Zigarre und ließ ihr Ende so stärker glühen.

»Ja! So etwas nennst du zivilisiert?«

Mumm lächelte. »Ja, auf diese Weise gehen wir vor.«

»Meine Art ist besser!«

»Und hiermit verhafte ich dich«, sagte Mumm. »Komm mit,

ohne Schwierigkeiten zu machen. Wir fesseln dich, und anschließend wirst du den hiesigen Justizbehörden überstellt. Falls es welche gibt.«

»Ha! Dein Ankh-Morpork-Humor!«

»Ja, gleich lasse ich die Hose runter. Und nun … Widersetzt du dich der Verhaftung?«

»Was sollen diese dummen Fragen?« Inzwischen tanzte Wolfgang fast.

»*Widersetzt du dich der Verhaftung*?«

»Ja, natürlich! Ja! Guter Witz!«

»Hör nur, wie ich lache.«

Mumm warf die Armbrust beiseite und holte ein Rohr unter seinem Mantel hervor. Es bestand aus harter Pappe, und ein roter Kegel ragte aus dem einen Ende.

»Ein dummer Feuerwerkskörper«, rief Wolfgang und griff an.

»Könnte sein«, sagte Mumm.

Er versuchte erst gar nicht zu zielen. Präzision und Geschwindigkeit hatten bei diesen Dingen nie eine Rolle gespielt. Mumm nahm einfach die Zigarre aus dem Mund und presste sie in das Zündloch, als Wolfgang auf ihn zulief.

Der Mörser zitterte, als die Ladung zündete. Die Rakete sauste nicht besonders schnell aus dem Rohr, zog eine Rauchfahne hinter sich her und wirkte wie die dümmste Waffe seit dem Schokoladenspeer.

Wolfgang tänzelte unter ihr und lächelte. Als sie einen halben Meter über seinem Kopf dahinflog, sprang er und schnappte mit dem Mund danach.

Und dann explodierte sie.

Die Leuchtsignale sollten noch in einer Entfernung von zwanzig Meilen zu sehen sein. Mumm hatte die Augen fest zugekniffen, trotzdem drang das Glühen durch die Lider.

Die Leiche rollte übers Kopfsteinpflaster, und als sie schließlich reglos liegen blieb, blickte sich Mumm auf dem Platz um. Aus den Kutschen starrten die Leute herüber. Stille herrschte.

Unter den gegebenen Umständen wären mehrere Bemerkungen möglich gewesen. »Verdammter Mistkerl!«, hätte sich in jedem Fall gut geeignet, aber in Frage kamen auch »Willkommen in der Zivilisation!«, oder »Ist dir jetzt noch immer zum Lachen zumute?«, oder »Fass!«

Doch er schwieg, und das aus gutem Grund: Hätte er eine dieser Bemerkungen von sich gegeben, wäre ihm dadurch klar geworden, dass er gerade einen Mord begangen hatte.

Er wandte sich ab, warf den leeren Mörser über die Schulter und brummte: »Zur Hölle damit!«

Unter solchen Umständen fiel es ihm sehr schwer, abstinent zu bleiben.

Tantony beobachtete ihn.

»Überleg dir genau, was du sagst«, teilte ihm Mumm mit und ging weiter. »Ganz genau.«

»Ich habe die Signalraketen immer für sehr schnell gehalten …«

»Ich habe einen Teil des Treibsatzes entfernt«, sagte Mumm. Er warf Detritus' Taschenmesser in die Luft und fing es wieder auf. »Schließlich sollte niemand verletzt werden.«

»Ich habe gehört, wie du ihn darauf hingewiesen hast, dass du bewaffnet warst. Ich habe gehört, wie er sich zwei Mal der Verhaftung widersetzt hat. Ich habe alles gehört. Ich habe alles gehört, was ich hören sollte.«

»Ja.«

»Es ist natürlich möglich, dass er dieses Gesetz nicht kannte.«

»Ach, tatsächlich? Nun, ich wusste nicht, dass es hier erlaubt ist, irgendeinem armen Kerl übers Land zu jagen und ihn übel zuzurichten. Doch daran hat sich niemand gestört.« Mumm schüttelte den Kopf. »Und spar dir den schmerzerfüllten Blick. Oh, ja, *jetzt* kannst du sagen, dass ich falsch an die Sache herangegangen bin, dass es besser gewesen wäre, das Problem auf andere Weise zu lösen. Nachher fallen einem solche Worte leicht. Vielleicht sage ich es mir auch selbst.« Mitten in der Nacht, dachte er. Nachdem ich aus dem Albtraum erwacht bin, der mir die Augen des Wahnsinns gezeigt hat. »Aber du wolltest ihm ebenso sehr das Handwerk legen wie ich. Oh, ja. Aber du konntest es nicht, weil dir die notwendigen Mittel fehlten. Und ich konnte es, weil mir die notwendigen Mittel zur Verfügung standen. Und jetzt genießt du den Luxus, über mich zu urteilen, weil du noch lebst. Und das ist die Wahrheit, im Großen und Ganzen. Du kannst wirklich von Glück sagen.«

Vor Mumm teilte sich die Menge. Er hörte überall flüsternde Stimmen.

»*Anderer*seits«, sagte Tantony, als hätte er Mumms Worte überhaupt nicht gehört, »hast du das Ding nur abgefeuert, um Wolfgang zu warnen …«

»Wie bitte?«

»Du konntest *natürlich* nicht wissen, dass er aus einem Reflex heraus versuchen würde, den … Sprengkörper zu fangen«, fuhr Tantony fort, und Mumm gewann den Eindruck, dass er eine Aussage probte. »Die … hundeartigen Eigenschaften eines Werwolfs können niemandem bekannt sein, der aus einer großen, fernen Stadt kommt.«

Mumm sah dem Hauptmann noch einmal in die Augen und klopfte ihm dann auf die Schulter. »An diesem Gedanken solltest du festhalten.«

Als er den Weg fortsetzen wollte, hielt eine Kutsche neben ihm. Sie war so leise – das Geschirr rasselte nicht, und es pochte kein einziger Huf –, dass Mumm unwillkürlich zur Seite sprang.

Die schwarzen Pferde trugen schwarze Federn auf den Köpfen. Die Kutsche selbst war ganz offensichtlich ein Leichenwagen, und in den traditionellen langen Fenstern steckten jetzt geschwärzte Scheiben. Niemand saß auf dem Kutschbock; die Zügel waren einfach locker um das Messinggeländer geschlungen.

Die Tür schwang auf. Eine verschleierte Gestalt beugte sich vor. »Euer Exzellenz? Darf ich dich zur Botschaft zurückbringen? Du wirkst sehr erschöpft.«

»Nein, danke«, erwiderte Mumm grimmig.

»Bitte entschuldige das ganze Schwarz«, sagte Lady Margolotta. »Ich fürchte, bei solchen Gelegenheiten erwartet man das …«

Mit der Geschwindigkeit des Zorns schwang sich Mumm nach oben und in die Kabine.

»Sag *du* mir, wie *irgendjemand* einen vertikalen Wasserfall hochschwimmen kann«, knurrte er und fuchtelte mit dem Zeigefinger unter Lady Margolottas Nase. »In Hinsicht auf den Mistkerl hätte ich praktisch *alles* geglaubt, aber selbst er hätte das nicht fertig bringen können.«

»Es ist zweifellos ein Rätsel«, erwiderte die Vampirin ruhig, als die kutscherlose Kutsche weiterrollte. »Vielleicht lautet die Erklärung ›übermenschliche Kräfte‹?«

»Und jetzt lebt er nicht mehr, worüber sich auch die Vampire freuen, nicht wahr?«

»Ich glaube, sein Ende ist ein Segen für das ganze Land.« Lady Margolotta lehnte sich zurück. Ihre Ratte mit der Schleife um den Hals lag auf einem rosaroten Kissen und beobachtete Mumm argwöhnisch. »Wolfgang war ein sadistischer Mörder, ein Irrer, der sogar seiner eigenen Familie Angst machte. Delfine – Entschuldigung, ich meine Angua – wird jetzt Ruhe finden. Ich habe sie immer für eine intelligente junge Dame gehalten. Sie hat eine gute Entscheidung getroffen, dieses Land zu verlassen. Die Dunkelheit ist dadurch etwas weniger Furcht erregend, die Welt ein etwas besserer Ort.«

»Und ich habe dir Überwald gegeben?«, fragte Mumm.

»Oh, mach dir nichts vor. Dieses Land ist nur ein kleiner Teil von Überwald. Und jetzt werden sich hier einige Dinge ändern. Du warst wie ein Hauch frischer Luft.«

Lady Margolotta holte eine lange Spitze aus ihrer Handtasche und schob eine schwarze Zigarette hinein. Sie entzündete sich von selbst.

»Wie du habe ich Trost in einem … anderen Laster gefunden«, fuhr sie fort. »Schwarzer Scopani. Der Tabak wird in völliger

Finsternis angebaut. Du solltest ihn mal probieren. Man könnte Dächer damit abdichten. Soweit ich weiß, dreht Igor daraus Zigarren, indem er die Blätter zwischen seinen Oberschenkeln rollt.« Sie blies Rauch von sich. »Besser gesagt, zwischen irgendwelchen Oberschenkeln. Natürlich tut mir die Baronin Leid. Für einen Werwolf muss es sehr schwer sein, sich damit abzufinden, ein Ungeheuer großgezogen zu haben. Was den Baron betrifft … Gib ihm einen Knochen, und für die nächsten Stunden ist er zufrieden.« Eine weitere Rauchwolke. »Gib auf Angua Acht. Glückliche Familie ist kein sehr populäres Spiel bei den Untoten.«

»Du hast ihm bei der Rückkehr geholfen! So wie auch mir!«

»Oh, er wäre ohnehin zurückgekehrt, früher oder später. Irgendwann, wenn du ihn nicht erwartet hättest. Er wäre Anguas Fährte gefolgt, wohin auch immer sie führte. Es war besser, dass die Dinge heute endeten.« Lady Margolotta sah durch den Rauch und bedachte Mumm mit einem anerkennenden Blick. »Du kannst gut mit Zorn umgehen, Euer Gnaden. Du sparst ihn auf, bis du ihn brauchst.«

»Du konntest nicht wissen, dass ich ihn besiegen würde. Du hast mich allein im Schnee zurückgelassen. Ich war nicht einmal bewaffnet!«

»Havelock Vetinari hätte keinen Narren nach Überwald geschickt.« Noch mehr Rauch wogte in der Luft. »Zumindest keinen *dummen* Narren.«

Mumm kniff die Augen zusammen. »Du bist ihm *begegnet*, nicht wahr?«

»Ja.«

»Und du hast ihn all das gelehrt, was er weiß, stimmt's?«

Lady Margolotta blies Rauch durch die Nase und gab ihm ein strahlendes Lächeln.

»Wie bitte? Du glaubst, *ich* hätte ihn unterrichtet? Meine Güte … Wenn du dich fragst, welche Vorteile ich aus dieser Sache ziehe … Ich habe eine kleine Atempause bekommen. Ein wenig Einfluss. Politik ist interessanter als Blut, Euer Gnaden. Und sie macht viel mehr Spaß. Hüte dich vor den reformierten Vampiren, Herr – das Verlangen nach Blut ist nur ein Verlangen, und mit der notwendigen Sorgfalt kann es in andere Kanäle gelenkt werden. Überwald wird Politiker brauchen. Ah, ich glaube, wir sind da«, fügte Lady Margolotta hinzu, obwohl Mumm schwören konnte, dass sie nicht aus dem Fenster gesehen hatte.

Die Tür öffnete sich.

»Wenn mein Igor noch da ist … Sag ihm, dass ich ihn unten in der Zwergenstadt erwarte. Freut mich sehr, dich kennen gelernt zu haben. Bestimmt sehen wir uns wieder. Und bitte richte Lord Vetinari herzliche Grüße von mir aus.«

Die Tür schloss sich hinter Mumm, und die Kutsche rollte davon.

Er fluchte leise.

Die Botschaft war voller Igors. Einige von ihnen berührten ihre Stirnlocken – oder zumindest die dortige Naht –, um ihm Reverenz zu erweisen. Sie trugen schwere unterschiedlich große Metallbehälter, auf denen Raureif lag.

»Was ist das?«, fragte Mumm. »Igors Bestattung?« Dann begriff er. »Oh, bei den Göttern … Sie sind mit Partytüten gekommen, denn jeder von ihnen kann etwas von den Resten mit nach Hause nehmen …«

»Ja, fo könnte man ef aufdrücken, Herr«, sagte ein Igor. »Aber wir finden ef ziemlich scheuflich, Leichen im Boden zu verscharren. All die Würmer und fo.« Er klopfte auf den Metallkasten unter seinem Arm. »Auf diefe Weife ift er bald wieder unter unf«, fügte er zufrieden hinzu.

»Reinkarnation auf Raten, wie?«, erwiderte Mumm schwach.

»Fehr luftig, Herr«, sagte der Igor ernst. »Ef ift erftaunlich, waf die Leute fo allef brauchen. Herf, Leber, Hände … Wir führen eine Bedarfflifte. Heute Abend wird ef einige fehr glückliche Personen in diefem Teil def Landef geben …«

»Und diese Teile stecken dann in den glücklichen Personen, nicht wahr?«

»Aufgefeichnet, Herr. Fweifellof bift du fehr geiftreich. Und einef Tagef wird irgendjemand eine fehr ernfte Gehirnverletfung erleiden, und dann …« Erneut klopfte er auf den kalten Behälter. »Dann schlieft fich der Kreif.«

Er nickte Grinsi und Mumm zu. »Ich muff jetzt gehen, Herr. Ef gibt fo viel zu tun, du weift ja, wie daf ift.«

»Ich kann's mir vorstellen«, sagte Mumm und dachte: die Axt meines Großvaters. Man verändert das eine oder andere, aber es bleibt immer ein Igor.

»Eigentlich sind es sehr selbstlose Leute, Herr«, meinte Grinsi, als der letzte Igor fortgehumpelt war. »Sie leisten viel gute Arbeit. Äh, sie haben sogar seinen Mantel und die Stiefel genommen, weil sie für jemanden nützlich sein könnten.«

»Ich weiß, ich weiß. Aber …«

»Ich verstehe, Herr. Die anderen sind im Salon. Lady Sybil war sicher, dass du überlebst. Sie meinte, jemand mit einem solchen Blick kehrt zurück.«

»Wir nehmen an der Krönungszeremonie teil. Um alles hinter uns zu bringen. Wirst du dabei diese Kleidung tragen, Grinsi?«

»Ja, Herr.«

»Aber das ist … gewöhnliche Zwergenkleidung. Eine Hose und so.«

»Ja, Herr.«

»Aber Sybil erwähnte ein hübsches grünes Kleid und einen Helm mit einer Feder.«

»Ja, Herr.«

»Du kannst anziehen, was du willst, das weißt du.«

»Ja, Herr. Aber dann dachte ich an Dee. Und ich habe den König beobachtet, als er mit dir sprach, und … Nun, ich *kann* anziehen, was ich will, Herr. Und genau darum geht es. Ich *muss* das Kleid nicht tragen, und ich sollte es nicht allein deshalb anziehen, weil andere Leute *nicht* wollen, dass ich es trage. Außerdem sehe ich in dem Ding aus wie ein dummer Kopfsalat.«

»Für mich klingt das alles ziemlich kompliziert, Grinsi.«

»Vermutlich ist es eine Zwergenangelegenheit, Herr.«

Mumm öffnete die Tür des Salons. »Es ist vorbei«, sagte er.

»Hast du jemanden verletzt?«, fragte Sybil.

»Nur Wolfgang.«

»Er wird zurückkehren«, sagte Angua.

»Nein.«

»Hast du ihn getötet?«

»Ich habe ihn *unschädlich* gemacht. Wie ich sehe, bist du wieder auf den Beinen, Hauptmann.«

Karotte erhob sich ein wenig unbeholfen und salutierte. »Tut mir Leid, dass ich dir nicht helfen konnte, Herr.«

»Du hast den falschen Zeitpunkt gewählt, um fair zu kämpfen. Geht es dir gut genug, um mitzukommen?«

»Äh, Angua und ich möchten hier bleiben, wenn du nichts dagegen hast, Herr. Wir müssen über gewisse Dinge reden. Und … äh … nicht nur reden.«

Es war die erste Krönungszeremonie, an der Mumm teilnahm. Er hatte sie sich anders vorgestellt, seltsamer und voller … Glorie.

Stattdessen war sie ziemlich langweilig. Aber wenigstens handelte es sich um *große* Langeweile, die man über Jahrtausende hinweg destilliert und kultiviert hatte, bis sie einen beeindruckenden Glanz bekam, so wie sogar Dreck, wenn man ihn lange genug putzt. Es war eine Langeweile, die man in die Form einer Zeremonie gehämmert hatte.

Sie eignete sich bestens dafür, die Kapazität einer durchschnittlichen Blase zu testen.

Mehrere Zwerge lasen aus uralten Schriftrollen vor. Es klang nach Auszügen aus der Koboldeanischen Sage, und Mumm fragte sich verzweifelt, ob ihnen eine weitere Oper drohte. Aber nach nur einer Stunde ging dieser Teil des Rituals zu Ende. Andere Zwerge lasen andere Dinge vor. Der König stand allein in einem Kreis aus Kerzen, und an einer Stelle reichte man ihm einen Lederbeutel, eine kleine Bergbauaxt und einen Rubin. Mumm wusste nicht, was es damit auf sich hatte, aber die Geräusche deuteten darauf hin, dass jedem Gegenstand enorme Bedeutung zukam, zumindest für Tausende von Zwergen hinter Mumm. Tausende? Es mussten Zehntausende sein. Die Zwerge bildeten zahllose Reihen in der riesigen Höhle. Vielleicht waren es sogar hunderttausend …

Und Mumm stand ganz vorn. Niemand hatte ein Wort gesagt. Mumm und seine drei Begleiter waren einfach nach vorn geführt und dort sich selbst überlassen worden. Allerdings wies gelegentliches Murmeln darauf hin, dass die Anwesenheit von Detritus alles andere als unbemerkt blieb. Überall um sie herum standen alte, würdevoll gekleidete Zwerge mit langen Bärten.

Jemand wurde unterwiesen. Mumm fragte sich, wem die Lektion galt.

Schließlich brachten sie die Steinsemmel herein. Zwar war sie nicht besonders groß und auch nicht übermäßig schwer, aber vierundzwanzig Zwerge trugen sie auf einer Trage. Voller Ehrfurcht legten sie sie auf einen Stuhl.

Mumm spürte, wie sich die Atmosphäre in der gewaltigen Höhle veränderte, und erneut dachte er: Hier gibt es weder Magie noch Geschichte, ihr armen Teufel. Ich wette meinen Sold, dass die Form dieses Objekts auf das Gummi eines Bottichs zurückgeht, der zur Herstellung von Keinesorges »Sicher und zuverlässig« diente. Heilige Relikte können einen sehr seltsamen Ursprung haben …

Erneut wurde vorgelesen, aber diesmal nicht mehr so lange.

Dann zogen sich diejenigen Zwerge zurück, die während der endlosen und verwirrenden Stunden auf die eine oder andere Weise aktiv geworden waren. Der König blieb allein zurück, wirkte plötzlich so klein und verlassen wie die Semmel.

Er sah sich um. Im Halbdunkel konnte er Mumm in dem viele tausend Personen zählenden Publikum bestimmt nicht erkennen, aber der Botschafter von Ankh-Morpork gewann trotzdem den Eindruck, dass der Blick des Zwergs kurz auf ihm verweilte.

Der König setzte sich.

Ein Seufzen hob an. Es wurde lauter und lauter, ein Orkan aus dem Atem einer Nation. Es hallte von den Felswänden wider, übertönte alle anderen Geräusche.

Mumm hatte halb damit gerechnet, dass die Semmel explodierte oder zerbröckelte oder plötzlich rot glühte. Aber das ist natürlich Unsinn, sagte eine leiser werdende Stimme in Mumm. Es ist eine Fälschung, ein in Ankh-Morpork hergestelltes Ding, das Geld und mehreren Personen das Leben gekostet hat. Es *kann* nicht echt sein.

Doch im lauten Rauschen wusste er, dass es Realität war in einem unerschütterlich festen Glauben, und daraufhin begriff Mumm. Wahrheit und Fakt waren nicht miteinander identisch. Das wusste er jetzt, gestern und morgen – das Ding und die Gesamtheit des Dings.

Angua merkte, dass Karotte müheloser ging, als sie den Wald unterm Wasserfall erreichten. Die auf seine Schulter gestützte Schaufel schien ihn kaum mehr zu belasten.

Der Schnee war übersät mit Wolfsspuren.

»Sie sind nicht geblieben«, sagte Angua, als sie zwischen den Bäumen wanderten. »Sie waren voller Kummer, als er starb, aber … Wölfe blicken in die Zukunft. Sie versuchen nicht, sich an Dinge zu erinnern.«

»Da können sie von Glück sagen«, meinte Karotte.

»Sie sind Realisten. In der Zukunft liegt die nächste Mahlzeit, und die nächste Gefahr. Ist mit deinem Arm alles in Ordnung?«

»Fühlt sich so gut wie neu an.«

Sie fanden den gefrierenden Pelzhaufen dicht am Ufer. Karotte zog ihn aus dem Wasser, strich den Schnee beiseite und begann zu graben.

Nach einer Weile zog er das Hemd aus. Die blauen Flecken an seinem Oberkörper verblassten bereits.

Angua setzte sich und blickte über den Fluss, lauschte dabei dem Pochen der Schaufel und einem gelegentlichen Knirschen, wenn Karotte auf eine Baumwurzel stieß. Kurze Zeit später hörte sie, wie etwas über den Schnee gezogen wurde. Es wurde kurz still, und dann klackten Steine, als Karotte das Grab zuschaufelte.

»Möchtest du einige Worte sprechen?«, fragte er.

»Du hast das Heulen in der vergangenen Nacht gehört«, erwiderte Angua und blickte weiter übers Wasser. »So verabschieden sich Wölfe von einem toten Gefährten. Worte sind nicht notwendig.«

»Nun, vielleicht einige Sekunden des Schweigens ...«

Angua drehte sich abrupt um. »Karotte! *Erinnerst* du dich nicht an gestern? Fragst du dich nicht, was aus mir werden könnte? Machst du dir keine Sorgen um die Zukunft?«

»Nein.«

»Meine Güte, und warum nicht?«

»Weil die Zukunft noch nicht geschehen ist. Sollen wir jetzt zurückgehen? Es wird bald dunkel?«

»Und morgen?«

»Ich würde mich freuen, wenn du nach Ankh-Morpork zurückkehrst.«

»Warum? Dort gibt es nichts für mich.«

Karotte klopfte den Boden über dem Grab fest. »Ist hier etwas für dich übrig geblieben?«, fragte er. »Äh, und ich ...«

Wag es nicht, diese Worte auszusprechen, dachte Angua. Nicht ausgerechnet jetzt.

Und dann bemerkten sie beide die Wölfe. Sie schlichen an den Bäumen vorbei, dunkle Schatten im letzten, verblassenden Licht des Tages.

»Sie sind auf der Jagd«, sagte Angua und griff nach Karottes Arm.

»Oh, keine Sorge. Sie greifen Menschen nicht grundlos an.«

»Karotte?«

»Ja?« Die Wölfe näherten sich.

»Ich bin kein Mensch!«

»Aber gestern Abend ...«

»Das war etwas anderes. Sie erinnerten sich an Gavin. *Jetzt* bin ich nur ein Werwolf für sie ...«

Angua sah, wie sich Karotte den Wölfen zuwandte. Ihr Fell war gesträubt, und sie knurrten. Sie bewegten sich mit jener Art zögernder Zurückhaltung, die auf einen Hass hindeutete, der Furcht überwinden kann. Jeden Augenblick konnte sich in einem der Wölfe die Waagschale des Empfindens ganz zur einen Seite neigen, und dann war es geschehen.

Jemand sprang – Karotte. Er packte den Anführer des Rudels an Hals und Schwanz, hielt das Tier fest, als es zappelte und nach ihm zu schnappen versuchte. Seine Bemühungen, dem Griff zu entkommen, ließen den Wolf im Kreis laufen, mit Karotte in der Mitte. Die anderen Wölfe wichen vor dem grauen Wirbel zurück.

Als das Oberhaupt des Rudels stolperte, beugte sich Karotte vor und biss es in den Nacken. Der Wolf heulte.

Karotte ließ ihn los, richtete sich auf und sah zu den anderen Wölfen. Sie mieden seinen Blick.

»Hmmm?«, fragte er.

Der Wolf auf dem Boden jaulte und erhob sich schwerfällig.

»Hmmm?«

Er zog den Schwanz zwischen die Hinterbeine und schlich zurück, doch eine unsichtbare Leine schien ihn mit Karotte zu verbinden.

»Angua?«, fragte Karotte, ohne den Wolf aus den Augen zu lassen.

»Ja?«

»Sprichst du Wölfisch? Ich meine, in deiner gegenwärtigen Gestalt?«

»Ein wenig. Woher wusstest du, worauf es ankommt?«

»Oh, ich habe die Tiere beobachtet ...«, sagte Karotte, als sei das Erklärung genug. »Bitte sag ihnen ... Sag ihnen, dass ich ihnen nichts zu Leide tue, wenn sie jetzt verschwinden.«

Angua bellte einige Worte. Innerhalb weniger Sekunden hatte sich die Situation völlig verändert. Jetzt bestimmte Karotte alles.

»Und sag ihnen, dass ich zwar fortgehe, aber vielleicht zurückkehre. Wie heißt er?« Er deutete auf den sich duckenden Wolf.

»Das ist Frisst Falsches Fleisch«, flüsterte Angua. »Er war ... Nach Gavins Tod wurde er zum Anführer des Rudels.«

»Sag ihm, dass ich nichts dagegen habe, wenn er das Rudel weiterhin anführt. Sag ihnen all das.«

Die Wölfe beobachteten Angua aufmerksam. Sie wusste, was ihnen durch den Kopf ging. Karotte hatte den Anführer besiegt. Damit war *alles klar*. Für Ungewissheit gab es in ihrem Denken nicht viel Platz. Den Luxus des Zweifels konnten sich nur Geschöpfe leisten, die nicht ständig nur eine Mahlzeit vom Hungertod entfernt waren. Im mentalen Kosmos der Wölfe klaffte nach wie vor ein gavinförmiges Loch, und Karotte hatte es gerade gefüllt. Natürlich würde die Wirkung nicht lange anhalten, aber das war auch nicht nötig.

Er findet immer einen Weg, dachte Angua. Er denkt nicht darüber nach. Er plant nicht. Er schiebt sich einfach an die richtige Stelle. Ich habe ihn gerettet, weil er sich nicht selbst retten konnte, und Gavin rettete ihn, weil ... weil ... weil er einen Grund dafür hatte. Ich bin fast sicher, dass Karotte nicht weiß, auf welche Weise er die Welt um sich wickelt. Ja, ich bin *fast* sicher. Er ist gut und freundlich und dazu geboren, ein König von der alten Art zu sein, die einst Eichenblätter trug und von einem Sitz unterm Baum aus regierte. Und sosehr er es auch versucht: Er hat nie einen zynischen Gedanken.

Ich bin fast sicher.

»Lass uns gehen«, sagte Karotte. »Die Krönungszeremonie wird bald vorbei sein, und ich möchte nicht, dass sich Herr Mumm Sorgen macht.«

»Karotte! Ich muss etwas wissen.«

»Ja?«

»*Das* könnte mit mir passieren. Hast du jemals darüber nachgedacht? Immerhin war er mein Bruder. Zwei Wesen gleichzeitig zu sein, und nie ganz eins … Bei uns gibt es keine innere Ausgeglichenheit.«

»Gold und Schlamm kommen aus dem gleichen Schacht«, sagte Karotte.

»Das ist nur eine Redensart der Zwerge!«

»Aber sie trifft den Kern der Sache. Du bist nicht Wolfgang.«

»Nun, wenn so etwas mit mir passieren würde … Wärst du bereit, Mumms Beispiel zu folgen? Karotte? Würdest du eine Waffe nehmen und mich verfolgen? Ich weiß, dass du nicht lügst. Ich muss es wissen. *Wärst* du dazu bereit?«

Etwas Schnee rutschte von den Ästen. Die Wölfe beobachteten alles. Karotte sah kurz zum grauen Himmel empor und nickte dann.

»Ja.«

Angua seufzte. »Versprochen?«, fragte sie.

Es verblüffte Mumm, wie schnell aus der Krönungszeremonie wieder Alltag wurde. Hornklänge tönten durch die große Höhle, die Menge geriet in Bewegung, und es formte sich eine Schlange vor dem König.

»Man hat ihm nicht einmal genug Zeit gegeben, es sich gemütlich zu machen!«, sagte Lady Sybil, als sie zum Ausgang schritten.

»Unsere Könige sind vor allem … Arbeitskönige«, meinte Grinsi, und Mumm glaubte, Stolz in ihrer Stimme zu hören. »Und jetzt nutzt der König die Gelegenheit, ihnen seine Gunst zu erweisen.«

Ein Zwerg eilte zu Mumm und zog respektvoll an seinem Mantel.

»Der König wünscht mit dir zu sprechen, Euer Exzellenz«, sagte er.

»Die Warteschlange ist praktisch endlos!«

»Trotzdem.« Der Zwerg hüstelte höflich. »Der König möchte dich *jetzt* sehen. Dich und deine Begleiter.«

Er führte sie zum Beginn der Schlange. Mumm spürte, wie sich ihm viele Blicke in den Rücken bohrten.

Der König entließ den aktuellen Bittsteller mit einem majestätischen Nicken, als man die Ankh-Morpork-Gruppe geschickt in die Schlange einfügte, direkt vor einem Zwerg, dessen Bart bis auf den Boden reichte.

Der König musterte sie einige Sekunden, dann lieferte sein geistiger Aktenschrank die benötigte Karteikarte.

»Ah, du bist es, so gut wie neu«, sagte er. »Nun, was hatte ich vor? Oh, jetzt fällt es mir wieder ein ... Lady Sybil?«

Sie machte einen Knicks.

»Die Tradition verlangt, dass wir in einer solchen Situation Ringe schenken«, sagte der König. »Unter uns: Viele Zwerge halten das für ... abgedroschen. Aber ich glaube, dass ein Ring in diesem Fall willkommen ist. Nimm ihn als ein Symbol für die Dinge, die uns in der Zukunft erwarten, Lady Sybil.«

Er hob einen dünnen Silberring. Der offensichtliche Geiz verschlug Mumm den Atem, aber Sybil hätte selbst einen Korb mit toten Ratten würdevoll entgegengenommen.

»Oh, wie wunder...«

»Normalerweise geben wir Gold«, fuhr der König fort. »Es ist sehr beliebt, und man kann Lieder darüber singen. Aber dies hier hat... Seltenheitswert. Es ist das erste Silber, das in Überwald seit vielen hundert Jahren gewonnen wurde.«

»Ich dachte, es sei verboten ...«, begann Mumm.

»Gestern habe ich angeordnet, die alten Silberminen wieder zu öffnen«, sagte der König freundlich. »Es schien mir ein günstiger Zeitpunkt zu sein. Bald können wir entsprechendes Erz verkaufen, und ich wäre sehr dankbar, wenn Lady Sybil darauf verzichten würde, an Verhandlungen über den Preis teilzunehmen – ich fürchte, sie könnte unseren Bankrott herbeiführen«, fügte der König hinzu. »Wie ich sehe, beehrt uns Fräulein Kleinpo heute nicht mit modischen Extravaganzen.«

Grinsi starrte wortlos.

»Du trägst kein Kleid«, erklärte der König.

»Nein, Majestät.«

»Allerdings bemerke ich Anzeichen der zurückhaltenden Verwendung von Wimperntusche und Lidschatten.«

»Ja, Majestät«, quiekte Grinsi und erweckte den Eindruck, allein durch den Schock sterben zu können.

»Das ist nett. Bitte vergiss nicht, mir die Namen und Adresse deiner Schneiderin mitzuteilen«, fuhr der König fort. »Es könnte bald Arbeit für sie geben. Ich habe lange und gründlich nachgedacht ...«

Mumm blinzelte. Grinsi war erblasst. Hatte sonst jemand die letzten Worte vernommen? Hatte er selbst richtig gehört?

Sybil gab ihm einen Stoß in die Rippen. »Dein Mund steht offen, Sam«, flüsterte sie.

Er *hatte* also richtig gehört ...

Erneut erklang die Stimme des Königs. »... und ein Beutel mit Gold ist in jedem Fall akzeptabel.«

Grinsi starrte noch immer.

Mumm schüttelte sie vorsichtig an der Schulter.

»D-danke, Majestät.«

Der König streckte die Hand aus. Mumm rüttelte Grinsi noch einmal, daraufhin hob sie ebenfalls wie hypnotisiert die Hand. Der König ergriff sie.

Schockiertes Flüstern breitete sich hinter Mumm aus. Der König hatte die Hand eines Zwerges geschüttelt, der sich ganz offen als *Frau* zu erkennen gab ...

»Und damit bleibt noch ... Detritus«, sagte der König. »Ich weiß nicht recht, was ein Zwerg einem Troll geben könnte – vielleicht das, was auch ein Zwerg von mir bekommen würde. Du erhältst also einen Beutel Gold. Hoffentlich kannst du etwas damit anfangen. Und ...«

Er stand auf und streckte die Hand aus.

In den fernen Regionen von Überwald kämpften Zwerge und Trolle noch immer gegeneinander. In den übrigen Gebieten herrschte jene Art von Frieden, die sich ergibt, wenn beide Seiten mit Aufrüsten beschäftigt sind.

Das Flüstern verstummte. Stille dehnte sich aus, bis in alle Winkel der riesigen Höhle.

Detritus blinzelte. Dann griff er ganz vorsichtig nach der Hand und versuchte, sie nicht zu zerquetschen.

Das Flüstern erhob sich erneut. Und diesmal, so wusste Mumm, würde es sich viele Meilen weit fortsetzen.

Indem er zwei Hände schüttelte, bewirkte dieser alte Zwerg mit dem weißen Bart mehr, als ein Dutzend gut geplanter Verschwörungen jemals erreichen konnten. Kleine Wellen gingen von dieser Höhle aus, breiteten sich in ganz Überwald aus und schwollen dabei immer mehr an, bis sie schließlich zu einer regelrechten Flut wurden. Dreißig Männer und ein Hund waren nichts dagegen.

»Hmmm?«

»Ich habe gefragt, was ein König einem Mumm geben könnte«, sagte der König.

»Äh, nichts, glaube ich«, erwiderte Mumm geistesabwesend. Zwei geschüttelte Hände! In aller Ruhe, begleitet von einem sanften Lächeln, hatte der König die alten Bräuche der Zwerge auf den Kopf gestellt – so sanft, dass man noch jahrelang darüber reden würde …

»Sam!«, schnappte Sybil.

»Nun, dann möchte ich dir etwas für deine Nachkommen geben«, sagte der König weiterhin völlig gelassen. Man brachte ihm eine lange, flache Schachtel. Als er sie öffnete, kam eine Zwergenaxt zum Vorschein – neues Metall glänzte auf schwarzem Samt.

»Im Lauf der Zeit wird dies zur Axt eines Großvaters«, sagte der König. »Wenn genügend Jahre verstrichen sind, braucht sie sicher einen neuen Stiel und eine neue Klinge. Nach einigen Jahrhunderten verändert sich vielleicht die Form, um neuen ästhetischen Vorstellungen zu genügen. Trotzdem bleibt sie in jeder Hinsicht und in jedem einzelnen Detail die Axt, die ich dir heute gebe. Und weil sie sich im Laufe der Zeit ändern wird, bleibt die Klinge immer scharf. Ein Körnchen Wahrheit steckt in ihr. Freut mich sehr, dich kennen gelernt zu haben. Ich wünsche dir eine angenehme Heimreise, Euer Exzellenz.«

Sie schwiegen in der Kutsche, die sie zur Botschaft zurückbrachte. Schließlich sagte Grinsi: »Der König meinte ...«

»Ich hab's gehört«, brummte Mumm.

»Aber genauso gut hätte er sagen können, er ...«

»Die Dinge werden sich ändern«, warf Sybil ein. »Darauf wollte der König hinaus.«

»Ich nie zuvor geschüttelt habe einem König die Hand«, ließ sich Detritus vernehmen. »Und auch keinem Zwerg.«

»Einmal hast du mir die Hand geschüttelt«, gab Grinsi zu bedenken.

»Wächter nicht zählen«, sagte Detritus. »Wächter sind *Wächter.*«

»Ich frage mich, ob sich alles ändern wird«, sagte Lady Sybil.

Mumm sah aus dem Fenster. Bestimmt fühlten sich die Leute gut, dachte er. Aber Trolle und Zwerge kämpften seit Jahrhunderten gegeneinander. Um einen Schlussstrich unter eine solche Sache zu ziehen, brauchte es mehr als nur einen Händedruck, dessen Bedeutung rein symbolisch war.

Andererseits ... Helden, Schurken oder gar Polizisten konnten die Entwicklung der Welt nicht in eine neue Richtung lenken, aber vielleicht schafften Symbole so etwas. Mumm wusste, dass es kaum einen Sinn hatte, sich an den großen Dingen zu versuchen, zum Beispiel Weltfrieden und Glück für alle. Aber möglicherweise ließ sich eine wesentlich kleinere gute Tat vollbringen, durch die die Welt ein klein wenig besser wurde.

Zum Beispiel jemanden erschießen.

»Ich habe ganz vergessen, dir zu sagen, dass du gestern sehr nett gewesen bist, Grinsi«, erklang Lady Sybils Stimme. »Ich meine, als du beschlossen hast, Dee zu trösten.«

»Sie hätte mich von den Werwölfen umbringen lassen«, sagte Mumm. Er hielt es für angebracht, diesen Punkt hervorzuheben.

»Ja, natürlich«, räumte Sybil ein. »Aber … ich fand es trotzdem nett.«

Grinsi blickte auf ihre Stiefel und mied Sybils Blick. Dann hüstelte sie nervös, zog einen kleinen Zettel aus dem Ärmel und gab ihn Mumm.

Er entfaltete ihn.

»Sie hat dir diese Namen genannt?«, fragte er. »Auf dieser Liste stehen einige sehr hochrangige Zwerge von Ankh-Morpork …«

»Ja, Herr.« Grinsi hüstelte erneut. »Ich wusste, dass Dee mit jemandem reden wollte, und, äh, ich schlug ihr das eine oder andere Thema vor. Entschuldige bitte, Lady Sybil. Es ist sehr schwer, damit aufzuhören, ein Polizist zu sein.«

»Das ist mir schon seit einer ganzen Weile klar«, erwiderte Sybil.

»Wenn wir morgen beim ersten Licht des Tages aufbrechen«, sagte Mumm, um das Schweigen zu brechen, »können wir den Pass vor Sonnenaufgang hinter uns bringen.«

Er verbrachte eine komfortable Nacht, irgendwo in den Tiefen der Matratze. Mumm erwachte mehrmals und glaubte, Stimmen zu hören. Dann sank er in die weiche Umarmung des Federbetts zurück und träumte von warmem Schnee.

Detritus weckte ihn. »Es draußen hell wird, Herr.«

»Mm?«

»Und da ein Igor ist mit einem … einem jungen Mann. Sie unten warten«, sagte Detritus. »Er hat ein großes Glas mit Nasen und ein Kaninchen mit vielen Ohren.«

Mumm versuchte, wieder einzuschlafen. Dann richtete er sich plötzlich kerzengerade auf.

»Was?«

»Es hat viele Ohren, Herr.«

»Meinst du ein Kaninchen mit großen Schlappohren?«

»Du dir besser ansehen solltest dieses Kaninchen«, schniefte der Troll.

Mumm ließ Lady Sybil in beneidenswertem Schlaf zurück, streifte den Bademantel über und ging barfuß in den eiskalten Saal hinunter.

In der Mitte des Raums wartete ein nervöser Igor. Mumm gelang es immer besser, die Igors voneinander zu unterscheiden*, und daher wusste er: Diesem begegnete er jetzt zum ersten Mal. Begleitet wurde er von einem wesentlich jüngeren … äh … Mann, vermutlich knapp über zwanzig, zumindest stellenweise. Doch Narben und Nähte deuteten bereits auf das für einen guten Igor typische erbarmungslose Verlangen nach Selbstverbesserung hin.

»Euer Ekfellenf?«

»Du bist … Igor, nicht wahr?«

»Gut geraten, Herr. Wir haben unf noch nicht kennen gelernt. Ich arbeite für Doktor Thaumik auf der anderen Feite def Bergef, und dief ift mein Fohn Igor.« Seine flache Hand klatschte gegen den Hinterkopf des Jungen. »Begrüfe Feine Gnaden, Igor.«

»Ich glaube nicht an die Adelswürde«, sagte der junge Igor mürrisch. »Und ich bin auch nicht bereit, jemanden mit irgendwelchen blöden Titeln anzusprechen.«

»Ef tut mir fehr Leid, Euer Gnaden«, meinte der Vater. »Aber fo ift daf eben mit der jungen Generation. Ich hoffe, du findeft eine Arbeit für ihn in der grofen Stadt, denn in Überwald will ihn niemand einftellen. Aber er ift ein guter Chirurg, trotf der komischen Ideen. Hat die Hände feinef Grofvaterf, weift du.«

»Ich sehe die Narben«, sagte Mumm.

»Hatte verdammtef Glück, der Bursche. Eigentlich follte ich die Hände bekommen, aber er war alt genug, um an der Lotterie teilfunehmen.«

»Möchtest du ein Wächter werden, Igor?«, fragte Mumm.

»Ja. Ich glaube, in Ankh-Morpork liegt die Zukunft, För.«

* Anhand der Narbenmuster

Sein Vater beugte sich zu Mumm vor. »Wir reden nicht über feinen kleinen Fprachfehler, Herr«, flüsterte er. »Hier ift daf natürlich ein Nachteil für ihn, im Igor-Geschäft, meine ich, aber in Ankh-Morpork find die Leute beftimmt netter zu ihm.«

»Ja, bestimmt«, sagte Mumm, holte ein Taschentuch hervor und betupfte sich geistesabwesend das Ohr. »Und ...äh ... das Kaninchen?«

»Es heißt Schreck, För.«

»Guter Name. Guter Name. Hat es deshalb all die menschlichen Ohren auf dem Rücken?«

»Ein frühes Experiment, För.«

»Und, äh, die Nasen?«

Das große Einmachglas enthielt etwa ein Dutzend. Es waren einfach nur ... Nasen. Soweit Mumm das feststellen konnte, schienen sie niemandem abgeschnitten worden zu sein. Sie hatten kleine Beine und sprangen innen am Glas hoffnungsvoll auf und ab, wie kleine Hunde in einem Tierladen. Er glaubte, leise schnaufende Geräusche zu hören.

»Das ist die Zukunft, För«, sagte der junge Igor. »Ich lasse sie in speziellen Bottichen wachsen. Augen und Finger kann ich auf ähnliche Weise produzieren.«

»Aber sie haben kleine Beine!«

»Oh, wenn die Nasen einen festen Platz gefunden haben, fallen ihre Beine einige Sekunden später ab, För. Und sie *wollen* nützlich sein, meine kleinen Nasen. Bio-Kunsthandwerk für das nächste Jahrhundert, För. Nicht mehr das altmodische Herausschneiden aus Leichen ...«

Der Vater schlug ihn erneut auf den Hinterkopf. »Fiehft du? Fiehft du? Welchen Finn hat fo etwaf? Er ift ein echter Nichtfnutz! Ich hoffe, du findeft etwaf für ihn, denn ich habe die Hoffnung praktisch aufgegeben! Er ift ef nicht wert, in feine Einfelteile zerlegt und weiterverwendet zu werden, wie wir fagen!«

Mumm seufzte. Als Wächter in Ankh-Morpork lief man jeden Tag Gefahr, das eine oder andere Körperteil zu verlieren, und der

Junge war trotz allem ein Igor. Außerdem konnte man ohnehin nicht behaupten, dass die Wache aus normalen Personen bestand. Und ein Nasenzüchter war immer noch besser als Operationen, die nicht ohne laute Schreie und Eimer mit kochendem Pech auskamen.

Er deutete auf den Karton neben dem jungen Mann. Er knurrte und neigte sich gelegentlich von einer Seite zur anderen.

»Hast du da vielleicht einen Hund drin?«, fragte Mumm und verlieh der Frage einen scherzhaften Klang.

»Das sind meine Tomaten«, sagte Igor. »Ein Triumph des modernen Igoring. Sie werden enorm groß.«

»Weil fie jedef andere Gemüfe angreifen!«, erwiderte sein Vater. »Aber einf muff ich dem Jungen laffen, Herr: Bei ihm find die Nähte kleiner alf bei jedem anderen Igor, den ich kenne.«

»Na schön, na schön, klingt ganz nach dem Mann, den ich brauche«, sagte Mumm. »Zumindest kommt er meinen Vorstellungen recht nahe. Setz dich, junger Mann. Ich hoffe nur, es gibt genug Platz in den Kutschen ...«

Die Tür zum Hof schwang auf, und Schneeflocken wehten herein. Karotte folgte ihnen und stampfte mit den Füßen.

»In der Nacht hat's Neuschnee gegeben, aber die Straße dürfte passierbar sein«, sagte er. »Bis zur nächsten Nacht soll sich das Wetter verschlechtern, deshalb schlage ich vor ... Oh, guten Morgen, Herr.«

»Hast du dich gut genug erholt, um nach Ankh-Morpork zurückzukehren?«, fragte Mumm.

»Es geht uns beiden gut genug«, sagte Angua, durchquerte den Saal und blieb neben Karotte stehen.

Erneut spürte Mumm die Präsenz vieler Worte, die er nicht gehört hatte. Bei solchen Gelegenheiten verzichtete ein kluger Mann auf Fragen.

Mumm spürte, wie ihm die Kälte durch die Füße kroch.

Er traf eine Entscheidung. »Gib mir dein Notizbuch, Hauptmann«, sagte er.

Die anderen beobachteten, wie er einige Zeilen schrieb.

»Mach beim Nachrichtenturm halt und schick der Wache eine Mitteilung«, sagte er und gab Karotte das Notizbuch zurück. »Lass sie wissen, dass du unterwegs bist. Nimm den jungen Igor hier mit und hilf ihm dabei, sich einzugewöhnen. Und erstatte Lord Vetinari Bericht.«

»Äh, kommst du nicht mit?«, fragte Karotte.

»Lady Sybil und ich nehmen die andere Kutsche«, sagte Mumm. »Oder wir kaufen uns einen Schlitten. Die sind sehr komfortabel. Und außerdem ... Wir lassen es ein wenig ruhiger angehen. Wir sehen uns die ... Sehenswürdigkeiten an. Wir lassen uns Zeit. Verstanden?«

Er sah, wie Angua lächelte und fragte sich, ob Sybil sie ins Vertrauen gezogen hatte.

»Vollkommen, Herr«, erwiderte Karotte.

»Oh, und, äh, statte Burlich-und-Starkimarm einen Besuch ab. Bestell jeweils zwei Dutzend Exemplare von allen kleinen Waffen, die auf ihren entsprechenden Listen ganz oben stehen. Schick sie mit der nächsten Postkutsche nach Bums, und zwar zu Händen von Hauptmann Tantony.«

»Der Transport wird ziemlich teuer sein, Herr ...«, begann Karotte.

»Das wollte ich nicht von dir hören, Hauptmann. Ich habe ein ›Ja, Herr‹ erwartet.«

»Ja, Herr.«

»Und frag am Tor nach ... drei traurigen Tantchen, die nicht weit von hier in einem großen Haus wohnen. Ein Kirschgarten gehört zu dem Anwesen. Finde die Adresse heraus und schick ihnen drei Kutschenfahrkarten nach Ankh-Morpork.«

»In Ordnung, Herr.«

»Gut. Ich wünsche euch eine gute Reise. Wir sehen uns in einer Woche. Oder vielleicht in zwei. Höchstens in drei. Alles klar?«

Wenige Minuten später stand er fröstelnd auf der Treppe und beobachtete, wie die Kutsche im kalten Morgen verschwand.

Schuldgefühle regten sich in ihm, aber sie waren nicht sehr stark. Er hatte der Wache jeden Tag gegeben, und jetzt wurde es Zeit, dass sie ihm eine Woche gab. Oder zwei. Höchstens drei.

Die Schuldgefühle reichten nicht einmal aus, um Gewissensbisse hervorzurufen. Derzeit sah er eine Zukunft, und damit hatte er mehr als jemals zuvor.

Mumm verriegelte die Tür und kehrte ins Bett zurück.

An einem klaren Tag konnte man von einem geeigneten Ort in den Spitzhornbergen aus weit über die Ebene sehen.

Die Zwerge hatten Bergflüsse umgeleitet und ein System aus Schleusen geschaffen, das vom Grasland der Ebene eine Meile weit emporführte und für dessen Benutzung sie sich gut bezahlen ließen. Ständig fuhren Kähne nach oben oder nach unten, wo sie den Fluss Smarl erreichten, der die Verbindung zu den Städten der Ebene bildete. Sie transportierten Kohle, Eisenerz, feuerfesten Ton, Schweinesirup* und Fett, die langweiligen Ingredienzen der Zivilisation.

In der klaren, dünnen Luft dauerte es Tage, bis die Kähne außer Sicht waren. An einem besonders guten Tag konnte man den nächsten Mittwoch sehen.

Während der Kapitän eines Kahns darauf wartete, dass sich die oberste Schleuse öffnete, trat er an die Reling, um die Teekanne auszuschütten. Am schneebedeckten Ufer bemerkte er einen kleinen Hund, der sich aufrichtete und hoffnungsvoll bellte.

Er drehte sich um und wollte in die Kajüte zurückkehren, als er dachte: Was für ein liebes kleines Hündchen.

Es war ein so klarer Gedanke, dass er fast glaubte, ihn gehört zu haben. Er drehte den Kopf von einer Seite zur anderen – niemand war in der Nähe. Und Hunde konnten natürlich nicht sprechen.

* Die Sirupminen unter Ankh-Morpork waren längst erschöpft, und nur noch ein Straßenname erinnerte an sie. Doch die Kollision mit dem Fünften Elefanten hatte am Rand von Überwald Tausende von Hektar prähistorisches Zuckerrohr vergraben, und das Ergebnis war ein sehr dichter kristalliner Zucker, Grundlage einer florierenden Bergbau-, Konditorei- und Dentalindustrie.

Er hörte sich denken: »Dieses liebe Hündchen könnte dabei helfen, Ratten von der Fracht fern zu halten.«

»Es mussten seine Gedanken sein, fand der Kapitän. Es hielt sich niemand in der Nähe auf, und jeder wusste, dass Hunde nicht sprechen konnten.

»Aber Ratten fressen keine Kohle, oder?«, fragte er laut.

Und er dachte sonnenklar: »Ah, nun, aber man kann nie wissen, ob sie nicht doch auf den Geschmack kommen. Außerdem ist es ein so lieber kleiner Hund, und tagelang hat er sich durch den tiefen Schnee gequält, was offenbar niemanden schert.«

Der Kapitän gab auf. Man kann sich nur für eine gewisse Zeit selbst widersprechen.

Nobby Nobbs hatte sich einen Unterstand an der Mauer des Wachhauses gebaut und wärmte sich verdrießlich die Hände, als ein Schatten auf ihn fiel.

»Was machst du hier, Nobby?«, fragte Karotte.

»Was? Hauptmann?«

»Niemand steht am Tor. Niemand ist auf Streife. Habt ihr meine Nachricht nicht bekommen? Was geht hier vor?«

Nobby befeuchtete sich die Lippen. »Nun …«, begann er vorsichtig, »derzeit gibt es keine Wache, zumindest nicht per se.« Er schnitt eine Grimasse und sah Angua hinter Karotte. »Äh, ist Herr Mumm bei euch.«

»Was geht hier vor, Nobby?«

»Nun, weißt du … Fred hat … Und dann wurde er … Und dann wollte er plötzlich … Und dann haben wir … Und dann wollte er nicht herauskommen … Und dann haben wir … Und dann vernagelte er die Tür … Und Frau Fred kam und schrie ihn durch den Briefschlitz an … Und die meisten Wächter sind fortgegangen und haben sich andere Arbeit gesucht … Und jetzt gibt es nur noch mich und Dorfl und Reg und Waschtopf, und wir wechseln uns hier ab, und wir schieben ihm was zu essen durch den Briefschlitz … und das ist es, im Großen und Ganzen …«

»Würdest du das bitte wiederholen und dabei die Lücken füllen?«, fragte Karotte.

Diesmal dauerte Nobbys Vortrag erheblich länger. Noch immer blieben einige Lücken offen, und Karotte sorgte dafür, dass sie mit Informationen zugestopft wurden.

»Ich verstehe«, sagte er schließlich.

»Herr Mumm dreht bestimmt durch«, kam es kummervoll von Nobbys Lippen.

»Wegen Herrn Mumm würde ich mir an deiner Stelle keine Sorgen machen«, sagte Angua. »Zumindest nicht jetzt.«

Karotte sah zur Eingangstür, die aus massivem Eichenholz bestand. Die Fenster waren vergittert.

»Geh und hol den Obergefreiten Dorfl, Nobby«, sagte er.

Zehn Minuten später hatte das Wachhaus einen neuen Eingang. Karotte trat über die Trümmer hinweg und ging nach oben.

Fred Colon saß zusammengekauert hinterm Schreibtisch und starrte auf einen Zuckerwürfel.

»Sei vorsichtig«, flüsterte Angua. »Seine geistige Verfassung könnte recht delikater Natur sein.«

»Das ist sehr wahrscheinlich«, sagte Karotte. Er beugte sich vor und hauchte: »Fred?«

»Mm?«, murmelte Colon.

»Auf die Beine, Feldwebel! Tu ich dir weh? Eigentlich sollte das der Fall sein, denn ich stehe auf deinem Bart! Du hast fünf Minuten, um dich zu waschen und zu rasieren und mit einem ordentlichen Gesicht zurückzukommen! Auf die Beine! Zum Waschraum! Zackzack! Bewegung! Eins- zwei, eins-zwei!«

Angua gewann den Eindruck, dass bei den nächsten Ereignissen jene Teile von Fred, die sich über dem Hals befanden, unbeteiligt blieben, von seinen Ohren vielleicht abgesehen. Er nahm bereits Haltung an, während er aufstand, machte zackig kehrt und sauste durch die Tür.

Karotte wirbelte zu Nobby herum. »Das gilt auch für dich, Korporal!«

Der Schock ließ Nobby zittern. Er salutierte mit beiden Händen und folgte Colon.

Karotte ging zum Kamin und stocherte in der Asche. »Meine Güte«, sagte er.

»Alles verbrannt?«, fragteAngua.

»Ich fürchte ja.«

»Einige Papierstapel waren wie alte Freunde.«

»Nun, vermutlich können wir bald mit Massen an Beschwerdebriefen rechnen, die uns an all die wichtigen Dinge erinnern, die wir versäumt haben«, sagte Karotte.

Nobby und Colon kehrten zurück, atemlos und sauber. In Colons Gesicht wiesen kleine Fetzen aus Seidenpapier auf Stellen hin, an denen er sich zu hingebungsvoll rasiert hatte. Trotzdem bot er einen besseren Anblick. Er war wieder Feldwebel. Jemand gab ihm Befehle. Die Welt stand wieder mit der richtigen Seite nach oben.

»Fred?«, fragte Karotte.

»Ja, Herr?«

»Du hast da Vogeldingsbums auf der Schulter.«

»Das bringe ich gleich in Ordnung, Herr!«, sagte Nobby und sprang zur Seite. Er holte ein Taschentuch hervor, spuckte hinein und rieb Colons provisorischen Rangknopf fort. »Alles weg, Fred!«, brachte er hervor.

»Ausgezeichnet«, sagte Karotte.

Er stand auf und ging zum Fenster. Es bot kein sehr beeindruckendes Panorama, aber Karotte blickte hinaus, als könnte er bis zum Ende der Welt sehen.

In Colon und Nobby wuchs das Unbehagen. Im Moment fanden sie überhaupt keinen Gefallen am Klang der Stille. Als Karotte schließlich sprach, blinzelten sie, als hätte ihnen jemand einen kalten Waschlappen ins Gesicht geklatscht.

»Ich glaube, wir haben es hier mit einer verworrenen Situation zu tun«, sagte er.

»Ja, das stimmt«, bestätigte Nobby sofort. »Alles war sehr verworren. Fred?«

Er stieß Fred Colon mit dem Ellenbogen an und weckte ihn aus einem Alptraum.

»Wie? Oh. Ja. Genau. Verworrenheit«, murmelte er.

»Und ich weiß auch, wer letztendlich die Schuld daran hat«, fuhr Karotte fort. Er schien noch immer auf das grandiose Schauspiel eines Mannes, der die Treppe des Opernhauses fegte, konzentriert zu sein.

Wieder folgte Stille. Nobbys Lippen bewegten sich in einem stummen Gebet. Von Fred Colons Augen war nur das Weiße zu sehen.

»Es ist meine Schuld«, sagte Karotte. »Ja, ich bin dafür verantwortlich. Herr Mumm hat mich als seinen Stellvertreter zurückgelassen, aber ich bin einfach aufgebrochen, ohne an meine Pflicht zu denken. Das brachte alle in eine unmögliche Situation.«

Fred und Nobby trugen den gleichen Gesichtsausdruck. Eine solche Miene erwartet man bei jemandem, der Licht am Ende des Tunnels gesehen hat – ein Licht, das sich als das Glitzern der Hoffnungsfee herausstellt.

»Es beschämt mich fast, euch zu bitten, mir aus der Grube zu helfen, die ich mir selbst gegraben habe«, fuhr Karotte fort. »Ich kann mir beim besten Willen nicht vorstellen, was Herr Mumm dazu sagen wird.«

Für Fred und Nobby verschwand das Licht am Ende des Tunnels. Sie konnten sich vorstellen, was Herr Mumm sagen würde.

»Andererseits ...« Karotte kehrte zum Schreibtisch zurück, zog die unterste Schublade auf und holte einige fleckige, zusammengeheftete Blätter daraus hervor.

Fred und Nobby warteten.

»Andererseits haben diese Männer den Schilling des Königs genommen und sich mit einem Eid dazu verpflichtet, des Königs Frieden zu wahren«, sagte Karotte und klopfte auf das Papier. »Sie haben dem König einen Schwur geleistet.«

»Ja, aber das war doch nur ... Aargh!«, sagte Fred Colon.

»Bitte um Entschuldigung, Herr«, ließ sich Nobby vernehmen.

»Bin beim Stillstehen versehentlich auf Freds großen Zeh getreten.«

Ein langes, seidenes Geräusch erklang, als Karotte sein Schwert aus der Scheide zog. Er legte es auf den Schreibtisch. Nobby und Colon versuchten, sich von der anklagenden Spitze fortzuneigen.

»Es sind alles gute Leute«, sagte Karotte sanft. »Wenn ihr euch mit jedem Einzelnen von ihnen in Verbindung setzt und die Situation erklärt, so erkennen sie bestimmt, wo ihre Pflicht liegt. Sagt ihnen … sagt ihnen, es gibt einen leichten Weg, wenn man weiß, wonach es Ausschau zu halten gilt. Und dann können wir unsere Arbeit fortsetzen, und wenn Herr Mumm aus seinem wohlverdienten Urlaub zurückkehrt, sind die verworrenen Ereignisse der Vergangenheit nur …«

»Verworren?«, schlug Nobby hoffnungsvoll vor.

»Ja«, sagte Karotte. »Übrigens freut es mich, dass du mit der Schreibarbeit so gut zurechtgekommen bist, Fred.«

Colon stand wie angewurzelt, bis Nobby ihn mit einer Hand aus dem Büro zog, während er mit der anderen verzweifelt salutierte.

Angua hörte, wie sie sich stritten, als sie die Treppe hinuntereilten.

Karotte stand auf, staubte den Stuhl ab und schob ihn sorgfältig unter den Schreibtisch.

»Nun, wir sind daheim«, sagte er.

»Ja«, erwiderte Angua und dachte: Du kannst scheußlich sein. Aber du nutzt diese Fähigkeit wie eine Kralle: Du fährst sie aus, wenn du sie brauchst, und wenn du sie nicht benötigst, bleibt sie unsichtbar.

Karotte beugte sich vor und griff nach ihrer Hand.

»Wölfe sehen nie zurück«, flüsterte er.